U0529918

司汤达代表作
Chefs-d'œuvre
de Stendhal

LUCIEN
LEUWEN

红与白

下

〔法〕司汤达 ◊ 著
Stendhal
王道乾 ◊ 译

第 二 部

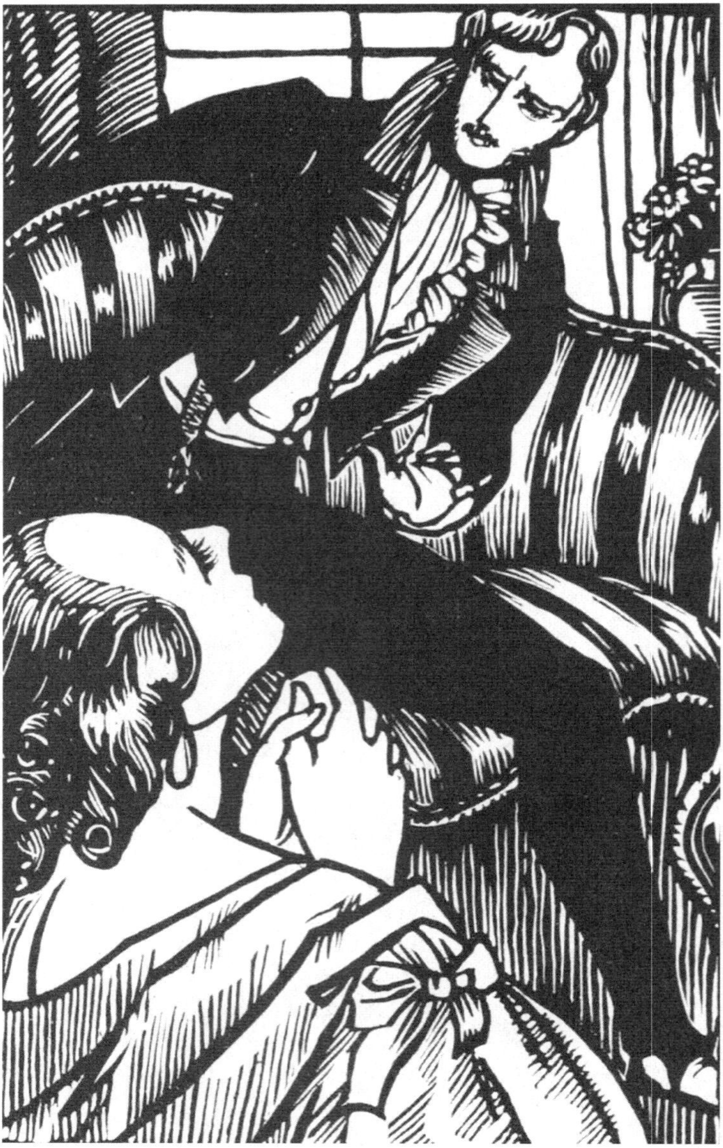

宽宏善意的读者：

　　写到巴黎，我不得不做出巨大努力以求避免人身攻击。这并不是因为我爱好讽刺，而是因为读者的眼睛若是专注于某一位部长的丑怪面貌，读者的心就会使我企图引起他对另一些人物的兴趣化为乌有。对个别人物的讽刺，这件事本身尽管如此有趣，可惜对某一历史事件的叙述完全不适宜。读者总是注意将我提供的肖像画去同他所熟知的怪异甚至可憎的原型进行比较，因为读者看到他卑鄙丑恶或漆黑一团，正像历史将要把他描绘成的那样。

　　只要这些人物是真实的，一点没有夸大，那么他们就具有魅力，至于我们二十年来目睹的一切，倘要把它从我们这里清除出去，又很好地把它写出来，那确实是一件诱人的工作。

孟德斯鸠①说:"恶意诽谤宗教裁判所,这是怎样的欺骗!"关于我们今天,他也许会说:"贪图金钱,害怕丢掉官职,千方百计、无所不为地迎合主子的奇思异想,所有这一切正是构成有关挥霍国家资财不下五万之巨的伪善言论的基本精神,对此难道还有什么可补充的吗?"

我要公开宣告:私生活若超出五万法郎的开支,那就不再是不可侵犯的私生活了。

不过,对这些靠国家资财发迹的幸运者的讽刺,并没有写进我的提纲。醋本是很好的东西,但若和奶油搅在一起,那就把什么都给毁了。所以我尽我之所能,宽宏善意的读者,让你仔细地看一看最近时期玩弄诡计捉弄勒万的那位部长。这位部长,他就是强盗,他战战兢兢唯恐丢官失位,从来不说一句真话,你看到这样的人物会高兴吗?这类人只对他们的遗产继承人才说得上是好人。正像他们的心灵中从来没有一点自然的真率,宽宏善意的读者啊,看一看这种心灵的内情,真会让你作三日呕,而且还不止于此,如果我不幸让你察觉到掩盖在这种庸俗鄙陋的心灵外表上的柔媚甜蜜或卑鄙恶劣的面貌的话。

人们在上午有事前去求见的,就是这样一批人物。

Non ragioniam di loro, ma guarda e passa. ②

---

① 孟德斯鸠(1689—1755),法国启蒙思想家、哲学家、法学家,主要著作有《波斯人信札》《论法的精神》等。
② 意大利文:"我们不要讲他们了,你看一看就走吧。"(引自但丁《神曲·地狱篇》第三歌,第 51 行)但丁(1265—1321),意大利诗人,文艺复兴运动的先驱人物,作品具有人文主义思想萌芽,早年曾参加反对封建贵族和教皇的斗争,1302 年被判终身放逐;代表作有抒情诗集《新生》、史诗《神曲》。

第三十八章

"我丝毫没有滥用我作为父亲的名分来反对你的意思;我的儿子,你是自由的。

"我亲爱的吕西安,如果需要的话,我就拜托你母亲去骂你一顿就是了。一个好父亲的责任我已经尽到,我甚至叫你挨了两剑。你对兵团生活已经有了认识,外省你也见识过了;你喜欢巴黎的生活吗?我的王子,请下个命令就是。有件事情是我不能苟同的,那就是结婚这件事。"

"那没有问题,我的父亲。"

....

父亲勒万先生,另有一次,说:

"听了你的谈话,你心里怎么想的人家真是看得太清楚了。你并不缺乏才智,但你对你感受到的一切讲得太多,太多。这就不免引起各种各样的骗子的注意。所以你要尽力和别人谈你根本不感兴趣的事来当作消遣取乐才好。"

上了年纪的、非常富有的银行家勒万先生,坐在一张令人叹赏的靠背椅上,面对着烧得挺旺的炉火,带着笑容,对他的儿子吕西安·勒万,我们的主人公,这样开口说道。

父子俩在书房里谈话。书房是不久前照勒万先生自己的意思十分考究而豪华地布置起来的。他在一套新的家具之间摆了三四件本年法国和意大利新出的雕刻作品,还有一幅他刚刚弄到手的罗马画派①的佳作。勒万靠着的白色云石壁炉,是由罗马蒂内拉尼工场雕刻的,壁炉架上方一面八尺高六尺宽的镜子,是因光洁无比而在一八三四年博览会上展出的制品。在南锡那种寒酸的客厅里,吕西安曾经那样局促不安、心神不定,现在他总算离那个地方远远的了。他的心尽管还陷在深深的痛苦之中,可是他内心里原有的矜持自重的巴黎那一方面,对这种不同当然十分敏感。他再也不想回到那个野蛮的地方去,他终于回到他的老家来了。

勒万先生对他的儿子说:"我的朋友,温度计升得太快,请费心把第二号风扇电钮揿一下……就在那儿……壁炉后面……好极

---

① 罗马画派指十六世纪罗马流行的绘画风格,追求严肃的正统效果;罗马画派是安布里亚画派的分支,十六世纪杰出的代表画家有拉斐尔(Raphaël)和罗马诺(Romano),该派画家几乎都来自外地,并受拉斐尔影响,精于构图和临摹复制。

了。所以说,我没有滥用我的名义来限制你的自由,毫无此意。你觉得怎么好就怎么办。"

吕西安靠着壁炉站在那里,神色暗淡,意态不宁,悲伤不幸,总之我们所看到的就是不幸的爱情悲剧中的这样一位青年男主角。看得出,他正竭力摆脱那失意的神态,以便做出样子来诚心诚意表一表他作为子辈对父辈一片强烈的敬爱之情。可是,昨天他在南锡度过的最后一晚那种可怕的处境却把他上等人家出身的仪态整个儿给换成一副被押解到法官面前的匪徒的面貌了。

勒万先生继续说:"你母亲希望你不要再回南锡去,是吗?那就不要再去外省吧;我可不愿意当一个暴君。为什么你不搞出一些发疯的事来,为什么不搞出一些蠢事来?不过,有一件蠢事,只有这一件,我是决不同意的,因为搞出这种事就要引起一连串的后果:就是结婚这件事。不过你还是有办法的,你可以推说不得不遵从'父母之命'嘛……我不会因为这个缘故就和你闹起来。我的朋友,咱们一边吃饭一边辩论吧。"

"可是,父亲,"一听这话吕西安才明白过来,他回答说,"根本就不存在结婚问题。"

"嘿!你没有想到结婚,我可想到了。你考虑考虑这个问题:我可以给你娶一个有钱的姑娘,未必比一个穷丫头蠢,因为在我死后,你不一定有钱呀,这是非常可能的。有那么一种人,那是一批傻瓜,他们有了肩章,哪怕财产有限,对自尊心来说,也可以将就过去了。穿上一身军服,穷不过就是穷,没有什么大不了的,因为不会被人家看不起。这种事情你是能理解的,"勒万先生讲到这里,改变了声调,"这些人你自己就亲眼看到过……你一定觉得我是在说废话吧……所以嘛,我的了不起的少尉,你不打算再保留这个军人身份了吗?"

"既然您对我这么好,跟我讲道理,而不是下命令,那么,是的,在和平时期,我不想再干军人这一行,也就是说,晚上没事干只好去打台球,到咖啡馆去喝个烂醉,还要提防着不要在那擦得不干不净的桌子上拿起报纸来看,要看也只能看《巴黎日报》。因为我们只要有三个军官在一起闲逛,其中至少就可能有一个密探正在监视另外两个人的思想动态。上校这个人,过去是英勇善战的军人,在稳健派的指挥棒下也变成警务部很不干净的特派员。"

勒万先生不由得笑了起来。吕西安懂得他的意思,所以又急切说道:

"一个这么有见识的人我决没有骗他的意思;我从来就没有这个意思,父亲,请相信我!但是我的故事总得有个开头呀。我离开军队,如果您同意,也绝不是因为理智方面的原因。不过,离开军队,倒是一个合理的步骤。用长矛战斗刺杀,我会;指挥使用长矛作战的五十名战士,我也可以;和三十五名弟兄一道生活,其中当然总难免有那么五六个人向警务部打小报告,我也办得到。所以说军人这一行我已经学会了。如果战争爆发,当然必须是一次真正的战争,总司令在战争中当然不应出卖他的部队,如果我的思想还像今天这样的话,那么,我就会要求您同意去打他那么一两回仗。照我看,总司令如果有点像华盛顿①那样的人物的话,那么,战争肯定打不下去,长久不了。如果总司令是一个像苏尔特那样的强盗,那么,我就再一次抽身,退出不干。"

"哎呀!这就是你的政治嘛!"他的父亲嘲讽地说道②,"真见鬼!这也就是所谓高级的道德啦!不过,政治嘛,说来话长!那么,你究竟做什么打算呢?"

"住在巴黎;要不然就去旅行,远走高飞:去美国,去中国。"

"瞧我这把年纪,还有你母亲的岁数,你还是给我留在巴黎

---

① 乔治·华盛顿(1732—1799),美国独立战争的大陆军总司令,1789年任美国第一届总统,连任二届,被美国人尊为"国父"。

② 是的,嘲讽:所谓有良好信念这种美德,这叫他生气。(司汤达原注)

吧。就算我是魔法师默林①,你只要说一句话,就可以决定你的命运,你说吧,有什么要求?你要不要在我的银行里当个职员?或者在一位将要左右法兰西命运的部长手下某个特别办公厅里找个差事?总之,要不要在德·韦兹先生手下做事?他很可能明天就出任内政部长。"

"德·韦兹先生?贵族院议员,天才的行政长官?那个伟大的实干家?"

"对了,对了。"勒万先生笑着说,对这种具有高尚道德的意向或理解力方面的糊涂愚昧他都十分欣赏。

"金钱我不怎么喜欢,我不想到银行去。"吕西安回答说,"我不怎么想要硬货币,那东西我倒从来没有强烈地久久感到缺乏。没有它那当然太可怕了,不过,在我,那是永远也不会发生的事情,所有倒霉的事我都顺利地对付过去了。如果我进银行,怕的是又一次没有耐性,坚持不下去。"

"可是我死后,你穷了怎么办?"

"尽可能少靡费,不像在南锡那样花费就行了;现在我很有钱,难道维持不了多久?"

"因为六十五并不等于二十四。"

"可这种差别……"

吕西安的声音哽咽了。

"先生,废话少说吧!我提醒你,还是回到议题上来。政治和感情把咱们弄得离开议事日程了:

> 是上帝,是宴席,还是脚盆?

全看你的了,所以,咱们必须找出一个答案来。银行叫你讨厌,那

---

① 法国中世纪骑士故事中的传说人物,魔术师和预言家,亚瑟王的助手。

么你喜欢德·韦兹伯爵的办公厅喽?"

"是的,我的父亲。"

"要是这样的话,眼前就有一个大难题摆在这里:干这一行你是不是有足够的卑鄙?"

吕西安不禁颤抖了一下;他的父亲依然拿那种又高兴又严肃的神色望着他。勒万先生沉默了片刻,又继续说下去:

"不错,少尉先生,你是不是有足够的卑鄙?你甚至必须亲自去搞无数小小的阴谋诡计;作为下级人员,你肯不肯在这类事情中协助部长?否则,你就只有同他作对。你难道要尖酸刻薄得像个青年共和派揉面团似的把法国人都搓捏成天使?That is the question①,这个问题你今晚从歌剧院回来再回答我也行,因为这是一个秘密:为什么内阁危机目前还没有发生?财政部和陆军部骂街不是已经骂了不知多少次了?有我夹在里头,今天晚上可以,明天也可以,但是到了后天,说不定我就不能用这么体面的办法把你安插进去了。

"不瞒你说,有很多做母亲的人都张大眼睛盯着你,希望你娶她们的女儿;总之,这是最显赫的地位,正像那些傻瓜所说的那样,但问题在于你是不是有足够的卑鄙来保住这样的地位?这个问题你可得好好想一想:你觉得做一个卑鄙的坏蛋——也就是说帮助别人去干卑鄙无耻的勾当,你究竟能使出多大劲儿?因为这四年以来,已经不存在流血的问题了……"

"顶多不过是捞钱吧。"吕西安打断他父亲的话。

"贫穷的平民呀!"勒万先生现出一种怜悯的神情,也打断他儿子的话,或者说,他故意做出与他本来的表情稍稍不同的表情来,接下去他仍然用同样的口气说,"不过,平民百姓总不免有点

---

① 英文:"问题就在这里"。

蠢,他们的那些议员也总是有点蠢,但受益可并不差啊……"

"那你要我干什么?"吕西安样子很单纯地问道。

"要你做一个坏蛋,"父亲说,"我的意思是:做一个政治家,做一个马蒂涅亚克①,我倒还不准备说做一个塔列朗。在你这个年纪上,在你读的那些报纸上,人家把这个叫作坏蛋。再过十年,你就会懂得科尔柏尔、苏利、红衣主教德·黎塞留②,总之,再过十年你就会懂得究竟什么是政治家,换句话说,什么是领导别人的人,他们是怎样达到我希望你看到的那种极端卑鄙无耻的地步的。不要像某人那样,刚刚当上警务部秘书长,干了才十五天就提出辞呈,说那太卑鄙龌龊,不干了。到了那个地步,弗罗泰③从自己寓所被押往监狱途中就叫宪兵把他给枪毙了,那是真的,早在动身前,宪兵就知道他企图逃跑,这也是千真万确的,所以他们不得不就地把他干掉。"

"见鬼!"吕西安说。

"是的。省长 C.④,这是一个很了不起的人物,他本来在特鲁瓦当省长,也是我的朋友,你也许还记得他,这个人有五尺六寸高,灰白头发,那是在普朗西⑤。"

---

① 马蒂涅亚克(1778—1832),法国政治家,1789 年任政治领袖西哀士的秘书,1804—1814 年拿破仑帝国时期曾参加极端保王党的秘密团体:信仰骑士社,1824 年查理十世统治时期被选入众议院,在议会以演说著称。
② 科尔柏尔(1619—1683),法国路易十四时期财政大臣,海军国务大臣。苏利(1560—1641),即苏利公爵,法王亨利四世的财政大臣,胡格诺派教徒,对宗教战争后法国经济复兴做出重大贡献。德·黎塞留(1585—1642),法王路易十三的国务秘书兼御前会议主席、枢机主教,为巩固专制统治,剥夺胡格诺派政治特权,镇压贵族叛乱和农民起义。
③ 弗罗泰(Frotté,1755—1800),法国大革命时期的朱安党人,被捕后,在维尔纳伊被枪决。
④ 司汤达最初写的是卡法雷利(Cafarelli)。(马尔蒂诺注)
⑤ 特鲁瓦,法国中东部城市,奥布省省会。普朗西,邻近特鲁瓦的市镇,在特鲁瓦西北方向。

"对,我记得很清楚。妈妈还把宅邸一个角楼上那间糊着红缎子的房间让给他住过。"

"就是嘛。是啊,他后来在诺尔省,在冈城①或者附近什么地方,把省长的乌纱帽给丢了,就因为他不愿意变得那么卑鄙,我是非常赞赏他的,可是换了个人,倒把弗罗泰的事给办成了。哎呀,魔鬼呀,我年轻的朋友,就像那些高贵的父亲所说的那样,你觉得奇怪吗?"

"因小失大,不值得,戏剧里青年男主角常常这样回答。"吕西安说,"我只相信耶稣会教士和复辟王朝……"

"看到的事情,你可千万别相信,我的朋友,只有这样,你才算聪明。如今,由于这种该死的言论自由,"勒万先生笑着说,"已经不能按照对付弗罗泰的方式来对付这些人了。今天画面上最黑暗的阴影只好拿搞掉他的金钱地位去填补……"

"或者由判决前几个月的先期监禁来代替吧。"

"好极了。今天晚上你一定要做出明确、干脆的回答,特别是多愁善感的词句完全用不着。到了明天,我说不定对我的儿子就无能为力了。"

他这几句话说得既高尚又富于感情,就像了不起的演员蒙维尔②在舞台上说出来的一样。

"对了,"勒万先生突然想起一件事,又说,"你无疑已经知道,要是没有你的父亲,你也许早被关进阿贝③了。我已经写信给 D 将军;我说我已经给你去信了,因为你的母亲病重。等一下我到陆

---

① 诺尔省,法国北部省份,与比利时相邻。冈城,法国西北部港口城市,卡尔瓦多斯省省会,在诺曼底地区。
② 蒙维尔(1745—1812),法国著名演员;他的女儿玛尔斯,也是著名演员。
③ 即阿贝监狱,原为巴黎圣日耳曼-代-普雷修道院,1631 年由卡马尔建成,1792 年 9 月,阿贝监狱曾经是大屠杀的场所。

军部去走一趟,把你提前退职的事设法通知上校。你也给他写一封信吧,想办法糊弄他一下好了。"①

"我倒情愿跟您谈谈阿贝的事。我也曾想到我要被关进监狱,关上两天,用辞职的办法来补救……"

"用不着辞职,我的朋友;只有傻瓜才辞职。我希望你一生中在政治上始终是个出类拔萃的军人,就像《辩论报》上说的那样,缺了你这个人,真是军队的损失呀。"

---

① 司汤达在旁边写下吕西安后来可能写的那封信,全文如下(马尔蒂诺注):
致第25[第27]骑兵团司令官费欧图中校先生
中校钧鉴:
　　我请求你多加原谅。本月十一日晚五时奉陆军部函称:即返巴黎,不得有误。部长钧座并示有关调职事宜另行通知中校。我接到命令后,曾两度前往贵处,知你在绿色猎人,我随即驰往该处,你亦未在该地。未能面禀,至以为憾。是时已迟,按照命令,应即动身,不能有误。动身前,我荣幸地给你寄上专函一封;后获悉仆人将信丢失,遗憾殊深。因此多有失敬之处,更使我感到不安之至。中校对我多方保护照拂,五内铭感,未能有报于万一。对团内各位同志,一旦分别,我也感到万分遗憾……
　　按各方情况看,我短期内恐不能再回兵团,兹将马留赠阁下。余容后谈。

第三十九章

他父亲要他做出毫不含糊、确定不移的回答,使他非分心不可,因此心中的痛苦只好暂时搁置一边,这倒成了吕西安回家后第一次得到的安慰。他从南锡回巴黎的旅途中,并没有想到他这是在逃避痛苦,他的体力活动代替了他的精神活动。回到巴黎以后,他既厌恨自己,又厌倦生活。和任何人谈话,都成了他难以忍受的苦刑,连他和母亲长谈一个小时,都是勉为其难地强制自己坚持下来的。

只剩下一个人的时候,他不是沉浸在阴暗的胡思乱想、无边无际的痛苦的海洋之中,就是自言自语,思索着这样一些问题:

"我真是一个大傻瓜,真是一个疯子!我居然那么重视那不值得去重视的东西:一个女人的心;我满怀爱情,要想得到爱情,可是并没有得到。要么活下去,要么死掉,不然就让我彻底地换个人。"

有时,一种可笑的柔情又占了上风:

"也许我能得到她,"他想,可是他没有这种狠劲儿承认,"她是爱我的,而我却……

"因为有几天她确实爱我……如果不是变得狠心的话,她一定会对我说:'是呀,是的,我爱你!'不过,还得加上一句:'我现在的处境……'因为她还得顾及名誉,这我是可以肯定的……她不理解我;这样的告白也并没有破坏我对她的那种奇怪的感情。我总是怕羞,我总是受着那种感情的支配。

"她也曾经是软弱的,难道我就完美无缺?只是,我为什么要受骗?"他带着苦涩的笑意这样问自己,"为什么要用一种理智的语言来说话?从她身上发现触目的缺点的时候,我会怎么说呢?尽管那是不名誉的丑行,尽管我会被残酷地打倒在地,可是我无论如何也不能不爱她。今后,生活对我将会怎么样?不过是长期的苦刑吧。哪里有欢乐?一个没有痛苦的地方,仅仅是这么一个地方,又到哪里去找?"

这段伤心事又勾起其他千千万万种情绪。他把生活中的种种际遇一一玩味,出门旅行呀,居住在巴黎呀,穷奢极欲地玩乐呀,权力呀,不论什么,都使他感到无法克制的厌恶。刚才和他说话的那个人,也使他觉得是所有人当中最可厌的一个人。

处在这样的麻木状态下,唯一能使他的情绪活跃起来的,就是把南锡发生的种种事件再回忆一番。连在地图上看到这个小小城市的名称,也会使他感到震动;这个城市的名字在报纸上似乎总是逃不脱他的目光;所有从吕内维尔调出的兵团似乎都要经过南锡,报上总有报道。说来说去,南锡这个地方总是叫他想到这些事:

"她没能下决心对我说:'我有一个不能告诉你的绝大的秘密……否则,我就只爱你一个人。'确实是这样,我发现她总是深陷在愁苦之中,这情况我看简直不同寻常,难以解释……是不是我还要跑到南锡去匍匐在她脚下?……她让我当了乌龟,难道还要我去请她原谅?"这是他心中的靡菲斯特①在冷嘲热讽。

吕西安离开他父亲的书房后,这种思想逻辑似乎比过去更牢固地紧扣在他的心上了。

他怀着恐惧的心情想道:"明天上午之前,我是非下定决心不可的了,我必须树立自信心……在这个世界上,我真正看得上的有

---

① 欧洲中世纪浮士德传说中一个化成人形的魔鬼。

判断力的心到底有没有?"

他非常不幸;所有这些想法,都以下面这种疯狂的想法为依据:

"有什么必要做出第三种抉择?既然连博得德·夏斯特莱夫人的欢心都办不到①,我还能有什么办法?一个人要是有像我这样的灵魂,既软弱又不能得到满足,那么,他就无异于走进了死胡同。"

有趣的是勒万夫人所有的女友无不恭维她,赞扬她的儿子仪表堂堂,风度翩翩。人人都说:"他如今长大了,成了一个聪明的男子,一定能够满足母亲的雄心。"

吕西安特别讨厌那些男人,他处处提防着不让他们猜到他的心思;他字斟句酌地用些老生常谈去应付他们。

当天晚上就必须做出决定性的答复,这使他感到痛苦。他单独一人到外面去吃饭,在家里吃饭,就非得谈话不可,还要做出殷勤可爱的样子,否则讽刺嘲笑就会像倾盆大雨似的压下来,一直如此,毫无例外。

吕西安吃过饭后,一个人在大街小巷漫步闲逛;他怕在大街上遇到熟人,因为每一分钟都是宝贵的,都有可能给他提示出一个答复来。他穿过×××路的时候,无意间走进一处光线非常暗的阅览室,他希望里面没什么人。有个仆人模样的人拿着一本书到管柜台的小姐面前去还书;他发现这位小姐装束秀雅动人,十分优美(吕西安刚从外省回来)。

他随手拿起一本书翻开来看;这是一位叫人厌烦的道德家写的书,就像沃佛纳尔格②一样,他对每一类人都分别有所针砭,书

---

① 矛盾。(司汤达原注)
② 沃佛纳尔格(Vauvenargues,1715—1747),法国作家、伦理学家,著有《人类精神之认识引论》(1746),《随感格言集》死后出版,伏尔泰称此书可能是最好的法文著作之一。

名是《埃德加,或二十岁的巴黎人》。

"这是不是一个尚未涉世、不了解人的年轻人?他是不是只和讲礼貌、附属于他或不触犯他的利益的人在一起生活?埃德加,他的价值的唯一保证就是他对自己做出的种种美妙的许诺。埃德加受过最好的教育,他擅长骑马,驾起双轮轻便马车来最为出色,如果你要求更高的话,他就是拉格朗热①教育出来的,拉法耶特②的全部美德他都具备,那又有什么关系!别人的影响在他身上根本不起作用,他什么都不相信,不相信别人,也不相信自己。他至多不过是一个出色的'也许'。他究竟懂什么?骑马,他的马可不懂礼貌,如果他的动作不对头,照样把他往地上摔。他的社交环境越是文雅多礼,就越是不同于他的马,他的马也就越是不值钱。就像蒙田③说过的那样,他说他从十八岁到三十岁,那岁月就无忧无虑地匆匆虚度了,他甚至连那个'也许'也不是了;人情世故最后把他归于庸众的圈子,舆论也不把他放在眼里,因为在舆论看来,他和一般人并没有什么不同之处,说他这个人重要,无非因为佃户们往他的办事处缴了一个法郎而已。

"我嘛,作为哲学家,对办事处收到多少钞票并不在意,我注意的是数钞票的人。我看他不过是那么一个不尴不尬、叫人讨厌的家伙,可是,正因为碌碌无能,有时他才不得不是某个政党的红人,滑稽歌剧院和罗西尼④歌剧里的红人,拿里昂堤岸上的死亡数

---

① 拉格朗热(Lagrange,1736—1813),法国数学家、力学家、变分法奠基人之一。著有《分析力学》等。
② 拉法耶特(Lafayette,1757—1834),法国将军,政治家。在法国资产阶级大革命时曾起过重要作用;1830年七月革命时被选为国民自卫军总司令,支持路易-菲力浦登上王位。曾参加美国独立战争并荣立战功。
③ 蒙田(Montaigne,1533—1592),法国作家、思想家,《随笔集》是其名作。
④ 罗西尼(Rossini,1792—1868),意大利作曲家,作品有歌剧《塞维利亚理发师》《威廉·退尔》等。

字①来取乐的稳健派的红人,一再叫喊尼古拉即将借给他两万壮丁和四亿现款的亨利五世②的红人。管他娘的,管他世界不世界!埃德加宁可让自己做一个大傻瓜!

"如果他到教堂去望弥撒,如果他禁止人们在他四周随意谈笑,不论开什么玩笑都不许,如果他听过人家那已经进行了五十年的名目繁多、招摇撞骗的说教,自己再去施舍一番,那么,学院的学者名流以及总主教府的人士就一定会宣扬他什么美德都有;他们也许会把他抬到巴黎十二位市长中的一把交椅上去也未可知。最后,他还要创办济贫院。Requiescat in pace.③傻瓜曾经在人世间生活过,现在傻瓜寿终正寝了。"

吕西安把这篇道德说教的每一句话都念了两遍至三遍;反复推敲其中的含义和重要内容。他的想入非非简直引得《巴黎晚报》的几个读者都抬起头来;人们都盯着看他;他生气地付了钱,从阅览室走了出来。他在阅览室门前的博沃广场上又来来去去溜达了半天。

"我索性就做一个坏蛋吧。"他突然叫出声来。他就这样过了一刻钟光景,仔细掂量自己的勇气,然后叫了一部轻便马车,向歌剧院驰去。

"我正找你呢。"他的父亲在歌剧院走廊上找到了他,他看见他父亲在这里不停地徘徊。

他们急忙上楼,走进勒万先生的包厢;已经有三位小姐坐在包

---

① 指路易-菲力浦统治下,1831年里昂工人起义及1834年第二次起义。
② 亨利五世(1820—1883),即尚博尔伯爵,波旁王族长支唯一继承人,查理十世的孙子。1830年七月革命后逃亡国外,后在布拉格,为正统派王党的首领;被称为亨利五世,但终其一生也未能登上王位。所以下文南锡一批支持亨利五世的贵族均属正统派王党,他们都按照布拉格的指令行事。尼古拉指俄皇尼古拉一世(1796—1855),1825—1855年在位,亨利五世的支持者。
③ 拉丁文:"愿他的灵魂得到安息。"

厢里,其中雷蒙德打扮得十分窈窕轻盈。

"They can not understand.(咱们谈的话她们听不懂;不必拘束。)"

雷蒙德小姐说:"先生们,从你们的眼神里,我们就看出你们有要紧的事要谈,不便让我们知道;我们这就去上戏。我们不在,你们就愉快地谈吧。"

"嗬!你们也懂得灵魂有罪不得进入荣誉的禁地啊?"①

"我的父亲,对您我会永远是真诚的。您对我太宽容了,这使我惊奇,让我更感激您,更尊敬您。我的不幸遭遇,就是对我的父

---

① 司汤达写这一段前几日已另写有父子相会一场,不过没有深写。这两段他都保留下来,以备择其一而用。下面便是第一次写的那一场。(马尔蒂诺注)

"为取得生活经验和为生活所迫而挣扎,我看只有这么一个办法;但是像卡隆或德·昂冉公爵开的那种玩笑,只会使我远避到世界的尽头……"

"你明明知道某某先生还活在人世,他那一套现行体系只能用金钱来吸引人。"

"那么未经审判先投入监狱的办法怎样?"

"那和你的部长不相干,我希望,和你也没有关系。"勒万先生就用这种天真而无拘无束的孩子般的口吻结束了这场谈话,"我要去做出保证,也替你担保。你好好陪这几位小姐吧。"

她们中的一位(即生得非常窈窕的那一位),吕西安八个月前曾请她吃过饭。她正尽力愉快地和他谈话。

"我的小雷蒙德,你比以前更漂亮了,"吕西安对她说,"不过,我已经没有眼光了。现在,除了马和打猎以外,我对什么都不感兴趣;女人只叫我心烦。"

他的感受就是这样,他专心看戏,今晚演的是《唐璜》。

"说吧,笑吧,我是绝对说不出也笑不出的。"他又说,看到她们拘拘束束,很不自在。

"我不是傻子,"雷蒙德说,"我们不爱听你说话并不是因为马,也不是因为打猎,而是因为西班牙借款的事……"

"先生,有盖巴尔公债券吗?"西拉菲小姐怪认真地问道。

吕西安没有回答,接着她们就叽叽呱呱地开起玩笑来了,好像他没有坐在包厢里似的。

吕西安望着剧院大厅。

"看我真是坐在巴黎最入时最漂亮的人们当中。"

亲也讲不清楚,所以,我对我自己也感到厌恶,对生活我也觉得索然无味。如何去选择一个职业?那在我都一样,都无所谓,也可以说,都叫我打不起精神来。对我最合适的地位,说不定就是巴黎济贫院①一个快要饿死的人的那种处境;其次,做一个野蛮人对我倒也挺合适,他为了每天都有东西吃,为了活命,不得不出去打猎或者捕鱼。这对一个二十四岁的人来说,谈不上什么体面,也谈不上什么荣誉,世界上没有一个人能知道我这个秘密……"

"怎么!甚至你的母亲也不能知道?"

"让她得到安慰,只会增加我的痛苦;还是不要让她看到我这个痛苦的处境为好,免得让她太痛苦……"

勒万先生的私心这时觉得他同他儿子的关系靠得更近了一些,不禁感到快乐。他想:"他对母亲都保密,只是对我却并不隐瞒。"

"……倘若我对表面现象过于敏感,那么,我所选择的职位对我提出的要求,也许会让我感到很不舒服。如果在您的银行里找到一个位子的话,我可以随时离开而不会得罪任何人,我想我也许应该选定这个职位吧。"

"我看还是让你有个更重要的基地为妥。你去做内政部长的秘书比在我的办事处担任秘书处主任对我更有利。你作为上流人士这样的身份,在我的办事处里对我实在没有什么用处。"

吕西安自从当上乌龟以后,变得这么聪明灵活,这还是破天荒第一遭。(当上乌龟,这话是他自己说的,这是一种痛苦的自嘲,他竟把自己看成是受了骗的丈夫,把戏文里和凡夫俗子加到这种处境上的大量可笑可恶的名目都拉到自己身上来,目的就是尽量

---

① 巴黎济贫院(Hôte-Dieu,一译主宫医院),法国巴黎及一些城市的主要医院名,医院的主要部分为设置病床的大厅;亦指中世纪收容病人的医院。

折磨自己,让自己心里痛苦。仿佛这种处境居然有这么多特征似的!①)

吕西安决定选择内政部的职务主要出于好奇:银行是他所了解的,但对内阁一个部的情况他却一无所知。他认为在德·韦兹伯爵先生身边任职是很可庆幸的,据报纸上说,德·韦兹伯爵是一位不知疲倦的事务家,法国第一流的政府官员,可与拿破仑皇帝的达律伯爵②相媲美的人物。

他父亲话音刚落,他就怀着对未来寄予莫大希望那种天真的错误心理,大声叫道:

"这么说,我就下定决心啦。我虽然倾向于银行,不过我还是参加内政部的工作吧,条件是我不参加任何暗杀活动,比如暗杀内伊元帅③、卡隆上校、弗罗泰等等。我至多参加那些金钱诈骗的勾当;总之,我自己也没有把握,我反正只干一年。"

"那太少了。人家会说:'他那职位做不到半年。'刚开头的时候,你也许会觉得讨厌,半年过后,人家那些弱点和劣行你也许就能体谅了。看在我们的交情上,你能不能为我多牺牲六个月,答应我一年半之内不要离开格洛内勒路的办公厅④?"

"我向您保证干一年半,不过永远不去参与暗杀,比如说,我的部长对一位能言善辩但对某项财政预算总是从中作梗的议员,往往要雇四五位军官接二连三地和他决斗。"

"啊!我的朋友,"勒万先生真心地笑着说,"这你又怎么脱得了身?哪里的话,根本不会有这种决斗,这是理所当然的嘛。"

---

① 可能略嫌冗长。(司汤达原注)
② 即皮埃尔·安托万·达律伯爵(1767—1829),拿破仑时代的军事行政官,司汤达的表哥,1811年任陆军大臣,著有《威尼斯共和国史》《布列塔尼史》。
③ 内伊元帅(1769—1815),拿破仑手下最著名的元帅,骁勇善战的传奇式英雄,被拿破仑封为莫斯科亲王,波旁王朝第二次复辟后被判处极刑。
④ 指内政部。

"补救的办法总会有的,"他的儿子十分认真地说下去,"我立刻就到英国去。"

"但是,你这个有道德的人,谁是审判罪行的审判官呀?"

"是您,我的父亲。"

"选举中的诈骗、谎言、操纵不会打破咱们订下的合约吧?"

"自欺欺人的小册子我是不写的……"

"呸!那是文人干的事儿。在这类不干不净的事务中,只需你的擘画,根本不用你亲自动手。所有政府,哪怕是合众国政府,无论在哪个方面从来都不讲真话,这是一个原则;如果它不能在整体上说谎,那么它就在细节上说谎。再说,谎话有好的,也有坏的;从有五十路易收入到有一万二至一万五法郎收入的少数人所相信的谎言,那就算是好的谎言,极好的谎言骗得过某些备有马车的人士,极坏的谎言就是那没有人相信的谎言,只有那班不要脸的政府官员才一天到晚喋喋不休地讲它。这是十分清楚的。这就是关于国家的最重要的一条箴言;你可得牢牢记住,只是不能说出去。"

"我进了贼窝啦,他们的全部秘密,大的也罢,小的也罢,全都托给我,交托给我的名誉了。"

"这话说得有学问。政府每天上午发誓说尊重人民的权利和金钱,可是时时刻刻都在盗取人民的权利和金钱。英国皇家海军的大大小小缆索的中心都有那么一根红线你还记得吗?或者,《维特》①你还记得吗?我想,大概在这本书里我曾看到讲起过这种有意思的事儿。"

"不错。"

"一个行会组织或者一个人总有一个根本性的谎言不得不维持,那情形就是这样。从来也没有纯粹的、单纯的真理呀。你就看

---

① 德国作家歌德的小说《少年维特之烦恼》(1774)。

看那些理性权力派①吧。"

"拿破仑的谎言远非如此粗鄙。"

"只有两件事情,人们还没有找到弄虚作假的方法,那就是谈话谈得叫人开心和打胜仗。得了,咱们别去谈拿破仑吧。进了内阁,那个所谓道德感,就得丢在大门外,这和拿破仑时代一样,进了他的卫队,就得把爱国心抛开。你是不是真心愿意做一年半的棋手?你不喜欢让金钱的事务给弄得扫兴吧?只有流血才会叫你罢手吧?"

"是的,我的父亲。"

"好啦!咱们就谈到这儿吧。"②

于是勒万先生从他的包厢里抽身而去。吕西安注意到他走路的样子就像二十岁的小伙子一样。这是因为和自己这么一个糊涂虫谈话,真害得他疲惫不堪。③

对政治居然产生了兴趣,这连吕西安自己也觉得奇怪,他注意看了看歌剧院的正厅。

"我此刻正坐在巴黎最漂亮最时髦的人们中间。我在这里简

---

① 法国王政复辟时期一种半自由派半保守派政治理论,即所谓按照理性原则确定权力,代表人物有基佐、罗瓦耶-科拉尔。
② 这段对话也许略嫌长了一点,不过勒万先生本意想讲讲清楚,这使他儿子在电报事件后不因厌恶而打乱已策划好的整个阴谋事件。(司汤达原注)
③ 司汤达原来写过一段初稿,后来未用,下面便是他原来写的那一段。(马尔蒂诺注)

　　于是勒万先生从包厢里抽身而去,包厢里马上就进来几位漂亮的小姐,接着又来了两三个年纪不同的寻欢作乐的人,就像勒万先生那样的人。

　　凡是进来的人都对他说几句俏皮话;只要可能他都回敬不误,一点也不生气;不过,在他家中,除非真想挑起事端,没人和他谈严肃的事情。这种习惯他是看得很清楚的。当巴黎到处都在谈论五位部长解职和重新组阁的时候,吕西安经常遇到一个最了解内情的人,出于自重,他不敢和对方谈论政治。后来,有许多次,他真想和他父亲谈谈政治问题。他想:"那我就似乎要破坏我们的合约了。"因此又闭口不言。

直应接不暇,在南锡那是什么也看不到的。"

想起南锡这个亲切的地名,他不禁取出表来看了一看。

"现在是十一点钟。在我们那些互相信任、亲密无间的日子里,在我们那些最愉快的日子里,我常常把我每天晚上拜访的时间拖到十一点。"

有个很没出息的想法,已经多次被压了下去,现在又强有力地浮上他的心头,他简直无力抵抗,那就是:

"如果我在内政部站住脚跟,如果我再到南锡去,再回骑兵团,那又会怎么样?如果我去请求她原谅,说她瞒着我的那个秘密我已经知道,或者我亲眼见到的事不去跟她谈,这样也许更好一些,那么,她为什么不能像命中注定的那一天的前夕那样接见我?她在认识我之前就已经有了情人,证据我已经看到,那我又有什么理由说我受到了侮辱?

"我和她相处的方式难道自始至终一点也不能变化?她迟早总会知道事实真相的;如果她问起我,我总不能不告诉她,没有虚荣反而会使我像个没心肝的男人那样看不起一切,这在我已经发生过多次了。了解我的人,就会看不起我,特别是我决不会把那真心话讲给她听,有了这种感情,我还能平心静气、安之若素吗?"

这个大问题弄得勒万心情十分激动,他两眼只顾呆呆地盯着看那些包厢里坐得满满的时髦女人。其中许多人他都认识,他觉得她们都像是乡下女戏子。

"伟大的上帝啊!我真是疯啦,"当他从小望远镜里看到一排包厢的尽头的时候,他这样想,"对德·毕洛朗夫人或德·欧甘古夫人客厅里的那些女人我一定也用了乡下女戏子这个字眼。一个得了危险的热病的男人,病得昏昏沉沉,连甜美的糖水叫他喝起来也会觉得苦涩;重要的是还没有人看出我得了这个疯病。我得随大溜,只谈些平常的俗事,对我这社会环境所承认的意见一点也不许偏离。如果我有一间办公室的话,上午就勤勤恳恳、老老实实地在办公室里办公,要不然就骑马出去散步;晚上只管去入迷地看戏,在外省流放了八个月之后这是不言而喻、十分自然的;如果不得不到人家的客厅去,那就显示出玩玩双人纸牌这种不免有点儿过分的雅趣吧。"

剧院厅内各处灯光都灭了,吕西安这番考虑也就一下被这片黑暗打断了。

"好吧,"他苦笑着,"我这么喜欢看戏,就最后一个离开吧。"

事实上,他的痛苦已经减轻了。每天他有十次想到南锡,每次都让下面这种想法取代了:"他们叫我去做些什么工作?"他此刻怀着一种新鲜的兴趣浏览着各种报纸。他所得到的唯一有关政治方面的提示只有这么一条,这还是他的母亲告诉他的:

"你的文笔不好;你写的那些信,文字都组织得不好。"

"确实是这样。"

"那好!到了格洛内勒路,你就会写得更糟;你写的东西不誊清就不能送呈国王过目,去抄录一些密件的麻烦倒是给你免掉了,你就不要让你的手迹和某些事情牵连到一起吧,这在十年后很可能成为令人难堪的回忆。我亲爱的吕西安,感谢上帝,你比国王小三十八岁。你看看这三十八年法国发生的变化。难道将来不会和过去一样?世事处处都发生革命性的变化,你父亲为了让我安心总这么对我讲。可是,那种控制不住的野心不是已经扩展到社会最下层了吗?一个做鞋匠的孩子也想当拿破仑。"

政治性的谈话总是谈不完的,在一个作为有头脑的女人的母亲和一个对人们要把他怎么样正感到不安的儿子之间,这样的谈话更是没完没了。南锡那个纠缠不休的鬼影不来搅扰勒万,这还是第一次。

歌剧院那次谈话一个星期后,《通报》上登出内政部部长某某先生辞职业已照准,任命贵族院议员德·韦兹伯爵先生继任,此外还有四项关于部长任命的报道;在报纸最下栏一个不大引人注目的角落,还有如下一条消息:

"据……令,某某先生、某某先生……及吕西安·勒万先生,均被任命为查案官。吕·勒万先生兼任内政部长德·韦兹伯爵先生的特别办事处负责人。"

第四十章

当勒万在这里接受他父亲关于人情世故一些初步教诲的时候,下面且让我们看看南锡发生了什么情况。

吕西安突然不辞而别这件大事,德·桑累阿先生、罗莱尔伯爵以及他们一起吃饭并共同策划进行决斗的其他几个人,是在吕西安走后第三天才知道的,他们听到这个消息真是喜出望外,十分惊讶。他们对杜波列先生佩服得五体投地;他们真猜不透他采取什么妙法取得了成功。

这些先生做起事情来一开始总是勇猛异常,并带有危险性,他们居然不顾对杜波列这个作风恶劣的市民的厌恶,亲自登门拜访。外省人不论做什么事都要正规化,凡是可以从单调的日常生活中挣脱出来的机会总也不肯白白放过,所以这几位先生俨乎其然地爬上博士所住的四层楼。他们走进门去,一言不发,只管行礼致敬,并且靠墙围成一圈,由德·桑累阿先生代表大家发言。这位先生一大堆平淡无奇的言辞中,有句话特别引起杜波列的注意:

"如果你希望进入路易-菲力浦的议会,如果你有意参加选举,如果这对你适宜的话,那么,我们可以答应你:我们的选票和我们每个人可能弄到手的选票,都投给你。"

这话讲完后,卢德维格·罗莱尔先生笨拙地跨前一步,畏畏缩缩,半天说不出话来。他那长着一头金发、枯槁的面孔上这时盖满了无数新出现的皱纹,他做了一个怪脸,临了,不大高兴地说道：

"也许只有我一个人不应该感谢杜波列先生；因为，惩罚，或者试图惩罚一个胆大妄为之徒的快乐竟让先生给剥夺了。不过，我应当做出这个牺牲，因为，这是为了服从查理十世陛下的命令。不过，尽管在这样的情况下受到了损失，我还是要像这些先生一样，为杜波列先生效劳，尽管如此，尽管我已经宣誓效忠路易-菲力浦，说实话，我不知道我的良心能不能允许我前去参加投票。"

杜波列的骄傲自负，他喜欢向公众发表演说的癖好，终于战胜了一切。必须承认，他谈话真是谈得妙不可言；吕西安为什么以及如何走的，他都避而不谈，这就把他的听众一个个都感动了；桑累阿竟感动得涕泗滂沱；就是卢德维格·罗莱尔在离开博士办公室的时候也衷心地和博士热烈握手。

送走客人以后，杜波列不禁哈哈大笑①。他刚刚讲了四十分钟，讲得十分成功，他把听他说话的人们痛痛快快地嘲弄了一通。对这个坏蛋来说，这就是构成他最大快乐的三大要素。

"你看，从现在起，直到选举，这些畜生对我采取的步骤只要不节外生枝，二十来张选票就稳到手了。这很可观。我从各方面了解到，德·瓦西尼先生有把握的不到一百二十票，到场选举的不过三百人；在我们神圣的党里，最纯正的人士一定会非难他进议会时的宣誓，因为他是亨利五世的特殊忠仆嘛。至于我，我只是平民而已；这倒是一个有利的方面。我住在四层楼上，又没有马车。德·拉法耶特先生和七月革命的朋友们对我和奥国皇亲德·瓦西尼先生虽然同样怀恨在心，但总该比较喜欢我，而不喜欢德·瓦西尼先生吧，何况他腰包里已经揣着……议院的贵人特许证书，如果

---

① 哈哈大笑，这种语句不够高贵，但是很明确、简短。（司汤达原注）

国王御前会议还存在的话……我在这里还得为他们演出自由派的闹剧,就像杜邦·德·累尔①一样,他现在也是本党的体面人士了,如今他们总算把德·拉法耶特先生埋葬在地下了。"

党的另一位领袖,和杜波列一样的一个正派人物,但为人和他不同,此人比较狂热一些,因为把钱捞到手的希望还很渺茫,所以他就激动得不得了,这人就是共和派戈提埃先生。戈提埃先生对吕西安的离去一直感到十分诧异,而且也非常伤心。

"一点儿也没有跟我提起过,我偏偏那么爱他!哎呀!巴黎人的心肠呀!彬彬有礼,却薄情寡义!我总以为他和别人不一样,我总以为从他灵魂深处看到了一副热心肠,看到了激情!……"

同样的感情,不过从另一种强度上表现出来,也使德·夏斯特莱夫人心里激动万分。

"……他曾经发誓说爱我,竟没有给我写封信,我呀,唉,我的弱点,他知道得那么清楚!"

这种想法真是太可怕了。德·夏斯特莱夫人最后相信吕西安的信被人扣下了。

"德·贡斯当丹夫人的回信难道我收到过?"她对自己这样说,"自从我病倒以后,我至少给她写过六封信。"

读者想必知道,居尼埃夫人是南锡邮局局长,属思想正派那类人。德·彭乐威侯爵先生一发现女儿卧病在床,不能外出,就亲自到居尼埃夫人处走了一遭。居尼埃夫人是个身材矮小、只有三尺半高的教徒。他先把她恭维了一通,然后,为了不把有关国王(即

---

① 杜邦·德·累尔(Dupont de l'Eure, 1767—1855),法国资产阶级自由主义者,政治家,诺曼底人;1797年任督政府五百人院成员,1814—1815年以及"百日王朝"时期任拿破仑帝国下院的制议长,波旁王朝复辟后被放逐,1817年被选入议会,属资产阶级自由主义反对派,1830年参加七月革命,四十年代为共和派成员,1848年二月革命后担任过临时政府首脑。

查理十世)的权力及其不在国内时期派出的专员这件事讲得太露,不要让人家有个明确的概念,他用婉转动人的语调说了下面一番话:

"夫人,你真是非常好的基督徒,又是非常好的保王派。大选快要举行了,这可是一件具有决定性意义的大事啊。确实,谨慎正迫使我们采取某些措施;夫人,法律虽然存在,但布拉格却高于一切。而且,毫无疑问,任何效忠的行动都会记录在案,所以……局长夫人,我艰巨的义务对此不便直说,总之,处于当前这困难时期,拒不给予我们帮助的,当然都是反对我们的……"

两位严肃人物的这次谈话,谈了很久,谈得极其谨慎,如果把它全部写出来,读者一定会感到极其厌烦。(因为这种喜剧人们至今已看了四十年,一个自私自利的老侯爵和一个职业信徒之间的对话所表现的一切,难道还想象不出来?)一个是图谋继承女儿遗产的父亲,用一贯精心设计的伪善把他的鬼心思乔装打扮起来,另一个是慈悲为怀的信女,职业性的教徒,虽说胆量小而又小,但一心想的是查理十世或亨利五世一旦登上王位,那么,这个可以拿到一千一百法郎的好职位就万万不能丢掉,因此她用更加乏味的诈伪和更少伪装的甜言蜜语把她的答话装饰起来;他们开始时用坦率的口气、友好的腔调和文雅的语言互相试探,足足谈了一小时又三刻钟,这样谈过后,他们达成了协议,协议有如下几条:

第一,专区区长、市长、宪兵中尉等人的信件今后不再送侯爵先生。居尼埃夫人只送代理主教雷伊先生、神父奥利夫先生等人所写的信件给他过目即可,信件不需扣留。

德·彭乐威先生谈话的全部内容讲的就是这第一条。作为让步,在第二条上他也取得了全部胜利:

第二,所有寄给德·夏斯特莱夫人的信件一律交给侯爵先生,由他转交给他一病不起的女儿。

第三,德·夏斯特莱夫人付邮的所有信件均需送侯爵先生一阅。

侯爵对这些信件可设法通过费用比较便宜的邮寄途径自行处理,这是大家取得默契而心照不宣的。但是,这种情况势必使政府收入蒙受损失,因此,作为政府这项公务的代表的居尼埃夫人,对馈赠一筐莱茵出产的二级优质葡萄酒则有权接受,这实在是十分合情合理的。

这次会谈后的第三天,居尼埃夫人就亲自封好一包邮件,交到侯爵的贴身听差老圣让手中去了。这包邮件里封着德·夏斯特莱夫人写给德·贡斯当丹夫人的一封信。信的口气亲密温存;看来德·夏斯特莱夫人要向她的朋友征求意见,但又不敢明说。

"无聊的废话。"侯爵一面把信塞到他的写字台里去,一面这样说道。一刻钟之后,人们看到那个老听差给居尼埃太太送去一筐十六瓶装的莱茵葡萄酒。

德·夏斯特莱夫人的性格温柔随和,不拘小节。她心地高尚,爱沉思默想,喜欢一人独处,俗事干扰不了她。如果她这种习惯不幸被打破了,那么,她也不惮一次又一次下决心去对付,所以,她特地差她的仆人到达尔奈镇上给德·贡斯当丹夫人寄去一封信。

仆人走了一个小时后,德·贡斯当丹夫人忽然来了,德·夏斯特莱夫人真是喜出望外。对两位朋友来说,这是多么惬意的时刻啊。

"怎么啦!我亲爱的巴蒂尔德,"两人都高兴得说不出话来,隔了好一会儿,还是德·贡斯当丹夫人先开了口,"等了整整六个星期也没有等到你一个字!碰巧我从省长先生为选举派出的一位办事员那里听说你病了,说你的病情还很叫人担忧呢……"

"我至少给你写了八封信。"

"我亲爱的,这太不像话啦;真有这种事,好心也变成了

413

欺骗……"

"他还以为干得好呢……"

这话的意思是说"我父亲还以为干得好呢",因为德·夏斯特莱夫人虽然什么都容忍得了,但她周围发生的事儿她不会看不到;她正留心观察种种诡计如何发展下去,不过这些事儿实在叫她讨厌,反而使她喜欢孤独自处,至于社会活动则无非是参观画展、看戏、参加热闹的郊游、参加盛大的舞会。客厅里只要有那么五六个人聚会,她见了就害怕,唯恐有什么卑鄙下流的勾当会伤害她。她最怕这种不愉快的感受,几乎不敢和一个人单独坐在一起谈话。

德·贡斯当丹夫人在社交场上态度却完全相反,人家这才不敢小看她。德·贡斯当丹夫人那么富于进取心,气质又刚烈,素来知难而进,总喜欢把可笑的对手嘲弄一番,大家把她看成本省不可轻侮的女人之一。她的丈夫,是个相当富有、非常漂亮的男人,她要他办的事儿他无不专心热情地去办。比如说近两年来,他一心经营一座风磨,这是将他私邸附近的一座旧石砌塔楼改建而成的,这座风磨给他带来的收益有四成之多。可是近三个月来,那个磨坊他却无心过问,心思全放在议会上了。因为他根本不是个精明人,从来也没有得罪过谁,可以说为人谦和,而且一贯照人家给他的佣金正经地履行义务,所以他还是有机可待的。

"我们觉得德·贡斯当丹先生参加选举很有把握。我亲爱的,省长已经把他列为第二线,怕的是我们的对手,德·库瓦藏侯爵。"

德·贡斯当丹夫人说这几句话时满面笑容。

"政府指定的候选人一定要完蛋。那是一个相当卑鄙的骗子,选举前夕人家要拿出他的三封信来让大家传阅,这三封信清楚地证明他干的是高级特务那一行。这就把他去年五月一日得十字勋章那件事说得明明白白,那个叫人嫉妒的勋章可把整个伯夫隆地区①都给气坏了。亲爱的巴蒂尔德,我告诉你一个大秘密:我们的行李都打整好了;我们要是不能取得胜利,那才可笑呢!"她笑着补充说,"不过,如果真的马到成功,我们一定第二天就动身去巴黎,我们至少要在巴黎待上整整半年。那么,你也跟我们一块儿去吧。"

这话使德·夏斯特莱夫人脸红了。

"啊!善心的上帝!我亲爱的,你怎么啦?"德·贡斯当丹夫人说到这里停住了。

德·夏斯特莱夫人面孔涨得发紫。仆人带到达尔奈寄的信德·贡斯当丹夫人若是收到的话,她该是多么高兴;在那封信上,写着这样一句命中注定的话:"你爱的那个人,已经把心交出来了。"

最后,德·夏斯特莱夫人还是羞愧难当地说了:

"唉!我的朋友,有个人,他一定相信我是爱他的,而且,"她深深低下了头,又说,"他一点也没有看错。"

"看你真是疯了!"德·贡斯当丹夫人笑着叫了起来,"说实在的,如果我让你再在南锡待上一年两年,你就不论碰上什么事都怀着修女般的感情。伟大的上帝啊,一个二十四岁的年轻寡妇,唯一的依靠就是七十岁的老父,他爱女儿爱得过分,把她的信都扣了下来,她想找个丈夫,找个依靠,找个支柱,有什么不好?……"

"哎呀!这还不是全部理由;我要是接受你的称赞,那就是撒谎了。偏偏他又有钱,出身又好,他哪怕是个庄稼汉的穷小子,也还是那么个人啊。"

德·贡斯当丹夫人请她把事情的来龙去脉一五一十地说一

---

① 伯夫隆地区,法国中部地区,今包括卢瓦尔-歇尔省大部分以及卢瓦雷省部分地区;该地区的伯夫隆河系卢瓦尔河支流,源自卢瓦雷省,横贯地区首府拉莫特-伯夫隆市之间。

遍,除非是真心实意的爱情,不然她是不感兴趣的,她对德·夏斯特莱夫人怀有诚挚热烈的友谊。

"他,那是从两次摔下马来开始的,就在我的窗下……"

德·贡斯当丹夫人一听不禁放声大笑①;德·夏斯特莱夫人见她这样,很是生气。后来,德·贡斯当丹夫人笑得流出了眼泪,连话也说不出来,欲言又止有二十次,才把话说出来:

"我亲爱的巴蒂尔德……这么说,你……对这么厉害的胜利者……可不能……用外省专用的那个说法,说什么这是一个漂亮的骑士!"

对吕西安这种不公正的看法,反而使德·夏斯特莱夫人把这半年来发生的事情的经过讲给朋友听的兴趣变得更加强烈了。不过整个事件当中属于感情的那部分并没有打动德·贡斯当丹夫人,因为她不相信那种所谓伟大的激情。不过,故事的结局,尚无下文的结局,倒使她颇费踌躇地思索起来。故事说完了,她依然默而不语。

后来,她对她的朋友说:"你那位勒万先生,对我们这些可怜的女人,究竟是个叫人害怕的唐璜呢,还是个没有经验的孩子?他的行为完全不自然。"

"你还是说他的行为非同寻常吧,那绝不是有意装出来的。"德·夏斯特莱夫人说,那热切活泼的神情在她是难得见到的;她又带着某种激动的心情说:

"正因为这样,我才觉得他可亲。他一点也不是那种只看过几本小说的糊涂虫。"

两个朋友在这个问题上讨论了很久。德·贡斯当丹夫人总有点儿疑心,待到忧愁地发现她的朋友陷得很深,她更是疑虑重重,

---

① 笑了四次;我亲眼看到:模特儿如此。(司汤达原注)

放心不下。

德·贡斯当丹夫人起初以为这是一次小小的没有什么大不了的恋爱,如果社会礼俗各方面凑起来都通得过,结成一段姻缘也是有益而无害的;倘若不是这样,到意大利去旅行一趟,或者到巴黎去过冬散散心,三个月天天不断的会晤所引起的激动也就会平复下来。可是,她看这个温柔、胆怯、懒散而又什么都难以打动的女人非但不是这样,反而真的发了疯,连主意都已打定。

"我的心告诉我:他卑怯地把我抛弃了。怎么!居然没给我写信!"德·夏斯特莱夫人反反复复这么说。

"可是我写给你的信你一封也没有收到呀。"德·贡斯当丹夫人气愤地说。德·贡斯当丹夫人有一种对这个世纪来说是难能可贵的品质,这就是对女友绝无恶意,即使那有关她的利益;在她看来,谎言会断送友谊。

德·夏斯特莱夫人怀着一种很奇特的愤慨又说:"他怎么不派一个马车夫来,怎么不叫一个车夫来送个信,不过十里路程,对那个车夫说:'我的朋友,这一百法郎你拿着,把这封信给我送到南锡抽水机路交给德·夏斯特莱夫人。把信交给她本人,不要交给别人。'"

"他动身时一定写了,到了巴黎一定又写了信来。"

"他已经走了九天了!我从来没有对他说过我对我的信的下落有疑心;但是我对所有这些事情的想法他都知道。我的心告诉我,他知道我的信都是真诚坦白的。"

第四十一章

德·夏斯特莱夫人心中疑虑重重,因而决定不跟德·贡斯当丹夫人到巴黎去——如果她的丈夫当选议员进入议会的话。

"那岂不像是我在追勒万先生吗?"她对德·贡斯当丹夫人这样说。

此后半个月内,她拒绝去巴黎就成了这两个朋友最亲密的谈话的中心。

德·贡斯当丹夫人到后的第三天,贝拉尔小姐拿到一笔可观的钱,就被打发走了。德·贡斯当丹夫人以她一贯的活动能力,找来博利厄小姐问话,然后把安娜-玛丽也给打发掉了。

侯爵德·彭乐威先生对家里发生的这些小事极其注意,终于明白他女儿的这位朋友原来是个很难对付的对手。

这倒也有点符合德·贡斯当丹夫人的愿望:由于她持续不断的张罗活动,德·夏斯特莱夫人身体渐渐好了起来。她很想参加社交活动,借着这个话,她就催促她的朋友每天晚上都到德·毕洛朗、德·欧甘古、德·马尔希、德·塞尔庇埃尔、德·高麦西等夫人家里去做客。

德·贡斯当丹夫人打算造成一种局面,表明德·夏斯特莱夫人自从勒万先生走后并没有失望、伤心。

她想:"不幸的巴蒂尔德可别做出什么不谨慎的事而自己还不知道。如果我们不在这里打消这种谣传,它就可能在我们动身后一直跟到巴黎来。她这对眼睛是那么美,它们会把什么都泄露

出去的,

E sotto L'usbergo del sentirsi pura①

她当初看那个年轻军官用的想必就是这种无法解释、难以言传的目光。"

德·贡斯当丹夫人有一天在她们坐马车去德·毕洛朗夫人家途中问她:

"最积极主动、最不顾一切、对你年轻时代最有影响的人是谁?"

德·夏斯特莱夫人含着微笑回答说:"当然是德·桑累阿先生。"

"那好!为了你的利益,让我对准这位先生的心发动进攻。为了我的利益,你告诉我,他手里是不是掌握着一些选票?"

"他有几个公证人、一个经纪人和几个地主的选票。他这个人挺好,每年至少有四万利弗尔的进项。"

"他拿这进项干什么呢?"

"他整天喝得醉醺醺,又养着马。"

"这就意味着他日子过得烦闷而无聊。我要把他拉过来。难道从来没有女人想跟他好吗?"

"我不信。首先得找到窍门:听他说说话总不至于把你烦死吧?"

在心境烦闷的日子里,德·夏斯特莱夫人往往讨厌见人,最怕出门,这时,德·贡斯当丹夫人忽然叫了起来:

"我得出门给我丈夫拉选票去。在阴谋诡计错综复杂的战场上,可容不得任何粗心大意。我们在南锡选区如能得到三四票,就

---

① 意大利文:"在她纯洁感情的保护下"。

419

有希望控制全局。你看:我想听鲁比尼①真想死了,和一个吝啬鬼公公一起生活实在受不了,要回巴黎只有一个办法:当上众议院议员。"

果然不出几天,德·贡斯当丹夫人就发现了杜波列博士隐藏在粗野、不安但一点也不讨人厌的外壳下的非凡的才智,并和他建立了密切的关系。这头熊接连两次见到一个没有病的女人找他谈话,这是他从未遇到过的事。这个时期,在外省,医生还没有把听忏悔教士的职务接替过来。

"亲爱的博士,咱们是同行,"她对他说,"咱们一块儿投票,一块儿选出一个政府,又推翻一个政府……咱们的筵席将要和他们的差不多,你将来会投我一票,是吗?十二票加在一起才算数……可是我忘了:你是激烈的正统派王党,我们是温和的反共和派……"

几天后,德·贡斯当丹夫人又有一个新发现,这个发现是很可利用的:德·欧甘古夫人在勒万走后大为伤心。那么开心、那么能说会道的一个女人,曾经是交际场上左右一切的中心人物,现在却咬紧牙关,默然无声了。挽救了德·夏斯特莱夫人的恰好是她;现在几乎没有人说"德·夏斯特莱夫人失去了心上人"这种话了。可是德·欧甘古夫人,要么不开口,一开口就是巴黎,还说选举一结束就去巴黎。

有一天,德·塞尔庇埃尔夫人不怀好意地对正谈起巴黎的德·欧甘古夫人说:

"你是到那儿去找德·昂丹先生的吧?"

德·欧甘古夫人十分吃惊地望了她一眼,德·贡斯当丹夫人

---

① 鲁比尼(Rubini,1794—1854),意大利男高音歌唱家,1825 年和 1831—1843 年曾在巴黎演唱,系贝利尼和多尼采蒂浪漫主义风格的早期主要演唱者。

看到此情此景觉得非常有趣:德·欧甘古夫人早已把德·昂丹先生忘得一干二净了!

德·贡斯当丹夫人只在德·塞尔庇埃尔夫人的客厅里才听到对她的朋友真正危险的谈论。

德·贡斯当丹夫人对她的朋友说:"把这么吓人、这么可笑的丑女儿嫁给巴黎一个有钱的小伙子,那小伙子对这个事儿又从来没有说过一句有意思的话,不知怎么想得起来的?简直是疯了。一个巴黎小伙子竟敢把这样一张脸带到那种客厅里去,没有几百万怕也办不到。"

"勒万先生不是这样的人,你不了解他。如果他真爱她,对社会上的那些攻击,他就不会放在心里,甚至压根儿就没注意到。"

她花了五分钟工夫说明吕西安的性格。这个说明很有说服力,所以德·贡斯当丹夫人不禁思索起来。

不过,在德·贡斯当丹夫人和戴奥德兰特见过五六次面后,戴奥德兰特对勒万的亲切友谊却使她很受感动。这并不是爱情,这个可怜的姑娘连想也不敢这样想;也许她了解甚至夸大了自己身材容貌上的不利条件。有那种意念的是她的母亲。她以为凭她洛林高等贵族的身价就足以使一个微不足道的平民光耀门庭,她的根据也就在这里。

"可是在巴黎,人家拿这个名门望族能派什么用场?"戴奥德兰特有一天对她母亲这样说。

至于年迈的德·塞尔庇埃尔先生,德·贡斯当丹夫人也很喜欢他:他心肠非常好,居常无事总拿些冷酷无情的学理来自娱。

德·贡斯当丹夫人对她的女友说:"这叫我想起咱们在圣心修道院的那个时候,N公爵在二月天,一大早七点钟,叫人套上四轮轿式马车出门,为的是跑去提出给罪犯'剁去手掌'这样的请求。那时贵族院正讨论渎神法,讨论对那些在教堂里偷圣器的盗窃犯判刑的问题。"①

德·贡斯当丹夫人容貌美丽,虽说有点平庸,但十分惹人喜欢,人又活跃主动,知情多礼,灵活聪颖,由她这么一来,很快就使她的朋友和塞尔庇埃尔一家讲和了。最后一次谈起这个微妙的问题时,德·塞尔庇埃尔夫人显出调皮的神态说:

"我保留自己的看法。"

"好极啦,我亲爱的朋友,"那位前国王派往科耳马尔的中尉②说,"不过,就到此为止吧,不要再说了,否则那班浑蛋又要说我们到处招女婿啦。"

六年来,德·塞尔庇埃尔先生从没有说过分量这么重的话。这句话在他这一家来说也是划时代的,因为直到这时为止人们都说勒万是戴奥德兰特小姐的居心不良的诱惑者,这样一来,勒万也总算给洗刷干净了。

这两位朋友为了避开同选举人会见,天天都跑到绿色猎人去游逛散心。德·夏斯特莱夫人很喜欢再去看看那家很吸引人的咖啡馆。在这里,关于去巴黎问题的最后谈判终于达成了协议。

"你内心总是那么战战兢兢的,不能把那种侮辱人的恶俗的话强加到你自己头上,说什么去追一个情人,除非你自己立誓从此再也不理他。"

"好了!就算是吧!"德·夏斯特莱夫人明白她的意思,这样说道,"在这样的条件下,我同意,我的怀疑、我的顾虑也烟消云散

---

① 1825年3月贵族院讨论"渎神法",这项法律规定进入宗教建筑物偷窃一律处以死刑,在处死刑前须剁去罪犯的手掌。这项法案当时遭到下院反对,社会进步阶层也激烈反对。这类法案提出,表明查理十世王朝贵族与教权派反动势力的猖狂。

② 指德·塞尔庇埃尔先生。

了。要是将来我在布洛涅林苑①遇到他,要是他走上前来和我说话,在回来再看一看绿色猎人之前,我一句话也不跟他说。"

德·贡斯当丹夫人惊奇地看着她。

德·夏斯特莱夫人继续说:"要是我想和他说话,那么我就一定先回南锡,而且只在碰到这里的栅栏后,才回答他的话。"

沉默了片刻。

"这是立下的一句誓言。"德·夏斯特莱夫人认真地说,德·贡斯当丹夫人听她这话不禁笑了,随后,她也变得阴沉沉的,心情很不好。

第二天,在去绿色猎人的途中,德·贡斯当丹夫人见马车里放着一个镜框。里面是派尔费蒂②的一幅版画,一幅很美的圣塞西尔③像,那是先前勒万送给德·夏斯特莱夫人的。德·夏斯特莱夫人要咖啡馆主人把这幅画挂在柜台上面的墙上。

"有一天我也许会来向你讨回这幅画。"当她和德·贡斯当丹夫人一起走开之前,她低声这样说,"只要这幅画挂在这儿,那么,我就决不示弱,决不和勒万先生说一句话。这命中注定的一片心念,就让它从这儿开始吧。"

"命中注定,快别这么说!感谢上天,爱情并不是义务,爱情可是喜悦;不要把它看得那么悲惨。你的年纪和我加在一起正好五十岁,活到五十岁的时候,再满脸的忧郁愁苦,满腔的深思熟虑,

---

① 布洛涅林苑原系鲁夫雷森林的一部分,从拿破仑时代起,布洛涅林苑成为巴黎近郊最理想的散步场所。
② 派尔费蒂(Perfetti),生卒年不详,意大利版画家。
③ 圣塞西尔(Sainte Cécile,一译圣塞西利亚,?—约230),罗马的基督教女殉教者,据五世纪末传说,她出身贵族,自动向上帝发贞洁愿;被迫出嫁,丈夫尊重她的誓愿,不与她同房,并经她劝导信教受洗;由于她把财产分给穷人,激怒地方的贪官阿尔马齐乌斯,下令将她烧死,火焰却不伤害她,于是将她斩首。又有一种传说:她是音乐主保圣人,既能歌唱又能弹奏乐器,因拒绝崇拜罗马诸神而被斩首。

随你怎么说吧,那也不迟;咱们还是接受我公公的道理吧:'天下雨,随他去!天晴,也随他去!'你发愁就叫你愁死,跟巴黎生气,又何必呢,不过是逢场作戏罢了,犯不上真动怒。总有那么一天,会出现一位漂亮的青年男子……"

"可是他并不好……"

"会出现一位青年男子,不加任何形容词的青年男子;你爱上了他,你整个心都被他占有了,悲愁因此飞得无影无踪,你却偏说这爱情是命中注定的!"

行期已经决定,为了这事她们和德·彭乐威先生大闹了一场,在争执中,德·贡斯当丹夫人占了上风,而且侯爵对她那嬉笑怒骂、冷嘲热讽也怕得要命。

"这个女人什么都说得出口;什么都不拒绝,做个可爱的人并不难;什么都放任自己,有点机智也很容易。"有一天晚上,他很生气,翻来覆去总是对德·毕洛朗夫人讲这种话。

"那么好啦,我亲爱的侯爵!德·塞尔庇埃尔夫人就在那边,你去求她什么也不要拒绝吧,让咱们看看会有什么有趣的事儿出现。"

"总不外乎那些嘲笑讽刺,"侯爵愤愤然反驳说,"在这个女人的眼睛里,根本就没有神圣的东西!"

"世上没人有德·贡斯当丹夫人那样的聪明才智,"德·桑累阿先生态度俨然地说话了,"她笑的是可笑的贪心不足,又怪得了谁?"

"贪心不足!"德·毕洛朗夫人说,好奇地看着这两个人煞有介事地斗嘴。

"是呀,贪心不足,专横跋扈。"桑累阿沉着脸又说。

德·桑累阿想出这么一个看法来,很是得意,又得到德·毕洛朗夫人的赞同,说不定这也是从来不曾有过的事,更叫他来劲了,因此一说他就足足说了一刻钟,而且说来说去绕了一个大圈子,末了还是回到原来那个贫乏的看法上来。

德·贡斯当丹夫人小声对德·毕洛朗夫人说:"夫人,思想贫乏的人抓到一个看法,那是再高兴也没有了!"这两位夫人咯咯笑了起来,桑累阿错把它当成赞赏他的意思,心下想:"这个可爱的女人一定是崇拜我的。"德·贡斯当丹夫人的确有道理。

德·贡斯当丹夫人接受过两三次晚宴邀请,筵席丰盛,整个南锡上流社会都请到了。德·桑累阿先生向德·贡斯当丹夫人献殷勤,可总是找不出话来谈,德·贡斯当丹夫人向他要那地方选民团的一票已经要了不知多少遍。她以为一定会碰到什么奇怪的抗议的;他对她发誓说,他一定把他的代理人、公证人和佃户的选票通通送给她。

"不但如此,夫人,我还要到巴黎去看你。"

"我在巴黎每周只见一次客。"她说,眼睛看着德·毕洛朗夫人,"在这儿,咱们大家都熟识,在巴黎,你可要把我的声名给牵连进去了。你一个年轻人,有钱,有马,又有社会地位!一个礼拜一次,我还嫌说得太多:至多一个月拜访两次。"

这样的开心事桑累阿可从来没有遇到过。他恨不得请公证人来把德·贡斯当丹夫人这个聪明女人许给他的好事立下文契,以免口说无凭。他说她是有才智的女人,他加到她头上的这个尊称一天至少要说上二十次,还要用洪亮的嗓门喊叫,果然取得很好的效果,别人听了他的话都信以为真。

为了这个女人一对漂亮的眼睛,他和德·彭乐威先生也吵了一次,他爽爽快快地宣称,如果不必向路易-菲力浦宣誓的话,他一定要参加选民团。

"在法国今天谁相信什么宣誓不宣誓?路易-菲力浦自己相信吗?几个强盗在树林一角把我截住,他们三个对一个,要我宣

425

誓。莫非我也拒绝？现在，政府也是强盗，竟想剥夺我选出一名议员的权利，任何法国人都享有的权利。政府有省长，有宪兵，莫非我上去和政府斗一斗？我的天，我可不干！还是让我捧捧政府吧，就像政府犒赏光荣革命的战士一样。"

德·桑累阿先生不知是从哪一本小册子上找到这三句名言的？谁也不相信这是他本人的发明创造。德·贡斯当丹夫人每天晚上都给他灌输些思想，可能得罪本省省长的言论她当然不会去散布。省长就是那位大名鼎鼎的杜莫拉先生①，出了名的变节分子，过去，早在一八三〇年前，他又是自由派演说家，后来就给关进监狱去了。他在查理十世王朝之下，在圣佩拉其监狱②度过八个月，总是说个不停。其实他这个人一点也不蠢，自从他改变信仰以后，他学乖了，甚至变得很狡猾，所以真正不谨慎的话德·贡斯当丹夫人是决不会轻易说出口的。

杜莫拉先生一心指望在巴黎搞到一个有四万法郎进项的官职，为了这个目的，他宁愿自甘下贱，一个礼拜受两三次侮辱，也忍得下去。

德·贡斯当丹夫人明白：一个献身于这种原则的人，对女人的美貌是不会敏感的。当前，杜莫拉先生准备采取高明的招数从选举中脱身出来，升迁到另一个省政府里去当官；《黎明报》（即戈提埃先生那份自由派报纸）对他大加讥评，专门把杜莫拉先生过去鼓吹自由派的言论又翻出来，在全省把他搞得名誉扫地——这就是当地用的那四个字。

---

① 司汤达在小说开端南锡省长的名字原写的是弗莱隆，是与此不同的人物。因为，故事最初是在蒙瓦利埃展开的，弗莱隆先生在省政府处于专区区长地位，省政府高一级首脑是杜莫拉先生，司汤达在小说开头那样写，后来在全书中没有予以改正。（马尔蒂诺注）

② 圣佩拉其监狱，原址在巴黎隐士井路 14 号，1899 年被拆除。

在这里,要叙述杜莫拉先生操纵选举的种种事实和丰功伟绩,非得有八至十页篇幅才够,我们就一笔带过了;这是真实的,真实得就像无名尸体认领所那样,这类真实事件我们就留给供女仆阅读的十二开本小说去描写吧。现在我们还是回到巴黎来,到杜莫拉先生的上司——部长府上走一遭。巴黎当权人物玩弄阴谋诡计并不那么叫人厌恶。

第四十二章

《通报》上光荣地披露勒万姓名的那天晚上,这位查案官既疲倦得厉害,又是一肚子的厌烦不快,像那位愤世嫉俗的人物①一样,闷闷不乐地坐在他母亲客厅一个阴暗的角落里。这一整天,人家跑来向他道贺,什么荣就高位呀,什么前途不可限量呀,什么辉煌的第一步呀,这些话总是在他眼前耳边说个不停,弄得他头脑发涨,透不过气来。那么多的恭维祝贺,正是巴黎居民富有才华的表现,他都要一一作答,他的答话多半很不得体,说得很糟,真把他累坏了。

"妈妈,这难道就叫作幸福?"只剩下他们两人的时候,他对他母亲这样说。

"我的儿子,累得精疲力竭,就谈不上幸福了,否则,还有什么精神上的愉快可言,心里又怎么去想象那将要到来的幸福呢?说来说去总是祝贺,确实太烦了;至于你,又不是小孩,更说不上年老,既够不上野心勃勃,又谈不上是虚荣,所以面对那一身查案官的制服,也没有什么值得大惊小怪的。"

父亲勒万先生在歌剧散场一个小时后才回家来。

他对儿子说:"明天八点钟,我带你去见见你的部长,介绍介绍,如果你没有旁的事的话。"

次日,八点差五分钟,吕西安来到他父亲居室前面那间小

---

① 指莫里哀喜剧《愤世嫉俗》中的主人公。

前厅。

八点了,八点一刻了。

"没有人,先生,"从前的听差昂塞姆对勒万说,"先生不打铃我是不进先生房间的。"

最后,在十点半钟,铃响了。

"叫你久等,真叫我不痛快,我的朋友。"勒万先生好心地说。

"我没什么,不过,部长——"

"必要的时候,部长应当等我。我的天,是他需要我,不是我需要他;他需要我的银行,只是他又怕我的客厅。不过,我的孩子,你是我爱的人,我敬重的人,我可让你伤脑筋等了两个小时呀,"他笑着又说,"这可是大不相同的。打八点钟我听得清清楚楚,不过我觉得我有点发汗,我想等汗发过去。活到六十五岁,生命就成了一个大问题了……决不应当让一些想象中的困难害得它失调。

"……你已经准备好啦!"他说,又停了一下,"你的模样真年轻!去换一件颜色不那么鲜的衣服去,要穿黑坎肩,把头发也弄得乱一点……不时地咳嗽咳嗽……想法子把你弄成有二十八岁或者三十岁的样子。在笨蛋面前,初次印象是很起作用的,而且永远要拿部长当一个笨蛋来对待,因为他没有时间去思考。记住,办公事的时候,千万别穿得太考究。"

换衣打扮费去一个小时,然后他们才出门。德·韦兹伯爵根本没有外出。门房见了两位勒万先生的姓名,殷勤接待,立即通报。

"部长阁下在等我们。"勒万先生对他儿子说,这时他们穿过三间客厅,客厅里坐满了按身份、地位不同而做不同安排的求见的客人。

两位勒万先生走进门来,见部长正在一张刻有趣味恶俗的雕花的柠檬木写字台上忙着整理三四百封信件。

"我亲爱的勒万,你看我正忙着搞我的通报呢。我得搞出一份通报来,以便让《国民报》《法兰西报》他们去详细解剖。我的科员们让我等了两个小时,才把我的前任的那些通报收齐。我很想知道他们是怎样调整步调的。真叫人气恼呀,这玩意儿我还没有搞过,你这么有眼光,可得多多指教,以免授人以柄啊。"

部长这样谈了二十分钟。这时,吕西安仔细地把他打量了一番。德·韦兹先生年纪有五十开外,人长得高大,身体相当好。发灰的头发很漂亮,面貌方正,头部昂然挺直,讨人喜欢。不过这样的印象保持得不久。再看上第二眼,人们就注意到他的额头很低,布满着皱纹,思想都从那里给挤掉了。吕西安发现这位大官气度如此平庸,简直像一个听差那种模样,感到很奇怪,也很不舒服。他手臂很长,不知往哪里摆才好;更糟的是,吕西安似乎看出他这位部长阁下总是想方设法让自己的仪表显得尊贵优雅。他说话声调太高,并且很注意听自己说话。

勒万先生认为是该把他那几句神圣的话语讲出来的时候了,所以干脆打断部长滔滔不绝的谈话,说:

"我荣幸地把我的儿子介绍给部长阁下。"

"我要把他当作一位朋友,他将是我的第一助手。我们要做的工作可真不少:我得把我那八十六个省长的特点全都装进脑袋里去,我得给那些阴阳怪气的人打打气、鼓鼓劲,我得控制那种头脑发热、不知谨慎的人,他们发起怒来倒成了反对党的利益的助手了,我还得开导开导那班思想狭隘、目光如豆的人。这位可怜的先生(前任部长)留下的是个烂摊子。他这里的一批雇员,什么问题都回答不出,明确的概念也讲不明白,只会讲些漂亮的空话。

"你看我现在坐在可怜的科尔比埃尔的办公桌旁了。想当初,我在贵族院跟他那个像剥了皮的公猫似的尖嗓子争吵的时候,谁会说我有一天也会坐到他的位子上来呢?他这个人,思想狭隘,目光短浅,但他看事并不缺乏敏感。他有洞察力,只是没有口才,而且他那发怒的公猫似的面孔使最无动于衷的人都想顶撞他。德·维勒尔先生做得好,得和一个有雄辩口才的人合作,譬如说马蒂涅亚克。"

这说的是关于德·维勒尔先生的帮派。接下去,德·韦兹先生又论证了公正是社会的第一需要。由此又解释良好的信仰何以是信用的基础。紧接着他又对来访的两位先生说明一个政府如果偏颇而不公正,那便正好是假自己之手杀害自身,如此等等。

勒万先生的光临最初似乎是对他表示的一种敬意,可是他愈说愈有兴致,竟忘了他正和一位全巴黎都在传诵其俏皮话的人物说话;这个大人物又摆出俨乎其然的神气,对他的前任的廉洁奉公大加称颂,说他一年之内大约给内政部节省了八十万法郎的开支,以此结束了他的谈话。

"我亲爱的伯爵,对我来说,那真是太高尚了。"勒万先生这样对他说过之后,转身就走了。

部长的话还没有说完,于是他对他的亲信秘书继续说下去;他说如果缺乏廉洁,那就不是一位伟大的部长。吕西安成了这位部长滔滔不绝的演说的唯一听众的时候,发现他的言谈态度不过尔尔,普通得很。

最后,部长阁下把吕西安安排在另一间很漂亮的办公室里,与部长的专用办公室相隔只有二十步远。吕西安看到办公室大窗下面是一座风光旖旎的花园,十分惊奇;这花园和四周枯燥乏味的环境恰好形成鲜明的对照。吕西安动情地凝视着那些树木。

他坐到他那把靠椅上去,发现靠背上面有不少灰尘。

"我的前任大概也未曾料到吧。"他笑着对自己这样说。

接下去,他看了看他这位前任的工整的书法,字写得很大,字形写得很好,一种极度的陈腐之感从心底油然而起。

"这间办公室叫我闻到一股空洞的废话和恶俗的夸张的气味。"

他从墙上把两三幅法国画派的版画摘了下来,画的是弗拉高纳尔或巴比埃①先生画的关于尤利西斯挽住珀涅罗珀的车那一类故事……他叫人把画挂到别的办公室去。后来,他另外挑了几幅昂德尔洛尼②和莫尔甘的版画挂起来。

一个小时后,部长来了,交给他一份明天宴会邀请的二十五位客人的名单。

"我已经决定,部里的大时钟一打响,门房就把我所有的文书信件都送到你这里来。凡是杜伊勒里宫和其他各部的来件,你立即送给我,其余来件由你拆阅处理,每一件你都给我做个摘要,一行文字就行,至多两行;我的时间宝贵呀。"

部长前脚走出,近十个职员后脚跟着就走进门来见见这位查案官先生,查案官先生果断而冷淡的神态在他们看来似乎预兆不祥。

整整一天,几乎没有别的事,只有用裁纸刀拆文件这么一件事,吕西安这时比在骑兵团那会儿更加冷漠无情更加鄙夷一切了。

---

① 法国画派即法兰西画派,自十五世纪兴起,最早的作品是让·富盖(Jean Fouquet)的细密画和克鲁埃(Clouet)的肖像画,受达·芬奇等的影响而模仿意大利风格,十七世纪代表人物为普桑(Poussin),十八世纪有华托(Watteau)、布歇(Boucher)、夏尔丹(Chardin)以及此处提到的弗拉高纳尔诸人,十八世纪末有复兴古典主义的大卫(David),十九世纪初有普吕东(Prud'hon)、格罗(Gros)、席里柯(Géricault)、安格尔(Ingres)、德拉克洛瓦(Delacroix),1830年兴起反对古典主义的运动,席里柯和德拉克洛瓦为浪漫主义运动开辟了道路,随之涌现了巴比松风景画大师柯罗(Corot)、卢梭(Rousseau)以及自称现实主义的库尔贝(Courbet)和米莱(Millet)。弗拉高纳尔(Fragonard,1732—1806),法国画家,以仕女调情之类画著称;巴比埃(Barbier,1789—1864),法国风景画家。下文所说尤利西斯挽住珀涅罗珀的车,系指荷马史诗中所述故事。

② 昂德尔洛尼(Anderloni,1785—1849),意大利版画家。

他觉得同他在南锡初出茅庐那个时期冷酷无情的体验相比恍如相隔十年,那个时候,他冷酷,为的是避免被戳上一剑,还让人开那种玩笑。他那时不得不忍痛把企求快乐的冲动强压下去;即使有种种粗野的笑谑和刀剑的危险,他也得不顾一切地和他骑兵二十七团的同志们周旋。今天,对他所厌恶的人,他用不着过分掩饰他内心深处的厌恶了。在此之前,他那种冷漠态度,就他现在来说,不过是一个十五岁的小孩开心的时候故意赌气罢了;他现在的心境已经换了一个样子:两脚已经陷进了泥淖。他一面向前来看他的雇员们致意,一面心里在想:

"我在南锡的确是一个傻瓜,就因为我还不够多疑,过于轻信。我那时心地正直,又天真,又傻,还不够卑鄙。你是不是够卑鄙?啊!我父亲提出的问题含义真深!要么找个清静的地方躲起来,要么就学得和欢迎我这个查案官先生的官儿们或担任副职的官儿们一样灵活机巧,非此即彼,不这样不行。从军马草料供应或者军医院绷带供应中捞外快这最初的偷盗无疑会叫我不自在,起反感。但是,找个清静的地方躲起来,清清白白过日子,有那么几桩诈骗附近乡下人或没有经验的人之类的罪过,难道虚荣心因此就受到伤害,我就给害得心神不安?与同时代人相比,在精神上甘愿做个低人一等的人,这种观念如何忍受得了?……如果不去盗窃,那么,我就得像今天所认识的这些雇员那样,至少要学会让部长阁下去盗窃。"

类似这种想法,表现出来的一副面孔,当然不会是在初次见面的人之间容易促成交谈、引起好感、引起好兴致的那种面孔。在部里度过这第一天后,吕西安愤世嫉俗的表现形式是:看不见的,心里就不去想,但是,看这些人时间一长,他就讨厌起来,变得很不耐烦。

这些就无须多加细述了。他回到家里,见到他的父亲,心情十分愉快。

他父亲对他说:"这是两张订单,也算是你今天取得的头衔应有的附属品吧。"

这是歌剧院和意大利剧院长期包厢票各一张。

"哎呀!我的父亲,这种愉悦简直让我有点儿害怕了。"

"这个职务你已经答应我做一年半,可不是一年。要做好事就做到底,你就答应我每天晚上都往这几处欢乐的神殿去坐上半个小时,特别是在十一点钟欢乐快要结束的时候。"

"这个我答应。这样一来,我整天恐怕连一个小时的安静也没有了。"

"有礼拜天嘛!"

(勒万先生对勒万夫人说:"他太顺从了,他对什么都不加反对,这倒叫我有点害怕。")

第二天,部长对吕西安说:

"我交你办一件事:拥到一个新任部长这里来的一大批人,你给他们排一个约见时间表。混在那些名声不好不坏的女人中间的巴黎阴谋家,你给我把他打发掉;这些人什么都干得出来,最黑心的卑鄙勾当也干得出来。鬼迷心窍的外省穷鬼你给我接待一下。求见的人如果穿一身制服,尽管磨得发光,却仍然风度翩翩,那是一个骗子手;他久居巴黎;这种人如果还有点用处,我会在某个人家的客厅里遇到他的,他也会请个什么人把他推荐给我,人家也会替他担保的。"

过了没几天,吕西安邀了一位画家到部长府上吃晚饭,这是个很有才华的人,名叫拉库瓦,他这个名字恰恰就是被德·波利涅亚克先生①革职的一位省长的名字,恰巧这天请客部长又请的都是

---

① 波利涅亚克(Polignac,1780—1847),路易十八、查理十世的心腹,极端保王党的党魁,1829年组阁为内阁首脑,1830年7月26日波利涅亚克政府公布国王敕令,七月革命爆发,波旁王朝倾覆,查理十世逃亡国外。

省长。

到了晚上,宴席已散,德·韦兹伯爵和他的夫人以及勒万单独坐在客厅里闲谈,德·韦兹伯爵对晚宴席上几位省长谨慎小心的神态笑了半天,省长们见这位画家成了他们省长职位的候补者,眼睛发红,满怀妒忌地看着他。

部长说:"为了加深误会,我有十次专门跟拉库瓦谈话,而且谈的都是有关政府事务的重大问题。"

"正因为这个缘故,他的样子才显得那么烦恼,又那么叫人厌烦。"小巧玲珑的德·韦兹伯爵夫人声音轻柔而又胆怯地说,"也没有必要非理解他不可;我透过桌上那盆花看他那怪有精神的脸,简直猜不透他心里在想什么。他一定要骂你请他吃饭了。"

"部长家里请客,人家是不会骂的。"德·韦兹伯爵半认真地说。

"狮子的利爪露出来了。"勒万暗自这样想。

德·韦兹夫人对这种伤人的话一向非常敏感,一听这么说,她就变得灰溜溜的了。

"这位小勒万要让我在他父亲府上扮演一个傻子角色吧。"

"他想弄一些画到手,"部长又愉快地说,"当然,因为是你介绍的,所以我准备答应他。我看他每个礼拜随便什么时候来两次好了。"

"你这是当真?你答应我把画给他,而且不用他亲自来向你请求?"

"一言为定嘛。"

"这样的话,我就让他到你这里来做个朋友吧。"

"太太,这样一来,你就有两位有见识的先生陪你了,这就是拉库瓦先生和勒万先生。"

部长见吕西安让他请这么一位历史画画家到家里来吃晚饭,

认为是小看了他,所以用这种优雅亲切的话来打趣吕西安,虽然话说得未免有点刺耳。吕西安也听出来了,他用一种完全平等的口气回敬他的部长,这可又刺痛了部长。吕西安眼睛看着他,满不在乎地说下去,这使部长既感到惊奇,又觉得有趣。

吕西安倒喜欢和德·韦兹夫人相处,德·韦兹夫人长得美丽,胆子很小,心地善良,和她谈起话来,他竟完全忘了她是个少妇而他自己也是个青年男子。部长的安排很合我们这位英雄的心意。

他想:"我和这两个人的关系就这样密切起来了,我认识他们不过一个星期,他们的面目我还不清楚呢,这两个人中,一个人往往攻击我,我觉得好玩,另一个,我很感兴趣。"

吕西安办事十分认真,他觉得部长对请客时请错了客人,归因于吕西安年轻不懂事、轻忽任意,不予计较,故意做出高姿态。

"我的伯爵,你是一位了不起的长官;在这方面,我很尊敬你;不过,我是你的属下,随你怎么嘲笑都行;但是为你的荣誉着想,我宁可冒昧做个坚强的人,也不愿听任你侵犯我的尊严。这其实也是向你表明:我对我这个职位是无所谓的,而你对你的职位却是爱不释手的。"

这样的生活过了一个星期之后,吕西安才算真正又回到尘世中来;南锡最后一晚给他的巨大震动这时才算平息下来。让他感到懊悔的第一件事是,临行前没有给戈提埃先生写一封信;所以现在他给戈提埃先生补寄了一封长信去,应该说,这封信写得很不谨慎。他在信末的签字龙飞凤舞,信又是转请斯特拉斯堡省长投邮转发的。

他想:"从斯特拉斯堡寄出,也许可以避过居尼埃夫人和变节分子杜莫拉的警察署的耳目。"

他在部里某几个办公室里好奇地注意到这个杜莫拉的往来函件,对这个人物德·韦兹伯爵似乎有几分害怕。这时正当选举和西班牙事件的热潮之中。杜莫拉先生的函件谈到南锡,吕西安极感兴趣;其中谈到德·瓦西尼先生,说他是一个非常危险的人物,还涉及杜波列先生,据说这人倒并不怎么可怕,只消一枚十字勋章并把一处烟草专卖权批给他妹妹,便可解决问题。那些可怜的省长唯恐在选举中失利,都找他们的内政部长反复强调他们处境困难,这类情况就使勒万从他原来那种郁郁寡欢的情绪中解脱出来了。

勒万的生活情况大致如此:白天六个小时在格洛内勒路部里上班,晚上在歌剧院至少坐一个小时。他的父亲,虽没有明讲,其实却把他整个儿给推到工作中去了。

他对勒万夫人说:"这是免得他对准自己开一枪的唯一妙法,如果我们真给搞到那种地步的话,其实,那不可能。他的道德观念真叫人讨厌,正是这种道德观念不允许他那么干,不会让咱们孤孤单单地留在世上,除此之外,他倒是热爱生活的,同这个世界进行搏斗也很能吸引他的好奇心。"

勒万先生对他的妻子怀着一片深情,一心一意想解决这个问题。

"没有你的儿子,你就活不下去,"他对她说,"没有你,我也活不成。所以坦白地对你说,自从和他接近以来,我发现他这个人很不一般。有几次他对他的部长的挖苦话照样回敬,部长夫人也很赏识他。总括起来说,吕西安这种年轻人的反唇相讥虽不免稍嫌稚嫩,但总比德·韦兹那种给磨光了锋芒的老朽不堪的讽刺强得多……让我们等着看他怎么对付他部长干的第一桩拆烂污的事吧。"

"吕西安对德·韦兹先生的才干评价很高。"

"咱们唯一的指望就寄托在这上头嘛;他对部长还敬佩这一点无论如何要加意维持下去才行。这对咱们来说是极其重要的关键所在。我是什么都不承认的,什么廉洁不廉洁我尽可以戳他几刀,可是我仅有的办法只能是说一句:一位有这么大本领的部长一年给他四十万法郎是不是太多了?关于这个问题,我要证明给他看:苏利也是一个窃国大盗①。再过三四天,我还要发表我的关于保留意见的声明,那可是了不起的,我要说:波拿巴将军一七九六年在意大利也曾拼命抢劫②。你一定很喜欢一七九九年在卡萨诺、诺维等地作战的那个莫罗③,像莫罗那样的正派人物,居然也从国库挖去大约二十万法郎,至于波拿巴更挖去三百万……不一而足。我希望以后吕西安不要反对,那就好办,只要他对德·韦兹先生保持敬意,那么,他在巴黎这段时候我就可以向你担保他太平。"

"只要我们能坚持到今年年底,"勒万夫人说,"他就会把德·夏斯特莱夫人给忘了。"

"那我可没准儿,难道你竟说他是个不会变心的人!不管我干出什么可恨的事来,你反正永远爱我,不肯离开我。至于你给你儿子生成的那颗心,我非得另眼看待才行。我要找个适当的机会,把他介绍给葛朗代夫人。"

"她人很美,年纪很轻,的确光彩照人。"

"她尤其渴望那种狂热的爱情。"

"吕西安一看见装腔作势,就会逃之夭夭……"

有一天,天气极好,大概在两点半钟,部长满脸通红地走进勒

---

① 苏利(Sully,1560—1641),1594年成为法王亨利四世的亲信大臣,在财政、水道陆路交通、炮兵建设等方面建树甚多,在历史上十分著名;可是苏利本人也大发其财。苏利是胡格诺派教徒,对宗教战争后法国的经济复兴做出重大贡献。称号为苏利公爵。
② 指1796年拿破仑·波拿巴远征奥地利统治下的意大利的战役。
③ 莫罗(Jean-Victor Moreau,1763—1813),法国革命战争(1792—1799)中的主要将领,1799年任意大利方面军司令;卡萨诺,意大利北部城市,在伦巴第区;诺维,意大利西北部皮埃蒙特区城市;莫罗被拿破仑放逐,流亡美国,1813年加入反对拿破仑的联盟军,在德累斯顿战役中负伤身亡。

万的办公室,两只眼睛仿佛弹了出来似的,简直控制不住自己了。

"快快,快找你父亲去……先把这份电报一式两份抄出来……请你把我发给《巴黎日报》的这个文件也抄一个副本……那个重要性和机密性你可以感觉得出……"

吕西安抄写的时候,他又说道:

"我可不准你乘部里的双轮马车,其中自有道理。去乘停在对面通车大门下面的那一部,先垫付六个法郎,以上帝的名义保证,千万在交易所收盘之前找到你父亲。你知道,三点半交易所关大门。"

吕西安手里拿着帽子,准备要走,只见部长上气不接下气,话也说不出来了。他见部长走过来,好像换了一个人一样,但是电报二字立刻就让他明白了。部长走了出去,可是马上又转身回来;用命令的口气说:

"先生,你把你刚才抄好的两个副本交给我,交给我,你可要保证,一定只拿给你父亲看,绝不要给任何旁人看见。"

说过之后,他才转身走去。

"瞧这种说话的口气,既粗野,又可笑,"吕西安想,"听起来真叫人生气,这只能引起报复的念头。"

吕西安匆匆跑去上马车,这时他又想道:"你看,我有许多疑点,都得到证实。部长肯定在证券交易所里搞鬼……这一下我可真成了这桩无耻勾当的同谋犯了。"

吕西安费了九牛二虎之力才找到他父亲。天气很冷,只是太阳还没有落山,最后他才想到该到大街上去找他,果然他父亲在舒瓦泽路拐角的地方观赏一条展出的大鱼。

勒万先生看见儿子相当不高兴,不愿意坐他那部双轮马车。

"见鬼,你这个冒失鬼!我只坐自己的车;我没有到,看交易所敢不敢关门!"

吕西安跑到和平路路口去找他父亲停在那里的那部马车。到

439

三点一刻,在交易所快要关门的时候,勒万先生才到。

他弄到六点钟才回家。

"到你部长家里去吧,把这几个字给他送去,准备看脸色吧。"

"好吧,反正他是部长,我的回答总归也不会客气。"吕西安说,因为他自己在这件见不得人的事务中扮演了一个不光彩的角色,心里十分不快。

他来到部长家里,部长正陪着客人,那是二十位将军。"更应当不客气。"他对自己这么说。这时,仆人通知开饭。某元帅于是伸出手臂让德·韦兹夫人挽着。部长站在客厅中间,正高谈阔论;见勒万来到,话也来不及收住。他连忙疾步走出门口,示意勒万跟他一起退出来;来到书房,他关上门,把门上了锁,然后奔过来,看带来的那个便条。他几乎乐得要发疯,使劲儿把吕西安搂在他粗大的胳膊里,拥抱了好几次。勒万直直地站着不动,上衣的纽扣一直扣到下巴底下,厌恶地看着他的部长。

"真是一个强盗,"他心里想,"而且是一个正在动手抢劫的强盗!他开心的时候,就和发急的时候一样,举动活像一个奴才。"

部长早已把晚宴忘得一干二净;这是他在交易所做的第一桩买卖,一下子捞到几千法郎,真叫他乐不可支。可笑的是,他对此居然还很自豪,只有在这样的时刻,他才觉得自己真是个名副其实的大部长。

"我的朋友,这简直神圣得很哪……"和吕西安一同走进餐厅的时候,他这样说,"此外,就要等明天再抛出去。"

所有的客人都已就座,出于对部长的尊敬,大家都等着,宴会还没有开始。可怜的德·韦兹夫人满脸涨得通红,急得直出汗。二十五位客人,就那么空坐着,什么话也不说,他们明知在这样的场合应当说说话,可是不知说什么才好,在这一言不发地枯坐空等的时候,一个个都摆出一副尴尬的蠢相,只有德·韦兹夫人不时畏畏缩缩地勉强说出一两句话打破沉寂,她端过一盆汤送给坐在她身旁的元帅,这位元帅显出不便接受的表情,成了整个筵席上注目的中心,那情景非常滑稽可笑。

部长如此大动感情,以致报纸上对他经常赞不绝口的那种端庄自信的风度也消失不见了;他那样子显得有点慌里慌张,他入席的时候,吞吞吐吐说什么"杜伊勒里宫来了一份急件……"

汤已经冷了,所有的客人都浑身发冷。没有一个人说话,人人都感到很不是滋味,吕西安听到有这样的谈话:

"他很慌乱嘛,"坐在勒万旁边的一位上校对他的邻座低声说,"他是不是给撤职了?"

一位白发苍苍的老将军用同样声调回答说:"表面上还是很快活的嘛。"

当天晚上,吕西安坐在歌剧院里,全神贯注地想这个不愉快的问题:

"我父亲也参与这种事……人家可以说他是在搞他的银行这一行。他探听到消息就加以利用,并没有做什么背誓的事……没有坐地分赃的窝主,也就没有盗贼。"

这样的解释仍然不能使他内心平静。雷蒙德小姐一看见他,就追到他的包厢里来,尽管她风韵娇美,也引不出他一句话来。"依然故我",那个"故我"这时正占上风。

"早晨和盗贼打交道,晚上同婊子鬼混!"他痛苦地这样想,"舆论会怎么说?上半天,舆论称扬我,后来又把我臭骂一顿,因为我和这么一个可怜的姑娘一同消磨这个夜晚。美丽的贵妇就好比浪漫派眼中的法兰西学院①:她们既是审判官,又是被告……

---

① 法兰西学院,枢机主教黎塞留1634年建立的文学院,院士以四十人为限,常以保守的面目出现,反对文学内容和形式上的革新。

啊！如果我能把这一切和……谈谈……"

他心里正要说出德·夏斯特莱这几个字，随即停下来不再往下想了。

第二天，德·韦兹伯爵急匆匆跑到勒万的办公室里来。他关上门，扭上锁。他那两只眼睛的表情着实奇怪。

"上帝呀！看这个坏蛋多么丑恶！"吕西安心里想。

部长上气不接下气地张口说道："我亲爱的朋友，快找你父亲去。我必须……我绝对必须和他说……你无论如何请他到部里来一趟，因为，我，我总不能自己出面跑到凡·彼得斯－勒万银行去。"

吕西安注意地看着他。

"他毕竟还顾及一点廉耻，不便拿他那盗窃勾当对我直说。"

吕西安错了。德·韦兹先生因为已经被贪欲害得神魂颠倒（那是有关获利一万七千法郎这么一大笔钱的大事），同吕西安谈话一向感到的畏怯、顾虑，这时也早已丢到脑后去了，他怕吕西安倒不是由于道德廉耻，他怕的是他和他的老子一样，专门挖苦人，怕听到叫他难堪的话，受不了。所以此刻德·韦兹先生的口气很像是一个主子对仆人说话的口气。开始的时候，他自己也没有注意到这种区别，因为一位部长按照自己的意思对他谈话的对象不论怎样表示敬重总不至于不讲礼节。后来，因为事情涉及金钱事务，而且他本人急切激动到了极点，所以就什么也顾不得了。

勒万先生笑容满面地接受了他儿子受托转达给他的消息。

"哼！因为他是部长，所以就叫我跑腿？你替我告诉他，他那个部我不去了，请他永远不要找到我这里来。昨天的事就算了，今天我可不干了。"

吕西安说完就急着要走。

"等一等。你那个部长做官是很有天才的，不过他也不能宠坏你们这些了不起的人物,要不就是他疏忽大意了……你告诉我说他对你说话随便甚至粗野。对你,那当然不免太过分。他这个人,在他的客厅里是不骂人的,此外就像一个省长自说自话成了习惯那样,不论和谁说话他都那么粗野。因为他这一辈子都得考虑他那个领导别人并通过道德把人们引向幸福之路的伟大艺术。"

勒万先生望着他的儿子,看看他这个说法是否奏效。可是吕西安并没有理会这种说法的可笑之处。

勒万先生想:"你看,他并不善于注意听对方的谈话,也不懂得利用对手的错误。我的儿子是个艺术家。他的艺术要求他穿绣花外衣、坐华贵的四轮马车,正好比安格尔和普吕东[1]的艺术,需要的是画架和画笔。"

"你更喜欢的是圆熟、优雅、情调完美无缺而且循规蹈矩的艺术家呢,还是作风粗犷、注意内容而不大注重形式、能搞出杰作来的艺术家?如果德·韦兹先生掌管这个部两年,给你拿出二十个行省,各省的农业都有进展,在另外三十个行省里公众道德水平也有提高,如果他对他的第一助手、他喜欢而又器重的年轻人、他不可缺少的人,在说话的时候不够检点,甚至有点粗暴,那么,你对他这一点难道竟不能谅解?他那可笑的态度你要包涵一点,要原谅他,他之所以那样连他自己也不知道,因为他天生就可笑而喜欢夸张。对你来说,你的职务本来就要他别忘记感激你坚定的行为和恰当而锋利的言词。"

勒万先生这样讲了好一阵子,但没有能够引起他儿子和他交谈的兴趣。他很不喜欢他儿子那种若有所思的恍惚神态。

---

[1] 安格尔(Ingres,1780—1867),普吕东(Prud'hon,1758—1823),均为法国画家。

"我见到三四个交易所的经纪人在第一客厅里等你。"吕西安说,随后他就站起来,准备回格洛内勒路内政部去。

他的父亲对他说:"我的朋友,你的眼睛好,你给我念几段《辩论报》《每日新闻》和《国民报》听听。"

吕西安高声读起报来,可又不由得笑了起来:"那几个经纪人怎么办?他们的职务就是等候,我的职务就是读报!"

吕西安在快三点钟的时候才回到部里,德·韦兹先生简直急得像热锅上的蚂蚁一样。勒万发现部长在他自己的办公室里,勒万办公室的仆役小声而且十分敬畏地对他说,部长到他这里来已经不下十次。

"怎么样,先生?"部长没头没脑地问道。

"没什么,"吕西安若无其事地回答他说,"我刚才从我父亲那里出来,是他叫我等在那里的。他不回家了,请你也不要到家里去找他。昨天的事情已经了结了,今天他有旁的事情。"

德·韦兹先生的面孔立时涨得发紫,拔脚就从他秘书的办公室里走了出去。

他三十年来一直期待着他现在的这种尊严,现在总算如愿以偿,不禁心花怒放,谁料忽然发现勒万先生对自身的社会地位同样重视,这个发现在他可是开天辟地第一回。

德·韦兹先生在他的办公室里来回踱方步,反复思索着:"他这个人之所以傲慢无礼,自有他的根据,这个我知道。国王一道敕令,可以产生出一个部长来,但是一道敕令可制造不出一个像勒万先生这样的人物。这就是政府把我们留在职位上不过一两年的原因。难道一个银行家也敢于拒绝科尔柏尔[①]到他府上去走

---

① 科尔柏尔(Colbert,1619—1683),本为大商人,后任法王路易十四的财政大臣,成为路易十四宫廷内外政策决策人。

一遭?"

经过这番极有眼光的比较之后,这位满腔怒火的部长,又陷入了沉思。

"我离得开这个傲慢无礼的家伙吗?他的正直有口皆碑,几乎和他的卑鄙恶毒一样出名。这是一个花天酒地的家伙,一个荒唐鬼。二十年来,最值得尊敬的,国王呀,宗教呀……他全都不放在眼里;他就是证券交易所的塔列朗;他讲出来的俏皮话就是他那个世界的信仰,七月叛乱之后,他那个社会一天天和唯一有权势的统治阶层靠拢。有钱的人们已经代替了圣日耳曼区的名门望族……在他的客厅里聚会的都是富商巨贾中最有头脑的人物……他和所有到歌剧院去的外交官都交上朋友……连维勒尔也要向他讨教讨教。"

提到这个人,德·韦兹先生对他几乎崇拜得五体投地。他自己也是气势很盛的人,他的自信心有几次甚至鼓动他去另找门路,投靠别人的门下,但是,突然间,他又变得非常胆小怕事,说起来叫人难以置信,这是非常奇怪的矛盾现象。譬如说,另找一家银行打交道在他也许非常困难,甚至是办不到的事。他明明爱财如命,可又偏偏幻想公众相信他廉洁;他有个了不起的理由,就是他所接替的前任是个强盗。

他在他的办公室里就这样心烦意乱地踱了整整一个小时的方步,连门房通知有几位司长甚至有一位国王的副官前来求见,他都毫不客气地把门房给骂走了,他觉得另找一家银行在他委实力所不及。报纸已经把这位部长给吓坏了。他的虚荣心只得在一个荒唐鬼冷嘲热讽的傲慢态度面前甘拜下风。

"总之,在当部长之前我就认识他……我绝不能损害我的地位和尊严,这个尖酸刻薄的老家伙那种平等待人的腔调,我可以接受,也可以让我的自尊渐渐适应。"

他所有这些思想活动，都在勒万先生的意料之中。这天晚上，他对他儿子说：

"你的部长给我写了信来，就像一个情人写信给他的情妇那样，尽挑逗人。我不能不回信，这可又要叫我费气力。我和你一样，并不怎么喜欢那个金属的东西，那让我觉得挺麻烦。你可要学会做交易所的买卖；对于一位几何学家，巴黎综合工科学校所开除的学生，那是再简单也没有了。只有一个原则：交易所做小额生意的人的愚蠢，是无限大的。我叫我的办事员梅特拉先生来教教你，那是一点也不蠢的，他能教会你玩弄愚蠢的艺术。（吕西安神态冷冷的。）你要是能够做德·韦兹先生和我之间的经常联系人，那你对我可就帮了一个大忙。这位大官的自大和我的死硬脾气正在斗法。他围着我转个不停。可是自从我们上次交易之后，我没有说几句叫他听了开心的话。昨天晚上，他的虚荣心给刺痛了，他想压我，叫我严肃一点。这很有趣。从今天起，一个礼拜内，如果压不服你，他就一定会来拍你马屁。一个部长，一个很有价值的人物，他来讨好你，你打算拿他怎么办？你感觉到有一个父亲这种优越性吗？这东西在巴黎是很顶用的。"

"后面这一条，可说的话多了，可是外省人的温柔多情您不喜欢。至于这位部长，为什么我不能和他自然相处，像和所有人相处一样呢？"

"懒汉的办法。没出息！"

"我的意思是说：我冷冷淡淡，恭恭敬敬，和这样一位大人物认真交往，还是让它告一个段落吧——这种意思让它表示出来，甚至非常明确地表示给他看。"

"你能不能偶尔说几句轻松而又有点带刺儿的话？那他就会说：有其父必有其子！"

"一个有趣的想法您一动脑筋一秒钟就有了,我可要等两分钟才想得出。"

"好!你看事情往往从功利方面去看,很好,糟糕的是从正派与否这个角度去看。这一套在法国已是不合时宜而且可笑的了。你那个圣西门主义又来了!圣西门主义有它好的一面,可是对于住在第二层楼、第三层楼甚至第四层楼的人来说,它却既可憎又不好理解;只有住在阁楼上的人对它还有一点兴趣。你看法国教会,那是很有理性的,你看它搞到多少产业。咱们这个民族,只有到一九〇〇年才能真正达到理性的高度。在这之前,必须凭本能从使人开心的角度去看待一切,要看到功利和正派那只有通过意志的努力才行。在你到南锡旅行之前,我是不肯跟你详谈这些的,现在我很愿意和你谈谈了。

"有一种植物,人家说你越是践踏,它就越长得茂盛,你知道吗?如果有的话,我倒想搞一些来,我去问问我的朋友图安①,这种植物我想送给你一束。你怎样去对待德·韦兹先生,这种植物就是榜样。"

"不过,我的父亲,也得尊重……"

"我的儿子,这是一头野兽。偶然的机遇让他当了大官,这能怪他吗?他和我们不一样,他不懂什么方式方法好不好,什么长存的友谊,对待这种友谊要细致周到,方式妥当,他认为这一切都是软弱无能的表现。吃饱晚餐之后,他就成了一个地地道道的蛮横自负的省长,可是每天上午,他又哆哆嗦嗦,唯恐在政府的《通报》上看到他被撤职的消息,他这一辈子二十年都是如此;他是一个没有心肝、没有灵魂的下诺曼底法官,可是偏偏天生一副胆小怕事、慌慌张张、笨手笨脚的小孩似的性格。作为省长,每天上午还可以

---

① 图安(André Thouin,1747—1828),法国植物学家,巴黎植物园首席园艺师。

有那么两个小时神气活现,专横自负,每天晚上坐在人家客厅里,作为一个新来的谄媚拍马的人,他这两个小时在众目睽睽之下着实狼狈不堪。不过,那一张漂亮的表皮在你眼前还没给剥去;你对任何人,包括我,都不能盲目信任。一年以后,你自会明白的。至于尊重,我劝你把这两个字从你的文件上划掉。合约已经定了下来。你一回到巴黎,和这个德·韦兹就把双边合约定妥了(你母亲觉得你要是去美洲,她就活不成了)。他的条件是:第一,要他和他的陆军部的同僚妥善处理你开小差的问题;第二,任命你做查案官,专任秘书,一年后颁发一枚十字勋章。另一方面,我得让我的社交界负责鼓吹他的信用、他的才干、他的品德,特别是他的廉洁正派。我得让他那个部在证券交易所取得成功,让他得到任命,在交易所这方面我负责按照电报系统处理所有有关交易所的事务,事成之后所得的好处平分,各得一半。现在嘛,他要我把交易所事务纳入内阁决定的轨道,但这是办不到的。我还有一位某某先生,某部部长,搞政府的一个部他不行,可是他懂得察言观色,善于揣摩。这位先生,一个礼拜前就能把国王的意图看出来,倒霉的德·韦兹等上一个小时,却仍然什么也看不出来。他上任刚一个月,就两次在内阁会议上败下阵来。你记住:德·韦兹先生是少不了我的儿子的。如果我成了一个笨蛋,如果我的客厅不再招待客人,如果我从此不再去歌剧院,那么,他也许要动脑筋同另一家银行搭上关系,不过眼下我还不相信他有这个能耐。他会冷落你的,五六天以后,他就非完全信任你不可。那个时候,倒叫我担心。如果你恭恭敬敬摆出一副拿一百路易的职员的神气,这种心情本身很值得称赞,和你这年纪轻轻的样子也分不开,可是,这么一来,你就永远给打到傻瓜的行列里去了,人家可以叫你累死累活地干,可以折磨你,伤害你,叫你自卑自贱,由人踩在脚下,就像人家过去宰割第三等级一样,最后,还要你感恩戴德,尊敬他们。"

"我看部长那情不自禁的表现里面不过是故作天真再加上虚伪。"

"你是不是同意照着我的计划行事?"

在这次父训之后,部长对吕西安说话的态度,叫人捉摸不透,那样子如同一个肩负重任的人忙得不可开交似的。吕西安的答话也尽可能少而简,与此同时,他仍然向德·韦兹伯爵夫人献殷勤。①

有一天上午,部长又来到勒万的办公室,还有办公室的一个仆役跟在后面,手里拿着一个很大的公事包。仆役退出去以后,部长亲自把门关上,在吕西安旁边亲切地坐下来。

他说:"我的前任,这位可怜的先生,无疑是个十分正派的人

---

① 以上就事情的本来面目而言大致如此,但也许写得还不贴切。每当勒万目睹德·韦兹的愚蠢行为,他都应真心实意地叹赏,并暗自吃惊。后来他终于信服:首先,这是一个货真价实的强盗;其次,这也是一个蠢货。勒万后来进了议会,在议会里成了德·韦兹先生一次引人注目的胜利的见证人。他简直不知怎么说才好,于是问他的父亲:

"在省议会里,这无疑是压倒其他种种平庸无能而又不使其难堪的最无耻的平庸无能。其实,议会里近半数的人被出卖,但他们却总是鼓掌欢迎一位部长。"

只是勒万对部长的赞赏经过三个月左右才逐步被打得粉碎,这三个月怎么写才显得充实呢?——写雷蒙德的爱情,她被牢牢地缠住——写德·欧甘古夫人多次来访,使他动心,因为这让他回忆起南锡;不过,出于对德·夏斯特莱夫人的敬重,他不愿缠上一个她妒忌的女人。

或许在这段时期里写杜波列荣任议员,来到巴黎,写他政治上的转变,他的口才取得的成功,他那可笑的恐惧。

如果我在这许多事件之前就写勒万逐渐容忍德·韦兹,那么,这些事件就会因此显得不那么严重了。此外还得考虑德·夏斯特莱夫人和德·贡斯当丹夫人应在何时出场的问题。

父子间的所有这些对话都带有教科书那样的平庸和推理。待改。11月8日。

两条船。(司汤达原注)

吧。不过,公众对他却另有看法。人家认为他曾经手过一些大买卖。你看,比如说,关于往来公文……①这是一笔七八百万的生意。我能一片好心地去问一问十年来一直经管这项事务的办公厅主任,问他里面是不是有什么弊端吗?我只能设法推测推测;克拉帕尔先生(他是部长直辖的王家警务署署长)告诉我,前面说过的那位办公厅主任的妻子,M夫人,每月开销一万五到两万法郎,她丈夫的薪俸不过一万二,他们也有两三处小产业,我正在等打听的结果。但所有这一切,目前还很模糊,不大清楚,心中不大有数,在我来说,我得拿出事实来。所以,牵连到我的前任……我要他提供一份全面而深入的报告;报告已经来了,还有附件,你看。亲爱的朋友,这可要把你关起来了,请你把这些附件和报告审核一下,把你的意见告诉我。"

吕西安非常欣赏部长的这种表情;这表情很得体,很合乎情理,一点没有专横自负的味道。于是他认真地干了起来。三小时后,勒万提笔写上他的意见,报告部长:

"此项报告内容不实,空话连篇。某先生,对有关事实,均未曾明确表示同意,没有一项断言是不能借故推托的。某先生与此并无牵连。此项报告可谓是一篇写得很好的用有关人道的滥调堆砌成的议论文,是一篇报章文字,似乎作者同巴莱姆方面搞出的是

---

① 人们宁愿把故事写得晦涩平淡,也不肯招惹一位把史诗般的业绩变成了讽刺作品的大人物。请想想邮政局、桥梁公路工程局和弃婴收容所等部门吧。

新近任命的部长先生们以其聪明才智、廉洁奉公、品性坚毅,等等,如此声名卓著,以致某个找碴儿的大人物有什么小小责难,也无须我花力气去开脱。若要为这些先生中的一位画像实在容易得很,不过,过上一二年,当法国人认定了历史应给他们书上的二三笔以定评,这样一幅画像就会让人觉得十分无聊。对于所有的大人物我一向厌而远之,我曾试图描述刚刚过去这个时代的那些部长的群像,而这丝毫也不是他们中间具体某一位的画像:顶撞某一位部长阁下的大人物的精神面貌和个性特征,我已注意将其略去不提了。

1834年11月13日,于契维塔韦基亚。(司汤达原注)

一篇糊涂账。"

几分钟后,部长匆匆跑来,出现了一次热情大爆发,把吕西安紧紧地抱了起来:

"我太幸福啦,我的军团有了这样一位指挥官,太幸福啦!……"

要让勒万弄虚作假,那是非常困难的。他毫不迟疑地马上就显出一副什么都不相信的神态,只盼这种所谓信任不要来吧;德·韦兹第二次到他这里来,他看部长无异于乡下的蹩脚演员,表演得太过火了。他觉得部长和马莱尔上校没有什么两样,一点高贵的气味也没有,比马莱尔上校更虚伪可厌。

吕西安听部长赞美他的才能,表情是那么冷淡,部长心里也明白,自己扮演这个角色未免太出格了,觉得很不是味道,部长实在受不住了,他只好破口大骂办公厅主任某某某,不过,其中有一点引起勒万注意:原来部长根本没有见过前任部长经手的那些文件……吕西安心里想:"对!我干脆说给他听。有什么不好?"

"部长要在议会里辩论,又要准备所属各部门的预算,实在太忙了,因此没空审阅主任的报告,这也在情理之中。"

部长听了这话,真气坏了,做出一个狂怒的动作。攻击他处理公务所持的态度,怀疑他日以继夜在办公室里苦干十四个小时,像他所说的那样,那简直就是砸他的神像嘛。

"当然当然,先生,你拿出证据给我看看。"他脸涨得通红说。

勒万想:"糟了,这可轮到我了。"他尽力克制,表现出明朗的态度,又毕恭毕敬,毫不失礼,因而占了上风。他清清楚楚地告诉部长倒霉的主任写的那份报告部长并没有过目,就把他痛骂了一顿。部长两次三番想把这件事遮掩过去,含含糊糊把问题抹掉算了。

"我亲爱的朋友,你和我,咱们都看了。"

"请部长容我说明,这是我在事业中迈出的第一步,如果我连一份只因信任我才交给我办理的文件都不仔细阅读或者敷衍了事,那我就没有别的什么事情好做了。我也就不配得到部长的信任了。请看这里,第五段第一行……"

吕西安一而再、再而三地把问题归结到真正的要害上,他的目的达到了,可是害得部长张口结舌、无言以对,若换上别的官府办事员没准儿就会把事情弄得不可收拾。他的部长阁下只好强压着怒火,走出办公室。吕西安听到他在那边整一个倒霉的处长,是部里的传达员见部长回来才把他引进去见部长的。部长骂人的可怕声音一直传到前厅,再由一扇通吕西安办公室的暗门传过来。这时,前内政部长克雷泰[①]留下来的一个仆役走了进来,并没有叫他。勒万怀疑他是个暗探。

"部长有什么事吗?"

"部长没有事,我有事。我要十分严肃地通知你,没有打铃,你千万别进来。"

以上就是勒万的第一次战役。

[①] 克雷泰(Emmanuel Crétet,1747—1809),原是做生意发财的富翁,1795年当上议员,1799年雾月十八日波拿巴政变后任参议官,1806年任法兰西银行总裁,1807年任内政部长。

第四十三章①

吕西安的表兄,未来的道德与政治科学院院士埃尔奈·戴维鲁瓦目前不在巴黎,对吕西安来说实在是件幸事。道德学院的一位院士,此人也经常在家里设宴请客,只是酒肴不佳,他除了自己的一票之外,还掌握着三张选票,因为有病每每到维希②矿泉疗养,因此戴维鲁瓦先生以照料病人为己任,陪同这位院士前往维希。他这种献出两三个月工夫的自我牺牲精神在道德学院里造成了极好的影响。

这个组织的首脑博诺先生说:"他是一个让人喜欢坐在他身旁的人物。"

勒万先生说:"埃尔奈这次陪伴病人的维希矿泉之行,使他提前四年进了学院。"

"我的父亲,您若有这样一个儿子该有多好?"吕西安说,几乎动了感情。

"Troppo aiuto a sant'Antonio③,"勒万先生说,"我还是更爱你和你的道德。埃尔奈晋升我当然不会不舒服,他不久就要得到有三万法郎进项的职位,就像哲学家某某④那样。不过我宁愿有个

---

① 戴巴克与葛朗代。(司汤达原注)
② 维希,法国中部城市,在阿利埃省,为欧洲闻名的温泉疗养地。
③ 意大利文:"给圣安东尼奥太多的帮助"。
④ 库赞。(司汤达原注)
　 译者按:库赞(1792—1867),法国哲学家,创立系统折中主义,著有《论真、美、善》《现代哲学史教程》等。

像德·塔列朗先生那样的儿子。"

在德·韦兹伯爵所领导的部门里,有一位戴巴克①先生,他的社会地位同吕西安的社会地位有着某些关系。他有一份家业,德·韦兹先生称他为表弟,不过他家里不曾设客厅接待宾客借以发挥影响,也未能每周请一次客以取得声望,在社会上缺乏这种支持。他强烈感觉到这种欠缺,所以一心想靠拢吕西安。

戴巴克先生有布莱菲尔(《汤姆·琼斯》)②那样的性格,这在他那极其苍白而且有明显小麻点的面孔上,不幸过于一目了然。在这副面孔上,你就看不到别的表情,所能看到的只有硬装出来的彬彬有礼的样子和让人想到达尔杜夫③那种天真善良的表情。他那煞白面孔上面浓黑的头发,非常引人注目。尽管有这个不利而且是大大不利的条件,但戴巴克先生一向非礼勿言,从不逾分,如同他自己所说的那样,所以他在巴黎各种客厅里很快取得了进展。他曾经做过专区区长,由于搞阴谋诡计过了头,让德·马蒂涅亚克先生给撤了下来。现在他是内政部里最精明强悍的属员之一。

吕西安像所有多愁善感的人一样,正处在灰心失望的心境下,不论什么事都漠然视之;交友他也不加选择,只是随遇而安;因此戴巴克先生跑来向他表示好感,和他交朋友了。

戴巴克向他大献殷勤,吕西安并没有注意。戴巴克见吕西安确有求知之心,而且办事认真,就以情报收集者自居,不仅为他收集内政部所属各部门的情况,而且还给他送来全巴黎各机关部门的情报消息。这是再好也没有了,各项工作做起来极为省力而又

---

① 模特儿:玛尔斯菲尔先生。(司汤达原注)
② 英国小说家菲尔丁《汤姆·琼斯》(1749)中一个奸诈贪婪、虚伪透顶的人物。
③ 莫里哀同名喜剧《达尔杜夫》(1669)的主人公,伪君子典型。

顺利。

反过来,戴巴克在勒万夫人为她儿子在内政部关系密切的职员每周举行一次的晚宴席上,也就成了常客。

勒万夫人的丈夫说:"你可把我们同一些奇怪人物掺和到一起来啦;其中有些下等暗探也说不定。"

"说不定也有些尚未被发现的很有才干的人物呢,贝朗瑞就曾经是个只拿一千八百法郎的小职员。不管怎么说,吕西安的言谈举止,见人就不自在,就发火儿,太招眼啦。这种愤世嫉俗的孤僻脾气是人家最不肯原谅的。"

"所以你想把他内政部同事的嘴都给封住。但是,至少,咱们星期二接待客人可不要叫他们来。"

勒万先生的用意在于叫他的儿子哪怕一刻钟孤独自处的工夫也不要有。他发现他这个可怜的孩子连每天晚上去歌剧院过那么一个小时也不想与人周旋。

有一次他在意大利剧院的休息室里遇到吕西安。

"我带你到葛朗代夫人的包厢去好吗?她今天晚上风头十足,成了剧院里最美的女人,这是没话可说的。不过我可不希望你糊里糊涂被人家牵着鼻子走,我先带你去见杜维努瓦,他的包厢就在葛朗代夫人包厢的旁边。"

"父亲,今天晚上我只想和您谈谈,这我就很快活了。"

"我得让所有人都知道我的社交界有你这样一个人物。"

勒万先生曾经多次想把他介绍给大约二十家稳健派人士,这对内政部长专任秘书处的主脑本是十分适宜的。吕西安却往往找借口推托规避。他一味说:

"我还太蠢。还是让我在消遣中治一治我这个毛病吧;说不定我会做出什么不得体的蠢事来,连累我的姓氏,损害我的声誉……初进社会的时候,这可不是小事。"诸如此类,不一而足。

然而处在失望情绪下的心灵总是软弱的,所以这天晚上他还是被拖进税务总署署长杜维努瓦先生的包厢,一个钟头过后,又去了葛朗代先生的公馆。葛朗代先生原是很有钱的制造商,一个激烈的稳健派。葛朗代公馆,吕西安觉得富丽堂皇,客厅十分漂亮,不过葛朗代先生其人却是个非常可笑而阴沉的人物。

吕西安想:"这分明是个基佐①,只是智力远远不及。他也渴望见到流血,这倒和我家父子俩的老谱如出一辙。"

在介绍吕西安认识葛朗代之后第二天的晚宴席上,葛朗代先生当着至少三十位客人的面高声表露出这样的心愿:反对派某先生一定会在一次大出风头的决斗中负伤致死。

葛朗代夫人的美貌是出了名的,可是仍然不能使吕西安忘掉她丈夫是那样叫人厌恶。葛朗代夫人年纪至多二十三四岁;论容貌简直不能想象还会有比她更端庄完美的了,这是一种无比细腻、无懈可击的美,人们也许会说她的面容简直是由象牙精雕而成。她唱歌唱得很好,曾是鲁比尼的门生。她的相貌过去让画家画成水彩画,那也是很出名的,她丈夫为博取她的欢心曾经偷了她一幅水彩画托人拿去卖掉,有人出价三百法郎买去了。

但是她对卓越的水彩画家的艺术成就并不感到满足,她是一个放纵而饶舌的女人。如果有什么人来到这里讲起关于幸福、宗教、文明、正统权力、婚姻等这类令人生畏的词句,看吧,一场谈话就要遭殃了。

吕西安听过一次这种乏味的高谈阔论,他想:"上帝饶恕我

---

① 基佐(1787—1874),法国君主立宪派领袖,历史学家,1832—1837年任教育部长,1840—1847年任外交部长,1847年任法国首相,1848年二月革命时下台,主要著作有《欧洲文明史》《法国文明史》等。

吧,我相信她故意在模仿德·斯达尔夫人。谈话之中不把她自鸣得意的词句硬塞进去她就誓不罢休。遣词用字正确无误,可是平庸到极点,虽然表达方式精巧高贵。我敢打赌,她从三法郎一本的小册子里收集了不少名言警句①。"

吕西安尽管讨厌葛朗代夫人贵族式的美和模仿来的优雅风度,然而稳健派中这个可说是最可爱的客厅他还是每星期必来光顾两次,他忠于他的诺言。

有天晚上,吕西安直到半夜才回家,他回答他母亲的问话,告诉她说他刚才在葛朗代府上。

他的父亲问他:"为了让葛朗代夫人对你另眼相看,你做了些什么呀?"

"艺术家们把她画得那么迷人,我就模仿艺术家:也画了一幅水彩画。"

"你为了献殷勤,选的是什么主题呢?"勒万夫人问。

"一个骑在驴背上的西班牙苦修僧,罗迪尔把他送去吊死②。"

"真可怕!你看你在这家人家养成什么脾气了!"勒万夫人叫道,"你的性格不是这样的。那对你只会有害而不会有益。我的儿子,狠心的人哪!"

"你的儿子,是个英雄:和葛朗代夫人看法不一样的人,认为这是残酷的刑罚,葛朗代夫人偏偏和他们相反,说是见到了英雄。一个年轻女子,如果她和你们也有些相似的话,那么,她也会把我看成是个坏人,比如说,某些部长的一个死党,一门心思想要当上

---

① 取得高贵的风格真是再方便也没有了,只要不表达新的东西就可以办到。在社交界就是如此:当没有什么观点可说的时候,含蓄、高贵即可。11月24日。(司汤达原注)
② 1834年事。(司汤达原注)

省长,一门心思企图在法国再搞出几次'特朗斯诺南路事件'①。不过葛朗代夫人追求的目标是天才人物,狂热的爱情,辉煌的思想。在迷信风行的国家里,对于只有一般见识甚至十分平庸的见识的小妇人来说,把一个苦修僧吊死,还要请一位稳健派将军去执行,那也可以说是很了不起的了。我的水彩画嘛,实在是一幅米开朗琪罗②的画。"

"这么说,你宁可要一个可悲的唐璜那样的性格了。"勒万夫人说,深深叹了一口气。

勒万先生哈哈大笑。

"哎呀!那就太好啦!吕西安是一个唐璜!我的天使,你真得狂热地爱他:你可就完完全全丧失理性了!请接受我的祝贺吧。因狂热的爱情而胡思乱想的人有福了!为爱情而丧失理智的人更是千倍地幸福啊,特别是在这么一个因软弱无能、思想平庸而失去理性的世纪!可怜的吕西安,在他所爱的女人面前,他将永远是一个受骗的人。我看他这个人,我太了解他的心了,他就是活到五十岁也还是要受骗上当……"

"总而言之,"勒万夫人幸福地微笑着,"你认为对于这个怪可怜的小葛朗代夫人来说,可怕和平庸也就是米开朗琪罗的崇高。"

"我敢打赌,叫你画这个苦修僧你就不会有这些思想。"勒万

---

① 路易-菲力浦统治下,正统派王党与共和派都曾多次在各地组织推翻路易-菲力浦政府的活动,正统派王党 1832 年 6 月与共和派 1834 年 4 月是规模最大的两次。1834 年 4 月起义不仅在巴黎,而且在外省许多城市都发生街垒战,这次起义,巴黎圣梅里区是斗争的中心,在特朗斯诺南路筑起街垒,战斗十分激烈;整个起义遭到路易-菲力浦血腥镇压,死伤无数,有四千人被捕。当时特朗斯诺南路街垒被攻下后,有一军官受伤,说是这条路上 12 号门内射出排枪,因而伤人,于是军队攻入 12 号,妇女、儿童满门杀绝,史称"特朗斯诺南路屠杀"。

② 米开朗琪罗(1475—1567),意大利文艺复兴时期伟大的雕刻家、画家、建筑师、诗人,其艺术以意境崇高著称。

先生说。

"这倒是真的。我想到的不过是那天晚上葛朗代先生恨不得把所有的反对派记者活活吊死。我画的那个骑在驴背上的苦行僧首先就非常像葛朗代男爵先生。"

"你有没有猜到谁是那位夫人的情人?"

"她的心那么干枯,所以我相信那个人一定是个贤明的好人。"

"可是没有情人,对那个家庭在社会上所处的地位来说,总显得有所欠缺。所以这个人选就落到克拉帕尔先生的头上了。"

"什么!我那个部里的王家警务署署长?"

"The same(就是他)!通过他你就可以侦察你的女主人了,还是由国家出钱呢。"

吕西安一听这话,就不言语了。他的母亲已经猜到他的隐情。

"我的朋友,我发现你脸色煞白。快拿起烛台去睡吧,求求你,一点钟以前一定要上床呀。"

吕西安想:"如果我在南锡有这么一个克拉帕尔先生,那我就要对他另眼看待了,德·夏斯特莱夫人究竟是怎么一回事我也就不难理解了。如果我早一个月认识他,那会怎么样?那我一生中最美好的岁月就会失去得更早……我就会提前一个月每天上午同一个骗子部长胡缠,晚上跟一个女无赖、巴黎最受重视的女人鬼混。"

人们可以看到,在这复杂纷纭的判断的干扰下,吕西安的灵魂该是多么痛苦。世界上再没有什么比痛苦更能使一个人变坏了。试看那些假装正经的人士,就清楚了。

第四十四章

一天傍晚,五点钟的时候,部长从杜伊勒里宫回来,让人把吕西安叫到他的办公室去。我们的英雄发现部长脸色煞白,如同死人一般。

"我亲爱的勒万,这里有件公事要办。一个最棘手的任务要你去办……"

吕西安不自觉地露出要拒绝的高傲样子,部长连忙又说:

"……不过也是最光荣的任务。"

吕西安听了这话,傲慢神态也没有多大改变。他对一件做起来不过拿九百法郎的任务并不觉得怎么光荣。

他的部长接下去又说:

"你知道我们有幸生活在五个警卫部门的保护之下……不过你所了解的和一般公众一样,并非为了安全地行动而应该知道的那样。所以,关于这一点,就要请你把你所知道的一切通通丢开。反对派报纸为了吸引读者,到处放毒。请你注意:不要把一般公众以为真实的事情,和你所了解的混为一谈。要不然你在行动中就难免会上当。我亲爱的勒万,最坏的坏蛋也有他的虚荣心,也有他的体面,这一点你可千万不要忘记。坏蛋要是看出你看不起他,就会变得不大好对付……我的朋友,原谅我讲了这么一些细节,因为我希望你成功……"

吕西安心下想:"啊!我也像一个坏蛋,我也有虚荣心,有面子。你看你两句话说得太相似了,想必他很激动了吧!"

部长不再向吕西安灌迷魂汤;他已经够痛心的了。他那阴惨惨的眼睛从煞白的颧骨上凸了出来;总之,神色异常焦躁惶惑。他接下去又说:

"这个活见鬼的某将军①一门心思要当陆军少将。你知道,他已是城堡②警务厅厅长。这还不够:他竟想当陆军部长,所以他要在最困难的地方露两手;说真的,"这位大官鄙夷地说,"这个倒霉的部唯一的困难就是要监视士兵与老百姓,不让他们之间建立过于密切的关系,还要让双方对立并厮杀,至少保持每个月有六人死亡这么一个水准。"

吕西安两眼注意地看着部长。

部长又说:"这是为了法国整体。税率也是内阁会议决定的。某将军直到现在依然只好满足于在军队中散布流言,说攻击和暗中打死单独外出的军人是老百姓干的,工人干的。这些下层阶级尝到了平等的甜头,正不停地互相靠拢:它们互相信任;所以,要把它们拆开,宪兵就不得不坚持不懈地小心提防。这位某将军不停地折磨我,要我的报纸发表他从特务那里搞来的诸如酒馆里的殴斗呀,警卫队的野蛮行为呀,酗酒闹事呀之类的材料。这些先生专门调查人家酗酒之类的事情,可是他们自己居然一点也不受影响。这种事情弄得我们那些笔杆子苦不堪言。他们说:写这些丑事哪里还能指望写出意在言外的句子,写出意味深长的讽刺笔调?小酒店那一套即使成功于一时,跟上流社会又有什么关系?稍有点文化教养的读者一看到这种下流货色,就会丢开报纸不看,而且还要骂我们出钱雇来的作家,这并不是没有道理的。"

部长笑着继续往下说:"必须承认,不管文学家写得多么巧

---

① 吕米尼。(司汤达原注)
② 国王居住的宅邸。

妙,两个泥水匠杀死三个带刀的掷弹兵,附近的岗哨就像出了奇迹似的竟然不加干预,公众对这种争论根本就不要看。我们的报纸登这种文章,军营里的士兵看了就要骂,连我也要叫人把它给我丢到走廊外头去。情况虽然如此,可是这位见鬼的某将军,肩章上那两颗星害得他很不好受,他又要想方设法查明事实真相。所以呀,我的朋友,"部长压低了声音说,"科蒂斯①事件,尽管我们的报纸昨天上午已经予以严词驳斥,但事情本身实在太真实了。科蒂斯是某将军的一个亲信,一个月只有三百法郎收入,上星期三动起念头要把一个傻头傻脑的新兵解除武装,他盯那个新兵已经盯了一个星期。这个新兵一天午夜在奥斯特利茨桥②正中站岗。科蒂斯过了半个小时,假装成醉汉走上桥去。然后猛地跳上去要抓那个新兵,企图夺取枪支。新兵这个鬼家伙,表面上笨头笨脑,装得很像,他往后退了两步,对准科蒂斯的肚子开了一枪。这个新兵原是多菲内山区③的猎户。科蒂斯受了伤,伤势很严重,居然没有死,真见鬼。

"事情的经过就是这样。现在必须解决的问题是:科蒂斯只有三四天好活,谁能向我们保证他守住秘密不说?

"他(指国王)刚刚对某将军大发雷霆,真倒霉,正好我也在场,他认为只有我才有办法妥善了结此事。如果不是认识我的人太多,我就亲自去看看科蒂斯,他现在住在某某医院,我想去察看一下他病床前都是些什么人。但我一露面,恐怕只会坏事。

"某将军对他手下的警察花钱花得比我多;这很简单:他手下控制的一批坏蛋比内政部警务署的普通警察要厉害得多,更叫人害怕。某将军每个月都要从我这里挖去两个人;他们在咱们这里

---

① 原型:科太斯。(司汤达原注)
② 司汤达原稿上桥名空白,但在后面写有桥的名称。(马尔蒂诺注)
③ 多菲内山区在法国东南部,今包括伊泽尔省、上阿尔卑斯省和德龙省。

每个月只拿一百法郎,有好的密报送上来,额外所得也不过多几个五法郎的钱。某将军那里每个月可以拿二百五十法郎,除了对他那可笑的招兵办法付之一笑,我实在没什么好说的了。今天上午他挨了骂,当着他的面,又几乎碰到他倒霉的当口,我受到赞扬,他肯定憋了一肚子的气。像你这么聪明的人,那个后果,不难想象:假如我派几个人到科蒂斯病床旁边,做点分内事,那么,派去的人看我从格洛内勒路办公大楼走出去,五分钟后他们肯定会把报告送到我的办公室里来,可是一小时前,某将军却早已舒舒服服地从他们那里把许多事情都问清楚了。

"现在嘛,我亲爱的勒万,你是不是愿意帮我一个大忙,让我摆脱困境?"

吕西安沉默了一会儿,然后回答说:

"可以,先生。"

但他脸上的表情远不及他的回答那么肯定。吕西安冷冷地又说了一句:

"我推想总不会叫我找外科大夫去吧。"

"对,对,我的朋友,非常对;你想到问题的点子上啦。"部长急切地回答说,"某将军已经在活动,活动得可厉害了。那个外科大夫也是某类大人物,姓莫诺,他只看《法兰西邮报》①,而且在医院旁边一家咖啡馆里看,这个家伙,某将军的亲信三次到他那里进行试探,真是不识抬举,送给他一枚十字勋章他一拳就给打回去了,某将军的那个亲信也冷了下来,这个家伙在医院里还大吵大闹了一场。

"'真是混账,竟敢叫我拿鸦片去毒死十三号病床上受伤的病

---

① 《法兰西邮报》在法国王政复辟时期,特别在路易-菲力浦统治时期,是自由派的主要报纸之一。

人！'莫诺就这么大喊大叫。"

部长谈话的口气一直非常激动、紧张而又诚恳,至于他本人,关于他不主张找外科大夫谈话这一点,他认为也应该像《巴黎日报》①那样,讲出几句漂亮话来方为妥当。

话讲到这里,部长就收住不再多说了。这时吕西安也非常激动。经过一阵令人不安的沉默,最后,他才开口对部长说道:

"我可不愿意做一个废物。如果我能得到部长阁下的允许,像科蒂斯一个最亲的亲属那样去看他,那么,任务我是可以接受的。"

"这样的条件真让我感到屈辱啊。"部长很动感情地叫了起来,确实,一想到毒死人,或者仅仅想到鸦片,他就感到害怕。

当初内阁会议上对不幸的科蒂斯提出使用鸦片镇痛的问题,他当时就吓得脸都发白了。

"咱们可不要忘记,"他满含深情地说,"波拿巴将军打到雅法②城下,对于使用鸦片,也曾严厉谴责过。我们万万不能一辈子都成为共和派报纸造谣污蔑、恶意攻击的目标呀。更糟糕的是那些正统派王党的报纸每一处客厅都要看的。"

他这一片很有道德感的真情流露让吕西安极度焦灼不安的情绪缓和了许多。吕西安心中暗想:

"这比我在骑兵团可能遇到的情况更要棘手。在骑兵团,马刀乱砍,甚至开枪射击,不过是……干掉一个捣乱的穷工人,或者一个无辜的工人;可是在这里,弄得不好就要把一生都牵连到毒死人命的事件里去,从此纠缠不清;我要有勇气干的话,难道还管他什么形式的危险吗?"

---

① 《巴黎日报》,当时自由派倾向的报纸。
② 雅法,靠近特拉维夫、临地中海的城市,今在以色列境内。拿破仑·波拿巴 1799 年曾占领雅法。

他果断地说：

"伯爵先生，我准备助你一臂之力。在这个关键时刻我没有病倒在床上睡一个礼拜才能上班，说不定让我终生都要后悔；但是，一旦我发现你变了卦，那么，批准我辞职就是了。部长为人正直（说到这里，他想：他对我父亲承担的义务可不小），一定不会让我为难，肯定会高抬贵手，不过，面对危难，我不喜欢后退。（他讲这句话的时候，带有某种含蓄不露的激愤之情。）活在十九世纪既然这么困难，我就决不第三次更换我的职务。我这辈子将会遭到多么可怕的诽谤，这我很清楚；我知道德·科兰库尔先生①是怎么死的。所以，我每采取一个步骤，每走一步路都要注意尽可能在正式印成的记录文件上详细载明它合法合理的性质。伯爵先生，派出戴肩章的人员去执行这些步骤，对你岂不更妥当一些：法国人对穿制服的军人一向都是谅解的……"

部长激动地抖了一下。

"先生，我并不想向你提什么建议，你没有这个要求，其实已经为时过晚，而我也不想惹你生气。我也不想请求你给我一个小时让我再考虑考虑，当然，我是要认真想一想的。"

这话说得很干脆，同时也很有男子气概，以致吕西安的精神面貌在部长眼中也为之改观。

他暗想："这倒是一个男子汉，一个坚强的人。太好了！他老子那种令人生畏的满不在乎的脾气我倒该少骂几句才是。我们关于电报的那些买卖已经吹了，反正从良心上说我拿出一个省长去

---

① 大概是指科兰库尔侯爵（Armand-Auguste-Louis, marquis de Caulaincourt, 1772—1827），大革命时期军官，因贵族出身，1793年被解职，成为一名普通士兵；几经浮沉，1802年又升为将军，并被任命为波拿巴的副官；后又被控参与逮捕昂冉公爵（波旁王族成员）事；1811年出使俄皇亚历山大一世，还曾任外交大臣等职；第二次复辟时期，又遭打击；终生坎坷，郁郁而死。

也就可以让他闭上嘴巴。这是和他老子一了百了的最体面的办法,如果他没有因此得了消化不良症而送命的话。同时,这也是和他拉关系的最好办法。"

他这些念头一闪即过,快得连想一想都来不及。

部长也尽可能使出最有男子气概、最慷慨大度的口气讲话。他昨天晚上看了高乃依的悲剧《贺拉斯》,戏演得很好。

他想:"一定要记住弗拉维安①向贺拉斯和居里亚斯宣布他们未来一场恶战以后两人说话的那种语调。"②

因此,部长利用他作为上级的身份,在他的办公室里开始踱起方步来,自言自语地念道:

(此处用两句诗)③

这时吕西安也下了决心。

吕西安对自己这样说:"任何迟疑,都是动摇的残余;怯懦只会授敌人以话柄。"

他心里一想到敌人这个可怕的字眼,就立刻转身对那位摆出英雄气概、正在踱方步的部长说:

"先生,我已经准备好了。内政部在这件事情上打算怎么办?"

"实际上,我也不知道。"

"我先去看看情况,马上就来。"

吕西安急忙跑到戴巴克先生的办公室去,要他到各个处去收集收集情况,但尽量避免受到牵连。他很快又回到部长这里来。

---

① 司汤达记错了,在原稿上误写为法比安。(马尔蒂诺注)
② 弗拉维安、贺拉斯和居里亚斯是高乃依悲剧《贺拉斯》(1640)中的人物。此处意思是说话要有英雄气概。
③ 司汤达本意似准备在这里引《贺拉斯》中两句诗。

部长说:"这封信你拿去,在医院里不论遇到什么情况,信上的规定都由你相机决定处理,这是金币。"

吕西安走到桌前,写了一个收条。

"你这是干什么,我亲爱的?咱们还要收条干什么?"部长装出一副毫不在意的神态说。

"伯爵先生,我们在这里所做的任何事情都可能公开出去。"吕西安说,认真得就像一个人准备拿脑袋去和断头台较量似的。

他拿眼睛看人的这种神色使部长随和亲切的态度一扫而尽。

"你到了科蒂斯病房,得当心会遇到《国民报》或《论坛报》①的特派员。特别注意不要冒昧莽撞,不要和这些先生闹翻。你想想看,那对他们会有多大好处,还有某将军,他到时候会把我这个可怜的内政部打得一败涂地。"

"我向你保证,决不参加决斗,至少在科蒂斯还活着的时候。"

"这是今天要办的事。你今天能办到的事若是办妥了,一定得找到我。我的行踪是这样的。一小时内,我在财政部,然后,我在……接着……你进行的情况随时都得让我了解,一定要让我了解情况。"

"部长的情况是不是也随时叫我了解?"吕西安意味深长地说。

"我拿荣誉担保,"部长说,"对克拉帕尔,我一句话也没有说过。在我这方面,我可是把事情全都交托给你了。"

"我应当尊重他,希望部长准许我通知他一下:如果我发现有警务署的人出来,那么,我立刻就退出。这类事,我一概不介入。"

"涉及我的警务署,是的,就这么办,我亲爱的助手。但是,别地方的警务人员干出蠢事来难道也要我对你负责?我既不愿意也

---

① 这两种报纸当时都属共和派、自由派报纸。

不可能对你有什么隐瞒。谁能向我担保：一旦我离职，人家不会立刻就把这样的任务交托给另一位部长？王宫方面，惶惶不安得很哪。可恨的《国民报》的文章态度温和。那里狡猾得很，睥睨一切，目中无人……在所有的客厅里，人们看这份报纸往往从头到尾仔细推敲。《论坛报》的调子完全不同……啊！基佐可没有让卡雷尔先生当上国务参事！"

"我记得好像他拒绝了一千次。当一个法兰西共和国总统候选人比当国务参事好得多。国务参事才拿一万二千法郎，不过，他把他心里所想的说出来，就可以得到三万六。其实他的名誉是有口碑的。就算他跑到科蒂斯病床旁边来，我也不会和他决斗。"

这是一个真正的年轻人火气旺盛时讲出来的一段话。这话部长阁下并不怎么喜欢听。

"再见吧，再见吧，我亲爱的，祝你交好运。我无限信任你，随时通消息吧。我如果不在这里，请费心找找我。"

吕西安以一个走上战场的兵士的步伐，回到自己的办公室。不过，这中间也有一点区别：他这时心中所想的并不是荣誉，因为他眼睛看到的是卑鄙无耻。

他发现戴巴克正好在他的办公室里等他。

"科蒂斯的妻子已经写了一份材料。这就是她的信。"

吕西安接过信来看，上面写道：

"……我不幸的丈夫在医院中并未得到充分的照料。为对他尽到我应尽的责任，我必须竭尽所能，做好急需做的一切，担负起抚育即将成为孤儿的几个孩子的重担……我的丈夫是为王权与宗教效力而受伤致死的……请求部长阁下主持公道……"

"见部长的鬼！"吕西安心里想，"我决不能说这封信是写给我的……"

他问戴巴克："现在几点钟？"他想抓到一个不可否认的证据。

"六点差一刻。各个办公室里连一个鬼影也看不到。"

吕西安把这个时间记在一张纸上。他把办公室那个当暗探的仆役叫来。

"如果今天晚上有人找我,就说我六点钟就走了。"

吕西安看到戴巴克的眼神平时是那么安详平静,这时突然爆发出好奇的火花,而且迫不及待地也要进来插一手。

他心里想:"我的朋友,你也只能是一个坏蛋,要不你说不定也是某将军的一个密探。"

他若无其事地开口说道:"你看我这副样子,我已经答应人家,还要到乡下去,有人请吃晚饭,人家还以为我简直成了贵人,要人家等我。"

他看了一下戴巴克的眼睛,眼睛里那股火焰立刻熄灭了。

第四十五章

吕西安急忙赶到某医院……门房带他去见值班的外科医生。在医院的院子里,他遇到两位医生。他走上前去,讲明自己的姓名和身份,请两位医生稍稍留步。他的态度那么彬彬有礼,那么客气,两位先生实在不好意思拒绝。

吕西安暗想:"很好,我并没有和任何人随便私下谈话:这一点很重要。"

"请问现在几点钟?"他问走在他前面的门房。

"六点半。"

吕西安心里想道:"这么说,从部里到这里我只用了十八分钟,这我已经有了旁证。"

当他来到值班外科医生面前的时候,他把部长的那份通知拿出来,给他们看了一看。

他对站在他面前的三位医生说:"三位先生,有人恶意诽谤内政部,以这个名叫科蒂斯的受伤的病人为借口,听说,这个人是共和党人……鸦片这话已经讲出去了。对于你们医院的声誉,对于你们作为政府雇员的责任来说,在受伤病人科蒂斯病床周围发生的一切,最好是广泛向公众说明。不应当让反对派报纸胡说八道,恶意中伤。也许他们派出了一些特工人员。先生们,你们难道不认为需要请内科主任和外科主任来一下吗?"

他们派出住院实习医生去找那两位先生。

"从现在起,有没有必要叫两个护士,两个可靠的不可能说谎的护士守护在科蒂斯的病床旁?"

三个在场的医生中年纪大的一位明白这句话的含义,其中的道理那是早在四年前就有人讲过的。于是他指定两个原属坚信会①的护士,两个老练的坏蛋,专门照看病人;三位外科医生中有个人马上走出去安排那两个护士的事。

内、外科医生很快集中到护士室中来,但是,来到的几位先生个个脸色阴沉,谁也不说话,一片沉寂。吕西安见已有七位内、外科医生到来,于是他对他们说道:

"各位先生,我是奉内政部长之命来的,我以内政部长的名义,建议你们对科蒂斯的处理,以把他当富有阶级人士那样办为好。我以为这么办对各方面都是适当的。"

大家表示同意,但又疑虑重重,而这种情况所有人都是如此。

"各位先生,我们所有人都请集中到外伤病人病床四周,进行一次会诊,看是不是适当?然后,我根据大家谈的结果拟出一份记录,带回去面呈内政部长。"

吕西安坚定不移的态度使这些先生很感困惑,原来他们当中多数人晚上各有打算,本来已经决定要充分利用或快快活活打发这个夜晚。

"不过,先生,今天上午我看过科蒂斯,"一个面容枯槁、又贪又吝的人态度十分坚决地说话了,"这是一个必死的人;会诊还有什么必要?"

"先生,我在记录开头就写上你的意见。"

"不过,先生,我这么说,意思并不是要求复述我的意见。"

"复述,先生,你怎么忘了!我很荣幸,我可以向你保证,这里

---

① 坚信会是天主教教会中十六世纪出现的帮派,1824—1830 年查理十世统治时期势力极大,成为王室、教权所豢养的类似特务组织的一种力量,路易-菲力浦统治时逐渐瓦解。

讲的话要一字不漏地写在记录上。先生,你所说的,正是我要回答的呀。"

吕西安扮演这个角色所说的话,说得很不错;不过他一面说,一面脸却红了,这很可能把事情搞糟。

"我们只是希望把受伤的病人治好。"那个年纪最大的医生站出来说话了,目的是打圆场。然后他推开门,大家跟在后面就走进医院的院子。那位辩解了几句的医生远远地避开吕西安。有三四个人排成一队跟着穿过院子。大家正要开科蒂斯病房的门,外科主任到了。于是大家又走进附近的一处传达室。

吕西安请外科主任先生和他一起走到煤油灯前,让他看一看部长的那件公函,又三言两语把他到医院后的情况告诉这位主任。外科主任是位十分体面的人物,口气虽不免带有布尔乔亚的夸张,但并不缺乏分寸。他知道问题大概很严重。

"我们没有办法,除非把莫诺先生请来,"他对勒万说,"他的住处离医院不过两步路。"

吕西安想:"对啦!就是一拳打掉用鸦片的主张的那个外科医生。"

几分钟以后,莫诺先生嘟嘟囔囔地来了;他正在吃饭,吃了一半就给拉来了,他隐约地想到今天上午一口回绝那件事。他弄明白是怎么一回事以后,就对吕西安和外科主任说:

"唉!这是个没救的人,就是这么一回事。肚子里带着一颗子弹,还能活,这已经是奇迹了,不仅有子弹,还有碎毡片,还有塞步枪的碎布条,谁知道还有什么?你要明白,我并没有检查伤口的深度。皮肤在内衣下边溃烂,已经发炎了。"

大家一边说,一边就来到病人的床边。吕西安发现病人的表情很刚毅,神态也不卑琐,比戴巴克好多了。

吕西安说:"先生,我回办公处的时候,收到科蒂斯太太这封信……"

"太太,太太,真有意思,一个礼拜后太太就要去讨饭了……"

"先生,不论你属于哪个党派,res sacra miser①,部长都只愿把你看成一个受难的人。听说你原来也是军人……我是骑兵二十七团的中尉……请允许我以同志的身份给你一点小小的暂时的帮助……"

他把两枚拿破仑金币②放在病人从被子下面伸出来的手上。手是滚烫的,触到这只手吕西安只觉心上一阵发紧。

"这才叫谈话嘛。"病人说,"今天早晨,来了一位先生,说有希望发下一笔抚恤金……朝廷的恩典嘛……但是现金分文不见。我的中尉,你大不相同,所以,我要告诉你……"

吕西安急忙止住病人,叫他不要说话,他转过身去看看在场的内科外科医生,一共是七个人。

"先生,"吕西安对外科主任说,"我想这次会诊由你主持吧。"

"我想是的,如果这几位先生没有异议的话。"外科主任说。

"在这样的情况下,那就请指定一位先生,我想我有责任请这位先生把我们在这里进行工作的全部情况做出详细记录,最好请你指定一位能写的……"

吕西安听到他们凑在一起低声商量,这对他在这里显示的权力来讲当然是叫人不舒服的。因此他尽可能有礼貌地说:

"这里每一个人都必须依次发表意见。"

这样一来,气氛就变得很紧张,场面也显得很严肃。对病人,按照规定,进行了检查和询问。然后主管病房和十三号病床病人的主治外科医生莫诺先生做了扼要的报告。接下来,大家离开病

---

① 拉丁文:"可怜的人是神圣的"。
② 拿破仑金币,法国旧时金币,金币上有拿破仑头像,一枚拿破仑金币值二十法郎。

473

床，走到隔壁房间，开始会诊讨论，莫诺先生提笔写好诊断，同时有一位在学术界相当知名的年轻医生在勒万口授下正式做出记录。

七位内科、外科医生中有五位医生诊断病人随时可能死亡，并肯定不出两三日之内必然死亡。七位医生中有一位建议给病人施用鸦片。

"啊！某将军收买了这个浑蛋。"勒万心里这样想。

这位先生风度翩翩，有一头很漂亮的金发，纽扣眼上还饰有两条很宽的缎带。

吕西安看了看多数医生的眼色，看他们对这个主张有什么反应。他们对这个建议只用一句话就做出了公正的回答：

"病人现在并没有痛得不可忍受。"年纪大的那个医生说。

另一位医生提出在脚部大量放血，预防内脏溢血。吕西安认为采取这项措施并不具有什么政治性问题，可是莫诺先生却粗声粗气而意味深长地说了一段话，使这个人改变了主意：

"放血毫无疑问只会有一个结果，那就是使伤员不再能说话。"

"我坚决反对放血。"一位态度正直的外科医生说。

"我也反对。"

"我反对。"

"我反对。"

这时吕西安很激动地说："看起来，多数是反对的。"

可是他心里想："最好是不动声色，可又怎么控制得住呢？"

十点一刻，会诊宣告结束，会诊记录也签了字。内科医生、外科医生嘴上都说要到病房去看看，可是签字过后，一个个都溜之大吉。只有吕西安和一位身材魁梧的外科医生留下没有走。

吕西安说："我再去看看受伤的病人。"

"让我回去把晚饭吃完。说不定他已经死了；很可能像一只小鸡那样完结了。再会吧!"

吕西安走进外科病房。里面光线很暗,又有一股气味,使他很不舒服。不时还可以听到微弱的呻吟声。我们这位英雄从来没有见过这样的场面;对他来说,死亡也总是有点可怕的,但死总该死得干干净净、体体面面才是。他想到的是死在草地上,头靠着一棵树,就像拜亚尔①那样。这是他过去在决斗中见到的死亡的景象。

他掏出表来看了看。

"再过一个钟头,我就坐在歌剧院里了……不过,今天这一晚我是不会忘记的……再见吧!"他说。他朝着病人床边走去。

两个男护士半躺在椅子上,两脚平伸,搁在一张破椅子上面。他们差不多已经睡着了,他见他们好像喝得半醉似的。

吕西安绕到病床的另一侧。病人两个眼睛张得大大的。

"重要的部位并没有伤着,不然的话,第一晚你就送命了。你的伤并不如你想的那么危险。"

"算了吧!"病人颇不耐烦地说,他似乎已不抱什么希望。

"我亲爱的同志,要么活不成,要么就活下去。"吕西安以一种坚强果断甚至很带感情的口气继续说。他觉得这伤势很重的人比起戴有两枚十字勋章的体面人物来,并不那么讨厌。"你会活下去的,或者,你就死掉。"

"没有什么'或者'不'或者'的,我的中尉。我完了。"

"不管怎么说,你得把我看成你的财政部长。"

"怎么,财政部长会发给我抚恤金?我说我……是为我那可怜的妻子呶!"

吕西安眼睛瞟了一下两个护士:他们并没有假装喝醉酒,他们

---

① 拜亚尔(1473—1524),法国军人,出身世族,著名的骑士,英勇善战,屡建战功,在意大利战死沙场,人称"无畏而完美的骑士"。

的确什么也听不见,至少听不清楚。

"不错,我的同志,只要你不多嘴多舌就行。"

这个垂死的人眼睛放出了光芒,吃惊地拿眼睛盯住勒万看。

"我的同志,我说话你可听得清?"

"听得清,只要没有中毒……我快死了,我完了……不过,你看,我还是希望给我……"

"你上当了。不过医院给你的药你可什么都不能吃。钱你会有的……"

"我早就看透了,这……钱一定会被偷走。"

"同志,要不要把你的妻子叫来?"

"妻……中尉,你真是个好人。你给了我两枚拿破仑金币,我要交给我可怜的妻子。"

"只有你妻子给你的东西你才能吃。我希望就这么说定,听见了吗?……真的,我担保,用不着怀疑……"

"我的中尉,你能不能把耳朵靠近一些?可不敢命令你!……怎么搞的!一动,肚子就扯得疼死人!"

"好啦!相信我吧。"吕西安说着,弯下身去。

"你怎么称呼?"

"吕西安·勒万,骑兵二十七团少尉。"

"为什么不穿军装?"

"我在巴黎执行公务,派在内政部长手下。"

"你住在哪里?对不起,请原谅,你看……"

"伦敦路四十三号。"

"哎呀!凡·彼得斯-勒万银行阔老板的儿子?"

"对。"

沉默了一下。

"嘿,怎么样!我相信你。今天早上,换药以后,我昏过去了,这时候我听到有人对那个很有权的大块头外科医生提出给我搞鸦片。他骂了街,后来他们走开了。我张开眼睛,可我两眼发花:流血很多……够了,够了!……外科医生他是同意,还是不同意?"

"这个情况你能肯定吧?"吕西安说,一时不知所措,"我不相信共和党这么惊慌……"

受伤的病人望着他。

"我的中尉,失敬了,你原来和我一样,也知道是这么一回事。"

"我恨透了这种卑鄙的事,我厌恶,我鄙视干这种事的人。"吕西安叫了起来,几乎忘了他所扮演的角色,"相信我吧。我给你拉来七个医生,就像给一位将军看病一样。要是捣鬼,这么多人怎么叫他们齐心一致?钱你有了;还是叫你的妻子来吧,或者找一个亲戚来,只有你妻子给你买来的你才能喝……"

吕西安动了感情,病人盯着他看;他的头不好挪动,可是他的眼睛却可以转动,此刻盯着勒万的一举一动。

"那又怎么样!"病人说,"我是蒙米拉伊①第三驻防军的下士。我明白,要冒险,就得下决心,只是谁也不愿给毒死啊……我没有什么可惭愧的……而且,"他的表情一下变了一个样,说道,"干我这一行,不应当有什么惭愧。如果他血管里还有人血,我就给他办妥这件事,而且按照他一再的要求,某将军应当像你这样,那才像话。莫非你是他的副官?"

"我从来没有见过他。"

"他那个副官叫圣樊尚,不叫勒万……"受伤的病人仿佛自言自语说,"有一件事,那比你的钱更叫我喜欢。"

"你说吧。"

---

① 蒙米拉伊,法国马恩省市镇。

"如果这出于你的善意,那么,我就应该当你在场的时候,叫他们来给我换药……勒万先生的儿子,那位养着歌剧院戴·布兰小姐的银行老板的儿子……因为,你看,我的中尉,"说到这里,他又一次提高了声音,"他们看我不喝他们的鸦片……在换药的时候,就那么咔嚓一下!……手术刀飞快,朝着那个地方,就在肚子里头,给你来那么一下子。真疼死人哟!疼死人哟!……时间并不长,可是也不能长哟。到明天,你是不是下个命令,因为这里我看你在指挥一切……为什么你能指挥他们?又没有穿军服!……对了,至少,换药要当着你的面换……还有,那个有权的大块头外科医生,他是同意还是不同意?事实就是这样。"

他头脑昏迷不清了。

"不要多说。"吕西安说,"有我保护你。我去叫你的妻子来照料你。"

"你真是个好人……银行大老板勒万,还有戴·布兰小姐,那是不会骗人的……但是某将军?……"

"当然,我不骗你。记住,某将军不要再提他,不论是谁,都不要提,这是十枚拿破仑金币,你收着。"

"在我手里数给我看……我一抬头下面肚子就痛。"

吕西安小声数给他听,一边一块一块往病人手里放,让他感觉到。

"别出声!"他说。

"别出声,说得对。你要是说出去,人家就把你的金币拿去。以后,就剩下我们两个人的时候,你有话就对我一个人说。我每天都来看你,一直到你恢复健康。"

他在病人这里又待了些时候,不过病人看来已经失去知觉。他急忙赶到布拉克路科蒂斯家里。他找到科蒂斯夫人,还碰到几个饶舌的女人,费了好大劲儿才脱了身。

这个妇人一开口就哭了起来，要勒万看看她几个孩子，小孩这时都安静地睡着了。

吕西安想："一半是真情，一半是假装。应该让她说，说够了为止。"

科蒂斯夫人的独白讲了足足有二十分钟，真是处处设防，十分小心，理由滔滔不绝讲个没完没了，因为巴黎老百姓在和伙伴谈话中最恨突然提出的主张使他猝不及防；这样说过之后，科蒂斯夫人才讲到鸦片的事；吕西安听她作为妻子和母亲的关于鸦片的冠冕堂皇的言论，又占去了五分钟。

吕西安做出漫不经心的样子对她说："是的，听说共和党人打算拿鸦片给你丈夫喝。不过国王陛下政府对每一个公民都是关怀的。我收到你的信以后，马上就召集了七位内科、外科医生给你丈夫看病。你看，这就是他们的会诊书。"说着他把那份材料放到科蒂斯夫人手上。

他发现她不太识字。

"现在谁还敢拿鸦片给你丈夫吃？在这之前，他就担心病情恶化，很可能……"

"他这个人已经没治了。"她这样说，态度相当冷漠。

"不，不，太太；二十四小时内不生疽，就会好起来。米缓将军①的伤口也是这样的……

"不过，鸦片的事可别说出去，这只会把各个党派的关系搞糟。科蒂斯不能多嘴多舌。其实，你还是把你的孩子托付给一位邻居为好。每天我替你出四十个苏，等一会儿我就预付一个礼拜的。太太，你可以到你丈夫病房里好好照料他。"

---

① 米缓（Michaud，1751—1835），大革命时期提升为将军，1794年对奥地利－普鲁士作战中曾经负伤。

听到这话,科蒂斯夫人脸上那动人的悲痛表情顿时变了。吕西安继续说:

"你丈夫可什么也不能喝,什么都不许吃,除了你亲手给他准备的……"

"该死啊!先生,医院,真叫人恶心……再说,我那可怜的孩子,没爸的孤儿,离开了娘,谁来照顾他们?……"

"随你怎么办都行,太太,你是个多好的母亲啊!……让我生气的是人家会偷他的钱……"

"谁的钱?"

"你丈夫的。"

"常常是这样!我从他身上拿过二十二个利弗尔和七十个苏。我给我这可怜的亲人买了满满一盒鼻烟,还给了护士十个苏……"

"太好啦!再贤惠也没有了……不过,讲好条件,叫他别谈政治,别提鸦片的事,他不能谈,你也不许讲,我已经给科蒂斯留下十二枚拿破仑金币。"

"拿破仑金币?"科蒂斯夫人刺耳的声音打断了他的话。

"对了,太太,合两百四十法郎。"吕西安现出满不在乎的神气回答说。

"那就不许他多说话?……"

"他,还有你,我要是觉得满意,每天都给你们一枚拿破仑金币。"

"就是说二十法郎?"科蒂斯夫人两眼睁得大大的。

"对了,二十法郎,条件是再也别提鸦片的事。其实,我,你看,像我这样,我也曾因受伤而用过鸦片,到底也没给毒死。那是胡思乱想。一句话,你如果乱说乱道,如果说什么科蒂斯怕鸦片,或者说什么他的伤口怎么样,或者讲到奥斯特利茨桥上和新兵吵了一架,如果这些都给印①到哪一家报纸上去,二十法郎就没有了;不然的话,如果你,还有他,都不乱说,那就每天都给二十法郎。"

"从哪天算起?"

"明天。"

"如果你真是一片好心好意,那就从今天晚上算起吧,我在半夜十二点钟之前到医院去。我那可怜的亲人,只有我才能让他别多嘴多舌……莫兰太太!莫兰太太!"科蒂斯夫人说,一面喊叫起来……

莫兰太太是一位邻居,吕西安和她讲妥,照顾小孩一个星期给她十四法郎。勒万还拿出四十个苏,雇了出租马车,送科蒂斯夫人去某某医院。

吕西安自以为采取这样的说话方式,又反复说了好几遍,绝不会证明他是提出使用鸦片这种建议的同谋者。

吕西安离开布拉克路时感到心满意足,同时又预感到这个事件结束前,他一定会十分不幸。

他总是反复对自己这么说:"公众的蔑视,我沾了边;死亡,也沾了边。不过,这条小船我驾驭得还不坏。"

---

① 法语缺乏确切的词。(司汤达原注)

第四十六章

圣日尔韦教堂①钟楼的大钟打过十一点三刻,吕西安这才坐上他的双轮轻便马车。他晚饭还没吃,饿得要命,却依然不停地讲话。

"这会儿我得找部长去。"

在格洛内勒路官邸,部长他没有找到。他留下一个条子,叫人给马车换了马,车夫也另调了一个人,又驱车直往财政部;不料德·韦兹先生早就离开了财政部。

"像这样子,总说得上相当热忱于公务吧。"他在一家咖啡馆门前停下车来,进去吃晚饭。几分钟后,他又坐上马车,在昂丹大马路上白跑了两趟。经过外交部门前时,他想叫门试试看。门房回说内政部长在外交部长家里。

传达员不肯上去禀报勒万来访,怕打扰两位部长的谈话。吕西安知道这里有个暗门,又怕他的部长回避他;他可不愿再四处奔跑,也不想折回格洛内勒路去等。他说什么也要在这里见部长,偏偏遭到传达员无礼的拒绝。吕西安火起来了。

"先生,我荣幸地再重复一次,我是奉内政部长之命来的。我一定要进去。你去叫卫兵来好了,我是一定要进去的。我荣幸地再对你说一遍:我就是查案官勒万先生……"

---

① 巴黎一教堂,在巴黎市府大厦(Hôtel de Ville)后面,公元六世纪为纪念尼禄时代的殉教者圣日尔韦而建,十三世纪、十五世纪、十六世纪重建。

四五个仆人一拥而上,挡在客厅门前不许他进去。吕西安觉得非跟这批浑蛋动武不可,真是欺人太甚,他气得不得了。他考虑怎样强去拉门上那门铃的两根绳索。

这时那几个仆人一下现出毕恭毕敬的样子,原来外交部长德·博佐布尔伯爵先生走进了客厅。吕西安从来没有见过这位外交部长。

"伯爵先生,我叫吕西安·勒万,查案官。请部长阁下多多原谅。我是来找德·韦兹伯爵先生的,已经找了两个小时,这是根据他的命令来找他的;我有紧急的事要与他面谈,必须见到他。"

"什么事……紧急的?"外交部长以一种罕见的傲慢态度说道,他那小小的身子也随着挺了起来。

吕西安心里想:"我要叫你换一换腔调。"于是态度十分冷静,一字一字咬着说:

"伯爵先生,就是科蒂斯那件事,就是在奥斯特利茨桥上为夺枪而受伤的那个人的事。"

"出去,出去。"这位部长对那几个仆人说。传达员留着没有动。"你也出去!"

传达员走了。他这才对勒万说:

"先生,科蒂斯三个字就够了,用不着解释。"(他这种出言不逊的腔调和蛮横无礼的态度的确是罕见的。)

"伯爵先生,在这类事务上我是个新手。"吕西安一板一眼地说,"在家父勒万先生所接触的人士中,像部长阁下这样对待我,我还不怎么习惯。我希望这种令人不快而不大适当的事情尽快结束。"

"先生,怎么,不大适当?"部长哼着鼻音说,又把头扬了起来,专横傲慢的神气有增无已,"你得注意说话的分寸。"

"伯爵先生,如果你用这种腔调再说一句,我立刻就提出辞职,让我们用剑来较量较量你那个分寸吧。先生,专横无礼,我向来不买这个账。"

德·韦兹先生在远远的一间书房里,听到这边发生的事,马上走了出来;吕西安最后的几句话,他都听到了,他知道这里发生争执的原因可能就出于他德·韦兹。

"我的朋友,对不起,对不起。"他连忙对吕西安说,"我亲爱的同事,这就是我和你谈过的那位年轻军官。算了,算了。"

"只有一个办法才能算了。"吕西安十分冷静地说,他把两位部长压住,不让他们出声。"办法有一个,只有这么一个,"他又冷冷地说了一句,"这就是:在这个意外的事件上,半句话也不必多说,同时承认传达员已经把我的来访向阁下通报过。"

"但是,先生……"外交部长德·博佐布尔先生说,他把身体挺得更加直。

"部长阁下,我表示万分的歉意;但是,如果阁下再说一句话,我立即就向德·韦兹先生提出辞职,就是这样,先生,我就是要侮辱你,这是为了向你提供一个机会,你可以借此做出必要的补救。"

"我们走吧,我们走吧!"德·韦兹先生不知如何是好,叫喊着,拖起吕西安就走。吕西安竖起耳朵听德·博佐布尔伯爵先生还说些什么。他什么也没有听到。

吕西安一上马车,就要求德·韦兹先生先听他报告科蒂斯问题。可是德·韦兹却摆出长辈的架势对他先长篇大论地说了一通。吕西安的报告也很长。报告一开始,他就讲了做记录和会诊的情况。整个过程讲到最后,部长才向他要记录文件。

"我想我把文件给忘在家里了。"吕西安说。他曾经想过:德·博佐布尔伯爵如果居心不良地搞什么名堂,这些文件就可以证明我得立即找到部长向他报告,这是有根据的,我并不是强要冲进门去的求见者。

他们到了格洛内勒路,科蒂斯问题的汇报已经结束。德·韦兹伯爵先生还想转回话头再来一番前辈对后辈的谆谆教诲。

"伯爵先生,"吕西安打断他的话说,"我从下午五点钟起就为你部长工作了。现在一点钟已经打过,请允许我坐到我的马车上去吧,它就跟在后头。我累坏了。"

德·韦兹先生还想重复他那一套长辈的教导。

吕西安说:"刚才那个意外事故不必再提;再提,可能就把一切都搞糟了。"

部长只好随他去了;吕西安坐到自己的两轮马车上,叫仆人上车,随即驱车回家:他的确疲劳不堪。当马车穿过路易十五大桥的时候,仆人对他说:

"看,部长过去了。"

"他又回到他的同事家里去了,虽然时间已经很晚,但他们一定会拿我做话题。我当然用不着死抓住我的职位不放;只是如果撤我的职,那我一定要逼这个自命不凡的家伙拿起剑来斗一斗。这班大人先生根本没有受过什么良好的教育,要耍脾气就耍脾气,但也要看看对象。戴巴克这类人,他们不顾一切,只要发财,那好办;至于我,那就休想!"

吕西安回到家中,看见他的父亲,手里擎着烛台,正要上楼睡觉。吕西安急于听听他父亲这么一个有头脑有见识的人的意见,但转念又想:

"不幸,他毕竟老了,不该影响他的睡眠。明天再说吧。"

第二天上午十点钟,他一五一十把事情都讲给他父亲听了,父亲一听就笑了起来。

"德·韦兹先生明天一定会拉你到他外交部的同事家里去吃晚饭。像你这样,这辈子决斗可少不了呀,不过,目前,他们一定不会有好颜色给你看……这几位先生过两个月真会把你的职务给撤

485

掉,不然就把你派到布里昂松或本地治里①去当省长。到这么远的地方去做事,于你不合适,于我更不相宜,我要吓唬吓唬他们,我要阻止这种贬黜……至少我要试一试,看来是可以办到的。"

外交部长府上晚宴的事,到第三天才见分晓。在这期间,吕西安一直为科蒂斯的事忙得不可开交,他也不许德·韦兹先生重提那个偶然事件。

请客吃饭后第二天,吕西安的父亲勒万先生把这个小小的掌故当作笑话对三四位外交官讲了一遍。只是科蒂斯这个名字和迫使吕西安非在凌晨一点钟去找部长这个重要事务的性质,他都避而不谈。

他对俄国大使说:"关于时间提前这一点,据我所知,是因为和电报的事毫不相干。"

半个月后,勒万先生在社会上偶然风闻说他儿子是个圣西门派。为此,在吕西安毫不知情的情况下,他要德·韦兹先生哪一天一定带他到外交部长家里走一趟。

"亲爱的朋友,这是为什么?"

"我认为让阁下愉快地做这么一件出人意料的事很有必要。"

勒万先生前去见外交部长,内政部长十分纳罕,一路上勒万先生就拿他朋友内政部长的这种好奇心开玩笑。

他见到外交部长阁下,部长同意接待他,可是他仍然用他那很不严肃的口气谈了起来:

"伯爵先生,对阁下的才干,我有比任何人都正确而公正的评价,在这一点上,没有人能和我相比;不过,也必须承认,阁下的路子很多。四十位有头衔或者佩戴勋章的大人物,必要时我可以给

---

① 布里昂松在法国上阿尔卑斯地区。本地治里,印度东南沿海的港口城市,十八世纪英法争夺之地,1816 年被法国全部占领,成为法国海外属地。

你指出他们的姓氏,五六位最高级的贵妇人(由于阁下的善意,她们都相当富有),所有这些大人物都可以赏光对我的儿子查案官吕西安·勒万加以关顾照料。这些可敬的人物当然可以暗中散布流言说他是圣西门派,当然也可以毫不费力地说他在某个重要场合胆小怕死。他们还可以进一步在我所说的那些可敬的人物当中挑出那么两三位,他们都很年轻,都有兼差,而且都是专好惹事挑起决斗的人。换句话说,如果人家还愿意对我这个白发苍苍的老人施舍一点宽容和善意,那么,这些大人物如德·×××伯爵先生、德·×××先生、有四万法郎进项的德·×××男爵先生、××侯爵先生很可能只是说说而已,说什么这个小勒万又让他溜掉了。伯爵先生,正因为你是外交部长,所以我专程前来向你提出:战争,还是和平?"

勒万先生以这样的方式开始谈了起来,故意滔滔不绝地谈了很久。勒万先生在外交部谈过以后走出来,随后又到王宫去,得到国王的接见。于是他把刚刚同外交部长谈过的一席话又照样向国王谈了一遍。

勒万先生回到家里,对儿子说:"你过来,让我再一次把我对你毫不尊敬的两位部长讲过的话讲给你听听。为了免得我再讲第三遍,来,咱们一起到你母亲那里去谈。"

在勒万夫人那里谈过之后,我们的英雄以为可以冒险向父亲致谢了。

"我的朋友,你没有想到,这样一来,你就变得太平庸了。你从来没有像这个月这么开心过吧。这半个月里,我真是怀着你青年时期的那种兴致做交易所的事情,我应该感谢你,这两位部长既然对你做出某种专横无礼的事,我理所当然地要回敬他们一下。总之,我很爱你,你母亲也许会说,到现在为止,用禁欲派著作中的话来说,我是通过你去爱她的。不过,为了我的情谊,我应当付出一点代价。"

"关于什么呀?"

"你跟我来。"

他们到了他的房间。

"最主要的一点,就是要把诬你是圣西门派这种诽谤洗刷干净。你那种认真的样子尽管可敬,但只会让诽谤传布开去。"

"再简单也没有了:劈他一剑不就完了。"

"那会给你造成好斗的名声,未免可悲!我求你无论在什么托词之下,决斗再也别提。"

"那怎么办呢?"

"谈一场轰动一时的恋爱。"

吕西安脸色一下变得煞白。

他父亲继续说下去:"一定要谈,去诱惑葛朗代夫人。代价是大的,不过,或许并不那么惹人厌,至于于莉小姐,或者高思兰小姐,或者其他哪一位小姐……不要怕花钱,每天都跟她混四个小时。这场恋爱的费用,我来出就是。"①

"我的父亲,您是不是说我没资格去爱雷蒙德小姐?"

"她的名气不大。你听一听这种议论:'勒万的儿子爱上了小雷蒙德。''是不是就是那个雷蒙德小姐?……'——应当是这样:'勒万的儿子现在追上高思兰小姐了。''哎呀!是正式的情人吗?''他简直爱得发疯了……他只想独占,还在吃醋哪。'

"而且,我还要进一步把你介绍给至少十个著名的家庭,什么圣西门派的悲哀,让人家去搭一搭它的脉搏看吧。"

---

① 在这件事情上,勒万先生并没有告诉吕西安,就把吕西安对德·夏斯特莱夫人的爱情向八九位地位最高的夫人,如德·拉斯弗尔夫人、德·卡斯特[卡斯泰拉娜]夫人等像发牢骚那样公开讲出去了。这无异于讲明吕西安的痛苦情怀和严肃精神。11月27日。(司汤达原注)

但是这种同时跟葛朗代夫人与高思兰小姐谈恋爱的做法却使吕西安感到困惑。

科蒂斯事件顺利告一段落,德·韦兹伯爵对他大大恭维了一番。这个过于虔诚的被收买者一个星期后死掉了,死前什么也没有泄露。

吕西安请部长批准他四天假期,他说南锡那儿有几件事要去了结一下。很久以来,他一直强烈希望再去看看德·夏斯特莱夫人那个小小的窗口。吕西安征得部长同意后,回来告诉父母,他们觉得到斯特拉斯堡旅行一次并无不妥;可是南锡二字吕西安却没有勇气讲出口。

"只要天气好,我每天下午两点钟一定去看看你的部长,这样,你的假期就不会显得太长。"勒万先生这样说。

吕西安到了距南锡还有十里路的地方,心就怦怦跳个不停,害得他很不好受,连呼吸也不大自然了。吕西安为了夜晚进城,免得让人看见,就在离南锡城还有一里路的一个小村子里停了下来。即使还有这样的距离,他心中起伏不已的激动情绪也已控制不住;连大路上远远来了一部两轮货车,他也听不出来,竟以为是德·夏斯特莱夫人的马车的声音……①

"……根据你的电报,我赚了不少钱,"勒万先生对他的儿子说,"而且从来也没有像现在这样需要你出面。"

在他父亲的晚餐席上,吕西安见到了好朋友埃尔奈·戴维鲁瓦。埃尔奈愁容满面,他那位道德学院的学者,本来答应支持他四票让他入选政治学院,不幸在维希矿泉一命呜呼,所以埃尔奈把他

---

① 这一情节始终没有写成。司汤达自觉尚未成形。停笔之处,他记有这样的字句:"在这个稿本中南锡之行将成为空白。我处在枯竭情况下,且先写葛朗代夫人吧。12月2日。"这段情节,此后他也没有回转来补写。(马尔蒂诺注)

埋葬以后,眼看自己四个月辛辛苦苦陪侍病人不仅落得一场空,而且成了一个笑柄。

他对吕西安说:"无论如何要取得成功……说真的,我如果再对某位学院院士效忠的话,一定选个身体健康的!……"

吕西安非常赞赏他这位表兄的性格:他愁闷了一个礼拜,接下去就另拟计划,大展宏图,又干起来了。埃尔奈在一些客厅的交际场合中说过这样的话:

"每当回忆起学者德科尔,我就好几天心情沉重,深为痛惜。这位卓越人物的友谊和他的逝世,在我一生中简直是划时代的事件。他让我懂得了死的意义……在他的最后时刻,我看到一位贤者如何处在基督教精神的安慰之中;正是在死者的床侧,我才真正理解并珍视这样的宗教……"

埃尔奈重新在社交界展开活动后没几天,又对勒万说:

"你遇上一次伟大的爱情啦。(吕西安一听脸都发白了。)当然,你非常幸福:人们都注视着你!问题不在于别的什么,而在于你成了一个重要的目标。我对你没有什么好问的,我只想问究竟是怎样一对美丽的眼睛夺去了你的欢乐。幸运的吕西安,你把公众都吸引住了!哎呀!伟大的上帝呀!生在这样一个父亲的家里是多么幸福啊,这个父亲可以张席设筵,招待宾客,还可以见到波佐·迪·博尔果先生①和其他显赫的外国使节!如果我也有这样

---

① 波佐·迪·博尔果(Pozzo di Borgo,1764—1842),意大利政治家、外交官,出身科西嘉贵族。科西嘉原有两个党,一为以拿破仑为首的法国派,波佐·迪·博尔果属受英国势力支持的保守派,自始就是拿破仑的死对头;后法国军队将波佐·迪·博尔果驱逐出科西嘉,波佐·迪·博尔果流亡伦敦;1812年拿破仑远征俄国失败后,波佐·迪·博尔果前往俄国,从此成为欧洲反法联盟中重要政治人物;维也纳会议时,他以俄国驻法特命全权大使身份参加会议,成为拿破仑垮台的策划人之一,后一直为驻法大使,曾促使法国复辟王朝与沙皇俄国靠拢,是复辟时期巴黎外交界的大红人。

一个父亲,那么,在这整个冬季社交活动中我就成为朋友们心目中的英雄;可是德科尔却死在我的怀抱中,这对我也许比他的生命更有用。因为我没有像你这样的父亲,即使我可以创造出奇迹来,那也是不算数的,只会让人家骂我是阴谋家。"

吕西安在他母亲的三位老朋友家里也听到类似的传说,这三位贵妇人的客厅在巴黎只算是第二流的,吕西安在这些地方倒受到友好的接待。

小人物戴巴克,趁他高兴随便给他讲些与正事无关的琐事的时候,也告诉他:有些消息灵通人士讲到他,说他将来肯定要做一番大事业,谁料竟突然停步不前,眼下正陷于一次疯狂的爱情。

"啊!我亲爱的朋友,如果没有发生这种疯狂的爱情的话,你该是多么幸福!什么好处你会得不到?那就好比涂上一层漆,永远也不会透水,不会闹笑话。"

吕西安竭力自卫;不过他想:

"我这次倒霉的南锡之行,把一切都弄清楚了。"

但他没有想到,这个所谓的爱情传闻,他得感谢他的父亲,他父亲自从他和外交部长闹了那么一回以后,确实打心眼儿里喜欢他,以致这位老先生哪怕天气严寒或气候潮湿也在所不计,依然要到交易所去,这是他六十大寿那天定下来的,除此之外,的确,任何别的事都不能使他这样做。[①]

他对勒万夫人说:"如果我对他管得太紧、拿他的事情不停地和他讲,到末了他一定会把我当成一个倒运的家伙。我应当注意演好父亲这个角色,做父亲的如果自己先厌烦,或者爱得过头,那么,父亲这个角色就会使儿子受不了。"

---

① 皮莱-维尔(Pillet-Will)、罗特希尔德这等人是否也去交易所,待查。(司汤达原注)

勒万夫人出自一种深情,一种胆怯的爱心,拼命反对她丈夫用所谓疯狂的爱情这种做法来捉弄他的儿子;她已从有关这件事情的流言中看到危险的根苗。

她说:"我真希望他平平静静地度过一生,不要那么引人注目。"

勒万先生回答说:"我不能,说心里话,我可不能。他应当产生一次伟大的爱情,要么就做个正人君子,你最看重这种正人君子,这反而会害了他,只会使他成为那么一个平平淡淡的圣西门派,以后,到了三十岁,至多不过是个创立什么新宗教的发明家。我要做的,是要他自己去选择,让他心里怀着最伟大、最严肃的爱去爱一个最美的女人,至于究竟是德·夏斯特莱夫人,是葛朗代夫人,是高思兰小姐,还是那个有六千法郎收入的没有什么名气的女演员雷蒙德,那由他去挑。"(他没有说出他这种想法的目的:……整整一天,他都在讥笑我,因为雷蒙德小姐比戴·布兰小姐更聪颖、更有头脑,而且他也常常见到她。)

"啊!德·夏斯特莱夫人这个名字千万不能提!"勒万夫人叫了起来,"你可真要把他害得发疯了。"

勒万先生想到他二十年的朋友德·泰米纳夫人和托尼埃夫人,这两个朋友和葛朗代夫人关系十分密切。德·泰米纳先生的产业多年来是他照料的;这在巴黎可以说是帮了一个大忙,对于这一点,人家也是感激不尽的,因为自从高官显位和家业门第在社会上失势以后,金钱就成了命根子,有钱而不为之提心吊胆,那又是美事中之美事。他准备找德·泰米纳夫人探听探听葛朗代夫人的心思。

她们的回答叙述起来不免冗长沉闷,这里就一笔略过。我们只限于把这两位太太提供的情况汇集在一起。这两位太太住在一处公馆里,共同使用一辆马车,可是她们彼此却有话不说。托尼埃夫人是有个性的人，为人很严厉，在某些重要场合中往往是葛朗代夫人的顾问。至于德·泰米纳夫人，温柔无比，富于心计，又善于随机应变，但对于什么合她的意、什么不合她的意，却极为专断；她视野不远，只有眼前事物，才看得清楚。她出身于上流社会，做过一些错事，不过都已补救过来，四十年来她对巴黎交际场上的种种现象可能产生的后果所做出的判断一次也没有错过。近四年来，她静穆安谧的心境被两件不幸的事情扰乱了，一件是社交场上出现了一些闻所未闻的人名，上等人家出现了不该报出的姓名；另一件是上等人家子弟在军团里都已销声匿迹，不见踪影，而这些人过去都是她那死去多年的孙辈的朋友。

吕西安的父亲，勒万先生，每个礼拜都要和德·泰米纳夫人在她家里或在他家里见一次面，勒万先生认为自己应当在她身旁担任一个严父的角色。而且还不止于此，据他看来，他以为像他这样的年纪，完全可以骗骗她，在他儿子的故事里面，德·夏斯特莱夫人的名字完全可以避而不提。他把他儿子的经历编成一个很动听的故事，给德·泰米纳夫人整整讲了一个晚上，让她听得很开心，最后他对她谈起他对儿子所感到的忧虑不安，自从被葛朗代夫人接待了三个月，他的儿子忽然变得忧郁沉闷，情况十分严重；他担心儿子真正动了爱情，以致他为这个宝贝儿子安排的计划全给打乱，所以不得不让他结婚……

"这里面可有点蹊跷呀，"德·泰米纳夫人对他说，"就是葛朗代夫人，从英国回来以后，人也大变；她的心头，也有苦恼呀。"

勒万先生从德·泰米纳夫人和托尼埃夫人那里了解到的情况大致如此，不过这两位夫人他是分头去看，后来才把情况汇总到一起的。为了把事情讲得条理分明，我们所知道的有关葛朗代夫人这个十分著名的女人的一些专门材料不妨在这里补叙一下吧。

葛朗代夫人似乎也把自己看成巴黎最美的女人，至少在巴黎六位最美的女人中人们是不能不把她排进去的。她最为出色的一点就是身材修长,绰约多姿,娇媚迷人。她的金发是世界上最美的金发,她骑在马上尤其风姿优美,无异于勇敢的化身。她就是保罗·委罗内塞①画上金发而瘦长的威尼斯美人儿。她的面容线条秀美,不过不太高贵。她的性情和人们所知道的意大利人的性格几乎正好相反。她的心跟人们叫作柔情和激情的那种感情完全无缘,可是在生活中,她又偏偏总是玩弄这类感情。吕西安曾经十次看到她对一位在中国传道的神父的不幸遭遇动了恻隐之心,又对她家乡那个省份某个属于极好门第的人家的衰落充满了同情。但葛朗代夫人内心深处却认为真正动感情是下贱而可笑的,一句话,那是布尔乔亚的玩意儿。在她看来,那正是软弱的灵魂的无可怀疑的标志。她经常读德·雷兹红衣主教的《回忆录》②,其中所记述的事迹使她入迷,其中的奥妙她认为读小说是体会不到的。她觉得书中讲的德·隆格维尔夫人③和德·舍甫洛兹夫人④在过去政治舞台上扮演的角色其实是由一个十八岁青年男子的爱情关系和冒险经历构成的。

葛朗代夫人想:"如果她们在行为上不犯那些错误,那情景该是多么可惊可赞,而那些错误又该是多么值得我们珍视!"

但现实中的爱情,在她看来那就像是一种苦事,一种叫人厌烦的事情。她之所以能够保持那令人惊叹的鲜嫩而明艳的姿色,也

---

① 保罗·委罗内塞(1528—1588),意大利文艺复兴后期威尼斯画派大画家。以擅长运用华丽色彩著称,作品有《迦拿的婚宴》《利维的家宴》等。
② 德·雷兹红衣主教(1613—1679),法国政治家、作家,枢机主教,1648—1653年间投石党领袖之一,其《回忆录》十分著名,记述他与当时首相马萨林的对立、参与投石党叛乱等甚详,为十七世纪法国文学名著。
③ 德·隆格维尔(公爵)夫人(1619—1679),在投石党动乱中是一个重要人物。
④ 德·舍甫洛兹(公爵)夫人(1600—1679),反对当时首相黎塞留、马萨林阴谋活动的重要人物。

许正由于这种心灵上的宁静①;她这一身惊人的光洁肤色可以和最美的德国女人相媲美,她身上的青春初现和健美气色真可说是视觉上的盛大节日。她特别喜欢在早晨九点钟刚刚起床后不久让人看到她。在这样的时刻,她确实无与伦比;谁不愿将她比作黎明,那真是可笑之至。没有一个对手敢以肤色光艳和她一比高下。所以她举行舞会一直要跳到天明,还要请跳舞的客人在百叶窗敞开的阳光下吃早餐,这可是她无比的幸福时刻。哪一位美妇人对这一着不知提防,糊里糊涂跳舞跳得开心,流连忘返,那么,葛朗代夫人就胜利了。这是她生活中羽化而登仙的时刻,只有她的对手甘拜下风才让她觉得她的美的可贵。她认为音乐、绘画、爱情不过是渺小的心灵为自己凭空虚构出来的蠢事。她说她坐在意大利剧院包厢里欣赏严肃的戏剧,是因为,据她说,意大利歌唱家都不是被开除教籍的人。她上午画些水彩画,画得很有才气;她认为画画儿对上流社会的女子来说,就和刺绣一样不可缺少,而且画起来也不那么令人生厌。有件事情说明她缺乏高贵的心灵,这就是她总要把自己同某个事物或某个人物进行比较,为的是对自己有个估计或判断,比如说,和圣日耳曼区贵妇人比来比去,这已经成了她的习惯,甚至是改不掉的了。

她要她的丈夫带她到英国去看一看,看看能否找到一位比她更美丽的金发女人,看看这个女人是否害怕骑马。她被邀请到多处时髦的 country seats② 去做客,她在那里感到厌烦,不过畏缩情绪一点也没有。

吕西安恰好是在她刚从英国回来时被介绍给她的。她在英国短短的逗留把她对真正贵族的羡慕完全给廓清了。为寻求不大看

---

① 即缺乏气质。(司汤达原注)
② 英文:"乡村的贵族宅邸"。

得起贵族的人的尊敬所应有的那种优越感,这在她的内心深处是不存在的。葛朗代夫人在英国,人家不过把她看作七月王朝路易-菲力浦宠幸的一个稳健派人物的妻子而已,她也每时每刻都感到自己是个商人妇。她有十万利弗尔的进项,在巴黎她是拔尖儿的,可是在英国,那就俗得很,平常得很。她从英国回来,也带回了一件心事:"不该做个商人妇,应该成为蒙莫朗西①家族中的一个女人。"

她的丈夫是个四十岁的高大而肥胖的男人,十分健康,要做他的遗孀大概是没有指望的。他有大宗财产,出于骄矜自负,她不屑于尝试通过不正当的途径和他离异,因为这是犯罪的事,这种想法是她所不取的。问题在于如何变成蒙莫朗西家族中的一员,但这又是决不能坦白承认的。这就好比路易十四走运的时候玩弄权术一样。

她丈夫是国民自卫军上校,从政治上来说,罗昂②和蒙莫朗西这些人物她丈夫已经取而代之,不过,对她来说,从个人角度去看,他的财富尚待争取。

对于一个刚刚二十三岁但已腰缠万贯的蒙莫朗西家族的女人来说,她的幸福是什么呢?

这并不是问题的全部,还有这样的问题:

为了在社会上真有像蒙莫朗西家族一个女人过去所有的那样的声势,还有什么事不该去做呢?

要么对宗教怀有崇高的信仰,要么像德·斯达尔夫人那样才

---

① 蒙莫朗西(1493—1567),法国陆军元帅、公爵,法王弗朗索瓦一世、亨利二世和查理九世三朝重臣,曾镇压波尔多反抗盐税的叛乱,在与胡格诺派的战争中负伤而死。蒙莫朗西家族是法国著名的贵族世家。
② 罗昂(1579—1638),法国军人、作家,1603年被封为公爵,宗教战争期间胡格诺派的领袖,曾与法王路易十三进行过三次战争,1638年2月28日在莱茵费尔登战役中受重伤而死,著有《回忆录》。

华横溢;要么和什么著名人物结成名噪一时的友谊;要么做王后或阿黛拉伊德夫人①的密友,或者像德·波里涅亚克夫人②在一七八五年那样,成为宫廷命妇队伍中为首的贵妇人,可以设宴款待王后;要么至少和圣日耳曼区名门望族有某种显赫的交谊。

以上这些可能性,这些条件,她朝思暮想,费尽心机,她勇气十足,坚定不移,只是才智不及。她不善于寻求别人的帮助;她有两个好友,德·泰米纳夫人和托尼埃夫人,那让她彻夜难眠的心事她只肯向她们吐露一部分。上面提到的许多想法,甚至一些最有光彩的想法,在她的野心面前都已呈现出可能性,可惜纷纷落空了。

吕西安和她初次见面,就觉得她在模仿德·斯达尔夫人,正因为这样,吕西安对她不论看到什么、不管对什么问题都要喋喋不休这一点,才觉得讨厌。

葛朗代夫人在吕西安南锡之行前不久,在她的伟大计划还没有付诸行动之前,曾对自己讲过这样的话:

"倘若因追求者的不幸而扬名的伟大爱情,不去点燃这种爱情的火焰,岂不是白白放过获取非凡声名的有利时机,白白丢掉大好机会?如果一个卓越不凡的男子,由于我始终不重视他,为了忘掉我,只身远走美洲,这岂不是所有设想中最可惊叹的?"

这个大问题她已经不带任何女性弱点地反复估量过,这个问题她甚至也以严肃的态度思考过,因为历史上的名媛淑女正是在这个问题上遇到暗礁险滩的,她们为自己而征服的命运,她们在历史上所取得的地位,无不深为葛朗代夫人所赞赏。

---

① 王后即路易-菲力浦的妻子,那不勒斯国王斐迪南四世的女儿,波旁的玛丽-阿梅丽(Marie-Amélie de Bourbon,1782—1866),1809年与路易-菲力浦结婚。阿黛拉伊德夫人(1777—1847),奥尔良公爵的女儿,法王路易-菲力浦的妹妹。
② 德·波里涅亚克夫人(1749—1793),法国贵妇人,1767年嫁给儒勒·德·波里涅亚克伯爵,法国王后玛丽·安托瓦内特的好友。

她后来又对自己这样说:"不去激起伟大的爱情,那就是错过千载难逢的大好机会;但选择对象却是棘手的:难道我连找个出身高贵的男人做朋友都不行？服饰玩物、青春年少,甚至家产财富,都在所不计;只要真正的贵族血统纯粹无瑕就成。可是历来王族贵族家系的男人都不愿意担任这样的角色。一句话,一个没有财产、能爱一个富商妻子的穷贵族,上哪儿去找？"

这就是葛朗代夫人的心事。她自己这么思量,连什么措辞用语都不加计较,她有这种胆力;但她缺少的恰恰是别出心裁的聪明才智。她在脑子里考虑了种种措施步骤,甚至她过去用过的各种卑劣手法也没有放过。施展下流手法也无济于事,好不容易引来两三位属于这一流的人物做她的座上客,过不了两三个月,这些贵人先生的身影就难得看见了。

尽管这一切都是真的,可并不妨碍那疯狂的热情照样被挑了起来。

葛朗代夫人处于这样的心境中,勒万老先生当然是不知道的。可巧这天上午,德·泰米纳夫人来看葛朗代夫人,在她这位年轻女友家里逗留了一个小时,目的是探测一下对我们的英雄她是否心有所动。德·泰米纳夫人摸清了她虚荣心和雄心的现状以后,对她说道:

"你可害得好几个人都痛苦不堪哪,我的美人儿,你可该选一选、挑一挑了。"

"离挑选还远得很呢,"葛朗代夫人十分认真地回答说,"因为直到现在,我还不知道那位不幸的骑士究竟是谁。是一位出身高贵的？"

"他所缺少的只是这个出身。"

"不谈出身,还谈得上什么风度？"她说,带着一股心灰气懒的情绪。

"我就爱你说话的这个分寸,这让你显得出色极了!"德·泰米纳夫人提高嗓门说,"人人都崇尚才智,说它好比硝镪水、硫酸,把什么都刻画得入木三分,尽管这种崇尚也俗得很,但才智,毕竟抵得过风度,这是你不同意的。嘻!你还算和我们是一流的人呢!不过,你这个新来的牺牲者,我相信他确有高贵独特的风度。自从他到你这里来过以后,总是郁郁寡欢,真是这样,他也不明白这究竟是怎么一回事,的确是这样;因为男人就喜欢这个样子,他的风趣,他讲出这些趣事的方式,就是这个样子,正是这个特点才把他的社会地位给显示了出来。不过,这个人可让你给害得好苦呀,从他的家庭来看,人家肯定会说他属于第一等的社会地位。"

"啊呀!你说的是查案官勒万先生!"

"对呀!我的美人儿,你莫非真要把他给推进坟墓?"

"我看他并不痛苦,"葛朗代夫人说,"我看他只是感到烦闷无聊罢了。"

她们又谈了几句。德·泰米纳夫人把话题转到政治方面,谈到某件事时,她说:

"你丈夫没到证券交易所去,可证券交易所最近偏偏引人注目而又左右一切。"

"他有一年零八个月没到那儿去了。"葛朗代夫人急切地说。

"你接待的那些客人,他们推上去几位阁员,又挤下来几个部长。"

"我并不专门接待这些先生!"(口气中有点不高兴。)

"我亲爱的,你占领的阵地,千万别轻易退出!这是在你我之间我才说这个话的,"她把声音放低,用亲切的口气说,"企图夺取这个阵地的敌人讲出来的话,要重视,但不可作数。在路易十四治下,不是已经发生过了吗:德·圣西蒙公爵那个坏蛋废话连篇,说个不停,就是你非常喜欢的那个德·圣西蒙公爵,可是资产阶级已经把内阁部长拿到手了。科尔柏尔是什么人？塞基埃①是什么人？说到最后，内阁部长可以叫他们喜欢的人发财。那么今天又是什么人决定部长人选的呢？是罗特希尔德家族②，还有×××家族，×××家族，还有勒万父子，是他们决定部长由谁来干。想起来了，那天波佐·迪·博尔果不是说过吗，勒万先生为了儿子在外交部长那里大发雷霆？要不就是他的儿子，深更半夜，也跑到部长那里发了一通脾气？"

葛朗代夫人把她所知道的一些事也都讲了。这差不多可以说都是确有其事，而且完全有利于勒万父子。这件事上的特殊利害、特殊关系说得不露丝毫痕迹，连勒万的所谓烦闷无聊也给说得杳无踪影了。

这天晚上，德·泰米纳夫人觉得可以让勒万先生放心，可以告诉他：在他儿子和美丽的葛朗代夫人之间既没有发生爱情，也没有谁出来献过殷勤。

---

① 塞基埃（Pierre Séguier，1588—1672），法国路易十三、路易十四时代的大法官；1633 年任掌玺官，1635 年任法国最高司法职务大法官，终身职，依附有权势的枢机主教黎塞留和马萨林；1637 年被派往瓦尔德拉斯调查法国王后奥地利的安娜（因其有私通西班牙嫌疑）；路易十四时期，1662 年曾负责审判被控贪污的财政大臣富凯。

② 罗特希尔德家族，欧洲著名银行世家，后发展成十九世纪欧洲经济史上有影响的银行集团，创始人迈耶·阿姆谢尔·罗特希尔德（1744—1812），系德籍犹太人。

第四十七章

勒万先生身肥体大，红光满面，目光炯炯有神，鬈曲的灰发十分好看。他的衣着，他的坎肩，剪裁入时，而又素雅大方，上了年纪的人穿起来自有风度。在他这个人身上，人们总觉得有着某种敏捷而又从容不迫的特点。看那乌黑的眼睛，看那灵活多变的表情，人们与其把他视为著名的银行家，不如把他看成才华横溢的画家（当然，这种天才如今难得看到了）。他经常到一些人家的客厅去走动，但在生活中他却喜欢和富有才智的外交官交往（严肃而持重的人他非常讨厌），他还喜欢同歌剧院很有地位的歌舞团的舞女们厮混。在舞女们微不足道的金钱问题上，他无疑是她们的尊神。人们每天晚上都可以在歌剧院休息室里找到他。在被称为上流社会的交际场中，他不大摆架子。厚颜无耻和招摇撞骗，缺此就办不成大事，这叫他感到厌恶，可也引起很多流言。在这个世界上，有两件事他最怕，一是烦闷无聊，一是空气潮湿。为逃避这两大灾害，他做出一些事情，在别人看来早已成了笑谈。如今六十五岁了，依然闹出些可笑的事来，他也毫不在意。他在大马路上散步，因为要穿过德·昂丹大街，他的仆人就拿出披风给他披上。他每天都要按照风势至少换五六次衣服，为此在巴黎每个区他都有一处寓所。他在精神上与其说眼界甚高，不如说自然而热情狂放，又轻率得可爱。他常常忘乎所以，但也知道自我省察，以免陷入不谨慎或者有失体面这类情境。

"倘若你搞金融交易都发不了财，"他的妻子很崇拜他，对他说,"那你就不论从事什么职业都不会成功。你讲个小故事,讲了就撇开了,可你不知道你那个故事伤了人,把人家的几项计划都给破坏了。"

"这种损失我已经赔偿了:不论哪个有支付能力的人在我的账房间肯定永远可以白白拿到一千法郎。总之,十年来已经没人跑来和我吵架了,人家对我总是容忍的。"

勒万先生从来不讲真话,但对他的妻子除外,真情实况他一五一十都讲给她听;对他来说,妻子好像是他的第二记忆,他相信她胜过相信他自己。起初,他的儿子作为第三者在场,这时他总要有所保留,有些事要避一避,可是这种保留让人觉得很不舒服,而且谈话也变得味同嚼蜡(勒万夫人不喜欢叫他的儿子走开),后来,他断定儿子是小心谨慎的,这才在儿子面前无所不谈。

这个老人讲出来的恶狠狠的话很可怕,可是他的内心却是非常欢快爽直的。

最近一个时期,有人发现他好多天愁眉不展,内心不安;晚上,赌钱也赌得很厉害,甚至在交易所也投下大宗赌注;戴·布兰小姐有两天晚上要登台献艺,他还得去给她捧场。

有天晚上,午夜两点钟,就像上面所说的那样,他在外面混了一个晚上才回到家里来,看见儿子在客厅里烤火,这时,他心头的郁闷一下就爆发出来了。

"去把那扇门的销子销上。"吕西安去插好门上的插销,然后又回到壁炉旁,勒万先生生气地说,"你知道我闹了一个多大的笑话吗?"

"父亲,什么笑话?我一点也没想到啊。"

"我很爱你,可是结果,你叫我倒了霉;因为愚弄中最大的愚弄,就是爱。"他越说越激动,口气也很认真,这是他儿子从来没有见过的,"在我这活得很长的一生里,我没有爱过,不过也有一次例外,那是唯一的一次。我爱了你的母亲,她是我的生命所不可缺少的,她没有让我受过一丝一毫的痛苦。在她的爱面前,我没有把你看成我的对头,相反,我发现我也爱你,真是可笑,我曾经发誓说决不能陷到这种可笑的事情里面去,可是你却害得我睡也睡不着。"

听到这话,吕西安顿时就变得严肃起来。他的父亲一向不喜欢夸大其词,他知道,他的父亲真的要发怒了。

勒万先生心里的痛苦憋了半个月,不许自己对儿子透露半个字,如今他实在太气了,所以就对他讲了出来。

勒万先生突然丢下儿子走了出去。

"等我一会儿。"他痛苦地对儿子说。

很快地他手里拿着一个小小的俄罗斯皮夹子走回来。

"这里头是一万二千法郎,你若不拿的话,那我就认为咱们算是闹翻了。"

"争执的问题也许是新出现的问题吧,"吕西安说,不禁笑了,"可是咱们扮演的角色搞颠倒了,而且……"

"对,这样也不坏。你倒有点小聪明。不过,千言万语并成一句,你必须发狂地爱上高思兰才行。钱你不要给她,然后你骑上马,溜之大吉,溜到默东森林去,或者别的什么鬼地方去,好像这就是你的脾气似的。问题是你必须和她在晚上见面,拿出你所有的时间去陪她,问题是必须爱得发疯。"

"为高思兰小姐发疯!"

"见你的鬼去!为高思兰小姐发疯,或是为另一个女人发疯,随你的便!但必须叫社会上知道你有了一个情妇。"

"可是,父亲,您下了这么严厉的命令,究竟是为什么?"

"你知道得很清楚。你看,你对你父亲说话,甚至对你自己的利益,也疑疑惑惑,不信任!让魔鬼把你带去吧,再也不要回来!

再过两个月看不到你,不管你发不发疯,我才不去想你呢。你为什么不留在你的南锡呢!那对你真是再好也没有了,你只配在两三个假装正经的女人面前充英雄!"

吕西安脸都气得发紫了。①

"社会地位给你安排好了,处在这样的地位上,板起面孔,一本正经,甚至愁眉苦脸,这在外省,人家很欣赏你,外省的时髦样子就是装腔作势,可是在这里,你那种样子只会使你沦为一个彻头彻尾的倒霉的圣西门派,一个叫人见了恶心的可笑人物。"

"我根本不是圣西门派!我相信您已经搞清楚了。"

"嘿!圣西门派,你就做一个圣西门派好啦,你就再蠢一千倍好啦,别说它啦!"

"父亲,我一定多讲讲话,多谈谈,我一定高高兴兴就是了,我到歌剧院待两个钟头,不是一个钟头,好不好?"

"你这个性格能不能改变改变?能不能开开玩笑,放得轻松一些?你这辈子,如果我不来整顿一番,从现在起再过半个月,你那个严肃的样子就要不再被人家当成什么良知的标志,或者被认为是一件好事的不好的结果了,人家就要把它看作是社交上最使人不愉快的东西了。所以,一旦和社交界弄僵,你的自尊心就要准备一天十次被刺伤。在这种情况下,最舒服的办法就是自杀,如果没有自杀的勇气,那就只好到特拉普修道院②去找个安静的角落躲起来。两个月来,你的处境就是如此,我嘛,拼了老命想方设法叫人家明白你这是一个年轻人在发疯,也把我给毁了。你就是在这样的情况下,摆出一脸的所谓良知,这样,你不久就要成为德·博佐布尔伯爵的仇敌。这是一只老狐狸,他一辈子也不会饶过你

---

① 不同的看法:有些虚假。青年人原来就是这样。(司汤达原注)
② 特拉普修道院,法国诸曼底一所特拉普派修道院。特拉普派属天主教西多会,此派强调缄口苦修。

的,因为有朝一日你在社会上成了一个什么人物,也想抬起头来发表意见,那么,或迟或早,你就会叫他掉脑袋,这他当然不甘心。活该你倒霉,凭你这健全的思想,你自己还不知道,早就有那么十个在社会上能说会道、很有道德又很受欢迎的才智之士揪住你不放了,再加上外交部的几十个密探盯你的梢。你想在决斗中把他们干掉?要是你被杀死,你母亲可怎么办?两个月没见到你,一想起你,我就魂不守舍!我嘛,三个月来,为你东奔西走,痛风发作,这条老命也差不多了。自从证券交易所生起火炉,比以前更加潮湿,我就整天泡在里头。为了你,拿财产孤注一掷这样的事我是不干的,这本来也是我喜欢的事情。话说回来,你是不是愿意下决心和高思兰小姐搞一次疯狂的恋爱?"

"这么说,您竟向我这可怜而短暂的一刻钟的自由宣战了,我所有的时间都给抢走,我没有怨言,可是没有一个野心家比我更辛苦,因为,最苦的差事,在我,就是在歌剧院和客厅里露面;要是依我的脾气,半个月我也不会去一趟。埃尔奈希望入选学士院当院士,戴巴克这个浑蛋,一心想当参议官,这就是支持他们的力量。我没有这种雄心壮志,我只想向您表达我的感激之情。因为,有那么六千至八千利弗尔的收入,在欧洲和美洲,经常换换环境,这里住上一个月,那里住上一年,随我高兴,我认为这才是我的幸福,或者至少是我所向往的那种幸福。在巴黎,不胡吹乱扯、招摇撞骗就不行,这叫我觉得可笑,而且靠这一套取得成功,我看了也要生气。即便很有钱,在这里,也得弄虚作假,像个演员,而且总是战战兢兢、提心吊胆,否则就要落下笑柄。所以我嘛,我决不向公众舆论去乞求幸福,人家愿意拿我怎么看,随他去好了;我的幸福,那就是一年到巴黎来住上六个星期,看看有什么新画、新戏、新发明、美丽的新舞蹈演员。让人家忘掉我吧,我就这么生活,让我住在巴黎,像个俄国人或英国人那样。做高思兰小姐的幸福的情人,我不干,为什么我不能出去旅行半年呢?随您叫我到什么地方去都行,比如说堪察加、坎顿①、南美,好吗?"

"半年后,等你回来,你就会发现你声名扫地,你的种种恶行都有确凿的事实做证,尽管这些事实人家早已抛在脑后。这样一来,对名誉来说,是再糟也没有了。你越是逃避,诽谤就越是得逞。接下去,就得再把公众的注意力集中起来,为了医治创伤,只好让伤口再度肿痛。你听见了没有?"

"嘻!听得太清楚了!我看您似乎不会同意我拿出去旅行半年或者进六个月监狱跟高思兰小姐对调吧?"

"哎呀!你好像也变得通情达理了,真得赞美上天!你要明白,我可不是刁钻古怪的人。咱们一起来考虑考虑。德·博佐布尔先生手下有二三十甚至四十个暗探混迹于上流社会,在最上层也有不少;有自愿的密探,如德·佩尔特,他有四万利弗尔的进款。郡主德·沃代蒙夫人就是在他指挥之下的。这些人都很有手段,他们大多数同时为十来个部长服务,他们下功夫仔细研究的对象,就是他们的部长。过去他们开会讨论这个问题的时候我曾经出其不意地听到过。他们中间有两三位在金钱上得过我的好处,也曾征求过我的意见。在我家里,你见过的就有四五位,譬如某某伯爵先生就是,他们探听到什么风声,也想在公债上赌一赌,但手头又总是补不上那个差额。我就不时地帮他们一把,都是小额款项。总之,都对你说了吧,半个月前,我听到风声,说博佐布尔在发怒,在生你的闷气。这个人只有在大勋章捞到手的情况下才有人心。他很可能因为在你面前曾经吃过亏而恼羞成怒。为什么他这么恨,这我可不知道,但是,他确实让你感到荣幸:他居然恨上你了。

---

① 堪察加,俄罗斯最大的半岛,在俄罗斯东部西伯利亚地区。坎顿(Canton),中国广州旧英译名。

"不过,我可以肯定的是:人家已经布置周密地到处散布谣言说你是圣西门派,当然由于你对我的情谊,你这个圣西门派才勉为其难地留在上流社会没有退走。在我身后,你恐怕就要打出圣西门主义的旗号来,或者另外创立什么新教派,自己充当领袖。

"我才不管那一套,博佐布尔要生气就让他生气去吧,但愿他有个密探替他效劳,就像过去有人替爱德华三世①效劳去对付贝凯特一样。这些先生,别看他们坐着华贵的马车,他们当中往往有人渴望得到五十金路易的赏金,为了捞到这笔钱,他们即使参加一场决斗也心甘情愿。我不得不对你讲这么一大篇话,主要是为了讲这一部分。你这个坏小子,十一年来我不肯讲的话,你让我全给讲出来了。我破戒啦。就是因为把你害死②,好拿到一百个金路易的赏金啊,所以这话当着你母亲的面我不能讲给你听。如果丢了你,她也会活不成,我不管怎么发疯也是没有用的,她死了,什么也安慰不了我;而且(他加重语气说),我们这个家族在这个世界上从此也就一笔勾销了。"

"您不嘲笑我,我反倒觉得害怕。"吕西安说,他说话的声音仿佛说了一个字就说不出下一个字似的,"您讽刺我,挖苦我,我觉得句句都好,整整一个星期,针对我自己我总是反复咀嚼,可是我身上的那个靡菲斯特又总是占着上风,让我行动不起来。请不要笑我,我不怕做个真诚的人,有件事您一定已经知道,可是我还没有对我的心招认,这件事您可不能嘲笑。"

"见鬼!这么说,这是个新情况了。这件事我可不想谈。"

---

① 爱德华三世(1312—1377),英格兰国王,爱德华二世和法国的伊莎贝拉之长子,1327年即位,杀操纵朝政的母后情夫莫蒂默而独立执政,降服苏格兰,征讨法国,挑起英法百年战争。
② 原文系拉丁文俗语:l'on t'envoie *ad patres*. 意即:"送你见老祖宗去。"

"我要忠于一位我并没有得到的爱人。"吕西安眼睛看着地板,情深意切而又声音急促地说,"我和雷蒙德小姐的关系谈不上什么道德,她也没有什么可以让我懊悔的;不过……(您又要笑我了)她往往是同意的……当我觉得她可爱的时候①。但是,当我不和她谈情说爱的时候……我就感到非常阴郁,我曾经想到自杀,因为太没意思了……报答您对我的深情,在我,比较起来,并不那么困难。只是在那个不幸的科蒂斯病床旁边我倒觉得把一切都忘了……代价也不小啊!卑鄙无耻我也沾上边儿了……可是您还要嘲笑我。"吕西安这样说,暗中抬起眼来看了一下。

"没有的事!产生狂热爱情的人才是幸福的人,即使爱钻石也罢,就像塔勒芒·德·雷奥②讲的那个西班牙人的故事那样。衰老,衰老就是丧失狂热,缺乏幻想和热情。我认为体力衰退,和失去狂热相比,还在其次。我真想爱一个女人,哪怕爱巴黎最丑的一个女厨娘也未始不可,只要她能回报我的热爱。我要像圣奥古斯丁③那样,credo quia absurdum④。你的热情越是荒谬,我就越是一心向往"。

"求求您,关于这种狂热,尤其是对我,请不要拐弯抹角地暗示。"

"没有的事!"勒万先生说;他的神情变得十分严肃,吕西安从来没有见他这样过。因为勒万先生向来不是个严肃的人;没有什么人可以嘲弄,他就嘲笑自己,一向如此,就是勒万夫人对这一点

---

① 托词:伏尔泰和他同一世纪的作家当细腻无法明朗地表达的时候,就宁可放弃细腻描写。(司汤达原注)
② 塔勒芒·德·雷奥(Tallement des Réaux,1619—1692),法国历史回忆录作家,著有《逸史》(1657)。
③ 圣奥古斯丁(Saint Augustin,354—430),基督教教父之一,哲学家,著有《上帝之城》《忏悔录》
④ 拉丁文:"即使荒谬背理,我也坚信不疑。"

往往也未予注意。他的神色的这种变化,使我们的英雄十分高兴,虽然软弱,却也鼓起了勇气。

他口气坚定地说:"那么好啊!如果我向高思兰小姐求爱,或者追求另一位著名的小姐,我迟早总归要成为一个幸福的人,我所害怕的,恰恰就是这个结局。我讨个正派女人做老婆,您不同样也怕得要命吗?"

听了这话,勒万先生不禁放声大笑。

"你……别……生气,"他说,笑得气也喘不过来了,"咱们的协议……我一定恪守不渝,我笑的……并不是保留的那一面……你那个正派女人……在什么鬼地方?……哎呀!我的上帝!(他笑出眼泪来了)总有那么一天……你那个正派女人,一定会告诉你,她对你的爱情多么多么感动……于是,牧羊人表心迹的时刻到了……那么,牧羊人下一步又该怎么办?"

吕西安冷静地回答说:"他就严厉地责备她,骂她缺德。那对这个讲道德的世纪,不是很合时宜吗?"

"为了把玩笑开得好些,这样的情妇应该到圣日耳曼区去找。"

"您又不是公爵,我也不会有这种机智而愉快的心境去应付三四个荒谬的抱有偏见的人物,尽管在咱们这些稳健派的客厅里也可以嘲笑他们,再说,咱们这些客厅里的也实在太愚蠢!"

吕西安一面这样说,一面心里想:自己竟不知不觉也给牵扯到某些事件当中去了;他立刻变得不胜悲戚,不禁脱口说出了这么一句话来:

"怎么!我的父亲,狂热的爱情!还要爱得情深意切,持之以恒,时时刻刻都不许放松?"

"一点不错。"

"Pater meus, transeat a me calix iste!"①

"但你总会懂得我的道理的。

你的主意你自己拿定,你的刑罚你自己选择。
《西拿》第五幕第一场②

"我同意,玩笑只有在道德上具备高度的虔诚和独特的天赋才是最好的玩笑,不过你还不够资格;另一方面,权力已经从这些人手中转移到咱们手里来了,权力确实是一个很好的东西。所以嘛,咱们这些人现在就成了新贵族阶级,这个阶级是靠粉碎七月革命或窃取七月革命的成果起家的……"

"啊!我明白您的意思啦!"

"嘿!"勒万先生怀着真心实意说,"更好的事你还要到哪里去找?这不正是遵照圣日耳曼区的道德树立起来的道德吗?"

"这就好比当柔③本人并不是大贵人,他是遵从某位大贵人而成为大贵人的。啊!我看那真是太可笑了;对葛朗代夫人产生狂热的爱情,这种爱情我实在适应不了。上帝呀!这说的是些什么

---

① 拉丁文:"我父啊,倘若可行,求你叫这杯离开我!"见《圣经·新约·马太福音》第二十六章:"耶稣同门徒来到一个地方,名叫客西马尼,就对他们说,你们坐在这里,等我到那边去祷告。于是带着彼得和西庇太的两个儿子同去,就忧愁起来,极其难过。便对他们说,我心里甚是忧伤,几乎要死。你们在这里等候,和我一同儆醒。他就稍往前走,俯伏在地,祷告说,我父啊,倘若可行,求你叫这杯离开我。"

② 或引两行:
你知道你该怎么办,你知道我已经全都知晓,
你的决定由你自己去做……
《西拿》中诗两行。——除高乃依之外,谁曾写过一位帝王?拉辛所写的不过是费奈隆教养出来准备做君主的君主罢了。(司汤达原注)
译者按:《西拿》,高乃依的悲剧,1641年上演。

③ 当柔侯爵(Philippe de Courcillon, marquis de Dangeau, 1638—1720),因博得国王路易十四和两位王后的欢心并充当国王与其情妇的心腹而成为宫廷宠臣和大贵人,著有一部回忆录:《路易十四宫廷纪事》。

话呀!这是些什么贪心奢望呀!"

"你在高思兰小姐家里,会遇到一些令人不愉快的人,因为他们谈吐不雅。其实,她越是不同于人之所爱,不忠的行为就越少。"

勒万先生走到客厅另一侧,在那里踱来踱去。他很后悔讲了这么一句暗示的话来,他在责备自己。

"我背约了,这不好,很不好啊。怎么!即使和自己的儿子在一起,我也不能把思想境界提高一些?"他心里这么想。

因此他说:"我的朋友,我刚才说的最后一句话不算数,今后我说话一定要说得好听点。但这会儿已经三点钟。你如果肯做出这样的牺牲,那不是为了别的什么人,而是仅仅为了我一个人。几个月来,你一直生活在虚幻之中,一旦从虚幻中走出来,你一定会发现一切都面貌一新而大为惊奇,我不是先知,不能预先就对你这样说……你当然应该相信你自己的感受,不那么相信我的话。所以凭我们的友情我敢于要求你的,只是要你为我再做出六个月的牺牲;第一个月,那是很不好受的,接下去,这种社交你就会慢慢习惯起来,其中也有一些还过得去的人物,假如你没有被葛朗代夫人可怕的道德给吓跑的话;倘使这种情况真的发生,那咱们另外再去找一种道德好了。这么一份六个月的合同,你看能不能签字?"

吕西安在客厅里踱来踱去,没有回答。

"如果你认为这个合同应该签字,那咱们马上就签,这样你就可以让我安安稳稳睡上一觉,因为(笑出声来)这半个月来,由于你这双漂亮的眼睛,我就没能睡好觉。"

吕西安停下来,两眼看着他的父亲,接着,就扑到他父亲的怀抱里去了。勒万先生对这样的拥抱大为感动:他已是六十五岁的老人了!

吕西安被他父亲抱着的时候,对他父亲说:

511

"这是您要我做出的最后一次牺牲吗?"

"是的,我的朋友,我答应你,最后一次。你真让我感到幸福啊。再见吧!"

勒万只剩下一个人,站在客厅里,陷入深深的沉思。一个如此无情的人,又是这么真挚的感情,"你真让我感到幸福",又是这么一句感人至深的话,都在他心中回荡不已。

但另一方面,又要和葛朗代夫人谈情说爱,他觉得这真是一件要命的事情,简直是一条可憎可厌、使人痛苦不堪的七头蛇①。

他想:"世界上最美好、最动人、最崇高的一切都必须弃绝,我的命运多么惨啊;我必须和某种卑下、鄙俗的事情纠缠一辈子,时时刻刻都得装腔作势,这实在是当前上流社会所有庸俗、粗鲁、可恨作风的集中表现!这命运叫我怎么受得了!"

他忽又想起:"让我们再看看理性是怎么说的吧。当我对我的父亲不具备我应有的那种感情的时候,为了公平合理起见,我应该服从他;因为,埃尔奈说得确实不错:每个月挣九十五法郎养活自己,我没有这个能力。如果我父亲不供给我在巴黎生活所必需的一切,不供给我养活自己的必要费用,那不是比和葛朗代夫人谈恋爱更糟?不行啊,一千个不行。何必自欺欺人?

"在她的客厅里,我可以坐在一边独立思考,还会遇到一些有趣而可笑的事情,见到一些知名人士。我要是给拴在银行联号阿姆斯特丹某个大商人的商行或者伦敦什么银行里,那么,我全副心思就非用在我笔下写的东西上面不可,不容有半点差错。我宁可过兵营生活:早上上操,晚上打台球。拿一百路易的生活费,我日子过得很不错。但是这一百路易谁给我?我母亲给。如果她没有

---

① 希腊神话:七头蛇,相传砍下七头中任何一头,会生出两个头来。后为大力神赫拉克勒斯所杀。

这一百路易,把我现有的家具卖掉,加上九十五法郎的薪水,我还能活得下去?"

这个问题的答案,他翻来覆去斟酌再三,拖了很长时间,为的是慢点去考虑另一个情况不同却同样可怕的问题:

"明天我怎么办?怎么向葛朗代夫人表示我对她的崇拜?"

一提到这个问题,他不由得渐渐陷入对德·夏斯特莱夫人亲切而深情的怀念之中。回想到这一切,真使他心驰神往,低回不已。最后,他只好说:

"明天的事再说吧。"

这个所谓明天,不过是说说而已,因为,当他灭掉蜡烛准备去睡觉的时候,冬日清晨凄切的声息已经在街上响起来了。

这一天,他在格洛内勒路办公室和交易所有许多事情要办。他审查国民自卫军①法规的各项条款,直到下午两点钟,这是必须效力的事,不过这事越搞下去就越叫人厌烦,难道就用这样一支国民自卫军来统治国家?部长这些天把各部门首长的报告一律送交勒万认真审核,这已经成了他的惯例了。审核这类报告,与其说需要对管理内政部事务的四万四千种法案、决定和文件有深入的了解,不如说凭良心和廉正就可以办得好。部长把吕西安关于这类公事所写的报告称为"节略";这些节略往往只有十或十五页。吕西安对他那些有关电报的事项特别专心办理,部长因此不得不同意把许多其他节略办妥日期向后推迟,还批准吕西安加聘两名雇员,并且为他做出牺牲,让出他自己办公室后面的一个房间专供吕

---

① 法国的国民自卫军(1789—1871),大革命中产生的带有民兵性质的武装组织,创建于1789年7月13日,次日参加攻打巴士底狱;大革命高潮时期,这支队伍在巴黎历次起义和镇压王党叛乱中曾起过重要作用;用红白蓝三色帽徽以区别配白色帽徽的正规军;1827年查理十世解散了国民自卫军,1831年路易-菲力浦重建;1871年巴黎公社失败后,梯也尔政府于8月又强行解散。

西安一人使用。所以这位未来的科员由于工作需要就同重大事件处于一壁之隔的位置上，说实在话，这一壁不过是暗中铺了一层衬垫的木板罢了。要找到几个谨慎可靠、有信誉、决不给那个可恨的《国民报》写匿名文章的人，的确是难之又难。

吕西安在各个办公室物色这样的人都没有成功，于是想到原巴黎综合工科学校的一位老同学，一个沉默寡言的小伙子，这个人本想做制造商，又因为他与上层有关系，所以他认为自己必须高踞于下级之上。这个雇员名叫科夫，在巴黎综合工科学校是最无声无息的一个，因为吕西安是在圣佩拉其监狱里找到他的，不把他欠债权人的那笔债务了掉就不能把他从监狱里放出来，部长只好掏腰包拿出八十路易；不过聘金只需付十个路易就行了，除此之外，这个人倒是可靠的，在他面前什么话都可以说，没有问题。有了他的协助，有时勒万就可以离开办公室一刻钟了。

科夫这人身材矮小，瘦削，神经质，敏捷机警，积极主动，头顶上几乎已是光秃秃的了。他才二十五岁，看上去却像三十六岁。他虽然一贫如洗，但正直无私，面孔上无处不刻画着怨愤不平的气色，只有当他强有力地行动起来的时候，面孔才显得明朗而有光彩。科夫早在巴黎综合工科学校读书时就以沉默寡言而闻名；可是他那双灰色的小眼睛却无时不在转动，永远不由自主地说话。科夫蔑视当前这个时代，他认为在这个时代不论什么事都不值得卷进去。不公正与荒谬背理之事让他愤慨，其次，去同情与关心占人类大多数的无知又无赖的群众，他又不大高兴。科夫唯一的财富就是他巴黎综合工科学校的学位，他曾经不择手段地捞钱，积得三千法郎这么一笔小小的资本，就用这笔资本做起小生意来了。后来生意倒闭，破产，人被关进了圣佩拉其监狱，要是没人帮忙，他还得在监狱里待上五年，出狱之后等着他的仍然是灾难。他也有他的计划，他想积攒一笔四百法郎的年金,拿着这笔钱躲到普罗旺斯①去,一个人聊度残生。

一个星期后,德·韦兹伯爵收到五六封告发科夫先生的匿名信;不过他从圣佩拉其监狱出来后,吕西安就将他置于内政部警务署署长克拉帕尔先生监视之下而不使科夫本人察觉。已经查明,科夫先生与自由派报纸并没有任何牵连;至于说他与亨利五世的政务委员会②有关系,部长本人甚至当着科夫的面谈起,他也只是一笑置之。

"捞他们几个路易,这我无所谓。"他对这位雇员说,雇员听了这话不免大吃一惊,因为有时他也是个正人君子。

于是部长针对科夫惊异的叫声回答说:

"我明白这是怎么一回事,你想得到好评,好叫那些见习人员别再写匿名信,他们对勒万给你安排这个职位,的确嫉妒得要命。那么好,"他对勒万说,"批准他,我来签字,让他抄写专用秘书处需要留下副本的各办公处的最急件。"

正在这时,部长的讲话被打断,通知说西班牙的急电③到了。这个电报立刻引起勒万的注意,内部马上做了安排,他立即跳上马车,往他父亲的银行和证券交易所疾驰而去。像往常一样,这些地方他并不径直进去,只是在附近一家书店里翻阅新出版的小册子,等他手下的人来传递消息。

突然间,他碰到父亲的三个仆人,他们正到处找他,有个纸条要交给他,条子上写着两行文字:

"速往交易所,直接入内,停止一切交易,全部刹车。尽快抛出,即使亏本也在所不计,又:办妥后速来见我。"

---

① 法国一个古省份,在南方沿地中海地区。
② 法国大贵族与正统派王党的组织,目的是推翻路易-菲力浦政权,拥立亨利五世为法国国王。
③ 暗指西班牙公债事件。

这个命令使他十分吃惊;他急忙照条子上写的去办。处理过程相当费力,全部办妥后,他才赶去见他父亲。

"怎么样,问题解决了?"

"全部解决了。但究竟为什么要解决?这事儿原来我看很好嘛。"

"比我所要求的还差得远哪。那本来是可以赚他三十万法郎的。"

"为什么我们又不干了呢?"吕西安焦急不安地问。

"我的天,这我可不知道,"勒万先生不动声色地说,"你要是有办法问问你的部长,他会告诉你。快去告诉他放心好了:他已经急死啦。"

勒万先生的神色反而更使吕西安觉得奇怪。他急忙回到内政部,找到德·韦兹先生。原来德·韦兹先生把自己关在卧室里,上了两道锁,正来回踱方步,焦躁不安而痛苦万分地等他。

吕西安想:"真是个最最胆小的人。"

"怎么样,我的朋友?是不是全部刹车了?"

"彻底刹住了,还有一万法郎左右,我想叫鲁伊雍吃进,可又找不到他。"

"啊!亲爱的朋友,为了捞回这块面包,为了让这份该死的电报就像没有那么一回事一样,就是牺牲一张五百法郎的票子,甚至一千法郎的票子我也愿意。你是不是再跑一趟把那一万法郎也套现退出来?"

部长的神色是说:"快去!"

吕西安想:"我不知道在他心神不定时该不该把他的真话给掏出来。"

吕西安显出不想再坐车跑一趟的神气回答说:"我确实不知道上哪儿去找,鲁伊雍先生正在城里吃晚饭。我至多再过两个钟头就到他家去一趟,然后再到托尔多尼咖啡馆一带去找。部长是不是愿意告诉我:为什么非走这一趟不可,费这么大的事儿,我一个晚上不就整个儿完了吗?"

"我本不该告诉你,"部长说,神色极为不安,"不过,长期以来,对你的谨慎我是信得过的。这件事情,有人还在等待时机;可是,"他显出恐惧的神色,又说,"出乎意料,真是好极了,情况居然叫我打听到了,真是奇迹。真的,麻烦你明天去买一只漂亮的女式怀表……"

部长走到他的写字台前,从里面取出两千法郎。

"这是两千法郎,这件事好好去办,必要的话,三千法郎也行。这总拿得出手了吧?"

"我看可以。"

"那么好,还得给这只女表配上一根金链条,再派个可靠的人,连同巴尔扎克的一部小说(这部书是第几卷,必须是奇数:3,1,5),送到圣安娜路九十号交拉维尔纳伊夫人亲收。我的朋友,现在嘛,这一切你都清楚了,就请你多多帮忙吧。千万不要半途而废,一定把那一万法郎给我扣住,而且,一定不能讲出去,至少不能让人家抓到把柄,说我或者我的人对那份电报做了什么事情。"

"关于这件事,请部长完全放心,本该这么办。"吕西安说,接着毕恭毕敬地告辞而去。

他毫不费力就找到了鲁伊雍先生,鲁伊雍先生在他住的第四层楼住宅里,正同他妻子和孩子安安静静地吃晚饭。当晚,在托尔多尼咖啡馆里,利用转卖多出来的差价,即多付五十至一百法郎,全部交易整个儿脱手,一点痕迹也不留,事情办妥后,他只用一句话,先通知了部长一声。

吕西安回到他父亲那里,晚饭已经用过。他从鲁伊雍先生家所在的胜利广场回到伦敦路自己家里,心情愉快而轻松;这天晚上,他还要到葛朗代夫人家里去,还得去完成这个苦差事,不过,这时,他觉得也不难对付了。对一个总在想象自己将要面临的对手如何如何的人来说,应当知难而进,大胆地行动起来,不必过多地胡思乱想,这才是完全正确的。

"不管怎么样,我一定把话都说出来,"吕西安心里这样想,"我要把我脑子里想到的,好的,坏的,最坏的,都说出来。我料定,只有这样,葛朗代夫人这个非凡的人物才会对我刮目相看。因为,动感情之前,必须神采奕奕,送礼的代价不大,人家反而会看不起。"

第四十八章

"妈妈,我要去郑重其事地讲所有这些琐事,请你原谅我。"吕西安在九点钟离开他母亲的时候,这样对她说。

吕西安走进葛朗代公馆,好奇地注视着门房、庭院、楼梯,他马上就要在这里登台表演了。这里所有的东西都很华丽,价值昂贵,而且都是崭新的。前厅有一架饰有金铆钉的蓝天鹅绒旧屏风,似乎对走过这里的人表示:"我们并不是昨天才阔起来的……"不过,葛朗代族人之一心中所想的是做屏风这项投机买卖,倒不是要对前厅的过客说些什么话。

吕西安见到葛朗代夫人,她正在一间很漂亮的圆形小厅和七八位客人晤谈,这个时候她通常在这里接待客人①。拜访葛朗代夫人,这个时候来,未免早了一点。这吕西安是知道的,他本来就想照一个情人那样行事。葛朗代夫人这时正在观赏研究蒂内拉尼②一座克莱奥帕特拉③半身雕像,这是国王驻罗马大使刚刚给她送来的。室内四周各个角度一根接着一根点满了蜡烛。埃及女王克莱奥帕特拉的表情,纯朴而又高贵。所有的人都发表了评论,对这座雕像赞叹不已。

---

① 十点钟,她就到大客厅里去了。(司汤达原注)
② 蒂内拉尼(Tenerani,1789—1869),意大利雕刻家。
③ 克莱奥帕特拉(Cléopâtre,公元前69—前30),埃及托勒密王朝末代女王,貌美妖艳,有野心,先为恺撒情妇,后与安东尼结婚,安东尼溃败后又欲勾引屋大维,未果,最后用毒蛇自杀。

勒万对自己说:"她居然把这些人平凡的模样都照得很有光彩,所有这些头发灰白的粗俗面孔似乎都在说:噢!我的薪俸收入很不错呀!"

一位很讨人喜欢的中间派议员,和葛朗代家的关系很密切,建议去打一盘台球。吕西安熟悉这种粗里粗气的声调,这种声调在议会里专门为提出高尚的建议而大叫大嚷,往往引起哄堂大笑。

葛朗代夫人急忙去打铃,叫人赶快到台球房去点起灯来。这一切都让吕西安感到新鲜。

"不论什么事都做到胸有成竹,虽然不免有点可笑,终究还是好的。"他心里想,"她的身段可真迷人,玩台球可以有许多机会做出最优美的姿态来。奇怪的是圣日耳曼区宗教上的规矩,竟然不准玩这种球戏!"

打台球的时候,吕西安打开了话匣子,几乎没有停过。他的谈吐很平常,甚至有点噜苏,不过很成功,与此相应,他越来越高兴,因此他奉命向葛朗代夫人献殷勤所引起的那种不知所措而惶惑不安的情绪也就在无形中消失了。

他开头讲话实在过于平淡无奇;他就掉过头来把自己讲过的事又嘲弄一番,他讲的也不外是商店后堂里的俏皮话,一般书籍上的掌故和报纸上的新闻,等等,等等。

他想:"她居然也能讲些笑话,不过仅限于某种耍小聪明的玩意儿。这里喜欢谈的应该是些比较不常见的掌故,例如拉辛[①]与维吉尔[②]细腻感情描写的比较,关于莎士比亚戏剧取材于意大利故事这类奥妙的问题,谈的一些看法听来沉闷烦琐;在这里谈话遭

---

① 拉辛(Racine,1639—1699),法国剧作家、诗人、古典主义悲剧作家,主要作品有诗剧《安德洛玛刻》、悲剧《爱丝苔尔》《费德尔》等。
② 维吉尔(Virgile,公元前70—前19),古罗马诗人,代表作为史诗《埃涅阿斯纪》,他的诗作对欧洲文艺复兴和古典主义文学产生巨大影响。

词造句不能太生动,不能讲得太快,否则人家还没有听出所以然来就过去了;着眼点似乎也不应雷同,对一个正在谈恋爱的人来说尤其如此。"他毫不掩饰地欣赏着葛朗代夫人摆出的各种动人的姿态。

"伟大的上帝啊!如果德·夏斯特莱夫人出其不意地看到我这种眼神,她会怎么说呀!"吕西安想。

> 为了在这里得到幸福,必须把她抛在脑后。

勒万又对自己说。这种致命的想法他确实应当丢开,不过,这个想法他并没有马上就丢开,为的是别让眼神显得过于激动。

葛朗代夫人也用一种相当奇异的目光看着他,当然不是含情脉脉,而是十分惊奇;德·泰米纳夫人几天前和她讲吕西安对她发生强烈爱情的话一下又让她清楚地记起来了。德·泰米纳夫人讲的事引起她的一些想法,竟是那么可笑,连她自己也觉得奇怪。

"确实仪表堂堂,人才出众。"她心里这样想。

在打台球的时候,吕西安幸运地打六号球。一个沉默寡言的高个子青年,显然是女主人默不作声的崇拜者,打五号球,葛朗代夫人自己打四号球。勒万设法先把五号球杀掉,成功了,接下去打葛朗代夫人,而且想击败她,若要打成,那实在得具备相当本领①。他总是试图打那最难打的球,不幸,葛朗代夫人的球总是打不着,而她的球又总是出现在最有利的位置上。葛朗代夫人玩得非常开心。

吕西安想:"赌一盘赢二十法郎也能使生得这么美的女主人

---

① 真实情况是:他就近细看她的腿部和腰肢。葛朗代夫人因为缺乏天生的细心,所以对这类事毫不在意,这类事她甚至连一半也察觉不到。12月9日。(司汤达原注)

动感情吗？这一盘快结束了,看我猜得是不是有把握?"

吕西安输了;轮到七号球打葛朗代夫人。打七号球的是一位正在休假的省长,这个吹牛家和野心家,连打球也野心勃勃。这个自负的家伙趣味恶俗地夸口说他要打什么什么球,威胁葛朗代夫人,要打掉她的球,或者把她的球给打到最不利的位置上去。

葛朗代夫人看勒万败下阵去后,她的运气竟这么坏,不禁生气了,拿牙齿紧紧咬住她那鲜嫩的嘴唇。

"啊！她生气时原来是这样的!"吕西安暗中想道。

冷酷无情的省长狠狠地连击三球之后,葛朗代夫人显出满脸懊恼的神情,只顾拿眼睛瞅着吕西安,吕西安这时也大胆地露出充满欲念的表情回看她,看她在赌输的痛苦处境中挣扎时表现出来的种种娇姿媚态①。吕西安虽然败下阵去,但仍然围着球台忙个不停,怀着焦急的心情注视着葛朗代夫人打球②。只剩下吹牛家省长一个人和葛朗代夫人在台上对打,他企图打赢她;她无理取闹地和省长吵个不休,吕西安甚至故意闹着玩儿似的装出愤愤不平的样子站在她这边帮她的腔。

葛朗代夫人这盘球很快就输了。因为吕西安思想上大有长进,所以葛朗代夫人觉得象牙球从球台边被撞回几次所反映的深奥的几何学上的问题,正好可以和他讨论讨论。吕西安提出了几点不同的看法。

"啊！你本是巴黎综合工科学校的学生,不过后来被开除了,你的几何学大概不怎么样。"

吕西安提出做做试验看;大家把球台上各点的距离量了量;葛朗代夫人随口说了不少表示惊奇而极为动人的俏皮话,还发出了

---

① 笔调需轻盈一些。（司汤达原注）
② 真实——她脚和下肢表现得确实迷人,腰肢尤其令人惊叹。（司汤达原注）

动听的叫声。葛朗代夫人乘机又做出许多迷人的身段,身段是那么迷人,以致有一次,吕西安不禁暗想:

"这本来也是我可以求之于高思兰小姐的。"

在这样的时刻,他确实很不错,葛朗代夫人试验了半天,接着要他和她再打一盘。她觉得他很讨人欢喜,因为他使她感到惊奇。她想:"伟大的上帝啊!我真不懂,胆怯竟会害得一个最可爱的男人变成那么一副蠢相!"

到十点钟光景,客人已经来得相当多。按照惯例,稍有名气的人物路过巴黎时大多总要被介绍给葛朗代夫人。葛朗代夫人上选的宾客中缺少的只是数一数二的艺术家或第一流的大贵族①。这些身份很高的人物来到巴黎,报纸上都有报道,这让她感到很不高兴,有时她就讲出一些类似共和派的言论顶撞他们,她的丈夫对此很伤脑筋。她的丈夫,国王是很看重的,对他恩宠有加;这天他架子十足,十点半钟才陪着某部长露面。随后不久,另一位部长也到了,接着三四位在议会很有势力的议员接踵而至。在场的还有五六位名流学者,他们低三下四地奉承部长,甚至恭维那几位议员。没有多久,又有两三位著名文学家走过来和他们竞争,文学家在表面上当然不像他们那么庸俗浅薄,但骨子里更是奴性十足,只是他们卑鄙下流的本性被风流儒雅的外衣所掩盖罢了。他们用一种抑扬顿挫而又软绵绵的音调,转弯抹角地大讲奉承话,讲得真是娓娓动听,不能不使人惊叹。那位只会吹牛的省长听了这样的谈吐,也吓得闭口无言了。

"我家的人所嘲笑的就是这些人;他们在这里反倒受到称赞。"吕西安想。

---

① 这天不是葛朗代夫人宴请宾客的日子(她宴客的日子是礼拜三),今天仅是通常的晚会。(司汤达原注)

523

巴黎大部分知名人士陆陆续续地来了。

"只有敢于独立思考而反对一切的人才不到这里来。作为反对派,又怎么能尊重这伙人——这批肮脏货色?……但是处在这些名人中间,我的王朝只好宣告终结。"勒万想。

这时葛朗代夫人从客厅另一头走来找勒万谈话。

"这不是莽撞吗,"他笑着对自己说,"鬼知道她怎么会这么细心地想到我?她怎么会这么做的呢?难道我是公爵,我自己居然不知道?"

客厅里议员多得不得了。吕西安注意到他们说话声音很高,有意制造声势。他们那灰白头发的脑袋也竭力昂得高高的,想方设法做出一些猛烈的动作。有一位议员把他那个精巧的金制八音盒放在桌上让它叮叮咚咚地响起来,引得旁边三四个人都转过头来;另一位先生,坐在一张椅子上,故意把椅子在地板上拖来拖去,害得旁边的人耳朵难受也不管。

吕西安想:"他们这种神气活现的样子就好像大财主刚刚签订了赚大钱的契约一样。"

坐在椅子上把椅子弄得发出刺耳声响的那位先生,过了一会儿,来到台球房,向勒万借阅他正拿在手上看的《法兰西日报》。他请求别人时那种卑躬屈膝的模样使我们的英雄很感动,这让他又回想起南锡。可是那人这时眼睛变了样,直勾勾地瞪得大大的,嘴上的文雅表情也不知去向了①。吕西安这才从梦中醒过来,他四周的人这时正不停地笑着。有一位名作家正在讲写过《阿纳卡尔西斯旅行记》的巴泰勒密神父②一个十分有趣的掌故;接着又讲

---

① 真实情景,待修改。(司汤达原注)
② 巴泰勒密神父(Barthélemy,1716—1795),法国考古学家,所著旅行记全名为《小阿纳卡尔西斯希腊旅行记》,1779年出版。

玛尔蒙代①的某件趣事,然后又讲了第三个关于德利勒神父②的逸事。

"这种乐趣实质上是非常枯燥乏味的,听起来实在令人不愉快。"吕西安想,"这些学院院士靠取笑他们的前任活下去,等他们死了以后,对他们的后继者来说,他们又都成了声名狼藉的破产者;所以他们胆小怕事,甚至连做一点蠢事也不敢。在这里,连德·欧甘古夫人府上德·昂丹先生鼓动起来的那种欢乐的疯劲也休想看得到。"

当人们在这里讲起第四个关于托玛③的可笑掌故的时候,吕西安实在耐不住了,只好穿过走廊回到大厅,走廊里光线很暗,摆了很多半身雕像。他在一扇门那里遇到葛朗代夫人,她于是走过来陪他说话。

"她一心想模仿德·斯达尔夫人,我倘若避而不去参加她那个小组的谈话,那我就太无情无义了。"

果不出吕西安所料。这天晚上,没过多久,果真有人把一位瘦得可怕、满头金发从额上正中分开披下来的年轻德国学者介绍给葛朗代夫人。葛朗代夫人和他谈到德国学术上的新发现,例如一部民歌集因有一首出自荷马之手的诗而闻名于世,据说这部民歌集经专家整理,真可说是一份意想不到的成果,这位德国学者对此赞不绝口。葛朗代夫人谈亚历山大学派④谈得极好。在她的四周,围起一圈人。后来又从亚历山大学派谈到古代基督教文化,葛

---

① 玛尔蒙代(Marmontel,1723—1799),法国文学家,悲剧作家,传世之作有自传《一个父亲的回忆录》。
② 德利勒神父(Delille,1738—1813),维吉尔和弥尔顿的法文译者,被上流社会视为天才诗人,著有诗集《花园》(1782)、《大自然三界》(1809)。
③ 此处托玛可能是司汤达随意虚构的一位名人的姓名;也可能指文学家 Antoine-Léonard Thomas(1732—1785),他写过一些诗和论文,但早已无人阅读。
④ 指在埃及亚历山大地区发展的后期古代希腊文化。

朗代夫人显出十分严肃的神情,嘴角也撇了起来。

这位刚刚介绍给大家认识的德国人,在和一位出入路易-菲力浦宫廷的资产阶级太太交谈的时候,谈起有关弥撒的问题来难道还不会大放厥词?(这类德国人本来就是些最不合时宜的人。)

他说:"弥撒在五世纪才出现,那时弥撒仪式不过是一种集会,在这种集会上,人们分食面包,用以纪念耶稣基督。这好像那些有正派思想的人士举行茶会一样。这中间并不具有人们今天所说的那种严肃的观念,完全是一种普普通通的活动,更没有人们说得天花乱坠的奇迹,那种奇迹说什么面包和葡萄酒变成救世主的身躯血肉。我们可以看到早期基督徒这种茶会如何逐渐发展而具备了重大含义,后来就形成这种所谓弥撒。"

"但是,伟大的上帝啊!你这是从什么地方看到的呀,先生?"葛朗代夫人惊慌失措地问,"看来,大概在你们德国学者的著作中是这样写的吧,他们一向对崇高而神秘的观念抱有善意,因此所有思想健全的人对他们都十分器重。他们当中大概有些人误入歧途,十分不幸,他们的言论,我的同胞都不大了解,所以他们没有受到批驳。"

"不然,不然,夫人。法国人是很有学问的。"这位年轻的德国理论家回答说,显然,他很想把讨论延长下去,所以他说起话来在方式上礼节周到,十分注意,"不过,夫人,法国文学是多么优美,法国的文化宝藏又是多么丰富,法国人实在太富有了,正像富人太富有,对所有的财富也就不知珍惜。关于弥撒真正的历史,我是在马比雍神父①的著作中读到的,在你们光辉夺目的首都,前不久,就曾以他的姓氏命名一条大街。确切地说,那并不是在马比雍著

---

① 马比雍(Mabillon,1632—1707),法国本笃会修士和学者,1653年加入兰斯的圣雷米隐修院,次年加入本笃会,1664年迁到巴黎莫尔会总会所在地圣日耳曼隐修院,是莫尔会最伟大的代表人物。

作正文中看到的——这位不幸的修士在他的著作中还不敢那样写,而是在有关的注释中发现的。夫人,你们的弥撒不过是过去的一种发现;正像你们的巴黎在五世纪还不存在一样。"

这么一说,葛朗代夫人只能吞吞吐吐用一些含糊的词句回答了,针对这一点,我们这个德国人,用手把他的眼镜往上推了一推,又引用许多史实做了说明,在场的人可以做证,他还引证了许多原文。这个怪物的记忆力确实惊人。

葛朗代夫人感到十分不快。

她暗自说:"这么多人围在这里,偏又这么全神贯注,就是让德·斯达尔夫人来,也够她受的!我看至少有三十人在听我们谈话,伟大的上帝啊!我一句话也答不出,就是发脾气也来不及,只好这样了。"

四周这些听客先是嘲笑那个德国人怪里怪气的样子,后来因为他那种外国人的怪模样,还有他用手推眼镜的那种新奇方式,又对他赞赏起来了。葛朗代夫人计算着四周听客究竟有多少人,不意眼珠一转就和吕西安的目光遇到一起。她在惶恐中几乎向他讨救兵。她立刻发现那个年轻德国人对她这非常蛊惑人的眼色居然毫无反应,根本无动于衷,只顾自己得意扬扬慢吞吞讲话,眼睛连看也不看她。

吕西安从她那祈求的目光中看到的是呼唤他奋起应战;他就挤到围着的一圈人的前面去,走到那位德国青年理论家的面前。他说:

"不过,先生……"①

---

① 司汤达这里留下空白没有写出,并在原稿一侧注明他准备去向 J-J. 安培先生问一问如何回答为妥。(马尔蒂诺注)
译者按:让-雅各·安培(Jean-Jacques Ampère, 1800—1864),法兰西学院院士,历史学家,物理学家安培之子。

他发现这个德国人对法国式的玩笑和讽刺一点也不害怕。而吕西安的希望又全都寄托在这种手段上,再加上这个问题从何谈起他心中无数,马比雍原文怎么写的他也一无所知,因此只得败下阵来。

吕西安在午夜一点钟离去。在这里,人们是想尽力讨他欢心的。不过这时他偏已感到索然无味。这个德国人的许多观点,文学上的掌故,学术上的讨论,彬彬有礼而令人惊叹的谈吐,都让他觉得讨厌。只有在回忆中和德·夏斯特莱夫人一起静坐亲切地谈一个小时才是无上的幸福。这些人中的佼佼者,这天晚上他算是见到了,他不能不怀疑:在这个世界上,像德·夏斯特莱夫人这样的人是不是还有存在的可能。又回想起这么可爱的形象,他感到幸福极了,这形象有一种新的美,这在他对这段爱情的记忆中也许是前所未有的。

他刚才所见到的那些文人、学士、议员,勒万夫人所谓坏透了的客厅他们是不肯去的,因为在那里他们往往会遭到嘲弄。在勒万夫人的客厅里,不问是谁,不论对谁,都可以嘲笑,对于毫无才智的蠢材和伪君子来说,那真是活该倒霉了。就是有公爵头衔、贵族院议员头衔、国民自卫军上校头衔的人物,如葛朗代先生,在这里也不能保证他们不受到最使人高兴的冷嘲热讽。

勒万先生有几次在他的客厅里说过这样的话:

"我用不着去讨好那些人,不论是统治别人的人还是被别人统治的人,我都只跟他们的钱包打交道,他们的利害和我的利害是否一致,这要由我每天上午在我的办公室里向他们证实。在办公室之外,我只关心一件事情:我要拿一些傻瓜取笑来给我消愁解闷,不管他坐在国王的宝座上,还是趴在粪土堆上。所以,我的朋友,如果你办得到,那就请你也来嘲笑我吧。"

第二天整个上午,吕西安埋头工作,研究一个名叫冈丹先生的人写来的一份关于阿尔及尔事件①的密告材料。国王责成德·韦兹伯爵先生提出有根据的建议来,因本案涉及陆军部,所以德·韦兹伯爵颇为沾沾自喜。他已经熬了一个通宵,是后来才把吕西安叫来的。

"我的朋友呀,请你毫不客气地批评,"他把涂改得面目全非的文稿交给吕西安,这样说,"你把反对意见都给我提出来。我宁可叫我的助手私下里把我批得体无完肤,也不希望在内阁会议上让我的同事说三道四。我的稿子你弄好一页,那就让一个可靠的科员誊清一页,字写得不好不要紧。你的字也够呛,真伤脑筋!确实,你的信也写得不成格式。你难道不能设法改进改进?"

"习惯还能改吗?如果这也能改,那么抢了两百万大洋的强盗也就可以变成正人君子了!"

"这个冈丹希望将军出一千五百路易封住他的嘴……不过,我亲爱的朋友,除此之外,我要求你在八点钟之前把我的报告和你的意见一齐写好。我得装在我的皮包里带走。不过我要求你一定提出毫不客气的批评意见。如果咱们能指望令尊对阿拉伯人的财富不说出什么怪话的话,那么,有关这个问题,他能提出意见,我准备高价收购。"

吕西安数了数部长的稿本,一共有十二页。

"我父亲从来不看这么长的报告,何况所有的材料还有待

---

① 阿尔及尔,阿尔及利亚首都,地中海南岸最大的港口城市之一。1827年法国军队借口阿尔及利亚总督德依用扇子打了法国领事,封锁了阿尔及利亚;1830年6月14日,布尔蒙统帅法国殖民军三万七千人大举入侵,阿尔及利亚屈服投降;七月王朝继续扩大战争,征服阿尔及利亚;然而阿尔及利亚人民不愿屈从法国,民族英雄阿布德·喀德尔领导西部人民以马斯卡腊为中心同法军进行"圣战",1832年,喀德尔被拥戴为马斯卡腊德依,他将农民和牧民组成正规军和游击队,运用游击战术同法军周旋,对此法军改变了策略,坐下来同喀德尔谈判,1834年签订了《德米舍尔条约》,宣布保持"和平",承认喀德尔统治阿尔及利亚西部。

核实。"

吕西安发现这个问题差不多同弥撒起源问题一样难办。七点半,他写好了,送给部长去看,他起草的东西至少和部长的报告差不多长,不过是把部长的文字重加誊清罢了。他母亲为了让晚餐时间拖得长一点,故意引出一些事故来,所以他到家的时候晚餐还没有吃完。

"谁把你拖得这么久呀?"勒万先生问。

"是他对他母亲的情义吧,"勒万夫人说,"确实,让他到餐馆去吃要舒服多了。"

勒万夫人又对她儿子说:"为了表示我对你的感激,我该做些什么呀?"

"请父亲对我写的一篇小小的文章提提意见吧,我把它装到我的外衣口袋里去了……"

于是大家谈起阿尔及尔,阿拉伯人居住区,掠夺四千八百万、一千三百万这些问题,一直谈到九点半钟。

"葛朗代夫人怎么样?"勒万先生问。

"我可把她全给忘了……"

第四十九章

这一天勒万真成了忙人;他急急忙忙赶到葛朗代夫人家,就像是急忙赶到办公室去办件公事误了时间一样。他轻快地穿过院子,走上楼梯,来到前厅,面带笑容,感到他即将处理的事务定是一帆风顺的。他心情愉快,就如同一份附在送呈国王的报告中的重要文件失而复得那样叫他打心眼儿里高兴。

他见到了葛朗代夫人,她四周仍然是她通常那班趋奉凑趣的人,他看不起这些人,他脸上青春的笑容一下就消失了。这些先生这时正在争论一个问题,即关于审计院的审计官格莱斯兰先生通过给德·韦兹伯爵的情妇的堂妹送一笔一万二千法郎的款项,探听国民自卫军参谋部的食品杂货供应商贝朗维尔先生对于那么好的支付条件是否依然不满,是否仍然按照他订阅的报纸所指引的方针投票。参加争论的一位先生,一八三〇年前是耶稣会教士,现在是掷弹兵中尉,还戴上了勋章,他说贝朗维尔有个办事员,订阅《国民报》,他说这个办事员的老板如果对共和派破坏性言论抱深恶痛绝态度的话,那么办事员就肯定不敢做出这种事情来①。

这种谈话多听一句,在吕西安眼中,葛朗代夫人的美就减少一分。不幸,葛朗代夫人偏偏要卷到这种争论中去。其实,只有在门房间争论这种问题才不会使任何人为之减色。葛朗代夫人竟然还

---

① 再斟酌:如果详细写这类事情的话,我就会分散注意力,应写得简单些。(司汤达原注)

要支持这种意见,认为食品杂货商受到掷弹兵一派势力所散布的谣言的间接威胁,说是要把他搞掉,这情况她是知道得很清楚的。

吕西安想:"这些人不去享受他们的优越地位,偏偏要制造这些怕这怕那的事情来,拿恐怖来取乐,就像南锡我那些豪绅朋友一样,然而正是这种现象让我厌恶死了。"

吕西安刚才走进客厅的时候,觉得客厅金碧辉煌,此刻,客厅在他的眼中,一下变成了最肮脏的门房间;刚才他进门的时候,满面春风,喜气扬扬,此刻,他脸上连一丝笑意也看不到了。

"我那些歌剧院小姐的谈话一定比这里的谈话好得多。多么可笑的时代啊!法国人本来英勇有为,多么好,一旦有了钱,就变得什么都怕,唯恐天会塌下来。只要世界上还有危险存在,那么,稳健派就惶惶不可终日,一刻也不得安宁。"

他不想听他们谈话。因此,葛朗代夫人对他就变得冷淡起来;这使他觉得十分有趣。

他想:"我本来以为她对我的好感至少可以维持半个月。谁料这个轻浮的女子对一个观念即使保持这么短的时间,也觉力不从心,吃不消了。"

吕西安这种轻巧而痛快的推理叫一位政治家看来也许只能一笑置之。因为,性格轻浮的不是别人,恰恰是他自己。他不了解葛朗代夫人的性格。这女人表面上看这么年轻,这么艳丽娇嫩,对她的夏季画廊仿庞培壁画式①的绘画那么入迷,其实心里一刻也没有停止过最深刻的政治计算。她既像罗特希尔德那么富有,又时刻念叨着要做蒙莫朗西家族中那样的贵妇人。

---

① 庞培是意大利兴建于公元前六世纪的古城,位于那不勒斯东南,靠近维苏威火山。公元79年火山爆发,庞培城整个埋没在火山熔岩之下。1748年开始发掘,从火山灰烬下发掘出来的庞培壁画十分著名。庞培遗址的发掘至今尚未完成。

"这位年轻的查案官勒万,还不坏。拿他现有的才能分出一半来换成谁也不会否认的社会地位,他肯定能做出一番事业来。像他现在这副模样,风度举止也还单纯朴素,甚至有点天真,也可说高贵,对一个卖弄风情但并不希图提高地位的女人来说,肯定是一个十分够格的人选。"

她对这样庸俗的想法,自己也感到有点厌恶。

"可惜名不见经传。一个没有什么来历的青年,不过是一个富有银行家的儿子,尽管这位银行家口舌锋利,就凭这一点取得才智之士的声望。吕西安先生在他所追求的事业中只能说是一个初出茅庐的青年,葛朗代先生早已走在前头,上去了,他在社会上本来并没有重要而有地位的亲属关系,也没有家世。对我的地位来说,他帮不了我什么忙,毕竟无能为力。勒万先生每次被召请到杜伊勒里宫,我不是也都去了,而且名次还排在他前面。他就从来没有被请去和王妃郡主跳舞,没有得到过这样的体面①。"

这就是葛朗代夫人眼望着吕西安心里反复涌起的那些想法。吕西安竟以为她专心一意在估量食品杂货商贝朗维尔所犯的过失,考虑采取什么方法去惩治他,把他供应国民自卫军参谋部的生意给搞掉。

这时葛朗代夫人又想到一件事,禁不住笑了起来,在她来说,这样的情况似乎还不多见。她心里想的是:

"如果他真像德·泰米纳夫人讲的那样,对我产生了强烈的爱情,如果我慷慨大度也真那么想的话,那就应当真叫他发起疯来。为此,对这个漂亮的年轻人就该采取周密的措施,这恐怕是少不了的,当然,对我自己,那也很有必要。"

---

① 葛朗代夫人说话,即使是对自己说话,也要让她的风格显得饱满才好。(司汤达原注)

所以,半小时后,吕西安发现自己在这里受到的接待显然变得十分冷淡。面对美丽的葛朗代夫人,他感到自己的地位无异于一个鉴赏家面对着一幅平庸的画,你越是想花几个路易把画买到手,就越是要对自己强调画多么多么美;而卖者就越是要抬高要价,画在鉴赏家的眼中也就越发变得可笑,以致变得一无可取,叫人只想弃之而去。

勒万想:"我在这里,照这些笨蛋看来,就好像我真是怀着极大的热情似的。换句话说,一个处在强烈爱情支配下的男人遭到这样一个美丽的女人的冷遇,该怎么办?那只会灰心丧气,一声不响,陷入悲哀之中。"

所以,他就一句话也不说了。

他只是微笑,真的显出郁郁寡欢的样子,只顾想着心事:"看这些人是怎样理解激情的!我记得过去我在沙邦提埃咖啡馆故意装佯作假,真的也就没人敢出声了。"

吕西安在他的椅子上那么一坐,一动不动,像是钉牢在那里似的。不幸他的耳朵不能不听。

到了十点钟,德·托尔拜先生在一阵喧闹声中来到。德·托尔拜先生是一位年轻的议员,一个十分风雅漂亮的人物,政府发行的一份日报很有文才的主编。

他说:"夫人,《信使报》你看过没有?"他在女主人身边一坐,样子很随便,几乎显得十分热络,好像故意让别人注意他和这位少妇的亲密关系似的,"你看过《信使报》没有?改革派最近提出并热烈鼓吹的观点,今天早上我在报上发表了几行文字,他们简直没办法回答。增加选票的问题我只用几句话就讲得清清楚楚。英国是八十万张选票,我们才十八万张;只消把英国看上一眼,首先跳上我眼帘的是什么?最耀眼最触目的顶峰是什么?是有权有势令人肃然起敬的贵族阶级,是根植在这个严肃民族风俗习惯中的贵族,我们说这个民族首先是一个严肃的民族,就因为它具有《圣经》的精神特点。那么,在海峡这一边,我又看到了什么呢?我看到的是一些不折不扣的阔人。说不定两年以后这些阔人的财富和姓氏的继承人,就要给关进圣佩拉其监狱去……"

这篇演说是直接对这样一位资产阶级阔太太说的,这位阔太太的祖母原来连一辆马车也没有。吕西安听他这么一说,觉得十分有趣。可惜德·托尔拜先生的机智在四行文字中是表达不出来的,非长篇大论说上一篇才行。

"这个不知羞耻的吹牛家以为不仿照德·夏多布里昂先生写的书那样说话就不行。"吕西安不耐烦地想道。他只开口讲了两句话,如果把这两句话解释给这里的听众听一听,那就可以成为一个出色的笑话。但是他马上闭口不说了。"我可不能说话,一说话就不是伟大的热情了。只有沉默和悲哀才同葛朗代夫人对我的这种接待相称。"

吕西安只好一言不发,坐在那里,竖起耳朵去听,去听那许多蠢话,拿眼睛去看,看这许多怀着自豪情绪展览出来的卑下低劣的感情,如同在他父亲的前厅里所感受到的情况一样。

"我母亲的仆人如果也像德·托尔拜先生这样谈话,她肯定会把他们赶走。"

他对葛朗代夫人这间椭圆形小客厅的漂亮装饰也觉得很讨厌。小客厅非常漂亮,一点也不恶俗,是他弄错了;如果不是建筑师把它建成椭圆形,如果没有这些布置得很好的装饰物,这间绝妙的客厅就会变成庙宇的殿堂;艺术家这类行家一定会说:"它已经跨入庄严的境界。"正因为德·托尔拜先生如此厚颜无耻,所以这里所有的一切在吕西安看来才被破坏无遗。因此,这里的女主人的青春美貌、鲜艳光泽,尽管由于故意怠慢吕西安,本应在他眼中显得格外出色,此刻在他心目中又变得和一个女仆相去不远。

吕西安自以为是哲学家,其实并不明白事情本来极简单,只是不能忍受这种下流无耻而已。要取得成功,德·托尔拜先生这种登峰造极的品质是不可缺少的,德·托尔拜先生这种品质偏偏使他厌恶到了愤怒的地步。对于这种不可缺少的品质他竟如此深恶痛绝——正是这种病态的表现,才使他的父亲勒万先生对他最最放心不下。

"他不是为他这个时代而生,"勒万先生想,"他今后至多不过是个正派的庸人罢了。"

有人提出打一盘台球,这是少不得的,吕西安见德·托尔拜先生跃跃欲试地拿起了球。吕西安一听到这个漂亮人物那种喳啦喳啦的声音就非常恼火,他觉得真刺耳,讨厌极了,连在球台旁边多走一步也提不起劲儿来。他悄无声息地蹑足走开,步子走得很慢,这对一个感到不幸的人显得十分合拍。

"才十一点钟!"他愉快地对自己这样说;他急忙赶到歌剧院去,这是他半个月来第一次到歌剧院。

他找到雷蒙德小姐,只见她坐在他父亲那个前面装有铁栏杆的包厢里。她孤零零一个人坐在包厢里已经有一刻钟了,很想有人和她说说话。吕西安听她谈话,觉得很愉快,这在他也是没有料到的。她觉得吕西安也很可爱。

"这才是真正有生气,"他兴致很好,心里这样想,"这和葛朗代家客厅里那种慢悠悠而单调的夸张调子完全不同!"

"美丽的雷蒙德,你真迷人,至少我被你迷住了。请把某某夫人和她丈夫吵架这件大事,还有决斗,好好讲给我听听!"

当她柔媚清脆的声调把那故事一节节一件件详细而快地讲起来的时候,吕西安心里暗暗想道:

"你看他们都那么沉闷、阴郁,彼此总是拿些虚伪的道理作答,说的人也好,听的人也好,都是假心假意!他们彼此打交道,拿出来的都是伪币,不这样,在同行之间反而行不通,反觉不能忍受。多少蠢事,数也数不清,反正都得一口吞下,不能说一个'不'字,对他们的基本信条,也绝不可有异议,不然的话,一切就都完蛋。"

他态度严肃地对雷蒙德说:

"我美丽的雷蒙德,像德·托尔拜先生这样的人和你接近,那是根本不可能的。"

"你这是什么意思?"她问。

他接下去说:

"像你这样自然、勇敢的精神,你可以立刻就奚落他一顿,把他那种夸张的说话腔调击个粉碎。不能把你们请到一起吃饭,真是一大憾事!这样一顿饭,也许只有我父亲才配去吃。那种又臭又长又夸张的谈话,你活跃的性格是无法忍受的,这种腔调放到外省上流社会里去,那才十全十美呢。"

我们这位英雄闭上口不说话了,可是他心里还在想:

"把我对葛朗代夫人的伟大的热情转移到埃尔斯勒尔小姐或高思兰小姐身上去行不行?她们同样也很有名气;埃尔斯勒尔小姐既没有雷蒙德的聪明,也没有她那种出人意料的特点,不过,即便是高思兰小姐,对那个托尔拜也一样不能容忍。可见法国上流社会已经面临没落时期。我们已经进入塞内加①时代,可是我们又不敢按照德·塞维涅夫人和孔代大公②时代那样行动和说话③。朴素自然的精神,现在已经退避到舞女身上去了。为了这种所谓伟大的热情,哪一个能叫我负担轻一些?是葛朗代夫人呢,

---

① 塞内加(公元前4—65),古罗马斯多噶派哲学家,尼禄皇帝的教师,后失宠,尼禄赐死,塞内加割断血管自尽。哲学著作有《论心灵安宁》《论人生短促》等,另有悲剧多种。
② 孔代大公(1621—1686),即路易二世,波旁王族非长支的后代,以英勇善战著名,是反对当时在位的法王路易十四的投石党的领袖。
③ 真实,不过有点学究气,又显得冗长。(司汤达原注)

还是高思兰小姐？我上午必须到部里去写那种混账东西，晚上又非去听那种混账话不可，难道我真是命中注定非这样不可？"

偏偏在他进行内心反省、同雷蒙德小姐胡缠的紧张时刻①，包厢的门呼啦一声被推开了，走进一位非同小可的人物来：部长阁下德·韦兹伯爵先生进来了。

"我正在找你，"他郑重其事地对吕西安说，"不过，这个姑娘可靠吗？"

后面这句话，声音尽管放得很低，还是让雷蒙德小姐听到了。

"这可是一个从来没人敢向我提出的问题，说这种话我可决不饶过他。"她叫了起来，"既然我不能把阁下赶出去，那么下次议会开会我就要报仇。"说完她转身就走了。

吕西安笑着说："不坏，的确不坏！"

"但是，身负重任，而且是极其重要的任务，像你这样轻率怎么行②？"部长生气地说，一个人被一大堆伤脑筋的问题弄得头昏脑涨，又听到这样的胡言乱语，自然是要发火的。

"上午，我连灵魂带肉体都卖给了部长阁下；现在是晚上十一点，理所当然，夜晚是属于我自己的。要我连晚上也出卖，请问出什么价钱？"吕西安依然高高兴兴地这样说。

"我给你个中尉当当，你已经是少尉了嘛。"

"哎呀！这个价钱真不错，但是不幸得很，我可不知道拿它怎么办。"

"总有一天你会知道它的价值的。不过搞哲学咱们可没有时间。你能把包厢的门关上吗？"

"再方便也没有了。"吕西安说，把包厢门上的插销销上。

---

① 要设法使人了解她正坐在他的腿上。（司汤达原注）
② 规则——"像你"二字，口头上是不说的，但为明确起见，还是非写出来不可。（司汤达原注）

这时部长看了看隔壁包厢能不能听到这里的谈话。隔壁包厢里没有人。部长小心翼翼地躲到柱子后面去。

"你是我的第一助手,你有能力,"他口气严重地说,"职位对你来说不在话下。我请你来正是为了让令尊的事业取得胜利。这个职位嘛(局面你已打开),可不是无关轻重的啊,所以,我刚才在国王面前也谈到你。"

部长停了停,让他讲的话发生巨大的效果;他注意看着吕西安,看到对方注意在听,可是态度阴郁。

德·韦兹伯爵心里想:"君主政体是多么不幸!'国王'这两个字的魔力已经丧失殆尽。小小一张报纸居然就可以摧毁一切,如今有这么多报纸,统治一个国家简直是不可能的呀。不论办什么事,都非马上付现款不行,要不就得拿官阶地位做代价……真把我们给毁了:国库也好,官阶也好,都不是无限的呀。"

冷场十秒钟。这时部长的表情也变得很黯淡。年轻的时候,他也在科布伦茨,那时"国王"这两个字还能发挥出惊人的作用。

吕西安心里也在想:"他是不是准备提出让我去办件类似卡隆①那样的差事?要是这样,那么军队就休想会有一个名叫勒万的中尉。"

最后,部长说话了:"我的朋友,国王同意我委任你担负起一项关于选举的双重任务。"

"又是选举!今天晚上我简直成了德·蒲尔索涅亚克先生②

---

① 卡隆(Caron,1774—1822),原拿破仑帝国军中中校。1820年因帝国军人密谋事件株连被捕,后获释,即退职居住在科耳马尔。1822年1月1日法国东部军团一批军官密谋推翻复辟王朝事败,许多参与密谋的军官被捕,此即所谓贝尔福密谋案,并在科耳马尔开庭审讯;卡隆中校参与营救贝尔福案被捕军官活动被揭发,于1822年被处死。
② 莫里哀同名芭蕾喜剧(1669)中的主人公,一个在巴黎到处受气的外省土财主。

了。"吕西安暗暗想道。

但是他用坚定的口气回答说:"部长阁下想必不知道,这些任务在受骗上当的公众眼中肯定不是光荣的事情。"

"这我可不同意,"部长说,"请允许我告诉你,我可比你有经验得多。"

后面一句话是用一种态度很坏的自信口吻脱口说出来的。不过得到的回答也出人意料。

"伯爵先生,至于我,我对政权缺乏热忱,我请求阁下把这个任务派给更适当的人去办吧。"

"我的朋友,"部长把他作为部长的傲气压下去,反驳说,"这正是你的职责之一呀,你在这个职位上已经干过的呀……"

"这么说的话,在第一个请求之外,我还要加上第二个请求:那就请接受我的辞职,并请接受我对你的善意的感谢。"

"君主制度的不幸啊!"部长好像自言自语似的说。

他只好用最客气的口气再说下去,因为与勒万和他的父亲就此分手于他是很不适当的。

"请听我对你说,我亲爱的先生,辞职的问题,我只能和令尊去谈。"

停了一下,吕西安开口说:"我才不愿意每时每刻不论什么事情都去找守护神我的父亲去讨救兵。如果部长阁下认为可以把任务给我讲清楚,如果在这个问题上不存在类似特朗斯诺南路动武的情况,那么,任务我是可以接受的。"

"我和你一样,非常害怕仓促之中合法动用武力可能引起可怕的事故。不过你要明白,任何一件深可惋惜但已经尽力给以补救的意外事件,都不能证明那就与制度不相容。难道一个打猎的人不慎误伤了朋友,就成了杀人犯?"

"就在今天晚上,关于报纸上大肆渲染的这件麻烦事,德·托尔拜先生给我们讲了足足有半个钟头。"

"托尔拜是个浑蛋。因为我们那时还没有找到勒万,他们这些人在性格上偏偏又缺乏弹性,所以我们有时不得不使用使用托尔拜这类人。机器总得开动嘛。拿钱收买这些先生,叫他们制造论据,开动舆论,当然不是说给像你这样有理解能力的人去听的。千军万马之中不可能人人都是高尚文雅的英雄。"

"谁能保证另一位部长不会用阁下赏光加于我的同样的字眼去赞扬德·托尔拜先生呢?"

"天啊,我的朋友,你可真难对付啊!"

这话是自自然然满怀好意说出口的,吕西安毕竟太年轻,所以这话就引出这样一段回答:

"不,不,伯爵先生;为了不让我父亲难过,这些任务我都准备接受,只要最后不会发生流血事件就成。"

"难道我有权叫人家流血?"部长用另一种完全不同的口气这样说,其中已经带有责备而且几乎是抱憾的意味了。

这句发自肺腑的话倒把吕西安给打动了。

"这可真是找到了一位审判官。"他心里想道。

部长以长官的口吻又开口说:"要办的事情有两件。"

部长这时心中思量:"用语必须斟酌,千万不要刺伤我们这个勒万。你看:我们和下属相处,竟是这样的境况!我们如果改用一些毕恭毕敬的人,那反倒是些可疑的人物,一批准备把我们出卖给《国民报》或亨利五世的家伙。"

部长于是提高声音,继续说下去:"我亲爱的助手,要办的事情是两件:第一是到歇尔省区商巴尼埃①走一趟,令尊在那个地方有些很大的产业,去对你们的管事人说一说,并在他们的协助下,

---

① 歇尔省,法国中部省份。商巴尼埃系司汤达虚构的地名。

摸一摸任命布隆多先生怎么样,这项任命是没有把握的。省长德·黎格堡先生是个正派人,非常虔诚,又非常忠实,不过他在我的印象中,是个蠢货。在他身边,你会受到信任的。在卢瓦尔河①沿岸你将获得款项去分发使用,此外,还有三处烟草专卖权由你支配。我甚至认为还有两处邮局的领导职位可以由你去分派处理。在这方面,财政部长还没有给我回音,以后我会打电报告诉你。还有,你大致可以按照你的意思撤换不论什么人。你是审慎明理的,一定会妥善行使这些权力。有来历的贵族和教士可要妥善对待:在他们与我们之间,只有一个小孩这么一条命根子了②。对共和派不要心慈手软,特别是对那些青年,他们受到的教育很好,但没有生活的本钱。圣米歇尔山不能把他们全部关起来。你知道我手下这些办事处遍地都是暗探,如有重要的事情你就拿令尊的信封写信给我吧。

"不过,商巴尼埃的选举我也并不是担心得不得了。布隆多先生的对手自由派③马洛先生是一个吹牛家,夸大狂,年纪已经不轻,还叫人给他画了一幅画像,身穿国民自卫军上尉制服,头上戴着无檐皮帽,根本算不上一个阴险而强有力的人物。为了和他开开玩笑,一个礼拜以后我就解除他国民自卫军的职务。像他这么一个人,对红绶带总不会无动于衷吧。那个东西画在他的肖像画上效果大概很不坏。不管怎么样,这是一个不知谨慎、腹中空空的吹牛家,在议会里对他的党来说也是一个障碍。你去研究研究用什么办法把马洛拉过来,即使在不成功的情况下,也要支持忠诚可

---

① 卢瓦尔河,法国最长的河流,发源于塞文山脉,注入大西洋的比斯开湾。
② 指亨利五世;小说所述时间为1830年以后,亨利五世尚属年幼。
③ 反对党最初称为"独立派",后来称为"自由派",领导人是获得国家财产的资产阶级、反对教会势力的伏尔泰信徒和拥护三色国旗的军人,他们被一种对波旁王族的共同仇恨联合了起来,他们控告这个王族曾攻打法国,并将革命政府获得的领土放弃了。

靠的布隆多。

"不过,严重的问题在卡尔瓦多斯省冈城。你用一两天时间解决商巴尼埃的问题,随后尽快赶到冈城去,不惜一切代价,千万别让麦罗贝尔先生当选。这是一个很有头脑、很有才智的人;议会里像他这样的脑袋瓜子若有那么十二或十五个,那议会就无法控制了。用钱,任用什么人,撤换什么人,我授予你全权。只是撤换人这一项,很可能会遇到麻烦,贵族院有两个我们的人,他们在地方上有巨大的利益,你会遇到一些阻碍。但不论情况怎样,贵族院问题不大,对麦罗贝尔先生,我无所求。他很有钱,他的亲眷没有一个是穷的,他还得过十字勋章。所以,这方面,不要去碰。

"在冈城的省长布科·德·塞朗维尔先生,此人劲头很足,于你无害;他自己已经搞了一本反对麦罗贝尔先生的小册子,也真糊涂,在那边,在他主管的省份的首府,居然出面印了小册子。我刚才已经给他下达了命令,叫他不要只顾散发一种小册子,电报明天早晨就发出。鉴于麦罗贝尔先生在舆论界很有势力,所以必须从这方面打击他。德·托尔拜先生已经写好另一本小册子,你走的时候随车带三百本去。我们那些一般性的笔杆子C先生、F先生,已经有两本写出来了,今天午夜可以印好。这些小册子不怎么有力,代价可是很高:如戴斯代尼埃写的小册子,这人喜欢骂人,而且尖酸刻薄,要我出六百法郎;另一位,据作者自称,笔法精细机巧,不乏上流社会气派,他叫我花了五十个路易①。你就看情况,或者抛出这位作者的,或者抛出另一位的,或者两者一同散发出去。诺曼底人是很鬼的。总之,这些小册子发不发,完全由你做主。如果你自己也想动笔写一本,或者另外写本新的,或者拿其他小册子摘编起来,由你看气候、视情况而定。你多给我帮帮忙吧。总之,千

---

① 五十路易相当于一千法郎。

方百计阻止麦罗贝尔先生当选。请你每天给我写两封信,我用我的荣誉向你保证,我一定要在国王面前宣读你的来信。"

吕西安微微笑了一笑。

"伯爵先生,你犯了一个时代性错误。我们可不是处在萨缪埃尔·贝尔纳的时代。国王对我算得了什么?至于说有什么特殊待遇,德·托尔拜先生每个月都和国王陛下共进一两次晚餐。这倒也是事实:奖赏、分沾余沥、诱人的资助,这在贵王朝确实是十分短缺的。"

"那也不见得。如果你服务得很好,很忠实,即便麦罗贝尔先生当选,也要把你提升为中尉。如果他没有当选,那就任命你为参谋部中尉,加绶带。"

"今天晚上德·托尔拜先生没有忘记告诉我们他在一个礼拜之前就已经得到荣誉军团军官勋级①,那显然是因为他为里昂炮轰民房事件②写过一篇了不起的文章。此外,我也没有忘记布农维尔元帅对西班牙国王斐迪南七世③提出的忠告。现在已是午夜十二点了,我凌晨两点钟就要动身。"

"好极了,我的朋友,好极了。你就照我说的方针向省长和将军下达指示,发出你的函件吧。一点半钟,在我睡觉之前,我全部签字,把事情办好。我说不定还要为这些见鬼的选举的事情再熬上一个通宵……不过,你不要操心。你会收到电报的。"

"是不是说我给你写信不要让这些省长知道,我的函电不要向他们通报?"

---

① 军官勋级系法国荣誉军团二级勋位。
② 指 1834 年 4 月 9—14 日,第二次里昂起义。
③ 西班牙国王斐迪南七世,1808—1833 年在位,即位后,拿破仑军队占领马德里,拿破仑任其兄约瑟夫为西班牙国王;斐迪南七世被扣留于法国;1813 年获释,随后恢复王权。

"对对对!不过,他们总会通过电报局的人看到的。必须注意:不要叫那些省长发脾气。如果他们是好人,那么,你愿意通报给他们就通报一下。如果他们对你的使命心怀不满,也不要激怒他们;在作战的时刻,千万注意不要分裂我们自己的队伍。"

"我谨慎行事就是,不过还有,和部长用电报联系,我对省长怎么说,不汇报是不是可以?"

"可以,我同意,不过你不能和省长们闹翻。我真希望你是五十岁而不是二十六岁。"

"部长阁下完全有自由去选一个五十岁的人,这样的人也许不像我对报纸的辱骂那么敏感。"

"你想要多少钱,我就给你多少。如果你的骄傲允许我发一笔奖金的话,你也可以得到一笔奖金,而且数字可观。总之,事情只能办成功;我个人的意见是,宁可花五十万法郎,也绝不能让麦罗贝尔在议会里和我们见面。这可是一个顽强、乖觉、可怕的人物,不可掉以轻心。金钱,他不在眼下,他有的是。总之,事情不许搞糟。"

"我尽力而为,为了你,那种情况一定防止。"

部长一听这话说得很冷静,就起身从包厢里走出去了。在上马车之前,他大概还要向五十位人士致意,和八或十位先生握手。他让吕西安也上了他的马车。

"希望这件事像科蒂斯那件事一样办得顺顺当当,"他对吕西安说,一定要把吕西安送到玛德莱娜广场①,"我一定要向国王报告:在政府机构里再要找比你更卓越的属员是找不到的。你还不到二十五岁!前程远大。我看障碍只有两个:面对四百名议员,其中三百名都是蠢货,你有没有勇气站起来讲话?能不能在对你来

---

① 巴黎著名的广场,广场上有著名的玛德莱娜大教堂。

说可怕的事冒出最初的征象时就予以制止？请注意，这件事不要再往外说了，但是那个意思要告诉那些省长：对那种所谓高尚的情绪千万不要寄予希望，那是跟老百姓的反抗精神相差无几的。"

"唉！"吕西安沉痛地叹了一口气。

"怎么了？"

"这可不是愉快的事情。"

"不要忘记：即使在一八一四年，敌人已经渡过莱茵河①，你的拿破仑也并不希望那样。"

"我能把科夫先生带去吗？这个人头脑冷静。"

"那就只剩下我一个了。"

"一个人，手下还有四百五十名雇员哪！比如说，还有戴巴克先生。"

"这是一个过于恭顺的坏蛋，他准备出卖几个部长以便爬到国务参事官的位子上去。我可不要做这样的部长，凡事都得提防，这也就是为什么我宁可要你协助我，尽管你总是别别扭扭的。戴巴克这个人正好和你相反……不过，你想带谁就带去吧，科夫先生也行。总之，不论什么代价，绝不让麦罗贝尔当选。我等你到一点半。青春时代开始行动的幸福时刻来到啦②。"

于是勒万回到家里，上楼去见他的母亲。银行跑长途的四轮马车是现成的，已经给他准备好了。他在清晨三点钟启程，直奔歇尔省区而去。

马车上载满有关选举的小册子，堆得高高的，一直堆到车顶

---

① 莱茵河，欧洲的大河，发源于瑞士境内的阿尔卑斯山，西北流经列支敦士登、奥地利、法国、德国、荷兰，在鹿特丹附近注入北海。此处指1814年1月，反法联军自德国渡过莱茵河，侵入法国境内。
② 吕西安企图将部长的利益与一个正派人士的精微细腻的感情调和起来，这种荒谬性，正是喜剧性的源泉。（司汤达原注）

上,车厢里勉强能让勒万和科夫坐下去。他们傍晚六点钟抵达布卢瓦①,马车停下来,他们下车吃晚饭,突然听到旅馆门前一阵嘈杂的喧闹声。

"这是在对什么人叫骂起哄。"吕西安对科夫说。

"见他们的鬼去吧!"科夫冷冷地说。

旅馆主人吓得面无人色,走了进来。

"两位先生,快走,快逃;他们要抢劫你们的马车。"

"为什么?"勒万问。

"哎呀!你比我清楚嘛!"

"怎么回事?"吕西安勃然大怒。他急忙从客厅里走出去。这厅堂在旅馆的底层。震耳欲聋的叫喊声迎面扑来。

"打倒密探!打倒警务署署长!"

吕西安满脸涨得通红,下定决心不予理睬,想走到马车前面去。人群后退了几步。正当他去开车门的时候,一大铲子的烂泥迎头打来,砸得他一脸泥巴,一直溅到领带上。他这时正要开口和科夫说话,污泥几乎糊得他满嘴都是。

旅馆里的客人站在二楼的阳台上,居高临下地看这个场面,他们最靠近,看得最清楚,其中一个蓄着红色颊髯的大块头商号职员,本来安安静静地抽着烟,这时对着楼下的老百姓大声叫道:

"你们看他脏得那副样子;你们搞得他灵魂出了窍,都在脸上啦!"

先是一阵沉默,接着全场哄然大笑,震耳的喧闹声一直扩展到大街上,持续了五分钟之久。

勒万猛力转过身来,对着阳台,抬起眼睛,想看看这许多故意纵声大笑的人当中刚刚骂他的那个无礼的家伙究竟是哪一个。这

---

① 布卢瓦,法国卢瓦尔-歇尔省城市,在卢瓦尔河北岸。

时,有两个宪兵骑马向人群跑过来。一转眼工夫,阳台上一个人影也不见了,下面的人群也迅速向街道两侧散开。勒万怒不可遏,企图走进旅馆找出刚才那个当众辱骂他的人,可是旅馆主人把旅馆所有的门户都紧紧关上,我们的英雄尽管拳打脚踢,大门依然紧闭不开。他还打算打开大门夺门而入,宪兵队长朝着他身后走了过来。

"先生们,快给我滚吧。"这位长官粗鲁地说,见勒万背心、领带沾满烂泥,不禁也笑个不停,"我只有三个人;他们还会回来,而且还要带着石头来。"

勒万匆匆忙忙套马上车。勒万简直给气疯了,他对科夫说着什么,科夫也不答话,拿厨子用的一把大菜刀刮他上衣两个袖子上沾满的发臭的污泥。

"我一定要找到那个污辱人的家伙。"勒万这话已经重复了五六次了。

科夫后来十分冷静地对他说:"你我干的这一行,对那玩意儿只有充耳不闻,光管自己走路才是。"

旅馆老板突然又跑了来。他是从他那个旅馆的一个后门出来的,勒万问他刚才骂他的那个大块头青年叫什么名字,老板不能回答,也不想回答。

"把钱给我吧,先生,一共是四十二法郎。这比什么都好啊。"

"你这简直是跟我开玩笑! 两个人吃了四十二法郎?"

宪兵队长说:"我劝你们快走,那些人还要带着烂白菜头转回来。"

勒万见旅馆老板拿眼角向宪兵队长送眼风道谢。

"你怎么敢! ⋯⋯"吕西安说。

"先生,要是你认为吃了亏,咱们就找治安法官去评一评,"旅馆老板说,口气中带有他那个阶层所特有的有恃无恐的神气,"住在我这家旅馆的客人全给弄得人心惶惶。一位英国客人带着家眷住在二楼租下一半房间,讲定两个月,竟也对我说,如果我这旅馆接待……"

旅馆老板没有说下去。

"接待什么?"吕西安问,脸气得煞白,跑到他的马车上去取他的马刀。

"先生,是这么回事,你听我说,"老板说,"英国人拿退房间威胁我。"

"我们撤,"科夫说,"老百姓又回来啦。"

他给老板丢下四十二法郎,二人上车就走了。

"我在城外等你,"他对宪兵队长说,"我命令你来见我。"

"啊!我知道了,"宪兵队长说,轻蔑地笑着,"警务署的长官害怕了。"

"我命令你走另一条马路,到城门外去等。"他又对马车夫说:"在那群人面前,你给我一步一步走过去。"

群众开始从马路另一头走出来。当马车走到距人群二十步远的时候,车夫纵马疾驰而过,勒万怎么喊叫他也不管。烂泥和白菜头从四面八方飞向马车。喧声四起,喊声震天,尽管这样,人群中最肮脏的詈骂,这两位先生仍然听得清清楚楚。

马车一阵疾驰,到了城门边上,非得勒马小步跑才行,因为城门前那座桥很窄。即使在城门下面也有十来个人在狂呼乱叫。

"推下水去!推下水去!"他们叫嚷着。

"啊!那不是勒万少尉吗?"一个身穿破烂草绿色军大衣的人这样说,这人显然是一个退役的骑兵。

"把勒万推下水!把勒万丢到水里去!"人们立刻又这样叫了起来。这些人在城门下,离马车不过两步,大喊大叫,等马车走出城门六步,喊声更加厉害。等马车走出二百步光景,这才平静下

549

来。宪兵队长很快地赶到了。

"先生们,我祝贺你们,"他向这两位旅客打招呼,"你们总算逃脱了一难。"

他这嬉皮笑脸的样子把勒万气得简直无法控制自己。勒万拿出自己的护照叫队长仔细看看,接着对他说:

"出现这种情况,到底是怎么一回事?"

"哎呀!先生,你比我更清楚嘛。你们是警务署的长官,为选举的事而来。你们放在马车顶层上的印刷品在进城的时候正好对着朗布兰咖啡馆掉到大街上,这是《国民报》派的一家咖啡馆。人家把那些印刷品都看了,知道你们是什么人,我的天,他们没有拿石头砸你们,已是万幸了。"

科夫先生不动声色地爬上马车的前座。

"真的,都丢光了。"他看着马车顶上对勒万说。

"丢掉的一包是带给歇尔省的,还是带给麦罗贝尔先生的?"

"是对付麦罗贝尔的,"科夫说,"就是托尔拜的那本小册子。"

听了他们简短的对话,宪兵队长的那副面孔真叫勒万败兴。勒万给了队长二十法郎,准备把他打发掉。宪兵队长千恩万谢。

队长又说了这么几句话:"两位先生,布卢瓦人往往头脑发热,像你们二位,通常该在夜里进城方妥。"

"滚他妈的蛋!"勒万冲口而出。他对车夫说:"给我快跑。"

"嘻!用不着这么害怕,"车夫没好气地说,"路上又没有人。"

马车奔驰前去。

五分钟后,勒万转过身来,对他的旅伴说:"科夫,你看怎么样?"

"怎么样!"科夫冷冷回答说,"部长拉着你走出歌剧院;那些查案官、下野的省长、靠烟草专卖权过日子的议员,看你这么走运,可真眼红。这就是对立面。本来就很简单嘛。"

"你真沉得住气,弄得我都要发疯了,"勒万说,依然气得要命,"这批下流东西,说话真毒:'灵魂出窍,都在脸上。'烂泥!"

"烂泥,对咱们来说,就是沙场上的尘埃,高尚得很,光荣得很。老百姓骂你,那是看得起你,这是你选定的一生事业中十分光彩的一页,正因为如此,我家道清寒,蒙你器重,所以才追随你来干这一番事业。"

"这就是说,你若有一千二百法郎的进项,就不会跟到这里来了。"

"哪怕只有三百法郎,我也不会去侍候部长,部长往圣米歇尔山和克莱尔沃①可怕的监牢里关押的穷人成千上万。"

他这几句话说得过于诚实,随之而来的是一阵沉默,这沉默持续了三里路程。在离一处村庄有六百步的地方,可以看到教堂钟楼尖顶从一座没有一棵树的光秃秃的山丘背后升起,勒万叫车子停下来。

他对车夫说:"刚才一帮暴民的事不许说出去,我给你二十法郎。"

"太好啦!二十法郎这可真是好,我谢谢你了。不过,老爷,刚才遇到的事把你吓得脸色煞白,你漂亮的英国马车上全是烂泥,这看起来很好笑,人家会叽叽喳喳地议论;我是不会说这个话的②。"

"你就说咱们翻了车,你对驿站的人说,三分钟之内把车套好,赏二十法郎。你就说我们是因为破产有急事赶路的商人好了。"

勒万回过头来对科夫说:"不能不隐姓埋名!"

---

① 克莱尔沃,原是法国汝拉山中一处修道院,后改为监狱。
② "幸亏我没有带仆人来。"勒万说。(司汤达原注)

"你是想叫人家认出来还是不要人家认出来?"

"我想钻到地底下去,要么就像你这样不动声色。"

在套车的时候,勒万一言不发,坐在马车里面一动不动,手里紧抓着手枪,可以看得出,他气恼到了极点。

马车离开驿站约有五百步,他两眼含着泪水,转向他沉默寡言的旅伴说道:

"科夫,你有什么忠告要讲给我听?我想辞职不干了,把这个职务让给你,你若是不愿意,我就通知戴巴克来。我嘛,等一个礼拜,之后再回来,非找到那个胆大无礼的家伙不可。"

"我劝你,"科夫冷静地说,"到了下一个驿站,就叫人把你这马车好好洗刷干净,继续上路,就好像什么事情也没有发生过一样,这次奇遇不论对谁,一个字也不用提,因为说出来任何人都会笑破肚皮。"

"怎么!"勒万说,"莫非你要我永生永世都不忘受到污辱而不给他惩罚?"

"你如果脸皮这么嫩,经不起一点委屈,为什么要离开巴黎①?"

"在这家旅馆门前那一刻钟,咱们是怎么过来的!这一刻钟,在我这一生当中,就像一块烧红的火炭在我胸口上哧哧地烫我。"

科夫先生说:"这件意外的事虽然叫人生气,但是什么危险也没有发生,这种蔑视很值得我们品味品味。街上到处都是污泥粪土,但路上的石板依然铺得好好的,没有一块闲置起来。我也是第一次体会到这种蔑视。当我被抓到圣佩拉其监狱时,当场目击者不过三四个人;当我上马车时,还得有人扶一把;记得有一个人很

---

① 吕西安一面以此自责,并说道:我接近一个年轻女人,既快活得发抖,又怕得打战,因此迁延贻误,以致她的性格受到损害而变得矫揉造作或卑劣不堪。(司汤达原注)

有怜悯心,又好心善意,说了一句:'可怜的穷鬼!'……"

勒万不说话,科夫以一种近乎残忍的坦率继续说道:

"在这里,这可以说是十足的蔑视。这叫我想起一句很有名的话:蔑视只能吞下肚里去,不可在嘴里咀嚼。"

他这种无动于衷的冷漠简直激怒了勒万;勒万要不是想到他母亲的话自己克制下来,当场就会跳到大路上去一走了事,甚至会叫人领路跑到罗什福尔①去,打那里化名上船出海到美洲去是十分方便的。

"两年后,我可以再回到布卢瓦来,把那个全城闻名的青年找来,打他一顿耳光。"

这个想法支配着他,引得他很想开口说话。

他对科夫说:"我的朋友,我相信你是不会对任何人嘲笑我的苦恼的。"

"我在圣佩拉其监狱里本来要关五年,多亏你把我救出来;咱们又有多年的交情。"

"那么好!我这个人心肠很软,很想说说话,我要是说话,你可要答应我,谦和一些,多多体谅。"

"我答应。"

勒万于是讲了他准备逃走的计划,说到最后,声泪俱下。

"我这辈子算是完了,"这话他已经说了好多遍了,"我陷入卑污之中,无法解脱。"

"就算是吧。但是不管怎么说,总不能打仗打到一半,抽身撤走啊,就像萨克森人在莱比锡那样②;这可不好看呀,以后你会后悔的,至少我担心你会后悔。算了,忘掉它吧,特别是对商巴尼埃

---

① 罗什福尔,法国西部城市,位于夏朗德滨海省夏朗德河右岸,近比斯开湾。
② 指1813年10月中旬的莱比锡战役,拿破仑的附庸国萨克森军队在关键时刻倒戈,使法军遭到失败。

省长德·黎格堡先生一个字也不能提呀。"

经过这番劝慰,吕西安平静了两个小时。还有六里路程就到站了。天很冷,下起小雨来了,马车窗子不得不关上。天也黑下来了,马车经过的地方一片荒凉,全是平地,一棵树也看不见。就在赶这没完没了的六里路的途中,天完全黑了下来,四外暗夜沉沉。科夫见勒万在座位上每过五分钟就动一动,变换一下姿势。

"他就像圣洛朗①在炉条上让火烧着那样扭来扭去……他现在的处境自己没有办法挽救,所以憋了一肚子气……一个人处在这样的情况下,是不会讲礼貌的。"一刻钟后,科夫心里这样想着……"不过,"又经过一刻钟的思索,就像经过数学运算那样,他对自己说,"我那圣佩拉其的牢房差不多就像马车这样大,他把我从那里弄出来,我真是感激不尽……就让野兽咬我两口好了。刚才在谈话中,他待我并不总是讲礼貌的。不过,就忍下这口气不惮其烦地陪他说说话儿吧,何况又是和一个遭到不幸的人说话;糟就糟在他是一个巴黎富家子,他的不幸,实在是咎由自取,只因太健康,太有钱,又正当青春年少,所以他总觉得倒霉不幸。真是蠢透了!我多么恨他!……不过,正是他把我从圣佩拉其救了出来。在学校里,他多么自高自大,特别是多么饶舌,说啊,讲啊,吹啊,说个没完没了!……不过也得承认,这正是他出色的地方,当他转念要把我从圣佩拉其搞出来,让人不痛快的话半句也没有说……当然,这是为了让我学着充当一个刽子手……刽子手是最可敬的人物……人们讨厌他,那完全出于纯粹的无知,出于人们一贯的愚蠢。刽子手正在完成一种职责……一种必要的……不可缺少的职责……可我们!我们现在正走在一条让社会足以提供一切荣誉的大道上,你看:我们走的也正是专干卑鄙无耻勾当的道路……为害

---

① 基督教圣徒洛朗在285年被置于烧红的铁条上活活烤死。

不浅的卑鄙无耻啊。老百姓向来受骗被欺,可巧这一回,他们有道理,干得好。在这部阔气的英国四轮马车上,他们发现坐着两个卑鄙无耻的家伙……他们冲着我们说:'你们这些卑鄙无耻的浑蛋!'说得好,"想到这里,科夫笑了起来,"且慢:老百姓可不是指着勒万说'你是一个卑鄙无耻的浑蛋',而是指着我们两个说'你们这些卑鄙无耻的浑蛋'。"

科夫为自己掂了掂这句话的分量。正好在这个时候,勒万稍稍提高声音叹了一口气。科夫心下又想:

"你看他,正为自己干的荒唐事痛苦不堪:他企图把部长的利益和正派人精细灵敏的感情调和起来。还有什么比这更蠢!嘿!我的朋友,既然穿了绣金制服①,那就得长出又厚又硬的皮来忍受各种各样的屈辱……对他这种撂挑子的想法,人家会说部长派出来的部下,部长派出来的坏蛋,根本就不会因为那一套鬼花样而感到痛苦。这个嘛,正是人家赞扬他的地方……还有另外一些人,他们把这样的官位捞到手,需要他去完成什么使命,他早就心中有数了……他总有他的补救办法……忠言逆耳,好比利剑刺伤了人家的心,使人家十分痛苦,只有骄傲、因发现别人隐私而感到的快乐,才能减轻这种痛苦啊……太有钱啦,优越的社会地位带给他的快乐反而把这一切都给毁了……如果真有补救办法,那办法也不会自行产生出来。因为他的地位,那里面究竟有什么鬼门道,我真是太清楚了……那里面没有鬼才怪呢……部长这个浑蛋把他当作什么了不起的人物来对待,简直令人吃惊;部长说不定有一个女儿,一个合法的或者私生的女儿,企图叫她把他笼络住……说不定勒万也野心勃勃,大概也是个该当省长并戴十字勋章的人物……一套簇新的燕尾服,再配上一条红缎子绶带……大概踱起方步来

---

① 指官员穿的制服。

膝盖骨直挺挺的,总在种着一大片椴树的散步场上荡来荡去!"

"啊!我的上帝!"勒万在低声叹气。

"你看他现在在这条大路上赶路,遇到的是老百姓的蔑视……那情景就像我刚刚被关进圣佩拉其监狱的那些日子一样,那时候,我想我的商号的四邻可能都认为我在捣鬼,故意弄出一次破产来……"

这痛苦是很强烈的,对科夫先生来说,记忆犹新,使得他也不能不开口说话了。

"十一点钟之前,咱们还不会进城;你是不是愿意到旅馆或者省长那里下车休息一下?"

"如果省长还没有睡觉的话,那就去见见省长。"

勒万在科夫面前暴露了自己的弱点,讲了自己的心事,还哭过,感到羞愧难当。所以他又说:

"我可不能再碰到什么倒霉事儿了。咱们只得采取不幸者的最后一着,还是好好完成咱们的任务吧。"

"你说得对,"科夫冷静地说,"不幸到了极点,不幸中的不幸,那就是自己看不起自己,既然这样,那么,履行职责和展开行动实际上就成了唯一的解救办法。Experto crede Roberto①:我经历过的人生可并不是铺满玫瑰花的。你相信我吧,你只当没有那么一回事,赶紧把在布卢瓦挨骂受辱的事撇到一边去吧。你吃的苦头也不能说是大得不得了:你没有必要看不起自己。严格检查起来,不过是你行事当中缺乏谨慎罢了。你总是按着你在巴黎看到的生活来判断一个在部里当差的人的生活;在巴黎,那是把社会生活中一切惬意的东西都集中在一起了。一到外省,绝大多数法国人愿意怎么蔑视在部里当差的人就怎么蔑视。你的皮还长得不够厚也

---

① 意大利文:"请相信我的经验"。

不够硬,所以总觉得老百姓不把你放在眼里。但是要适应呀,只有把虚荣体面丢开。你看人家德·某某某先生①。从这位大名鼎鼎的人物身上,人们甚至还可以看到:当蔑视变成司空见惯之事,只有傻瓜才会把蔑视形之于色。所以在我们这些人中,傻瓜甚至把蔑视这件事也给搞得不成体统了。"

"这就是你对我的安慰吧。"勒万贸贸然说。

"我觉得这也许是你唯一可能接受的安慰。谁要是想安慰一个敢作敢为的人,那就只有讲真话。这可是一桩吃力不讨好的苦差事。我这个人表面上是个冷酷无情的外科大夫,我要打开伤口观察伤口有多深,但我可以把病治好。你还记得红衣主教德·雷兹吗?他这个人心地高尚,人们把他看成法国最有勇气的人,一个可以与古人相媲美的人物,因为他的骑术教师讲了一句什么蠢话,他一时气急往他屁股上踢了一脚,结果这个家伙比他更凶,拿起手杖就打,把他狠狠揍了一顿。这你总记得吧②?你看,这比吃贱民一顿烂泥还要叫人难堪;这批贱民以为你要把小册子带到诺曼底来,以为你就是那本可恨的小册子的作者。必须弄清楚,人家拿烂泥砸的不是别人,正是德·托尔拜,人家砸的正是这个自命不凡的家伙挑衅性的蛮横无理。如果你是英国人,那么对这么一个意外事件你就不会介意。威灵顿勋爵③一生当中这种事遇到过三四次。"

"哎呀!英国人对于有关荣誉这种事可并不是精细敏锐的评判员,他们比不上法国人。英国工人不过是一部机器;咱们的工人

---

① 德·塔列朗亲王是典范。(司汤达原注)
② 此处没有写出场面来,也没有引起处境变化的对话。吕西安有如一枚钉子,处在命运之锤的敲打之下。(司汤达原注)
③ 威灵顿(Wellington,1769—1852),英国陆军元帅,1815年在滑铁卢战役中指挥英、普联军击败拿破仑,从而声名大振,有"铁公爵"之称,1828年任首相。

做大头针针头做得不好,却多半是哲学家,他们对人的蔑视往往叫你吃不消。"

勒万带着一个痛苦到了极点的人所有的弱点,继续讲了好久。科夫亲切地握住他的手,勒万又哭了起来。

"那个骑兵是不是把我认出来了?居然有人喊出'打倒勒万'的口号!"

"那个大兵已经把托尔拜那本无耻的小册子上面印着的作者姓名告诉了布卢瓦的老百姓。"

"不论在精神上还是在肉体上我都被污泥玷污,怎么洗刷得掉?"勒万极其痛苦地叫起来。过了一会儿,他又继续说:"当我还是小孩的时候,凡事我都尽我所能,以便让我成为有用和受人尊敬的人。为考进巴黎综合工科学校,三年中,我每天用功十个小时;你考取第四名,我第七名。学校功课太重了,根本没空去消遣、去玩儿。咱们都是被政府卑鄙无耻的行动激怒了,所以才上了街……"

"是啊,因为在计算上闹了笑话,特别是那些几何学家搞错了,出了洋相:咱们是两百五十个年轻人,政府呢,派出一万两千根本不会思考的农民①来和我们对抗,可是面对着危险,沸腾的热血把所有的法国人都给激发起来了,竟使他们都成了最了不起的士兵。我们犯的错误和一八二六年俄国贵族犯的错误一样②……"

---

① 当时法国士兵主要来自农民。
② 可能指1825年俄国贵族革命家(史称十二月党人)发动的反对农奴制度和沙皇制度的起义。十二月党人试图只依靠军队的力量发动政变,1825年11月19日,亚历山大一世突然去世,十二月党人决定提前在尼古拉一世继位之日,由特鲁别茨科伊公爵领导起义;12月26日(俄历14日),起义军官率三千士兵到达彼得堡参政院广场,但特鲁别茨科伊临阵脱逃,尼古拉一世立即调动军队,用大炮轰击广场,血腥镇压起义;彼得堡起义消息传到南方,南方协会会员于1826年1月10日发动驻乌克兰的契尔尼哥夫兵团起义,不久,也告失败。

沉默寡言的科夫为了给勒万消愁解忧，唠唠叨叨讲个不停，但是发现勒万根本就没有听。

"我因为闲着无所事事，又叫人看不起，一气之下，才去当兵。我离开军队，那是出于一个特殊原因；不过我迟早要离开军队，拿起马刀去屠杀工人，这种事我不干。难道你也要我去做特朗斯诺南路上的英雄？这种事对一个士兵来说情有可原，因为他看到那座房子里的居民中有一个俄国人在掩护敌人的射击点；但是我作为军官，搞得清楚吗？"

"可不是！这比在布卢瓦叫人拿烂泥乱砸还要糟，布卢瓦人叫他们的省长德·农图尔先生给骗得好苦，那手段真气人，那是一年前的事，在举行地方选举的时候。你总记得这位省长在卢瓦尔河桥上布置起岗哨，派出宪兵检查到城里去投票的郊区居民，没有通行证就不许通过；没有一个人有通行证，就禁止他们从桥上通过①。所以这些人在你身上找到报复德·农图尔先生的好机会，他们就那么干了，这你看出来了吧。"

"照这样说，军人的职务非得要像特朗斯诺南路那样行动不可。照这样说，在军营里等待战争爆发的倒霉的军官，遇到人民发生骚乱就只好辞职不干了？"

"那当然也不是，不过你离开军队，总是做得对头的。"

"所以如今我又混到政府里来了。你知道，我是凭良心从早上九点钟一直做到下午四点钟的。我每天都要打发二十来件公事，而且经常都是重要的公事。连吃午饭的时候，我都担心有什么紧要公事忘了办，因此我往往不能在家里同我母亲一起在火炉旁坐一坐，就急急忙忙回到办公室去；到了办公室，值班人员还要咒骂，这个时候他不希望我回来。我是为了不使我的父亲不高兴，也

---

① 里昂的德·农图尔先生。（司汤达原注）

因为有点怕和他发生争执，才给拖到这种讨厌透顶的任务里来的。你看，我现在干的就是专门诽谤一个名叫麦罗贝尔先生的正派人士，还要运用政府所掌握的一切手段；我是浑身上下都沾满污点了，我是满脸都被砸上烂泥了，人家不是大喊大叫说我的灵魂都溅在脸上吗？啊呀！"

勒万在马车里把两腿伸直，浑身难受得扭来扭去。

"我成了什么人啦？反正我的父亲会赚钱，吃就是了，什么也不要干，就做一个废物吧！就这么自轻自贱，自己蔑视自己，一直到老死，还要大声对自己叫喊：'有一个比自己有价值的父亲，是多么幸福呀！'我能做什么呀？我能取得什么成就呀？"

"生活在一个混账政府的统治下，真是一大不幸，还有第二个不幸，那就是能够正确地思考，把真实情况看得一清二楚，我看这是更大的不幸。像咱们这个政府，本质上就是混账的，而且比波旁王朝、拿破仑更要混账，因为它随时随地都不断地背叛它最初的誓言。在这样的政府的统治下，人们看到，只有农业和商业才算是独立性的行业。我曾经对我自己说：搞农业，那就要把我远远抛到巴黎五十里以外大田里去和咱们的农民搅在一起，咱们的农民目前依然处在蛮性未除的牲畜状态。我宁可去搞商业。商业这一行，这也是千真万确的，由于最普通的高尚精神早已消失，所以必须忍受甚至还要钻到里面去搞它那一套卑鄙无耻的老套头，这还是十八世纪野蛮行为建立起来的老习惯，今天那些贪鄙成性、气质阴郁的老家伙是支持这个的，尽管他们自己早已成了商业的灾难。这种老习惯、老办法正如同中世纪的凶残冷酷在它那个时代并不当它凶残冷酷一样，之所以如此不过因为人类的进步使它如此而已。总而言之，这一套卑鄙下流的做法人们终于也习以为常地把它看成是理所当然的了，毕竟比在特朗斯诺南路上屠杀守本分的资产者要好得多，如果不是这样，那我们辛辛苦苦扛到这里来的小册子,你去肯定它里面鼓吹的那些卑鄙勾当,就更糟,更下流无耻了。"

"我可真得第三次改变职业!"

"你还有一个月工夫,够你考虑这个问题。不过战斗刚进行到一半,半途而废,或者到罗什福尔上船溜之大吉,就像你曾经有过的那种念头,胆小鬼的名声你就休想从社会上洗刷得掉。你难道没有坚强的性格从根本上藐视你所出生的社会对你做出的判断?拜伦勋爵没有这种力量,德·雷兹红衣主教也没有这种力量,拿破仑自以为是贵族,面对圣日耳曼区的舆论,他也吓得胆战心惊。在你当前的处境之下,一失足,就会把你引上自杀的道路。不要忘记一个月前你对我说过的话,就是那位外交部长,他饮恨而亡,但他恨得手段巧妙,死后还留下他派到上流社会去的四十个暗探。"

科夫费了很大力气,说了这老半天,说到这里,他就闭口不再说下去了。几分钟之后,他们就到了歇尔省省城①。

---

① 歇尔省省会即布尔日,法国中部城市。

第五十章

省长德·黎格堡先生戴着棉布便帽接待他们。只有他一个人,正坐在书房里一张小圆桌前在吃一盘炒鸡蛋。他把厨娘玛丽蓉叫来,从容地跟她商量食橱里还剩下什么东西,怎样尽快做出饭菜来让这两位先生饱餐一顿。

他对厨娘说"他们肚子里已经装了十九里的路程",暗示这两位旅客在布卢瓦吃过晚饭之后又辛苦跋涉了这样一段路。

厨娘谈完就出去了。

"两位先生,一切都由我和我的厨娘一起来商量谋划。利用这种方法,我的妻子就可以一门心思照顾几个孩子,我嘛,光凭这个厨娘东拉西扯地说上一通,家里不论什么事就都了如指掌、心中有数了;两位先生,我这样的谈话完全致力于我的警务工作,这对我很有益处,因为我正处在敌人的包围之中。两位先生,你们简直无法想象我的花费究竟有多少。譬如说,我养着一个理发师,他是一个自由派,我妻子雇用的理发师,又是一个正统派王党分子。两位先生,你们可以理解:我简直要厌烦死啦。我有两桩小小的诉讼案件正在进行,目的只有一个,就是把检察官克拉皮埃先生吸引到省政府方面来,他是本地一个诡计多端的自由派,还有律师勒博先生,这是一位生得十分漂亮的先生,就像他为之效劳的大业主那样温和而虔诚。两位先生,我的地位目前全靠一根细线维系着;如果没有部长阁下给我一点庇护,我就成了不幸者中的不幸者。我的第一线的仇敌,是主教大人;这是一个最危险的敌人。王后陛下亲信的一个什么人,同主教关系密切,主教大人的邮件根本不经邮局发送。贵族阶级也看不起我的客厅,他们有他们的亨利五世给他们撑腰,还有他们的普选,他们把我整得好苦啊。最后,我还得对付我这一批倒霉蛋共和派,他们是一小撮,可是声势很大,好像有千把人似的。我说的话两位先生能相信吗?那些最有钱的人家的子弟,一到十八岁,就都成了共和党,丝毫也不感到有什么可耻。最近有一家不听话的报纸,大力支持对我们尊贵的代理检察长的攻击起哄,我罚它一千法郎,为了偿付这笔罚款,贵族青年有出六十七法郎的,不是贵族的富家子弟出八十九法郎,替它凑足罚金。这难道还不可怕?我们,我们这些人还在替他们好好保护共和国——他们这笔产业!"

"那么工人怎么样?"科夫问。

"出五十三法郎,先生,简直吓死人呀!五十三法郎全是一个苏一个苏地凑起来的!这些人当中出得最多的是六个苏;二位先生,我女儿的那个鞋匠就敢出六个苏。"

"我推想你不打算再雇用他了吧。"科夫说,他那探究的眼光紧紧盯着这位可怜的省长的面孔。省长不知所措,因为他不敢不说真话,怕这两位先生去暗中查访。

"我是坦率的,"最后他说,"坦率本来就是我这个人脾气的根基嘛。巴泰勒米是本城唯一专门制作上流太太穿的皮鞋的鞋匠。其他都是给一般老百姓女人做鞋的……我的几个女儿本来就不同意……可我给他好好教训了一下。"

勒万听他讲这鸡毛蒜皮的小事听得很不耐烦,到差一刻午夜十二点的时候,相当突然地向德·黎格堡先生说:

"先生,你愿意费神看看内政部长先生这封信吗?"

省长专心地把信前前后后看了两遍。这两个远道而来的客人禁不住面面相觑。

省长看好信,开口说道:"这选举可真是一桩活见鬼的大事情呀,三个星期以来,我没有一天睡着过,感谢上帝,我这个人往常是不待拖鞋落地,人就已进入梦乡的。我若是凭我对国王政府的热忱行事,对我所管辖的人们采取某种过于厉害的步骤的话,那我就休想得到灵魂的安宁。我想要安心睡觉,这时懊恼悔恨偏来把睡意赶跑,要不要招一肚子的懊恼,至少这个问题就先纠缠不清,害得矛盾重重。专员先生(这位好心的德·黎格堡先生拿这个头衔胡乱称呼勒万;他把勒万当作专为选举事务而来的专员看待,是为了对他表示尊敬),你还一点也不明白这个呢。先生,你年纪还轻,现在灵魂中一片安宁,当官的忧虑烦恼还一点也没有损害到这片宁静呢。你没有看到和老百姓直接对立那种局面,先生啊!日子不好过哟!接下来,人家就不能不扪心自问:我的行为是不是洁白无瑕?我对国王和国家的忠诚是不是我唯一的指归?——先生,你不会理解这种叫人难堪的动摇不定哟。生活对于你,完全是一片玫瑰红的色彩;在乘马车奔向自己的任所的途中,你大可仰望天空,欣赏白云的奇幻美妙而变化无穷,很有意思……"

"啊,先生……"勒万脱口叫了一声,他完全忘了谨慎和礼节,只感到内心十分痛苦。

"你纯洁而宁静的青春绝不会想到这些危险,可是说起来不免也要叫你惊讶害怕了!我的同事,我年轻的朋友啊,请允许我讲给你听听。哎呀!正直的灵魂啊,你可要永远保持灵魂的安宁啊!在政府里任事,且不说从荣誉的角度去看,就以你自己的眼光去看吧,也决计容不得丝毫的暧昧不清呀。先生,灵魂丧失安宁,还怎么谈得上幸福呢?行为在最喜欢猜疑的荣誉的眼光看来,如有暧昧可疑之处,那么,对于你的心灵来说,就永远不会有安宁的日子了。"

饭菜已经摆好,这两位先生坐到桌前。

"你们已经杀害了睡眠,英国伟大的悲剧作家在《麦克白》①中有这样的说法。"

吕西安心里想:"你这个卑鄙的家伙!你这不是存心折磨人吗?"他虽然饿得要命,只觉胸口堵得难受,一口也吃不下去。

"专员先生,请吃啊,"省长说,"看你这位帮办吃得多好。"

"不过是秘书罢了,先生。"科夫说,一边继续像饿狼一般,龇牙咧嘴,大口吞吃。

这句话说得很有分量,勒万觉得不免有点凶狠。他拿眼直看科夫。

他这么一看,那意思是说:"难道你不愿替我遮盖我这次任务的卑鄙无耻?"

这个意思科夫一点也没有理会。他是个很有理智的人,细腻的感情偏偏一点也没有;细腻的感情他看不入眼,他认为弱者借口规避合理的责无旁贷的事而不去采取行动是和这种感情分不开的。

"专员先生,请吃吧……"科夫这时才明白这个倒霉的头衔使勒万不快,因此对省长说:

"先生,对不起,他是查案官。"

"啊!查案官?"省长大为惊奇,"这正是我们雄心之所在啊,我们这些可怜的外省省长,搞了两三次卓有成效的选举之后,指望的正是这个呀。"

勒万想:"这是愚蠢的天真呢,还是心怀叵意?"他变得并不那么豁达大度了。

"查案官先生,请吃啊。你如能给我三十六个小时,像部长在他的信里告诉我的那样,那么后天中午,在你们离开省政府的时

---

① 引自莎士比亚的悲剧《麦克白》(1605),见《麦克白》第二幕第二场。

候,我一定告诉你们许许多多事情,把许多细节都详详细细告诉你们,还要提出一些措施。明天,我想请你接见大约五十个人,五十名左右不大靠得住或依然裹足不前的政府官员,还有尚未公开或依然畏葸不前的敌人。我毫不怀疑,所有这些人,由于直接同部长左右的官员谈过话,情绪一定会因这件大有益的事而激动起来。另一方面,你接见他们,全城就会议论纷纷,对他们来说,无异于一次让他们承担庄严义务的号召。查案官先生,能够和部长直接谈话,这可是大有好处的事情,这可是一项美妙的特权啊。先生,有什么办法呢,我们的电文都是冷冰冰的,我们那些电文为求明确起见,不得不写得冗长,那有什么办法呢?那些电文经过一位行政长官一针见血而又发人深省的研究之后批上'已阅'二字,那将会发生多么大的影响啊!"

这种如愚似蠢的废话一直说到第二天凌晨一点半钟。科夫困得要命,走出去打听睡觉的床位在什么地方,省长趁机问勒万在这位秘书面前是否可以谈话。

"当然可以,省长先生。科夫先生也在部长专用办公室工作,部长阁下在选举工作上是完全信任他的。"

科夫回来以后,德·黎格堡先生不得不把已对勒万说过的意见复述一遍,复述中补充了某些人的姓名。这些人名,两位客人都不熟悉,反而把他们心目中省长先生准备推行的一套权力系统给搅乱了。科夫因为不能睡觉很不高兴,但他工作认真,征得查案官的许可,十分留神而妥当地把那意思表达出来,又把德·黎格堡先生的问题理了一理,归纳起来。

这位省长本来人品就很好,又处处小心谨慎以免事后懊悔,终于逐项把本省不妙的处境讲了出来,原来有八位贵族院议员,其中两位是本省的大地主,他们在省里设法任用一大批小官吏,并将这些人置于他们的庇护之下。

"两位先生,这些人嘛,尽管奉我的指示办事,可报告上来的却是一派胡言。如果你们二位早来半个月,撤掉他们当中的三四个人,也许会好一些。"

"先生,你没有把这意思报告给部长吗?照我看,问题似乎牵涉到撤掉一位邮局女局长吧?"

"你是说杜朗太太,杜沙多先生的岳母?唉!可怜的女人!她的思想确实很坏;但是如果把她撤得过早的话,那就会惊动图尔维尔县两三个官员,其中有她的女婿,又有她的表亲。我最迫切的需要并不在那里;而在梅朗,我刚才有幸已经在我的选区地图上把那个地方指给你看过,在那里至少有个二十七票的多数给抓在反对我们的人的手里。"

"先生,我皮包里有你的信件的副本。如果我没有弄错的话,你并没有把梅朗县的问题告诉部长。"

"嘿!查案官先生,你怎么能要我在信里写上这样的事?贵族院议员德·阿勒瓦尔伯爵先生①不是天天都见到你的部长吗?他在写给替他办事的公证人吕弗累的信里,把他前一天或前两天荣幸地和德·韦兹伯爵阁下一起吃饭时听到的事都详细地写上去了。看来他们是经常聚餐的。先生,我在信里可从来不写这类事情。我是一家之主,明天我将十分荣幸地把德·黎格堡夫人和我们的四个女儿介绍给你。安家立业,这是不能不考虑的。我的儿子在八十六团当班长已有两年,还得想法子让他升上少尉。查案官先生,我坦率地对你说,我讲的是真心话,请不要说出去:德·阿勒瓦尔先生只消说一句话,就可以把我毁掉;何况德·阿勒瓦尔先生非常希望把那条通过他的园林的公路改道,梅朗县人人都处在

---

① 阿勒瓦尔(Allevard)这个人名系司汤达从他故乡格勒诺布尔附近的小村镇名借用而来。

他的荫庇之下。查案官先生,哪怕稍微惩罚我一下,让我调一个省干干,对我来说,都无异于家破人亡;德·黎格堡夫人正谋划把三个女儿嫁出去,那么一来这三桩婚事就不能实现,再说我的动产又十分可观。"

不屈不挠的科夫一直等到凌晨两点钟才把一些最迫切的问题和更加紧急的什么问题提了出来,这才迫使省长先生把他一直躲闪回避的某项重大计划告诉他们。

"二位先生,这可是我唯一的法宝,如果被人家识破,哪怕仅仅在选举十二小时前被猜测出来,那么,一切就都付诸东流。二位先生,本省是法国最糟的一个省份:有二十七户订阅《国民报》,八户看《论坛报》! 二位先生,你们是部长的耳目,我决不能隐瞒。必须明白:非到我看见议长提名将要付诸决定之时,我决不发动我的选举运动,我决不在地雷上面点火;因为,爆炸过早,哪怕仅仅提前两个小时,也可能前功尽弃,葬送一切。二位先生:选举,这就是你们极为卑微的仆人——我的身家性命呀。所以我们提名商巴尼埃冶金厂厂主让-皮埃尔·布隆多先生为候选人,这是我提出来的;我们的竞选对手是商巴尼埃前国民自卫军营长马洛先生,他是有可能当选的,不幸得很:还不只是可能呢。我在国民自卫军营长前面加了一个'前'字,固然因为国民自卫军已经暂行解散,但是,有朝一日,它还是有可能东山再起的。所以,二位先生,布隆多先生是政府的朋友,因为他非常害怕外国铁进口减税。马洛是经营呢绒、建筑木材、燃料木料的大商人;他在南特经营许多收购的买卖。在选举议长开票两个小时前,一个商务信使果真从南特动身给他带来告急消息,说南特有我认识的两个商人——他们手中掌握着他的部分财产,说他们的买卖已经完蛋,而且已经把他们的产权通过先期出售合约转让过手。这个人顿时急疯了,且已走掉,这我是可以肯定的。因此选举的事嘛,他就撒手不管了……"

"你怎么叫这个信使恰恰在这样的关键时刻从南特赶到?"

"那全靠我的好朋友,南特省府秘书长,了不起的邵沃。要知道,南特电报线路经过这里不过两里路,邵沃知道我的选举二十三日开始,他只等我在本月二十三日晚上或二十四日一早给他一句话。只要马洛先生为他的南特进货心惊肉跳,那么好了,我就穿上大礼服走到乌尔苏拉修会①大厅旁边那么一站。选举就在乌尔苏拉修会大厅举行。马洛没有出席,那我就毫不犹豫地向投票的农民说话了。"讲到这里,德·黎格堡先生声音压得极低,说,"如果选民团主席是公职人员,哪怕是自由派也不要紧,我就把我已经用大字写好让-皮埃尔·布隆多,冶金工厂厂主字样的选票发放给我的农民选民。我用这个办法多获得十票。选民已经知道:马洛面临破产境地……"

"怎么? 破产?"勒万皱起眉头问道。

"嗬! 查案官先生,"德·黎格堡先生说,他的神态变得比平时更加和蔼可亲,"城里那些爱嚼舌头的人,他们就和往常一样,不论对什么事都要夸大几分,他们当然知道马洛在南特的联号倒闭以后,这里必定会停止支付,难道我还能不许他们这样看问题?"省长又加强语气说,"因为,他在南特是从发出的木材提取现金的,如果没有现金,他在这里拿什么支付?"

科夫笑了,但竭力忍住,没笑出声来。

"马洛先生的信用一出纰漏,势必惊动在他那里放款的人,难道他们真的不会弄出停止支付的事来?"

"嗬! 见鬼,那可太好了!"省长忘乎所以地说道,"如果真要

---

① 乌尔苏拉修会(Ursulines,一译圣于尔絮勒修会),1535 年由威尼斯共和国女天主教教徒圣安耶拉·梅里奇(1474—1540)创立的专门从事女童教育的天主教修会。圣乌尔苏拉,传说中的英国公主,公元四世纪同其他一万一千名少女一起被匈奴杀害于德国科隆。

举行复选,选国民自卫军,我就用不到担心了。"

科夫听得心花怒放。

"先生,这么了不起的成功,我倒不禁有点疑惑……"

"哎呀!先生呀,共和国已经泛滥成灾,成了一片汪洋啦。这股浪潮让我们掉了脑袋,把我们的房屋庐舍也都烧成了灰烬,阻挡这股潮流的堤坝——就是国王,先生,只有国王,才能挽狂澜于既倒。王权必须强化,别的嘛,该烧掉的就一把火烧掉。为了救出别的房屋,该毁掉的就推倒毁弃!二位先生,国王的利益一旦发出号召,那时候,所有这一切在我就连两个鸡蛋也不值。"

"好哇,省长先生,好极啦!Sic itur ad astra①,这就是说,进参政院。"

"先生,我还不够有钱:一万二千法郎,加上家累很重,人多齿繁,又要住在巴黎,这真会把我给毁了。先生,波尔多、马赛、里昂②这些省的省长,都有秘密开支费用好拿。比如里昂,应当是最最理想的了。不过话说回来,为时已晚。所以,最起码我得提供十票,这是我个人得到的十票。我认识一位非常了不起的主教,他手下有个小小的可也了不起的代理主教,这人精明透顶、诡计多端,又是个了不起的通货收藏家。如果部长阁下认为合适并同意投资的话,那么,我就出二十五路易给克罗沙尔先生(克罗沙尔先生就是前面说的那位代理主教),姑且算是发放给那些穷神父的布施吧。先生,你也许会说这是把钱送给耶稣会派,无异于向敌人提供资金。这可是一桩要摆摆平的事情,要明智地对待才好。别看这二十五个路易,它会给我搞来十来张选票,这十张选票就掌握在克罗沙尔先生手里,还不止十张,是十

---

① 拉丁文:"就这样你进入天国"。
② 波尔多,法国西南部港口城市,纪龙德省省会。马赛,法国第二大城市和最大港口,在罗讷河口省,濒地中海。里昂,罗讷省省会。

二张噢。"

"这个克罗沙尔拿了你的钱,可不买你的账,"勒万说,"他的选民的良心到了关键时刻肯定不会让自己去投票。"

"哪里的话!不会的!不会不买省长的账,"德·黎格堡先生听了这话很不高兴,冷笑着说,"我们手里掌握着某项档案,其中就有克罗沙尔先生的七封亲笔信。案件涉及圣德尼-桑比西女修道院一个姑娘的问题。我同他有约在先,要他在主教那方面助我一臂之力,那我就把他的信件丢到火里烧掉……但是一句空话克罗沙尔先生是不会相信的。"

"十二票,至少十票?"勒万问。

"先生,对啦。"省长回答,很感诧异。

"这二十五个路易我来出。"

勒万走到桌前用部长的户头开了一张六百法郎的支票。

德·黎格堡先生的嘴巴慢慢咧开来,转眼之间,他对勒万的敬重增加了一倍。科夫见省长这副模样真要笑出声来,怎么也控制不住。省长又说:

"我的天,先生,真是说到做到,一点也不含糊。此外,我的一般手段:发公文啦,派出代理人啦,口头威胁啦,等等,我就不多说了,免得你听了吃力,你不要以为我这么办很笨,笨得不能把事情办妥,这个嘛,先生,从邮局扣留下来的敌方的信件可以证明,这样的信件我已经有三封在手,都是写给《国民报》的,详细得如同一份记录,我可以向你保证,国王看到,一定会高兴,所以我说,除开一般手段之外,除开在战斗的关键时刻让马洛不见踪影以外,除开克罗沙尔先生的耶稣会派选民以外,为了布隆多的利益,我还有办法进行收买。这位冶金工厂的非凡的业主并没有什么聪明才智,可是,有时候,对于一项极好的建议他倒能从善如流,在需要的时候,他还能做出他个人的牺牲。他有一个侄儿在巴黎当律师,还是个文人,给巴黎昂比居剧院①写过一部戏。这个侄儿一点也不傻,从他叔叔那里拿到一千埃居,四处活动以求保持进口铁制品的关税金额。他还在报纸上发表文章,后来又到财政部长府上出席宴会。住在巴黎的本地人都写信给他。马洛走后,第一批邮件到了,我收到一封巴黎来信,告诉我布隆多先生的这个侄儿已被任命为财政部的秘书长。一个星期以来,每一次邮车到了,我都收到类似的信件;照此看来,有十七位自由派选民已经同财政部发生直接利害关系,这个数字可以肯定,布隆多将会明确告诉他们:如果投他的反对票,那么,他的侄儿就要进行报复。

"所以,查案官先生,现在就请赏光看一下这个投票统计表:

已登记选民	613
出席选民团投票最高人数	400
确保的基本选票	178
马洛选票中我个人可夺得的票数	10
耶稣会派选票,克罗沙尔先生暗中操纵约 12 票,此处所列系最低限度票数	10
共计	198

"所以我还缺少两票,不过,布隆多先生的侄儿阿里斯蒂德·布隆多被任命为财政部秘书长至少可以给我增加六票。四票多数。接下来嘛,先生,如果你批准的话,在某种极其例外的情况下,请批准我四个撤换下来的空缺(我用名誉担保,违约罚金一千法

---

① 昂比居剧院(一译巴黎悲喜剧院),巴黎最古老的剧院之一,由喜剧演员奥迪诺(Audinot,1732—1801)创建,最初演一些木偶戏,1770 年正式命名为昂比居剧院,专门上演大音乐戏剧;1827 年毁于火灾后重建,新址在今巴黎圣马丁林荫大道上,1830—1900 年间,昂比居剧院属巴黎专演音乐戏剧的高档剧院。

郎,交由第三者掌管,以此为据),这样的话,我就可以向部长保证:不仅仅是可怜的四票多数,而是十二票,甚至可能是十八票的多数。三生有幸,布隆多是一个糊涂虫,有生以来,他没有使任何人对他有过什么怀疑。他每天都跑来反复对我说:他已经有十二票拿在手里,不过,还不那么明朗。但是,这个嘛,先生,代价很大,我嘛,还要养一大家子人,战斗一下打响,我个人担负这笔费用是绝对力不从心的。部长由第五号专用汇票开给我一笔一千二百法郎款子供我选举之用。这笔开销我已经用掉一千九百二十法郎。我想部长何等公正,不会叫我为这七百二十法郎发愁。"

"如果你事情办成功,那是毫无疑问的,"勒万说,"如果情况相反,那么我可以告诉你,先生,我的指示上可并没有讲到这个方面。"

德·黎格堡先生手里把勒万开的六百法郎的支票卷成一个卷儿。突然之间,他看到支票上的笔迹与专用汇票上的字迹一模一样。关于这专用汇票刚才他对两位先生幸而出于谨慎话只说了一半。这时,他对于这位专为选举之事而来的专员先生的敬佩简直到了无以复加的地步。

德·黎格堡先生因为是对部长手下的一位红人说话,激动得脸都红了,接着又说:"两个月前,部长还亲笔给我写过一封信,是关于某某人那桩大事的[①]……"

"国王对此极为重视。"

省长把一张有活络桌盖的大写字台的暗锁打开,取出部长那封信,高声念了一遍,然后递给两位先生看。

"这是克罗米埃先生的手笔。"科夫说。

"怎么! 不是部长阁下亲笔!"省长说,觉得上了当,"两位先

[①] 即商贝里的菲诺先生事。(司汤达原注)

生,手迹我是认得的!"

德·黎格堡先生没有注意自己说话的声调,说出来的口音尖刻而带有嘲讽意味,是介乎责备和威胁之间的那种口气。

勒万心下想道:"真是省长说话的腔调。那嗓音一点也没有走样儿。德·韦兹先生之所以说话蛮横粗鲁,多半是因为他在省府客厅十年中只顾一人说话。"

"德·黎格堡先生的确是辨认手迹的行家,"科夫说,他这时已经毫无睡意,正一大杯一大杯地喝着索缪尔白葡萄酒①,"再也没有比克罗米埃的笔迹更像部长阁下的字迹了,特别是在他存心想以假乱真的时候。"

省长提出了几点不同的看法;他感到很惭愧,因为部长的亲笔信原是保护他的虚荣心的凭证,也是他指望高升的证据。说到最后,他还是让科夫给说服了。科夫一想到呢绒商兼木材商马洛先生可能破产,对这位可敬的主人就没有什么怜惜之意了。省长手里拿着部长的那封亲笔信,始而木然,继而又不禁嗒然若丧。

科夫说:"已经四点钟了。这次会见如果再延长下去,等会儿到九点钟的时候咱们就连站也站不起来了,如果省长愿意这样的话。"

德·黎格堡先生认为"愿意"二字含有责备之意。

于是他站起身来,鞠躬到地,并且开口说道:"二位先生,我请求二位同意我派人在九点半钟把第一次接见的人士请来。我本人将在十点钟后到你们房间里来。你们在见到我之前,就请放心去睡吧。"

德·黎格堡先生不顾两位先生一再客气礼让,依然亲自引着

---

① 法国西部索缪尔一带产的白葡萄酒。索缪尔,曼恩-卢瓦尔省省会,濒临卢瓦尔河。

他们去看房间；房间是两间，其间由一个小客厅连通。他真是关怀备至，细致周到，连床下也察看了一番①。

当省长留下他们二人走出去以后，科夫对勒万说："这家伙其实一点也不蠢，你看嘛！"

他指着一张桌子，桌上干干净净摆着冻鸡、烤兔子肉、葡萄酒，还有水果。他们胃口很好，又大嚼了一顿。

直到早晨五点钟，这两位客人才分手。

"看样子勒万不再去想布卢瓦发生的那件事了。"科夫想。实际上，勒万就像一名很好的雇员那样，专心致志地考虑布隆多先生选举的问题，上床之前还把德·黎格堡先生交给他的投票统计表看了一阵。

十点钟的时候，德·黎格堡先生走进勒万的房间，后面跟着他的忠仆玛丽蓉，玛丽蓉端着摆了牛奶咖啡的小台子，身后跟着的一个小 jockey② 端着另一个小台子，上面摆着茶、奶油和一壶开水。

省长说："水很热。雅克马上就来给你生火。一点也不用忙。请用茶，或者喝咖啡。午餐定在十一点，晚上六点晚餐，有四十位客人。你的光临，影响很好啊。将军像一个傻瓜那样多心，主教这个人很容易激动，又很固执。如果你觉得合适，我的马车在十一点半就准备好，你可以对这两位官长各见十分钟。你不必着忙：第一次接见我召集了十四个人，让他们从九点半开始等……"

"非常抱歉。"勒万说。

"没有关系！没有关系！"省长说，"都是自己人嘛，都是靠政

---

① 使我想到伯明翰（Birmingham）。（司汤达原注）
② 英文："骑师"。

府吃饭的嘛。他们天生就是应该等的。"

勒万对任何失礼失敬都怕得要命。他急忙穿起衣服,跑去接见这十四位省府官员。他们的迟钝死板,他们的糊涂愚蠢,他们对他那份崇敬的样子,弄得他狼狈不堪、毫无办法。

"我就是太子也不必礼拜得这样低声下气。"

他听到科夫对他讲出下面一句话,简直吃了一惊:

"他们对你不太满意,他们觉得你太高傲。"

"高傲?"勒万奇怪地问。

"当然。你脑子里的想法他们不会明白。你对这批野兽过于机智了。你的网张得太高。等一会儿吃午饭的时候再去看那怪模怪样的嘴脸吧。你还要见到几位黎格堡小姐。"

事实果然不出其所料。勒万瞅空对科夫说了这么一句话:

"就像中了四万法郎彩票的小女工。"

黎格堡小姐中有一位比她几个姐妹都长得难看,可是对她的伟大家世却比谁都更要自负。她有点像戴奥德兰特·德·塞尔庇埃尔。这样的回忆对勒万极有影响。一想到这一点,他和奥古斯丁娜小姐的谈话就显得意趣盎然了。德·黎格堡夫人当场预见到她的女儿的一场极其光彩的婚姻。

省长提醒勒万还要去拜望将军和主教。德·黎格堡夫人向她丈夫做出一种既不耐烦又嫌弃他的表示。最后,午饭在一点钟方告结束。勒万于是坐上马车出门去拜客。这时,已有四五帮属于政府或多或少可靠的朋友在省政府各个不同的办公室里恭候来客。

科夫不想跟他的老同学一同出去拜客。他本想到城里去遛一圈,以便对这个地方获得一个概念。可是这时他得正式接待省长的亲信,秘书先生[①],还有省政府几位科员先生。

[①] 秘书长。是否另有秘书?待查。(司汤达原注)

"我这就要帮着推销假药了。"他对自己这样说。于是他以毫不容情的冷静态度,对着省政府这些科员把他所要完成的使命吹了一通,让他们脑子里得到一个较全面的观念。

十分钟以后,他冷冷把他们打发掉,就溜了出来,想去看看本城风光,不料省长暗中盯住他不放,中途一把抓住他,拉了他就走,逼着他去听他念写给德·韦兹伯爵谈选举问题的信。

"三流报纸上的蹩脚文章罢了,"科夫心里不高兴地想道,"我们的《巴黎日报》连十二法郎的稿费都不会付。这家伙谈话比写信好一百倍还不止。"

正当科夫动脑筋找借口摆脱德·黎格堡先生的时候,勒万回来了,将军德·博武瓦伯爵也跟来了。这是一个身材高大而自命不凡的人物,一头金发,满脸肥油,一张罕见的毫无表情的面孔,不过,倒也算是一个漂亮小伙子,很讲礼貌,非常时髦,确确实实,人家在他面前不论讲什么他都不理解,只感到莫名其妙。选举的事似乎把他的脑浆给搅混了,只会说"全看政府首脑怎么办"。科夫根据他的谈话发现他对勒万此行的使命还在不停地揣摩猜测,可是勒万昨天夜里就已经把部长一封写得再清楚也没有的信给他送去了。

晚饭之前的接见被搞得越发荒诞无稽。勒万白天过于热衷于种种活动,下午两点钟以后人就疲惫不堪,弄得头脑不能很好地思考。他只好百事顺应,以致省长对他动起了脑筋。最后还有四五起个别接见,是接见几位重要人物,还算应付得周全。省长坚持要勒万见见代理主教克罗沙尔先生;这是一个骨瘦嶙峋的人物,有一张像苦修僧那样的面孔,勒万经过交谈,发现他已经准备接受二十五路易,照自己的意思采取措施把耶稣会派十二张选票搞到手。

直到晚饭之前,一切都进行得十分顺利。六点钟,省长客厅里已经到了四十三位客人,本城的精华全到了。这时,客厅两扇大门打开,省长先生见勒万出场,没有穿军装,不禁大惊失色。省长本人,将军,几位校级军官,都穿着全套礼服。勒万疲惫不堪,心烦意乱,被安排在省长夫人右首,这样一来,弄得将军德·博武瓦伯爵一脸的不高兴。政府提供的取暖木材毫不吝惜地在壁炉里烧着,室内热得叫人难受,晚宴进行了一小时三刻钟,才吃到一半,勒万就觉得不舒服,非常担心自己会失态。

晚饭过后,他告便要到省府花园里去走动走动;可是省长寸步不离,还要陪他去,他不得不对省长说:

"下一班驿车出发之前,科夫先生有信件要我签字,我还得对他交代一下。不仅应当采取某些明智的步骤,还要及时做出报告。"

"这一天真够呛!"省长走开后,这两位客人互相这样说。

他们必须在二十分钟后再回到客厅去,还要把几个重要人物拉到省府客厅大窗口前面做五六次私下密谈。这些人都是政府的朋友,不过,他们都说布隆多这个人无用,令人失望……布隆多先生在宴会上只知一味地讲他那个冶炼厂的事,以及禁止英国生铁进口如何合理,弄得这个外省城市的官员们不耐其烦,简直忍受不下去……①又有许多位对政府友好的人士表示《论坛报》指出第一百零四次讼案实在荒唐透顶,拘留所里关了几百名贫苦青年也没有道理。勒万为驳斥这一类危险的邪说牺牲了整整一个晚上。他引经据典说后期罗马帝国时期希腊人对塔博尔山②自然存在的文明争论不休,这时凶残野蛮的奥斯曼土耳其人却攻

---

① 句子似不正确或不完整,但原稿如此。(马尔蒂诺注)
② 塔博尔山(Thabor),在今巴勒斯坦北部加利利地区,位于太巴列湖西南,古城拿撒勒附近,《圣经》中文本译作"他泊山";据《圣经》载,塔博尔山系耶稣基督显现圣容之处。见《圣经·新约·马太福音》第十七章。

陷了君士坦丁堡①,他讲得有声有色,十分精彩。

勒万看到,卖弄一下学问,效果居然不错,随即示意科夫,一同从省府溜了出来。这时已是夜晚十点钟光景。

这两个可怜的年轻人说:"在城区里观光观光吧。"一刻钟之后,他们来到一处类似哥特式的教堂前面,想把这整个建筑物的模样看看清楚,就在这时候德·黎格堡先生又找到了他们。

"二位先生,我到处找你们……"

勒万几乎忍耐不住,简直要发火了。

"省长先生,午夜一班邮车不走吗?"

"在十二点、一点之间。"

"嗨!科夫先生的记忆力简直惊人,你没有看到吗,我正在这里给他口授我的文稿;说过一遍他都记得清清楚楚,往往只要改一改重复的字句,还有其他可能由我造成的小小差错就行了。事情这么多,我忙得很呀!你不知道我的难处哟!"

勒万和科夫就靠这么胡说一通,还有其他更可笑的办法,费了九牛二虎之力才把德·黎格堡先生打发到他的省政府去了。

这两位朋友逛到十一点钟才回到省政府来,又给部长写了一

---

① 君士坦丁堡,今土耳其西北部港口城市,伊斯坦布尔的旧称,在博斯普鲁斯海峡南口西岸,1453 年成为奥斯曼帝国首都。

1290—1922 年,奥斯曼土耳其人建立的封建帝国称为奥斯曼帝国,因创始者奥斯曼一世(1259—1326)而得名,信奉伊斯兰教,原属鲁姆苏丹王国的部落;十三世纪末,鲁姆苏丹王国瓦解后,宣布独立;统治者自称苏丹,不断扩张,1453 年灭东罗马帝国。

罗马帝国,公元前 27—公元 476 年占据整个地中海地区的古代罗马国家;前期罗马帝国时期为公元前 27—公元 284 年;此处提到的后期罗马帝国时期系 284—476 年,自戴克里先帝至君士坦丁一世在位时,公元 330 年君士坦丁一世把皇权中心(首都)由罗马迁到拜占庭旧址定都,改名君士坦丁堡。公元 395 年罗马帝国分裂为东、西二部分,东罗马又称拜占庭帝国,由于其领土大部分在希腊人居住地区,故也称希腊帝国;公元 476 年罗慕路斯·奥古斯都被废,西罗马帝国灭亡;东罗马帝国存至 1453 年。

封只有二十行文字的信。这封信是寄给吕西安·勒万的父亲转的,由科夫送到邮局发出。

当省长的传达员在十一点三刻跑来告诉他查案官先生并没有把发往巴黎的函件交出来时,省长十分诧异。在邮政局长前来报告邮局没有收到任何寄给部长的函件的时候,省长又吃了一惊。省长因此忧心忡忡,惶惶不安。

第二天上午七点钟,省长要求见一见勒万,和他商谈有关撤换人员的事。德·黎格堡先生提出撤换七个人,勒万很费了一些力气,才压缩成四个人。

直到此刻之前,省长总是态度谦卑甚至百依百顺,转眼间忽然一变而用坚决的口气向勒万讲起他的责任来了。这在他还是第一次出现这样的态度。勒万极其蛮横地把他顶了回去;最后,省长专为勒万准备的只请十七位亲近朋友、为时两小时的晚宴,他也一口回绝。勒万跑去向德·黎格堡夫人辞行,然后就按照他决定的那样,在中午十二时整准时动身,省长那件事连提的机会也没有。

这两位旅客一路上十分愉快,不断在山岭间穿行,他们不顾驿站马车夫多么不满,竟走下马车步行了两里路。

刚刚过去的这一天半令人晕头转向的紧张活动,使他们早已忘却布卢瓦那儿的嘲骂和烂泥。马车已被洗刷过两次。勒万这时打开一只旅行袋,取出韦德氏途程表,上面依然沾满湿漉漉的污泥,这本书算是给报销了[①]。

[①] 勒万先生写给他儿子的信。——"我亲爱的朋友,你准备送交部长的信件,请寄给你母亲转……我要去阿韦龙省抓一下选举的事。我切望吕西安的老父进入议会,以便给这个风华正茂的青年创造一个前途,并希望他不忘对我的深情,一定对葛……夫人表现出狂热的爱。对这种感情上的弱点,人们已经开始议论纷纷。再见!"(司汤达原注)

译者按:此注迪旺(le Divan)版放在本章最后,七星丛书(la Pléiade)版则放在中译本此章中。

第五十一章

两位先生途中绕了六里路去看看某著名修道院遗址。他们觉得这处遗迹美不胜收,他们都是巴黎综合工科学校的正式学生,禁不住对这处遗址的某些部分实地测量了一番。

这样的消遣解除了他们旅途中的烦闷和疲劳。关于哥特艺术与预言小孩降生人世百人中有五十一人要下地狱的宗教的和谐一致之类的讨论,又把充塞在他们头脑中的庸人琐事一扫而尽,如此等等。

"我看,没有比我们那个玛德莱娜教堂①设计得更愚蠢的了,可是报纸上却把它吹得天花乱坠。一座希腊神庙唤起的是欢乐和幸福,却偏偏把恐怖可畏的宗教的各种可怕的神秘事迹容纳进去!罗马圣彼得教堂②本身就是辉煌灿烂的荒谬;但是拉斐尔和米开朗琪罗一五〇〇年曾在这座教堂内部进行创作,因此圣彼得教堂才由荒谬变为不荒谬:因为利奥十世③的宗教是使人愉快的宗教,利奥十世作为教皇,通过拉斐尔之手,在他特别喜爱的廊庑之下让丽达与天鹅④相爱的画面一次又一次出现,重复出现有二十次之

---

① 巴黎一座仿希腊庙宇建筑样式的近代教堂,1764年开始修建,1771年重建,1842年最后建成,前后经过三位建筑师之手。
② 即梵蒂冈圣彼得大教堂,319年罗马皇帝君士坦丁所建,1452—1626年重建始成。
③ 利奥十世(1475—1521),1513—1521年为罗马教皇,镇压宗教改革,处死马丁·路德,但又是个不惜工本、喜欢挥霍的文学、艺术、科学的保护者。
④ 希腊神话:丽达是斯巴达国王丁达尔之妻,为天神宙斯所爱,宙斯化作天鹅与之相交,产卵两枚,生下波吕丢刻斯和海伦。

多。自从帕斯卡①冉森派教义②问世之后——帕斯卡自己因为爱他的妹妹而深自谴责,还有后来伏尔泰嬉笑怒骂,又把宗教仪式的范围大大缩小,圣彼得教堂由此再度陷入荒谬。"

"你把部长这人看得太高尚,"科夫说,"怎么对他有利,你就怎么办事,好比谈生意经一样。不过,一封只有二十行文字的信,是不会使他满意的。说不定他真把你的信件送到国王那里去,如果人家真看到你的信,一定会说你信写得充实,不过信上的签名应当是卡诺或杜来纳③。选举专员先生,请容我打开天窗说亮话吧:阁下的大名并不能叫人家想到这许多丰功伟绩是在高度谨慎的精神下完成的。"

"那么好!咱们就把这种谨慎精神证明给部长看看!"

两位旅行者在一个小镇上停留了四个小时,对于马洛、布隆多和黎格堡三位先生的事迹他们写了不下四十页的文字,他们的结论是:即使没有撤换人,布隆多先生也将以超过四至十八票的多数票当选。德·黎格堡先生一手策划的具有决定意义的妙计、南特方面破产一事、阿里斯蒂德·布隆多先生被任命为财政部秘书长,以及交付给代理主教先生的二十五路易,等等,全部在另一封信中向部长做了报告,并列举出数字,信寄给歇尔什-米迪路三号某某

---

① 帕斯卡(1623—1662),法国数学家、物理学家、哲学家、文学家。1652年他的妹妹雅克琳娜进冉森派波尔罗亚尔女隐修院,1654年帕斯卡转而信仰基督教,认为感性认识、理性认识都不可信,信仰高于一切,既须严格执行教义,又要潜修以获神恩,由此彻悟得救,达到真理。

② 冉森(Jansen,1586—1638),荷兰天主教神学家,创立冉森教派,反对耶稣会,被罗马教皇斥为异端。冉森派教义,认为人性由于原罪而败坏,人若无上帝恩宠便为肉欲所摆布而不能行善避恶;冉森主义为十七世纪天主教冉森教派的神学主张。

③ 卡诺(1753—1823),法国工程兵军官,大革命时期是制宪会议、国民议会议员,公安委员会成员;在对抗欧洲封建势力进攻法国革命期间,为改进法国军队武器装备等多有创造发明。杜来纳(1611—1675),法国元帅,屡有成功,最后死于战场。以上两人,都是法国历史上的有功之臣。

某先生,这个办事处是专门用来接收这类信件和发出部长想要发出的亲笔信件的收发机关。

科夫上马车的时候,对他的同伴说:"现在,我们才说得上是巴黎所谓的行政官员。"

两小时后,半夜里,他们在路上遇到邮车,便要求邮车停下来。信使发了火,骂了人,科夫用他那冷冷的声调叫信使听清楚是什么人叫他带信,信使一听当场向专员先生俯首告罪。这一切都应记录在案,因为确有必要①。

第三天中午,两位风尘仆仆的旅客见地平线上浮现出卡尔瓦多斯省首府冈城钟楼的尖顶。这个地方,麦罗贝尔先生参加选举一事,正害得人心浮动而惶恐不安。

"冈城到了。"科夫说道。

勒万脸色一变,变得一点乐趣也没有了;他唉声叹气地转向科夫说道:

"我亲爱的科夫,我什么也不对你隐瞒。耻辱我也吞下肚了,你也看见我哭过一场……到了这个地方,你看我还该做些什么卑鄙无耻、见不得人的事?"

"你自己不要出头;你只限于协助省长办事;办事不要那么认真。"

"住到省政府里去,看来不妥。"

"那当然,之所以不妥,就因为你办事过于认真,为达到目的你又过于热衷。"

快到冈城的时候,两位来客见大路上警宪林立,有一些资产者,穿着燕尾服,挺胸凸肚地走在路上,手里都拿着大木棒。

"如果我没有搞错的话,这些都是交易所里的打手嘛。"科

---

① 顺笔带过,不必正式告诉读者。读者完全可以了解。(司汤达原注)

夫说。

"莫非他们砸了交易所？是不是《论坛报》搞的名堂？"

"我嘛，曾经吃过这么五六棒，当时我要是没有找到一个大圆规，拿着它，摆出架势准备刺穿这些人的肚皮，事情肯定不妙。他们的头头某先生①离我只有十步远，靠近底层上的夹层的一扇窗口，指着我大喊：'秃顶的小个子是捣乱分子。'我急忙从柱廊路上溜掉了。"②

来到冈城城门口，有人检查两位旅客的护照，检查了有十分钟，勒万又发火了，这时一个年纪已经不轻的男人，块头很大，身强力壮，手提大棒，涎皮赖脸，在城门底下蹀来蹀去，毫不含糊地叫他滚……

"先生，我姓勒万，查案官，我看你也没什么了不起。你若有胆子就把名字告诉我。"

"我叫吕斯杜克律③，"手拿大棒的人没好气地说，并且围着马车走了一圈，"勇士先生，就请把我的姓名告诉你们的王室检察官吧。"他又压低嗓音说："有一天，咱们可以在瑞士见面，你想要的耳刮子、对你的蔑视，都少不了你的，你的上司一定会叫你升官发财的。"

"不许你侮辱人，伪装的特务！"

"老天，"科夫几乎是笑着说，"看见你像我过去在交易所广场受到嘲弄一样，我很高兴。"

"圆规我没有，但我有手枪。"

"你打死这个便衣宪兵不碍事。他有命令不许发火，说不定

---

① 原型：达尔古先生。（司汤达原注）
② 译者按：这是讲科夫1830年七月革命时从巴黎综合工科学校上街参加战斗的情景。
③ 吕斯杜克律（Lustucru），歌谣中粗俗愚昧的人物，据说这个名字来自戏剧中一个傻瓜。此人总是问："你真相信？"（L'eusses-tu cru?）手拿大棒的人这样回答勒万，是在骂勒万。

在蒙米拉伊(或滑铁卢)①他还是一个勇敢的士兵呢。今天,我们和他一样,同属于一个营垒,"科夫苦笑着说,"咱们也不要动怒。"

"你真没人心。"勒万说。

"你问我,我只好说真话。听不听由你。"

勒万眼中涌出了泪水。

马车被准许进城。到了旅馆门前,勒万拉住科夫的手说:

"我太幼稚。"

"不,不,你是本世纪的一个幸运儿,就像传道士说的那样。不愉快的苦事从来用不着你去做。我并不认为你那么年幼无知。你是生活在一个什么鬼地方哟?你是一块没有被打磨光滑的石头。你昨天在开头几次接见场合上,简直就像个诗人。"

旅馆主人在接待他们的时候,也搞出许多神秘的花样:套房是有的,不过都预订出去了。

事实是这位旅馆主人也不得不秉承省政府的意旨办事;开旅馆的人都怕得罪宪兵、警察,他们已经得到命令不得把房间供给麦罗贝尔一派的人。

省长布科·德·塞朗维尔先生批准把房间租给勒万先生和科夫先生。他们刚刚走进房间,就有一位年纪轻轻的先生,衣着考究,显然带着手枪,走进门来,也不向勒万打招呼就放下两本十八开红封面、印得蹩脚的小册子。这是布科·德·塞朗维尔先生在《国民报》《环球报》《信使报》以及一八二九年其他自由派报纸上发表的极端自由派文章的结集。

"不坏嘛,"勒万说,"他写得很好嘛。"

"语气多么夸张!对夏多布里昂先生多么平庸的模仿!所有

---

① 拿破仑1814年在蒙米拉伊大胜俄普联军;后在滑铁卢一败涂地。此处是说这个宪兵曾在拿破仑军中作战,现在和勒万、科夫一样在为路易-菲力浦效劳。

的字眼,意义都给歪曲了,通常理解的含义,也都给曲解了。"

两位先生的谈话被一位警察给打断,警察装出笑脸,问了许多问题,又给他们留下两本十八开本的小册子。

"豪华本!反正由纳税人出钱。"科夫说,"我敢打赌,这是政府出的小册子。"

"嘿!真的,是咱们出的,"勒万说,"正是咱们在布卢瓦丢掉的那本;就是托尔拜的那本嘛。"

他们又回过头去看布科·德·塞朗维尔发表在《环球报》上曾经使他大出风头的那些文章。

"等一下我们就要见到这个变节分子。"勒万说。

"关于他的人品,我不同意你这样说。你对一八二九年自由派的学说不见得比对当今关于所谓秩序、社会和平、稳定的名言更相信吧。在拿破仑手下,他要是当上军官的话,也许早就被杀死,怎么也活不到今天。那时的虚伪比今天的虚伪即一八〇九年的虚伪比一八三四年的虚伪唯一有利的地方,就是在拿破仑统治下虚伪也逃不过英勇效命这一点,英勇效命这种品格在战争时期绝对容不得虚伪。"

"因为目的是高尚而伟大的。"

"那要看拿破仑。你叫红衣主教德·黎塞留登上法兰西王位试试看。至于布科的平庸无能,以及他叫宪兵化装成便衣那种热情劲儿,大概都是带有某种实用目的的。这班可怜的省长之所以不幸,就因为他们今天干的这一行只要具备下诺曼底一个检察官的品性就够了。①"

"一个下诺曼底的检察官接收了一个帝国,后来又把它转卖

---

① 诺曼底人喜讼,所以恶讼师也很出名。下诺曼底的检察官司汤达指的是法王路易-菲力浦。

给和他串通一气的骗子。"

勒万和科夫就在这种格调甚高而又真正带有哲理味的气势下同时完全撇开爱与憎,完全把法国人看作是处在国家财政预算掌权人支配下的机器,用这样的眼光审视着十九世纪的法国人——在这种气势下,走进冈城省政府。

一个在外省难得看到的、服装穿得极其讲究的听差,把他们引进一间华美的大厅。王族所有成员的油画肖像挂满了房间四周,仿佛巴黎某处最华贵的府邸整个儿给搬到这里来了。

"这个变节的家伙要叫咱们在这里等他十分钟。你是什么等级,他自己又是什么等级,他目前必须注意的首要事务是什么,都得审查一下,规矩如此。"

"我正好把他写的那本十八开本的文集带来了。如果他要我们在这里等待五分钟以上的工夫,那么,他就会看到我正在埋头读他的作品。"

这两位先生站在壁炉前烤火,勒万一看钟,等了五分钟,人还不出来。他就坐到一张背朝着门口的靠背椅上,手里拿着那本十八开本红封面小册子,继续和科夫闲谈。

一听到门外有轻微的响动,勒万立刻就装出注意阅读小册子的样子。一扇门给推了开来。科夫正好背朝着壁炉,眼看这两个自命不凡的人就要见面了,觉得煞是有趣。他看见一个又小、又细、又扁、又时髦的人走了进来;这人一大早就穿一条紧身黑裤,那长筒袜把他的小腿轮廓刻画得清清楚楚,这可以说是他这个省里一双最细瘦的小腿。德·塞朗维尔先生走进来,过了要命的四五秒钟,勒万才把那本小册子收到衣袋里去;德·塞朗维尔先生看到小册子,脸唰地一下变成像红葡萄酒那样的深红颜色。科夫看见他的嘴巴抿得紧紧的。

科夫发现勒万态度冷冷的,简直像军人那么单调而平淡,又带点揶揄的味道。

科夫想:"真奇怪,军装没穿上多久,就在法国人的性格中留下深深的烙印。你看他,本质上是个好孩子,只当过几天兵,那哪里谈得上是当兵,不过半年工夫,他的生活,他的腿,他的胳膊,好像都在表示:我是军人,我是军人。高卢人本是古代最英勇善战的民族,这也难怪。这些人喜欢自己身上带上军人的标记,这就会引得他们神魂颠倒,军人标记也曾在他们身上激发起某些美德,他们从来没有违背过这些美德。"

这边,科夫头脑里进行着这种哲学式的思考,也许由于他出身寒微,对此又总是摆脱不掉,所以心上总有点妒意;那边,勒万和省长关于选举问题的谈话早已逐步深入。

身材短小的省长,慢条斯理地说着,说起话来还喜欢做作地讲些漂亮文辞。他显然在控制着自己。当他谈到他的政敌的时候,一双小眼睛寒光闪闪,嘴巴紧紧绷在牙齿外面。

科夫暗中想道:"要么是我完全弄错了,要么这确实是一副凶残险恶的面孔。真可笑,"科夫又对自己这样说,"特别当他反复不停地讲麦罗贝尔先生讲到'先生'这两个字的时候,更加可笑。在这一点上,他很可能是一个凶狠狂热的人。要是他把那个麦罗贝尔抓住,照他的意思送交卡隆上校搞的那种军事委员会的话,瞧他那神气,我看非把麦罗贝尔毙了不可。一看到那本红皮小册子,他那个政治灵魂就兜底翻滚沸腾,这也是非常可能的。"(这时省长正好说了这么一句话:"如果我是一个政治家的话。")科夫想:"你这个自负的家伙,真有意思,你居然还想做一个政治家。幸而哥萨克骑兵没有征服法兰西,否则我们这些政治家就都成了福克斯[①]或皮尔[②]一

---

① 福克斯(1749—1806),英国辉格党下院领袖,外交大臣。
② 皮尔(1788—1850),英国首相,保守党创始人。

流人物,像福克斯那样的汤姆·琼斯,或者像皮尔先生的布莱菲尔,而你德·塞朗维尔先生至多不过是一个掌礼大臣,或者贵族院的掌玺官。"

显而易见,德·塞朗维尔先生对待勒万先生的态度十分冷淡。

科夫想道:"他把勒万当作一个死对头看待。这个个子矮小而自命不凡的家伙有三十二三岁。的确,那个勒万也不差:不冷不热,上等人有礼貌的讥诮意味也不缺少;十分注意自己的言谈举止,让它冷冷淡淡,丝毫不带朋友间那种殷勤热切的口吻,同时又抓住自己的思想。"

"省长先生,把你的选举统计表给我一份好吗?"

德·塞朗维尔先生显然犹豫了一下,随后说道:

"我都记得,不过还没有写成书面材料。"

"科夫先生是我这次执行使命的助理……"

勒万把科夫的身份重复说了几次,他觉得省长先生对科夫不怎么放在眼里。

"……科夫先生也许带了铅笔吧,如果你准许的话,就请他把数字记下来,当然,如果你愿意把数字告诉我们的话。"

最后这几个字含有讥诮意味,德·塞朗维尔不会听不出来。科夫摆出一种带有挑衅性的毫无表情的冷漠态度把查案官俄罗斯皮制的公文包里文具匣的锁子打开,这时德·塞朗维尔先生脸上显出不安的神色。

"咱们两个非把这小个子的家伙整一整不可。尽可能长时间把他缠在这令人愉快的处境之中,这由我来办。"

文具匣摆好,然后把桌子布置妥当,用去整整一分半钟,这中间勒万冷冷地一言不发,默然端坐。

"现在他那军人派头盖过他的文官派头。"科夫暗自想道。

他舒舒服服地安排好了,等着动笔。

"如果你认为适当,就请把统计数字告诉我们,我们此刻就可以记录。"

"当然,当然。"身个儿窄窄小小的省长说。

"重复,不良习惯。"苛刻的科夫心里在想。

于是省长开始说话,可是不等人记录……

勒万想:"这人也有他的独到之处,居然有外交官的脾气。他和黎格堡不同,那种资产阶级派头较少,但他的事情能办得成功吗?这家伙把他的全部注意力都放在如何在他的客厅摆出一副省长面孔上,那又怎会留心他省长的职务和选举工作的领导呢?这扁扁的脑袋瓜,额头这么低,那里面的脑浆又要顾及他的职务,又要摆出自命不凡的派头,顶用吗?我怀疑。Videbimus infra.①"

勒万现在也可以亲自证实,他和这个矮小的吹毛求疵的省长正好棋逢对手,在这出尔虞我诈的戏里,他必须加意小心,因为他自己也要扮演一个角色②。这恰恰是他这次承担的使命中第一次给他带来的乐趣,也是在布卢瓦被砸了一身污泥造成的剧烈痛苦第一次得到的补偿。

省长两腿夹得紧紧地坐在勒万对面一动不动,只见他嘴里说着,科夫一旁在记:

登记选民	1280
可能出席投票人数	900
立宪派候选人高南先生	400
德·麦罗贝尔先生	500

关于构成这两人选票总数四百和五百之间的不同的详情,省长先生什么都不讲,勒万断定再往下追问具体情况恐怕不相宜。

---

① 拉丁文:"我们将会在下面见到。"
② 也许这一页把他写得太深沉,太老练?(司汤达原注)

德·塞朗维尔接着表示歉意,只能请他们住在省府他手下工人住处的楼上,他说工人不让他把更相宜的房间拿出来。他还说明天将设晚宴为两位先生接风。

三位先生就这样冷冰冰地分手了。这冷漠不可能再冷,否则就不免显得过于外露了。

勒万①刚刚走到街上,就高兴地对科夫说:

"此人不像黎格堡那么讨厌,原因是,他一心要演好他的角色,因而第一次就要把布卢瓦那种防御战移到次要地位上去,移到二线去。"

"你非常像一个当政者。也就是说,甘愿做一个默默无闻的人,废话说得既漂亮得体,又空空洞洞。"

"所以你提问题提得毫不含糊,回答却是该死的泛泛之谈,关于冈城选举的情况长篇大论地讲了一个小时,不及德·黎格堡先生只讲了一刻钟。"

"把德·塞朗维尔先生同一个和厨娘算小菜账的资产者黎格堡相提并论,他当然不会接受。相对而言,他倒让人觉得舒服,一点也不可笑,他什么都不相信,只相信他自己的多疑和恶意,就像我父亲说过的那样。我敢打赌,他事情办得一定不如歇尔省省长办得好。"

"这个畜生比起那个黎格堡来很会做表面文章,"科夫说,"但是,如何运用得好,可能还差得远。"

"我几次发现,特别当他谈起麦罗贝尔先生来,满脸都是凶狠尖刻,这就是红皮小册子收的那些文章唯一活力的所在。"

"这会不会是一个阴险的顽固分子,一心要动手去干,一心要

---

① 在一个像莫里哀、莎士比亚和德·雷兹红衣主教的人看来,他是可笑的。但是在大多数沾沾自喜的人看来,他并不可笑,不能引他们发笑的人,当然不能说是可笑的。(司汤达原注)

搞阴谋,总要叫人感觉到他的权力?他总闹别扭,弄得人们鸡犬不宁,会不会用这一手来为他的野心服务,就像他过去在攻击他的敌人的文字中所施展的那套手法一样?"

"不如说是一个喜欢自吹自擂、喜欢攻击别人的诡辩家,因为他自以为能言善辩。这家伙在议院某个委员会里说不定果真凶得很,在那些乡下的公证人看来,可能他真是一个米拉波①。"②

两位先生从省府走出来,了解到巴黎的驿车在夜里出发。因此他们高高兴兴地到城里逛去了。外省市民通常不慌不忙的步伐现在似乎让什么异乎寻常的事件给弄得紧张起来,这是一眼就看得出来的。

"这些人本来那种迟钝麻木的样子怎么一点也看不出来了。"勒万说。

"你看吧,选举搞上三四十年,外省人就不那么笨头笨脑了。"

城里还保存着在利勒博讷地方③发现的罗马时代的古物。这两位先生看到一具圣体匣,上面雕有伊特鲁里亚客迈拉像④,因时代湮远霉绿斑斓,轮廓几乎不能辨认。他们对它的古远年代争论了好久。据图书馆管理员说,圣体匣年代距今有两千七百年。正在这时,忽见一位彬彬有礼的先生朝这两位先生走来。

"二位先生,我在你们还没有认识我之前就冒昧地前来和你们说话,请多多原谅。我是法里将军身边的听差,将军在旅馆里恭

---

① 米拉波(1749—1791),法国大革命时期君主立宪派领袖之一,著名的演说家,著有《论暴政》。
② 这对勒万来说,是相当深沉的了。(司汤达原注)
③ 利勒博讷,法国西北部上诺曼底地区塞纳滨海省古城镇,位于勒阿弗尔东南、塞纳河北岸;公元二世纪罗马人统治时期就有公共浴池和大剧院,现仍留有许多罗马时代的古物。
④ 伊特鲁里亚,意大利中西部古国。客迈拉(Chimère),希腊神话中的狮头、羊身、蛇尾的吐火女怪。

候二位已有一个钟点,请二位先生原谅他来通知你们一下。不过法里将军要我前来把他亲口说的话告诉二位先生,他说:时间十分紧迫。"

"我们这就跟你去。"勒万说,"你看,这真是一个叫我羡慕的贴身听差。"

科夫说:"是呀,如果可以说'有其主必有其仆'的话。事实上,我们肩负的使命是建设现在,刚才我们可真幼稚,竟研究起古物来了。也许我们这种举动针对塞朗维尔省政府那种傲慢派头不免有点过激。不过你的军人的傲慢派头(如果你同意我用这个字眼的话),却把他那种派头给压垮了。"

这两位先生看到他们所住旅馆的大门口布置了相当多的宪兵;在客厅里,他们又看到一个五十多岁、满面红光的男人;那样子真有点像乡下人,不过目光炯炯,态度和蔼,举止表现与眼色神情倒很一致。此人就是本省驻军师部司令官法里将军。他干过五年龙骑兵,仍然保持一般平民的举止作风,所以现在也很难有什么真正彬彬有礼的风度,看来他是通情达理的,对某些事务也不乏自己的见解。科夫发现他那军人的傲慢派头非常道地,两臂双腿的动作简直跟一般才智之士一模一样。他主张选政府雇用的小册子作家高南先生,不选麦罗贝尔先生,从他这种热诚中,倒也看不出有什么恶意,有什么个人恩怨。他谈起麦罗贝尔先生,就像谈起他包围下的某城市的司令官、一位普鲁士将领一样。法里将军说起话来照顾到方方面面的人,也不忽视省长;不过,可以明显看出,他也仍然逃不脱这样一条法则:省长和将军天生是死对头,省长在地方上说了算,要怎样便怎样,将军所辖至多不过那么十二位高级军官,如此而已。

法里将军收到勒万刚刚到达时给他送去的部长的那封信之后,就到处找勒万。

"你们刚才在省政府里。我要对你们坦白地说,对于我们的选举,我简直急得浑身发抖啦。投麦罗贝尔先生的五百票,确是劲敌,他们都信心十足,还可能再扩大他们的势力。我们的四百票,无声无息、沉闷得很。先生们,我爽爽快快对你们说话,因为我们正处在战斗的时刻,任何拐弯抹角都没有好处,只会把事情搞糟,我发现我们的选举人都被自己的任务害得抬不起头来。麦罗贝尔这个魔鬼在社交方面是最体面的一个人物,很有钱,很会笼络人。他这辈子从来没有发过一次脾气,除了这一回,他真的叫那本黑皮小册子给逼得走投无路了……"

"哪一本小册子?"

"怎么?先生,省长没有送你一本,那个黑皮纸封面的?"

"这倒是一个新闻,将军,你给我搞一本,我将非常感谢你。"

"你看。"

"怎么,是省长写的小册子!他没有接到电报打来的命令?不是说省印刷所一本小册子也不许印吗?"

"德·塞朗维尔先生说这个命令他不能服从,他可以负责。这本小册子可能太毒了点儿,前天才开始散发,先生们,我不能隐瞒不说,小册子造成的影响坏透了。至少,我是这样看的。"

勒万在部长办公室曾见到这本小册子的原稿,也曾匆匆看过一遍。看原稿总不那么真切清楚,即使这样,针对麦罗贝尔先生的讥嘲讽刺以至造谣诬蔑,他也觉得写得过分凶恶。

"上帝呀!"勒万一面读小册子,一面叫道;那声音与其说发自一个被错误的做法所激怒的选举专员之口,不如说是一个正直的人在感情受到伤害时所发出的惊呼。

"上帝呀!"他终于说话了,一边还在读着,"选举后天就要举行!麦罗贝尔先生在地方上仍然受到普遍尊敬!这样一来,本来漠然视之的正直人士,甚至本来胆小怕事的人也必然要采取行动。"

将军说:"我担心这本小册子反而会让他捞到四十票。就他而言,只能这么看问题。如果国王政府不打算排除他的话,除去我这一票和激烈的耶稣会派十二或十五票以外,他会把所有的选票都拿到手。"

"他这个人至少是既固执又吝啬的吧?"勒万问,"这里有人控告他说只有请初级法院推事吃饭,才能把官司打赢。"

"人倒是极大方的。打官司他是打过几回,因为咱们毕竟在诺曼底嘛,"将军说,"打官司他总是胜诉,因为他性格坚强果断。大约两年前,有一个寡妇为她死去的丈夫早先一场不公正的官司被判了一笔罚金,他就把这笔钱当作一种施与白白送给这个寡妇,这件事全省都知道。麦罗贝尔先生的收入还不止六万利弗尔,几乎每年他都有遗产继承,大约一万二到一万五利弗尔进项。他有七八个叔伯,都阔得很,而且都没有结过婚。他可一点也不像大多数慈善人士那么傻。他在本地大概有四十处产业,都由农户经营,他使他们的收益都翻了一番。他说,他这是为了让农户都像商人那样养成善于利用资金的习惯,他说,如果不是这样,那就谈不上经营农业。有一家农户向麦罗贝尔先生证实,他老婆孩子和他自己吃喝下来,一年还多赚了五百法郎;麦罗贝尔先生照样把这笔五百法郎的款子放给他,十年内偿还,不取利息。他还把大约一百户小企业主所得利润的一半或三分之一发放给他们。他曾经担任临时省政府的参政官,领导过省府工作,在一八一四年外国人占领期间①,他出面主持地方事务。他还曾经顶住一个蛮不讲理的上校,亲自拿起手枪,把他从省府赶走。总之,这简直是一个完人哪。"

"德·塞朗维尔先生对我一个字也没有说起嘛。"

---

① 指1814年拿破仑战败第一次退位,反法联军侵占法国。

他又把那本小册子匆匆看了几句。

"伟大的上帝呀！这本小册子可真把咱们给毁了。"他的两条胳膊僵僵地垂落下来，"将军，你说得有道理，我们的战斗刚刚开始，很可能溃不成军。科夫先生和我，尽管我们没能荣幸地及早认识你，但我们依然要求你在我们停留在这里的三天内，直到最后投票选举麦罗贝尔先生和政府之间决定胜负之前，对我们完全信任。我手里掌握了十万埃居现款，我有七八个职位准备给予有关人士，需要撤职的不论多少我都可以打电报回去提出要求。将军，这是我接到的特殊指示，是我为自己记录下来的，我信任你，请你看一看。"

法里将军慢慢地仔仔细细地看那指示。

随后，他说道："勒万先生，有关选举的事，对你我决不保密，就像你对我不保密一样。可惜，为时已晚。如果你早两个月来，如果省长先生同意少写多说的话，也许我们还能把那些胆小观望的人争取过来。这里有钱的人并不怎么看重国王政府，而且对共和制度也非常害怕。尼禄也好，卡利古拉①也好，魔鬼也好，谁来统治都行，他们都支持，就因为怕共和制，共和制不打算按照我们当前的意向进行统治，它企图重新改造我们，再造法兰西民族性格，势必非要卡里埃和约瑟夫·勒崩②这样的人出来主政不可。所以我们有把握从有钱人那里得到三百票；也可能三百五十票，那就需要把耶稣会派三十票和企业主十五或二十票加上去，这是些患肺病的青年或笃信宗教的老人，他们是遵照主教大人的命令投票的，而主教本人和亨利五世党委员会又是有约在先的。

---

① 尼禄(37—68)、卡利古拉(12—41)，二人均系古罗马暴君。
② 卡里埃(1756—1794)，法国大革命时著名国民公会派人物，死于断头台。约瑟夫·勒崩(1765—1795)，也是国民公会派，后被处决。这两个资产阶级大革命时期的政治家均以严格坚持革命原则而不能见容于时。

"本省有三十三四位坚定不移的共和党人。问题如果涉及投君主政体还是投共和政体的票,那么,九百票当中我们就会得到八百六十票对四十票的多数。人们希望《论坛报》不要再搞第一百零四次的讼案了,特别是国王政府也不要再叫我们民族在外国人面前蒙受耻辱。麦罗贝尔先生一派人所希望的五百票,其来由就在于此。

"两个月来,我总在想:麦罗贝尔先生稳拿的票数不会超过三百五十到三百八十票。我推测省长先生在他那一轮投票中能拿到一百票还难确定,特别是在R县,R县最迫切需要解决的是一条通到D县的公路的问题……省长个人的威望是完全谈不上的。他讲话讲得非常之好,但缺乏坦率,同一个下诺曼底人谈上半个小时还不能打动人家。他甚至对待他的警察局特派员也是吓人的,尽管那些特派员在他面前总是低声下气地奉承。其中有一位,一个该关进监牢的倒霉蛋(说不定已经给关进牢里去了),德·圣××先生,一个月以前曾经发过一次脾气,后来向省长申诉了他的情况,把真情证明给他看,他说的那些话就请允许我不去重复吧。你看,德·塞朗维尔先生是一点威信也没有的,他只知埋头弄他那一套公文,发出一些气势汹汹的公函去压各个市长。依照我的意见(确实,我没有做过官,只指挥过军队,只相信经过实践检验的智慧),总之,依照我的意见,德·塞朗维尔先生笔头很行,但是过于滥用行政文牍。我认识不下四十位市长,他们的姓名我可以开列出一个名单来送呈部长,这些市长简直叫这种无休无止的威胁给气疯了。

"他们说:'好吧,且看结局怎样吧!他的选举一定要落空。好呀!太好了:他要调走了,那我们就要得到解放了。我们真是受够了。'

"博迪耶先生是某个大市镇的市长,胆小怕事,却掌握了九个选举人,省长的公文以及有人找他了解情况的性质可把他吓坏了,他甚至自以为得了痛风症。他已有五天不敢出门,扬言说他已经卧床不起。可是礼拜天早晨六点钟天刚亮,他就到教堂去做弥撒了。

"总之,省长先生在他那一轮选举中把十五到二十位选举人吓得不敢动了,又至少得罪了一百位选举人,这些人希望一位昏君也能遵守宪章正确无误地统治国家,这一百人本来我是把它加在那没有问题的三百六十票上头的。那么,总数就有四百六十票了。所以,麦罗贝尔先生的票数也就出来了,不过是一个小小的微弱多数。"

将军、勒万和科夫三人在票数问题上讨论了很久,而且以不同方式反复斟酌了多次。算来算去,麦罗贝尔先生至少还是那四百五十票,选民团总数九百票中只有唯一一票构成多数。

"主教大人总该有一位信得过的代理主教。送一万法郎给这位代理主教怎么样?……"

"他这人很随和,一心想当主教。另一方面,他恐怕还是要做个正派人的吧,也许这不是不可能的事。看来正是这样。"

第五十二章

"嚄,好大的太阳,"法里将军一走出门去,勒万就对科夫这样说,"才一点半钟,我想给部长发一个电报。事实真相最好让他知道。"

"你光为他卖力,可对你自己却不知用力。这可不是讨好的办法。这个事实真相是叫人不快的。弄到最后麦罗贝尔先生如果没有当选,在宫廷上人家对你会怎么看?"

"真的,骨子里这可真是够卑鄙的,表面上我也不肯做一个坏蛋。我这样对待德·韦兹先生,就好像我希望别人也这样对待我似的。"

他拟好电报稿,科夫看了看,给他删掉三个字,另换上一个字,同意发出。

勒万一人走出去,到了省政府,来到楼上,到了电报局。他请电报局局长拉莫尔特先生给他看看有关规章,要求他立即把电报打出去。局长显出为难的样子,说了几句什么话。

勒万不停地看表,很怕冬天雾气迷漫;说到最后,他只好直截了当地讲了几句硬话。办事员委婉地表示最好去问问省长看。

省长很不高兴地来了,把勒万的证件看了又看,最后还是和他的雇员一样。这样搞了三刻钟,勒万很不耐烦,说:

"先生,请给我一个明确的答复。"

"先生,我一直是尽量做到明确嘛。"省长不高兴地回答说。

"先生,把我的电报发掉吧,行吗?"

"先生,我想,是不是可以看看这封电报……"

"你要我等待明白确切的答复等了三刻钟,先生,现在你还是不想做出明确的答复。"

"先生,我看,这样的说法未免近于……"

省长说到这里,脸也变得煞白了。

"先生,说话兜来兜去,我是接受不了的。一天就要过去了,你这里再三拖延,不置可否,对我无异于一个否定的回答,只是你不敢直接说一个'不'字罢了。"

"先生,不敢!……"

"先生,你到底想不想把我的电报发出去?"

"哼!先生,到此刻为止,我还是卡尔瓦多斯省省长,那么,好吧,我回答你:不发。"

"不发"这两个字是一个生了气的迂夫子一怒之下说出口的。

"先生,十分荣幸,我马上就把我的问题写个书面材料给你,希望你也敢于给我一个书面回答,我要马上派个信使给部长送信。"

"一个信使!一个信使!你休想得到马匹,休想找到信使,护照也没有。先生,要过某某某桥,没有我签字的带有特殊标志的护照谁也过不去,你知道吗?"

"好啊!省长先生,"勒万故意一字一顿地说,"就好像政府不存在似的,你竟然拒不服从内政部。我要给将军捎个信,要他逮捕你。"

"逮捕我,见鬼!"

小个子省长冲着勒万扑了过去,勒万忙抓起一把椅子,把他挡在三步之外。

"省长先生,这样的话,你就得挨揍,然后给抓起来。这我不知你是否满意。"

"先生,你欺人太甚,你可非得解释清楚不可。"

"先生,你的确需要我来给你解释解释清楚。现在,我只能告诉你:我彻底地蔑视你;至于我赏脸答应拿剑与你相见,对不起,那要等到麦罗贝尔选举后一天再说。先生,十分荣幸,我会把正式的书面文件给你送去;同时,我还会把我的意思告诉将军。"

听他这样一说,省长简直气得无法控制自己了。

"将军如果遵守陆军部的指令(这我是毫不怀疑的),那么,你就被捕了,至于我,电报局我就强行征用。如果将军认为不应该给我支援,那么,先生,随你的便,你就让麦罗贝尔当选吧,我就回巴黎去。某某某桥我一定要过,不论在巴黎还是在这里,我都准备好了,我想再一次对你的才能和人品表示敬意。先生,那就再见吧。"

勒万转身要走,这时正好外面有人猛力敲门,他就走去开门,这门是德·塞朗维尔先生在他们谈话开始激化的时候把插销销上的。他把门打开来。

"电报。"拉莫尔特先生说,他就是方才让勒万白白浪费半个小时的那个电报局长。

"拿来。"省长说,态度极其傲慢,毫无礼貌可言。

倒霉的局长一下不知所措,站在那里发僵。他知道省长这人性子极为狂暴,而且从不忘记报复。

"拿来呀,真见鬼!"省长又说。

"是勒万先生的电报。"电报局长说,声音小得听也听不清。

"好吧,先生!你是省长,"德·塞朗维尔先生苦笑着说,牙也露出来了,"我把这个位子让给你。"

他猛力推门,震得办公室都晃动起来,走了出去。

"他那嘴脸活像是野兽。"勒万心中想道。

"先生,请把这封可怕的电报给我吧!"

"在这里,先生。不过,省长先生一定会告发我。请先生支持我。"

勒万看电报:

"勒万先生负责选举事宜的最高领导。小册子严加查禁。即请电复。"

勒万说:"我的复电:

"'情况愈趋恶化。麦罗贝尔先生至少可获十票多数。与省长争执不下。'

"立刻把复电发出。"他把这三行电文写好,交给电报局长,对他说,"先生,我不得不遗憾地把情况告诉你,情况是严重的。我并不想伤害你的感情,但是,为你的利益着想,我有言在先:如果这份电报今夜不能发到巴黎,或者,这里有谁知道了电报的内容,我明天就发电要求撤掉你的职务。"

"啊!先生,我的热忱和谨慎……"

"我要在明天对你做出判断。快去吧,先生,别浪费时间。"

电报局长走了。勒万四下里环顾了一番,紧接着,就放声狂笑。现在只剩下他一个人,面对着省长的桌子,省长的一块手帕还放在桌上,省长的鼻烟盒还开着,也放在桌上,省长所有的文件也摊在桌上。

"我真像个强盗……一点也不带虚荣心,我比这个小个头的学究可要冷静得多。"

他走去推开门,唤来一个传达员,就叫他站在门边等着,让门打开,别关上,勒万于是坐到省长的桌前,提笔写了起来。他坐的地方是背对着壁炉的那一边,这样就让人家觉得他并不在看桌上摊开的公文。他给德·塞朗维尔先生写了一封信,信上写道:

先生,如果你信任我的话,那么,对于一小时前发生的事情,可视同并未发生一般,直至选举完成次日为止。至于我,对此不快之事将不告诉本城任何人。

专此……

勒万

勒万又取出一张省府正式信笺,写道:

省长先生:

我将于两小时后,即今晚七时,派出信使前往巴黎晋见内政部长先生阁下。我荣幸地向你请求签发护照,并请于六时半前派人送下。护照上请加注必要标志,俾信使经某某某桥时不致滞留。信使将持函自我处前来省府尊处,大函即请交信使一并兼程带往巴黎。

专此……

勒万

勒万叫站在门前的传达员进来,传达员脸吓得煞白,像个死人一样。勒万把两封信封好,对传达员说:

"这两封信给省长先生送去。"

"德·塞朗维尔先生还是省长吗?"传达员问。

"把信给省长先生送去。"勒万神色冷冷而威风凛凛地离开省政府而去。

勒万把他威胁省长说要逮捕他的事讲给科夫听,科夫说:"天哪,你这么干简直像个小孩。"

"我并不这样看。首先,我确实一点也没有发怒,至于我该怎么做当时我也曾反复考虑过。阻止麦罗贝尔先生当选的唯一办法就是请德·塞朗维尔先生让路,由一位省政府参事暂代。部长交代过,只要麦罗贝尔先生不在议会和他见面,就是花五十万法郎也在所不惜。请掂掂这句话的分量,现在就得让钱来做结论。"

这时将军来了。

"我给你送来我的报告。"

"将军,你愿意和我一起上旅馆去吃晚饭吗?我要派一个信使去巴黎,我想请你对我讲的有关现状给予指正。我觉得,这里的事实真相最好让部长了解了解。"

将军用非常奇怪的样子望着勒万,意思似乎是说:

"你年纪太轻了,不然就是你在拿你的前途当儿戏①。"

后来,他冷冷地说:

"先生,你要明白,在巴黎他们是不愿意看到事实真相的。"

"你看这份电报,"勒万说,"这是我刚才收到的。我在回电中说:'麦罗贝尔先生至少可获十票多数,情况愈趋恶化。'"

大家坐下来吃饭。科夫先生表示:满脑子装着电报,他吃不下去,他宁可把信写好再吃饭。

将军说:"你的信使动身之前,我们还有时间,不妨征求一下有关选举事务中专门协助我的两位警察局长和一位军官的意见,听听他们怎么说。我也可能搞错,我可不愿意你们完全地照我的看法去考虑问题。"

这时,有人通报说法院院长多尼·德·昂热尔先生来了。

"这是什么人?"

"这是个饶舌得叫人受不了的家伙,对人家要做的事情一开口就是长篇大论,而且往往把事情搞得一团糟。这人其实是个脚踏两条船的角色。他和教士过从甚密,教士在这个省里是抱敌对态度的。他一定会害得你把宝贵时间白白浪费掉。可你的信使从这里到巴黎得二十七个小时,如果你一定要派信使去,我劝你别这么急,至于派信使这件事,我劝你别这么干。我建议你无论如何先把多尼·德·昂热尔院长先生打发掉,叫他今晚十点钟或者明天

---

① 在现实中,勒万是照着大官僚的派头行事的。(司汤达原注)

上午再来。"

事情就这么办了。这两个人谈起来虽然诚恳真挚,十分投机,但这顿晚饭却吃得冷冷清清,非常严肃,终于草草结束。吃末道菜的时候,两位警察局长来了,接着有个名叫梅尼埃尔的小个子上尉也来了,这个梅尼埃尔和另外两个人一样,都是鬼头鬼脑的人物,梅尼埃尔更是一门心思想从这次选举中捞一枚十字勋章。

"咱们出色的行动就在此一举啊。"他对勒万说。

最后信使在七点半钟急忙动身走了,带着呈送德·韦兹伯爵先生的选举统计表和三十页的详细报告。勒万在另外一封信中把他和省长的争执做了具体的记述。勒万把他们两人的对话原原本本地做了报告,就像是速记下来的一样。

九点钟,将军又来到勒万的住处,送来里塞县刚到的报告,他告诉勒万说六点钟刚过省长也派出信使前往巴黎,因此省长的信使比勒万派出的信使提前一个半钟头。将军的意思是说:勒万派出的信使也许并不想急忙赶上他的同伴。

"将军,明天上午请你陪我到城里五十位最值得拜见的公民家里去走一走,你看是不是妥当?这一步弄得不好当然可能成为笑柄,但这一步要是能给咱们多争取哪怕两票,也是一个收获。"

"先生,不论陪你到哪里去,我都欣然从命;不过,省长……"

将军和勒万对如何妥善对付这位最高官员的病态的虚荣心,讨论了很久,最后商定各自给省长写一封信。法里将军热忱、坦率而又主动。他们当场就写了,然后叫将军的听差把两封信送到省府去。省长把听差叫了进去,盘问了半天;勒万和将军的联盟简直使他绝望了。对这两封信他分别写了回信,声言他身体很不舒服,已卧床不起。

第二天的拜访活动已经商妥,访问对象的名单也定了下来。他们又把梅尼埃尔上尉叫来,让他到隔壁房间去把明天准备拜访的先生一一做了简要的介绍,由科夫记录下来。将军和勒万两人都沉默不语,在房间里踱方步,苦苦思索摆脱困境的办法。

"部长不可能给我们任何支援:因为来不及了。"

接下来又是沉默。

"我的将军,当一场战斗已有四分之三败了下来,毫无疑问,在这种时刻,你依然会坚持让一个团冒险往上冲。我们现在的处境,也是这样,我们还有什么好损失的呢?根据里塞县的最新报告,那里已经毫无希望。我们有不止二十位朋友要投麦罗贝尔先生的票,他们唯一的目的就是要把德·塞朗维尔省长甩掉。处在这种毫无希望的情况下,难道不能去找正统派王党的头头勒卡尼先生想想办法?"

将军一听这话,立刻停下脚步站在客厅当中,一动也不动。勒万继续说道:

"我要对他说:'请把你的选举人告诉我,我要设法使他们中间有个人当选;我要把政府掌握的三百四十票都给他。你能不能或者肯不肯派出专人通知一百位住在乡下的绅士?有了这一百票,再加上我们已经掌握的选票,我们就能把麦罗贝尔先生挤下去。'将军,在议会里多个把正统派王党又有什么关系?首先,不管你是不说话的笨蛋,还是说话没人听的讨厌的家伙,毕竟是一百对一嘛。就算他具备贝里耶先生①那样的才气,这个党也没什么危险,他只代表他自己,至多不过代表十万或十五万有钱的法国人说话罢了。如果部长的意思我已心领神会的话,那意思就是十个正统王党也比哪怕一个麦罗贝尔好得多,这个麦罗贝尔很可能是诺曼底四省所有小企业主的代表。"

---

① 贝里耶(1790—1868),法国政治家,保王党人,以演说著名,七月王朝治下是议会中正统派王党代言人。

将军在那里踱来踱去,很久连一句答话也没有。

最后,他开口说:"这也是个主意。不过,对你来说,这个想法带有危险性。部长离开我们这里的战场有八十里路之遥,他会骂你的。一位部长,事情没有办成功,找个人来骂一骂,那是再好也没有了,他巴不得抓到出主意的人好推卸责任。先生,我不想问你和德·韦兹伯爵先生是什么关系……不过,先生,我已是六十一岁的人,可以算得上是你的父辈了……请允许我把我的思想坦率地说出来……就算你是部长的少爷,你提出的这个走极端的主张,对你也是危险的。至于我嘛,先生,这本来就不是作战行动,我扮演的角色只是在第二线,甚至第三线。"

将军又笑着补充说:"我不是部长的儿子,可是你让我不得不对你曾经和我谈过的这个与正统派王党结成联盟的计划避而不谈,这是你施惠于我了。如果这次选举搞糟了,那就难免有人要遭到严厉责备,所以,我不如就这么保持不左不右的态度吧。"

勒万这时暗想:"部长从前在两三个省里做过省长,也搞过选举,在给我指示前,对外省的情况他一清二楚,同样,对宫廷方面的意图他也了如指掌,可他对我却讳莫如深,只是对我说:你去办理,你去下达指示。而我呢,在这样的职务中完全是个生手。他是不是怕受牵连?是不是存心要把我牵连进去?"

勒万说:"我可以向你保证:任何人都不会知道我对你讲过这个想法,等一下你走的时候,我可以交给你一封信,作为这件事的凭证。我少不更事,你对我关怀备至,我真诚地感谢你,就像你对我的一番好意是真诚的一样;不过,我也要坦白地对你说,除了使选举圆满成功之外,我别无他求。对我来说,任何个人考虑都在其次。我希望不要采取把谁撤职这样激烈的手段,我不想使用卑鄙的方式,此外,只要能把事情办成功,我什么都可以牺牲。我到冈城不过十个小时,在这里我什么人都不认识,省长不肯帮忙,反把我当敌人来对待。倘若德·韦兹先生愿意公正地看问题的话,他是会考虑到这一切的。他会不会把这一切看成是我不采取行动的借口,我如有过这样的顾虑,那我是决不会原谅自己的。我看这比卑鄙还要卑鄙。

"这些话说清楚之后,我的将军,对于我在山穷水尽的处境下所采取的这个特殊措施,你完全可以置身事外,等一会儿我有幸准备交给你的书面文件可以作为凭证,因此,在这样的情况下,不知你是否愿意再向我提供些建议(这个地方的情况你是非常了解的),或者说,你是否真的准备迫使我只好单单依靠这两位警察局长(这两位局长无疑是准备把我出卖给正统派王党的,正如同出卖给共和党一样)?"

"在我没有参与的情况下战斗部署已经决定,你对我说:'将军,我准备和正统派王党结成联盟,我得到的命令是:宁可让议会有一个顽固或精明的正统派王党议员,也不能让议员们看到有一个麦罗贝尔先生。'对你我既没有说是,也没有说否,因为这里既不存在战争,也不存在对叛乱采取行动的问题。我也没有提请你考虑旺代附近地区采取这类步骤引起了什么可怕的后果,在这个地方即使一个微不足道的小贵族也是决不接待本省最高行政官员的。你对我说:'先生,我是一个新来乍到的客人,请给予指导。'这个嘛,当然,同意。是不是就因为这个缘故,你心怀一片好意,竟要写个字据给我?"

"正是,我的意思就是这样。"

"查案官先生,我的回答是:'我不能对你要采取的步骤表示意见,不过,在施行过程中,对此当然要由你一个人负责,你如有问题要向我提出,我是准备回答的。'"

"我的将军,刚才我们的谈话我这就去记录下来,我在上面画押签字,再把它交给你。"

"还是一式两份吧,就像一项条约那样。"

"同意。那么,采取一些什么办法展开行动?怎样才能见到勒卡尼先生而又不会让他受惊?"

法里将军考虑了几分钟。他说:

"你派人把那个要命的饶舌家多尼·德·昂热尔院长请来,为了得到十字勋章,就是吊死他的老子他也干得出。他很快就会到这里来的,也不必派人去请。我建议你让他看看你记下来的部长的那些指示,让他注意部长对你非常信任,甚至责成你自行决定直接发出指示,如此等等。多尼·德·昂热尔这人并不是一个疑神疑鬼的人,一旦相信你同部长的关系,他什么都不会拒绝你。在最近发生的一个有关报纸违法的轻罪案件中,他已经把他那个特点暴露无遗,把他那个出了名的不怀好意①也表演了一番,以致全城的小孩一见到他就朝着他起哄。

"何况你有求于他的不过是小事一桩:仅仅要他把你介绍给他的叔父修道院院长多尼-狄容瓦尔先生认识认识,不过是这么一件事,多尼-狄容瓦尔院长是个稳健慎重的老头儿,按他的年纪来说,一点也不愚昧。如果法院院长和他的叔父狄容瓦尔谈得投机,狄容瓦尔就能让你见到勒卡尼先生。但在什么地方,怎么去见?说真的,我无法预测。千万注意,请提防陷阱。勒卡尼愿不愿意见你?这也是我所不能告诉你的。"

"正统派王党没有一个二把手的首脑?"

"当然有,那就是德·布隆侯爵,不过,不拖上勒卡尼先生,在重大事务中他是什么事也不肯去做的。你会看到,勒卡尼先生,个子小小的,金发,没有胡子,六十六七岁,他这个人也不知是什么道理在诺曼底被看作是最精明的人物。远在一七九二年,他也曾经

---

① 出了名一词在法里看来是个很高贵的字眼。(司汤达原注)

是一位激烈的爱国者。所以现在,反而成了一个变节者,也就是坏透了的坏蛋那一类货色。这些大人先生以为干得还差得远呢。他的态度和蔼可亲,总之,是一个活生生的马基雅弗利。他不是有一次对我提出要做我的忏悔师吗?他打算通过王后设法给我弄一个荣誉军团长官勋级①。"

"我就去向他忏悔吧。我一定是彻头彻尾真诚坦白的。"

法里将军关于多尼-狄容瓦尔先生和勒卡尼先生讲了这一大篇话之后,问道:

"那省长怎么办呢?你打算怎么和他讲和?你准备怎样把政府那三百二十票送给勒卡尼先生?"

"我打电报要求发一个指令过来,然后再去说服省长。如果两方面都不成功,那我就只好撤退了,回家后再从巴黎汇点钱给这两位中间人,狄容瓦尔和勒卡尼,权且作为我去做过几台弥撒的花费吧。"

"那太棘手了。"将军说。

"否则我们就只有一败涂地。"

勒万又一次把他不该忘记的事默诵了一遍。他在十个小时内,已把二三百个人名过了目。他竟把一个他根本不认识的人给得罪了,蔑视他并使其感觉到他看不起他,现在他又把他的心事一五一十讲给另一个从未见过的人听,他也许明天上午还要同诺曼底另一个精明透顶的人物打交道。

科夫对他总是说这样的话:"你把许多人的姓氏和身份搞混了。"

多尼法院院长果然来了;这人骨瘦如柴,方方的脑袋,漂亮的

---

① 法国荣誉军团(Légion d'honneur)有五个勋级:一级,骑士(chevalier);二级,军官(officier);三级,指挥(commandeur);四级,长官(grand officier);五级,十字勋章(grand-croix)。此处当指四级荣誉勋位。

黑眼睛,白发稀疏,鬓髯霜白,穿的鞋上各有一个很大的金搭襻。他人也许不坏,总是那么笑容可掬,看起来似乎又真诚又坦率。这是各种各样的虚伪中最虚伪的一种。勒万沉着应付。

勒万心中暗想:"我这次到诺曼底来确实不虚此行。此人的先父,肯定是个普通的农民。"

勒万说:"院长先生,首先,我想让你全面了解一下我奉到的指示。"

勒万谈了他同部长的关系,他父亲几百万的家财,然后按照将军的建议,就让法院院长一人一口气谈了三刻钟。

勒万心里想:"这下可好,今天晚上我什么事也办不成了。"

院长谈得不想再谈了。他已经通过五六种方式,委婉曲折地把他应该获得十字勋章的明显道理讲明白了,他认为这个荣誉没有给他,却给了才穿了三年法官长袍的比较年轻的代理检察长,蒙受损害的并不是他法院院长,而是政府本身。院长谈到这里,于是轮到勒万说话,勒万说:

"部里对所有这些情况都了如指掌,对你应该得到怎样的名分也有所风闻。我要求你在明天七点钟把我介绍给令叔多尼-狄容瓦尔院长。我希望多尼-狄容瓦尔先生给我一个机会,让我见见勒卡尼先生。"

院长一听到这么一种奇怪的引见,立时脸就变得煞白。

"他的面颊白得和他的颊髯一样。"勒万心里这样想。

勒万接下去又说:"除此之外,我还奉有命令,政府的友好人士如果因我而有所破费,政府将从宽给予补偿。不过,时间十分紧迫。如果会见勒卡尼先生能提前一个小时,我可以出一百路易。"

勒万心里忖度:"多使些钱,一定能让这个人更加信任我,部长一定会同意我这么办的。"

让我们从原来的故事跳过二十页,关于一个外省法官为了拿到一枚十字勋章而搔首弄姿、丑态百出的描写,就替读者省去吧。我们非常担心法院院长替自己的忠悃热忱所作的表白与辩护,会在勒万方面造成某种情绪的反复:因为厌恶与反感几乎可以发展为恶心与呕吐。

勒万想道:"不幸的法兰西啊!我没有想到这些法官竟堕落到这种地步。这个人一点也不知道自我克制。多么卑鄙恶劣、厚颜无耻!这个人,他什么事情都干得出来。"

勒万心中突然闪过一个念头,马上开口对院长说:

"最近,听说你的法院让安那其分子①、共和派的人都打赢了官司……"

"唉!这我知道,"院长打断他的话,热泪几乎涌上眼眶,喉咙也哽住了,"司法部长阁下已经给我写了信来,把我给责备了一通。"

勒万颤抖了一下。

"上帝啊!"他深深地叹了一口气,就像个绝望的人一样,暗自对自己说,"我真应该辞职,赶快逃到美洲去。哎呀!这样一次旅行真该是我一生中划时代的大事。这比诬蔑人的叫骂和在布卢瓦受到的侮辱更有决定性意义。"

勒万陷入沉思之中,突然间发现多尼院长话已经说了五分钟,可是他却什么也没有听进去。等他清醒过来,耳朵听见这位大法官说话的声音,却依然听不清他说了些什么。

院长讲了无数具体细节,讲他如何采取各种方法,让安那其分子败诉,这许多情节看来没有一个是可信的。他抱怨他的法庭。他认为陪审员可恶可恨,陪审团是英国搞出来的制度,尽快摆脱这种东西,实在极为重要。

---

① 安那其分子(anarchiste),即无政府主义者。

勒万心里想:"这是吃一行忌一行。"

"我那一派都是胆小怕事的人,查案官先生,我那一派是由失势的胆小鬼组成的,"院长说,"他们将来终归要把政府和法国都给丢掉的。参议官杜克罗,我曾经责备他投勒费弗尔先生一个表亲的票,这人就是翁弗勒尔①地方自由派和安那其派的新闻记者,这个杜克罗可就没有胆量对我讲这个话:'院长先生,我曾是督政府②任命的代理检察长,我向督政府宣过誓,我又是波拿巴③任命的巴黎初级法院法官,我也向波拿巴宣过誓,路易十八在一八一四年④任命我担任巴黎初级法院院长,后来拿破仑在百日王朝时⑤又加以认可,百日王朝垮台,路易十八从根特⑥回来,又派我担任

---

① 翁弗勒尔,法国卡尔瓦多斯省的一个县城,属利济厄行政区,临塞纳湾。
② 指督政府执政时期:共和四年雾月四日(公历 1795 年 10 月 26 日)至共和八年雾月十九日(公历 1799 年 11 月 10 日)。第一督政府的五名督政官是巴拉斯、卡尔诺、勒图尔纳、拉雷韦利埃和勒贝尔,1799 年督政府在拿破仑发动的雾月十八日政变中倒台。
③ 指拿破仑·波拿巴一世执政时期:1804—1814 年。1799 年 11 月 9 日拿破仑发动雾月十八日政变,11 月 11 日临时政府组成,11 月 12 日拿破仑就任第一执政,1804 年 12 月 2 日,教皇庇护七世来到巴黎为拿破仑在巴黎圣母院举行加冕典礼,拿破仑正式成为法兰西的皇帝,称号:拿破仑一世,拿破仑帝国从此建立;1814 年 3 月,反法联军攻进巴黎,拿破仑 4 月 6 日宣布退位,根据盟国决定,拿破仑被放逐到厄尔巴岛。
④ 指波旁王朝第一次复辟时期:1814—1815 年。1814 年 4 月 24 日路易十六的弟弟路易十八(普罗旺斯伯爵)到达加莱,5 月 2 日接受元老院的条件,5 月 3 日登上法国王位,在盟国的大炮和战车保护下波旁王朝第一次复辟。
⑤ 指拿破仑的百日王朝时期:1815 年 3—6 月。1815 年 2 月 26 日,拿破仑带领千人悄悄离开厄尔巴岛,3 月 1 日抵儒昂港登陆,受到热烈欢迎,3 月 20 日顺利抵达首都巴黎,进入杜伊勒里宫,路易十八再次出逃,经里尔逃往比利时西北部城市根特(东佛兰德省省会),拿破仑重建帝国,恢复了他的统治;6 月 18 日,拿破仑在比利时境内的滑铁卢一战,被反法联军击败,6 月 22 日拿破仑在巴黎签署第二次退位诏书,随后被流放于圣赫勒拿岛,百日王朝垮台。
⑥ 指波旁王朝第二次复辟时期:1815—1830 年。1815 年 7 月 8 日,路易十八再度回法国复位,波旁王朝在反法联盟的支持下第二次复辟达十五年。

更好的职位,查理十世①后来又任命我为参议官,我指望这个参议官一直当到死。所以说,如果共和制卷土重来,我们就不可能一直留在终身职务上。首先站出来复仇的,如果不是那些新闻记者先生,还有谁?最有把握的是免诉。你看看处死内伊元帅的贵族院议员后来的遭遇又怎么样。总而言之,我已经是五十五岁的人了,你得给我保证:你如果能当政十年,那我就和你投一样的票。'先生,你听听,这多么可怕,多么自私!这一篇大道理真是无耻之极呀,先生,不过这种东西我从所有人的眼睛里都看得清清楚楚啊。"

勒万听了这一席话,简直无法控制自己的感情,等情绪恢复正常,他尽力让自己冷静下来。他说:

"先生,冈城法院这种暧昧的做法(我这里用的是最温和的字眼),也可以由多尼院长的另一种做法来弥补,如果他能满足我提出的会见勒卡尼先生的要求,并把这一步骤永远埋葬,让它从此不见天日的话。"

"现在已经是十一点一刻,"法院院长看了看他的表说,"家叔多尼-狄容瓦尔院长正在玩惠斯特牌,可能还没有结束。我的马车就在下边,先生,你是不是愿意碰碰运气,哪怕遇不到他也跟我走一趟?修道院院长狄容瓦尔在这个时刻见到我们一定会感到意外,不过,也许他会帮助我们去见勒卡尼先生。另一方面,也好,安那其党的暗探认不出我们;走夜路向来是最安全的。"

勒万跟着院长走出来,院长嘴巴还在不停地说话,说什么滥发十字勋章很危险等等。因为照他说来,政府靠颁发十字勋章是什么目的都可以达到的。

---

① 1824年9月,路易十八去世,查理十世(阿图瓦伯爵)即位,他是极端保王党的首领。1830年七月革命(7月27、28、29日,史称"光荣的三日")爆发,巴黎人民起义取得胜利,复辟王朝终于被推翻。

"不管怎么说,他这个人还不难弄。"上车的时候勒万心中这样想。当院长说话的时候,勒万从车门口往外眺望着城里的景物。

"尽管时间这么晚,"勒万说,"我看街上往来行人还很多嘛。"

"就因为这个倒霉的选举呀。先生,你想不到它弄出多少坏事哟。议会选举应当每十年举行一次,那才更合乎宪法精神……"

院长突然一下扑到车门上,低声对车夫说:"停下来!"

他转身对勒万讲:"你看,家叔正在前面。"勒万看见一个老家人,走着碎步,手里提着一盏直径约有一尺、两面镶着玻璃、点着蜡烛的马口铁风灯。修道院院长多尼先生跟在后面,走起路来脚步相当稳健。

"他这是回家去,"法院院长说,"他不希望我坐马车;让他先走过去,咱们再下车。"

他们下了马车之后,在一条林荫道旁的门前,叫门叫了半天。大门上开着一个镶着铁栅的小窗口,里面的人在小窗口上认清了这两位来客之后,才放他们进门去见修道院院长。

"我尊敬的叔父,效忠国王陛下的职责把我召唤到你的面前来,而且,效忠国王陛下的职责对于时间是否适当又是从不计较的。请允许我把查案官勒万先生介绍给你。"

这位老人的蓝眼睛现出惊异甚至惊呆的神情。五六分钟之后,他才请两位先生坐下。直到过了一刻钟,他才稍稍弄明白究竟是怎么一回事。

勒万心里想:"法院院长总是说国王国王,怎么也离不开'国王'这两个字,我可以断定,这个老头儿心里想的是国王查理十世。"

修道院院长多尼-狄容瓦尔先生让他的侄子把刚才讲了二十分钟的话再给他重复了一遍后,才开口说话:

"明天,我在圣居杜尔堂做弥撒。八点半钟,做毕感谢圣恩之后出来,我从卡尔姆路去尊敬的勒卡尼府上。我不能肯定地告诉你他是不是有事在身,是不是客人很多,是不是有要事待办,是不是能见我,二十年来他一直忙得很,总有许多事等他处理。那时候我们都很年轻,不论什么事都办得快当,这种选举的事那时候没有。今天晚上,城里看样子要发生暴动,就像一七八六年那样……"

勒万发现法院院长在他叔父面前不敢多言语,便相当机灵地揣摩着老人的心思,这个老人在他那小脑袋瓜儿上顶着一顶教士戴的便帽,不过便帽嫌大了些,看起来他的年纪有七十岁光景。

从修道院院长狄容瓦尔先生府上出来,多尼法院院长对勒万说:

"我明天八点半见过家叔之后,立刻就到你这里来。不过你最好不要让正在闹事的手工匠认出你来,他们在街上会把你当作一个青年选举人,因为青年几乎都是自由派……也许这么办较为妥当:九点差一刻,请你到我的表弟马伊耶家去等我,他家在教士路九号。"

第二天,勒万在早晨八点三刻,在拿破仑街头小花园下了马车,让将军留在车里等,他径自跑到教士路九号马伊耶先生家中。院长这时也到了。

"好消息!勒卡尼先生答应见你,要么马上去,要么今天下午五点钟去。"

"我希望马上去。"

"勒卡尼先生这时正在布拉歇夫人家里用巧克力茶,布拉歇夫人家在卡尔姆路七号。这条街很僻静。不过,请原谅我,我不能陪你一起去,真对不起。勒卡尼先生主张保守秘密,无端地大事张扬这种事情他很不喜欢。"

"我单独去找他。"

"卡尔姆路七号,后楼三楼。敲门要用拳头先敲两下,再敲五下。二和五,要知道意思是亨利五世,这是我们的第二世国王,查理①是第一世。"

勒万此时全神贯注,内心充满着责任感,如同一位指挥全军的将领,并且预感到战斗可能会失败。上面讲到的种种细节,他觉得都很有趣,不过,他竭力不去想它,以避免注意力分散。他寻找着卡尔姆路,一面对自己说:

"已经迟了,来不及了。这一仗输定了。为了争取胜利,我尽我的所能,如果命运还肯帮助我们的话。"

布拉歇夫人家大门后面无疑有人在窃听,因为他刚敲过两下,又敲五下,立即就听到门后悄悄说话的声音。

过了一会儿,门开了。他被引进一间光线很暗的房间,房间阴惨惨的,如同监狱中的办公室,板壁都漆成白色,玻璃窗都熏黄了,有个男人在这里,这人面孔焦黄,轮廓不清,一副病态。这人就是勒卡尼修道院院长本人。院长抬起手来指着一张有大靠背的胡桃木椅子,请吕西安坐下。壁炉台上,没有玻璃镜,挂着一具很大的黑色的耶稣在十字架上受磔刑的雕像。

"先生,你代表我的部长,有什么事要提出来吗?"

"国王路易-菲力浦,我的主人,派我到冈城来,目的是阻止麦罗贝尔先生当选。他当选是有可能的,因为九百票中有四百一十票麦罗贝尔先生有把握拿到手。国王,我的主人,仅仅掌握三百一十票。先生,如果你认为适当的话,让你的朋友中哪一位当选,把麦罗贝尔先生挤掉,那我就把我那三百一十票提供给你。再加上你们在乡下的名流绅士一百六十票,那么,在议会里,你们就将有

---

① 指法王查理十世。

一个你们一派的人。我对你只有一点要求,就是这个人必须是本地选民。"

"哈!你害怕贝里耶先生啦!"

"我谁也不怕,我怕的是敌对一方的胜利,譬如说,他们胜利了,一八〇四年①政教协议规定的主教设置名额就要裁减。"

"这个人说话完全是诺曼底检察官的那种口气。"这样的看法使勒万不仅聚精会神,而且紧张情绪也缓和了一些。根据德·夏多布里昂先生的著作和人们对耶稣会教士所持的崇敬态度,加上一个年轻人的想象力,勒万看他就像一个老奸巨猾的骗子,精明得不下于红衣主教马萨林②,仪态高贵风雅有如德·纳尔博讷③先生,而德·纳尔博讷先生幼年时他曾经亲眼看见过。不过,勒卡尼先生举止神态与说话声调的庸俗,立刻就把他所扮演的角色的画皮剥开,他的真面目也就暴露出来了。"我是一个青年,现在跟一个老检察官打交道,正为买他一块价值十万法郎的土地讨价还价,这块土地他不愿意卖,因为如果卖给一个邻人,邻人答应多送他一坛价值一百路易的酒。"——勒万心中这样想。

"先生,我可以要求看看你的委任书吗?"

"请看。"勒万毫不犹豫地把内政部长写给省长的信递到勒卡尼先生手中。信里面有几句话他此刻真希望没有写上才好,可是时间紧迫,顾不得了。

---

① 待核。(司汤达原注)这个年代并不确切,这是有道理的。(马尔蒂诺注)
② 红衣主教马萨林(1602—1661),1643—1661年间任法国首相;枢机主教,原籍意大利,受宠于摄政王奥地利的安娜(1601—1666),镇压投石党运动和人民起义,巩固专制王权,加强了法国在欧洲的地位。
③ 德·纳尔博讷(1755—1813),法国外交家,政治家;1791年末任陆军大臣,但不久便受到激进党和王党的怀疑,于1792年3月10日辞职;1810年任拿破仑皇帝的副官,1812年5月拿破仑对俄战役期间曾出使俄国同沙皇亚历山大谈判,1813年初任法国驻维也纳大使。

勒万心中暗想:"如果省长愿意承担采取现在这个步骤的责任的话,部长的信也就不必拿出来了,可是这个小个子省长这也不是那也不是,难弄得很,你满以为他并没有不高兴,然而不是他想出来的事,要想让他同意,那是怎么也办不到的。"

勒卡尼先生摆出一副老大不高兴的丑态,目空一切、不屑一顾地看着德·韦兹伯爵写给省长的信,他这满面怒气的神态终于使勒万又回到现实生活中来,德·夏多布里昂先生的漂亮词句加给社会的各种高贵观念也给廓清了。教士党的这位党魁对部长信中某些言辞的不满变得如此强烈,以致他笑出声来。

"这个人故意摆出生气的样子是要给我造成某种印象;我可决不能动气,决不能把事情弄僵。走着瞧吧,别看我年轻,我还能演好我的角色。"

勒万从衣袋里取出一封信,自管自地认真看了起来。他那种神气就像他在军事法庭上可能有的那种神气。勒卡尼院长拿眼角瞟了瞟,看是不是人家在看他,于是他看部长指示信的样子也不那么神气活现了。勒万看他反复看那封信,就像一个贪心不足、嘟嘟囔囔的生意人那样看得非常仔细。

"你的权力可大得很哟,先生,这样的权力完全是用来执行具有崇高意义的使命的,而你年纪轻轻,就担负起这样的使命了。我好不好请教,你是否在我们正统诸王的治下服务过,在那甚为不幸的……之前……"

"先生,请允许我打断你的话。对于你们那一派人的主张但愿不要让我做出令人不快的评论来,否则,我会感到十分懊恼的。至于我本人,先生,我的职责要求我对一位正直可敬的人物公开发表的政见一律予以尊重,根据这样的名义,我觉得我对你的意见是怀有敬意的。先生,请允许我提请你注意:我绝对没有改变或曲解你对问题的看法的任何意图,不论直接还是间接。这样的意图,与我们担负的使命,是不相容的,与我现在的年龄也不相适应,先生,与我个人对你的尊敬也不相协调。但是,我的责任要求我请求你:不要计较我的年纪幼小,并请你抛开我在其他场合对你的贤明意见的深切敬重。院长先生,我来到这里,是为了向你提出我认为不论对我的主人还是对你的主人都十分有利的建议:你们在议会中议员名额很少,而议会这个机构,我以为即使按你们的观点来看,也是不可忽视的一个方面。根据我们的观点,我们担心的是麦罗贝尔先生会提出采取极端步骤的建议,例如这样的建议:治疗灵魂的疾病的医师应由宗教信徒负担其费用,就像对治疗肉体的疾病的医师由他们自己负担一样。为了抵制这种极端步骤,在这样的会议上,我们互相联合起来才能确有保障,不过,主张采取这种步骤的人如果结成了强有力的少数派,那么,为使议会避免通过法案,作为对策,也许就不得不接受裁减主教职位的方案,或者,最低限度,也需要达成一定的协议。"

要讲的理由还有很多,多至无限,勒万巴不得这样。

但他心里又这样想:"我年纪很轻,真把我害苦了。我好比骑兵将领,并不计较个人得失,一心只想让骑兵下马,两脚站在地上像步兵那样战斗。他要是失败了,所有的笨蛋,特别是那些骑兵的将官,一定会对他冷嘲热讽,但他这是为了夺取胜利,知其不可为而为之,而不是为了他自己,只要想到这一点,他内心里也就得到安慰了。"

勒卡尼院长先生想方设法避而不答,还要让他这个年轻对手受骗上当,前后共有七次之多(勒万已经计算过了)。

"他显然在许诺之前要考验我一下。"

可是勒万七次都想出办法把话头又拉回来,紧紧扣住本题,毫不放松,而且每一次遣词用字都极其讲究礼貌,在措辞中还暗含着他勒万对勒卡尼院长先生的高龄所怀有的敬意,似乎这样做就可以把他同他的党的原则、信念和意图区别开来。有一次,勒万稍稍居高临下地对他施加了压力,后来他又自己毫不气恼地对这个过分之举做了补救。

"这里必须多加小心,就好比在短兵相接的决斗中那样。"

这样讨论了五十分钟,勒卡尼院长的神态这时显出极其傲慢、很不礼貌的样子。

勒万心中想:"这家伙,要收场了。"院长果然说:

"时间太晚了。"

可是,他也没有让谈判破裂,而是设法劝诱勒万。我们这位英雄到此才感到轻松一些。

"现在,我正处于守势。我得想办法拉出金钱问题来,引他上钩。"

勒万的防卫并不怎么顽强。一来二去他只好又讲到他父亲的几百万资财;他发现,似乎只有讲到这个话题,才能在勒卡尼院长身上引起一些反应。

"你还年轻,我的孩子;请允许我这样叫你,这是表示敬重的意思。请想一想你的前途。我相信你还不到二十五岁吧。"

"我已经过了二十六岁了。"

"好呀,我的孩子!我无意要说你所为之战斗的那面旗帜的坏话,而且我仅限于讲出能表达我的思想的最有必要的一点,其实也完全出于对你今生来世的利益的好意关注。我要问问你:你认为从现在起再过十四年,当你到了四十岁的时候,当你达到成熟的年龄的时候——也就是说,到了一个贤达的男子永远应当注视的人生事业的关键时刻,而且在它之前真正涉足社会的重大事件也是十分罕见的——你以为,再过十四年后,你所追随的那面旗帜还能在天空上飘扬吗?

"在这个年龄之前,一般人都在追逐金钱财富。你是远远超出于这种俗虑之上的。但请注意,关于你的灵魂的利益(这种利益当然与俗世的利害不能同日而语),我还始终没有向你提起过。你如肯垂顾一个可怜的老人,那么,我的门对你就永远是敞开的。像你这样有价值的人,应该把你引上正途才好,而且你这样年轻,你的才干必然还要发展成熟;因为,我对一位靠革命起家的国王的利益越是不愿关心,我就越有资格来判断你用来为真理而做出独特的效力的才能:大卫王应该和亚玛力人和睦相处①。我请求你有时也注意一下这个问题:'在法国,当我四十岁的时候,谁将具有支配一切的力量?'宗教并不禁止你抱有合理的雄心。"

谈话以这种说教的形式告一段落。勒卡尼院长几乎邀请勒万再来看他。

勒万一点也没有灰心。

---

① 待核实。说教引文。(司汤达原注)
译者按:大卫(? —公元前962),古代以色列国王,约公元前1000—前962年在位,建立统一的以色列王国,定都耶路撒冷,大卫又是诗人,相传《旧约·诗篇》中的一些诗歌系他所作。亚玛力人,基督教《圣经》所载出埃及前后生活在迦南南部一带的一个游牧部落,相传为亚玛力的后裔;亚玛力系《圣经·创世记》中的人物,以扫之孙。

第五十三章

吕西安去找法里将军把情况全部对他讲了,法里将军没有离开旅馆,因为他在那里等各方面送来的报告。勒万想发出一份电报。将军,后来还有科夫,都非常赞成他发电回去。

"你想给一个过不了两小时就要死的人放血试一试,看是不是有救。这个嘛,那些浑蛋也许会说是因为放血才置他于死地。"

勒万到电报局去,口授电文如下:

"麦罗贝尔先生当选已成定局。可否出十万法郎,以一正统派取代麦罗贝尔?如同意,即电总税务官拨款交将军与我名下。选举十九小时后开始。"

勒万从电报局出来,转念又想再去狄容瓦尔院长先生处走一遭。不料找那条小路竟成了难题。他在冈城的大街小巷中迷了路,最后总算走进一座教堂。他找一个衣衫褴褛的教堂执事模样的仆役,给了五法郎要那人领他去狄容瓦尔院长家里。这个人带他出了教堂,在密集的房屋中间领着他穿过两三条小道,只消四分钟就找到了院长,勒万来到这位昨天板着面孔的院长面前。

狄容瓦尔院长刚刚用完午餐,一瓶白葡萄酒还放在桌子上,这时院长从表情上看和昨天相比简直判若两人。

勒万花了近十分钟,寒暄了一番,扯了些闲话,接着,以不太失礼的方式,说明他准备花十万法郎让麦罗贝尔先生落选。这个意思并没有遭到有力的拒绝,又过了几分钟,院长笑着问他:

"你身边带着这十万法郎吗?"

"不在身边,可能今晚有电报来,肯定明天中午前一定会到,十万法郎款子拨到总税务官那里,我将从他那里提出现钞。"

"钞票这里人家信不过。"

这话一下提醒了勒万。

"上帝啊!我能不能成功呀?"他想。

"本地最殷实的商人能收下的汇票,人家也一样信不过,那么,随我在总税务官那里支取金币或埃居行不行?"

勒万故意提出种种办法来拖延时间,这时他看到狄容瓦尔院长的面色有显著的变化。最后,院长虽然刚刚吃过午饭,但面孔也已变得十分苍白了。

"哎呀!如果我有四十八小时让我支配的话,"勒万想道,"这选举一定是我取胜。"

勒万此刻利用他的有利条件已有充分余地,他怀着某种难以言说的愉快心情看到,现在可轮到狄容瓦尔院长先生本人不能不用转弯抹角的词句——确实是这样——来吐露他的真情实意了,围绕他的真意勒万已经兜过来转过去讲了足足三刻钟工夫,狄容瓦尔要说的话就是"没有电汇的这十万法郎款子,谈判休想前进一步"。

狄容瓦尔院长说:"我真希望这些先生对于议会里增加一个机构的利益好好想一想。特别是,如果政府竟容许关于裁减主教职位的致命的争论再度发生的话……明天上午七点钟,或者,如果没有任何其他问题发生,明天下午两点,我们最后把事情确定下来。选民团主席的选举在九点钟开始,投票在三点钟结束。"

"重要的是:你的朋友必须在我两点钟荣幸地见到你之后再去投票。"

"你给我提出的这个问题的确很重要。必须设法把他们关在某处大厅里,还要把门锁起来。"

科夫在街上等勒万。他们赶忙给部长写了一封信,勒万在信中写道:

"我深知我宁愿冒险,即使插足于一次毫无希望的事件中也在所不惜。部长如要让我犯错误的话,那是不难的;然而,听任一场战斗失败而不投入我们的力量,却是我决不愿意的。时间极其紧迫,如不注重方法,那么,我采取的步骤一定会成为笑柄。今日上午八时三刻,我即走访法院院长多尼先生的表弟,九时我前去见勒卡尼院长先生,直至十一时才离去。十一时一刻,又去见修道院院长多尼-狄容瓦尔先生,中午到法里将军处。我于十二时半给你发出第二号电报。现在是下午一时半,我写此信给你。二时我将前去会见主教大人,目的是给车轮加点油①。时间紧迫,不容我等待你对此信的回音,阁下见到此信之际,这里的事态恐怕木已成舟,麦罗贝尔先生当选,已是十拿九稳。但即使到最后时刻,我也准备拿出十万法郎,如你认为付出这一代价以排除麦罗贝尔先生是值得的话。

"二号电报的复电如能于明日(十七日)下午二时前到达,我将视为莫大幸事。明日上午九时将选举选民团主席。修道院院长狄容瓦尔先生在我看来有意将这一选举推迟至他的朋友们投票的时刻②。我希望,投票在下午四时结束。"

勒万随后急忙去找主教大人;主教接待他时态度傲慢,看不起人,蛮横无礼,尽管如此,他也觉得有趣。他一面笑着,一面模仿这位高级神职人员不离口的那句话私下说:"我将此事置于十字架脚下。"

他和主教大人完全不谈正事。"这不过是加到机器齿轮里去

---

① 意即打通关节。
② 意即将他们的投票时间推迟至十七日下午二时以后。

的一滴润滑油而已。"

下午一点半,他到将军那里去吃午饭,接着又和将军一起按昨晚商定的名单继续走访各位有关人士。五点钟,勒万累坏了,这是他有生以来活动最多的一天。剩下来的还有一件苦差事:到省长那里去赴晚宴,省长说不定不大好客吧。小个子梅尼埃尔上尉通知勒万说,省长已经派了两名最厉害的暗探盯他的梢。

勒万心中已经有了底,对事情感到十分满意;他觉得为达到目的他所能做的他都已尽力去做。不过,说实在的,这个目的是否正确合理是大可争论的。因此,有意大胆冒险采取行动以求从内政部方面取得对他的器重所带给他的喜悦,就被这个问题给掩盖了。科夫已经说过他一两次:

"你的行为,虽然在名义上冠冕堂皇,只是为了挤掉麦罗贝尔先生,但在咱们办公室以及部里各部门的那些老资格的头头看来,也只能说是一桩辉煌的罪行。在议论有关弃婴的问题时,你说他们是生来就带着桃花心木靠背椅的人士那也没有什么,可是他们只要抓住机会就要报复。"

"那又该怎么办呢?"

"毫无办法,只能写三四封六张纸的信,这叫作坐在办公室里办公事。他们将肯定把你看成疯子,因为你在拿你个人的名声地位去冒险。其次,在你这样的年龄,你竟提出用十万法郎去干那伤风败俗、贪污行贿的勾当!他们还要造谣说其中至少有三分之一装进了你自己的腰包。"

"这是我早就料到的。我还有一种想法:当一个人为部长们效力,他怕的不一定是敌方,也许倒是他所为之效劳的人。早在罗马帝国后期的君士坦丁堡,就有过这样的先例。我哪怕什么也不干,仅仅写几封文笔优美的信,我心上仍然沾满了布卢瓦的污泥。你已经看到我这个人是多么软弱。"

"好啦!你一定恨我,还要把我从内政部搞掉。这我已经想过了。"

"完全相反,我倒感到像现在这样和你谈话非常惬意,我只是要求你千万不要姑息我这个人。"

"这我答应你。德·塞朗维尔这个别扭的小老头儿,对你一定是满肚皮的气,因为这两天他的事都叫你抢去办了,他一定发出不少信件,实际上又一概不起作用。我断定在巴黎他一定会受到夸奖,你一定会挨骂。但是今天晚上不管他对你怎么样,你千万不能发脾气。就好比我们生活在中世纪,我甚至担心他们要毒死你,因为我看这个个子小小的诡辩家气得就像一个吃了瘪的作家一样。"

马车在省府大楼的门前停了下来。楼前大台阶第一层和第二层的平台上,有八到十个宪兵站岗。

"在中世纪,这些人布置在这里就是准备杀你的。"

勒万从他们面前走过,他们立正敬礼。

"你的使命已经上下皆知了,"科夫说,"宪兵对你很讲究礼节。由此你可以判断省长已经气恼到什么程度了。"

这位长官面色惨白,彬彬有礼而又死板板地接待这两位先生,在场的每一个人都对勒万殷勤相迎,也没有使这位长官变得和蔼一些。

晚宴席上的气氛冷冰冰,沉闷得很。所有在座的政府官员都预见到明天的大失败。他们每一个人心里都在说:"省长要撤掉,或者调到别处去,我要说,把事情搞糟的确实是他。这个初出茅庐的青年是部长的银行老板的儿子,已经当上了查案官,很可能是省长未来的继任人。"

勒万狼吞虎咽,愉快地大吃大喝。

德·塞朗维尔先生心中想:"我呀,摆在我的盘子里的我什么都不想吃,一小块儿我也咽不下去。"

勒万和科夫谈话谈得差不多了,于是坐在晚宴席上的掌管国有产业、掌管税务的首长先生们,以及其他高级官员渐渐谈起话来,以至大家一起和两位客人也攀谈了起来。

省长在一旁暗想:"看来我已经给撇在一边了。我在我家里也成了局外人,撤职已经确定无疑,看来我非给我这位继任人举行省长任职典礼不可了,这可是谁也没有遇到过的事。"

席上大家正在用第二道菜的时候,科夫——什么事也逃不过他的眼睛——注意到省长频频用手帕擦额上的冷汗。突然外面喧声大作,一看原来是巴黎的信使到了。这个人风风火火地闯进大厅。坐在门边的间接税税务局长这时仍照老章程向信使喊道:

"省长在那儿。"

省长从座位上站起来。

"不关德·塞朗维尔省长的事,"信使粗鲁而郑重其事地说,"是给查案官勒万先生的。"

"真丢人!我已经不是省长了。"德·塞朗维尔心里想,尴尬地又坐下来。他两肘支在桌上,两手蒙住脸。

"省长先生病啦。"省府秘书长叫了起来。接着他眼睛注意勒万,好像请求他原谅,他这么叫一声请大家注意省长的健康状况不过是尽到人道责任而已。其实这位长官只是一时昏厥;人们把他抬到打开的窗前。

这时候,勒万一看信使送来的信件,并不感到什么兴趣。部长来信谈的还是关于他在布卢瓦办的那件漂亮事;部长还亲笔提到对布卢瓦骚动事件肇事者要追究责任,从严治罪,并提到御前会议上已把勒万的信送呈国王审阅,王上认为信写得很好。

勒万暗想:"关于这里的选举,一个字也没有提到。派一个信使送这样的信来真值得。"

他走到打开的窗口那里,省长就在窗前,人们正在用古龙香水①揉擦他的太阳穴。大家都说是让选举给累坏了。勒万讲了句礼节上的话,并请求允许他和科夫先生告便到隔壁房间去一下。

"派信使送这样一封信来,想得到吗?"他对科夫说,把部长的信拿给他看。

勒万这时拆开他母亲的一封信,一看这封信,他脸上的笑容就收敛了。勒万夫人觉得她儿子的性命处于危险中,她说:"竟是为了这样一种肮脏的勾当,赶快把事情了掉,立刻回来……只剩下我一个人,你父亲又起了个念头,雄心勃勃地到离巴黎两百里的阿韦龙省②竞选议员去了。"

勒万把这个消息告诉了科夫。

"就是为了这封信才派出信使的。勒万夫人一定要求尽快把她的信送到你手里。总之,你不能因此就三心二意。我认为你的任务还是在这个耶稣会派的小个子家伙身上,他恨得要死。看我的吧,让我摆出点样子来给他看看,看我最后一击把他送上天。"

科夫回到餐厅里来,精神抖擞。他从衣袋里抽出八至十份关于选举的报告,这是和电报插在一起的,他身上带着那份电报,就如同随身带着圣体一般。德·塞朗维尔先生已经恢复知觉,他仍然感到头晕目眩,样子就像一个快要死去的人,他在痛苦不安中两眼望着勒万和科夫。这个坏家伙眼下这种惨状很叫勒万动心,勒万看他确是一个痛苦可怜的人。

"咱们还是走吧,让他缓一缓气吧。"接着勒万找了个借口就告辞出来。

在楼前大台阶上信使追了上来,问他有什么吩咐没有。

---

① 古龙香水(一译科隆香水),原产于德国中西部城市科隆。
② 阿韦龙省,法国南部省份,是中央高原的一部分,省会是罗德兹。

"查案官先生明天要派你回去。"科夫神色严肃地说。

第二天(十七日)是一个重要日期。

十七日就是选举的日子,上午七点钟刚过,勒万就已来到狄容瓦尔院长先生处。他见这个好好老头儿态度举动都变得大不一样,十分惊奇;老头儿变得非常殷勤热切,连勒万话里稍有讥讽或暗示都予以回答。

"十万法郎在起作用了。"勒万对自己说。

但是狄容瓦尔院长又多次极其巧妙又非常客气地——这让勒万感到诧异——表示:在不具备基本条件的情况下,他所能回答的也不过是一个未来的可能性而已。

勒万回答说:"我也这么想。如果我今天不能早一点从总税务官先生那里拿到十万法郎那笔款子的话,认识你我仍然感到十分荣幸,同尊敬的勒卡尼院长的晤谈,给我留下了深刻的印象,我们亲爱的祖国正走向幸福的道路,对于我所主张走的最可靠的道路持有不同看法的人们,我是很尊重他们的,而现在,我格外敬重他们……"

在那个带有关键性的电报没有到达之前,勒万焦急地想使这些先生少安毋躁,耐心等待,因此勒万不停地谈话,他那些圆滑多礼的话我们这里就省略了。但是这天正在进行的重大事件却在街上引起异乎寻常的喧声,狄容瓦尔院长先生的住宅虽然在一个庭院的深处,勒万身在院长的房间里,街上的动静依然在他胸中引起震动,使他心里十分不安。选举只要推迟一天,不论付出什么代价,他也在所不惜啊!

九点钟,他回到旅馆,科夫已经拟好两封说明情况和分析问题的长篇大论的信。

"文笔怪有趣的嘛!"勒万一边签字一边说。

"既夸张,又平庸,尤其不简练,公文就需要这样。"

勒万派信使返回巴黎。

信使说:"先生,请求你同意我把省长的急件也顺便带去,我是说德·塞朗维尔先生的信件。不瞒你先生说,我给他带信他有很好的礼物送我。可我既然是派出来的,规矩礼节我还是非常清楚的……"

"你到省长先生家里去,就说我说的,问他有没有信件、邮包要带去,需要的话,你就等他半个小时。省长先生是本省最高行政长官嘛……"

"照省长的吩咐往他那儿多去几回才好呢!毕竟有给我的礼物呀!据说这个省长是个贪婪的人……"

第五十四章

早在一个月前,法里将军就叫他的小个子副官梅尼埃尔先生在举行选举的乌尔苏拉修会大厅对面一座大楼的二楼租了一套房间。这天上午十点钟,他就和勒万到这里来了。将军手下的亲信每过一刻钟就给这两位先生送来各种消息。省政府的密探早已知道昨天信使之事,认为德·塞朗维尔先生如果选举失算,那么勒万便是未来的省长,所以每隔一刻钟他们就给勒万送来一些用红铅笔写着字的小卡片。卡片上提供的那些消息倒也十分准确可信。

选举工作在十点半开始,一切都遵循规定正常地进行。现在这位年高德劭的主持人是省长的忠实朋友,省长想出办法让一位名叫德·马尔科纳的先生——他比忠于省长的选举主持人年纪还要大些——的重型四轮轿式马车在城门口耽搁了一些时间,十一点钟才到达冈城。有三十位政府官员已经在省府用过午饭,拥进选举大厅时遭到一片嘘声。

有一种小小的铅印传单大量向选民散发。传单上写着:

"各党派正直的人们:若要你们的桑梓故里日臻佳境,就请赶快抛弃德·塞朗维尔省长。如果麦罗贝尔先生当选议员,省长先生便将被免职,或另调他处。总之,选举议员有什么关系?让我们驱逐一个无事生非、说谎骗人的省长吧。他对谁不失信,对谁不失言?"

将近中午的时候,选民团主席选举,事态发展不妙。来得很早的某县全体选民投了麦罗贝尔先生的票。

将军对勒万说:"如果他当选选民团主席,咱们省府官员中十五或二十人,他们都是胆小怕事的,还有乡下选民中那批糊涂虫,十或十五人,所有这些人看到他坐在选民团领导机构最显眼的位子上,除了选票上的人名之外就不敢选了,这是很可虑的。"

勒万每过一刻钟就派科夫到电报局去看电报到了没有;他心急火燎地在等他那第二号电报的复电。

将军说:"省长一定在想办法让复电误点迟到;派一个办事员到电报收发电台去,离这里只有四里路,在山后头,把电报截下来,真是何乐而不为。我们这位省长,法国历史他精通得很,他一向搞这类手法,就凭这一手他自以为就是红衣主教马萨林。"

这位好心的将军说这些话,是想证明他对法国历史也十分了解。小个子上尉梅尼埃尔自告奋勇,提出他可以快马加鞭地跑到山上去观察一下第二电报收发台的动静,但科夫先生这时向上尉要过马来,亲自出马跑一趟。

在乌尔苏拉修会大厅前面,这时至少已聚集有上千的人。勒万下楼走到广场上,想稍稍摸一摸人们议论中的基本精神;人们把他认出来了。当他走到群众中去,老百姓很不客气:

"看哪!看!巴黎来的警察署长,一个花花公子,是来侦察省长的!"

他对这些议论几乎一点也没有察觉。

两点钟敲过了,两点半了;电报还没有消息。

勒万焦急万分,很不耐烦。他去见修道院院长狄容瓦尔。

"我可不能让我的朋友们拖延很久才投票啊。"院长对他这样说。勒万发现他面带愠色,但很明显,他已经把投票时间往后推了。

"你看这个人,竟以为我要了他,看来他对我倒是真心诚意的。我肯定他已经叫他的朋友们慢点投票,不过,说真的,他的朋友不太多。"

勒万在热情地讲话,想方设法证明给狄容瓦尔院长看,他没有欺骗他,正在这时候,科夫气喘吁吁地跑来:

"电报来了!"

"请你在家里再等我一刻钟,我去一趟电报局,马上就来。"勒万对狄容瓦尔院长说。

二十分钟后,勒万连奔带跑地回来了。

"请看复电原件。"他对狄容瓦尔院长说。

"财政部长致总税务官。

"请即拨付法里将军与勒万先生十万法郎。"

"电报还没有完,还在打呢。"勒万对狄容瓦尔院长说。

"我这就到选民团去,"狄容瓦尔院长说,他这时放下了心,"我尽我所能,把选民团主席选出来。我们支持投德·克莱米厄先生的票。然后,我赶紧去找勒卡尼先生。我请你也马上去,不要耽搁。"

院长住所的门大开着,前厅有很多人聚在那里,勒万和科夫紧步一穿而过,跑了进去。

"先生,这是电报原件。"

"现在是三点十分,"勒卡尼院长说,"我敢相信,对德·克莱米厄先生,你不反对吧:五十五岁,两万法郎年金收入,订阅《辩论报》,没有逃亡过国外。"

"法里将军大人和我,我们同意德·克莱米厄先生。如果他当选而麦罗贝尔先生落选的话,将军和我便将这十万法郎交付给你。在选举结果揭晓之前,先生,你看我把这十万法郎暂时交托给谁为妥?"

"诽谤时时都在周围窥伺着我们,先生。秘密即使有四个人知道也已经嫌多,虽然他们都正直可信,诽谤又那么善于利用这种事情。先生,我相信,"勒卡尼院长指着科夫说,"你,还有先生你,狄容瓦尔院长,我,光我们四人就行了。法里将军大人,当然是一位非常可敬的先生,但让他知道详情有什么必要呢?"

勒万听了这话非常中意,因为话说得 ad rem①。

"先生,我年纪太轻,对这样一大笔秘密用款不能单独一人承担责任。等等,等等。"

勒万说服了勒卡尼,院长先生欣然同意让将军参与此事。

勒万说:"不过,有一点我要明确提出来,我认为这是一个 sine qua non②,就是:省长绝对不许插手。"

勒万想:"他望弥撒那么勤快,这就算是对他的报答吧。"

勒万使勒卡尼院长先生同意把这笔十万法郎的款子放到一个小小的保险箱里锁起来,由法里将军和勒卡尼先生的一位朋友勒杜瓦延先生各拿一把钥匙。

勒万回到选举大厅对面的二楼房间,发现将军脸色发红。时间快到了,将军打定主意去投他那一票,他毫不掩饰地向勒万承认,他非常担心被人家轰上一阵。将军也顾不得个人的忧虑了,但他对勒卡尼院长先生刚才回答时所持的 ad rem(明确)态度极为敏感。

勒万得到狄容瓦尔院长的通知,请他派科夫先生到他那里去一下。半小时后科夫回来了;勒万喊来将军、科夫,对他们二位说:

"我看到(人家说这就叫作看到),已派出十五个人骑马下乡,四处找人,今晚或者明天中午之前,要把一百五十名正统派王党选

---

① 拉丁文:"明确"。
② 拉丁文:"先决条件"。

民叫来。狄容瓦尔院长先生是个小伙子嘛,你看不出他有四十岁。'来得及的话,《法兰西日报》就发四篇文章。'这话他对我说了三遍。我相信他们是说干就真干的。"

电报局长送来勒万亲收的第二封电报:

"我同意你的计划。十万法郎照付。任何一位正统派,即使是贝[里耶]先生或菲[茨-詹姆斯]先生,也比汉普顿先生好。"

将军问:"我不懂,这位汉普顿先生是什么人?"

"汉普顿指麦罗贝尔,这是我和部长约定的一个人名。"

"时间到了。"将军十分激动地说道。他穿上军装,情绪激昂,离开这个作为就近观察用的房间,前去投票了。人群一下子让出一条路来,让他走过百十来步走到对面的选举大厅的大门前面。将军走进大门;当他走近办公桌的时候,所有的麦罗贝尔派的选民都向他鼓掌。

"他倒不像省长,不是一个庸俗乏味的坏蛋。"大家高声这么说,"他只靠他的薪水嘛,还要养活他一家子。"

勒万又发出第三号电报:

"冈城,四时。

"正统派首脑似有诚意。军队派至各城门的观察哨看到专门派出的十九或二十个人已出城下乡,将找一百六十名正统派选民来。如十八日三时前有八十或一百人到达,则汉普顿必不当选。此刻选汉普顿为选民团主席的人尚占多数。五时开票。"

开票结果是:

    出席选民…………………………………… 873

    多数………………………………………… 437

    麦罗贝尔先生票数………………………… 451

    省长的候选人高南先生的票数…………… 389

    已接受十万法郎的勒卡尼先生的

候选人德·克莱米厄先生的票数 ············ 19

废票 ························· 14

德·克莱米厄先生这十九票让将军和勒万大为高兴;勒卡尼先生并没有欺骗他们,有一半已被证实了。

六点钟的时候,总税务官亲自将总值确认无误达十万法郎的票据,送到法里将军和勒万手上,他们给他开了收据。

勒杜瓦延先生也来了。这是一位普遍受到尊敬、非常富有的业主。十万法郎封存入柜的仪式随即举行。勒杜瓦延先生和将军法里先生两人互相以名誉保证,如果麦罗贝尔落选而别人当选,那么,这钱箱及箱内的钱就归勒杜瓦延先生开启;如果麦罗贝尔先生获胜,竞选上议员,那么,就请将军法里先生启封。

勒杜瓦延先生走后,留下来的人去吃晚饭。

"现在嘛,只有省长这个大问题了。"将军这么说,这天晚上将军情绪欢悦,异乎寻常,"大家鼓起勇气来,跨上战马,冲上前去。"

第二天,预计将有选举人九百人出席。

高南先生已得 ···················· 389

德·克莱米厄先生 ················ $\frac{19}{408}$

请看,八百七十三票中我们占四百零八票。假定明天上午增加二十七票,其中十七票投麦罗贝尔,十票是我们的,那么,情况就是:

克莱米厄 ······················ 418

麦罗贝尔 ······················ 468

这样的话,勒卡尼先生就要给德·克莱米厄先生增加五十一票才行。

将军,勒万,科夫,还有副官梅尼埃尔,晚餐席上仅有的这几位,把这几个数字翻来覆去算了又算。

"去把咱们最好的警察叫来。"将军说。

两位先生给请来了,讨论了很久,也说:只要正统派有六十人出场,事情就有把握了。

"现在就到省府去一趟。"将军说。

"如果你不认为我这个要求有什么不妥的话,"勒万说,"我就请你做我的代言人,这个矮个子省长见了我就讨厌。"

"这可和咱们当初约定的不合了;我原是要扮演一个第二线的角色的。那么,好吧,照人家英国的说法办,我来揭开论战的序幕。"

将军非常想显示一下他是掌握了上面下来的文件的精神的。他掌握的远不止于此:他有罕见的良知,还有善意。他向省长解释说,人们请求他把昨天选民团主席选举时所掌握的三百八十九票让给德·克莱米厄先生,那么,在德·克莱米厄先生这方面再加入正统派六十票,或许八十票……他话还没有说完,省长就用刺耳的声音生硬地打断他说:

"打了那么些电报,我还有什么指望?没指望了,不过,先生们,你们还有一份电报没有来:我还没有给撤职,勒万先生现在还不是冈城的省长。"

德·塞朗维尔先生这个笑里藏刀的矮个子诡辩家,嘴里所能吐出的愤懑,都是针对将军和勒万的。这样的场面持续了五个小时。只是到最后,将军实在沉不住气,忍不住了。德·塞朗维尔先生一口拒绝,至于拒绝的理由,他居然编了五六套之多。

"但是,先生,哪怕把你的理由归结为自私的目的,你的选举也显然完结了。就让它在勒万先生的手中咽气吧。医生请得太晚,勒万先生最讨厌有病人死掉。"

"他想怎样或者他能怎样,就让他怎样好了,不过,就是撤掉我,冈城省长这个位子也绝不是他的。"

德·塞朗维尔先生这话一出口,勒万不得不阻止将军再说下去。

因此将军说:"省长先生,即使一个背叛政府的人,也不能干得比你更出色,这正是我要上报给几位部长的。别了,先生。"①

他们两人直到午夜十二点半才走出来,勒万对将军说:

"我去把这个好结果写信告诉勒卡尼院长先生。"

"如果你相信我的话,这几个不大叫人放心的盟友咱们还是再看一看;等到明天上午你发出电报之后也不算迟。说不定省长这个畜生可能改变主意。"

清晨五点半,勒万就跑到电报局来等天亮。天刚刚亮,室内有点光勉强看得出,第四号电报就发了出去,电文如下:

"昨日省长三百八十九票拒不让与德·克莱米厄先生。法里将军与勒万先生寄希望于正统派之七十至八十票,已告无望,因此汉普顿先生将当选。"

勒万已经存有戒心,所以没有给狄容瓦尔和勒卡尼两位先生写信,但亲自去看了他们一趟。他对他们说明新的不幸事件,讲得很简单,又很诚恳(诚恳是显而易见的),这两位先生也很了解省长的脾气,最后,他们相信勒万并没有玩花样的意思。

勒卡尼先生说:"这个小个子省长在正式选举这几天,那个劲儿活像我家乡公山羊的角:又黑,又硬,又弯。"

可怜的勒万唯恐被人看成一个卑鄙的人,十分着急,马上自己掏腰包,想支付为召集正统派选民而四处派人出去以及其他事项所需的额外费用,要狄容瓦尔先生收下他的钱。狄容瓦尔先生不

---

① 再安排一位罗莱先生,冈城的市长,这是一个糊涂虫,德·塞朗维尔的好朋友,他也讨厌勒万。(司汤达原注)

肯收,后来,勒万离开冈城前,还是托法院院长多尼·德·昂热尔先生把五百法郎转交给了他。

选举那一天,十点钟,巴黎信使送来五封信,信中通知说麦罗贝尔先生在巴黎已受到控告,罪名是鼓动风潮,煽动共和党人叛乱,至于他是煽动闹事的为首分子,当时人们已经有所谈论了。消息一传开,立刻就有十二位最富有的大商人声言拒绝投麦罗贝尔的票。

"这对省长来说,真是罪有应得。"将军对勒万说,现在他和勒万又回到他们在乌尔苏拉修会大厅对面的观察哨所,"总之,这个小个子诡辩家要是取得成功,那才有意思呢。"他又以一位宽宏大量的好心人开玩笑似的口吻补充说,"到那个时候,先生,如果部长与你作对,并需要一个替罪羊的话,那么你扮演的角色可就好看啦。"

"我再从头来,哪怕一千次也行。尽管失败已成定局,我依然要我的师团冲上去。"

"你是一个有勇气的小伙子……请允许我说这么一句不拘礼节的话。"这位好好将军立刻接口说,话说出口又怕失礼,礼节在他就像一种刚学的外语那么别扭。勒万很受感动,抓住了他的手,并且让他随意怎么样都不碍事。

到十一点钟,已有选举人九百四十八人到场,这已得到证实。就在将军派出的一个密探跑来向他报告这个数字的时候,法院院长多尼先生企图违反禁止通行令到他们的房间里来,可人家没让他通过。

勒万说:"就放他进来一会儿吧。"

"啊!那可不行。省长会抓住这个把柄去造谣的,勒卡尼先生也要抓把柄,要不然就是那些蹩脚的共和分子,不仅坏,而且更疯狂,他们也要抓辫子的。要么你去见见这位可敬的院长吧,你可千万别太老实,可得当心受骗上当。"

"他给我带来了保证,情况是这样的:今天上午虽然违反了禁止通行令,可是却为德·克莱米厄先生在乌尔苏拉修会大厅争取到正统派四十九票,省长一派的十一票。"

选举照常进行,平静无事;但人们的脸色却显得比昨天还要阴沉。省长散布出来的关于麦罗贝尔先生已被起诉的谣言,简直把这个明智的人物,特别是他的同党给弄得怒不可遏。有两三次,人们的愤怒几乎达到了爆发点。有人企图派三名议员到巴黎去,质问提供关于已对麦罗贝尔发出拘票的消息的那五个人。最后,麦罗贝尔先生的一个小舅子,跳上一辆停在乌尔苏拉修会大厅前五十步外的两轮大马车上,扬言:

"选举两天后,我们就要报仇雪恨,不然的话,出卖给议会的多数就必须宣布这次选举作废。"

他这篇很短的演说立刻印了两万份。有人甚至动脑筋抬来一架印刷机,放到选举大厅附近的广场上。省长手下的警察不敢走近那架印刷机,也不敢试行阻止散发这篇简短的演说词。这样的形势使人们感到震惊,大家反而安静了下来。

勒万大胆地到处走动,这天他倒没有受到什么攻击;他看得出来,群众已经感到了他们自己的威力。除了在一定距离用排枪对他们不停地射击外,已经没有什么力量能够影响群众了。

"人民的确是至高无上的。"他对自己这样说。

他不时地回到供观察用的房间里来。梅尼埃尔上尉的意见是这一天没人能取得多数票。

四点钟,有一封电报打给省长,电报命令省长把他的票数让给法里将军和勒万指定的正统派候选人。省长没有把这件事告诉将军,也没有通知勒万。到了四点一刻,勒万也接到一封同一内容的电报。一见电报,科夫就叫了起来:

>　　运气差一点,可偏偏突然来得更早……①
>
>　　　　　　　　　　　　　《波利厄克特》

　　将军对他引的这句诗非常喜欢,自己也吟诵了几遍。

　　这时,外面发出一片震耳欲聋的欢呼声,把这几位先生都惊呆了。

　　"是欢呼声,还是造反了?"将军一边叫着,一边朝着窗口奔过去。

　　"是欢呼,"他叹着气说,"我们完……"

　　果然,一个密探费了好大的劲才跑了过来,穿过人群时连衣服都被撕破了,他带来了开票的结果。

出席选民	948
多数	475
麦罗贝尔先生	475
高南先生,省长的候选人	401
德·克莱米厄先生	61
苏瓦热先生,共和派,主张用严峻的法律培养法兰西人的个性	9
废票	2

　　入晚,全城灯火通明,张灯结彩。

　　"投省长的候选人票的那四百零一人的窗子都是哪些?"勒万问科夫。

　　回答就是一阵猛砸玻璃的可怕的声响;也有人打碎了法院院长多尼·德·昂热尔的窗子。

　　勒万第二天上午十一点才睡醒,单独一人到城里四处逛了一

---

① 司汤达一般引高乃依诗句都不十分准确。(马尔蒂诺注)

趟。有一个奇怪的思想涌了出来,支配着他。

"如果我把我做的事情都告诉德·夏斯特莱夫人,她会说什么呢?"

对这个问题,他想了一个小时才找到答案,谁料这个小时竟如此温馨甜蜜。

"我为什么不给她写一封信?"勒万问自己。这个问题在他的心头盘踞了整整一个礼拜。

快到巴黎的时候,不意之间他突然想到葛朗代夫人住的那条街,接着又想到她。这时他大笑了起来。

"你怎么啦?"科夫问他。

"没什么。我把一位很美的太太的名字给忘掉了,我热烈地爱着她。"

"我以为你在想你的部长等一下会怎么接待你呢。"

"让他见鬼去吧!……他一定会对我很冷淡,要查问我用掉多少钱,一定认为付出的代价太高。"

"一切都要看部长派去的暗探对你这次执行使命提出怎样的报告。你的举动简直不谨慎到了发疯的地步,你这一回可把年轻人的狂劲儿(人家叫它热情)全部发挥出来了。"

第五十五章

　　这是勒万早已预料到的。德·韦兹伯爵很有礼貌地接待了他,就像平时一样,不过关于选举的事一句话也没问,对他这次出差也没有说什么客气话;待他的样子完全像昨天还见到过他一样。①

　　"他这是把他最好的待人态度给拿出来了;自从当了部长,国王府邸的礼节风度他都亲眼看到了。"

　　勒万这样想问题是对头的,可是想过之后,紧跟着又陷入一种愚蠢的念头之中,这就是所谓对利益的重视,对一些琐碎细节的斤斤计较。他把这次出差途中有意义的观感归纳了一下,用三言两语说了一说;他感到需要掌握自己,事情显然进展得不顺利,不过要让事情变好也并不难——这一节,不要当着部长面讲出来。至于虚荣、面子,此时他毫不在意,他清楚德·韦兹先生对这种专靠叙述得头头是道而了然于心的事情是个什么样的审判官。勒万居然三番五次地试图纠正他没能给部长挣回一文钱这种所谓错误,这正是出于所谓对利益的重视——这是很蠢的,对有个阔老子的男人来说尤其不可原谅。幸而勒万还相当有教养,他非常担心自己对利益的重视会害得他出格,而部长的口气似乎要把他们两人间的关系限制在一定的范围内。

　　"我同一位地位比我高得多的长官竟然大谈什么有益的事

---

① 原型:多弥尼克在昂科纳后受到德·圣奥莱尔先生的接待。(司汤达原注)

情,而他却只是和我谈一些鸡毛蒜皮的小事,这是我多大的耻辱啊!"

勒万让这次谈话到此为止,随即抽身走开。他的办公室让小人戴巴克给占用了,在他外出期间,戴巴克代行他的职务。这个小人态度极为冷漠地把日常公事交代给他,而这个人在他出差前只是个趴在他脚下的角色。

勒万同科夫什么话也没说,科夫办公的地方就在隔壁,科夫感到自己回来所受到的接待大有文章。到五点半,勒万喊他出去一起吃晚饭。他们坐到饭馆的单间雅座后,勒万笑着问:

"怎么样?"

"好嘛!你为努力挽救一桩归于失败的事业而做的事儿都很好,很精彩,你做的不过是一桩辉煌的罪行而已。你躲得过雅各宾派①或者查理十世派②的指责,那算你幸运。人家在办公室里还要进一步给你加上某种罪名,越大得离奇越好。人人都在窥视部长怎么对待你,这一回你真是惨透了。"

"法兰西是很幸运的国家,"勒万欢快地说,"因为这些混账部长还不懂得利用年轻人的狂劲儿(就是人家叫作热情的那种狂劲儿)。一个军官在溃败中为了突袭一座控制了大路、杀伤力又极强的炮台,指挥龙骑兵下马徒步前进——我很想知道指挥这样一个军官的司令官怎么对待他?"

他们这样谈论了很久,后来勒万告诉科夫:他并不想娶部长的

---

① 雅各宾派,1789年法国资产阶级革命时期,有一个因会址设于巴黎雅各宾修道院而得名的政治组织:雅各宾俱乐部,其成员被称为雅各宾派。1791年10月1日的立法议会中,斐扬派(立宪君主派)构成右翼,吉伦特派代表左翼,而革命的资产阶级民主派的少数人集团雅各宾(反对君主政权的资产阶级革命党人)则代表最左的一翼。
② 查理十世派(carlisme),1830年七月革命查理十世被迫退位后产生的一个支持查理十世及波旁家族长系的集团。

645

一个什么亲戚当老婆,所以他一无所求。

科夫很奇怪地问:"那么,在派你执行这次任务之前,部长为什么对你那么好?现在,他收到德·塞朗维尔先生写的几封信之后,为什么又不整一整你?"

"他怕我父亲的客厅。如果我没有一个全巴黎都害怕的很有才智的人做父亲的话,那我一定和你一样,被巴黎综合工科学校的共和派推入失意的深渊之中,就休想翻身了……不过,你说给我听听,你以为一个共和派的政府会不会和当前的政府同样荒谬?"

"可能不那么荒谬,但比它更残暴;大概像一头狂怒的狼。你想要证据?证据就在眼前。如果你明天当上权力大得无边的内政部长的话,那你对黎格堡先生和德·塞朗维尔先生所辖两省将采取一些什么措施呢?"

"我就任命麦罗贝尔先生为省长,把两省军队指挥权交给法里将军。"

"你别忘了这些措施引出的对抗,也不要忘记黎格堡和塞朗维尔两省呼唤良知和正义的一派人的热烈欢呼。麦罗贝尔先生也可能成为他那一省的土皇帝;如果他那一省竟敢对巴黎的行动有什么冒犯的话,又将如何?就以我们所知道的情况来说吧,如果这个省敢于用批判的眼光来看一看我们格洛内勒路这四百三十个整天埋头抄写公文的装模作样的糊涂虫——其中也包括你我,那又将如何?如果各省都要求安插六名薪俸三万法郎、办公费一万法郎的人在内政部,那么,被指派专门与良知艰苦作战的至少三百五十名雇员又会怎么样呢?依此类推,国王又会怎么样呢?任何政府都是一种恶疾,不过是预防更大恶疾的一种恶疾……"

"戈提埃先生就曾经对我讲过这样的话,这是我认识的最贤明的人,是南锡的一个共和派。他怎么不在这里,跟我们讨论讨论?他这个人和你一样,也读过拉格朗热的《函数论》,当然比我强百倍了……"

这两位朋友一谈起来就没完没了,因为科夫知道怎样抵制勒万,又使勒万很喜欢他,出于感激的心情,他认为自己应该对勒万有所报答。科夫一直感到奇怪的是勒万很富有,却并不荒谬。在这种想法的驱使下,科夫问他:

"你是不是生在巴黎?"

"是呀,那还用说。"

"那么,令尊在那个时期就有了一所漂亮的宅邸了,你三岁就坐上马车出来逛逛了?"

"那还用问,"勒万笑着说,"你为什么问这些问题?"

"因为,我很奇怪,我发现你既不荒谬又不乏味;不过,也得看到,那在将来还是要来的。通过你这次使命取得的成功,你应该看到你现在所有的品质都是社会所不欢迎的。如果你只是在布卢瓦挨烂泥一顿砸那种情况,你回来时,部长一定会颁发给你十字勋章的。"

"见鬼去吧,我怎么也不想再接这样的任务!"勒万说。

"那你就大错特错了,这是你的一次最好也最有意思的生活体验。不论你做什么,你一定忘不了法里将军、德·塞朗维尔先生、勒卡尼院长、德·黎格堡先生、市长罗莱先生。"

"忘不了。"

"那么,好了!精神方面经历的最讨厌的事也有了。把事实拿出来,摆在面前,这是开始。再继续考察各个官署里人与事的命运吧,他们在你的想象里是这么现实。你得赶快,因为部长说不定已经动脑筋准备在背后戳你一刀,神不知鬼不觉地把你搞掉,又不得罪令尊大人,这是很有可能的。"

"说到这个,我想起来了:我的父亲经过三次无结果的投票[①],

---

① 无结果的投票:投票结果无一候选人获得过半数票数。

最后以两票可爱的多数通过,当选阿韦龙省的议员了。"

"你没跟我谈到他竞选嘛。"

"我觉得那很可笑,另一方面我也没空去想这个事儿啊。这件事我还是从那回害得德·塞朗维尔先生昏倒的那个特别信使带来的消息里听说的。"

两天后,德·韦兹伯爵对勒万说:

"这个文件请你念一念。"

这是一份关于为选举事务而分别予以奖赏的初步名单。部长把文件拿给他,满面笑容,表示出一种好心肠,似乎说:"虽然你并没有做出什么成就,可你看我是怎么对待你的。"勒万看这个名单,奖一万法郎的有三名,在受奖人的姓名一旁注着"取得成功"四字;第四行上写着:"勒万先生,查案官,未取得成功(麦罗贝尔先生以一票多数当选),但工作热忱出色,实为不可多得的属下,奖八千法郎。"

"怎么样!"部长说,"在歌剧院说的话没有食言吧?"

勒万见名单上有少数人员工作未取得成绩仅获得二千五百法郎的奖金。勒万表示了感谢,然后说:

"我对部长阁下有个请求,就是不要把我列入名单。"

"我明白了,"部长说,他的表情立刻变得极其严厉,"你想要十字勋章;不过,说实在的,你干了那么多荒唐事,我不能为你提出这样的请求。你的性格比你的年龄更幼稚,更缺乏经验。你去问问戴巴克,你接二连三地打电报回来,接着又是一封又一封信,简直令人吃惊。"

"正因为这样,我才请求部长阁下不要考虑给我十字勋章,也不要发给我奖金。"

"先生,请你注意,"部长勃然大怒,说道,"我可是在对你认真说话。当然,当然,这是笔,请在你的名字旁边把你的意思写上。"

勒万在他的名字旁边写了这样的字句："选举未取得成功,十字勋章、奖金一概请免";然后又连名字一起全都划掉。在名单下面,他又写上:科夫先生,奖二千五百法郎。

部长一面看着勒万写上的字句,一面说:"请你注意,这张名单我是要拿到国王那里去的。以后,令尊大人同我谈起这件事,那也没有用了。"

"部长阁下有重大职务在身,不会记得歌剧院那次谈话。我要把我的愿望明确说一下:我父亲不再需要关心我的政治命运。"

"好嘛！就请你把有关奖金的事情经过,向我的朋友勒万先生说明一下。你本来拿八千法郎,可你把数字划掉了。再见吧,先生。"

部长的马车刚刚离开官邸,接着德·韦兹伯爵夫人就叫人来请勒万。

勒万一看到她,心里不禁暗想:"真见鬼,她今天看起来非常美。她一点也没有畏怯的样子,眼睛里闪出火一般的激情。这变化含有什么意思？"

"你回来后一直在跟我们斗气嘛;我一直在等机会跟你详谈。我可以向你保证,在部长面前,没有一个人替你打来的电报说过话。我可鼓起最大的勇气不许人家在吃饭的时候,当着我的面讲这些电报的坏话。不过,可能所有的人都受了骗,我有一个好消息告诉你。你的仇人,接下来可能借你这次办事诬蔑你;我知道金钱利益在你是无所谓的,不过必须让你的仇人在这件事情上闭嘴才成,所以今天早上,我从我丈夫那儿了解到要把你呈报给国王,发一笔八千法郎的奖金。我希望是一万,可是德·韦兹先生告诉我,这个数目本来是发给取得最大成就的人的,而且昨天又收到了德·塞朗维尔先生和冈城市长罗莱先生的信,信上对你骂得可吓人啦。我反对这些来信,说令尊大人当选了嘛,当时就把他给说服了。德·韦兹先生因此就叫人把原来那份名单重抄过,原来的名单上你被排在末尾,是四千法郎那一档,重写过的名单上你排在第四,是八千法郎那一档。"

这些话是用许多言辞表达的,里面有女人的许多手法和矜持,有善意的标记,还有我们在这里无暇详记的关切之意。勒万对这一点很敏感,因为半个月来没有见到过几张友好的面孔,他已经对这种人情世故有点习惯了;也是时候了,他已经二十六岁了。

"我应该讨好这个胆怯的女人;大人物对她压力太大,让她受不了,我可能给她带来安慰。我的办公室离她的房间只有五十步路。"

勒万对她讲,他刚刚把他的名字从名单上划掉了。

"我的上帝呀!"她叫出声来,"你生气了吗?只要机会来了,你一定会得到十字勋章的,我敢说。"

这话的意思是说:"难道你要离开我们吗?"

她说这话的声调很让勒万动心,他差一点要吻她的手。德·韦兹夫人也很激动,他是因为感激才感动的。

吕西安在执行任务的过程中见到的人没有一个不是满脸仇恨的,现在眼前的这张面孔却又温柔又充满友情,这让他感动。

"可是,我和她搭上关系,那又要忍受多少次叫人厌烦的晚餐,还要从餐桌的另一头看她丈夫那副尊容,还要不断看到她的表弟,那个小坏蛋戴巴克!"

他的这些想法都在不到半秒钟之间一闪而过。

"我刚才把我的名字划去了,"勒万又说,"不过,既然你关心我的前途,我就把我拒绝接受奖金的真正原因告诉你。这个发奖名单说不定有一天公开发表出去。那时就会弄得满城风雨,我还年轻,不愿冒这样的风险。八千法郎在我不值一提。"

"噢!我的上帝,"德·韦兹夫人带着恐惧的声调说,"莫非你也和克拉帕尔先生一样？你认为共和国马上又要卷土重来了？"

德·韦兹夫人满脸都是惊恐和疑虑。勒万在这张脸上看到的却是心灵的枯寂空虚。

勒万想："恐惧心理使她把关切和友情的意念都丢得一干二净。在这个世纪，特权这个东西售价可真昂贵啊，戈提埃对一个自称为君主的人动了怜悯之心，不是没有道理的。戈提埃说，这样的看法他只对很少人谈过，也许有人以为里面含有最俗的嫉妒心。他还说过这样的话：一八一四年，君主或公爵的头衔就从一个比这个世纪的年龄还要小的青年身上夺去一部分狂热劲头。一个贫穷的青年因自己的姓氏而惶惶不安，可又必须相信自己比别人更幸运。这个可怜的小女人，你要是叫她勒鲁夫人，她一定会觉得更幸福……这种怕担风险、怕遭到危难的想法，在德·夏斯特莱夫人身上，情况正好相反，风险和危难反而会从她身上激发起迷人的勇敢精神……有一天晚上，我对她讲了这样的话，我说'我要和你斗'，看她那目光，看她那眼色！……可我，在巴黎做什么？为什么不立刻飞到南锡去？我要在她面前跪下来，请她宽恕，仅仅因为她有一件事没有告诉我，我就发了脾气。让一个年轻人认错多难，但愿还能爱下去。可是，有什么用呢？我从来没有说过把我们的生命公开地结合在一起。"

"你生气了吗？"德·韦兹夫人用胆怯的声调说。

她的话唤醒了勒万。

他心里想："她又不害怕了。噢！我的上帝，我恐怕至少有一分钟没有说话了！"

他问："我这么胡思乱想，是不是很久了？"

"至少有三分钟，"德·韦兹夫人极其和蔼可亲地说；不过在她有意表示友好亲切的神色中，甚至也含有一个很有权势的部长的夫人一点责备的意味，这样的心不在焉是她未曾经历过的，何况还是面对面坐在一起。

"这是因为,在你的面前,夫人,我恰恰产生一种自我责备的感情。"

勒万耍了一个小小的花招后,就再也没话好对德·韦兹夫人说了。他又补充了几句一般应酬的话,随她满脸绯红,便只管一走了事,躲进自己的办公室不出来了。

他想:"我简直把生活给抛在脑后了。野心驱使我干这种蠢事,让我把世界上唯一对我是真实的东西撇在一边不问。为了野心,心也抛掉了,真荒唐,特别是不能做一个有野心的人……我再也不能这么荒唐下去了。我本想对我父亲表示感恩。够了,真够了……他们居然以为我由于没有升级,没有拿到十字勋章而生气!我在部里的那些敌人也许说我到南锡找共和派去了。使用电报,电报反过来与我作对……我干什么去碰这种魔鬼的东西?"勒万最后几乎笑着把话说了出来。

等下了决心要到南锡去旅行一次,勒万才感到自己是个男子汉。

"我父亲这几天就回来,要等他回来才行;这是义务,我得听听他对我在冈城的行为的意见才好,部里对这一点是大不以为然的。"

晚上,在葛朗代夫人家里,他决心让自己不显出懊恼不快的样子,这样竟使他神采奕奕。在那间椭圆形小客厅里,差不多有三十位客人,他成了谈话的中心人物,所有个别谈话都停了下来,大家听他谈了至少二十分钟。

他这样成功,使葛朗代夫人很兴奋。

"每天晚上都出现二三回今天这样的场面,我的沙龙很快就会成为巴黎头号沙龙。"

这时,人们站起来要去打台球,葛朗代夫人离开这些客人,来到勒万身边；那些人只顾在那里挑选台球杆,这里就只有她一人和勒万在一起了。

"这次到外省跑了一趟,晚上都怎么消遣?"

"我想念着巴黎的一位年轻女人,我对她怀有极大的热情。"

这是他第一次对葛朗代夫人说出这样一句话,这话说得恰到好处。这句话她玩味了至少五分钟,接下来才想到自己在社交界的地位。野心于是强有力地发挥出力量来,她根本不想约束一下自己,便怒气冲冲地看着勒万。亲切温柔的词句在勒万此刻简直一文不值,因为他决定到南锡去,心里早已充满了温情。整整一个晚上,勒万对葛朗代夫人都极其温柔。①

人们可以想象吕西安谈起他离家外出时受到了怎样的对待。

"我就是要反对你,"他父亲兴致勃勃地叫道,"对你的部长,你一定要加倍地卖力,加倍地赔小心。你有勇气的话,让他老婆生个孩子出来。"

议会开幕两天前,吕西安在马路上突然被一个上年纪的男人抱住,他一下认不出他来,感到非常意外。这人原来是杜波列,上下穿着簇新的衣服。皮靴是新的,帽子是新的,衣冠楚楚,样样齐全。

"真是奇迹!"吕西安想道……②

---

① 是从选举和野心这些观念中脱身出来的时候了。自第 14 页起就写这些观念,一直延续到现在;现在从第 278 页开始写新的观念,可见选举事一共写了264 页。(司汤达原注)
② 这一段文字表明司汤达把杜波列博士引到巴黎来的意图。下文可以看到这一计划的续文,只是形式不同,但同样处于草稿的状态。(马尔蒂诺注)

第五十六章

勒万先生从阿韦龙省参加选举回来,心情愉快,兴致很高。

"那边天很热,山鹑可好极了,真有味道,人也有趣。我的一个选举人托我给他寄四双精工制作的皮靴去;我应该好好研究研究巴黎皮靴制造商的手艺,那该是一种时髦制品,不过,坚固耐穿也不可不顾。总之,找到这么有本事的制靴商,我就把德·马勒巴先生托我带来的一只旧靴交给他。还有一件事,就是卡斯塔内先生一处乡村别墅连到王家大道的一段一里多长的支路要修,我一定要找内政部长先生替他争取到手;除了人家还要写信来托办的事情外,这会儿一共有五十三件事非要我办到不可。"

勒万先生接下来给勒万夫人和儿子讲他如何采取巧妙手段,终于赢得七票多数而取胜。①

"总括一句,在这个省份我一刻也没有感到厌烦,如果我的夫人跟我一起去,那就十全十美了。好多年我和很多人讲的都是那些烦人的事和讨厌的公务,说的听的都是有关政府的那种平庸乏味的事,我真是受够了。这些稳健派蠢货,连懂也不懂却满口不是基佐就是梯也尔②的陈词滥调,我一见他们就烦得要死,唤起我一

---

① 上文司汤达已指出仅两票多数。(马尔蒂诺注)
② 梯也尔(Thiers,1797—1877),法国政治家,历史学家。七月王朝时期,历任内政部长、外交部长和首相,1834年残酷镇压里昂工人起义;1871年3月同普鲁士签订《凡尔赛预备和约》,同年血腥镇压巴黎公社,1871—1873年任法兰西第三共和国总统;著有《法国革命史》《执政府与帝国史》等。

种没法用金钱驱除的厌恶。离开这些人之后,在一二个小时内我简直蠢头蠢脑,没了方向,怎么也恢复不过来,连自己也厌烦起来了。"

勒万夫人说:"如果他们更卑鄙一些,或者至少更狂热一些,我看也不会这么叫人厌烦。"

勒万先生对儿子说:"现在,你把在商巴尼埃和冈城冒的险讲给我听听吧。"

"您是要听长篇的还是短篇的?"

"长篇的,"勒万夫人说,"我喜欢听长篇,我很愿意再听你讲一遍。"她对丈夫说:"我真想看看你是怎么个想法。"

"好啦!"勒万先生说,愉快地让了步,"已经十点三刻了,弄点潘趣酒来喝喝,就请讲吧。"

勒万夫人示意听差,他关上门出去了。吕西安用五分钟时间把在布卢瓦受到的委屈和商巴尼埃的选举简要叙述了一下("因为在冈城,我真需要听到你的意见啊"),接下来,他就把我们已经用很长篇幅对读者讲过的故事,长篇大论地讲了起来。

故事讲到一半光景,勒万先生开始提出一些问题。

他对儿子说:"多讲细节,多讲细节,只有从细节中才看得见特征和真实……"

讲到半夜十二点半,勒万先生说:"这就是为什么你的部长在你回来后那样对待你的缘故,原因就在这里!"他非常生气。

吕西安问:"我做得对还是不对?实际上,我并不知道。在战场上,在激烈的战斗中,我总以为我非常有道理,可是来到这里,我就有些疑惑了。"

"我嘛,毫不怀疑,"勒万夫人说,"你的行为就和最正直的人所能做的没什么两样。你到四十岁,再和那个小个子文人省长打交道,当然会更有分寸,因为,文人的仇恨几乎和教士的仇恨一样危险,同样,到了四十岁,你再和狄容瓦尔、勒卡尼这类先生办交涉,就不会那么起劲、那么大胆了……"

勒万夫人的神情本希望勒万先生赞同,可他一声不响,于是她只好自己出马为儿子辩护。

吕西安说:"我可要反对我的辩护人了。过去的事就算了,格洛内勒路的比利多阿生①,我根本不把他放在眼里。但我的自豪感受到了伤害;我该对自己怎么看?我总有点价值吧,我要问您的就是这一点,"他对父亲说,"我并不是问您对我有没有感情,也不是问您在外边会怎么说。我在叙述这些事的时候,可能偏向自己,讲得走了样,也许当时我根据这样的实情所采取的措施已被证明没错,我还不知道。我向您保证,科夫先生这个人实在是一点也不叫人讨厌的。"

"他给我的印象是个坏人。"

"妈妈,这您可错了;他这个人只不过心灰意懒,萎靡不振。他若有四百法郎的年金收入,就会到离马赛几里路的圣博姆山②里去隐居。"

"他为什么不去当修道士?"

"他认为上帝不存在,或者有那么一个,只是不好。"

"这倒一点也不蠢。"勒万先生说。

"不过,比这更要坏,"勒万夫人说,"这反倒证明我简直怕这样的人。"

"这是因为我太笨,"吕西安说,"我本来想让父亲再听我的忠

---

① 即唐居斯曼・比利多阿生,法国剧作家博马舍的喜剧《费加罗的婚礼》中的人物,一个愚蠢无知、身穿西班牙法官长袍、口吃的代理首席法官。此处喻指内政部长。
② 圣博姆山,法国南部普罗旺斯地区的石灰岩山,山上有圣玛德莱娜居住过的岩洞和美丽的山毛榉森林,从而成为著名圣地、朝圣中心。在罗讷河口省与瓦尔省的交界处,马赛市东面,海拔1147米。

实助手讲讲我这次出征的故事,尽管他常常和我意见不一致。以后要让父亲再听一遍恐怕就办不到了,"他转过脸去对他母亲说,"如果您不帮我请求的话。"

"哪里的话,我很愿意听嘛,你讲的让我又想到我在阿韦龙省取得的胜利,我在那边就得到正统派五票,其中至少有两个人以为宣过誓的人从此完结,可是我向他们保证我反对这种宣誓,并且这样做了,因为那就是公然盗窃嘛。"

"噢,我的朋友!我怕的就是这个呀,"勒万夫人说,"你的胸没出问题吧?"

"我把一切都献给了祖国和我的两个极端保王党①,我已经叫人指定这两个极端保王党人士通过他们的听忏悔教士去宣誓,并且把他们的选票让给我。不知道你这个科夫明天愿不愿意来和我们一起吃晚饭……"他问他的妻子:"明天没有外人吧?"

"咱们去德·泰米纳夫人府上的约会还没有正式定下来。"

"明天晚饭在家里吃,就咱们三个人,再加上科夫先生。他虽叫人厌烦,像我所担心的那样,但一块儿吃饭恐怕就不那么叫人厌烦了吧?把门关上不见客,咱们只叫昂塞姆一个人侍候就行了。"

吕西安费了好大劲才把科夫拖了来。

"你就看好了,这顿晚饭要是在康卡勒岩岭饭店巴莱纳老板那里吃,一客非得要四十法郎不可,就是出这个价,巴莱纳也未必做得出这么好的菜来。"

"就去吃这四十法郎的晚饭吧,这差不多相当于我一个月的

---

① 极端保王党,贵族和教士所领导的政党,要求将被没收的财产发还给逃亡贵族,并废止宗教和约,其绰号叫"极端保王党",他们的保王主义比国王本人更顽固。他们并不要恢复君主专制政体,因为1815年他们在下院取得多数时,曾想强迫国王在多数党中选择阁员。但极端保王党反对宪章中关于国家财产与宗教和约的部分,因此比国王更走极端。

657

伙食费呢。"

科夫叙述事情经过的那种冷静和简练把勒万先生给征服了。

"哎呀,先生!我可要感谢你,你一点也没吹,好。"这位阿韦龙省议员对他说,"这些人简直让我得了消化不良症,这些得意忘形、喜欢吹牛的人,总是说明天一定胜利,没有问题,到了明天你问他们为什么吃败仗,他们除了哑口无言外什么也答不出。"

勒万先生问了科夫很多问题。勒万夫人听了对她儿子种种机智大胆的行为的这个第三版叙述也欣喜万分。到九点钟的时候,科夫打算告辞,这时,勒万先生一定要带他到歌剧院包厢里去看戏。他们相处了一晚,将要分手的时候,勒万先生对他说:

"你在部里工作,我真气不过。我想请你到我这里来,薪金四千法郎。自从不幸的凡·彼得斯死后,我有很多事没有办好,再加上德·韦兹伯爵对我们这位英雄做出一桩蠢事,所以我心里想搞他六个星期半反对派的行动。至于能否成功,我还没有把握,我这个人的脾气是出了名的,说不定会把我的同事们害得惊慌失措,所以,只有联合十五到二十位议员,我才能成功……这是确实的:一方面我的主张和他们的互相并无妨碍……不管他们想做出什么蠢事来,我的想法总和他们的一样,这我会对他们讲的……不过,糟糕的是德·韦兹先生,你对我这么个年纪幼小的英雄做出你那种混账事来报答我,总说不过去吧。作为你的银行老板,我再来报复似乎也不该……有仇必报,应该的嘛,"勒万先生提高了嗓门,像对自己说话那样,"但是,作为银行家,在为人正直上我不能有一丝一毫的牺牲。所以,如果确有可为的话,这实在是大有可为的,何况我们已经是好朋友了……"

后来,他没再说话,坐在那里沉思默想。吕西安觉得这场政治性谈话似乎长了一点,忽然看见雷蒙德小姐坐在六楼包厢里,接着他就走了。

勒万先生突然开口对科夫说:"拿起武器来!应当干。"

"我没有表,"科夫冷静地说,"令郎把我从圣佩拉其救出来……"对那只表,他仍然觉得面子上下不来,所以说:"我破产后,表也给写进我的资产负债表里去了。"

"光明磊落,光明磊落,我亲爱的科夫。"勒万先生心不在焉地说。接着他又认真地讲:"我能相信你永远不讲出去吗?我要求你永远别再提到我的名字,也别再提到我儿子的名字。"

"这是我的习惯,一言为定。"

"请你明天到我家里来吃晚饭。如果有客,我就叫他们把饭开到我的房间里来;咱们只有三个人,我的儿子,还有先生你。你的聪明,你坚定的理智,让我非常高兴,我非常想让你高兴一下,如果你有悲观厌世的情绪,如果你是愤世嫉俗的人的话。"

"是的,先生,因为我对人类实在太爱了。"

半个月后,勒万先生有了很大的变化,使他的朋友大为惊奇:他和新当选的三四十位最愚蠢的议员交上了朋友,往来不断。想不到他一点也不嘲弄他们。勒万的朋友中有一位外交官,特别感到忧虑不安:他居然对一些脓包也不再那么蛮横无理,竟和他们认真交谈,他的脾气真是变了,我们将要失去这么一个好朋友了。

勒万先生往德·韦兹先生那里也走动得很勤,尤其在部长接待议员的日子里。连电报事件发生了三四起,他也十分漂亮地为部长的利益出了力。

"这个生铁一样的性格总算让我给熬到头了,"德·韦兹先生说,"我居然把这个性格给制伏了,"他一边对自己这样说,一边得意地搓搓手,"得敢于碰它。我还没让他的儿子当上中尉,可他已经屈服在我的脚下了。"

经过这么一番精彩的推理,部长对勒万先生产生了一点优越感,尽管这样,可他仍然没有能够逃出勒万先生的掌心,反使勒万先生高兴得心花怒放。因为德·韦兹先生所交往的人中间,有头脑的人士一个也没有,原因不必细说,所以,勒万先生处于这些又活跃又精明、在现政府治下大发横财的人中间,因脾气、习惯的变化而引起的惊异,这位部长一无所知,完全给蒙在鼓里。

这些有头脑有才智的人士本来是勒万先生的座上客,这早已成为惯例,可现在他不再邀请他们,只偶尔请他们到饭店去吃一两顿。女客也不再请了,他每天总是和五六位议员一起吃晚饭。勒万夫人也奇怪得不得了。他还对他们讲了一些怪话,譬如:

"我请客嘛,每逢部长们或者国王不请客,那么,就请诸位光临,我的酒席比起最好的饭店来,每客标准都要高出二十法郎。比如说,大菱鲆①……"

这就是关于大菱鲆、宣布鱼值多少钱的故事的由来(这都是他胡编出来的,因为对这类琐事他自己根本一无所知)。

"上个礼拜一,同样的大菱鲆,"勒万先生又说,"我说同样的,这话就不对了,这回是拉芒什海峡②出产的大菱鲆,不过,重量是同样的,鲜美是同样的,反正是大菱鲆就是了,价格却要比这一条便宜十个法郎。"

每当扯到这类奇谈,他总是避开妻子的目光,不去看她。

勒万先生对付他这些议员朋友所关心的事,很有艺术手腕。他总是把自己的想法明明白白地讲出来,让他们了解,关于大菱鲆即是一例,或者,倘若讲到某些传闻逸事,他就谈起巴黎出租马车夫半夜三更怎样把不认识路又偏偏冒险回家的冒失鬼给拉到城外

---

① 大菱鲆(turbot),一种鲽科大扁鱼,菱形,有鳞,两眼长在左侧面,分布于大西洋和地中海沿海一带,右侧向下卧在沙底,以小动物为食。此处讲的大菱鲆产于法国西部海岸,肉质细嫩,价格十分昂贵。
② 拉芒什海峡,即英吉利海峡,在英国和法国之间。

乡下去①。

勒万夫人对他这么讲感到非常奇怪,可她不敢问丈夫是怎么一回事。他回答起来总是开开玩笑,答非所问。

勒万先生让他的议员朋友把他们那点理解力积蓄起来,以便集中力量来接受一个艰深的观点,他通过千百种事实,为他们归纳出这个观点,有时候,他干脆直截了当地向他们指明,说:

"团结就是力量。如果说,这个原则不论在什么地方都是正确的话,那么,在那些评议会议上更是如此。除非出了一个米拉波,那是例外,但现在谁是米拉波?反正不是我。如果,我们中间没有人死抱住自己的看法不放,那么,这一点,我们可不要小看了。我们在座的是二十个朋友,那么好,我们每一个人都应该照多数人即十一个人那样考虑问题。明天,议会就要提出法案条文进行审议;那么好,等咱们在这里吃过晚饭以后,就我们这些人,先就这个法案的条文讨论讨论看。拿我来说,我没有什么长处,不过有一点和你们不同,那就是四十五年来,我一直对巴黎的种种奸诈内幕进行研究。我总是为我多数朋友的意见而放弃我个人的意见,因为说到底,四只眼睛总比两只眼睛看得清。我们要研究研究明天得采取什么措施,提出什么主张;如果我们现在是二十个人,照我的意见,若有十一位说是,那么,其他九位就也得说是,尽管他们可能坚持说否。这就是咱们为什么有力量的缘故。倘若我们能够联合可靠的三十票,那么,内阁各位部长即使想拒绝我们也无能为力。等会儿咱们把每人为家庭最急于办的事情,开一份小备忘录下来(我说的是办得到的事情)。等咱们每一位从迫不得已的部长们那儿受惠并得到满足,看那价值差不多两清了,咱们再开列第二个表。各位先生,关于议会的这次行动计划,你们看怎么样?"

---

① 原型:我想象到热拉尔先生在舍纳瓦兹请客的情景。(司汤达原注)

勒万先生选中的二十位议员在巴黎没有朋友又缺少关系，他们在巴黎逗留期间简直茫无头绪，糊里糊涂，所以他才把这套理论教给他们，并请他们吃饭。这二十个人几乎都是南方人，奥弗涅人或佩皮尼扬①至波尔多一带的人。其中只有某某某先生是个例外：南锡人，是勒万先生的儿子介绍过来的。勒万先生最注意的事情就是不要伤害他们的自尊心；尽管他时时处处让步，可是他总出错儿。他的嘴角带有嘲弄意味地一撇一撇，总害得他们惶惶不安，有两三位先生觉得他这样子是在嘲笑他们，连请他们吃饭也不来了。他可庆幸地另外换了几个有三个儿子、四个女儿的议员，他们可是一心指望替儿子女婿捞个好位子。

议会会议开幕后近一个月，勒万先生请客吃饭差不多请了二十次，他估计这支队伍训练得差不多了，可以拉上前线去了。有一天，他准备了极精美的晚宴，吃过之后，他请他们到另一个房间，郑重其事地对第二天将要讨论的一个不甚重要的问题进行表决。尽管他费去九牛二虎之力（当然是通过曲折的方式谨慎进行的，目的是让议员们明白议会究竟是怎么一回事），可是，十九人中竟有十二人对质询中荒谬的一方投了赞成票。勒万先生早就说过他必须支持多数的意见。现在，面对这个荒唐的局面，他自然也不免露出人所共有的弱点，显得没办法，但他还是拼命解释，力图开导他的多数派，一讲就讲了一个半小时；这样一来，议员们只好对他说出真心话，勒万被拒绝了，落得个前功尽弃。第二天，是他在议会打出第一炮的日子，他勇气十足，不顾一切，他支持的恰恰是一桩显而易见的糊涂事；他成了所有报纸上的新闻人物，可他那个小集团对他却很感激。

勒万先生为这帮地道的佩里戈尔②人、奥弗涅人的所谓真心

---

① 佩皮尼扬，法国南部城市，东比利牛斯省省会。
② 佩里戈尔，法国历史文化大区，今包括南部多尔多涅省和洛特-加龙省的一部分。

话不知耗去多少心血,详细情况恕不多写了。他唯恐他们被别人拉拢过去,有几次甚至亲自陪他们去找带家具的出租寓所,顺路陪他们到卖现成裤子的裁缝那里讨价还价帮他们买衣服。如果他想干的话,他真敢把他们的衣食住行全包下来,干脆把他们养起来。

经过日复一日的苦心经营(其中每一天总有些新鲜事儿发生,也叫他感到有趣好玩),他很快就联合了二十九位议员。这时,勒万先生决定除了这二十九人以外,不再拉别的议员来吃饭了,但几乎每天议会散会,他那豪华轿式四轮马车仍然坐得满满的。有一位记者,他的朋友,佯装在攻击他,其实是透露一个有二十九票表决权的强有力的所谓"南方集团"已告组成。内阁对付得了这个新出现的庇耶特(Piet)①联盟吗?这位记者心里也这样问自己。

这个"南方集团"第二次亮相的机会来了,勒万先生前一天晚饭后对他们说,是显示它的存在的时候了,让他们进行表决。结果仍是老毛病,二十九票中十九人给质询中荒谬的一方投了赞成票。到了第二天,勒万先生登上了讲坛,结果荒谬派以八票多数在议会里获得胜利。次日,报上对"南方集团"再一次进行了抨击。

勒万先生一个月来一直鼓动他们登台发言,结果是白费劲,没有一个人敢去,实在也没有这个能耐。勒万先生在财政部有朋友,他弄到朗格多克地区②某一村镇的一个官员职位和两处烟草专卖

---

① 司汤达虚构了"南方集团",一面不再进行虚构创造。他的整部小说全都建筑在一根根牢固的"桩基"(pilotis)上。王政复辟时期,一位勒芒市议员,住在泰雷兹路的让-皮埃尔·庇耶特-塔尔迪沃,自称是保王派议员俱乐部的头头,经常邀请他的同事参加丰盛的晚宴,在议会里取得了显著的效果。据掌玺大臣帕斯基埃称(《回忆录》第4卷,第12页),维勒尔和科尔比埃尔都是在这个庇耶特联盟里奠定了他们高升的基础的。(马尔蒂诺注)

② 朗格多克,法国南部旧省。今包括阿尔代什、加尔和埃罗省,以及奥德省大部分,上加龙、洛泽尔、塔恩、塔恩-加龙、阿列日和上卢瓦尔等省的一部分。

权,就把这些位子在这二十八个亲信中间分配了。又过了三天,显然因为时间不允许,有一项议案他打算不再进行表决,这个议案对某位部长可有利害关系。这位部长那天穿起军礼服,容光焕发,胸有成竹地出席会议;他见到他的几位主要朋友,跑过去一一握手,又在座位上接受另一些朋友的问候,又转过身朝他那一派亲信的席位送去爱抚的眼风。报告人出场了,对议案做了说明,结论对这位部长是有利的。一个狂热的稳健派人物接着发言,支持报告人的意见。议会会场上人们感到厌烦,看来绝大多数准备同意这个报告了。勒万先生的议员朋友不知所措,都转过头来朝他的位子上看,他的位子与内阁各部部长坐的位子相近。勒万先生站起来,走上讲坛,做了自由发言。他的声音很弱,尽管如此,还是引起大家的注意,会场静了下来。他的演说一开始,就抓住三四点大加发挥,既巧妙,又恶毒。他讲第一点的时候,讲坛旁边有十五至二十位议员笑了起来;讲到第二点,会场明显地哄笑起来,而且出现一阵愉快的小声议论,这时,整个议会活跃了起来;讲到第三点(平心而论,确实讲得十分恶毒),引起了哄堂大笑。有关的那位部长要求发言,言是发了,却很不成功。德·韦兹伯爵先生一向十分注意议会事务,于是出来给他的同僚解围。这正是勒万先生两个月来梦寐以求,可又求之不得的;勒万先生去找他的同事请求把发言机会让给他。刚才部长德·韦兹伯爵发言,针对他讲的几个笑话中的一个做了相当出色的反击,勒万先生要求就他个人的问题发言。主席拒绝了他的要求。勒万先生便大喊大叫起来,表示不满,于是议会同意让他发言,请另一位议员让出发言的机会。

勒万先生的第二次演说简直成了他的一大胜利;他倾其全力,把他的恶意一古脑儿都发挥了出来,他抓住几点(不但内容冷酷无情,而且形式也无懈可击),狠狠地向德·韦兹先生打去。整个议会会场哄堂大笑有八至十次之多,其中有三四次,整个议会向他拍手叫好。勒万先生的声调很低,在他发言的时候,人们都屏息静听,连大厅里有只苍蝇飞过也听得见。他的成功,只有过去可敬的昂德里厄①在法兰西学院公开会议上所取得的成功可以媲美。德·韦兹先生坐在自己的席位上焦躁不安,来回不停地向那些议会成员、银行家和勒万先生的朋友示意。他快气疯了,甚至对他的同僚说他要去决斗。

陆军部长问他:"和这样一票决斗?如果你把这个小老头儿给杀了,那就糟得不能再糟了,那就要弄到内阁头上来了。"

勒万先生一举而大获成功,真是喜出望外。他的演说,好比一颗心,一颗充满怨恨而自我克制了两个月的心突然破裂,怨恨喷涌而出;这颗心为了复仇,甚至不惮其烦地致力于最庸俗无聊的琐事。如果说他的演说是一次又恶毒、又尖锐、又蛊惑人心的攻击,那么,就它的意义来说,其实是很不平常的,它已经成为议会历次会议中最吸引人的一次会议的标志了。勒万先生从讲坛上走下来之后,不论谁再去发言也不会有人听了。

现在才四点半钟;所有的议员随便谈了一会儿后,纷纷散去,只有那位主要的稳健派议员和议长留下来,这位稳健派已经有了几条理由准备和勒万先生这一次出色的即兴演说较量一番。勒万先生一回到家就上床睡觉,他已经疲倦极了。不过这天晚上九点钟光景,他打开门又走出来见客,此时才感到精神稍稍有所恢复。于是他又听见一阵阵祝贺声和恭维话,连几位从来没有和他谈过话的议员也跑来向他道贺,跟他握手。

勒万先生对他们说:"你们明天如果同意让我发言,我还要就这个问题深谈一番。"

---

① 昂德里厄(François-Guillaume-Jean-Stanislas Andrieux,1759—1833),法国诗人、剧作家,1829年任法兰西学院常任秘书。

"我的朋友,你真是不想活啦!"勒万夫人一再这么说,十分不安。

这天晚上来的新闻记者,大多数是向他要演说稿的,他拿出一张扑克牌给他们看,只见他在牌上写了五条可供发挥的观点,别的什么也没有。记者们弄清他的演说当真是即兴演说,对他不禁佩服得五体投地。"当代米拉波"的名声,一点也不开玩笑,真的传开了。

勒万先生机巧地对这种吹捧做出回答,声称这样称呼他是不公正的。

"你再在议会上谈下去嘛!"一个很有头脑的记者叫了起来,"当然,你那些谈话绝不会被遗忘的,因为我记忆力很好。"

他在一张桌子上把勒万先生刚才补充讲的话都草草地速记了下来。勒万先生反应十分敏捷,见自己的谈话将要公开发表,又对他讲了三四个关于德·韦兹伯爵先生的十分精彩的讥讽的观点,这是他散会后才想到的。

十点钟的时候,《通报》速记员把勒万先生的演说记录整理稿给他送来,请他审阅。

"我们过去对富瓦将军①就是这么办的。"

这话使演说者十分高兴。

"这么说来我明天未必非讲不可了。"他心里想;他在他的演说词上加了五六个含义很深的句子,把他企图说明的主张叙述得更加明确。

有趣的是,和他联合在一起的议员们整个夜晚都来庆祝胜利。他们觉得他们所有的人都发了言,他们还向他提供了他应该重视

---

① 富瓦将军(1775—1825),法国军事领袖、作家、政治家,1819 年当选为众议院议员,著有《拿破仑时期半岛战争史》。

的许多理由和根据,这些论据他都认真地接受了。

"不出这个月,贵公子就是酒税稽查员。"他和一位议员咬耳朵说。"令郎嘛,专区政府的局长。"他对另一位议员这样说。

第二天上午,吕西安在他的办公室里的那副样子显得十分滑稽可笑,他这个地方与德·韦兹伯爵办公写字的桌子相距不过二十步,这位伯爵,毫无疑问,仍然是一肚子气。部长阁下甚至可以听到过道里有二三十个科员跑来看吕西安,称赞他父亲的本领。

德·韦兹伯爵气得无法控制自己。尽管很多事务急需办理,他也拿不定主意要不要见吕西安。到两点钟光景,他走了,晋谒国王去了。他刚走,年轻的伯爵夫人就派人来请吕西安。

"啊,先生!你不是要丢掉我们吧?部长真气坏了,一夜没合眼。你一定要当中尉了,十字勋章也要发给你了,不过也得给我们一点时间呢。"

德·韦兹伯爵夫人自己也脸色苍白。吕西安待她很有蛊惑力,几乎十分多情,他尽力安慰她,对她讲事情的真相,说他丝毫也没想过要他父亲有计划地打击德·韦兹伯爵。

"夫人,我可以对你发誓,一个半月来,我父亲从没有认真和我说过一句话。自从我谈了冈城的那些事情以后,我们什么也没有谈过。"

"啊!冈城,我命中注定的冈城!德·韦兹先生有什么错处,他自己都知道。他原想从别处补救来报答你。可他今天说,受了这么恶毒的反击,那就不再可能了。"

"伯爵夫人,"吕西安非常温柔亲切地说,"见一个反对派议员的儿子的面总是不愉快的。我若辞职走掉,能让部长愉快的话……"

"哎呀,先生呀!"伯爵夫人叫起来,打断了他的话,"你千万不要这么想。要是我丈夫知道我和你谈过话,谈得不合适,害得你说出这样的话来,叫他和我都感到伤心,那他是决不肯原谅我的。哎呀!本来就应该言归于好嘛。哎呀!不管令尊怎么说,你无论如何也不能抛弃我们呀。"

这个美妇人竟哭了起来。

吕西安心里想:"从来没有过这样的胜利,即使是在议会讲坛上的胜利,也没使她涕泗滂沱。"

吕西安尽力安慰这位年轻的伯爵夫人,他小心地把他对一个美丽女人应尽的义务,同他从冈城回来受到虐待后理应对她的丈夫反复讲的问题区别开来。显然,这个少妇完全是奉她丈夫之命来和他谈话的。因此,根据这样的想法,他对她说:

"我的父亲喜欢搞政治,他一天到晚和一些讨厌的议员混在一起,所以,一个半月来他从没有以严肃的态度和我谈过话。"

勒万先生在议会一举取得成功之后,在床上整整躺了一个礼拜。休息一天本来就够了,可是他很了解他的国家,在这个国家里吹牛和真正的价值相比,好比数字右面的零,加一个零等于增加十倍。就像这样躺在床上,他接受议会里不止一百位议员的祝贺。

有八至十位议员,全是才华出众的人物,想加入"南方集团",他都谢绝了。

"我们与其说是政治团体,不如说是朋友的联合……议会开会的时候,投我们的票好啦,支持我们好啦,如果使我们感到荣幸的这种幻想在你们那里一直维持到来年,那么,我们这班先生就会看出你们和我们看问题始终观点一致,他们对你们也熟悉了,自然而然会请你们参加我们这些好伙伴的晚餐会的。"

勒万先生想:"要指挥这二十八只呆鸟,没有彻底的自我牺牲精神,没有灵活的手腕,是不行的。要是增加到四五十人,让一些有头脑的人物进来,这些人个个都想当我的助手,很快就把我这个当头儿的搞掉,那将是怎样一种局面?"

甚至稍稍精明的稳健派人物也急忙往这里钻。他们简直不能想象一个富有的银行家竟当真成了反对派。

德·韦兹先生也去看了德·博佐布尔先生,我不愿保证,这两位部长找吕西安挑起一次致命的决斗这种事绝对不会发生。

勒万先生的新发明和他取得成功的处境,可以说主要由于他自己掏腰包请他的同僚吃饭,这在议会的记录上还是从来未曾有过的事。过去庇耶特先生请客吃饭是有名的,不过那是由政府开销的。

勒万先生取得成功后第三天,电报带来一条关于西班牙的消息,这一消息可能会使公债券跌价。要不要按往常那样把这个消息通知他的银行家,内政部长犹豫不决。

德·韦兹先生想:"倘若告诉他,看我气得连自己的利益也顾不得了,那岂不是他的又一次胜利……不过,行了!他会不会出卖我?还看不出来。"

他让人把吕西安叫来,连正面也不敢看,只是叫吕西安把消息告诉他的父亲。事情一如往常地进行下去,勒万先生趁此机会,隔了一天,在重新买进公债券后①,把最后这一笔交易所赚的款子,连同以前三四笔交易所得的余额全部给德·韦兹先生送去,这样,除了可能有几百法郎的零头以外,勒万银行对德·韦兹伯爵就分文不欠了。

勒万先生的演说,其实说不上演说,并没有被抬得这样高,也根本没有摆出俨乎其然的架势,这种演说不过是社交界带有刺激性的、脱口而出的胡吹乱道罢了,勒万先生对于议会中兜来兜去的词语一向是拒绝的。

---

① 即趁西班牙的利空消息尚未公布,公债券价位高时,将手中持有的公债券先行抛出卖掉,待利空消息出台,价位跌低后再行回补买进公债券,进行证券投机,赚取其中差价。

"那种高贵的风格真要我的命,"有一天他对他的儿子这么说,"首先,即席演说我做不来,我不说又不行,帝国式的文学派头,我学不会……我也不相信取得成功就那么容易。"

科夫在这位著名议员面前之所以被看重,就因为他有这样的品质:他不饶舌吹牛。勒万先生派他去搞调查研究。德·韦兹先生就把科夫从那个拿一百路易的小职位上给撤了下来。

"你看,这个人格调太低。"勒万先生不禁叫了起来。他给科夫送去四千法郎。

他第二次出门则是到他的老朋友财政部长那里去。

"怎么!你要发言反对我吗?"这位部长笑着说。

"当然,除非你来补救你的同事德·韦兹伯爵干下的蠢事。"

接着他就把这个有身份的人物的事讲给财政部长听。

财政部长是个善观风色、讲求实际的人,对科夫先生的事避而不问。

"听说德·韦兹伯爵派贵公子去搞过咱们的选举,小勒万先生在布卢瓦还受到过暴民的攻击。"

"他确实得到了这份荣誉。"

"可我在送呈御前会议的那份褒奖名单上,根本没看见他的名字嘛。"

"我儿子把他的名字给划掉了,改写上科夫先生的名字,奖给一百路易,我想是这样。不过,这可怜的科夫在内政部也并不开心。"

"这倒霉的德·韦兹,有才气,在议会里讲话也讲得不坏,就是缺少手腕和办法。比如他在科夫先生身上打的那个算盘就是个例子!"

一个礼拜以后,科夫先生荣任财政部次长,薪俸六千法郎,并有不到部里办公的特殊条件。

财政部长在议会里见到勒万先生,问他:"你满意吗?这么安排行吗?"

"不错,我对你很满意。"

又过了半个月,内政部长在议会一次辩论中,取得一次十分漂亮的胜利,到开始投票表决的时候,会场上人们都在随意交谈,人们从各方面走来,围在勒万先生四周,说:

"八十票至一百票多数!"

他于是走上讲坛,从他的年纪和他低弱的嗓音谈起。大厅内立刻静了下来。

勒万先生的演说说了十分钟,讲得紧凑,头头是道,后五分钟,他把德·韦兹伯爵的种种论调嘲讽了一番,议会上那么静,愉快的嗡嗡声竟腾起了五六回。

"表决!表决!"有三四个稳健派的笨蛋迫不及待地狂叫,打断了勒万先生的讲话。

"是嘛!是要表决的!打断别人发言的先生们。我才不怕你们这一套呢!为了给你们时间去表决,我这就走下讲坛。先生们,表决吧!"走过部长席位的时候,他用低哑的嗓音喊着。

整个议会以及旁听席上到处都腾起笑声。议长本想宣布时间不早了,表决已经来不及,但没有开得了口。

勒万先生从他的席位上大声喊道:"还不到五点钟呢。如果你不想让我们表决,那么,明天我还要发言。表决吧!"

议长迫不得已,只好宣布表决,结果内阁以一票多数获胜。

这天晚上,内阁部长们一起参加晚宴,给德·韦兹先生洗脑子。这个任务财政部长给承担起来了。他给同事们讲了科夫的经历,讲了布卢瓦的骚动事件……在宴席上,勒万先生和他的儿子成了这许多严肃的人物关心的中心。外交部长和德·韦兹先生坚决反对讲和。大家也不把他们二人放在眼里,凡是他们干过的事,都

671

逼着他们承认,包括科蒂斯事件与德·博佐布尔先生的关系、冈城选举时德·韦兹先生不肯掏腰包,最后,活该他们大发雷霆,活该他们 massimo dispetto①,陆军部长当晚去见国王,请国王签署了两项命令,一是任命吕西安·勒万为参谋本部中尉,二是因吕西安·勒万执行任务在布卢瓦负伤而授予他十字勋章一枚。

命令是夜里十一点钟签署的,十二点钟以前勒万先生就接到那位有交情的财政部长派人送来的便条了。

凌晨一点钟,财政部长收到勒万先生的回音,要求再给他八个级别较低的空缺职位,至于对他儿子的隆情厚意只是淡淡地致谢而已。

第二天,财政部长在议会里见到他,对他说:

"我亲爱的朋友,可不能贪心不足啊。"

"这么说来,亲爱的朋友,我就得耐心等待喽。"

勒万先生登记明天发言。当晚,他又拉他所有的朋友一起来吃晚饭。

"各位先生,"他在餐桌旁就位时,说道,"这里是我向财政部长先生要求的几个空缺位子的登记单,他以为给了我儿子一枚勋章就可以把我的嘴封上了。可是,明天四点钟之前,如果我们拿不到本该公平合理地至少再给你们的五个这样的职位的话,那么,我们这二十九个黑球②再加上议会大厅上已经答应我的另外十一个黑球,一共就是四十个,另外,我还要拿我们这位亲爱的内政部长来取乐,唯有他同德·博佐布尔先生一起反对我们的要求。诸位先生,你们看怎么样?"

然后,他借口问问这些先生对明天辩论的问题的意见,又把他

---

① 意大利文:"极其反对"。
② 当时议会中用表决球宣布表决结果,白球表示赞成,黑球表示否决。

的意见告诉了他们。

十点钟,他到歌剧院去了。他要他儿子穿上那件平时从来不穿的军装,并把十字勋章挂在军装上。同时,在歌剧院,他把他明天的发言计划和肯定有把握拿到的四十票,不动声色地通知了财政部长。

第二天下午四时,在议会里,议程确定前一刻钟,财政部长告诉他说,他要的空缺职位,五个已经有了。

"阁下的话对我就是可靠的诺言,可那五位我所联合的利害一致的议员,他们都是一家之长,也都明白他们这是同德·博佐布尔先生、德·韦兹先生为敌。所以,他们很想得到正式的通知,不然他们不放心。"

"勒万,你未免太厉害啦!"部长说,他气得连眼白都红了,"德·韦兹说得不错啊,你逼得……"

"那么好吧,就干吧!"勒万说。一刻钟后,他登上讲坛。

于是表决,内阁以三十七票多数通过,这个多数,人们认为还是很险的,弄到最后,勒万先生相当荣幸,还是在国王主持的内阁会议上审议了有关他的问题,当然费去了很长的时间。德·博佐布尔伯爵提出要给他一点颜色看看。

财政部长说道:"他这个人就是脾气不好;他的合伙人凡·彼得斯常对我说这个话。有时他看问题非常清楚,有时怪脾气发作,居然异想天开地连他的财产和他自己都在所不惜。我们要是再刺激他,他那多得不得了的骂人话就要一发不可收拾,尽管他刻薄话讲得很多了,可他还有不知多少呢,至少,国王陛下的敌人一定会加以利用的。"

"攻击他可以在他的儿子身上开刀嘛,"德·博佐布尔伯爵说,"这个俨乎其然的小浑蛋最近人家还把他提升为中尉呢。"

"什么人家不人家的,伯爵先生。"陆军部长说话了,"那是我,据我干的这一行,我应当有点勇气,是我把他提为中尉的。他曾经担任骑兵少尉,记得有一天晚上,他到你府上去找德·韦兹伯爵,向伯爵报告科蒂斯的问题,这件事多亏他料理得妥妥当当,在你府上,他大概有点失礼了。"

伯爵说:"怎么!有点失礼!简直是个恶少……"

"人家说:失礼,"陆军部长说,特别强调了"人家"两字,"人家还讲了许多细节呢,什么辞职呀,那个场面人家都讲出来了,听到的人谁也忘不了!"

这位老军人嗓门也提高了。

国王说:"我觉得,还有时间,也有适当地点,可以通情达理地好好讨论,不要闹个人意气,尤其不要提高嗓门。"

德·博佐布尔伯爵说:"陛下,出于对陛下的尊重,我应该闭口不言。不过,外面任何一个地方……"

"部长阁下在《王家年鉴》上可以找到我的住址。"陆军部长说道。

每月召开的御前会议,这样的场面总要反复出现。以 R.O.I. 这三个字母①为标记的会议,在巴黎的魔力早已无影无踪了。

有一批当时被称为王朝反对派的半蠢货,在某些能够但不愿意担任路易-菲力浦内阁成员的目标不明的野心家的指挥下,居然派人来和勒万先生谈判。勒万先生大为惊奇。

"莫非果真有人把我在议会里的胡说八道当回事儿?这么说,我有势力,有组织了?既然一个大党,或者更确切地说,一个势力很大的议会派别向我提议结成联盟,那就该是这个理嘛。"

勒万先生有生以来第一次有了议会议员特有的雄心。不过,这让他感到如此可笑,以致他对妻子也没敢说,他的妻子往常对他的任何想法一直都是一清二楚的。

---

① 法语 R.O.I. 这三个大写字母组成的词意思是"国王"。

第五十七章①

杜波列一到巴黎,就沉湎在对巴黎令人惊叹的豪华富丽的叹赏之中。他心里立刻就产生了享受这种富贵生活的强烈而混乱的欲望。他看到贝里耶先生受到贵族阶级和那些大资产者的崇敬,帕西②先生在大宗生意和国家财政预算数字上根深叶茂而基础雄厚;法国的大多数人,但愿有一个让他们付出较小代价的昏君或总统的芸芸众生,并不理会谁来代表他们。

"他们不会长久这样下去的,因为他们连选举一个议员也办不到。我在这里已经等了五年了……我要做法国的奥康内尔③、科贝特④。我不必谨慎从事,我要给自己创造一个独特而强有力的地位。我不许有个对立面站在我面前,除非……也许十年之内……所有国民自卫军军官都能成为选民。我现在五十二岁,咱们到时候再看吧……据我看,他们会走得更远,我的卖价不过是一

---

① 杜波列。(司汤达原注)
  这一章及其后两章,我按照手稿顺序安插在这里,这几章叙述的几个插曲原是司汤达打算插进小说的,不过他没有来得及使它们充分展开。(马尔蒂诺注)
② 帕西(1793—1880),法国政治家、经济学家,1830年当上议员,1836—1840年间,历任商业部长、工业部长、财政部长,拿破仑三世时期任财政部长。
③ 奥康内尔(1775—1847),英国政治家,爱尔兰民族运动领袖,1829年被选入英国下院,致力于废除1800年爱尔兰合并条例。
④ 威廉·科贝特(1763—1835),英国政治评论家、新闻记者,1794年写出《论普里斯特利移居国外》后,开始记者生涯,1802年创办《政治纪事》周刊,谴责英国政府无视工人阶级利益,鼓吹议会改革,1832年当选为代表奥德姆的议员,代表作为《乡村漫游》(1821)。

个令人满意的终身职务罢了,然后我就躺在光荣上享我的清福。"①

这个新型的圣保罗②两天里就拿定主意,决定改宗,但如何改法,却是一桩难事;他想了不止一个礼拜。主要的问题在于不能白白地把宗教信仰一丢了事。

最后,他找到一面旗帜,一面易于为公众所理解的旗帜,这就是去年轰动一时的《一个信徒的话》,他把这部书当作他的福音书,并央人介绍他去见德·拉莫奈先生,还要做出一副怀有热烈信仰的姿态。我不知德·拉莫奈这个品质恶劣的门徒是不是没向这位布列塔尼名人③表示忏悔就获得这样的声望,总之,他最后确实成为热爱自由的战士和教皇的崇拜者。自由往往有一个伟大的灵魂,甚至有点轻率,想不到去问问别人:"你从哪里来?"

前一天,他在议会里备受攻击,右派报以大笑,资产阶级和贵族则投以沉重的冷嘲热讽,他却有办法手舞足蹈、挤眉弄眼地在发言中塞进这么一段自我崇拜式的自白:

"我听说有人攻击我表达思想的方式,攻击我演说时的手势,还攻击我登上这个讲坛的姿态。这种战术并不高明。不错,各位先生,我五十二岁才第一次看到巴黎。但这五十二年,我是在什么地方度过的呢?在外省一处府邸里,有仆役侍候我,有公证人陪伴我,还在府里招待教区神父吃饭,是吗?不是的,不是的,各位先生,我这漫长的岁月是在了解各种人、了解各个等级、援助穷人的过程中度过的。我降生到人世,只有几千法郎遗产收入,我坚决地

---

① Pilotis.——他的计算无所畏惧。这样一个人物,得有勇气,喜剧性即由此而来。(司汤达原注)
② 圣保罗(?—约67),犹太人,曾参与迫害基督徒,后成为向非犹太人传教的基督教使徒,《圣经·新约》中《保罗书信》的作者。
③ 《一个信徒的话》是法国作家德·拉莫奈1834年出版的著作,德·拉莫奈1782年出生于法国西北部布列塔尼半岛的港口城市圣马洛。

把这些法郎都用于接受教育这个方面。

"我二十二岁从大学毕业出来,做了医学博士,当时连五百法郎的资本也没有。今天,我富了,但这份财产是从一些有价值、有能力的竞争对手的手中争夺得来的。这份财产是我挣来的,先生们,我并不像我那些漂漂亮亮的竞争对手那样,毫不费劲地就在这个世界上打开了局面,我大量地出诊,开头只挣三十个苏,后来挣三个法郎,再后来挣十个法郎,我承认:我感到惭愧,我没工夫好好学习跳舞。所以,今天,我要请漂亮的舞蹈家兼演说家先生们对我这个不幸的乡村博士缺乏优美的体态痛加鞭挞了。这确实是一次辉煌的胜利!这些大人先生,当他们学习美妙的语言和谈话艺术的课程,还没在雅典娜神殿①或法兰西学院发言的时候,我正在大雪覆盖的山间,深入到一家一家的茅屋里访贫问苦,了解人民的需要和愿望。在这里,我是十万非选民②的法兰西人的代表,在生活的历程中,我和他们谈过话,不过,这十万法兰西人犯了一个大错误,那就是对优美风度毫无所知。"

....

吕西安注意到,在当选的议员名单中有杜波列先生。有一天,杜波列先生忽然走进他的办公室,使他大吃一惊。吕西安跳了起来,跑去拥抱他,两眼不禁热泪盈眶。

杜波列也激动得不能自已。要不要到吕西安办公室来,他犹

---

① 古希腊雅典娜神殿是诗人和学者集会之地。
② 1814年拿破仑垮台后,路易十八从英国回来,王政复辟,下令起草宪法,名为宪章。1814年的宪章规定至少纳三百法郎直接税的人始得为选举人;因此选举人仅限于少数地主和缴营业税的商人和实业家,他们的人数不超过八万七千人。差不多全国人民都被排斥于国家大事之外。七月王朝期间,1830年8月颁布经过修改的宪法,新宪法限制国王权力,扩大了众议院权力,将选民的财产资格由纳直接税三百法郎降至二百法郎,选民人数约二十万,被选举人的财产资格由一千法郎降至五百法郎。

豫了整整三天；到勒万这里叫人通报之前，他感到害怕，心猛烈地跳个不停。一想到这位青年军官倘若知道他为了从南锡赶走勒万而搞的那一手，他就不免心惊胆战。

"他要是知道的话，一定会杀死我。"杜波列搞起阴谋诡计来，既机巧，又想得出办法，又有鬼点子，可惜缺乏勇气，这是他最可怜之处。他牢固掌握的医术居然为法国一种罕见的卑鄙目的效劳，他的想象力在他心目中展现出来的，不过是一系列对准人家屁股狠狠打击的拳脚而已。所以，他最怕吕西安的就是对付人的那种药方。为了这个缘故，他到巴黎来了十天都不敢去找吕西安。为了这个缘故，他宁可到吕西安办公室去（虽然在那样的公共场所，周围有许多仆人和接待员），也不愿到吕西安家里去。前天，他相信自己在一条街上看到吕西安，不料他掉头就走，穿到一条横路上溜之大吉。

"总之，"他的鬼聪明提示他，"噩运一定要来（他甚至听到打耳光或踢脚的声音），宁可到房间里去，也不要让人看见（千万不能在街上）。在巴黎，我迟早总要碰上的。"

拆穿了说吧，杜波列尽管小气，又怕弄兵器，还是买了一对手枪，这时他衣袋里就装着两把手枪。

他对自己说："大选期间，各种各样的仇恨都给掀了起来，勒万先生很可能收到一封匿名信，于是……"

可是吕西安正两眼含着热泪拥抱他。

杜波列想："哎呀！还是老样子。"在这一刹那，他对我们这位英雄轻蔑到了无以复加的地步。

吕西安见到他，好像就在南锡，好像德·夏斯特莱夫人住的那条街就在两百步外的那个地方。杜波列也许刚才已经对他讲过了。他亲切而深情地注视着他。

"怎么搞的！"吕西安心里想，"他不是那么不修边幅了！一身新装,新裤子,新帽子,新皮靴!这可是从来没见过的事!变化多大!他这笔钱是怎么来的?"

....

杜波列和许多外省人一样,过高地估计了警察四处渗透的本事和他们的种种恶行。

"瞧,这条街倒很幽静。如果我今天上午骂过的那个部长叫四个人把我抓住再丢到河里去怎么办?我不会游泳,只怕立刻就害上肺炎了。"

"可这四个人有老婆,有情妇,有朋友啊,即使他们是当兵的,也会说漏嘴的。再说,你以为当部长的都很坏吗?……"

"他们什么都做得出。"杜波列痛切地说。

"这胆小的毛病还没治好。"吕西安想;他陪着博士散步。

当他们沿着一处大花园围墙根走的时候,博士更怕得不知所措。吕西安感到他的手臂在发抖。

"你身上带着武器吗?"杜波列问。

吕西安想:"我若是说我带了一根小小的手杖,他就有可能昏倒,我在这里就不得不等上一个钟头。"

"一把手枪,还有一把匕首。"吕西安以军人的粗鲁口吻回答说。

博士吓得更加厉害了,吕西安听见他牙齿直在打战。

"这个青年军官要是知道我在德·夏斯特莱夫人前厅里就假婴孩的事玩的那套手段,他在这个地方什么报复手段使不出来!"

走到被最近一场雨冲得扩大起来的一条水沟前面,吕西安猛然纵身一跃,跳了过去。

博士扯着破嗓门喊:"哎呀,先生!你可别拿一个老头子来报复呀!"

"他肯定疯了!"

"我亲爱的博士,你是喜欢钱的,可我要是你,我就买一辆马车,或者不去当什么议员。"

博士说:"我对自己已经说过一百回了,不过那可比我更强有力;后来我有了一个想法,我觉得我爱上了议会的讲坛,我用眼睛含情脉脉地望着它,那占有议会讲坛的人我真是恨死他了。当列席听众静静地不出声,当旁听席上特别是那些美丽的女人专心注意听取发言的时候,我感到浑身都是勇气,简直像头雄狮一般,我敢把事实向上帝一五一十都说出来。只有到晚上,在晚饭以后,我心里害怕。我曾想到首相府去租一个房间住。马车嘛,我也想过:怕他们买通我的马车夫,让我翻车。我从南锡完全可以雇一个来,但是雷伊先生或德·瓦西尼先生在我动身的时候会答应给他二十五路易,让他拧断我的脖子……"

一个醉汉这时走近他们,博士急忙紧紧抓住吕西安的手臂。

"哎呀,我亲爱的朋友,"过了一会儿,他才开口对他说,"你什么都不怕,你真幸福!"

第五十八章①

有一天,吕西安异常激动地走进部长办公室。他刚刚在一份内政部长致陆军部长元帅先生的每月警务报告中看到,法里将军曾在塞尔西搞煽动活动,他本是奉陆军部长之命,在选举×××前八至十天去那里弹压刚搞起来的自由派运动的。

"再也没有比这更不可靠的事了。将军对他的职责一片忠诚,二十五岁就在战场上立下功勋,后来也并没有腐化变质。奉政府之命到一个地方去处理一件公务,违反命令行事,他是决不会去做的。"

"先生,你指责报告不正确,事件发生时你在场吗?"

"不对,伯爵先生,我可以肯定这报告是一个心怀恶意的人搞出来的。"

部长原准备去见国王;他气冲冲地走了出去,在隔壁房间里,他把给他穿皮大衣的仆役臭骂了一顿。

"如果他诬陷人家能得到一点好处,那我也能理解他,"吕西安心里想,"可是造谣陷害好人,那又何必?不幸的法里,快六十五岁的人了,只要陆军部有一个部门的头儿不喜欢他就行了,就可以利用这份报告,把一个非常正派的人赶走,叫军队里一名最优秀的军官退职……"

德·韦兹伯爵先生在路易十八还没有把他调到贵族院之前,

---

① 法里将军被诬。(司汤达原注)

在外省任省长,他的一位前任秘书长,此时正在巴黎。吕西安第二天在格洛内勒路部里办公室见到这个人,和他谈起法里将军的事。

"老板为什么要整他?"

"部长认为法里有一段时间跟他老婆调情。"

"怎么!在将军那个年纪上?"

"他讨得年轻的伯爵夫人的欢心,她在×××气闷死了。不过我敢打赌,他们之间连一句情话也没有说过。"

"你以为真就为这么一点点小事儿?"

"啊!你可不知道老板了!那种自尊心,没事儿还要跳呢,他是记仇的。这个人的那颗心简直就是仇恨的仓库,如果他还有一颗心的话。他如果有卡里埃或约瑟夫·勒崩那么大的权,就会为个人恩怨把五百人送上断头台,要不是因为他是部长,五百人中有四分之三的人连他名字也未必记得下来。你自己不是每天都见到他吗,有时你也许顶了他一下,要是他手里掌握最高权柄的话,我就劝你快快逃过莱茵河,越快越好。"

吕西安赶紧又去找比他年纪大的克拉帕尔先生,这人就是部长直辖王家警务署署长。

"这个坏蛋难道我还以为他会有什么道理吗?"吕西安穿过一处庭院和几条过道,朝署长办公室走去,一边走一边想,"真情实况,将军的清白无辜,以及他的廉洁正直,还有我和他的友谊,在克拉帕尔这种人眼睛里可能通通都显得无聊而可笑。他不过把我当作一个小孩子看待罢了。"

传达员对私人秘书先生敬重得不得了,轻声告诉他说克拉帕尔正在同两三个搞监视活动的高级特务谈话。

吕西安从窗口看到这几位先生,他们全班人马都在。没有人理会他。他看他们上马车走了。

"好家伙！多可爱的间谍！"他暗自说道,"再神气也没有了。"

传达员来请,吕西安忧虑重重地跟着他走去。他走进克拉帕尔先生的办公室,又变得十分愉快了。

寒暄过后,他就说:

"有那么一个将领,名叫法里。"

克拉帕尔一听,忽然神色变得严肃起来,板起了面孔。

"这是一个穷鬼,不过人老老实实的。他每年都要从他的军饷里抽出两千法郎还他欠我父亲的债。早先,我父亲也不谨慎,借给他一千路易,这笔账法里至今还欠着九千或者一万法郎。所以他在他的职位上还需要干四五年,这直接关系到我家的利益。"

克拉帕尔思索着。

"我亲爱的同事,我对你不拐弯抹角。你看看老板到底是怎么批的。"

克拉帕尔找一份文件找了七八分钟,后来就骂起来了。

"这不是浪费时间吗？×……！"

一个面目可憎的科员走进来,挨了一顿臭骂。人家一边骂他,他一边把克拉帕尔查过的卷宗再找一遍,找了半天才找到,终于说道:

"这就是……月份的第五号报告。"

"放下吧,放下吧。"克拉帕尔极其蛮横无理地说。他又转过脸来心平气和地对吕西安说:"看,这就是你要的。"

他轻声地念着:

"嘿……嘿……嘿……对了！看这里。"接着,他字斟句酌地念道:

"法里将军,行事稳重温和,对青年谈话有影响力。有为人正派之称誉。"

"你看见了吗？"克拉帕尔说,"那么好啦,我亲爱的,划掉！划

683

掉！还有部长阁下的亲笔批语：

> 一切的进展本应更臻进步,殊可惋惜者,法里将军在×××时竟不惜大肆鼓吹所谓三日革命等情。

"我亲爱的同事,看了这个之后,对你那收回一万法郎的事我就爱莫能助了。你刚才看到的批语,今天早上就已经送到陆军部去了。你就当心炸弹吧!"克拉帕尔说,粗声粗气地笑了起来。

吕西安向他道谢之后,就去陆军部,来到军宪警务处。

"内政部长叫我立刻就来:有一份刚发来的公文里夹着一张部长修改过的文稿。"

"这就是你的公文,"警务处处长说,"我还没有来得及看。要拿就拿去吧,明天上午十点我上班前请退还给我。"

"如果是插在一页的中间,那我在这里把它弄掉就行了。"吕西安说。

"瞧:刮刀,松香,你搞吧。"

吕西安在一张桌前坐下来。

"怎么样！你那几个省在选举以后工作进展得怎么样？我老婆一个表兄弟是×××县的县长,人家答应调他到勒阿弗尔或者土伦①,已经有两年了……"

吕西安关切地做了回答,并且表示要给警务处处长帮忙。这时他就把有德·韦兹伯爵签字的公文中间的一页摘录下来。有关法里将军的一项在倒数第二页背面右侧的一部分,勒万尽力使有关的字与行都不压缩,却删去有关法里将军的七行文字,做得没有痕迹,使人一点也看不出来。

他搞了三刻钟才搞好,对警务处处长说:"我们那张纸头我就带

---

① 勒阿弗尔,法国北部塞纳滨海省港口城市,系法国第二大海港,濒临拉芒什海峡。土伦,法国东南部瓦尔省港口城市,海军基地,濒临地中海。

走了。"

"随你的便,先生,今后有机会,我把我们那个小小的县长给你介绍介绍。"

"我先去看看他的档案,然后再推荐推荐。"

勒万想:"我给法里将军办了这件事,大概连布鲁图①也没有为祖国办过这样的事!"

一个礼拜后,凡·彼得斯-勒万合营银行有一个办事员前往英国有事,途经法里将军住处二十里外的一个驿站,就在这里代发了一封信给法里将军,信中提醒法里将军注意内政部长对他始终怀恨在心。勒万在信上不加署名,用了没有第三个人知道的过去他们两人谈话中常说的几句话,借此暗示给将军提出忠告的是什么人。

---

① 布鲁图(Brutus,公元前85—前42),罗马贵族派政治家,刺杀恺撒的主谋者。

第五十九章

自从议会开幕以来,吕西安干的这一行一直非常有趣儿。政府发行的最好一份报纸的最有道德、最费奈隆式①的主笔代·拉米埃先生,新近以两票多数当选为南部埃斯科尔比亚克省的议员,这位先生对部长德·韦兹伯爵和伯爵夫人大献殷勤。他那温柔亲切、善于笼络人心的性格不仅征服了德·韦兹先生,而且几乎也征服了勒万。

"这个人不带政治观点,"勒万想,"他企图把不可调和的事情调和起来。如果人们都像他说的那样好,那么,警察和法庭就都不需要了,不过,他的错误是好心人犯的错误。"

有一天早晨,他来找吕西安有事商洽,吕西安客客气气地接待他。

代·拉米埃先生一上来就讲了一大篇漂亮话,他这篇言论写在这里要八页篇幅才够;接下来,他说明在公众事务方面有不少应尽的职责难办得很。譬如有这样一件事,有一位间接税税务稽查员图尔特先生,他有一个兄弟曾经采取可耻的手法反对他代·拉米埃先生当选议员,倘若为这件事提出请求,要求将图尔特先生撤职,他就觉得从道德上的必要性来看,理由未免无足轻重②。他这一派言辞在未讲出之前就已经精心布置好预防措施,也多亏这样,

---

① 费奈隆(1651—1715),法国天主教大主教、作家、教育家,主张限制王权、教会脱离政府控制,著有《死人对话》《泰雷马克历险记》等。
② 模特儿:圣马克·吉拉尔丹先生和度量衡督察官。(司汤达原注)

对勒万才发生了好作用,使他没有忍俊不禁笑出声来,因为他一弄清对方谈的是什么问题,就忍不住要笑出来。

"德·费奈隆竟提出一项开除别人的请求!"

吕西安用代·拉米埃先生自己的风格来回答代·拉米埃先生,觉得非常好玩,他假装没有弄明白对方的问题,便紧紧抓住问题的核心,不顾一切地迫使这个现代费奈隆明白提出开除一个人的要求,原来他要搞掉的这个人不过是一个类似工匠那样的穷人,每年工资收入一千一百法郎,还要养活自己、老婆、丈母娘和五个孩子,老小八口。

代·拉米埃先生缺少勒万那份聪明,迫不得已,只好用毫无掩饰、因而和他那温柔敦厚的性格完全抵触的十分恶劣的方式,把他要求办的事讲了出来;吕西安害得他十分尴尬,简直把他戏弄了一个够,然后就打发他去见部长,让他明白他们的谈话到此结束。这时,代·拉米埃先生还是赖着不走,这个坏蛋那副甜蜜蜜的嘴脸吕西安看了非常厌恶,他真想狠狠整他一整。

"先生,你能不能做做好事,亲自向部长说说我这个非常非常迫切的需要?托我的人一定要怪我没有忠实履行我对他们的诺言。可是,另一方面,我又向部长阁下请求撤一个要养活一家数口的人的职!……不过,对我那一家子人我也应当尽到我的责任呀。政府信任我,比方说,遇到改选的情况,完全可以由审计院把我叫去审查。只是,图尔特先生的品行要是没有受到严重处分,我又怎么有颜面见我那些委托人呢?"

"我的看法是:仅仅两票多数,反对派稍稍取得一点优势就可能在下次议会选举中对你构成不妙的结果。但是,先生,选举的事情我还是尽量不要插手为好。坦率地对你说,在社会组织中我看有很多措施是必不可少的,我表示同意,也甘愿服从。法庭的判决应当执行,不过,我可不愿意无缘无故地为这种事瞎操心。"

代·拉米埃先生脸红了,最后他总算明白他应该走了。

"图尔特先生一定会给开除的,不过,这个新式的费奈隆我可要管他叫刽子手。"

不到四天,[他]在内政部一司的案卷中看到有一封致财政部长的长信,信中命令间接税税务局长提出撤销图尔特先生职务的事。吕西安于是叫来一个科员,此人又能干又手巧,叫他把图尔特的图字全部刮掉,改成塔尔特的塔。①

代·拉米埃先生整整活动了半个月,才找到那个撤人家职的理由。在这期间,勒万正好抓住机会把代·拉米埃在他办公室里扮演的那场《达尔杜夫》新戏讲了出来。仁慈的德·韦兹夫人也听说了,只是在勒万给她有凭有据地解释清楚之后,她才看出其中的卑劣处。她和吕西安对那个可怜的小税务稽查员谈起七八次,图尔特这个名字也叫她感到奇怪,而且,有两三次专门招待二流议员的宴会,她没有请代·拉米埃先生,竟把他给忽略了。

代·拉米埃这才明白自己在什么地方出了漏子,他又悄悄地钻进上流社会社交场中,在那里摇身一变又成了大胆的哲学家和极端自由派的革新家。

吕西安本来已经把这个坏蛋抛在脑后,这时戴巴克这个小人跑来巴结他,并且对代·拉米埃的发迹很眼红,就把这个家伙讲的话一五一十都告诉了吕西安。这下可叫吕西安受不住了。

"瞧这个坏蛋还诬陷人。"

吕西安去见内政部直辖的王家警务署署长克拉帕尔先生,请他把这个人的言论查一查。克拉帕尔先生在上流社会客厅里是新客,对勒万同德·韦兹伯爵夫人的密切关系,至少近于羡慕得心里

---

① 图尔特(Tourte),法语本义是肉馅饼,转义为愚蠢的;塔尔特(Tarte),法语本义是果酱馅饼,俗语为蹩脚的。

发痒:部长老婆的情人,他是不怀疑的。因此他热心地为勒万出力,一个礼拜以后,果然把原始报告给他搞了来,上面写着代·拉米埃先生讲的关于德·韦兹夫人的一些话。

吕西安对克拉帕尔先生说:"请等我一下。"

他马上把那些不是监视上流社会的密探亲笔写的报告拿给德·韦兹夫人看了,德·韦兹夫人羞得满面绯红。她一向信任吕西安,对他是敞开心扉、坦率得无所不谈的,实在已经接近于某种最亲密的感情了;吕西安对这一点也有所察觉,不过他对葛朗代夫人的爱情已经厌烦不堪,所以对任何这类关系他都怕得要命。在默东森林里静静地忧郁地骑马散步一个小时,他以为这才是他离开南锡以后所能找到的最大幸福。

吕西安在以后许多天觉得德·韦兹夫人确实对代·拉米埃的言行感到非常气愤,她这人不大懂得人情世故,往往多愁善感,她以一种叫人感到屈辱的方式对这位耍笔杆子的议员发脾气,让他知道她在生气。她的心本来那么温柔多情,不知怎么一来竟对这位现代费奈隆说出这样狠毒的话来,而且一位有权有势的部长夫人四周向来围着很多人,这些话就在大庭广众之中毫无戒备地脱口而出,这对于一位当主笔的议员头顶上闪闪发光的道德与慈善的光环来说,确实太无情了。朋友们对他说,在《喧声报》上有了含沙射影的文字,指的是什么已经叫人一目了然,这份报纸揭露中间派①先生们假冒君子的各种丑事一向是非常成功的。

吕西安看到财政部长来函称:间接税税务局长已有复信来到,说他们那里间接税稽查员中经查并无一姓塔尔特的先生。可是,代·拉米埃先生一定是已经买通了什么人让财政部长在这封信末尾加署了一句附言。人们看到这位部长亲笔写有这样的文字:

---

① 即稳健派,指法王路易-菲力浦的中庸政府。

689

此人是否系埃斯科尔比亚克稽查员图尔特先生之误？

一个礼拜之后，德·韦兹伯爵先生给他的同僚财政部长写了回信，说：

"是的，正是这个图尔特先生，此人行为不端，我已提出将他撤职查办。"

吕西安又把这封信偷到手，马上跑到德·韦兹夫人那里拿给她看，她现在对这件事关心得不得了。

"咱们怎么办呀？"她忧心忡忡地问吕西安，吕西安觉得她那忧虑的样子很可爱。他拉着她的手，热情地吻了吻。

"你要干什么？"她有气无力地问。

"我来把地址搞错，把这封信装到寄给陆军部长的信封里去。"

十天以后，陆军部长的回信来了，说信件地址写错，原件退回。吕西安把回信拿给德·韦兹先生去看。收发文书把这天收到的三封陆军部来函放在一个大封套里封起来，这个办法在办公室里叫作"加封"，并且在封套上写明："内有陆军部长先生函三件。"

勒万在一个礼拜之前手里就扣着陆军部长来函一件，内容是关于宣布巴黎市骑兵警卫队指挥权应属陆军部事。吕西安就把这封信塞进去顶替关于图尔特先生事的那封信。代·拉米埃先生与陆军部并没有什么直接关系，迫不得已，他又去找了著名的巴尔布将军求援，最后，代·拉米埃要求撤掉图尔特先生一节，拖了半年时间，才算如愿以偿。德·韦兹夫人知道这事之后，立即交给勒万五百法郎，让他转交给那个不幸的税务稽查员。

类似这样的事情，吕西安搞了二十多次；不过，正像人们看到的那样，这些又小又低级的阴谋诡计的来龙去脉详细写来需要八个印张才能让人看得清楚，那太不划算了。

在多情的德·韦兹夫人身上，这时出现了她从未体验过的一种感情,这种感情不知不觉地驱使她对丈夫宣布,以后若是再请代·拉米埃先生来家里吃饭,她就因头痛欲裂,实在受不了,而非回自己房间去吃饭不可,她的态度那么坚决,连她的丈夫也大为吃惊。德·韦兹伯爵游移再三,最后还是在宴请议员的名单上把代·拉米埃先生名字给划去了。和代·拉米埃先生接近的人一知道这个情况,有一大半人见了这位内阁报纸的甜言蜜语的主笔就再也不同他握手。吕西安的父亲勒万先生听到这件趣闻,那是很晚以后的事了,还是戴巴克不慎讲了出来,勒万先生就叫儿子把故事详详细细讲给他听,勒万先生觉得图尔特先生这个姓氏真是妙极了,没有多久,这个故事在高级外交界的客厅里也出了名,代·拉米埃先生倒霉实在是到了顶了。代·拉米埃先生到处钻营、无孔不入,不知通过什么途径他竟有办法被介绍去见俄国大使,这位著名的某某亲王在接见代·拉米埃先生的时候,扬声叫道:

"哎呀!你就是那个代·拉米埃·德·图尔特!"①

这位现代费奈隆一听这话,脸顿时涨得红中透紫。于是第二天,勒万先生又把这个笑话播扬得全巴黎尽人皆知。

---

① 拉米埃(Ramier)法语原义是野鸽,这位俄国大使说的是:"你就是那个肉馅饼里的野鸽肉馅!"(Ah! le des Ramiers de Tourte!)

第六十章

国王派人来通知要接见勒万先生,此事不让内阁部长们知道。这位年迈的银行家接到国王传令官德·某某某先生的通知时,高兴得满脸涨得通红。(一七九三年王政倾覆①,那时他已经二十岁了。)不过,这个人在巴黎各处沙龙已是老资格了,他一下激动起来以及把激动控制下去,都不过是一刹那间的事。所以接下来,他对传令官就摆出一副冷冰冰的模样,这可以说是深沉的尊敬,也可以说是完全缺乏殷勤和善意。

传令官在上马车的时候心里确实在想:

"这人尽管不乏才智,但从他握手时的样子看,他究竟是一个雅各宾党,还是一个慌慌张张的笨伯?"

勒万先生一直目送他那两轮马车走远;这时他已经完全恢复镇静了。

"我就要扮演路易十四带着在凡尔赛花园里散步的萨缪埃尔·贝尔纳②那个著名的角色了。"

---

① 1792年8月10日,巴黎市民和外省国民自卫军占领杜伊勒里宫,立法议会宣布暂停国王路易十六的权力,9月21日法兰西第一共和国成立,12月3日国民公会决定以叛国罪对路易十六进行审判,1793年1月18日国民公会判处路易十六死刑,1月21日,路易十六在巴黎革命广场(今协和广场)上了断头台。

② 萨缪埃尔·贝尔纳原来靠经营金丝锦缎和珠宝玉器起家,后转入银行界,1695年成为欧洲最大的银行家。1697年、1708年两次对法王路易十四提供巨额贷款后,路易十四赐予他贵族称号:古尔贝伯爵。

这个想法一出现,就足以把勒万先生身上的青春之火点燃起来。他一点也不掩饰他听到国王陛下送来消息时的激动和慌乱,可要是在歌剧院休息室里引人注目,那么,这种慌张和激动害得他丑态百出的可笑情景,他倒要遮盖遮盖。

直到如今,勒万先生仅仅在舞会或宴会上曾对国王讲过几句礼节性的话。只是在七月叛乱后的最初一段时间里,他曾和国王共进过两三次晚餐。所谓七月叛乱,当时还有一种叫法,像这种为害深重、贻患无穷的例子所煽起的仇恨,勒万是最早察觉的人之一,要骗他可不那么容易。所以,当时他从这位至尊人物的目光中就已经看到:

"我将要使有产者害怕,我要说服他们:现在进行的就是一场一无所有的人反对有财产的人的战争。"

勒万为了不让人觉得他跟同时应邀的某些乡巴佬议员一样愚蠢,就引导大家开玩笑、讲笑话,用意就在反对上面这种观点,这种想法当时是没人敢说出来的。

勒万曾经一度害怕有人企图让他流血,用这种手段使当时在巴黎做的那桩小生意受到牵连。他知道这是不怀好意的,就毫不犹豫地辞掉了营长的职务;他是因为做这桩小生意才给推上营长的地位的,他对这桩生意十分慷慨地出了几千法郎,当然还是如数收回了款子;于是,他借口部长们叫人厌烦,就再也不到部长府上去赴宴了。

外交部长德·博佐布尔伯爵毕竟对他说过"像你这样的人……"这种话,而且一直盯着请他吃饭。但是,类似这样巧妙的手腕,勒万也曾经予以抵制,拒而不纳。

早在一七九二年,他参加过一两次战役,不过,法兰西共和国这个名字,对他来说,不过是旧日爱过的情妇的名字罢了,而且也嫌她过去行为不检。总之,共和国的丧钟还没到敲响的时候。

所以王上的约见一下把他的思绪弄得颠三倒四,他十分注意不要失去镇定和冷静,同时更加留神,不让自己出问题。

在王家府邸,勒万先生十分泰然自若,只是在表面上保持着十足的镇定而已,似乎连一丝一毫的慌乱、一星半点的热衷都没有。那位至高无上的人物本是狡黠透顶、聪明过人的,立刻就看出这种细微之处,因此心中不快。他试着用友好的口吻,甚至表示特别关切,以便引起这个资产者的贪欲和野心,然而归于徒劳。

但我们千万不可损害这位驰名天下的人物精明诡谲的声誉。他没有取得过军事上辉煌的胜利,面对怀有恶意、富于机智的报界,不如此又能怎样呢?我们在前文提到这位著名人物会见勒万,直到此时为止,还是第一次,他们不过是在宴会上讲过几句礼节性的话罢了。

这位登上王位的下诺曼底检察官,如同对他手下一位部长说话一样,用这样的句子和勒万开始了他们的谈话:"像你这样的人……"但是,国王发现这个可恶的平民对亲切的词句态度僵硬得很,说也是白费口舌,他不愿意让长时间的接见给勒万留下错觉,把要求他办的事夸大,因此,在约莫过了一刻钟以后,国王不得已只好装出一副和和气气的随便样子来。

勒万先生一面观察着这个狡猾的人态度的变化,一面开始对自己感到满意,初次交手取得的成功使他增强了自信心。

他暗自对自己说:"你看,陛下放弃波旁家族祖传的阴险狡诈手段了。"

国王是以父辈的和蔼的样子和他谈话,仿佛随便谈起,又好像迫不得已,而且似乎是为时势所迫才说这番话的:

"我很想见见你,我亲爱的先生,很想在不让我的部长们知道的情况下见见你,我的这些部长,我担心,除了元帅(陆军部长)之外,我担心他们都没能使你和勒万中尉有充分理由对他们满意。

看样子,关于某某法案明天就要最后投票表决了。

"先生,我坦率对你说,对于这项法案,我个人是十分关切的。我可以肯定它就要通过。你难道不这样看吗?"

"是的,陛下。"

"不过,表决的时候,我恰恰缺八到十票。不是吗?"

"是的,陛下。"

"那么,我请你帮我的忙:你发言表示反对(对你的处境来说,这是必要的),不过,请把你那三十五票给我。这是对我个人的帮助,这帮助也正是我想亲自向你提出要求的。"

"陛下,我眼下只有二十七票,包括我的在内。"

"这些死脑筋(国王是说那些部长),他们都吓坏了,或者不如说,都生气了,因为你提出要八个低级职位。我看我没有必要告诉你我提前对你表示同意,我只是请求你为你自己再补充一些什么,既然我们现在正好找到这样一个机会,先生,或者为勒万中尉再补充一点什么……"

国王照这个意思讲了有三四分钟之久,对勒万先生来说真是求之不得;勒万先生这时几乎完全恢复了镇定。

"陛下,"勒万先生说,"我请求陛下对我和我的朋友们什么也不要批示,明天我将用那二十七票向陛下表示敬意。"

"真的嘛!你真行啊!"国王说,像亨利四世①那样装出一派坦率诚挚的样子,装得很不错;为了不上当,切切不可忘记他的大名。

国王陛下照这样子又足足讲了七八分钟。

"陛下,看来德·博佐布尔先生不可能原谅我的儿子。这位部长对陛下称为勒万中尉的这个火气很大的青年,他也许在个人

---

① 亨利四世(1553—1610),法国波旁王朝第一代国王,1589—1610 年在位,1598 年颁布南特敕令,保证基督教新教教徒信仰自由,医治战争创伤,使 1562—1598 年宗教战争后的法国获得繁荣。

的坚定性方面欠缺一点。德·博佐布尔先生派他的特务警察所作的关于我儿子的报告,或者通过我的朋友德·韦兹先生的警务人员作出的报告,我请求陛下都不要相信。"

"你这么廉洁究竟希图什么呀?"国王说,眼睛里闪着狡黠的光芒。

勒万先生默然不语;国王见没有回答十分奇怪,又把问题重提了一遍。

"陛下,我怕在回答中坚持不住我真诚坦率的习性。"

"先生,请回答吧,你怎么想就怎么说吧。"

这位谈话人谈了关于国王的事。

"陛下,诺尔省各个法院与国王有直接联系,没有人怀疑这一点,但却没有人对国王谈到这件事。"

他这么快而又完完全全地服从,脱口说了出来,使王上不禁感到有点意外。他看出勒万先生一点也没有向他乞求之意。予而不取与求而不予,这他很不习惯,他早已盘算好了:你出二十七票,我给两万七千法郎。"公平交易。"戴着王冠的算盘就是这样思考问题的。

他又从勒万先生的脸上看到一种嘲笑人的表情,就是吕米尼将军的报告里经常提到的那种讥讽嘲弄的表情。

"陛下,"勒万先生又说,"对我的朋友我从来不拒绝,我也从不放过我的敌人,就凭这一点我才取得今天的社会地位。这是我的老脾气了,我请求陛下别让我对您的部长们改变我的脾气。他们对待我态度十分傲慢,即使财政部的好好先生巴尔杜部长也不例外,有一次谈到我要求八个拿一千八百法郎薪水的职位的时候,他在议会里严厉地对我说:'亲爱的朋友,不知足不行啊。'我的票我保证提供给陛下,至多二十七票,但我请求陛下准许我嘲笑嘲笑陛下的那些部长。"

第二天,勒万先生老实不客气地履行了他的义务,不仅兴高采烈,而且大放异彩。总之,他说起话来滔滔不绝的口才把他的性格特征表露无遗,这的确是巴黎所能许可的条件下最富有自然色彩的个性。一想到国王对待他也不能不老老实实、诚诚恳恳,他就兴奋得不得了。

国王希望搞出来的那项法案以十三票多数通过,其中包括内阁部长的六票。表决结果宣布以后,坐在议会左侧第二个位子上的勒万先生,朝着离他只有三步远的内阁各部部长的席位大声喊道:

"欢送内阁,一路平安!"

他身旁的所有议员都异口同声地跟着重复喊叫着这句话。勒万先生来到一个房间,房间里只有他和一个追随者,有这个追随者支持,他非常高兴;他希望一讲这类简单干脆的话就大功告成,他这种急于达到目的的迫切心情,人们是不难判断的。

"我的声誉要给我找麻烦了。"他用那闪闪发光的眼睛观察着他那一派的人,心里这样想。

所有人都看得很清楚,他从一开始就不是一心一意坚持某种主张的。也许只有流血和破产这两件事是他从来都不同意的。

这项法案以十三票多数通过,其中包括内阁的六票,三天后,财政部长巴尔杜先生在议会里见到勒万先生,走到他面前来,神态十分激动地(他怕再受一次嘲笑,放低了声音)对他说:

"那八个职位我同意了。"

"很好啊,我亲爱的巴尔杜,"勒万先生回答说,"不过,为这番美意,你可不必去副署。就留给你财政部的继任人办好了。我可以等一等,大人①。"

---

① 暗示德·贝尔尼先生。这么写好不好?(司汤达原注)

勒万先生话说得非常清楚,附近的所有议员听了都赞不绝口:嘲骂财政部长,嘲骂一个可以任命税务总长的人,那还了得!

勒万先生那个"南方集团"里有八位成员,这八个职位原是说定送给他们的亲戚的,可要他们接受勒万先生刚才取得的成功,那就困难了。

"半年后,你们拿到的是两个职位,而不是一个,应该先做出一点牺牲嘛。"

"空口说白话,不顶用。"一个比别人胆子大一点的议员对他这么说。

勒万先生的眼睛里闪出火光;有两三种回答在他脑子里盘旋,但他却愉快地放声笑了起来。他想:"只有傻瓜才会从树上砍下一根枝条,再跨上去当马骑。"

所有人都把目光投向勒万先生。又有一位议员壮起胆来叫道:

"咱们的朋友勒万一句话就害得咱们都成了牺牲品了!"

勒万先生态度十分严肃地回答说:"先生们,你们要是想和我分手,你们完全可以自己拿主意。要是这样的话,我就不得不扩大我的餐厅,以便接待新朋友,这些新朋友可天天都向我提出要和我一起投票表决呢。"

"嗨!嗨!别说啦,别说啦!"有一位议员叫道,这人倒是通晓人情世故的,"离开勒万先生,咱们有什么办法?至于我嘛,反正在立法会议里履行职务期间,我一直跟他走,他是总司令,我永远忠于他,跟他走。"

"我不干。"

"我也不干。"

刚才说话的两位议员一时脑子还没有转过弯来,勒万先生见这情景就拉着他们的手,想让他们明白:接受这八个职位,他们一伙就要落得个像德·维勒尔先生"三百票"那样的下场。①

"巴黎可是个危险的地方。所有的小报一个礼拜后就可能狠狠咬住你们的名字不放。"

那两个反对者听了这话不禁吓得瑟瑟发抖。

"假如不这么愚昧，本来还可以给小报写几篇文章呢。"严酷无比的勒万先生心里这样想。

这事就这样过去了。

国王时常命人来请勒万先生去吃晚饭，饭后总是留他半小时或三刻钟，在窗前坐一坐，谈一谈。

"如果我和内阁保持良好关系的话，我这个人有个性的名声就算被葬送掉了。"他每次在王宫里吃过晚饭，第二天总要故意把这些部长先生中的某一位肆无忌惮地嘲笑一番。所以这次国王和他谈起这事。

"陛下，我请求陛下就把这样一项权力赋予我吧。只有在这些人有了继任人以后，我才能同意休战。现内阁缺乏头脑，所以处在安定时期的巴黎对这一点是不会原谅的。我们这个国家应该享有极高的威望，就像波拿巴从埃及回来②时那样，所以，非得有好的脑袋才行，换句话说，必须有思想，有头脑。"（国王一听到这个可怕的名字，就装出一个年轻妇人神经发作时的表情来，似乎有人当面提到刽子手的名字似的。）

与国王这次谈话后没几天，议会里出了一件事，等事情原委说清了以后，议会里所有的人都张大眼睛寻找勒万先生。事情是托

---

① 1824年查理十世继位，首相维勒尔用降低政府公债利息的办法，筹款弥补大革命中失去领地的流亡贵族的损失；他任职期间，对天主教保守人士影响很大，大学教授中有自由见解的大多受到迫害；他忽视广泛赞成立宪的情绪，故在1827年议会选举中未能组成右翼多数派，1828年1月被迫辞职，此后再未过问政治。

② 指拿破仑1798年东征埃及，大获全胜，奏凯而归。

尔维尔前邮政局局长戴斯特鲁瓦夫人,因被指控行为不轨而定罪并受到撤职处分,她不服,向议会提出申诉。她正式提出了请求书,要求对她的品行蒙受的冤屈予以昭雪。至于能不能得到公正处理,她连想也没有想过,因为巴尔杜先生也并没有得到国王的信任。请求书写得文辞锋利,近于出语伤人的地步,但又丝毫没有蛮横无礼之处;有人说它出于已故德·马蒂涅亚克先生的手笔。

勒万先生做了三次发言,第二次发言每讲一句就博得一次鼓掌。这一天的议程,德·韦兹伯爵先生千求万求才以两票多数获得通过,而且经过起立表决,仅内阁的票数就占去十五或二十票。勒万像往常一样,对靠拢他而形成一个集团的议员说:

"德·韦兹先生今天改变了那些胆小怕事的人的习惯:往常,他们都是起立站在正义一边的,投票却总要投内阁的票。我呢,可要为寡妇戴斯特鲁瓦(前任邮政局局长,而且可能永远是'前任')发起一次募捐运动,我认捐三千法郎。"

勒万先生越是对内阁部长采取决绝态度,对自己的"南方集团"就越是加意小心、俯首顺从。他只邀请他那二十八位议员到家里来吃饭;如果他愿意的话,他那一派就可以扩大到五六十人,因为他的主张非常开通而讨人喜欢。

"部长们为了分裂我这个很好的小集团,会拿出十万法郎来送给我的儿子,可是为时已晚。"

他大多是在礼拜一邀集这些先生到家里来吃晚饭,以便协调并安排一个礼拜内的议会活动计划。

"各位先生,你们哪一位高兴到王宫去吃饭?"

听到这么说,这些可爱的议员简直把他当部长看了。这些先生一致同意他们中的夏波先生首先有这样的荣幸,后来,讨论结束前,他们希望康伯雷先生也享有这样的荣誉。

"除了这两位以外,我还要提出曾经想离开咱们大家的拉莫尔特先生、德布雷先生两位。"

这两位先生叽里咕噜不知说些什么,接着又道歉。

勒万先生去找陛下御前副官提出请求,不到半个月,这四位在议会里最默默无闻的议员就被邀请到国王那里参加宴会。康伯雷先生做梦也没想到会如此蒙恩受宠,竟然病倒,终于没能捞到一点好处。

在国王那里吃饭后第二天,勒万先生想到他应当利用这些好好先生的弱点才是,因为这些人缺少的恰恰是头脑,坏就坏在这上头。

"各位先生,"他对他们说,"倘若国王陛下答应我颁发一枚十字勋章的话,你们中间哪一位应该获得骑士勋级?"

这些先生要求给一个礼拜的时间让他们协调而取得一致意见,但他们最终却没有能够达成协议。因此他们按照惯例准备在晚饭后表决,虽然这种办法勒万先生早已不想再用。这里一共二十七个人。结果因病缺席的康伯雷先生得十三票,拉莫尔特先生得十四票,其中包括勒万先生一票。这样,拉莫尔特先生就被选中了。

其实他可能得到一枚十字勋章的事连一点影子也没有。他想:"有了这个念头,他们就不至于背叛。"

勒万先生经常到某某元帅家走动,主要是在这位部长提升吕西安为中尉衔以后。元帅待他情深意厚,这两位先生后来每周总要见三次面。最后,元帅让他了解(当然是用他不必做出什么回答的那种暗示方式),如果内阁倒台,他本人就可以负责组阁,而且决不和勒万先生分手。勒万先生十分领情,但也注意避免承担这类责任。

过了很长一段时间,勒万先生才敢对勒万夫人倾吐他心血来潮、野心勃勃时的衷曲。

"所有这一切,开始的时候我都很认真地想过。没料到我竟取得成功;我居然有雄辩的口才,就像我那些记者朋友[说的]那样,这让我觉得很有趣:我在议会里发言就像在客厅里谈话一样嘛。但是,[如果]不是现在的内阁只剩一只翅膀在扑打、眼看就要倒毙的话,我也不过是说说而已,因为,说到最后,我并没有任何主张啊,当然,在我这样的年纪上,我也不要再下功夫去研究出一种什么主张来。"

"我的父亲,您对财政问题就很有主张嘛;您很懂得财政预算那一套,连同所有它骗人上当的圈套,没有五十个议员能准确看出预算怎么弄虚作假,而且这五十个议员早在别人之前就被小心地收买了。前天您在烟草专卖问题上把财政部长先生给吓坏了。努瓦罗省长禁止一个非正统观念的人种植烟草,您从他那封信上得到的好处就很惊人。"

"这不过是冷嘲热讽。搞一点很好,冷嘲热讽最后总是难免把议会里愚蠢的少数派也给激怒了,其实这个少数派什么也不明白,而且几乎就是多数派。我的演说和我的声誉就像泡起来的煎鸡蛋卷一样;连一个大老粗工人也嫌它虚虚的没有吃头。"

"通常,您完全了解人的根本情况,特别是从一八〇〇年拿破仑执政府以来巴黎发生的种种事件中的一切,您都了如指掌,这是了不起的。"

"《法兰西报》说你是我们这个时代的莫尔帕①,"勒万夫人说,"我真希望对你有影响力,就像德·莫尔帕夫人对她丈夫有影

---

① 德·莫尔帕伯爵(1701—1781),法国政治家,法王路易十五时代的大臣,1718年任宫廷大臣,掌管宗教事务和巴黎市政,1723年任海军大臣,1749年由于与蓬帕杜夫人(路易十五的情妇)发生私人争执失宠而遭流放,1774年被召回国,法王路易十六在位头七年任国王的首席顾问。

响力一样。我的朋友,你好好取乐吧,但我要求求你,你可不要去当部长,你会因为这个死掉的。你已经唠唠叨叨说个无休无止,我担心你的肺会出毛病。"

"当部长还有一个不便的地方:我要垮掉。可怜的凡·彼得斯的去世已经叫人明显地感觉出来。最近阿姆斯特丹两起倒闭的事件,我们被钳在里面动弹不得,唯一的原因就是我们少了他一个,我也没有到荷兰去。这该死的议会,就是因为它,还有这个该死的吕西安,我所有这些麻烦事首先都是因为他。第一,他把你半个心给夺去了。第二,他应该懂得金钱的价值,而且应该是我的银行的头儿。有谁看到过出生在有钱人家的人不想把财产翻上一番?他只配是个穷光蛋。他在冈城的冒险胡闹,当时竟让麦罗贝尔先生给选上了,真叫我生气。要不是德·韦兹接受了他,要不是这种糊涂事,做梦我也不会想到在议会里给自己弄个职务。这个时髦玩意儿我倒玩得很有趣。现在嘛,我要参加倒阁,如果倒掉的话,我又要参加组阁了。

"但是出现了一个很可怕的反对意见:我能够要求什么呢?假若我拿不到什么货真价实的东西,两个月以后,我帮助组成的内阁就要反过来笑话我了,因此我的处境就可笑得很了。我去当个总税务署署长,从金钱上看,那对我没什么意思,另一方面,与我当前在议会里的地位相比,也太低了,没有什么好处。叫吕西安去当省长,不管他愿不愿意,都无异于让我朋友里当内政部长的那个人好有办法用开除他这一手把我往泥坑里推,要不了三个月这种事就会发生。"

勒万夫人问:"只管发财享福,什么也不要,那不是一个好差事吗?"

"我们的公众根本不这样看嘛。德·拉法耶特先生扮演这样的角色已有四十年之久,可是自始至终差不多都摆脱不了处境可笑的情况。我们的民族已腐败到不可救药的地步,不会懂得这种事情。巴黎四分之三的人的看法是,德·拉法耶特先生如果盗窃四百万,那么,他才了不起,才可尊敬。如果部长我不干,又把我这一家每年的开销弄到十万埃居,再买地产(这表明我并没有破产),这样,人家才相信我真有本领,这样,我才可以把我对这批抢内阁职位的半骗子手的优越性维持下去。"

他转过身来笑着问他的儿子:"我能要什么?这个问题你能给我解决吗?我看你这个人缺乏想象力,而且哪个党我都不想跟,我只要保住我的健康,我只想到意大利去住他三个月,随他内阁怎么办吧,反正与我无关。三个月后回来,我就销声匿迹,恐怕也不至于成为笑柄。

"在我还没有找到利用国王和议会合在一起以形成优待条件的办法之前——议会现在已经让我成为高级银行界的代表了,必须先证实确有这种好机遇,然后再发展它。"

他特别对他的夫人讲了这样的话:"我亲爱的朋友,我要求你为我受一回大罪;这就是举行两次大舞会。如果第一次不是 well attended①,第二次咱们就免了,不过我猜想第二次舞会咱们一定会把全法国的人都引来的,就像我年轻的时候听人家说过的那样。"

两次舞会都举行了,居然都取得很大的成功,都得到最时髦的社交界的捧场。第一次舞会,元帅光临,人们可以说,议会人士简直趋之若鹜;亲王也到了;最不可忽视的是陆军部长特意把勒万先生拉到一旁谈话,至少有二十分钟之久。最非同寻常的是,躲在一边的元帅确实同勒万先生谈了某些重要事务,他们在那里谈话使光临舞会的一百八十位议员无不为之侧目。

---

① 英文:"很受欢迎"。

"有件事情叫我很伤脑筋,"陆军部长说,"说正经的,对令郎你看怎么办才好?你愿意让他当个省长吗?那再简单也没有了。你喜欢他去做使馆秘书吧?这里头的等级讨厌得很。我让他先是二秘,三个月后升一秘。"

"三个月后?"勒万先生问,那神色很自然,只是疑惑不解,一点夸张的意思也没有。

尽管他这样,如果换成另一个人,元帅就要以为这是傲慢不恭。所以,他对勒万先生表示了最大的善意,同时以确实感到为难的口气,回答他说:

"这里面有难处啊。得想个办法让我解决这个难题。"

勒万先生无言以对,只好表示感谢,表达他最真诚、最纯朴、最……①的友谊。

巴黎两个最大的骗子这时倒是真诚的。这是勒万夫人的看法,勒万先生把他和元帅在一旁谈话的内容一五一十讲给她听以后,她的看法就是这样。

第二次舞会上,内阁部长们迫不得已地都露了面。娇小的德·韦兹夫人可怜巴巴地几乎一边流着泪,一边对吕西安说:

"等下个季节举行舞会的时候,你就是部长了,该我到府上来做客了。"

"到那时我对你也不会比今天更诚恳,因为那是不可能有的事。我家谁去做部长呢?反正不是我,也不会是我父亲,如果有那种事的话。"

"那你只有更坏:你把我们推倒了,还不知道什么人去顶那个位子。你从冈城回来,德·韦兹先生没有称赞你,先生,殷勤献得不够,一切都只为这个缘故。"

---

① 原稿中是空白。(马尔蒂诺注)

"你这么伤心,我很难过。掏出心来能叫你宽慰我有什么不肯!可是它早就属于你了,你不是不知道,我这么说是认真的,所以是不是冒失我也顾不上。"

娇小可怜的德·韦兹夫人,就缺少这么一点聪明,看不到这里需要做出回答,更不要说去回答了,她想也没有想到。她只是朦朦胧胧地感到要回答。她隐约感觉到的大致是这样的意思:

"如果我完全确信你是爱我的,如果我能够自己做主接受你的誓约,那么,我属于你这样的幸福也许是可以弥补失去部长职位这个损失的唯一安慰。"

"这一届内阁我父亲不过刚碰了它一下,你看,这又是一个不幸的受害者。德·韦兹先生入阁,对这可怜的小女人,也并不见得就是吉祥幸福。此事在她身上所引起的唯一的情感,就我所能判断的看来,说不定也只能是困惑不安、担惊受怕,等等,你看她直到现在还可能为失去它而悲伤失望,如果她真的失去它的话。这个灵魂所要求的不过是关于悲哀不幸的一个借口而已。如果德·韦兹真被赶出内阁,她也许只好打定主意在十年中做个痛苦的女人。十年熬过去后,她开始进入成熟的年纪,如果找不到一位教士(名义上指导她的良心,实际上对她的内心生活给予照料),那么,终其一生她就会苦恼不堪,十分不幸。像她这样的性格,任何优美娴雅的风韵都不可能达到。Requiescat in pace.①要是她真相信我说的话,真的把她的心交给我,那我恰恰就中了圈套。这个时代又沉闷又忧郁;在路易十四王朝②统治下,我在这样一个女人身旁,也许风流潇洒、多情可爱,至少我会试图做到那样。在这十九世纪,我的多愁善感简直恶俗讨厌,我所能做的只是给她一点安慰

---

① 拉丁文:"愿灵安息。"
　　译者按:此祈祷文常刻于墓碑上。
② 法王路易十四,1643—1715年在位。

罢了。"

如果我们打算写《沃尔浦尔回忆录》或同属这一类的什么别的书,这可是我们才力所不及的,我们只能写关于七个"半坏蛋"的逸事之类的故事,他们当中有两三个人手段高明,有一两个人确是能说会道的演说家,最后仍然不免让同样多的骗子来取代他们内阁的官职,如此而已。其中只有一个是可怜的正派人,他在内政部满怀善良愿望专心致志于有益的事务,最后被当成一个大傻瓜;整个议会都对他横加嘲笑。看来他捞取财富不该是穷凶极恶的偷盗;但是,不论怎么说,为了让别人敬重自己,首先必须让自己富有才行。鉴于这样的风气不久即将被共和国的无私的道德所代替——正是这样的道德才能将衣袋中只有十三个利弗尔十个苏的罗伯斯庇尔置于死地,我们才想把以上种种在这里写上一笔,录以备考。

这当然谈不上是很有趣的故事,可以让性格愉快的人借此消除烦恼,就像我们原来许诺给读者的那样。不如说,这个故事写的是他的儿子,他的儿子十分单纯,由于这次内阁倒台事件,他竟身不由己地坠入十分难堪的境地而不能自拔,因为他有忧郁的性情,只要认真起来,他就必然如此。

说到他的父亲,吕西安总觉得内心非常负疚。他对他父亲,没有情谊可言,这是他常常自责不已的,如果不是把它当成一件罪恶,至少也把它看成没有心肝。当把他压得喘不过气来的事件允许他稍稍思索的时候,他心里往往这样考虑:

"我怎么能不感激我的父亲呢?他的所作所为,样样都由我引起;他企图按照他的方式指导我的生活,这是确实的。但他并没有命令我,他只是说服我。我对我自己应该多多注意才是!"

承认自己对父亲毫无感情,他内心深深感到羞愧,只是这一点还得承认才行。这对他来说是一种痛苦,而且是比他所说的被德·夏斯特莱夫人背弃的暗无天日的那些日子更加难熬的灾难。

吕西安真正的个性至今还没有显露出来。对于二十四岁的人来说,这是很可笑的。他的性格虽然被掩盖在某种奇特而高贵的外表下,本质上却是欢快的、无忧无虑的。他从巴黎综合工科学校被赶出来以后两年中就是如此,但是,这种愉快的性格自从南锡那段经历直到如今却完全隐没不见了。他在精神上,对雷蒙德小姐的欢跃活泼、娴雅多情本是一心赞赏的,但后来他想念她却只是为了要把他心灵中最高尚的一面彻底毁掉。

在这个性情忧郁的人身上,与这次内阁危机相连又产生了因对父亲无情无义而感到的悔恨。父子之间的地壳断裂①太深了。在吕西安看来,所有这一切不论怎样都显得崇高、高贵而深情,所有这些问题他认为为之而死是高尚的,与之俱生也是美好的,但是对他的父亲,所有这一切都只是有趣的笑谈,在他看来,简直是糊涂愚蠢。亲密的感情要经三十年的考验才能建立,他们两人也许只能在这一点上取得一致。实际上,勒万先生待人处事多礼而令人喜欢,他的彬彬有礼简直达到卓绝的地步,甚至为他儿子的弱点重新创造了一个适合于他的现实环境;而他的这个儿子对这一切也够聪明的,早就猜到了,这一切不是别的,只是精明机巧、圆通多礼、细心精致、完美无缺的最卓越的表现罢了。

---

① 鸿沟。(司汤达原注)

第六十一章

内阁危机很快就出现端倪,并迅速发展,这已是有目共睹的事实;人们也逐渐看清在这次内阁危机中,勒万先生将代表证券交易所和金融的利益。陆军部的元帅部长与内阁同事的争端已经成了家常便饭,可以说,吵得很激烈。不过,有关详情在所有当代文献记录中都可找到,而且与我们这里的主题关系不大。我们只要指出议会里追随勒万先生的人比找部长的人多得多,就可以了。

勒万先生的烦难事儿也与日俱增。人人都艳羡他的处世方式,佩服他在议会中的地位,他自己对此心满意足,同时也越来越看清这种局面不会维持多久。消息灵通的议员、银行巨头、少数外交官员——他们对自己所在的国家了如指掌,对勒万先生领导和掌握以他为首的那一派人的人事变动那么得心应手、毫不吃力,神态又那么若无其事、轻松愉快,他们不禁又佩服又赞赏,可是作为领袖的勒万先生这个很有思想的人,这时却苦于心中没有一个计划。

他对他的妻子和儿子说:"我把一切都推迟了,我叫人告诉元帅,要他把财政部长追逼到底,他完全可以组织调查,追查财政部长吞掉的四五百万的工资收入,我不让德·韦兹胡闹,这个人已经气急败坏,控制不住自己了,我还叫人和财政部的大块头巴尔杜说,我们只限于揭露他在财政预算中某几笔小的漏洞、小的伪造而已。但在这样的拖延过程中,我脑子里一个主意也找不到。有谁能对我发发慈悲,给我一个主意呢?"

"你的冰淇淋既不能拿来吃,又怕它烊掉,"勒万夫人说,"对一个嘴馋的人,处境可真残忍!"

"冰淇淋要是烊掉,我真担心我会后悔死了。"

每天晚上在勒万夫人常年端坐的小桌前,像这样的谈话都要重复一遍。

勒万先生现在的注意力集中在不要使内阁立刻垮台。他最近同一位大人物商谈三四次就是为了这个目标。他不能当部长,又不知道叫什么人入阁,可是一届内阁组成又少不了他,否则就形不成阵势。

勒万先生近两个月来叫葛朗代先生给搞得十分厌烦,葛朗代先生大动怀旧之情,回想起他们过去在裴尔高先生的银行里共事时,他可什么也不用破费。葛朗代先生对他大献殷勤,离开他们父子好像活不了似的。

"这个自命不凡的家伙是想做巴黎或者鲁昂的总税务官,还是想钻进贵族院弄个议员当当?"

"不对,他想当部长。"

"当部长,他?上帝!"勒万先生回答说,放声大笑起来,"他那个处的长官还不把他笑死!"

"他这种愚蠢而自鸣得意的神气,议会偏偏喜欢。其实,议员先生们害怕思想。他们不喜欢基佐先生、梯也尔先生,他们在这些先生身上不喜欢的,不是思想,又是什么呢?实质上,他们非接受思想不可,那就自然把它当成必要的坏事接受下来。这是帝国时代教育的结果,也是拿破仑从莫斯科回来①对德·特拉西先生②

---

① 指拿破仑1812年的对俄战役。9月15日拿破仑军队进入莫斯科,10月19日法军从莫斯科撤退,12月6日回国,此次大溃退,法军共损失四十五万人。
② 德·特拉西(Destutt de Tracy,1754—1836),法国唯物主义哲学家,执政府时期,为参议院议员。拿破仑把他看成意识形态学家的首领。1814年,德·特拉西向参议院提出拿破仑帝国已告衰落。复辟时期入选贵族院,并恢复伯爵爵位。与司汤达是朋友。著有《意识形态基础》(1801)等。

的意识形态大加辱骂的结果。"

"我相信议会不会甘心沦落到比德·韦兹伯爵还要低三下四的地步。这个大人物维勒尔式的粗鲁恶俗和狡诈阴险已经同议会中的绝大多数人达到同等的水平,简直已经配成对儿了。可是这里又来了葛朗代先生,他显得这样平庸,这样粗俗,他们难道容得了他?"

"当一个部长,在精神上不允许思想活跃、委婉精致,这是当大官儿的致命伤,旧制度①的人士在议会里,当德·马蒂涅亚克先生和议会打交道,他们连他那一点小小的通俗喜剧式的机智都容忍不下,如果他真把这种叫食品杂货商和有钱人不高兴的细腻玩意儿纠缠到官儿们的弱点上去,那又会怎么样?如果必须走极端就走极端,反正极端的粗鲁恶俗没有多大危险;能弥补的话弥补一下就完了。"

"可这个葛朗代只知道有迎着开火的手枪往前冲的勇气,或者煽动暴民上街筑街垒的勇气。处理某个事件,如果一个人不接受金钱利益、家里人得一官半职或者十字勋章之类的收买,他就斥为虚伪。他说他在法国只看见三个受骗者,一个是德·拉法耶特先生,一个是杜邦·德·累尔先生,一个是能听懂鸟语的杜邦·德·内穆尔先生②。如果说他还有什么才智、学识、活跃的思想使他谈吐有点令人愉快的锋芒的话,那么,可以说他还会说一点隐语;不过,稍有一点眼光的人马上就看出那靠卖姜发迹的商人总想成为一个公爵。"

这确实是一个与德·韦兹先生不同的另一类型的泛货。

---

① 指法国1789年大革命前的王朝。
② 杜邦·德·内穆尔(1739—1817),法国经济学家,政治家,鼓吹自由贸易,因持不同政见而不容于雅各宾派,故而移居美国,1799—1802年任杰斐逊总统顾问,其后裔形成美国的杜邦家族。

"拿德·韦兹伯爵先生和葛朗代比,德·韦兹在才智上也算是个伏尔泰,在浪漫情绪上也说得上是个让-雅克·卢梭。"

在路易十六时代①,有人能和没有马车的达兰贝尔和狄德罗那样谈话②,这在德·卡斯特里③先生看来是不可想象的事,葛朗代就是德·卡斯特里这类人物。这样的观念在一七八〇年算得上是很好的眼光,但在今天却连外省一份正统派王党小报都不如,简直是败坏正统派王党的声誉。

自从勒万先生在议会的第二次演说获得很大成功以来,吕西安发现自己在葛朗代夫人的客厅里简直成了另一个人物了。他也想竭力利用这个有利的机会去谈情说爱,但是,吕西安处于所有这被人刻意追求的豪华奢侈中,耳目所接终究不过是乌木家具制造商和壁毯制造商的才华而已。这些能工巧匠的作品的精致华美反让他把葛朗代夫人性格中缺乏精致华美的实情一眼看破。一个阴暗的形象总是纠缠着他,无论怎样也摆脱不掉:一个刚刚中了维也纳彩票头彩的服饰用品商的女人的形象,法兰克福银行老板费了九牛二虎之力才使维也纳彩票风行于世。

葛朗代夫人当然不是人们所说的那种蠢女人,她对自己取得的那么一点点成功也看得很清楚。

"你以为你对我的感情是不可战胜的,"有一天她对他很幽默

---

① 法王路易十六,1774—1792年在位。
② 达兰贝尔(1717—1783),法国哲学家、启蒙思想家、数学家,提出力学中的达兰贝尔原理,对偏微分方程做出贡献,著有《哲学原理》《力学原理》等著作。狄德罗(1713—1784),法国启蒙思想家、唯物主义哲学家、文学家,《百科全书》主编,著有《对自然的解释》《达兰贝尔和狄德罗的谈话》《拉摩的侄儿》等。
③ 德·卡斯特里(1727—1801),法国元帅,1780年任海军大臣,随后任佛兰德斯与埃诺地区地方长官,并被选为贵族院议员。

地说,"可你总不肯说你看到有些人早已超过友谊的界限了!"

"上帝啊!多么可怕的真实!"吕西安想,"是不是她玩弄手法让我受害?"

他连忙回答说:

"我性格怯懦,性情忧郁,这已是我的不幸,偏偏不幸上又加上不幸,我深深地爱上一个美妙绝伦的女人,可是她对我却无动于衷。"

他这样抱怨实在是个再大也没有的大错:因为此后正好是葛朗代夫人反过来追求吕西安,如果可以这样说的话。他好像也在利用这种地位,不过,在大庭广众之中,特别在他似乎炫耀这一点的时候,就更显得带有残忍的意味。如果他见葛朗代夫人周围仅仅是些惯常献殷勤的人,那么,他简直令人难以相信地做出努力,对这些人一点也不显出鄙夷的神情。

"他们对生活的感受与我相反难道是他们的错?他们人多势众,是大多数!"

这个道理固然不错,可是他逐渐地又变得冷淡,沉默寡言,兴味索然了。

"同这些笨蛋谈真正的美德,谈荣誉,谈美,怎么谈得起来呢?他们不论什么都颠倒过来看,总是拿低级的笑话把精美的东西玷污败坏!"

有好几次,这种厌恶的心情在他不知不觉中还是帮了他的忙,将他一时控制不住的举动加以挽回,他这急躁的脾气在南锡的社交界非但没有改掉,反而更加严重了。

葛朗代夫人见他一个人站在她的壁炉前,对着她转过身来,什么都不看,她心里想:"瞧这个曲高和寡的男子,多么完美,只是他的祖父可能缺少一部四轮轿式马车!他没有一个历史性的古老姓氏,真可惜!他激动起来的时候,很有英雄气概,但在仪态风度上

713

却留下不少缺陷。客厅里竟没有一个风度完美无缺的人出现,实在太遗憾了!……"

她还认为:

"我在这里应该让这个高贵而知礼的人从他那个正常状态中走出来才对呀,当他单独和我在一块儿的时候,似乎尤其应该如此才对呀……可是同这些先生在一起的时候(葛朗代夫人自己对自己谈话时大概是说:'和我的随从们在一起的时候'),他就显出那种无动于衷而又很有礼貌的神气来……"葛朗代夫人说,"如果他真是对什么都不热心的话,我也就没有什么好抱怨的了。"

吕西安和他所崇拜的一个女人交往而感到厌烦不堪,这使他十分懊恼,随着这种内心情绪的出现,他越来越懊恼不已;他推测周围人对个人的举止非常注意,因此,他总尽力做得礼貌周到,要在他们面前做到讨人欢喜。

在这期间,由于他恰恰是一个被他父亲整得十分狼狈的部长的亲信和秘书,他的处境变得更加微妙。德·韦兹先生与吕西安仿佛彼此默认,除了讲几句礼节上必不可少的话以外,他们已经不交一言。部里有个听差把文件从这个办公室送到那个办公室去。德·韦兹伯爵为表示对吕西安的信任,几乎把部里那些重大的公事都压到他头上去。

"他以为这就能逼我去求饶?"吕西安想道。他照样干,他所做的相当于三个处长的工作。他经常清晨七点钟上班,吃晚饭时曾多次托他父亲银行里的人替他抄写文件,晚上再回内政部,把公事文件放到部长阁下的桌上。部长实际上也尽量以愉快的心情接受这类对办公室里所谓才能的考验。

吕西安对科夫说:"实际上,这比把一个对数数字计算到小数点后十四位还要叫人头脑发木。"

德·韦兹先生对他妻子说:"勒万先生和他的儿子显然是向

我暗示:吕西安从冈城回来我没有让他出任省长是我的不是。他能要求什么呢?我已经答应他如果事情办成了,他的晋级和十字勋章就都有了,可是他并没有把事情办成。"

德·韦兹夫人每个礼拜都三四次叫人请吕西安到她家里去,白白侵占了他处理那些无聊文件的宝贵时间。

葛朗代夫人也总是找出一些借口叫他白天来相会;吕西安出于对他父亲的情谊和感恩,也总借此机会做出好像真在恋爱的样子。他估计他每个礼拜至少要见到葛朗代夫人十二次。

"公众倘若注意我的话,应该相信我的确被迷住了,过去有人怀疑我是圣西门派这种罪名从此可以洗刷干净了。"

为了博得葛朗代夫人的欢心,他也加入到巴黎刻意注重修饰打扮的年轻人的队伍里去①,并且十分引人注目。

父亲对他说:"你这样做不对,你把自己打扮得太年轻。如果你三十六岁,或者至少外表像个坏脾气的空谈家,那么,我自会给你我所希望的地位。"

所有这一系列的事情维持了六个礼拜,后来吕西安看到这一切不可能再维持六个礼拜,他很感自慰,就在这期间,有一天,葛朗代夫人写了一封信给勒万先生,要求第二天上午十时在德·泰米纳夫人家中和他晤谈一小时。

"人家已经把我当作部长来对待了,哦,真是有利的地位啊!"勒万先生说。

第二天,葛朗代夫人以无穷无尽的抗辩开始谈了起来。勒万先生听着她婉转而曲折的相当长的谈话,不动声色,态度严肃。

他想:"真得像个部长的样子,既然人家要求接见。"

---

① 应说:这是一个时髦人物。(司汤达原注)

最后,葛朗代夫人把话头转到对自己的真诚的称赞……勒万先生看着壁炉上的钟,计算她讲了多少分钟。

"首先,我无论如何必须沉默;这位少妇,这么鲜艳,这么年轻,又这么野心勃勃,对她我可一点也不能开玩笑。只是她要干什么?这个女人毕竟缺乏战术,她应当看得出我已经厌烦了……她已经养成习惯,要做出高贵的样子,但真正的才情不多,还不如我们歌剧院的一位小姐。"

但是,葛朗代夫人一打开天窗说亮话为葛朗代先生要个部长做做,勒万先生就不感到烦了。

"王上很喜欢葛朗代先生,"她又补充说,"王上看到他参与国家大事一定会十分满意的。我们从王上那儿受到的恩宠你要是愿意听,并给我充裕的时间,我可以详细地讲给你听。"

勒万先生一听这话,神态立刻变得极其冷漠。于是这个场面开始叫他觉得有趣,假戏真做,似乎确实值得做一做。葛朗代夫人有点惊慌,几乎不知怎么办才好,尽管她的性格十分倔强,不会为这区区小事受到惊吓,但她还是改了口,开始谈起他勒万对她的友谊来……

勒万先生听她讲起友谊并要求对她表示赞同,仍然一句话也不说,几乎凝神屏息,一动不动。葛朗代夫人看出自己的意图失败了。

"我把我们的事情给搞糟了。"她想。这样想使她准备走极端,也使她进一步把精神振作起来。

现在她的处境变得更糟:勒万先生在她面前已不是他们刚开始会晤时的那个人了。她先是十分焦急,随后是感到害怕。这变化都表现出来了,都表现在她的面色和表情上了。勒万先生又加重了她这种惶恐不安的情绪。

事态发展到这么严重的地步,葛朗代夫人居然下决心向他提出了可能对自己不利的要求。勒万先生整整有三刻钟一直闭口不言,阴沉着脸保持沉默,这不是好兆头①,这当儿,谁料他竟费了好大的劲儿才使自己没笑出声来。

"我若是笑出来,"他想,"她就会感到我等一下对她说的话无比可憎了,我对厌烦情绪忍受了一个小时也就白费劲了。到那会儿我就失去测定这位著名而有道德的女人真正的'吃水线'②的机会。"

最后,好像施恩行善一般,勒万先生表现得非常彬彬有礼,那样子叫人看了更加灰心,他开始透露出他或许再过一会儿才愿意把他的想法谈一谈的口气。他还请她多多原谅他不得不把要对她说的话讲出来,原谅他不得不使用一些也许使人感到冷酷无情的字句。他又让葛朗代夫人的惊恐不安的心在一些最可怕的事情上兜了一圈,借此取乐,他觉得十分有趣。

"总之,她没有性格,我可怜的吕西安不过弄上了一个可厌的情人,如果他真得到她的话。她的美是出名的,就装饰而言,就外表而言,很了不起,如此而已。必须把她放在一个华丽的客厅里,然后自己站在二十个佩戴高级荣誉勋章、十字勋章和绶带的外交官中间看她。总之,我真想知道吕西安那位德·夏斯特莱夫人是不是比这个要好得多。她这风姿,她这确实美丽的双臂,就肉体美而言,德·夏斯特莱夫人不可能超过她,如果我敢这么说的话。从另一个方面说,尽管不免有点儿拿她开玩笑,她确确实实叫我生厌,换句话说,至少她叫我不停地看钟,计算时间过了多少分钟,确实是这样。如果她像她的美貌显示的那样真有性格的话,她就应该打断我的话二十次都不止,把我逼到墙脚下动弹不得。她宁可

---

① Dogged(英文:顽强固执的)。(司汤达原注)
② 原文为 tirant d'eau,本义为(船的)吃水深度。

让人把她当作一个新兵拖到决斗中去挨打。"

勒万先生直截了当地提出一些建议,讲了好几分钟,弄得葛朗代夫人焦虑到极点,最后,勒万先生好像深深地激动了,放低声音,讲出了这样几句话:

"夫人,我坦白地对你说,我不能喜欢你,因为你就是我儿子日后死于肺病的原因。"

勒万先生说完后暗自想:"我这声调很顶用,口气和表达的意思都很准确。"

然而,勒万先生毕竟不是当大政治家的料子,既不是塔列朗,也不是善于与要人周旋的外交使节。厌烦情绪使他感到不快,他简直抵制不了散散心轻松一下的要求,几乎漏出一句逗乐或傲慢无理的话。

所以,勒万先生这句话一说出口,便想大声笑个痛快,他怎么也忍不住了,没法子只得一走了之①。

葛朗代夫人于是把门上的插销插上,一动不动地坐在靠背椅上,坐了有一个钟头之久。她那样子,思虑重重,两只眼睛张得大大的,就像陈列在卢森堡宫里盖兰先生画的《费德尔》②一样。就

---

① 这里必须让微光透出来。因为理解有困难,只好为笨蛋们回避太下流的地方。否则,我就要这样说:勒万先生的措辞非常正派体面,只求对方能够明白,这就是说,她如果真想看到她丈夫当上部长,那她就必须先让吕西安开开心,勒万先生这话说出以后,再也坚持不下去了,只好一走了之。(司汤达原注)

② 盖兰(Pierre Narcisse Guérin,1774—1833),法国画家,德拉克罗瓦和席里柯的老师;成名作为《马库斯·西克司都的归来》(1799),主要作品有《费德尔与希波吕托斯》(1802)和《安德洛玛刻与皮洛斯》(1810),代表作为藏于卢浮宫的《克吕泰墨斯特拉、狄多女王和埃涅阿斯》(1817)。

费德尔:希腊神话中人物,雅典国王忒修斯的妻子,因爱上忒修斯前妻之子希波吕托斯遭拒绝而羞愤自杀。

巴黎卢森堡宫 1750 年 10 月 14 日首次向公众开放,最著名的藏画有鲁本斯的 21 幅装饰画。

是一个野心家苦熬十年,饱受痛苦,要得一个部长干干,也比不上她此刻这样心急如焚,贪得务求。

"罗兰夫人①在这个土崩瓦解的社会里扮演的是怎样一个角色?我可要为我的丈夫起草所有的通告,因为他文章写得不漂亮!

"如果没有悲惨不幸的伟大热情,我就不可能达到那美妙卓越的地位,圣日耳曼城区地位最高的人物也曾经是这种热情的牺牲品。信号灯已经点燃,它的光芒使我上升到更高的境界!我可能看不到这梦想成真的一天就老死在当前这种地位上,再说,就算葛朗代先生当上部长,四周围着我的这类人,也见不到真正高贵的特征,只有一种令人满意、自命不凡的色彩而已……德·韦兹夫人只是个小傻瓜,简直傻透了。聪明人向来是从掌握预算着手的。"

无穷的理由一齐涌到葛朗代夫人的心中,要她确信做一个部长是怎样幸福②。这一点不成问题。不过,确切地说来,罗兰夫人在她丈夫③出任内政部长之前,使她高贵的心像火焰那样燃烧起来的并不是这样的思想。这就是为什么我们这个世纪要去模仿九三年的伟大人物的缘故,德·波利涅亚克先生算是有性格的原因也都在于此;所以人们要按照有形的事实依样画葫芦:当部长呀,

---

① 罗兰夫人(1754—1793),1789年法国大革命时期的政治活动家,吉伦特派核心人物之一,早年受伏尔泰、孟德斯鸠等的影响;1780年与罗兰结婚,大革命时期积极参加政治活动,罗兰夫人在巴黎主持的沙龙,是有名的政治活动场所;曾参与起草制定吉伦特派的文件,左右该派的政策;1793年雅各宾专政时期被判处死刑并送上断头台;著有《回忆录》。
② 她想到吕西安:这是一个很好的人,很可爱,可是他怕她。(司汤达原注)
③ 罗兰(1734—1793),法国政治家,思想民主,赞成革命,曾参加修改《百科全书》,1790年在里昂建立雅各宾俱乐部,后成为吉伦特派领袖之一,1792年任内政部长,因企图保护路易十六而遭雅各宾派攻击;1793年雅各宾专政时期逃出巴黎,得知夫人被处死后自杀身亡。

搞政变呀,制造一个重要日期呀,搞一个牧月四日①呀,搞一个八月十日②呀,搞一个果月十八③呀;但取得成功的手段如何,采取行动的动机如何,人们就不那么深究了。

然而,一旦涉及为争得所有这些利益而需要付出的代价这个问题,葛朗代夫人的想象力就跟不上了,她也不愿为它多费心机:她的精神已经枯竭了。她不愿公开承认,可又不能不理睬这个问题;她实在需要白费口舌、往复不断地去讨论它,好让她的想象力适应这种需要。她的心让野心的火焰烧着了,她已无心去注意或考虑这种令人不快的必要条件,而在利害关系上这又属于次要一等。她感到她会后悔,不是在宗教方面,而是在贵族地位方面。

"是不是过去的贵妇人,比如德·隆格维尔公爵夫人、德·舍甫洛兹夫人对令人不快的所谓条件也不大计较?"她迫不及待地一再重复着问自己。可她自己却回答不出,问自己的这个问题她想得那么少,以致她的心早就坠入关于部长的沉思默想之中去。"跟班,我应当有多少?马匹,应当有多少?"

这个以贤德闻名的女人对灵魂的通常称为贞洁的作用居然这么不注意,以致忘记回答从这方面考虑而向自己提出的种种问题,当然,必须坦率地承认,不过是从形式上提出的问题。总之,她在玩味她未来的部长夫人地位三刻钟之久后,才注意到她对自己重复提了五六次的问题:

"德·舍甫洛兹夫人,或者德·隆格维尔夫人,她们到底答应了没有?——毫无疑问,她们都同意了,这两位高贵的太太。从精

---

① 牧月四日起义:热月党国民公会时期,共和三年牧月一日至四日(公历1795年5月20日至23日),巴黎人民举行"争取面包和恢复权利的人民暴动"。
② 八月十日事件:1792年8月10日,人民群众攻陷杜伊勒里宫,打倒国王路易十六,推翻君主制。
③ 果月十八政变:督政府时期共和五年果月十八日(公历1797年9月4日)夜,共和派督政官巴拉斯等发动果月十八日政变,清除政府中的王党势力。

神角度衡量,她们之所以不如我,就因为她们在这类交涉中表示同意是出自一种半热情,那当然不是由不高贵的癖性所促成,而不如说是由肉体上的原因所促成。她们很可能受到诱惑,至于我,不可能那样。(她往往自我欣赏。①)办交涉的时候,要有高度的智慧,高度的谨慎;在这中间我决不可掺入任何寻求快乐的想法。"

葛朗代夫人现在如果不是完全恢复安谧平静的心境,那么,至少从女性这个角度感到有了保障而心安理得,所以,她随后又沉醉在取得部长地位后她的社会地位发生种种变化的幻想之中……

"一个姓氏一经列入部长大臣的行列就永远闻名于世。千百万法国人认识的形成民族最高等级的人,都是从曾经就任部长大臣的人的姓名中知道的。"

葛朗代夫人一直想象到遥远的未来。她还让她的青春时期也充满使她感到欢欣自得的事件。

"要保持尊严,对所有的人都要永远公正并和睦相处,要把关系发展到社会各个方面去,要多活动,那么,不出十年,全巴黎都会喊叫我的名字。天长日久公众对我的府邸和我的宴会也就看惯了。最后度过像雷卡米耶夫人②那样的晚年,也许还有更多财富。"

下面的问题,她只问了一问,不过一刹那间,做做样子而已:

"但是,勒万先生有那么大权力,能把部长职务给葛朗代先生?我一旦把谈妥的代价交了出去,他会不会不把我放在眼里?这当然得好好研究一下,有了契约的首要条件才好起货。"

葛朗代夫人同她丈夫联手策划了这次活动,但是她并没有把答复同最后的真实情况全告诉他。她推测让他采取理智的、哲学

---

① 她以自己的心灵空虚为荣。(司汤达原注)
② 雷卡米耶夫人(1777—1849),法国贵妇人,十五岁时嫁给银行家雷卡米耶。她在巴黎的沙龙是当时政界和文学界知名人物的聚会之地。

721

式的甚至政治的态度——视情况而定——并非肯定不可能,不过那一定颇费口舌,不知要谈多少话,对一个自尊自重的女人来说实在太可怕了。"所以,"她想,"还是抬脚跨过去为好。"

晚上,吕西安来到她家,一切都没有什么乐趣可言;她很尴尬地低下头去。她的良心对她说:

"你看,就是通过这个人我才能成为内政部长夫人。"

吕西安一点都不知道他父亲搞的那套做法,只觉得在葛朗代夫人和他相处的方式中,有点儿不怎么僵硬、比较自然而又显得亲切的苗头。他很喜欢这种待人方式,不禁想起质朴、自然之类的意味,这确实是难得的,他不喜欢葛朗代夫人所谓光辉灿烂的精神。这天晚上,他大部分时间都留在她的身边。

他的到来肯定让葛朗代夫人感到非常别扭。因为搞这种高级政治阴谋她在理论上有一套,在实践上就不行了。这种高级政治阴谋在德·雷兹红衣主教时代,简直就是舍甫洛兹、隆格维尔之流的日常生活。她把吕西安打发走了,不过做出一种专制的样子,又装出很有交情的姿态,简直使他喜出望外,因为十一点钟就可以自由,在他已经觉得很高兴了。

这一夜,葛朗代夫人几乎没有睡着。直到清晨五六点钟的时候,想到做一位部长夫人的幸福才让她在睡乡中得到了休息。在她幸福感十分强烈的时刻,她简直觉得她好像就在格洛内勒路内政部长官邸里一样。这真是一个十分重视现实生活的女人。

这一夜,她也有五六次不快的时刻,譬如说,她计算了仆人穿的号衣的数量和费用。葛朗代先生的仆役穿的号衣一部分应该是淡黄色的,这样的号衣尽管千叮万嘱也很难保持一个月的光鲜和清洁。制备大量必需的服装,要费多少钱,特别是要花多大力气去监督!她算了一算:门房,马车夫,跟班……可是又算不下去了,她不知道究竟要多少跟班才行。

"明天,我去拜访一下德·韦兹夫人,要巧妙一点才好。千万不能让她怀疑到我来占她的房子;要是她把我去看她当笑话讲出去,那真是恶俗极了。连一位部长的房子的情况都不知道,那怎么行？本来葛朗代先生应该了解这些情况,可是他这个人偏偏一点头脑也没有！"

　　只是到十一点钟,葛朗代夫人一觉睡醒,才想到勒万;她立刻笑了起来,觉得自己很爱他,觉得他比昨天更叫她喜欢了:所有这给了她新生活的高贵的东西,只有他才能送到她手上来。

　　晚上①,他来了,她高兴得脸都红了。"他的风度完美极了。"她想,"多么高贵的神态！对什么都淡然处之,多么好！这和一个粗俗的外省议员真有天壤之别！就是那些更年轻的议员,在我面前,也都像教堂里的信徒似的。前厅里的仆人居然害得他们魂不守舍,慌了手脚②。"

---

① 这是第二天晚上。(司汤达原注)
② Beware(英文:当心)！一些可厌的人物,如德·韦兹伯爵和葛朗代夫人,他们身上应该增加某种人性的东西、某些真实细节(并且放在靠近开始写他们的部分);否则,不知不觉中我就把他们写成(他们一定也会变成)一些带有政府部门可憎特征的木偶,就像拉莫特-朗贡先生的《省长先生》中的人物那样。(司汤达原注)

第六十二章

吕西安这一天在葛朗代公馆,对接待他的非同寻常的表情感到十分诧异,另一方面,勒万夫人却在这一天同她的丈夫有过一次极为重要的谈话。

她对他说:"啊!我的朋友,野心又把它的头转向你这边来了,伟大的上帝!多么了不起的野心啊!你的肺会受害而生病的!野心对你有什么好处呢?⋯⋯为了金钱?为了勋章?"

勒万夫人这样对她丈夫说话,他实在无以辩解。

我们的读者也许奇怪,一个女人已经四十五岁了,仍然是她丈夫最好的挚友,而且始终忠实而真诚地和他相处。其中的道理就在于,和一个有独特精神而又有点疯魔的像勒万先生这样的男人共同生活,假如缺乏完全的真诚,那就可能是极端危险的。他这个人确实有一种令人惊奇的精神,由于糊涂,由于放任和随便,你可以愚弄它一个月、两个月,但过后它的力量依然会集中起来,像反射炉中的火焰一样,人们恰恰在这一点上希图蒙骗这种精神;虚假和欺骗总会被揭穿,被嘲笑,信任从此就永远丧失了。

他们两人彼此相向,他们的思想境界很高,这正是一对夫妻幸福的所在,也是值得庆幸之事。处在这个谎话连篇的世界中,在亲密关系中弄虚作假、不说真话,居然比在社会关系中更有过之而无不及,在这样的亲密关系中,完美无瑕的真诚尤其像馨香的鲜花,具有着难以言说的魅力,并经得起时间的考验,永远鲜艳。

何况勒万先生处在当前这样的时刻又最容易说谎。他在议会取得很大的成功不费吹灰之力,连他自己也不相信这个局面能够维持下去,甚至不相信曾经真有过成功。那是一个幻景,一次发疯,一回极重要的快乐的实验,是他三个月来的成功和难以置信的地位所产生的结果。如果勒万先生把他在巨大金钱利益中从不缺乏的冷静也带到这次事件中去的话,那么,他一定会对自己说:

"这不过是我早就积蓄起来的力量的一次新的发挥罢了。可以说这是一部高功率蒸汽机,我至今还没有照目前的用途使用过它。"

这次在议会所取得的惊人的成功,在他身上引起了新的感受,在这种感受的冲击下,勒万先生连良知和常识也有点把握不住了。这一点是他耻于承认的,即使对他的妻子他也开不了口。在谈了一大通没完没了的话之后,勒万先生不能不承认他感到心中负疚。

"是的,的确,"最后他开口说,"我是有了野心,有趣的是,连我自己也不知道想干什么。"

"运气在敲你的大门,应当赶快打定主意,下定决心。你不开门,它就要去敲别人的门了。"

"全能的上帝所创造的奇迹总是出人意料地在卑贱愚蠢者身上出现。我要让葛朗代当上部长,至少我要去试一试。"

"葛朗代先生当部长!"勒万夫人笑着说,"那你对昂塞姆太不公正了!为什么没有想到他?"

(勒万先生那个年老的忠仆昂塞姆,读者可能已经把他忘记了。)

勒万先生听了这个严肃的笑话感到非常愉快①,他回答说:"像昂塞姆这样的人,已经六十岁了,办起事来倒比葛朗代先生强

---

① 幽默。幽默的定义——这是我二月七日想到的:一个严肃的人提供给能感受愉快的人的愉快。(司汤达原注)

得多。不信你等他一个月看,等他的出乎意料的诧异心情过去以后,看他怎么处理问题,处理公务,特别是处理一些大事,处理大事的确需要有见识,有良知,他肯定要比葛朗代先生强得多。但是昂塞姆缺少一个老婆,到时候她就可能是我儿子的情妇,但是,真叫昂塞姆去当内政部长,那么,不论谁都不会说我打算让吕西安去当部长。"

"哎呀!你和我说的是什么呀?"勒万夫人叫了起来,脸上的笑容一下子消失了,刚才她还微笑着听他一条一条列举昂塞姆的优点,"可你这样就害了我的儿子了。那个女人,那个女人的思想不是安分守己的,她一心追求幸福,灵魂受着折磨,目的又达不到,吕西安怕要成为那个女人的牺牲品了。她会把他害得跟她一样不幸,一样不安。对这种庸俗的性格,他怎么会不反感?这是一个照着别人的样子画出来的女人!"

"她是巴黎最美的女人,至少是最艳丽的一个。她至今还没能找到一个情人,一直老老实实,可是巴黎偏偏不知道,而且这个情人只要在上流社会里稍稍有点名气,他就能被选中,被选中了他就会给摆在第一流的地位上了。"

他们这样谈论了很久,这样的谈论对勒万夫人来说并非毫无吸引她的地方,最后,她也赞成他那番道理。不过她还是认为吕西安年纪太轻,不能把他介绍到社会上去,尤其不能进议会,不能成为一个商界人物或政界人物。

"他要举止风流,穿着优雅,这是错误的,不该这样。不过,首先,我打算让他到葛朗代夫人那里去接受接受教育……总之,我亲爱的,我想让他从心里把那位德·夏斯特莱夫人彻底地驱逐出去,现在我坦白地对你说,这个女人真叫我怕得发抖。

"你应该知道,吕西安的工作是很出色的。我已经得到有关他的非常令人振奋的消息,是接替我的朋友克雷泰做办事处副主任做了二十九年的老杜布勒伊告诉我的。听说吕西安在内政部处理公事,一个人办三个办公室处长的事。他决不让那种墨守成规的愚蠢做法来糟蹋自己,就是笨蛋们唤作惯例的那种东西,所谓例行公事,吕西安办事干脆,果断,有胆量,不怕受到连累,既做了就不翻悔。他公开宣布他是向部里供应纸张的商人的死对头,他主张公文只写十行。他虽然在冈城受到一番教训,但他办事一直坚定大胆。请注意:我和你,我们在这件事上意见是一致的,我可从来没有对他明确讲过我对他处理麦罗贝尔先生选举之事的看法。我在议会里曾经间接地替他的行为进行过辩护,他可以从我的言论中看出我是尽到一个家长的责任的。

"我要设法让他当上秘书长,如果我办得到的话。如果人家以他的年资为借口,不把这个头衔给他,那他至少应当在实际上成为秘书长才行,那个职位一直空在那里嘛,而且他可以以部长专用秘书的名义履行秘书长的职责嘛。要么过不了一年给碰得头破血流,要么他取得一定的声誉,到时候我可要傻头傻脑地说:

　　深切的友情
　　能给予什么
　　我就用这一切
　　给他一个好命运。

"我自己嘛,也要想法摆脱出来。人家明白,因为儿子当部长不够资格,我这才让葛朗代去当部长。如果失败了,我也没有什么好责怪自己的:因为运气没有来敲我的大门嘛。如果让葛朗代上去,那么,我就有六个月不再为难了。"

"葛朗代先生能顶得下去吗?"

"有的赞成,有的反对。支持他的笨蛋总会有的,他家里还要有个大排场,我不怀疑,除了他的薪俸以外再花费十万法郎。这是个大数目。他缺少的不是别的,他缺少的只是:辩论中的思想,处理问题时的常识。"

"你算了吧。"勒万夫人说。

"话虽这么说,可毕竟还是个好孩子嘛。他在议会里一定还要讲演,你也知道。他念起最好的演说稿来,就像一个仆人那样,演说稿我会找最出色的能手来写,弄出成功的稿本要花一百路易。我也要发言。我的辩护性发言会不会像攻击性发言一样成功?这是我急于想知道的,只是眼下还没把握,我觉得这很有趣。我的儿子,还有那个小鬼科夫,他们会替我的辩护性演说拎出几条杠杠来……总之所有这一切都可能非常乏味,我相信……

....

不过,事实上,从女性方面来说,她一定会对这样的协议非常反感。"

"这真是不怀好意。我就奇怪对这种事情你怎么伸得下手去。"

"可是,我亲爱的朋友,法国历史就有一半完全是根据这样的范例,在这样的协议的基础上构成的。你今天看到那些又古板又神气的名门望族,它们四分之三的财富过去就是靠爱情积起来的。"

"伟大的上帝!这是什么爱情!"

"难道对法国历史学家采用的这个体面名称你还要和我争论不成?弄得我恼怒起来,我就要使用原来那正确的字眼了。从弗朗索瓦一世到路易十五①,内阁大臣都是一些贵妇人提供的,至少有三分之二的空缺是她们想法子填补的。我们民族每一次发高烧、患热病,无一例外都是这种风俗给治愈的,这本来就是它的风

---

① 法王弗朗索瓦一世,1515—1547 年在位;法王路易十五,1715—1774 年在位。

俗。人家一直都在做的事,做起来难道有什么不好吗?"(勒万先生真正的道德训条便是如此。他的妻子出生在帝国时期①,对她来说,帝国就具有这种严厉的道德观,这是和开始兴起的专制暴政相吻合的。)

这种道德她适应起来是有些困难的。

---

① 指拿破仑帝国时期。

第六十三章

葛朗代夫人不论在性格方面还是在习性方面,都是一点传奇性也没有的,这种情况,对一个不会被她的王后风采和英国少女独有的那种娇媚鲜艳引得眼花缭乱的真正有眼力的人来说,同她的多愁善感和充满热情的谈话方式(就像诺迪耶①先生的小说所描写的那样)形成了鲜明的对照。她不讲"巴黎",而说"这座巨大的城市"。葛朗代夫人在外表上虽然带有富于传奇意味的特色,可是在她处理一些重要事务的时候,却有出售针线的小杂货零售商的那种理智、有条理和精明小心②。

当一个部长夫人的幸福在她已经习以为常、完全适应以后,她这才想到勒万先生发现儿子成了一场毫无希望的恋爱的牺牲品,至少成了笑柄,也许会感到困惑,至于她,可从来也没有提出过爱吕西安的问题③。她所知道的爱情不过是上流社会司空见惯的那种陈腐不堪的装模作样的玩意儿,真正隐藏着爱情的地方她看不见,她没有那样的眼睛。葛朗代夫人不断思考的大问题是:

---

① 诺迪耶(Nodier,1780—1844),法国作家,1832年当选为法兰西学院院士,重要作品有《面包屑仙女》《勃里斯盖家的狗》等;他的作品对浪漫主义诗人奈瓦尔和后来的超现实主义文学有很大影响。
② 司汤达在一条注中指出这一段肖像描写应放在第一部分:"读者应该在南锡,在一次舞会的场景中第一次见到葛朗代夫人。大家知道,这次介绍人物出场实际上人物并没有出现。"(马尔蒂诺注)
③ 为取得喜剧效果,不妨研究一下葛朗代夫人是否应该真这样相信吕西安爱她。(司汤达原注)

"勒万先生有没有权力让人家当上部长？他无疑是一个很红的演说家；他的声音几乎听也听不清，但在议会里人家都要听他说话，这是不可否认的。听说连国王也秘密召见过他。他和陆军部长某某元帅非常要好。所有这许多条件加起来自然造成他这么显赫的地位，但这个人多么精明，多么会骗人，从支持国王到把部长的官职托付给葛朗代先生，中间的距离大得简直没法说啊！"葛朗代夫人不禁深深地叹息了。

没有信心，犹豫不决，两天来把葛朗代夫人想象中的幸福渐渐消磨尽了，她正是在这样的痛苦的煎熬中下了决心，坚决要求和勒万先生约定时间会面："可不该把他当人看"，而且大胆地指定在她家里会面①……

---

① 待写的一个场面。——两个对谈者的情势：

勒万先生允诺了部长的职位，并要求葛朗代夫人在任命的诏令公布于政府《通报》上之前就委身于吕西安。葛朗代夫人说了一通尽可能冠冕堂皇的体面话（喜剧性的来源正在于此），又说："我答应好了，困难并不在这里；可是你一定给我一个部长职位吗？你一定让我丈夫当上部长吗？我一旦和令公子搭上关系，那个部长职位可能就拖延不给了。"

形式就是一切，这极其重要，我现在还不想把对话写出来，在我还不是十分有把握一定采用这样的场面之前。

合理的根据是：勒万先生对她说："你去打听打听。你去问问我是不是可能掌握一个部长职位，是还是不是。我承认那只有上了《通报》才是肯定了的事；换句话说，这样的肯定，我还不能答应你。其实，葛朗代先生的名字即使上了《通报》，困难依然存在，只是困难转到另一方，所以你现在说的话，到那时候就该让我说了。对我儿子的痛苦的怜悯，那时你说不定早已抛在脑后了。"

于是延期再谈。葛朗代夫人出去了解情况；了解情况的结果是，在本属内阁青黄不接的情况下，勒万先生出任内政部长的可能性最大，或者由他指定的人选担任部长职务，因为缺少了他，政府在开始阶段便不可能在议会里取得多数的支持。很可能两个月后国王看不上勒万先生了，以致因为对他十分反感而迫使他提出辞职。

她因此断定勒万先生待她还是有诚意的。（何以见得？）

最后，她同意让吕西安做她的情人。

以下便是我们上面所说的谈判过程中葛朗代夫人与吕西安五日相处的场面。喜剧式的。（司汤达原注）

"这件事对我们这么重要,所以,我想请求你把使我抱有希望的这件事的详情讲给我听,你不会觉得奇怪吧?"

勒万先生暗暗笑着对自己说:"你看,不讨论讨论价钱,反倒讨论起交货的保证来了。"

勒万先生于是用最亲切最诚恳的口气说:

"夫人,看到咱们由来已久的十分美好的友谊的联系越来越密切,我感到非常幸福。今后这样的联系应当亲密无间,而且,为了更快地达到可喜的坦率,达到打开心扉的地步,我请你允许我说话完全排除徒劳无益的虚情假意……就好像你我是一家人。"

说到这里,勒万先生真想恶狠狠地看她一眼,费了好大劲才止住没看。

"我是不是该要求你绝对慎重小心? 有一个事实我不能不告诉你,你素来看事深刻,判断正确,你的智力其实也猜得出来:德·韦兹伯爵先生正在暗中探听。这位部长派出许多暗探,比如德·G侯爵先生,或者R先生,你都认识的,这位部长只要从他手下一百名暗探中的一个收集到哪怕一件资料、一个事实,也就可能把咱们所有的事情都给搞乱。德·韦兹先生看到他那个部保不住了,可人们却不能拒绝他进行大量活动:他每天上午八点钟之前就出去拜客,竟有十次之多。对巴黎来说这么早拜客是不寻常的,可被拜访的议员却喜不自胜,这使他们想到从前他们也曾这么活动过,那时候他们不过是诉讼代理人的帮办而已。

"葛朗代先生和我一样,身居银行主脑地位,七月王朝以来,银行又居于国家的主脑地位。资产阶级已经主宰了圣日耳曼城区,银行就是资产阶级中的贵族嘛。拉菲特①先生认为所有的人都是天使,所以他害得自己的阶级把内阁都给丢掉了。现在形势呼吁大银行或者由它自身或者由它的朋友再把统治权抓过来,把内阁再掌握到手中来……人们曾经责骂银行家愚蠢,议会倒宽宏大量,居然愿意叫我证明给大家看:需要的时候,我们能够用一些令人难忘的语言嘲弄我们的政敌。我自己清楚得很,这些话是没有多少道理的;但议会并不喜欢什么道理,而国王又只知道爱钱;国王还需要好多好多士兵去控制工人和共和党人。政府把最大的注意力用在对付证券交易所。内阁不能解散证券交易所,然而证券交易所却可以解散内阁。现内阁走不出多远了。"

"葛朗代先生也是这么说。"

"他的看法相当正确;不过,既然你同意我用最亲密的语言来说话,我就坦率地对你说,夫人,没有你,我是决不会想到葛朗代先生的。我对你直说吧:你是不是对他相当有把握,在他部长任内所有重大行动都指挥得了他?你只有这么能干,才对付得了那位元帅(陆军部长)。国王想要军队,只有元帅才能领导,并把它掌握住。再说,他也爱钱,他想要很多钱,那只有财政部长才能供给他。葛朗代先生应当把天平摆平,一边是元帅,一边是出钱部长,不然的话,就要分裂。譬如说,今天,元帅和财政部长,讲和了,好了,二十次,又闹翻了,也是二十次。双方你骂我我骂你闹到连商讨一些最简单的问题也谈不下去了。

"金钱不仅是战争的资本,而且是我们从七月王朝以来所享有的某种伴有武装的和平的资本。镇压工人,军队是必不可少的,除了军队以外,还必须给资产阶级的参谋部提供官职和地位。你

---

① 雅克·拉菲特(1767—1844),法国银行家、政治家,1830—1831 年间任七月王朝的内阁首相。

要是不能做到每个职位发六千法郎的薪水,那就有六千个唠唠叨叨说个不停的人长篇大论地发表演说攻击你,没有钱就不能叫他们闭上嘴巴。

"元帅永远是伸手要钱的,所以他看中了内政部,想叫一个银行家去当内政部长;你我之间我不避你,他希望在必要的情况下有一个反对财政部长的人,一个对当天不同时间各种金融即时行情都很了解的人。这位银行家内政部长必须是这样一个人,他能了解交易所,甚至在某种程度上能居高临下地制服罗特[希尔德]和财政部长之间搞的阴谋诡计,这位银行家部长应该姓勒万还是姓葛朗代?我这个人很懒散,年纪也大了,咱们爽爽快快说出来吧。我也不能让我的儿子去当部长,他不是议员,我不知道他能不能长篇大论地讲话,比如这半年来,你搞得他成了哑巴……不过能救我儿子一命的人所选中并推荐给我的人,我自有办法让他当上部长。"

"我不怀疑你对我们的好意是真诚的。"

"我明白了,夫人;你还是有点怀疑,我欣赏你的贤明又有一条理由了,你是怀疑我的能力。在讨论宫廷和政治方面巨大利害问题的时候,怀疑是应尽职责中的第一条,对签约的任何一方来说,怀疑不会受到轻侮。人是会陷入虚妄之中的,不仅会把一个朋友的利益丢了,而且连自己的利益也会丧失。我已经告诉你,我可以看中葛朗代先生,你对我的能力还是有点信不过。我不能把内政部或财政部的任命书拿给你,就像我把这束紫罗兰送给你一样。在我们如今的习惯上,就是国王本人也不可能送给你这样的礼物。实际上,一位部长应该由五六个人选出来,这五六人中,每个人与其说有绝对权力可以使他的候选人当选,不如说对其他人选有否决权;总之,夫人,请不要忘记:问题在于国王是不是高兴,议会是不是愿意,还要考虑别让那个并不高明的贵族院感到无法容忍。

我美丽的夫人,最后还要看你是不是愿意相信我会尽我所能让你住进格洛内勒路内政部官邸。你先不要估计我对你的利益忠诚到什么程度,我请你先考虑一下意想不到的幸运每天能有两三次机会放到你手上的那份力量,希望你对它有个明确的概念才好。"

"我相信你,非常相信你,像这样的事我亲自和你来谈,已经是我信任的证据。但是,相信你的才能、你的财产,和你好像一定要我做出的牺牲,是两件不同的事。"

"你们女人的娇嫩精细,还有青春的光彩和无可比拟的美,如果对它们有一丝一毫的伤害,我一定会感到非常痛苦。但是,德·舍甫洛兹夫人,德·隆格维尔公爵夫人,所有在历史上留名的女人,都曾经给她们的家族带来财富,不过她们有时也要请教她们的医生,这是千真万确的事实。我嘛,当然可以算个心灵的医生,算个专门给高贵的雄心提供参考意见的人,我想,你们期望的那个荣耀地位应该也把这份雄心放到你心里。在这样一个世纪里,在一个什么都不可靠,就像流沙一样,一切都已倾覆湮没的社会里,只有你卓越的才智、你巨大的财富、葛朗代先生的勇气和你个人的特长才能为你创造出一个真实可靠的局面来,一个可以顶得住权势任意胡为的独立的地位。只有一个敌人值得你小心提防,那就是时尚;在这一刻你是它的宠儿,可是时尚感到厌倦了,不论你个人有什么价值,都把你弃如敝屣。现在待你公正,让你得到公众的敬重叹赏,可是过了一年或一年半,你拿不出什么新东西来赢得把你抬得这样高的公众的赞许,那你就很可能被抛弃;微不足道的小事,一辆马车趣味恶俗,生了一次病,根本无谓的什么琐事,尽管你年纪这么轻,都会把你放到历史陈迹的行列里去。"

"这个伟大真理我早就知道了,"葛朗代夫人说,她说话的口气就像一位王后听到有人不识时务地讲她军队的一次失败那么不高兴,"很久以前,我就知道了这个伟大的真理:一时的风尚好比是火,火烧得不旺,就熄灭了。"

"这里还有一个次要的真理,不过很值得注意,也是人们经常运用的,这就是一个病人若和他的医生赌气,一个诉讼人若和他的律师闹别扭,总不肯和衷共济战胜他的对手,他的处境就不能改善。"

勒万先生站起身来。

"我亲爱的美丽夫人,时间很宝贵啊。你是不是愿意把我当你的崇拜者看待,你愿不愿意设法使我的头脑发狂?我可以告诉你,我已经没有头脑可以发狂了,我还是到别处碰碰运气去吧。"

"你真是一个狠心的人。好吧,你就说吧!"

葛朗代夫人说到这里,索性不再咬文嚼字、吞吞吐吐了。但是勒万先生,说他是个道道地地的生意人、野心家,也不尽然,他毕竟是个天性愉快而富于幽默感的人;他这时已经感到靠这样一个弱女子的任性胡为来完成自己的计谋未免可笑,于是考虑怎样把吕西安的事突出出来。

正当葛朗代夫人不顾一切,甚至不考虑明天怎样,继续谈下去的时候,勒万先生暗自想道:"我天生不是当部长的料,我太懒,贪图享乐的习惯已经太严重了。假如不是对一个巴黎小女人而是对国王这样胡言乱语、出言不逊,我也一样没有耐性,她也许永远不会原谅我了。所以,我还是集中力量谈我的儿子吧。"

"夫人,"他好像忽然从远方回来那样,茫然地对她说道,"你是不是愿意把我当一个怀抱政治野心的六十五岁老头看待?或者赏光仍旧把我当一个漂亮青年对待,就像对待所有对你的娇美着了迷的青年那样?"

"先生,你就说吧!说出来吧!"葛朗代夫人急切地说,因为她从和她谈话的人的眼中向来一眼就看出对方的心计。她开始害怕。她看出勒万先生是怎么一个人,说真的,她看出他那急不可耐的脾气。

"你我二人都必须彼此相信对方的诚意才行。"

"当然!当然!只要你把它当作一项义务讲出来,我马上就给你回答;可是我的赌注为什么非得押在信任上不可?"

"事情本身要求这样。我要求于你的,你的赌注所赌的——原谅我讲话这么粗俗,话虽粗,意思倒非常明白(勒万先生这时说话的口气就像出卖地产时刚提出最后要价的人说话的口气,原来的文雅谈吐几乎已一扫而空)①,夫人,你打算在能使勃勃野心达到目的的计谋中碰碰运气,你能不能赌赢,目标能不能达到,一切都取决于你自己,而我能不能让你取得你急于弄到手的那个职位,那要视国王而定,还要看四五位大人物的意思怎样,他们都愿意相信我,不过,最后还要看他们本人的意思怎样,另一方面,譬如说,过一两天,我倘若在议会讲坛上没有取得成功,他们就甩手把我丢开,这也是完全可能的。在牵涉到政府和勃勃野心的纠葛中,我们两人中能够出钱买进,也就是你同意我叫作赌注——的那个人,就应该当着有关另一方的面把钱拿出来,不要畏难怕烦,要看看对方是不是对他的谨慎十分赞赏,更要看看人家对他的忠实可靠是不是十分满意。这两人中不具有下赌注能力的那个人——就是我嘛,应该尽其所能,满足另一方提出的合乎人情的要求,这是为了替他拿出抵押来担保②。"

葛朗代夫人沉思起来,她显然感到为难,委决不下,她话虽说得很多,但却支支吾吾,不直接做出回答。勒万先生本来认为可以

---

① 勒万先生此处是否应采取这种放肆手法,使用一些与葛朗代夫人的精细娇贵相抵触的字眼?我的回答是倾向于肯定的。(司汤达原注)

② 应使这种说法更高尚一些,否则观众就会喝倒彩。要弥补一下。[1835年]1月31日,于契维塔韦基亚。——不必过于美化;现在已经相当好了。2月11日。(司汤达原注)

立刻就能把事情谈妥,临时他脑子里起了个坏念头,打算把事情拖到明天再说。也许静夜出主意嘛。可他又懒得再跑一趟,还是当场了结为好。因此,他又用亲密的口吻,声音压得低低的,用德·塔列朗先生那种低沉的嗓音说道:

"我亲爱的朋友,时运能让一个家族发财致富,当然也会害得它倾家荡产。不过,这可是一辈子难得一遇的大好机会,而且时运这回来得多少让人感到顺利。你真是吉星高照,命运女神已经来到你的面前,登上她的圣殿的这条道路,是我所能看到的最平坦的一条。因为,说到最后,不过是这么一个问题,就是说:认识了十五年的勒万先生,我是不是信得过?下个决心回答是或不是,不就解决了。为了头脑清醒地回答这个问题,你不妨把这个问题换成这样:'在还没有提出当部长和与勒万先生搞政治交易的问题之前,半个月来我对勒万先生怎么评价,他值得我怎么去信任?'你看如何?"

"完全信任!完全信任!"葛朗代夫人如释重负似的说,就好像勒万先生要把她从困难中解救出来似的,对他欠了情,现在总算回报了,她因而感到很高兴。

勒万先生就像人们在一件急事上取得一致意见后显出的那种样子,说:

"至迟再过两天,我一定把葛朗代先生介绍给元帅。"

"葛朗代先生不到一个月前就在元帅家里吃过饭。"葛朗代夫人生气地说。

"我把这个女人的虚荣心看错了;我本以为她并不那么笨。"勒万先生心里想。

"我当然不会教元帅如何去认识认识葛朗代先生本人。巴黎掌管重大事务的人哪个不知道葛朗代先生,他理财的才干,他的豪富,他的公馆,都是尽人皆知的;巴黎最显赫的人物首先就知道他,他已经荣幸地把自己的名字告诉过他了。国王本人就十分器重他,他勇往直前的气魄也是人家所了解的……我准备对元帅讲的是别人不说而非我说不可的话,我要说的是:'这位葛朗代先生,是了不起的财政家,既擅长理财,又熟悉金融活动,阁下不妨请他担任能控制财政部长的内政部长。我要把我所有的选票都用来支持葛朗代先生。'我所说的'介绍'就是这个意思。"勒万先生还补充说,说话的口气始终相当急躁,"如果三天后这话我不再提了,那么,我宁可冒一败涂地的风险,也要说:'经过全面考虑以后,如果我能让我的儿子来协助我,如果你肯给他一个副国务秘书的头衔,那我就接受这个部长的职位。'难道你以为我把葛朗代先生介绍给元帅之后,我竟暗中又对他说'我刚刚当着葛朗代的面对你讲的话你可别相信,想当部长的是我'?"

"至于你的善意,那不成问题,可你何必先把一块膏药贴在漏洞旁边呢?"

"你要求我做的事,是很奇怪的。你是一个不信宗教的放荡人。"葛朗代夫人为了缓和说话的口气又这样说,"至于我们女人的尊严,你的见解人家都知道,不论牺牲有多大,也得不到你的珍视。勒万夫人会怎么说?这个秘密又怎么瞒得过她呢?"

"办法多得很,比如,把时间调换一下。①"

"我坦白对你说吧,这样的讨论我谈不下去。谈话的结论推迟到明天再下好不好?"

"好极了!不过,明天我还可能是命运的宠儿吗?如果你不同意我的想法,那我应当另外再想办法,譬如说,我应当想办法让我儿子结上一门好亲,让他散散心。要知道我是没有时间好浪费

---

① "葛朗代夫人在内阁倒台两个月前就已经是我的儿子的女友了。"(司汤达原注)

的。明天如果没有回音,那意思就是说'不',在这一点上我是从不回头的。"

葛朗代夫人刚刚想到该去征求她丈夫的意见。

第六十四章①

勒万先生是一个感情用事的父亲。在这整个事件中,他的主要动机,他最感忧虑的难办的事,便是吕西安·勒万先生对歌剧院雷蒙德小姐表现出来的那种留恋多情。

"有其父,必有其子,一点不错!"

"我也这么想,"葛朗代夫人笑着说,"对这个人嘛,这副担子就要靠你去挑了。"她以一种很认真的神气又说:"否则,勒万先生的那一票你就拿不到手。"

"你倒是给了我很重要的一票嘛。"

"我知道你有眼光;不过,他这一票只要有人肯听他的,他的冷嘲热讽在议会里只要还是时髦货,人家就相信他能够倒阁,组阁的时候就没有人敢把他抛在一边。"

葛朗代先生面带凄惨的表情(他的野心是从六月事件②开始的)说:"真有意思!一位半荷兰血统的银行家,在歌剧院捧女演员捧出了名,可就是不愿意当国民自卫军上尉。不仅如此,"他的面色变得更加阴沉晦暗了(王后曾热情接见过他),"不仅如此,对社会上人们应当尊重的一切,他无不无耻地嬉笑怒骂,这也叫他出了名……"

葛朗代先生可以说是个半蠢货,他这人沉闷迂腐,但相当有学

---

① 与丈夫的一场。(司汤达原注)
② 指1832年6月巴黎爆发反对七月王朝统治的街垒战,内政部长梯也尔派军队镇压之事。

问,每天夜晚都要花一个小时做学问,艰苦得很,目的是"了解我们的文学发展状况",这是他的原话。其实他连伏尔泰的一页文章同维耶内①先生的一页文章也分不清楚。他对一个毫不费力就取得成就的人那样忌恨,是不难理解的。这是他最愤愤不平的事。

葛朗代夫人也知道,要让她丈夫拿出什么主张来是根本不会有的事,尽管他可以把组织得很好的词句说尽,把他的思想一字不漏地讲出来,也不能帮助她下决心,拿主意。不幸就在他讲的这类词句,总是一句套一句,不绝如缕。逢到这样的时刻,葛朗代先生的老脾气就是放任自己这么说下去,他希望这样连绵不断地说下去以后,才智就会出现。如果他不是在巴黎而是在里昂或布尔日的话,他这个办法倒是有道理的。

关于勒万先生的所有罪状这个题目,他们谈了足足有二十分钟,葛朗代夫人用沉默表示她完全同意他的看法,接下来她说:

"现在你已经走在实现你的雄心壮志的大道上了。你还记得乌克森谢纳宰相②对他儿子说过的话吗?"

"伟大人物的言论正是我常读的书,他们的名言对我完全适用:'我的儿子,你看,人们处理世界大事只需那么一点点才能就够了。'"

"真的! 对于像你这样的人,勒万先生不过是一种手段罢了!他的身价和功绩,跟你有什么关系! 如果一个由蠢物组成的议会,

---

① 维耶内(Jean Pons Guillaume Viennet,1777—1868),法国政治家、文学家,1830年当选为法兰西学院院士。
② 乌克森谢纳(Oxenstiern,1583—1654),瑞典总理大臣,国王古斯塔夫斯二世(1594—1632)的密友和顾问,后为未成年的女王克里斯蒂娜摄政,成为瑞典的实际统治者。

喜欢他的胡说八道,把他在讲坛上谈的话当作真正政治家的出色口才,那跟你有什么相干!你想想看:德·×××夫人,是一个弱女子,她曾对另一个弱女子,王后奥地利的安娜①开了开口,就把有名的红衣主教德·黎塞留弄到议会里去了。不管勒万先生是怎么一个人,只要议会发了疯,偏要赏识他,那么他那个怪脾气你就得去奉承讨好。你是经常跑一些政治社团的,发生的一些事情你是一眼就看得准的,所以我要问你一句:勒万先生的信誉是不是真正可靠?因为,对于事前做出诺言,过后又不信守诺言,我这高尚纯洁的道德体系是决不能接受的。"她又生气地说,"那根本行不通嘛。"

葛朗代夫人嘲笑她的丈夫,可是她表达的这一切的可笑之处她却一点也感觉不到。

"是啊,当然!"葛朗代先生也悻悻然地回答道,"目前勒万先生信誉还很不错。他在议会讲坛上大放厥词人人都欣赏。从文学趣味的角度来说,我完全同意我的法兰西学院的朋友维耶内先生的意见:我们已经面临整个颓废时期了。只有元帅捧他,因为元帅要捞钱,而且我也不知为什么和怎么搞的,勒万先生竟成了交易所的代表。他那恶俗的胡言乱语,很能讨老元帅欢喜。一个人只要肯信口开河,讨好是并不难的。国王当然是格调卓然不群的,对勒万先生的才智,居然也容忍得下去。人家说是他在国王那里把那个不幸的德·韦兹给彻底搞垮了。"

"不过,说真的,德·韦兹关于艺术的见解,实在太可笑了。人家向他提出建议,请他批准为美术馆收购一幅伦勃朗②的画,他

---

① 奥地利的安娜(1601—1666),法国国王路易十三的王后,曾在她的幼子路易十四亲政前摄政。
② 伦勃朗(1606—1669),荷兰大画家,擅长运用明暗对比,讲究构图完美,尤其善于表现人物的神情和性格特征,主要作品有油画《夜巡》、素描《老人坐像》、蚀版画《浪子回家》等。

在报告上写的批语说什么:'据称伦勃朗先生曾于最近一次的沙龙中展出此画。'"

"有这样的事,不过,德·韦兹先生彬彬有礼,而勒万却总是出语伤人,一句话就断送一个朋友①。"

"你看你是不是有勇气要吕西安·勒万先生,那个喋喋不休的老子的沉默寡言的儿子,做你的秘书长?"

"怎么?一个骑兵少尉做秘书长!简直是做梦!从来没见过!这里面有什么严重性吗?"

"唉!一点严重性也没有。在我们的社会风气中早就不存在什么严重性的问题了,真可悲!勒万先生向我提出他的哀的美敦书②,一点叫人难堪的态度也没有,他的条件只是回答 sine qua non③……先生,你想想看:如果我们做出许诺,那我们就非得说到做到才行。"

"要一个阴险的小家伙来做秘书长,他能有什么思想!他以后在我身边还不就是德·×××先生④在维勒尔先生身边扮演的那种角色。心腹之患,我可不想要。"

这种令人不快的谈话葛朗代夫人还得要忍受二十分钟,这完全是一个蠢材竭力模仿孟德斯鸠,故意说出来的机智、深奥的词句,他对于涉及他的处境的话,一个字也听不懂!他那十万利弗尔的收入弄得他闭目塞听,一点聪明才智都没有了。葛朗代先生的这种情绪热烈的辩解,非常引人入胜,就像他自己所说的那样,如

---

① 葛朗代先生有一怕:怕讽刺,那情形很像马尔西阿勒(Martial),也很像拼命阅读、想当文人的那些笨蛋。(司汤达原注)
② 即最后通牒。
③ 拉丁文:"是或否"。
④ 德·雷内维尔先生(M. de Renneville)。(司汤达原注)

同报纸上一篇(萨耳旺迪先生[①]或维耶内先生的)论文一样,我们也只好将这种恩赐让读者欣赏欣赏,读者今天早晨读到了这类东西是肯定无疑的。

最后,直到葛朗代先生明白只有靠勒万先生帮忙,他才有当部长的机会,他才同意把秘书长的职位送给勒万先生提名的人。

"至于他儿子的名义,让勒万先生去决定好了。由于议会的缘故,最好让他担任一名普通的私人秘书,就像他今天在德·韦兹先生手下那样,不过做的是秘书长的工作罢了。"

"这种胡搞,我真看不惯。在正当的政府机构中,任何人都要名实相符。"

葛朗代夫人想:"照这么说,你就应当被称为天才女人的总管才算名实相符,是她使你当上部长的。"

还必须浪费几分钟,多费些口舌。葛朗代夫人知道只有把她的丈夫,这位勇敢的国民自卫军上校,弄得疲劳不堪之后才能战胜他。可是这位先生在和他妻子谈话时,就已经开始训练自己在议会中所需要的才智。对于这种意图怎样使一个毫无想象力却精于计算的商人能即景生情,谈吐文辞优雅,人们是不难推想的。

"必须拿工作让吕西安·勒万先生忙得昏头昏脑,让他忘掉雷蒙德小姐才好。"

"高尚的任务,确实。"

"这就是男人的癖好,一个男人发了财,就要搞这种可笑的把戏,他现在手中又有了权,我是说权力很大。还有什么比有权的人

[①] 萨耳旺迪(Salvandy,1795—1856),法国政治家、作家,伯爵,拿破仑时代的军官;1816年后对维勒尔的极端保王内阁持反对态度,1819年任行政法院查案官,1830年七月革命后入选议会议员,1835年当选法兰西学院院士,1837年任国民教育部部长;著有《唐·阿隆索或西班牙》(1824)、《约翰·索别斯基国王前后时期的波兰历史》(1829)、《十六个月或法国大革命与革命者》(1830)等。

更值得尊敬呢！"

过了十分钟，葛朗代先生还怀着善意嘲笑着勒万先生，他们又谈起雷蒙德小姐。葛朗代先生在这个问题上讲了些人们都能讲的话，最后他说：

"为了消磨这种可笑的热情，你那方面略施小技，也不会有什么不适当。你或许也可以向他表示友谊嘛。"

这话是按照普通常识说出来的，不过倒显出葛朗代先生的本色，直到此时，他才算具备了才智。（这样的会谈至此已经过去一小时三刻钟。）

"那当然。"葛朗代夫人回答说，她的口吻极其坦率，骨子里非常欢快。（她想："这才是重要的一步，这一步还需要加以证实。"）

她起身站了起来。

"这倒是一个主意，"她对她丈夫说，"不过，在我很难办。"

"你的名誉有口皆碑，你的行为，在你二十六岁的年纪上，又是何等完美，何等纯洁，任何猜疑，甚至出自对我的成功的嫉妒的猜忌，和你的行为品德比起来，就像天地相隔那么远一样，所以，在贞洁和荣誉允许的限度内，任何可能对我们的家庭有益的事，你完全可以尽力去做。"

"你看他谈我的名誉，就像谈他的马的优点一样。"葛朗代夫人心里想。

"葛朗代这个姓氏并不是昨天才得到体面人士敬重的。我们不是穷酸出身。"

葛朗代夫人想："哎呀，上帝！他又要跟我谈起他当图卢兹城长官的祖先了！"

"部长先生，你画押同意了的契约，上面规定的义务你可要全面地好好想一想！我可不想在我的社交生活里猛然来个天翻地覆的变化。一旦吕西安先生成了咱们的亲密朋友，那么在你当部长开初两个月里他是,两年中他也一直都是哟,即使勒万先生在议会里或者在国王身旁失去了信任,即使部长任期完结,哪怕这个可能性很小……"

"内阁任期至少三年,议会要四次表决年度预算。"葛朗代先生不高兴地反驳道。

葛朗代夫人心里对自己说:"哎呀,上帝!我总算从一刻钟的银行式的高级政治里解脱出来了。"

她错了,他们的谈话又继续了十七分钟,才使葛朗代先生承担起义务,接受吕西安·勒万先生做他们的亲密朋友,为期三年,如果他们决定接受他一个月的话。

"可是社会上就要把他看成是你的情人了。"

"这正是我的不幸呀,我比任何人都更加身受其害。我只有等你想办法来安慰我……我说,你到底要不要当部长?"

"部长我要当,但手段要体体面面,就像人家科尔柏尔那样。"

"为把你介绍给国王,一个快要咽气的红衣主教马萨林到哪儿去找?"

这个历史典故用得恰到好处,葛朗代先生大为叹赏,他觉得其中很有道理。

第六十五章

葛朗代夫人当真会为她过去迫不得已不许吕西安在她心头占首要地位而气恼的。假如这样的局面再维持那么十天八天,也许她按着那最初的想法继续走下去,受到的损失只好自己承担,那当初的想法就是让一个部长的官职来补偿她的损失。果真如此,她也许会认真地爱上吕西安。

她想同他下一盘棋。

吕西安心中想:"我父亲让我走迂回曲折的小道,我们从这里所望见的无垠的旷野先被荆棘所覆盖,然后把我引上幸运的顶峰。"

这天晚上,葛朗代夫人情绪活跃,光彩照人,比往常更加娇艳美丽。她的美貌的确是第一流的,再也找不到更庄严超凡的了。总之她的美让卓越的人为之倾心,使庸劣之辈望而却步。葛朗代夫人在陆续走拢来围在棋桌四周的十五至二十位客人之间取得了最惊人的成功。

"这个女人现在几乎在追我!"吕西安心中想,一面有意让葛朗代夫人赢棋,让她开心,"我必须是一个独特的人,决不能成为一个幸福的人。"

突然间,他又对自己说:

"我现在的地位和我父亲的地位相似。我如果不去利用,就白白地把它丢掉,谁说我不会后悔呢?这种地位我永远也看不上,但我至今还没有尝过它的滋味。只有傻瓜才不看重它。"

他于是对葛朗代夫人说:"陪你下棋真好,但对我来说,这可有点残忍。你如果不答应给我命中注定的爱情,我没有别的路好走,只有一死了之。"

"得啦!还是活着,爱我吧……你今天晚上光临,就把我从必须招待所有客人这种约束中给解放出来了。你去和我丈夫聊聊天去,谈五分钟也好,明天一点钟请你再来,天好的话,就请骑马来①。"

吕西安上马车的时候,心里想:"你看,我真的成了一个幸福的人了。"

他还没走出一百步,在一条路上,马车就受了阻,走不过去了。

"难道我真幸福吗?"他对自己这么说,叫他的仆人上来驭车,"我可给搞糊涂了。

"难道这就是这个世界所能给的幸福?我父亲就要组阁了,他在议会里简直成了要人,巴黎最出色的女人似乎也要在我做出来的热情面前屈服了……"

不管吕西安怎么把幸福翻来覆去地拷问、折磨,也无济于事,他这种心境不论你怎么推也推不掉:

"就尝尝这幸福的滋味吧,不要像一个小孩,错过了时机,事后懊悔。"

几天以后②,吕西安走下马车,正要走进葛朗代夫人的公馆,只见月色一清如水,秀丽迷人,这月色刚才他经过玛德莱娜广场在车里从车门望出去就已经看到了。他并没有走上公馆台阶,却趱身退了回来,这使车夫们大为惊奇。

---

① 夫人宣告爱情。另一方临阵而逃。(司汤达原注)
② 吕西安与葛朗代夫人建立亲密关系后的独白。(司汤达原注)

为了避开他们盯着他看的目光,他走出一百步远,谦逊地就着卖板栗小贩的炉火点着雪茄,随意欣赏夜空的美景,并沉思起来。

吕西安对他父亲前不久为他做的事一无所知,不过,我们也不必否认,他对自己在葛朗代夫人那里取得的成功也感到有点自豪,她的品行未可厚非,罕见的美貌,巨大的财富,这在巴黎社交界都享有一定的地位。如果在这种种长处之外再加上家世门第的话,那么即使在欧洲也要扬名了;不过,随她怎么样,英国贵族士绅就不上她的门。

这种幸福的心境在吕西安的感受上时间长了还会比最初几天来得更加强烈。

葛朗代夫人也许是他接近过的女人中最高贵的一位,因为我们知道:他在南锡遇到德·高麦西夫人、德·马尔希夫人,以及被剥夺财产的其他皇亲国戚的贪求务得、轻狂自大,他都觉得滑稽可笑……不过我们这样说出来,有损于他在我们美丽的女读者所了解的贵妇人心目中的形象在所难免,要知道,这些贵妇人正因为贵族地位太高、财富巨大才得不到幸福的。

"迷信旧思想,极端保王主义,是外省比巴黎更来得愚蠢可笑的特点;我看巴黎比较好一点,因为在外省这个贵族团体完全没有生命力。这些人既心怀怨恨,又胆小怕事,有了这两样可爱的感情,他们就不知道怎么生活下去了。"

以上就是吕西安对外省生活的感受的概括,他有了这样的想法,德·欧甘古夫人的迷人的美貌也就被摧毁了,尽管在精神上德·欧甘古夫人确实要比德·毕洛朗夫人高出许多。上面讲的外省贵族那种绵延不断的惶恐心理,那种怀恋过去的感情确实谁也不能当成什么可贵的东西加以维护,因此它那真正的伟大性在吕西安心目中也就全部化为乌有了。相反,在葛朗代夫人的客厅里,举目所见无不豪华奢侈,恐惧心理和怨恨情绪一点也看不到。

"只有这里才有生活。"吕西安心里这样想。他在这里出入几个礼拜,听到一些低级无聊的谈话,就和过去在德·欧甘古夫人或德·毕洛朗夫人客厅里听到的一样,一点也不感到意外。这种低级趣味,表现了内心的卑下,出自某一位中间派议员之口,此人已经被内阁收买,得到一条绶带,或者捞到烟草税税务官的职位,只是他还没有学会拿一副面具把丑恶的嘴脸遮起来。和这类货色相处,吕西安往往不交一言,他父亲对此感到非常烦恼;他偶尔听到他们谈到杰克逊总统①有两千五百万财产,谈到食糖的税收,或其他什么现实问题,激烈地争论一个什么政治经济学问题而不能提高到对根本问题的理解。

吕西安想:"这是一批法国社会渣滓,蠢透了,无耻透了。但他们什么都不怕,不留恋过去,不会害得他们的孩子变成木头人,也不会强迫他们去读《基督徒日课》。

"这是一个金钱的世纪,金钱就是一切,什么都可以出卖,有什么能和一个精明狡猾的人殚精竭虑地管理的一笔巨大财产相比呢?葛朗代如果没有想到他在社会上所占的地位,他是绝不会花费十个路易的。不论是他还是他的妻子都不许自己任性做什么事,绝不像我作为一个儿子那样任意胡来。"

他见他们为了在剧院租一处包厢,或者租到保留给王族或内政部的包厢,处处精打细算。

吕西安还看到葛朗代夫人到处都受到尊敬。尽管在这种流行的处世哲学的气氛下,在有四轮华贵马车的法国人中间,某种天生带有王政思想的人仍然告诉他:得到一个有王政时期著名姓氏的女人的宠爱总是令人神往的。

"但是,如果我真的走到巴黎持这种主张的客厅里去的

---

① 杰克逊(1767—1845),美国第七任总统,1829—1837年在位。

话——这在我是根本不可能的事,那么,我所见到的不同之处无非是圣路易王朝①的骑士如德·塞尔庇埃尔、德·马尔希等三四位先生换成了三四位公爵或贵族院议员,他们也像德·圣勒朗先生在德·马尔希夫人府上那样提出这样的主张,说尼古拉皇帝有价值六亿的财宝,是亚历山大皇帝②传给他的,放在一个小箱子里,等他们一腾出手来就用这笔钱来剿灭法国雅各宾党人。在这里和在外省一样,也有那么一个雷伊教士,专横无比,专门辖制这些可怜的美妇人,恫吓她们,强迫她们去听那个普累教士先生两小时的说教。假如我有一个情妇,她的祖先在世的年代接近远古时代的话,那她就要像德·欧甘古夫人一样,也身不由己地参加到关于某某主教大人最近一次教示的重大意义的讨论中去,一谈至少二十分钟。赞美圣父使扬·胡斯③被火烧死,这是千真万确的,可是在这里,却被表现为一种无懈可击的典雅美丽的东西,不过,这种典雅美丽仍然暴露了里面的铁石心肠!我一见到这种东西,就小心提防,怀有戒心。在书里读到它,我觉得有趣,但在现实生活里,它却让我心灰意冷,过不多久我就想远远避去④。

"在葛朗代夫人府上,幸亏她的资产阶级的姓氏,这类胡说八道都留在上午同德·泰米纳夫人、托尼埃夫人或其他嬷嬷的秘密谈话中,对这种必须表示尊敬的事情,我大不了不得已说几句尊敬

---

① 法国国王圣路易(即路易九世),1226—1270年在位。
② 尼古拉皇帝即俄国沙皇尼古拉一世(1796—1855),1825—1855年在位,曾镇压十二月党人起义,实行军国主义和官僚主义的独裁统治。亚历山大皇帝即俄国沙皇亚历山大一世(1777—1825),1801—1825年在位,曾联合奥地利、普鲁士和英国,击败拿破仑。
③ 扬·胡斯(约1372—1425),捷克爱国者和宗教改革家,布拉格伯利恒教堂教士。反对天主教会的专制压迫,主张宗教改革,遭诱捕后被判火刑处死。
④ 如德·库尔尚先生(M. de Courchamp)的恶毒行为(见克雷皮《回忆录》)。对这些仿效圣日耳曼沙龙的对话做最后润饰时,宜重读克雷皮《回忆录》。(司汤达原注)

的话,一个礼拜重复一次罢了。

"我在葛朗代夫人家里见到的人,他们至少还做过一些事情,哪怕仅仅为了他们的发财致富。不管他们发财是靠经商,靠给报纸写文章,还是靠向政府出卖自己的演说,他们毕竟有所作为。

"我在我的情妇家里看到的世界,"说到这里,他笑了,"好比一部历史,文辞虽然拙劣,但内容却很有意思。可是德·马尔希夫人的那个世界,本身就建立在伪造的事实和高雅的语言所掩盖的荒谬理论的基础上,甚至是虚伪的说教,目光敏锐的人时时都看穿它那华美的外表。这种从费奈隆那里模仿来的语调动听的言论,嗅觉灵敏的人一嗅就嗅出它里面透露出来的刁钻恶劣、虚伪狡诈的气味。

"在巴黎这位德·马尔希夫人家里,我也许会渐渐地养成习惯,适应人们对我讲话不感兴趣不愿听的情况,适应人家谈吐中使我思想干枯的那种言辞和那种表达方式,虽然照自己的方式来思考,这原是母亲千叮万嘱要我做到的。我有时真恼恨十九世纪的这些美德我竟一条也没有,我可真苦恼啊;只有等我老了,我再把这些美德学到手吧。

"我看圣日耳曼区的年轻居民中只是少数人才有那种类型的高雅风度,他们虽有高雅风度,但并不放弃从学校里获得知识,他们风流倜傥的仪表所造成的确实的效果是:一个被一种不信任一切的气氛所包围的十全十美的人。他们优美的谈吐如同一株生长在贡比涅森林①中的橘树:很美,但似乎并不属于我们的世纪。

"命运没有让我降生在那个世界里。我又何必改变自己?我对这个世界有什么要求呢?我的眼睛早已把我出卖了,这,德·夏斯特莱夫人已经对我说过不止二十次了⋯⋯"

---

① 贡比涅森林,法国北部著名的森林,在瓦兹省境内。

他心里的话就像水那样,一涌而出,可是一下又突然止住,就好像以往有一个意志薄弱的人,在当权者面前反噬一个因政治问题被警察当局逮捕的朋友,忽然听到一声鸡叫,立刻就闭口,再也不敢说话了一样。吕西安一动不动地站在那里,又好像罗西尼《塞维利亚理发师》里的人物巴托罗[①]。自从和葛朗代夫人有了关系并成了一个幸福的人以来,他想到德·夏斯特莱夫人几乎有十次之多,好像她就在他面前,从来也没有像现在看得这么清晰;他总是被一些匆匆闪过的想法给弄得神思恍惚,如说"在这幼稚而又充满野心的历险中,我的心不为之所动"。不过,在想起德·夏斯特莱夫人的名字之前,他就根据已有的种种复杂关系采取措施,尽力把这新的关系维持下去。葛朗代夫人并不是简单地要他和雷蒙德小姐本人断绝往来,而是要他扑灭对德·夏斯特莱夫人亲切而神圣的回忆。这是更大的忘恩负义啊。

　　两个月前,他在贡斯当丹先生收藏的精美瓷器中见到一具头像,非常像德·夏斯特莱夫人,当时他激动得脸都涨红了,特地请一位青年画家把它临摹下来,他一刻也不肯离开这位画家,而且由于他急切而亲切的态度,竟和画家交上了朋友。他亲自跑到画家那里去,就像专门向这幅圣像祈求恕罪一般。如果我们说,他好像我们刚才大胆拿来同他做比较的著名人物一样,眼泪汪汪地大哭了一场,难道就有损于他的光彩?

　　这天晚上聚会临近结束的时候,他决定到葛朗代夫人家里去坐一会儿。吕西安变成另一个人了。葛朗代夫人看出他精神上发生的这个变化。一个礼拜之前,这个精神上的细微差别可能不被注意,也可能看不出。她也不肯承认这个情况,可是现在她的头脑

---

① 罗西尼的歌剧《塞维利亚理发师》,1816年在罗马首演,剧情为:阿尔玛维瓦伯爵爱上了巴托罗医生监护下的罗西娜,通过塞维利亚的理发师费加罗的帮助,伯爵成功地挫败了巴托罗医生拆散他们的企图。

不再仅仅受到野心的支配,她对这位年轻人发生了浓厚的兴趣,感到他与众不同,并不像另一些人那样愁眉不展,但很严肃认真。如果她处世经验再丰富一些,或者更富于思想的话,她会把吕西安身上这种独特的表现叫作真率自然。

她已经过了二十六岁,结婚已经七年,而且最近五年来,在最光彩而引人注目的社交界(如果不说是最高贵的社交界的话),她始终处于支配地位。没有一个男人和她面对面谈话时敢吻她的手。

第二天,勒万先生和葛朗代夫人见面时发生了争执。在整个这个事件中,勒万先生可说是正派人,无懈可击,他迫不及待地赶忙把葛朗代先生介绍给老元帅。老元帅这个人,要不是被疏懒或不愉快情绪给弄得麻木的话,倒是通情达理而又很有魄力的。他见到葛朗代先生,对这位未来的同僚提了四五个问题,这位富有的银行家对这种直来直去的谈话方式和这种猝然提出来的问题很不习惯,于是用一些自以为圆浑周到的词句做了回答。元帅最讨厌兜来兜去的词句,听他这么说,首先对那一大堆词句就觉得讨厌,其次他自己也不知怎么办才好,于是转身走了。

"你那个人真是个蠢货!"

葛朗代先生回到家里,气得脸发白,又懊丧,又失望。从这天起,他再也不想以科尔柏尔自比了。他知道他得罪了元帅,这起码的见识他还是有的。确实是这样,老元帅心情不愉快,又碰上一个强盗,只得强压住心头的怒火,所以他的粗鲁举动因葛朗代先生急于求成而相应地显得更加露骨。

葛朗代先生把他的倒霉事儿讲给他的妻子听,葛朗代夫人就百般哄他,讨好他,还当场认定勒万先生把她骗了。她心里也看不起她丈夫,这本来也是正派女子的权利,尽管她对他的鄙视并不严重。

"他干的究竟是哪一行?"三年来她一直这样问自己,"他是银行家,又是国民自卫军的上校。不错,作为银行家,他赚钱回来,作为上校,他是勇士。这两种职业相辅相成;作为上校,他有办法把法兰西银行的几位董事或证券交易经纪人辛迪加①的几位董事拉进荣誉军团,这些董事不时透支给他一两百万款子,供他在三十六小时内操纵交易所的行情涨跌。德·韦兹伯爵先生利用电报搞交易所投机,就像葛朗代先生在交易所靠做多头捞钱一样②。有两三位部长像德·韦兹先生一样也去搞这一行,但是,所有这些部长的主人③,更是从不放弃机会,有时甚至搞得他们纷纷破产,倒霉的卡斯太甫尔根斯④就是这样。我丈夫和这些人相比,他优越的地方就在于他是一个非常勇敢的上校。"

葛朗代夫人并不认为,社会上已经注意到她这笨头笨脑的丈夫所有的那种讨厌的怪脾气和一味喜欢自作聪明的怪癖;不过,一个男人在天性上向来是不能接受这种虚幻的想象活动的:看不见现金,只看行情变动,于是捞进钞票或者大蚀其本。因为,作为一个真正的商人,不论人家对他怎么讲,他都觉得那只是为了欺骗买主才滔滔不绝地讲出来的废话。

这四五年来,葛朗代先生见图雷特⑤先生那种豪富的奢华排场,十分眼红,想争一争面子,因此也搞起了十分热闹的庆祝会,大宴宾客,葛朗代夫人却发现围绕在他四周的都是些奉承拍马的人。有个可怜的驼背加蒙先生⑥,人很穷,衣冠不整,但很有才智,有一

---

① 即财团,联合会。
② 如1835年2月3日及4日涨风。(司汤达原注)
③ 指国王路易-菲力浦。
④ 影射夏多布里昂。(马尔蒂诺注)
⑤ 蒂雷特,旺多姆广场。(司汤达原注)
⑥ 即蒙加伊亚尔,见托布勒《奥希旅行记》。(司汤达原注)

天,谈到奥希①城内大教堂如何美,他的意见与葛朗代先生稍有出入,葛朗代先生当即蛮横粗鲁地下了逐客令,把他赶了出去,显示出富人对穷人的专横霸道,使葛朗代夫人也觉得受不了。几天后,她不具名地给可怜的加蒙先生写了一封信,送去五百法郎赔礼,解释一番了事;三个月后,这位加蒙先生居然低三下四地接受邀请又成为葛朗代先生府上晚宴的座上客了。

勒万先生把葛朗代先生回答老元帅时说话如何空洞乏味又怎样说了一些客套话的情况,比较委婉地一一告诉了葛朗代夫人;葛朗代夫人冷冷地以不屑一顾的口吻——和她那种类型的美貌倒非常相称——向他暗示:她认为他已经把她给出卖了。

勒万先生像一个年轻人一样,对这样的指责很伤心,可是三天之内,他唯一所做的一件事却正好证实了他对葛朗代夫人不够公正。

使问题复杂化的原因是国王五六个月来对已商妥的决定越来越敌视,竟把他的儿子派到财政部,以便从中斡旋,使财政部长同老元帅改善关系,言归于好,日后若发现这种和好于国王不相宜,那就打消对那小子的认可,把他赶到乡下去。不料调停工作居然十分成功,因为老元帅执意在他离开陆军部之前,将一笔马匹供应用款全部偿清,他对此事十分重视。经办这笔交易的主事人萨洛蒙·C先生办得很聪明,议定由元帅的儿子提供十万法郎抵押金和他所应得的好处,均待财政部长签署的"差额批准书"下达后以现金偿付。国王只知有马匹投机之事,这还是通过派到财政部内部的密探——他报告给他的姐姐——了解到这种情况的,但详情并不知道。国王觉得受到了侮辱,又因没料到这种事而十分恼怒,甚至在气愤中,几乎把阿尔及尔一个旅的指挥权交给他的特别警

---

① 奥希,法国南方热尔省省会。

务长 G 先生。如果国王确信通过不可战胜的手段把元帅控制半个月的话,他对待内阁部长们的政策就可能发生变化。

可是勒万先生并不了解这详细情况,他以为这半个月的拖延是个胆怯的新征象,甚至是国王才能的某种衰退的表现,不过他不敢把这样的推想告诉葛朗代夫人。某些事务不应对女人说,这是他的原则。

结果是:尽管他开诚布公、满怀善意地什么都对葛朗代夫人谈(除开上面讲到的那些情况以外),可是葛朗代夫人在这种处境下的精神反而受到日趋强烈的不安情绪的刺激,她觉得他对她并不诚实。

勒万先生看出这种猜忌。作为一个正直的人,他的失望情绪十分强烈,他这个人情绪一向激动,又动荡得厉害,在这种情况下,就在当天,由于某些问题他不敢当着他夫人的面来谈,所以在家里吃过晚饭后,他提早带他的儿子来到歌剧院,仔细地把包厢门用插销销上,然后用最干脆的方式详详细细地把他和葛朗代夫人搞的交易对他儿子来了个和盘托出①。勒万先生自以为在和一个政治家谈话,可是他自己却做了一件最笨拙的蠢事。

吕西安虚荣心受到震动,被搞得惊慌失措,感到心都凉了,因为,我们这位英雄在这个问题上,和时下高雅小说中的那些英雄人物不相同,他甚至根本就不是一个完人。他生长在巴黎,所以,他具有某种强烈的难以置信的虚荣心的本能反应。

这种巴黎人特有的强有力的虚荣心,并不一定和它庸俗的方面——即愚蠢地认为自己具有别人所没有的优越性——相连。如对他所缺乏的那方面,他对待自己就非常严格。例如,他有这样的想法:

---

① 愚蠢的交心。(司汤达原注)

"我太单纯,太老实,我还不大会掩饰自己的厌烦心情,而且我也不能清楚地理解我内心感受到的爱情,所以在社交乃至女人方面我得不到什么显著的成功。"

突然间,葛朗代夫人以她那王后般的仪态、罕见的美貌、巨大的财产、无懈可击的品行令人意想不到地出现了,他上面说的那种哲理式的使人忧伤不安的预感也给推翻了。

"这次得到成功也许是独一无二的了,"他对自己这样说,"我在一个贤德高尚、社会地位很高的女人那里不会再取得成功,要是我没有爱情的话。我也许不会再有任何成功,如果我果真取得成功,那就非得像埃尔奈说过的那样,通过什么'爱情时疫症'那种庸俗无聊的途径不可。我太无知,不论怎样一个女人,哪怕是一个卑微而轻佻的缝纫女工,我都不知道怎么去勾引她。即使搞到手,不是过一个礼拜,她就叫我讨厌,只好把她搁在那里,就是我非常喜欢她,她也看出来,于是嘲笑我,反而看不上我。如果不幸的德·夏斯特莱夫人真爱我,就像我过去竭力相信的那样,甚至在她和那个轻骑兵中校做出那桩错事以后如果仍然爱我——只是那个轻骑兵中校成了我的情敌实在太乏味,太可憎,太低级下流——那也并不是因为我有多大本领,而是因为我爱她实在爱得发了疯……就像现在我依然爱她一样。"

吕西安停了一会儿。这当儿,他那虚荣心受到的刺激实在太大了,与其说他此刻意识到这段爱情的存在,不如说这段爱情又从他的心头浮现出来。

葛朗代夫人的冒险活动,打动了吕西安的心,真是机会难得,很幸运。吕西安在他父亲把隐情告诉他之前,还在想:"真有意思,下流手段根本用不着,除了倾吐爱情以外,一句假话也别说,任何卑劣行为都用不着,我竟在一个女人那里取得成功,真有意思。有本事的人简直会说这是不可能的事。"

葛朗代夫人的冒险行动开始博得吕西安的欢心,偏偏在这样的时刻,他父亲的一句话把这个儿子自我陶醉的空中楼阁一下子就给戳破了。仅仅一个小时前,吕西安还在反反复复地这样说:

"埃尔奈这一回错了,他曾经预言,说我这个人如果不是真正爱上一个正派女人,我就一辈子也休想得到一个正派女人,除非由于怜悯,由于眼泪,由于这位专门研究不幸灾祸的化学家所说的'湿法'①。"

他只胜利了一天,继之而来的是他父亲讲的话,如同乘人不备从背后刺来的一刀,把他整个儿打到痛苦中去了。

吕西安对自己说:"我父亲在捉弄我呀!"

出于过度的虚荣心,他知道他决不能让他父亲那狡猾、窥察的目光把他制服,那眼睛正死死地盯着他的眼睛在看,他决不能让这个一点也没有怜悯心的嘲笑者看出他的痛苦无比的失望。勒万先生也许因为猜透他儿子的心事而感到高兴。但凭经验就知道,虚荣心的这种内容使这一类型的不幸者感觉到了,但那不会持续很久,相反,他所担心的却是德·夏斯特莱夫人又引起他的注意。他其实并不能洞察一切,他只觉得他的儿子是个懂政治的人,能够明白国王在内阁部长中的处境,既不夸大一方面的卑鄙狡诈,也不强调另一方面的低三下四、摇尾乞怜,这种自我作践的卑下品格,只有经巴黎式的嘲笑狠狠鞭挞才会有所醒悟。

不到一分钟,勒万先生又改了主意,一心一意要吕西安明白,在葛朗代夫人那里他应当扮演这样一个角色,他得去说服她:他父亲勒万根本没有出卖她,是葛朗代先生的笨拙把事情搞糟了;而他勒万却负责设法去补救。

这样谈了一个小时之久,某先生来找他父亲谈话,这对我们的

---

① 湿法,化学术语,亦称"水法"。

英雄来说可太好了。

"你到玛德莱娜广场去一下,好吗?"

"当然。"吕西安装出真诚的样子回答说。

实际上,他几乎一口气跑到玛德莱娜广场①,在这一带,在这个时候,这是他唯一可以找到安宁的地方,肯定不会有人跑来找他,因为他只是个小有影响的人物,而且人们常常要讨好他。

他在这里荡来荡去,在阒无一人的人行石板路上走了足足一个小时,翻来覆去想得很多:

"没有,我并没有中头彩,是的,我是个笨蛋,照我的想法得到一个女人,我没这个能力,即使照'爱情时疫症'那恶俗的办法,我也不可能得到她。

"是的,我的父亲和所有的父亲没什么两样,这是我直到现在才明白的;即使他比别人聪明,和别人一样有感情,他也照样还是按他的方法而不是按我的方法来使我幸福。八个月来,我在办公室里拼命地干,在最愚蠢的事务中拼命干,弄得人都麻木了,就为了替别人热衷的事情效劳。因为,那些把生命消磨在摩洛哥皮椅子②上的牺牲者都是些野心勃勃的人,小人戴巴克就是一个例子。我变换花样写了许多神气十足而又合乎体统的公文,用意无非是把一个竟敢在所辖城市容许开设一家自由派咖啡馆的省长吓得面无人色,或者让另一个省长舒服得要命,既不受牵连,又能在一场官司中胜诉,并把一个新闻记者投入监狱。这些人都认为我的文字又漂亮,又得体,又有政府气派。他们就没想一想签发这些文件的人原是一个大骗子。但是像我这样一个傻瓜,可让这种精致的玩意儿给折磨够了,我从事这种职业,除了恶心之外,一点乐趣也

---

① 第二次在玛德莱娜广场上散步。(司汤达原注)
② 指部长的职位。

没有。我做的事谈不上有什么趣味,我只觉它们既缺德,又愚蠢。我在这里对自己讲的这些话,迟早有一天我要高声而公开地讲出来,那是不会讨人欢喜的。除非像那些老太婆说的,聪明过头要坏事,反正我才二十四岁,而且我心里意识到,这种无耻欺骗所搭起来的纸牌的高楼长久不了;它能维持多久?五年?十年?二十年?也许十年也维持不了。当我活到四十岁,反对这批骗子的力量已经出现的时候,我所扮演的角色就是这许多角色中的最后一个角色,如果讽刺的鞭子用一种辛辣的嘲笑追究起来的话,那么,它就要诬陷我,说我有种种罪恶,对我来说,这些罪名一点也不可爱。

你若是被罚下地狱,
至少要顶着可爱的罪名受到惩罚!

"戴巴克就不是这样,他扮演了漂亮的角色。总而言之,他今天扬扬得意,十分幸运,当上了查案官、省长、秘书长,至于我,我看吕西安·勒万先生就是一个彻头彻尾的大傻瓜,木头木脑的糊涂虫。布卢瓦的烂泥还没能把我砸醒。你这个可耻的家伙,谁来把你叫醒?难道你在等着挨一顿耳光?

"科夫说得有道理:我比那些把庸俗的灵魂卖给政府的人更蠢。昨天,科夫跟我谈到戴巴克和他的党羽的时候,他板着脸告诉我说:'我之所以没有过分蔑视他们,正是因为他们的晚饭吃不到什么。'

"在我这样的年纪,对我的才能和对我父亲的社会地位来说,再怎么升官在我身上也不会引起什么别的反应,不过'就只这个吗?'这样一种没有喜悦的惊奇而已。

"是该清醒的时候了。我要财产干什么?五法郎一客晚餐和一匹马对我难道还不够,还要什么?除了苦役以外,其实得不到什么乐趣,特别是照现在这种情况来看,我只能说:'我不像一个卢梭式的糊涂哲学家一样,不理解的就看不上。在社会上取得成功,欢笑,和乡下人出身的议员握手,或者和赋闲的专区区长握手,某处客厅里所有的粗野恶俗但又亲切的眼光,我算是尝到你们的滋味了!……一刻钟以后,我在歌剧院休息室里还要碰到你们的。'

"如果我不去歌剧院,而到唯一的去处寻找我或许有的幸福,那又怎么样呢?……只消十八个小时,我就可以到达抽水机路!"

这个想法在他心头萦回了一个小时之久。我们这位英雄几个月来变得勇敢多了,他对那些身居高位的人物的行为动机已经做过详细的观察。他的胆怯,明眼人一看便知,那是内心真诚和心灵高尚的表现,然而,在重大事件中得到的最初体验却是招架不住的。他这个人假定终其一生都在他父亲的银行里度过,也许会成为一个有用的人,得到一两个人的赏识。所以他现在对他第一步的行动敢于树立起信心,而且可以一直坚持下去,除非别人证明他错了,他才不坚持到底。他不能满足于这样一些很恶劣的理由,那还得感谢他父亲的嘲讽起了作用。

他激动不安地散步时,这些想法盘踞在他心头,足有一个小时。

他又对自己说:"在这个问题上,我必须妥善处理的其实只有我母亲的感情和我父亲的自尊心,我父亲过六个礼拜,就会把他寄托在儿子身上的美妙幻想忘得一干二净,儿子碰巧又往往是个说话过于直率、毫无顾忌的人,老人家希望儿子成为挖财政预算墙脚的能手,差距未免太远了。"

吕西安头脑里装满了这些想法———一些无可争辩的新观点,再次走进歌剧院。舞台上平淡乏味的乐曲和埃尔斯勒尔小姐[①]动

[①] 泰雷兹·埃尔斯勒尔(Thérèse Elssler,1806—1878),奥地利舞蹈家,生于维也纳;在维也纳成名,后来到巴黎歌剧院演出;嫁给普鲁士亲王阿达尔贝尔,获得达尔南男爵夫人称号;死于意大利的梅腊诺。

人的舞蹈,居然使他十分开心,这连他自己也觉得奇怪。他漫不经心地想,他已很久没来欣赏这些美好的玩意儿了,所以,这些玩意儿他并不觉得讨厌。

一方面音乐引得他的想象飞动起来,另一方面他的理智却在逐一考察生活中可能出现的许多机遇。

"如果不是必须和一些骗人的乡下人打交道,没有教士煽动他们来反对你,没有省长派人从驿站偷走你的报纸,就像前天我还转弯抹角地要那个笨蛋省长去……搞农业生产倒也是配我胃口的一种工作……和德·夏斯特莱夫人一起生活在一个什么地方,就在这块土地上生产,赚上一万二千或一万五千法郎,让我们过上比较讲究的朴素生活,多么好!

"美洲啊!美洲!……那里就不会有像德·塞朗维尔先生那样的省长了!"以前曾经有过的关于美洲和德·拉法耶特先生的想法又涌上他的心头。以前每一个礼拜天他都在德·特[拉西]先生家里遇到德·拉法[耶特]先生,那时他以为生活在美洲的人也有他这样的良知、正直和高尚的哲学,因而也有他这优美的风度。后来他才突然醒悟过来:那里实行的是多数人的统治,构成这个多数人的是原来的贱民。"在纽约,行车的车辙正好和我们相反。普选如同暴君在那里统治一切,而且是双手肮脏的暴君。在那里我要是不能使我的鞋匠高兴,他就攻击诬蔑,活活把我气死。所以,必须讨好鞋匠。那里,人不是从各方面加以衡量,而仅仅作为一个数字来计算,一个最粗鲁的手艺工匠的一张选票和杰斐逊①的一票完全一样,而且往往更受到人们的欢迎。教士把那里的人弄得比我们还要蠢;礼拜日上午看到有人乘驿车出门旅行,一定要把人家拉下来,因为在礼拜日出门办事和在礼拜上帝的日子

---

① 杰斐逊(1743—1826),美国第三任总统,1801—1809年在位。

做工一样,也是犯大罪的……这种普遍而可恶的野蛮行为真叫我透不过气来……总之,我只能做巴蒂尔德喜欢的事情……"

他这样想来想去,考虑了很久,后来,连他自己也感到惊奇:这个想法在他心底,根居然扎得这么深,他不禁感到幸福。

"那么我一定已经原谅她了!这一点也不假。"原来他心里对德·夏斯特莱夫人的过错早已不再计较了,"她没有变,还是原来那样,对我来说,她是我在世界上唯一心爱的女人……德·毕桑·德·西西里先生的弱点所产生的种种后果,我是知道的,我看最好不要再怀疑吧。这件事她想对我讲,那就总会对我讲的。在办公室里做的这种愚蠢的工作已经证明我能自食其力,养活自己和我的妻子。"

"证明给谁看?"一个对立的意念提出了问题。吕西安对这个对立的意念,立刻现出一副怒目而视的神态。"证明给你从来没有见过的人看,这些人你一离开,他们就恶毒诽谤你①……"

"唉!不是的,不是的!真的,那是证明给我看的,这才是最重要的。那帮卑鄙的骗子的意见和我有什么关系?他们不是一直瞪着两眼盯着我的勋章,看我提升得这么快吗?现在我已经不是年幼无知的骑兵少尉了,那时急忙赶到南锡去进骑兵团,那时我真是我这虚荣心的千百种弱点的奴隶啊,我的表哥埃尔奈·戴维鲁瓦曾经对我说过一句刺耳的话,说什么'有一个能养活你的父亲,你真是太幸福了!'即使在当时,这种话我也是决不能接受的。只有巴蒂尔德才对我讲真心话,我曾经按这些话把我和某些人,一些最可敬的人,做过比较……一般人怎么做,我们也怎么做吧,什么官方行动的道德性,算了吧,算了吧。好啦,我知道我工作起来顶得上两个最笨的办公室处长,我所看不起的工作我也可以去干,即

---

① 注意独白中口气的变化,您变成了"你"。(司汤达原注)

使这项工作在布卢瓦给我砸了一身污泥,我也认了。"

吕西安想到这一切,对他来说,几乎也就感到幸福了。乐队奏出的雄壮有力的乐曲,埃尔斯勒尔小姐美妙无比的舞步不时使他分心,使他不能专心思考,却又使他的这些思想变得优美而有力。不过,最美最圣洁的仍然是德·夏斯特莱夫人的形象,这个形象每时每刻都支配着他的生命。这一夜由思想和爱情融合而成,就像这样在乐队的一角度过,这是他一生中最幸福的一夜。但是,舞台上的帷幕已经降落下来了。

回到家里,在和他父亲的谈话中,还得装出很可爱的样子,这是回到现实世界中来的最不愉快的方式,简直得有勇气说,回到最可憎的现实世界里来了。"最好两点钟回家,那就不必陪父亲说话了。"

吕西安走进一家旅馆,租下一套带家具的房间。他付了租金,但旅馆坚持要看护照。他和旅馆主人谈妥,今晚不在这里过夜,第二天带护照来。

他在这套很漂亮的小公寓房间里极其高兴地走来走去,房间里家具陈设中最美的一件是这样一个意念:"在这里,我是自由的!"他像个小孩一样,觉得最好玩的是他在这家旅馆用了个假名字。

在勒拜勒蒂埃路拐角地方租一套公寓房间的想法,在吕西安的生活中真是划时代的大事。他要办的第一件事是第二天到伦敦旅馆去要带写着戴奥多泽·马丁先生名字的护照,护照自马赛来,是克拉帕尔先生给他搞的。

"必须弄个假名,这才能保证我的自由。在这里,"他一边在房间里高兴地踱来踱去,一边自言自语地说,"在这里,我可以躲避父亲的、母亲的、已经成为永恒的关怀!"

不错,这是我们的英雄说的话,这么粗俗,不过让我生气的不是他,而是人的本性。因为,任何人内心深处都有对自由的本能要求,嘲讽在任何地方都使傻劲儿失去魅人的光彩,人们伤害了自由就不能不受到惩罚——这是千真万确的。但是过了一会儿吕西安又激动地责备自己对母亲竟也讲起这么粗俗的话,可是这么好的母亲也一样妨碍了他的自由,只是他自己不肯承认罢了,这是毫无疑问的。勒万夫人自以为她的处事非常细致周到而又尽量灵活巧妙,她一次也没有提到德·夏斯特莱夫人的名字。但是,尽管人们会容许她有巴黎女人比思想更细腻的感情,但她还是使吕西安相信他的母亲恨德·夏斯特莱夫人。或者不如说,他感觉到了,但不愿意承认。"所以,"他对自己说,"我母亲应该既不爱德·夏斯特莱夫人,也不恨她;她一定不知道有她这样一个人。"

对德·夏斯特莱夫人的出乎意料的这么热烈的回忆,使吕西安内心里的感情发生了根本性的变化。

但是,他在巴黎是和他对父母的强烈感情紧紧拴在一起的。

他父亲告诉他关于和葛朗代夫人做交易的内幕,对他父亲来说真是犯了一个大错误,交易确实做得手段巧妙而高明,但是太突然,太不策略了。

吕西安处在这样一些想法中间,根本不想到葛朗代夫人的客厅里去,在那沉闷的气氛中他会透不过气来,更不能迫使自己去和别人握手。可是,在葛朗代夫人的客厅里,人家却在焦急地等他呢。这片阴影使直到此刻依然贤明而又怀有野心的葛朗代夫人也发生了根本变化,这阴影有时当然也使吕西安可爱动人的品质变得黯然无光,害得他成了一个冷冰冰的哲学家那样的角色,至少在表面上,在葛朗代夫人看来是如此。

她暗自想:"他并不可爱,但至少是完全真诚的。"

这样的想法好像是向前迈出新的一步,使她跨进一种新的感情——这种感情对她来说直到此时完全未曾有过,而且难以置信,简直不可能。

第六十六章

吕西安还是有这种坏习惯①,在知己之间说话直截了当,十分冒失,即使这种亲密关系并不出于真正的爱。和一个每天都要相处四小时的人弄虚作假,在他是不能容忍的事。这种缺点,加上他那天真的表情,人家初看就觉得傻,接着便感到诧异,随后,葛朗代夫人又不禁产生浓厚的兴趣,整个过程就是这样。尽管葛朗代夫人是一个野心勃勃、工于心计、善于思考的女人,一门心思要让自己的计划获得成功,但她毕竟有一颗女人的心,只是这颗心直到目前为止还没有产生爱情罢了。所以,吕西安自然真率的特点在这样一个迷信权势、崇拜特权(而特权偏偏又是贵族见解的支柱)的二十六岁女人面前就难免显得可笑了。天真质朴的心灵与一般投机取巧的庸俗心理是无缘的,这就使一个男人的行为显得孤僻而带上独有的高贵的特色,一个男人有这种自然的特点,只要机缘凑巧,就会使一个女人一直干枯的心灵爆发出异乎寻常的感情来。

应当承认,他到人家家里做客一个小时,后半个小时总是很少说话,谈得也不那么好,如果心里所想的不敢都讲出来的话。

他这种习惯,和巴黎的社交生活不免相抵触,在他如今这段时期之前,这种习惯一直都没怎么露出来,因为除了德·夏斯特莱夫人之外,谁也不曾和吕西安有过亲密的交往,而且在实际生活中他到人家家里去做客从来不曾超过二十分钟。但是他同葛朗代夫人

---

① 收到葛朗代夫人信后第一次会晤。(司汤达原注)

相处的方式却把这种叫人难以忍受的缺点给暴露出来了,这种缺点在所有的缺点中最能毁掉一个男人。吕西安无论做出怎样惊人的努力,都掩饰不了他心境的变化,虽然他其实并不是一个喜怒无常的人。这种坏脾气平时有一部分被那令人喜欢的文雅多礼、纯朴高贵的风度所掩盖,这彬彬有礼的翩翩风度原是一个有才智的女人——他的母亲自幼培养起来的,所以德·夏斯特莱夫人对他这种坏脾气那么着迷。那曾经是使她入迷的新鲜事儿,也是她沉静的性格所习惯的,今天,人们则把它称为虚伪的杰作,那是身份过高而过于富有的人所受的完美教育的结果,这种教育在人们心灵深处也会引起无可救药的枯竭,就像他现在的 partner① 处于枯竭的心灵状态下一样。吕西安心里,保存着一段关于他所珍视的思想的记忆,那是一个北风呼啸、阴云密布的日子,突然看到某种从未见过的卑鄙行为,或其他诸如此类而并不少见的事件,他一看到这种事,人就完全变了样子。在他的生活中,对付这样的灾祸,他没有别的办法,只有认真对待,这固然很可笑,而且在我们这个世纪里也非常罕见,他的办法就是:和德·夏斯特莱夫人一起躲进一个小房间,把房门牢牢关上,这才保险,不管什么讨厌鬼出乎意料地前来打扰,也决不开门。

所有这些防范措施,应当承认,对一个骑兵中尉来说,确实可笑,可是采取这些措施之后,他或许比以往显得更可爱一些。但是,这样的防范措施实在是一个病态而独特的心灵所采用的,如果运用到葛朗代夫人方面去,那就简直是不可设想的事,何况这些办法本身也可憎可厌,叫人受不了。所以,他常常沉默下来,看上去似乎心不在焉。葛朗代夫人是个很出名的女人,她自有她的熟人、她的小圈子,这些人的思想才智使高尚的心灵望而生畏,所以吕西

---

① 英文:"女伴"。

安如上所说的那种处境,由于这一类人的思想而变得更加难堪了。

不过,在葛朗代夫人的客厅里,人们却焦虑不安地期待他来。就在吕西安发生大变化的那天夜晚,在最初一小时里,葛朗代夫人还像往常一样支配着一切。接下来,她先是被一种惊异不安的心情抓住,然后便感到强烈的愤怒。这时,除了吕西安之外,任何人也不能引起她的注意。这样执着地思念一个人在她是从来没有的事。她对她此刻的心情自己也感到奇怪,不过她坚信她之所以这样激动,唯一的原因不是自负,就是荣誉受到损害①。她呼呼地喘着气,胸脯起伏着,眼睛翻着眼皮,直勾勾地看着,只见她不断地用短短的句子提着问题。人们从来没见过她的眼睛现出这种神情,这说明她正经受着某种生理上的痛苦②,她的客厅里,议员、贵族院的元老,还有一些专吃国家经济预算的人物,陆续来到,她就一个个问他们。葛朗代夫人当然不敢把她今晚专心注意的那个人的名字直接告诉他们。她总是要求这些先生给她讲一些一说就没完没了的故事,希望勒万先生的儿子的名字如同附带的说明那样,也能出现。

据说亲王发出通知,要在贡比涅森林组织一次猎狍的活动。葛朗代夫人听说吕西安也参加,还和别人打赌,以二十五路易赌七十路易,说第一只狍子一经发现,不出二十一分钟就能够围捕到。吕西安是由于得到陆军部长老元帅的信任才被引进这样显要的上层社会的。这对一个和政府部门关系密切或急于有所成就的青年人来说,真是求之不得的好机会。陪侍亲王打猎仅限十人,这样一个人十年内难道还没有掌握国家经济命脉的希望?亲王坚决要求陪猎者限于十人,因为亲王办公厅的文学士中有一位学者最近查

---

① 葛朗代夫人也有常常自我审视这种坏脾气。这是巴黎的习惯:胆怯与虚荣心。(司汤达原注)
② 这一段待我确定要保留下来之后,再作处理。(司汤达原注)

明,路易十四的儿子、法兰西王储殿下猎狼时指定一同前往的陪臣就是这个人数。

葛朗代夫人心里想:"亲王会不会出其不意地叫人宣布说今晚接见即将陪他猎狍的人?"然而她的客人,这些可怜的议员和贵族院元老,都认为这是肯定的,况且他们人也不多,再要提起兴趣来谈这件事简直不可能。葛朗代夫人考虑了一下,也就放弃了向这些先生打听情况的想法。

"不管怎样,"她对自己说,"他不该不来,至少也该写个便条来吧?这种行为真叫人受不了。"

十一点钟敲过了,又敲了十一点半,十二点。吕西安依然不见踪影。

"啊!这种小动作我有办法治!"葛朗代夫人自言自语地说着,气得不得了。

这一夜她没有合眼,正像那些很会写文章的人说的那样①。又是恼怒,又是不幸,真把她折磨得好苦。她想出一个消气解闷的办法,那就是一向奉承她的人们所说的研究历史;她的女侍于是拿来德·莫特维尔夫人②的《回忆录》念给她听。她前两天还认为这部书是上等社会女人必读的手册。可是今天夜里,她所珍爱的这些历史回忆听来也觉得索然无味。还是找几本小说来读读吧,可是八年来葛朗代夫人在她的客厅里讲过不少富有道德意义的话,那些话是反对这种小说的。

---

① 司汤达此处有注:"仿照葛朗内(Grandnez)、贝藏(Besan)以及其他……"按:葛朗内是达尔库先生(M. d'Argout)的绰号,贝藏即贝藏松(Besançon),系指德·马雷斯特男爵(baron de Mareste)。(马尔蒂诺注)
译者按:贝藏松是城市名,在法国东部杜河畔,杜省省会。葛朗内法语意为:"大鼻子"。
② 德·莫特维尔夫人(1621—1689),法国贵妇人,法国王后奥地利的安娜的心腹女侍,著有《回忆录》。

整整一夜，葛朗代夫人的女侍，她的心腹特吕勃莱太太不得不跑到三楼图书室，爬上书架去给她找书，吃了不少苦。她跑了几次，拿来很多小说。没有一本叫她称心，情趣高尚的葛朗代夫人挑来挑去，最后总算挑出一本救命的《新爱洛依丝》①，虽然她本来很讨厌卢梭。这一夜开始给她读的开头那一部分，她觉得冷冰冰的，听了叫人心烦，和她的思想对不上号。其实，这本书使细心的读者读不下去的那种学究式的语气，恰恰应当是葛朗代夫人开始形成起来的资产者感情所需要的东西。

她透过护窗板的缝隙看到天亮了，就把特吕勃莱太太打发走了。她刚刚想起，早上她一定会收到一封信，一封赔礼道歉的信。

"九点钟人家就会把信送给我，我可要好好回他一封。"报复的念头使她心里平静下来，她琢磨着回信的措辞，渐渐睡着了。

八点钟刚过，葛朗代夫人就急得不得了地打铃，她以为已经是中午了。

"我的信，我的报纸！"她生气地叫着。

于是又有人去打铃叫门房，门房跑来，手里只拿着一些装报纸的脏信封。这和她投出贪婪的目光从这些报纸里寻找用漂亮信笺写的、折得很好的信件的焦急心情，形成多么强烈的对照！吕西安叠信笺的艺术非常出色，说不定葛朗代夫人最敏感的正是他这种才能②。

整整一个上午③就这样在糊里糊涂中，甚至在考虑报复的计

---

① 《新爱洛依丝》，卢梭的书信体爱情小说，1761年出版，描写一位平民青年、博学多才的家庭教师圣普乐与美丽纯真的贵族女子朱丽的恋爱故事，小说抨击封建伦理道德，宣扬感情生活的重要。
② 模特儿：德·马萨公爵夫人与德·黎尼先生。（司汤达原注）
③ 爱情战胜骄傲的一幕。（司汤达原注）

划中过去了,这一上午对葛朗代夫人来说,似乎并不见得不长,她觉得时间过得太慢了。吃午饭的时候,她把她家里的人,还有她的丈夫都弄得十分难堪。她看她丈夫兴致很好,就把他在陆军部长元帅那里笨拙无能的表现一五一十都讲给他听了。这本是勒万先生在她答应永远保守秘密的条件下才告诉她的。

一点钟敲过了,接着是一点半,两点钟。钟声又使她想起昨天那难熬的一夜,这让她气得都要发狂了。她简直不能控制自己,就这样过了很长一段时间。

突然间(谁想得到儿戏似的虚荣心竟支配着一个人的性格?),她想给吕西安写一封信去。先给他写信,这是一个可怕的诱惑,她和这个诱惑搏斗了整整一个钟头。最后,她败退下来,她对自己这样的做法感到害怕,这是瞒不过她自己的。

"有什么好处我不会给他?看到我的信他总该对我有个表示,要忘掉这一层总得有几天不那么轻松吧?说到最后,"这是爱情给自己戴上说反话的面具以后讲的话,"什么叫情人?情人就是一个工具,经常用来寻开心取乐的工具①。居维叶先生对我说:'你的猫并不抚慰你,它要你通过抚弄它来抚慰你。'好吧!这位小先生此时之所以让我觉得开心,就因为给他写信这件事。他怎么感受,关我什么事?我觉得开心就行了,"她怀着恶狠狠的欢悦心情这样说,"这才是和我有关的事呢。"

此刻,她的眼睛光芒四射,煞是好看。

葛朗代夫人提笔写了一封信,不满意,写第二遍,不行,再写,她最后送出去的是第七次乃至第八次才写成的。

---

① 要写得合乎道德。要体面的文体。(司汤达原注)

信

先生：

　　我的丈夫有事需与你面谈。我们恭候你来，为了不致久候，虽然约会早已说定，并知道你不会忘记，我仍然再写封信给你。

　　请接受我的问候。

　　　　　　　　　　　　　　奥古斯蒂娜·葛朗代

　　请在三时前来，又及。

　　这封信写好，看看没有什么不够谨慎之处，特别是在自尊心上没有什么不妥的地方，这才送出，时间已是下午两点半过了。

　　葛朗代夫人的亲信仆人在格洛内勒路办公室找到吕西安，他正安安静静地待在办公室里，可是吕西安人没有来，却写了一封回信来：

夫人：

　　我真感到双重的不幸：今日上午我未能有幸前来致意，今晚恐怕也不能前来。我有紧急公务在身，不能离开办公室，这都怪我愚笨无知，竟将这一紧急事务揽在手上。你也知道，我是一个谨慎的公务人员，我是无论如何也不愿让我的部长不快的。对葛朗代先生和你未能应命，我所做出的牺牲之大，部长肯定是不了解的。

　　请接受最忠诚的新的保证。

　　葛朗代夫人二十分钟以来一直注意计算着吕西安前来所必需的时间。她注意听着他那部两轮马车车轮的声音，她已经辨得出他的车轮的声音了。突然间，使她大为诧异的是她的仆人敲门了；

给她带来吕西安的这封信。

葛朗代夫人看了信,怒火中烧,简直气死了;她气得脸都变了样子,几乎同时红得发了紫。

"不能离开他的办公室不过是个借口。怎么!我的信他看了,人不马上跑来,光写一封信!"

"出去!"她冲着仆人说,她那眼神真把他吓坏了。

"这个小傻瓜可能改了主意,一刻钟内又跑来了,"她想,"最好让他看到他的信还没有拆开。不过,"她过了一会儿,又对自己说,"他来了,发现我不在家,那就更好了。"

她打铃叫仆人去套马备车。她激动不安地在房间里踱来踱去;吕西安的信放在她那扶手椅旁边的小圆桌上,她每走一圈都不由自主地看它一眼。

仆人通报说车已经备好了。等仆人走了出去,她急忙去拿那封信,又气急败坏地把信打开,说实在的,她本来并不想这么做。只是此时,一个年轻女人占了上风,搞权术的本领居于次要地位了①。

这封信写得这么冷淡,当然使葛朗代夫人无法容忍。我们也要对她的这个弱点有所体谅,要让人们看到,她如今虽已二十六岁,可是从来还没有被人爱过。她严厉禁止自己有这种可能导致爱情的情意绵绵的友谊交往。葛朗代夫人在社会交往中的行为举止是端庄可敬的,她的名字在当代有德行女子的史乘中也是地位极高的。习惯势力极力支持的根深蒂固的骄傲一直在同爱情争夺葛朗代夫人这颗心,经过十八小时的较量,现在爱情终于取胜。

心灵中的风暴从来没有像现在这样难于应付;每当这可怕的痛苦袭来,可怜的骄傲之心就被打翻在地。葛朗代夫人盲目屈从

---

① 正是女性本能上升,头脑下降。(司汤达原注)

于她的骄傲自负委实太久了,它所能让她感到的那种乐趣,如今只让她感到厌恶。

突然间,这种心灵上的骄傲所养成的习惯和冷酷无情的情欲,为了争夺葛朗代夫人这颗心,竟勾结起来向她进逼,把她推向绝望的境地。怎么!难道就这么眼睁睁地看着一个男人对她的命令极力推却,拒不服从,不屑一顾!

"莫非他不懂得生活?"她问自己。

残酷的痛苦整整把她折磨了两个小时,这是她有生以来第一次,所以这痛苦更像锥心刺骨那么难熬;接着又是谄媚、敬意、尊崇,把她捧了个够,而且都来自巴黎的著名人士;最后骄傲自以为又得胜了。地位的变化是痛苦的,在这痛苦的驱使下,在一阵痛苦的激动中,她走下楼去,上了马车。可是一上马车,她又改变了主意。

"要是他来了,他就找不到我了。"她心里想。

她对跟班说:"格洛内勒路,内政部!"她居然要亲自到办公室去找吕西安。

她对这个主意根本不想再多加考虑。她要是在这里止步,立刻就会昏过去。她已经痛苦得精疲力竭,就那么软弱无力地靠在马车的一个角落里。马车的颠簸摇动使她松快了些,让她觉得好受一点①。

---

① 吕西安不知不觉中使这颗骄傲自负的心萌发了产生爱情所必需的一切(女性的本能在这颗心中不过刚刚苏醒)。

……还得听到三番四次傲慢的回答,她才会在吕西安面前真正感到屈辱。她在他面前一经感到屈辱,他就成了她唯一的男人了。她不经历这样的过程,是没有任何理由的。(司汤达原注)

第六十七章

当吕西安见葛朗代夫人走进他的办公室,一股怒气忽然从他心头腾起。

"怎么搞的!这女人一刻也不叫我安静!她简直把我当成她使唤的仆人了!收到我的信就该明白我不愿意见她。"

葛朗代夫人往扶手椅上一坐,瞧那傲慢的神气活像一个为巴黎掏了六年腰包、年年花费十二万法郎的人。这种摆阔的架势使吕西安感到吃惊,他心头的任何同情和好感顿时全给轰掉了。

他想:"我这是和一个讨债的杂货店老板娘打交道。为明白起见,话必须说得清清楚楚、毫不含糊。"

葛朗代夫人坐在扶手椅上一言不发;吕西安也一动不动,他那样子与其说是情人,不如说是一个衙门里的公务人员:两手架在扶手椅的扶手上,两腿伸得直直的。瞧他脸上的表情完全是一个蚀光老本的商人的那副尊容;慷慨大度的感情连影子也看不见,反叫你感到处处都是贪得无厌,斤斤计较,尖刻自私。

这样过了一分钟,吕西安自己不禁觉得有点不好意思。

"啊!要是德·夏斯特莱夫人看到我,会怎么说!不过,我可以告诉她:我要让这个杂货商女人了解事实真相,真相一直被礼貌所掩盖,掩盖得太过分了,瞧她让中间派议员给捧得骄气十足,她实在太骄傲了,只因她有一份来路不明的财产,稳健派的卑鄙家伙才把她捧上天,这就把她给宠坏了,这批人无不见钱眼开,见穷人就神气活现。我就是要还她一个无礼:其实她并不见得就那么富有,内阁部长们也不见得就那么欢迎她,我就是要让这一切通通亮出来。"吕西安又想起她接待科夫先生的情景,虽然那还是他介绍过去的。这件事已经过去了一个礼拜,她讲的那些侮辱人的话当时他就感到非常刺耳,她就用这种瞧不起人的口吻谈起圣米歇尔山上那些不幸的囚犯,甚至对解囊捐救济款的人,她也把人家给挖苦得十分难堪。最后回忆起的这件事简直使吕西安的心都抽紧了①。

"先生,我是不是应该,"葛朗代夫人开口对他说,"请求你让你的传达员退出去?"

葛朗代夫人说话的语调按她的习惯可把这种职务给抬高了,使这种职务显得很高贵似的。其实那人不过是办公室的一个普通仆人,见一位漂亮太太带着一群跟班,神气不悦地走进来,出于好奇,便以拨旺炉火为借口(其实炉火正烧得旺旺的)留了下来。这个仆人一看吕西安的眼色也就退出去了。接下来,依然是沉默。

最后,葛朗代夫人说话了:"先生,怎么!你见我到这里来,不觉得奇怪,不吃惊,也不觉得别扭?"

"夫人,让我坦率地告诉你,只有让我非常喜欢的行为举动,我才会觉得惊奇,不过,这我实在是不敢当的。"

吕西安是不会做出粗暴鲁莽的事情来的,不礼貌的话也讲不出口,但他说话的语气却能把任何激烈的责难都拒于千里之外,以致他这种语气使他讲的话都带上轻侮伤人的意味。葛朗代夫人摇摆不定的勇气本来正需要受到这样的侮辱才能再被激发起来。可是,现在她很胆怯,偏偏鼓不起勇气来,这还是她有生以来第一次,因为她的心灵太干枯、太冷,她感受到爱情还只是这几天的事。

"先生,我觉得,"她说,她的声音因愤怒而直打战,"如果我真

---

① 是真实的,但嫌太长。(司汤达原注)

弄明白那些对你的高贵道德的辩护,那么,我觉得,你祈求的不过是做一个正直的人。"

"你既肯赏光和我来谈我这个人,夫人,你就听我告诉你:我希望做一个公正无私的人,我想按照真实情况看看我的处境,也看看和我有关的人的处境。"

"你这可贵的公正无私不至于沦落到居然认为我现在的行为是危险的吧?德·韦兹夫人认得出我的仆从穿的制服呢。"

"夫人,正因为看到你这种行为有危险性,所以我才不知怎么办才能把这件事和我所知道的葛朗代夫人的高度慎重联系在一起,也不知怎么办才能把这件事和她审时度势让行为有利于她的崇高意图这样的明智联系在一起。"

"先生,那很清楚呀,这种难能可贵的慎重怎么叫你也打我这儿学去了呢?为什么感情一天就变了,你居然觉得这有好处呢?那不是保证了又保证,千言万语曾经一直跟我纠缠不休的吗?"

吕西安心想:"好吧,夫人,你讲的这许多我可没有兴致一条一条去驳。"

他变得更加冷静镇定,回答说:"夫人,承你给我这样的荣幸,让你又回想起那种感情来。感情已经让不该有的成功给侮辱了,它因为犯了这个错误,羞愧得难以自容,早已逃得不见踪影了。它在逃走之前,得出一个令人痛心的结论:装装样子的胜利它可接受不了,胜利的代价就是那么一个毫无诗意的诺言,就是引荐就任部长职位的那个诺言。感情原来自信可以打动一颗心,但这颗心屈从于野心的计谋,于是,自信无疑就错了,所以,爱情也就只能是停留在口头上的东西。一句话,我知道我受了骗,夫人,这也说明,我不见你实在是为了替你省去麻烦。这就是我做一个正直的人的方法。"

葛朗代夫人没有说话。

吕西安心里想:"好!看我揭穿你这装糊涂的手法。"

他用刚才那样的语气继续说:

"一个人一心贪图高位,不顾承受那来自鄙俗感情的痛苦得有多么坚强的勇气,但有一种不幸却是高贵的心灵决不能忍受的,那就是在某种计谋中被人欺骗。夫人,我说出这句话来觉得非常遗憾,只是你逼得我非说不可,很可能你自己在你的聪明才智希望我这个缺乏经验的人扮演这个角色时也被骗了。夫人,你看,这些话说起来真叫人不愉快,我本想不对你说,在这一点上,我自以为是正派的,我应该坦白地告诉你,可是,你已经把我逼到最后一条战壕里,我的办公室里了……"

这样的辩解他本来可以继续不停讲下去,那是并不难的。葛朗代夫人已经被击败。她的骄傲几乎被摧毁,要不是她还有一点感情不是那么干枯,能够助她一臂之力,这对她真是幸事,否则,那惨烈无比的痛苦可真无法忍受。葛朗代夫人一听到引荐就任部长职位这句要命的话(这句话未免过于真实了),就急忙用手帕捂住自己的眼睛。接下去,吕西安相信看到她一阵痉挛,使她在内政部这种泥金大扶手椅里坐着的姿势都变了形。吕西安不禁变得十分警觉。

他心里想:"你看这些巴黎的女演员对不需回答的责难就是这样回答的。"

尽管心里这样想,他还是被她扮演的这个极端痛苦的形象感动了。其实,在他眼前,这个受到极大震动的形体又显得那么美①。

葛朗代夫人徒劳地考虑着无论怎样也要叫吕西安停止他那要

---

① 艺术。葛朗代夫人的恶劣品质、枯燥乏味的品性,读者只要稍加注意,至少像在乡间旅行那样,就一切都不言自明。(司汤达原注)

命的长篇大论,吕西安听自己说话的声音就要气恼,说不定这会儿马上又会有什么开始时没有想到的新念头再来约束他。这样一来,在他就必须得到一个回答才能罢手,在她却只觉得连说话的力气都没有了。

葛朗代夫人觉得吕西安的长篇大论真长,等到讲完了,又觉得它结束得太早,因为一结束她就必须回答,可回答什么呢?这处境真可怕,害得她把感受方式都给换了;开始,她像往常那样,总是对自己讲:"怎样的屈辱啊!怎样的屈辱啊!"接着,那种因骄傲受到损害而引起的痛苦又消失了;她感到压在身上的是另一种揪心的痛苦,这就是新近几天才成为唯一与她的生命利害攸关的某种东西又要丧失了!如果失去与她的生命相关的东西,那么,她,连同她的客厅,连同她那些辉煌的晚会,连同晚会给她带来的乐趣,连同人们在晚会上的玩乐(聚会正是路易-菲力浦宫廷里最好的社交场合),又有什么意义呢?

葛朗代夫人觉得吕西安是对的、有道理的,她看出自己的恼怒实在没有什么根据,也就不再去想它,谁料走得更远了:她竟站在吕西安一边反对起自己来了。

默不作声,持续了好几分钟;后来,葛朗代夫人把捂在她眼睛上的手帕取下来,吕西安一看,吓了一跳,她的面部表情大大地变了样,这是他从来没有看见过的。至少在吕西安看来(有生以来第一次),这面容竟有一种非常女性的表情。葛朗代夫人的容颜这么美,在这一刻,确实富有表现力,在她委实是极为罕见的娇媚。她刚才把帽子漫不经心地摘下来抛在一边;她的头发有点乱,更增添了无限的妩媚。她的容颜显得这么年轻,这么美,保罗·委罗内塞一定愿意把她作为模特儿画下来,可是确切地说,在吕西安看来,只显得丑恶。他所看见的只是一个娼妓,炫耀自身的美貌,出卖自己的色相,来换取一个部长的职位。她越是有钱,越是受到尊敬,越是享有社会特权,在他眼里,她的出卖自己就越是丑恶。"她比那为了一口面包或为了买一条裙子不得不卖身的街头妓女还要下贱。"吕西安察看着她的表情所发生的变化,但并不为之心动。他的父亲,葛朗代夫人,巴黎,野心,所有这一切此时都为他所不齿。只有南锡即将发生的事才能打动他的心。

"先生,我承认我错;不过,我遭受到的不幸,一定让你高兴。我这辈子犯错误也罢,没尽到责任也罢,都为了你。你讨好我,那让我高兴、使我开心,而且我觉得,那是一点危险也没有的。我是受到野心的蛊惑,我承认,并不是受到爱情的引诱,偏偏我又让步了;只是我的心变了(说到这里,葛朗代夫人深感羞愧,不由得满面通红,她简直不敢看吕西安),我之所以不幸就因为我爱上了你。只有几天工夫,我竟不知不觉地改变了心意。我根本不必去想什么抬高门第,现在是另一种感情在支配我的生活。想到我要失去你,特别是想到我必须得到你的尊重,一想到这里,我就忍受不了……为了重新配得上这种尊重,我准备牺牲一切。"

说到这里,葛朗代夫人又用手帕捂住脸,然后隔着手帕又鼓起勇气说出了这样的话:

"我要和令尊大人一刀两断,部长职位的念头我也抛弃了,但是,你不能丢开我。"

葛朗代夫人在对他讲这最后一句话的时候,把手娇媚地伸给他,吕西安觉得十分异乎寻常。

"这种娇媚,这番变化,一个这么傲慢的女人竟做得出来,真奇怪,驱使你这么做的竟是你身上所有的价值,"虚荣心对他说,"让她一味屈从于才能发挥出来的威力,难道不更加令人满意?"

但吕西安不动声色,只冷冷地看着这种来自虚荣心的谄媚。他板着脸,只显露出似乎在暗中盘算那样的表情。他满腹狐疑:

"这是一个有着惊人美貌的女人,毫无疑问,她指望她的美貌产生效果。千万要提防,不要上当。你看:葛朗代夫人在用一种非常痛苦的牺牲来向我表白她的爱情,这就是牺牲她一生中最不可少的骄傲。那么,就得相信这爱情了……慢!还得看这爱情是不是经得起更有决定性的考验,还得看它能不能比今天维持得更长久。如果这爱情是真实的,我就不应该可怜它,要是那样的话,就好了。总不会是埃尔奈所说的那种时疫传染式的爱情吧。"

应当说,吕西安心里这样理智地思索的时候,他的表情并不像一般小说中的英雄人物那样。倒不如说他显出一位银行家做大投机生意盘算如何才能得手时的那种神态。

他继续想下去:"葛朗代夫人的虚荣心应该看明白:要了结一切,固然痛苦不少,但还有更厉害的痛苦,她要避免屈辱,就得牺牲一切,即使牺牲她的野心所企求的利益也在所不惜。不要让爱情来做出这些牺牲,干脆牺牲虚荣心,也许最好,如果她占上风,取得胜利,以此为荣,而实质上却是可疑的,那么,我的虚荣心很可能看不清,很可能带有盲目性。所以,最好还是表示尊重,表示敬意;不过不管怎么说,她到这里来总是麻烦事,她的要求我觉得很难迁就,她的客厅也叫我厌烦。这正是我必须很有礼貌地让她了解的。"

他对她说道:"夫人,我决不会抛开我对你的全部尊敬。我们暂时被拉到一种亲密关系中来,可能是由某种误会、某种错误造成的,我并不因此就不感谢你。我对自己是负有责任的,夫人,我更有责任承认真实情况来表示我对我们这暂时关系的尊敬。我心里确实充满着敬意和感激之情,但我从我的心里却找不到爱情。"

葛朗代夫人眼睛都哭红了,泪眼汪汪地望着他,这时由于非常专心地看他,眼泪也收住了。

静了一会儿,葛朗代夫人又泪如泉涌,止也止不住。她望着吕西安,竟说了这样一些奇怪的话来:

"你说的都是真的①;我是又傲慢又有野心,真该死。我觉得我已经非常有钱,我的生活目的不就是要有一个贵夫人头衔,我敢向你坦白承认这件既苦恼又可笑的事。不过现在我脸红并不因为这个。让我抬不起头来的是,仅仅出于野心我才委身于你。可我现在正受着爱情的折磨。我承认,我不配。侮辱我吧;怎么看不起我都行,是我活该。我又爱,又羞愧,真该死啊。我跪在你脚下,我请求你饶恕,野心和骄傲,我再也不要了。告诉我以后该怎么办。我跪在你脚下,践踏我、侮辱我吧,你要怎么办都行;你越是贬低我、侮辱我,就越是对我好。"

"这一套难道还是在装样子?"吕西安在心里对自己说。他从来没有见到过这样激动的场面。

她真的匍匐在他脚下了。已经有一段时间,吕西安站在那里,一直想办法把她拉起来。他两手一把抓住她的上臂(即臂上部三角肌处)。说到最后几句话时,他觉得她的两臂在他手中一下子松开失去力量,他立刻就感到她全身的重量往下压:她真的沉沉地昏厥过去了。

吕西安给弄得不知所措,但一点也不为之感动。他感到困惑,唯一的原因是怕破坏他这么一条道德训诫,即不要无谓地伤害人。他头脑里产生了一个想法,这个想法在这一时刻出现非常可笑,正由于这种想法,任何怜悯和同情才都给一刀砍掉了。这是在前天,有人到葛朗代夫人家里去为四月案件中给判了刑的不幸者募捐,葛朗代夫人在里昂近郊有一处产业,而这些囚犯将要冒着严寒,从佩拉舍监狱给解到巴黎来,他们还没有冬衣②。

---

① 实质上是一个动了感情的妓女。(司汤达原注)
② 见1835年3月初各报纸。(司汤达原注)
译者按:四月案件即指1834年4月9—14日的第二次里昂起义。佩拉舍监狱在里昂位于索恩河和罗讷河汇合处的佩拉舍区内。

"先生们,"她曾经对募捐者说,"请允许我说,我觉得你们的活动很怪嘛。你们显然不知道我丈夫现在已经在政府任职,里昂的省长先生①又不许这样募捐。"

是她自己把这件事讲给她的社交圈子里的人听的。吕西安当时就拿眼睛看着她,随后,一边观察她一边说:

"由于天寒,这些穷人中有十二个冻死在大车上;身上仅仅穿着夏天的衣裳,又没给他们发被子。"

"这至少又要给巴黎的宫廷招来麻烦。"一个肥胖的议员,七月的英雄②,这么说。

吕西安的眼睛一直盯着葛朗代夫人;她的眉头连皱也不皱。

现在,他看着她昏厥过去了,她的面容除了天生就有的高傲以外,什么表情也没有,这又使他回想起当他给她说明囚犯在大车上受的灾难和冻死的情景时,她那面孔上的表情③。可是,吕西安处在这样一个谈情说爱的场面中,倒是一个有主张的人。

"让我拿这个女人怎么办呢?"他问自己,"总该讲点人道吧,总该给她说点好话,想尽办法把她送回家去吧。"

他轻轻地让她靠着一张扶手椅,坐在地上。他走过去把房门关好锁上。然后,他掏出手帕来,在一个朴素的陶瓷水瓶(这是办公室里唯一的厨房用具)里沾湿,拿手帕去润一润她的额头、面颊和颈项,那尽管很美,但他始终十分专心,一刻也没有分心。

"如果我心坏,我就去找戴巴克帮忙,他的办公室里各种各样的香水都有。"

葛朗代夫人终于叹了一口气。

"不应该让她看见自己坐在地上,那会叫她又想起刚才那可

---

① 加斯帕兰。(司汤达原注)
② 肖旺先生。(司汤达原注)
③ Pilotis:一时的昏厥过去,使神经松弛下来。(司汤达原注)

怕的情景。"

他把她拦腰抱起来,让她安坐在泥金大扶手椅上。可是一接触到她迷人的身体,他不禁也约略想到这是巴黎最美的一个女人,现在就在他的怀抱里,而且完全听任他处置。她的美貌现在看来毫无表情,也不动人,但仍不失为一种真正的 sterling① 美和绘画美,即使在昏迷不醒的状态下,也丝毫不变。

葛朗代夫人稍稍恢复了一些,她眼睛望着他,眼皮慵倦无力地半掩着她的眼睛。

吕西安想到:他应当吻她的手。这一吻,使这个正在恋爱的可怜女人很快就苏醒过来。

"你一定到我家来?"她低声对他说,咬字吐音勉强听得出来。

"一定,相信我吧。但是这间办公室很危险。门是关了,人家会叫门的。小人戴巴克可能会来……"

一想到这个坏蛋,葛朗代夫人顿时就有了力量。

"你做做好事,一直扶到我上车吧。"

"对你的下人就说脚扭伤了好不好?"

她看着他,强烈的爱在眼里熠熠闪光。

"高贵的朋友,你根本不想让我受到牵连,又不想显示胜利。你的心多好!"

吕西安也被感动了;但这种感情他觉得不舒服。他把葛朗代夫人扶在他身上的那只手放到扶手椅靠背上,马上跑到院子里,装出吓坏了的样子对仆人说:

"葛朗代夫人刚才扭伤了,也许小腿骨折。快来!"

内政部一个粗工连忙去牵住马,车夫和跟班连忙跑来帮着葛朗代夫人上车。

---

① 英文:"成色十足的,纯正的"。

她用刚刚恢复过来的一点气力使劲握着吕西安的手。她的眼睛又充满了表情,流露出祈求的情意,她在她的马车里对他说:

"晚上见!"

"一定,夫人;我会去问你的情况的。"

事情经过不明不白,仆人的印象就是如此,对他们的女主人那种激动的表情他们也感到惊异。在巴黎,这些人已经变得精明透顶,这种表情哪里会是单纯身体上的痛苦引起来的呢。

吕西安于是又把办公室的门锁上,把自己关在房里,不出来。他在房间两头大步踱来踱去。

"讨厌的场面!"他自言自语地说,"这是不是在演戏?她是不是弄虚作假,不露真情?昏厥过去倒是真的……这我完全看得出来……那是虚荣心取得了胜利……可一点也不让我高兴。"

他想拿起已经开了头的报告再写下去,可是他发现笔下写的简直乱七八糟。他决定回家去,便骑上马,过了格洛内勒桥,很快到了默东森林。在森林里,他放慢了马步子,开始思索起来。首先浮现出来的是,葛朗代夫人把遮在她脸上的手帕拿开的那一刻他竟受了感动,对此他非常懊悔;其次,更加使他懊悔的是她失去知觉,他抱起她来,让她靠着扶手椅坐在地上,然后把她抱到椅子上去的那一刻,他又曾动心。

"哎呀!如果我对德·夏斯特莱夫人不忠实,那么,她也不忠实就是理所当然的了。"

他心里有个反对意见在说:"我倒觉得她开始并不坏,谁料竟生了个孩子,真是活见鬼!实在不能原谅!"

吕西安生气了,说:"既然没有人看到这可笑的事,那么,这事就不存在。可笑的事必须被看到,否则,就是无中生有。"

吕西安回到巴黎以后,先到部里走了一趟;他请人通知要见德·韦兹先生,向他请了一个月事假。这位部长三个礼拜以来成了个半部长,他夸说无事休息其妙无穷(otium cum dignitate①,他常常重复讲这句话),现在见他的主要敌人的副官要走十分惊奇,也十分高兴。

"这意味着什么呢?"德·韦兹先生暗自想。

吕西安把正规的假期批准书拿到手,批准书是他自己写的,上面是部长亲笔签字,他回家看望他的母亲,告诉她说他要到乡下去休假若干时日。

"去哪个地方?"她焦虑不安地问。

"诺曼底。"吕西安回答说,他一看他母亲的眼色就懂了。

他也感到有些悔意,不该欺骗这么好的一位母亲,但问题在于一问到"去哪个地方?"就把懊悔情意吹跑了。

"我母亲恨德·夏斯特莱夫人。"他心里这样说。只要这么一句话,什么问题都不必多说了。

他给他父亲写了一封短笺,又骑马到葛朗代夫人家去,见她人还很虚弱,便非常有礼地答应晚间再来。

到了晚上,他起程去南锡,对巴黎再也没什么可留恋的,他真心真意地希望葛朗代夫人把他忘掉。②

---

① 拉丁文:"不失尊严地无所事事"。
② 司汤达写到这里留下许多空白的白纸,但这新的一次南锡之行根本没有写出。(马尔蒂诺注)

第六十八章[1]

吕西安在勒万先生猝然死去后才回到巴黎。他陪着母亲待了一个小时,然后就来到银行。银行办事处主任雷弗尔先生是个白发苍苍的贤明的人,毕生精力都在事业上耗尽了,他没谈主人不幸逝世,首先对吕西安说:

"先生,我应该同你谈谈你自己的事情;如果你愿意,咱们就到你的房间里去谈。"

刚一走进房间,他就开口说道:

"你现在已是成人了,而且是有勇气的人。对那更坏的事,你可得做好准备。你能容许我无所顾忌地跟你谈吗?"

"请谈吧,亲爱的雷弗尔先生。那更坏的事,就请清清楚楚地讲给我听。"

"你必须宣告破产。"

"上帝!亏了多少?"

"正好是全部。如果不宣告破产,那么,你就什么也没有了。"

"有没有办法不宣告破产?"

"当然有,不过,那一来说不定连十万埃居你也留不下,还得等上五六年才能收回这个数。"

"请等我一下,我去和母亲谈一谈。"

"先生,令堂并不了解行里的事。恐怕破产二字不宜明说。

---

[1] 吕西安的破产。(司汤达原注)

你还有偿付百分之六十的能力,所余足够你体体面面过上舒服的生活。令尊是深得上层商界爱重的,小银行就不然了,他一生不过给小银行垫过一两千法郎的款子。三天之内,债务协议书甚至在总账没有核查之前,就可按六成计算签字,这你回头就可以看到。还有,"雷弗尔先生压低声音补充说,"这最后十九天的买卖记在另一本账上,天天晚上我都亲自锁起来。咱们还有一笔糖的款子一百九十万法郎,丢掉这本账就不知到哪里去收款。"

"这人真是正直。"吕西安想。

雷弗尔先生看他在想什么,又说道:

"吕西安先生自从荣任政府官职以后,大概已经不大习惯于银行事务了吧,也许对破产二字会像社会上那样认为是个虚假不实的概念吧。凡·彼得斯先生,你是那么敬爱他,他曾经在纽约宣告破产,不过,这于他并没有什么不光彩,我们和纽约乃至北美做生意一直做得最好。"

"找一个职业对我是必要的了。"吕西安心里想。

雷弗尔先生相信他已经拿定主意,便补充说:

"你可以提出百分之四十;我就照这个意图去办。假若有哪个债权人脾气不好,硬要逼我们,你就再把它压到百分之三十五。不过,依我的主张,百分之四十,那不好,不正派。你还是提百分之六十,勒万夫人也未必非放倒她的四轮马车不可。勒万夫人没有马车!你我谁都不会不让这种局面刺伤自己的心。往日收到的勒万先生的礼金你我谁都比自己收入的总额多得多。"

吕西安仍然不作声,心里打主意看是否有可能把这件事瞒过他的母亲。

"你我谁都不会不下决心尽力而为,以便给令堂还有你留下六十万法郎这么一个整数;另一方面,"雷弗尔补充说(他的黑眉毛都在他的小眼睛上竖起来了),"如果行里这些先生不同意这么办的话,那么,我就坚持这么办,我来,我是他们的上司嘛,就是众叛亲离,你还是有六十万,就像你攥在手里一样靠得住,动产、银器等还不计算在内。"

"先生,你等我一等。"吕西安说。

讲到动产、银器这些细节,使他无法忍受。他发现自己事先就在一心参与分赃。

过了整整一刻钟,他才回来找雷弗尔先生;他在他母亲那里只用去十分钟和她商量,让她有个思想准备。原来她和他一样,宣告破产接受不了,她只要求让她和她儿子各得一份一千二百法郎的终身年金,她宁愿拿出她自己的陪嫁资财计十五万法郎赔出去。

雷弗尔先生一听说全数清偿债权人的决定简直不知所措。他请求吕西安再缓一天,好好考虑一下。

"我亲爱的雷弗尔,这正是我唯一的一件不能答应的事呀。"

"哎呀!吕西安先生,请求你至少对咱们刚才的谈话一个字也不要说出去。这桩秘密就先保留在令堂、你和我之间。这些先生[1]充其量不过让人家看到某些困难。"

"明天见吧,我亲爱的雷弗尔。我母亲和我仍然把你当作我们最好的朋友。"

第二天,雷弗尔先生还是反复陈述他的建议,他要求吕西安同意以清偿债权人债务的百分之九十宣告破产。到第三天,他又一次遭到拒绝,于是雷弗尔先生对吕西安说:

"单是银行的字号你就可以从中获利。在清偿全部债务的条件下,这里做了一份总账,请你过目,"他一面说,一面取出一张大鹰开式纸[2],上面写满了数字,"应支付的款项全部付清,银行债权

---

[1] 指银行的职员们。(司汤达原注)
[2] 大鹰开式,纸张的一种开式,尺寸为 0.74 米×1.05 米,系通常用来印制地图的大开张纸张。

也全部放弃,在这样的条件下,单单银行字号你就可以卖五万埃居也说不定。在保证严守秘密的情况下,我请你去打听打听行情。在此期间,我,让-皮埃尔·雷弗尔,正式向你提出,还有加维丹先生(会计师),我们出十万法郎现金买下银行字号,我们可敬的老板、已故的勒万先生的任何债务,甚至欠他的裁缝和马具商的债务,都包在我们身上。"

"你的建议我很高兴。正直的朋友,我宁可同意你用十万法郎把事情办妥,也不愿意接受任何对我父亲的名誉不知敬重的人的十五万法郎。我对你只有一个要求,那就是,请关心一下科夫先生。"

"我坦率地对你说吧。同科夫先生工作一个上午,我中午吃饭就没有胃口了。这是一位正派人,无懈可击,但是看到他我受不了①。话又说回来,勒万家人提出的要求,雷弗尔-加维丹银行绝不会拒绝。对银行的全部转让,我们出的买价是十万法郎现金,勒万夫人名下终身年金一千二百法郎,先生你名下也是一样,包括动产、餐具、马匹、车辆等,此外,勒万先生的画像和凡·彼得斯先生的画像任你挑选一幅。所有这一切都已经在这文书草案上写明,请看;关于这项文书,我请你去问一个人,这人是全巴黎都敬重的,商界一提到这人无不肃然起敬,这就是拉菲特先生。除此之外,我还要给你加上一笔,"雷弗尔先生走到桌前,说道,"这就是给科夫先生一笔终身年金计六百法郎。"

这项交涉就这样圆满而坦率地全部办妥。勒万找他父亲生前的朋友去征求意见。他们中大多数都忍不住责备他不该不以百分之六十清偿债权人的办法宣告破产。

"人一旦穷了下来,你可怎么办?"人家对他这样说,"那就没

---

① 让我倒霉。(司汤达原注)

有一个人会接待你。"

勒万和他母亲连一秒钟也没有犹豫,就和雷弗尔与加维丹两位先生把契约签妥。不过他们把勒万夫人的终身年金改为四千法郎,这是因为行里另一位职员提出来要加成这个数目。所以,契约是在加上上述条款之后才签字的。雷弗尔、加维丹两位先生付清十万法郎现款,可是勒万夫人在当天就把她的马匹、车辆和银餐具都卖掉了。她儿子没有异议;他当着她的面说,他除了他那一千二百法郎终身年金和两万法郎资本以外,其他一概不要,都归在她老人家名下。

在协议办理期间,吕西安很少见人。且不说他在这场灾祸中是怎样坚定,只是一般世俗的同情和怜悯却叫他难以忍受。

不久,他就看到德·博佐布尔伯爵先生手下那批代理人的诽谤所造成的后果。社会上认为,这么大的变故丝毫也没有影响吕西安,他仍然安之若素,就因为他事实上是个圣西门派,他如果不信仰这一派,必要时他也可以另外再创立一派。

吕西安收到葛朗代夫人的一封信,更让他感到惊奇。葛朗代夫人住在靠近圣日耳曼区一处别庄里,约他到凡尔赛萨符瓦路六十二号见面。吕西安很不愿意去,后来他想:

"我对这个女人做的错事不少,就牺牲一个小时吧。"

吕西安见到她,她已经成了爱情上被毁了的女人,她做出极大的努力让谈话得体。她确实玩弄了一个出色的手腕,又尽可能做得细致周到,她竟向吕西安提出这么一个不尴不尬的建议:请求他接受她一笔一万二千法郎的补贴,别无所求,只要求他每个礼拜体体面面地来看她四次。

"我就靠等待你来打发日子。"

吕西安看出,如果照他本意来回答,一定会引出激动而难堪的场面。他只好让她知道,由于某些原因,要等六个月后才能开始这样做,而且还有保留,他还得考虑一下,明天写信来回答。尽管他非常谨慎小心,这次叫人烦恼的约会还是不能不以眼泪告终,他们会晤了整整两个小时零一刻钟。

这期间,吕西安正在进行另一桩完全不同的事务:和陆军部长老元帅打交道,这位老元帅四个月以来一直处在去职前夕那样的处境之中,不过目前还在陆军部长任上。在去凡尔赛赴约的前几天,老元帅曾经派他手下一位军官前来看望吕西安,请他在第二天一早六点半钟到陆军部去一次。

吕西安睡眼蒙眬地按时前去赴约。他见老元帅的形容就像是一个乡下患病的本堂神父的模样。

"哎呀!我的年轻人,"这位老元帅怨天尤人地开口说道,"sic transit gloria mundi!① 又一个被毁了的人啊。伟大的上帝!人们真不知拿金钱怎么办才好啊!只有土地才是可靠的,不过没有土地的农民从来就什么也缴不出啊。你真的不愿意宣告破产,把家业卖了十万法郎?"

"元帅先生,确确实实。"

"我很了解你的父亲,趁我现在还在这船上当苦工,且让我向国王陛下替你谋一个六千或八千法郎的职位吧。你想上哪儿去干?"

"远离巴黎。"

"啊!我懂了:你想当一个省长。不过德·韦兹这个淫棍我不想去求他。所以,不行呀,拉丽哀特。"(后面这句话是唱着说出来的。)

"我并不想去管一个省政府。我是说:离开法国。"

"在朋友之间应当说得明白干脆。见鬼!我在这里可不是跟

---

① 拉丁文:"世上荣华如斯而逝!"

你玩弄外交辞令。那么说,大使馆秘书?"

"一秘,我可没有头衔;我也不懂这一行。随员又太小:我已经有一千二百法郎的进项。"

"我既不叫你干一等秘书,也不让你居末,你就当二秘吧。骑士①勒万先生,查案官,骑兵中尉,这不就是头衔嘛。你明天给我写封信,告诉我你是不是愿意接受二秘。"

于是元帅跟他握手告别,一边说:

"敬礼!"

第二天,吕西安作为形式,在征询母亲的意见之后,写了回信表示接受二秘的职务。

这样,他从凡尔赛回来后,就看到元帅的副官给他送来的字条,要他当晚九时到陆军部去一次。吕西安准时去了。元帅对他说:

"我已去找过国王陛下,为你请求驻卡佩尔②大使馆二等秘书的职位。如果王上批下来,那么,薪水四千法郎,附加你先父的抚恤金四千法郎,作为对你父亲的回报,没有你父亲,我那项关于……的法案就不会通过。我不能说这项抚恤金就牢靠得像大理石那样,不过,维持那么四五年还是不成问题的,四五年内,如果你替你的大使做事就像过去你替德·韦兹办事那样,如果你那雅各宾党的原则你也收起来了(是国王告诉我的,说你是雅各宾党,这可是一个很不错的行当呀,它会使你赚大钱的);总之,简括地说吧,如果你手腕巧妙,那么,在四千法郎抚恤金撤销之前,六千到八千法郎的薪俸你总是拿到手了。这可比一个上校拿的多得多。因此,我祝你交上好运。再见了,我这一笔债也算还清啦,可不能再

---

① 骑士系法国荣誉军团一级荣誉勋位。
② 司汤达虚构的地名,暗指罗马。

找我要求什么啦,你也不要再写信给我。"

当吕西安要走的时候,他又说:

"如果一个礼拜内没有收到纳佛-代-卡浦西纳路的回信,那么,你就在晚上九点钟再来找我。你出去的时候,请关照一下门房,说你一个礼拜后还要来。晚安,再见。"

在巴黎,再没有什么事情留得住他了。他只愿等他破产的事人家忘了以后再回来。

"你是怎么搞的,搞上几百万你本来是大有希望的嘛!"他在歌剧院休息室遇上的所有傻瓜都这样对他说。

但这些人当中也有不少人在和他打招呼时,似乎是对他说:"咱们别说话了吧。"

他的母亲表现得性格坚强,精神上脱俗,眼界很高;从来听不到她有一声怨言。那所非常漂亮的住宅,她本来可以再住一年半。但在她儿子离家之前,她就迁往大马路①四楼上一套四开间的寓所里去了。她仅通知少数朋友,每个礼拜五举行茶会,除开礼拜五外,在服丧期间,她始终杜门不出,不见宾客。

吕西安最后一次会见元帅,已经过去了一个礼拜,他自问是再去见元帅还是在家里等,这时有个写着"驻卡佩尔大使馆二等秘书、勒万骑士先生钧启"字样的大邮包给送来了。吕西安立刻就出门找刺绣商定做了一身外交官穿的制服;接着又去拜谒部长,预支了四分之一的薪水,在部里还研究了除秘密函件往来外的卡佩尔大使馆通信问题。人人见了他都对他提出买一部马车带去,可是,他在接到任命通知后三天,就勇敢地搭驿车走了。经南锡、巴

---

① 大马路指城墙拆除后就地修筑的马路,市区边缘的环路。

塞尔和米兰①前往任所这条旅行路线,他是经过顽强抵制才决定放弃的。

他在日内瓦湖畔无上幸福地逗留了两天,因《新爱洛依丝》而闻名的胜迹他都一一前去探访;他在克拉朗②一个农民家里发现一张带绣花饰物的床,原来是德·华伦夫人③的遗物。

巴黎实在很少有什么可以使他流连凭吊的地方了,他在巴黎心灵枯寂空虚,感到十分不快,他的心灵继这种枯寂之后,又充满一种多情的忧郁:从此也许就永远地远离南锡,不会再回去了。

这种忧郁情绪使他的心向着艺术打开了。他怀着一个对艺术毫无所知的人所没有的巨大乐趣,游览了米兰、萨罗诺、帕维亚修道院……波伦亚和佛罗伦萨④使他对那些最细小的事物都沉湎在情思飞动、心驰神往的境界中,而这些细小事物在三年前也许反而会引起他深深的内疚和不安。

最后,他到达了任所,在卡佩尔,他不得不告诫自己,对即将见到的人以采取适当的冷淡态度为好。

---

① 巴塞尔,瑞士北部城市,在莱茵河畔。米兰,意大利北部大城市。
② 克拉朗,日内瓦湖畔的一个小村,风景幽美。
③ 德·华伦(男爵)夫人(1700—1776),卢梭的情人。
④ 萨罗诺,意大利北部城市。帕维亚,意大利北部城市。波伦亚,意大利北部城市。佛罗伦萨,意大利中部城市。以上城市,均为欧洲文艺复兴时期名城。

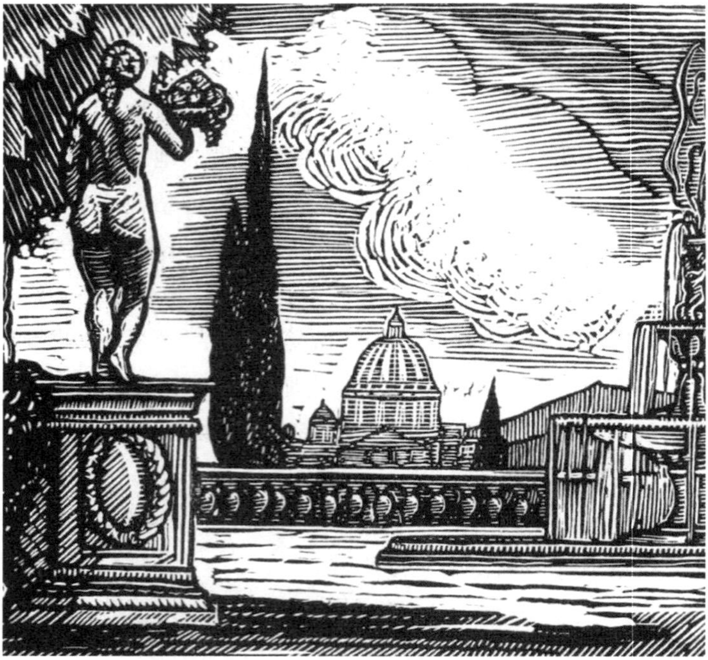

附录一

社会地位[①]

[法]司汤达

第 一 章

德·沃萨伊公爵夫人三十出头了,不过,再过一周,人们也许会说……她生得一头金丝细发,是个热情奔放的女人。她有火一般的气质,在这种气质的支配下,她如醉如狂地沉湎于各种享乐之中,但对一个女人的责任她却始终抱有崇高的观念,尽管那种观念并非从理性思考而来,但她毕竟怀有那种带迷信色彩的观念,也就是说,这种观念的实质她并未深加考虑,只是对这种观念她倒常常容易心驰神往。

她自始就不许自己存心去寻找一个情人,可是有四次(或者还不止四次),她被某些精于此道的能手羁绊住了。

有人说她有好几个情人,这一点我也可以相信。她的心灵富于活力,而且摇曳动荡。尽管每一次都是她中了某个惯于搞女人

---

① 司汤达这篇小说写于1832年9月19日至10月6日。司汤达原打算写《吕西安·勒万》第三部时,"重行采用一八三二年以《社会地位》为题早已写好的小说初稿"(马尔蒂诺序第8页)。司汤达这篇小说,是根据米歇尔·克罗泽(Michel Crouzet)所编《司汤达小说废稿》(*Romans abandonnés, Stendhal.*)的文本译出的。

的男人的精明手段的圈套，或者被某个真心爱上她的人的盲目热情所打动，但是，先动情起意的都不是她，她是从来不肯委身相从的。她对这种过失，深自悔恨，但要她冷静对待又办不到，她以为这是可以一笔勾销的，就让她对那已经成为她的主人的人的忠荩在暗中抵消那悔恨吧。她心中怀着这样的信念，以为自己仍然被那极为严格的责任所约束，但这时她的理智也不可能再蒙住她的两眼，让她不去看那个害得她把整个心都掏出来献上去的男人正在向另一个女人的心发起进攻。

在这个问题上，她的悔恨再真实也没有了，同时再可笑也没有了。所以两年来，她感到良心得到极大的慰藉，幸福之感有增无已，正因为对这一切深信不疑，她才足以做到独自生活，不需要情人。大多纯真多情的女人，自以为在思考问题，其实仍然在感觉，并没有思考，她们不仅虔心信仰上帝，而且往往还把这种可敬的信仰同她们开始爱上一个男子油然而生的可怕而难忍的悔恨交织在一起，她这时依然自以为对两三年前夺去她的心的那个人负有义务，还不能解脱。

当我们这个故事展开的时候，德·沃萨伊夫人正处在她一生中的一个关键时刻，也就是说，这个时期的女人，人们再也不能把她骗到手了。那种自命不凡的人物，即那些专门勾引女人的大师，也许会觉得这类女人已是半老徐娘，在他们已谈不上什么胜利和光彩了，可是另一方面，在法国大使夫人（德·沃萨伊公爵夫人）左右又总是围着那么一些大人物，以致多情而富有新精神的人也只好望之却步了。

何况德·沃萨伊夫人在重大事务中还要全面指挥她的丈夫。她的丈夫是个和蔼可亲的人，他的乐趣和荣誉全都寄托在使他尽可能在所处的地位上取得成功。

鲁瓦藏先生。从表面上看，他性格极其多变，往往一句话就足以使他感动得下泪。在另一些场合,他又每每冷嘲热讽,由于怕受到感动,反而变得冷酷无情,然后又自怨自艾、自轻自责,就像懦弱的人那样。为实现某些改革,(在理论上)就是流血牺牲也在所不惜。他身材高大,年纪已经四十开外;他的神情显得庄重,一点也不美,只是变化无常。他的两个眼睛把他极深微幽隐的情绪变化表露得一清二楚,这往往使他的骄傲心性感到沮丧。在对这种不幸担惊受怕的时候,他倒依然神采奕奕,很风趣,很吸引人,出语不凡,充满最出人意表的机智言谈,能把那些听他谈话的人都吸引住,只要客厅里有他在,就绝没有一个人会感到沉闷无聊而连打呵欠。在这种时刻,他招来的不是最强烈的怨恨,就是热烈的赞赏。"比他更聪明更出色的人再也不会有了。"赞赏他的人都这么称赞他。不过,他那机敏活跃的谈锋和出人意料的妙言隽语惊动了平庸的人们,使他们听了觉得可怕,因而给他招来不少怨恨。每当情绪不佳、兴致索然的时候,他就变得毫无精神,连记忆也没有了,或者说,他不屑于借助回忆来保持谈锋。这时,他的谈话变得慎重拘谨,可是他与之相应的面部表情却不那么拘谨小心。他的傲气由于让人猜到他的内心感情而灰心失望。一句打动人的话,在街上一家手工作坊里偶然听到的关于不幸和痛苦的真切的表白,都使他感动得流下泪来。然而,在这痛苦的表现中,只要可能有一丝夸饰或做作,不管动机如何,从鲁瓦藏的眼神和言辞中出来的就只有最尖刻的冷嘲热讽了。在他的谈话中,严肃的口气,矫饰的意味,甚至抱怨的词句,从来也没有。与他的利益直接相关的事,如某种真实的感情,或者如格朗热纳弗①为祖国牺牲一切的那种英雄主义他都

---

① 格朗热纳弗(Grangeneuve,1750—1793),法国大革命中国民公会(吉伦特派)议员,1793年被处死。

避而不谈,一向是这样。

他这个人,十六岁后,就置身于拿破仑的活动范围内,曾追随拿破仑到过莫斯科和其他地方。正当他追随这位伟大人物在各个战场上驰骋,过着挥霍无度的生活时,他的父亲忽然破了产,垮掉了。一八一四年拿破仑倒台,他本人也一蹶不振,垮了下来,他四处旅行,好比哲学家那样生活过来。一八三〇年革命爆发时,鲁瓦藏作为公职人员已服务了二十年,又转到文职岗位上去,唯一的目的是将来能拿到一笔退休金,这笔退休金必须服务三十年后才能拿到手。

他来到罗马并不抱什么奢望,只盼着再过十年不太令人厌烦的岁月,然后回到巴黎或者别的什么地方,在一种略高于贫困线的状况下了此一生。

他是四点钟到的罗马,一到,他就把部长交给他的若干公文立即送呈大使,他的职务是大使手下的使馆秘书。德·沃萨伊公爵以令人惊叹的礼节接待他,正是这种礼貌和风度使他成为宫廷里一个与众不同的人物。

"今天晚上要是没有你光临,那就是我举行的这场舞会中极大的缺憾。德·沃萨伊夫人就指望你来呢。"他看见鲁瓦藏从客厅走出来,用老友深交那样的声调喊他。这是他们的第一次见面。

当晚十点钟,鲁瓦藏坐着出租马车来到公馆大门前排成一长列的马车队伍后面。

一八一四到一八三〇年,在波旁王朝期间,鲁瓦藏被革了职,一直赋闲,如今在外交生涯中第二次走马上任,尽管满腹牢骚,但内心深处却远不是他的职务所十分需要的那种冷漠;对于罗马这条大街显示出来的非凡气象和纯朴简约的风度,对于照耀在附近宫殿壮丽的建筑物上的灯光,对于居住在格拉古①和恺撒②诸帝的国土上的一群未脱村野气息的民众(他们的气质激奋而易受感动),他不能不心动。

(十行描写文字。)

他走上石阶……

穿着华丽的正规制服的仆从伫立在大楼梯上,手上擎着光芒四射的火炬(二十行描写文字)……

通报……

最后,来到大客厅……

有四十位罗马贵妇人……

还有许多红衣主教……

两三分钟后,鲁瓦藏终于走到女主人身边,公爵将他介绍给女主人,公爵仪态是那么得体,风度是那么完美,以致女主人此刻竟因而发现这个男人的心灵对世间万物都抱着无动于衷的态度。

(在这里,鲁瓦藏也感到惊异:一、对公爵夫人;二、对红衣主教德拉·盖拉代斯卡;三、对在场的人们。)

(描写。)

鲁瓦藏明白自己不过是大使馆的秘书这样的下属地位,暗自叮嘱自己一定要努力收起这种蔑视一切、嘲笑一切的情绪,千万不要露出来,当走近这位正在公馆里接待四十位罗马王公的法国大

---

① 格拉古,史称"格拉古兄弟";兄,提比略·格拉古(公元前163—前132),古罗马政治家,公元前133年任保民官;弟,盖约·格拉古(公元前153—前121),古罗马政治家,公元前123—前122年,连续当选保民官。
② 尤利乌斯·恺撒(公元前100—前40),罗马统帅、政治家,与庞培、克拉苏结成"前三头同盟",后击败庞培,成为罗马独裁者(公元前49—前44),被共和派贵族刺杀,著有《高卢战记》等。

人物的时候,他竭力克制那种冷嘲热讽的情绪。就这样,鲁瓦藏穿着一身礼服,一步步走上前去,身穿绣有金饰的红色制服的仆从已经把他的姓名唱了三回,起先是站在大楼梯上的仆从喊的,接下来是从第一会客厅进口处喊出的,最后是在站满了有身份的贵宾的大客厅的门前喊的;在这许多高官贵人中有一位,穿着法国正式服装,身边佩着宝剑,走到法国大使面前,向他报了鲁瓦藏的姓名。鲁瓦藏见了这情景,眼里不由得闪出欲笑未笑的光芒。

他心中想道:"伟大的上帝啊,我那些同事看得出,我并不把这些神秘的仪式放在眼里,我们这些人本来就是这种仪式中的第一批祭司嘛。为了养老金,你可得千万小心,千万注意!这班意志薄弱而感情外露的人物全都是不由自主的告密者。"

他这一番思索十分明智,尽管如此,但偏偏遇见两三位大使或罗马大人物,全都弯腰曲背,在人群中挡住鲁瓦藏的去路,这几位大人物佩戴着勋章,穿着绣花的正规服装,唯恐把服饰碰坏弄皱,这使鲁瓦藏觉得十分好笑,几乎要笑出声来,就在这时,他穿过这些人来到大使面前。鲁瓦藏发现站在他面前的大使竟如此端庄体面而彬彬有礼,眼神又如此聪明机智,总之,整个仪态和风度和我们对一位理想的贵人的想象竟如此吻合,他心中禁不住要大笑一场的那种感觉顿时由另一些想法所代替了。德·沃萨伊公爵在他心中所引起的感情就像人们面对一尊美妙的雕像所产生的感情一样。他亲眼看到的正是十九世纪社会贝尔维迪宫①中的一尊阿波罗②神像。

面前这个可爱的人物,其风采仪态真不知比四周那些身穿绣花礼服的人高出多少倍,甚至比他本人所愿意担任的角色更显得

---

① 指梵蒂冈收藏艺术珍品的贝尔维迪宫。
② 阿波罗,希腊神话中的太阳神,即司阳光、智慧、预言、音乐、诗歌、医药、男性美等之神。

卓越无比。他把鲁瓦藏介绍给德·沃萨伊夫人,说了简简单单的几句话,这使鲁瓦藏十分高兴甚至扬扬自得。

鲁瓦藏突然看到他有生以来从未见过的这双美目,不禁大为惊奇。尤其使他惊奇的是她的寥寥数语和人家的答话显示出某种奇特的善意,甚至含有某种喜悦的意味。换句话说,在人们的印象中,德·沃萨伊夫人从前曾是快乐的。鲁瓦藏抓住机会进一步考察了一番:德·沃萨伊夫人对人们从四面八方蜂拥而来的这个以她为中心的辉煌而令人眼花缭乱的盛会居然丝毫也没有兴高采烈而神采飞扬的表情。

"她倒是把这种可笑的情绪掩饰得很好哇。"这位新到任的使馆秘书暗自想道。也许只有她那双美丽的深蓝眼睛才是他做出这么可喜的评价的原因吧。

鲁瓦藏急忙躲到围在女主人周围奉承讨好的人们中间去。他被介绍给他的同事们,他们都客客气气地接待他。这些先生个个有自家的作风,人人有自己的派头。为首的一位是好好先生,他那一双阔大的手紧紧地握了握鲁瓦藏的两只手;第二位想装出路易十五宫廷中某一位显贵突然表现出来的那种坦率和真诚;只有一位先生在他看来是通情达理的,这便是德·圣马塞尔男爵,这位男爵已经两鬓斑白,唯一的雄心就是要得到优渥的俸禄和条件优越的职位,能和自己任职所在地富有而有身份的人相处,此外别无奢望。还有两位同事,一位看上去又寒酸又吝啬又狡黠,虽然年纪很轻;另一位是德·某某子爵,他的容颜,他那巧妙无比的言谈,他的服饰,他的聪明才智,乃至比什么都更重要的——他周旋于罗马贵妇人之间所享有的幸运,早已把他的抱负表露得清清楚楚了。

"他很幸福。"鲁瓦藏自言自语地说。他觉得自己正置身于有生以来从未见过的最可敬也最风流儒雅的人物中间。他的同事们又一一指名道姓地向他介绍。

一等到人们离开,剩下他独自一人的时候,他就走到大使夫人身旁;方才大使夫人的眼睛曾使他动过心。大使夫人刚和罗马的每位贵妇人都说了一番应酬话,接着又陪各位红衣主教和王公贵族谈话。这些有身份的人士的衣着和气派引起鲁瓦藏的注意。他们中间有一位不肯坐在同僚那边,而在大厅里走来走去,兜着圈子。不知出于一种什么本能,鲁瓦藏对这个人十分注意。那个人转来转去,最后总是转到公爵夫人身旁来。鲁瓦藏看他最后坐到一把靠椅上,那椅子十分靠近公爵夫人,容不得第三者插足,可是公爵夫人看上去对他并没有好气色,也不跟他讲什么令人愉快的话,不过,态度却也像待一位朋友那样。鲁瓦藏心下想道:

"这是派到我们这些人中间的一个密探。"

他伸手挽住圣马塞尔的手臂。

他问他:"那个红衣主教是什么人?"

"这是咱们最好的一位朋友,也许是穿着主教道袍的人中间最无野心的一位,他就是吉罗拉莫·德拉·盖拉代斯卡红衣主教嘛。"

"莫非他正跟咱们老总的夫人谈情说爱吧?"

"这你就大错特错了!他这人又贤明,又虔诚,而咱们老总的夫人简直就是贤德的化身。她在巴黎很有权势,很有影响,她丈夫出任大使全仗着她的力量。她所需要的正是社交,许许多多阴谋手腕,还得一天天去争取成功。"

鲁瓦藏隐晦地指出德·圣马塞尔男爵对公爵夫人彬彬有礼的举止的看法的含义,德·圣马塞尔男爵当即坚决地断定他全盘看错了。公爵夫人本是最文静最安分的女人,任何类似狂热的爱情的事儿都与她无缘。不过,鲁瓦藏从她的眉眼间和唇边口角上却发现她胸中热情似火,简直达到心旌摇曳的地步。

"她一心所想的只是救援不幸的人。"

鲁瓦藏心里想:"我亲爱的同事,说这话你可真是在骗我。我并不生你的气,这是你的本分。但你为什么不对我说真话,哪怕只说一句真话呢?"

"你那位红衣主教,年纪很轻嘛。"鲁瓦藏冷冷地开口接下去说道。

"三十七岁,从教会年鉴里你可以看到,在最近一批升任红衣主教的名单中他名列第七。三十七岁的只有一名,四十二岁的两名,五十六岁的三名,其余都超过六十岁,塞尔波尼红衣主教是七十四岁,正好比我们的朋友盖拉代斯卡年纪大一倍。他是驻维也纳的教廷公使。"

鲁瓦藏听得十分专心。罗马贵妇人的美貌却又搅得他心乱如麻。他这些同事,对他来说,几乎没有什么值得艳羡的。他觉得他们都很可笑。不过,他很快就恢复了常态,头脑清醒了一些。

他心里思忖:"这些人如果猜出我的想法,他们就完全有理由把我当一个奇怪的外来的家伙来看待。我和德拉·盖拉代斯卡红衣主教一样年纪,因为我觉得那班十八岁的漂亮而自命不凡的青年十分可笑无聊,所以,造就一个十分年轻的红衣主教的根据同时也造就了一个非常成熟而又非常可笑的大使馆秘书。

"确实不错呀,就让我像欣赏钻石那样好好看看这些美人吧,我没有足够的财富,奇珍异宝我买不起,只是她们倒可以使我悦目赏心,一饱眼福。"

第 二 章

半年后,鲁瓦藏在罗马出了名,得了最异乎寻常的名声。他相信的事物少得可怜,同庸人俗物接触,只感到厌恶,他是一个严格意义上的正派人物,谈情说爱不在此列,关于他有意要建立一种新宗教信仰的传闻并不因此在社会上少下去。上文讲到大使的舞会上使他惊叹得近于敬畏的那些罗马美人,他也曾试图去向她们献殷勤,但是,取悦于罗马一位有身份的妇人在今天来说倒也不是一件小事。鲁瓦藏周围那些讨厌鬼真叫他厌烦不堪,他那长远的宏图大计半途而废,他泄气了。鲁瓦藏满脑袋装的都是法国小说里的那些观点,所以他根本抓不住害得他不能成功的要害。

"我开始变老了,我错就错在缺乏自知之明。"

根据这番推理,整整两个月他见了女人连一句话也不说。也许再也找不到比他更不通情达理的人了。

完全出于偶然,他这种行为偏偏被德·沃萨伊夫人看到了。在这两个月里,法国大使馆举行过多次宴会之类的社交活动。每逢这样的宴会,注视着鲁瓦藏与各种社团交谈的情景,就成为德·沃萨伊夫人最感兴趣的事了。

尽管鲁瓦藏多次下决心要反其道而行之,可是在某处客厅里,他却一直凭偶然行事,由那个支配一切的念头牵着鼻子走。他的行为给他在罗马造成的名声,他根本就没有想,也想不到。

这里的贵妇人仍然认为他值得爱。她们注意到他故意远远避开她们,哪怕同她们交谈一分钟也不愿意,她们得出的结论是,他是个有自觉意识的人,正在筹划建立某种新的宗教信仰。

其实每年都有三四个穷鬼到罗马来,这种人对社会安排给他们的地位心怀不满,这种地位自然是最卑下的,他们于是试图仿效圣保罗,为自己开辟一个地位。为达到这个目的,建立某种宗教的事就兴起了。这样,他们就成了某种事务的头头,从而又产生一种强烈的要求,也就是在报上出名这种乐趣。他们的天才通常大为发扬,直至发明某种新式服装。

鲁瓦藏生活在罗马的那个时期,R公主曾试图把他引到她家里去,他也曾试图取悦于她。只是鲁瓦藏用他一向有意含而不露的傲慢态度来回答她十分明显的进攻。公主生了气,于是指使了她像女王那样牵制在手中的三四十个人,在社交界散布流言说鲁瓦藏是个存心要创立新宗教的圣徒。等到鲁瓦藏的同事们跟他开玩笑,让他知道了他得到的这个新头衔,为时已晚,再也来不及补救,这个头衔就这样落在他身上了。紧接着,那些极端虔诚的红衣主教也就恨得咬牙切齿。

他也曾做过一些试探,人们可能已经从他这些试探中发现急于求成的心理多于机智灵巧的手腕。在罗马正像在任何别的地方一样,鲁瓦藏引起了人们对他的才智的高度重视,但也激起了人家竭力贬低他的强烈愿望。那当然不是他处心积虑去无视别人,只是他往往没有想到别人而已。这种傲慢无礼,法国社会是不会宽恕的,但意大利社会却熟视无睹,大贵族自然是例外,因为他们受虚荣心支配,完全和巴黎资产者或国民自卫军将军一样。

鲁瓦藏发现自己确定无疑地得到宗教改革家这种不伦不类的声誉之后,不禁十分吃惊。有两天工夫,这种荒唐可笑的事害得他心事重重,后来才渐渐习惯了。

他心下想:"人家至少不会说我招收门徒吧。"

他有两三个年轻的罗马朋友,本来常和他们闲谈,谈起此后二十年内世界将会怎样,现在他注意起来,远远避开了他们。

但这种谨小慎微的生活后来害得他快快不乐,十分愁闷。鲁瓦藏就凭他制服上的花饰每个月去参加三四次盛大的宴会,再去出席场面很大的晚会。几次晚会下来,他就不算是新人了,此后,他依然不和任何人牵扯,这样,对鲁瓦藏来说,穿上正规服装参加这类交际活动似乎并无必要。

鲁瓦藏对德·沃萨伊夫人一点也不予注意。他也算是她亲近的一个人,这原非他所愿,他因此显出某种傲慢自负的态度,有意不去想她。不过无意中,他又往往不由自主地想起这位公爵夫人。

出于责任感，或者至少顾到礼节，几乎每天晚上鲁瓦藏都到德·沃萨伊夫人的客厅里来。时间久了，听到的事使他惊异，于是他睁开眼睛来看了。原来这并不是一个热衷于取得成功的野心勃勃的女人，一位新出现的德·斯达尔夫人；德·斯达尔夫人在征服人的事业上是那样野心勃勃，文才、雄心和爱情这三重成功已经使她遐迩闻名；而眼前这位贵妇人在罗马所过的生活却是再贞静朴素也没有了。于是，鲁瓦藏不禁怀疑起自己的记忆来，因为，不管怎样，下面这样的事实他总不能故作不知：如今罗马这个朴朴素素的女人，过去在巴黎却曾使不知多少位名媛贵妇灰心丧气、自愧弗如，曾在雄心勃勃的精神状态下红极一时，甚至在爱情的辉煌胜利中度过多年。巴黎那时曾经先后向她献出三四位情人，都是当时出类拔萃、地位优越的著名人物。鲁瓦藏尽管那时未曾与有关的社交环境接触，但要说那些事情都是假的，他却觉得不可能。所以，他感到事情十分奇怪。

"这个女人莫非蒙骗了整个罗马，又来骗我？而我，居然天天晚上都跟她见面！"

他最后的结论是：她第五次狂热的爱情是爱上了红衣主教德拉·盖拉代斯卡。这两个人至少每天晚上都要交谈一个小时。为了对他们表示尊敬，一般说来，人们都远远避开他们的座椅，不去听他们谈话。鲁瓦藏发现公爵夫人在同红衣主教谈话时，美目流盼而闪闪有光，连表情也显得异样。鲁瓦藏好几次见她非常激动，竟至于频频做起手势来。

鲁瓦藏依据他的出身和他与她相比所处的下属地位，在同她谈话时，完全按照礼节的严格要求去办。至于公爵夫人，与鲁瓦藏长久交谈倒无所顾忌，因为照一八三二年的说法，他属于自由派。按他的观点，路易-菲力浦一八三〇年七月革命时与人们达成的心照不宣的协议应该付诸施行。而公爵夫人，她的先祖曾参加过十字军东征,她的观点本应完全相反,可是她虽身居高位却唯恐不能取悦于路易-菲力浦宫廷,这也许倒是会使她的先祖大为惊奇的事。鲁瓦藏虽已不是孩子,但却相当幼稚天真,在这个问题上,他竟一点也不看轻她。

他想:"一个天生感情细腻的人总不该为十万法郎而出卖自己吧。"

上述文字一旦刊行于世,在读者看来,这类思想大概就都显得陈腐不堪了。今后公众也许要过很长时间才会对这桩公案做出判决,而各个乱党到时候才会被人忘却。然而说明这样的历史情势对理解这篇故事的下文却是必不可少的。一八三二年那时候(离现在竟如此遥远),政治思想在我们这个国家高贵或富有热情的那部分人的行为和判断事物的方式中不幸却渗透得很深。那时鲁瓦藏从报上读到某些事实,也会气愤填膺,热泪盈眶。他当然不是哲学家。也许他也说不上是个野心家。流泪还不算,再也没有比他更谨慎小心的了,有关之事,他从不向任何人吐露。但是被出卖的法国人,他们也知道被出卖了,他们心中恐惧万分的不是别的,而是怕被人看不起,又偏偏凑巧,正好有这么一回,他们发现自己受到了轻视,于是夸大起来,似乎什么都意味着对他们的轻蔑。与法国人竞相争雄的英国人,他们几乎所有的内阁部长对这种所谓受到轻蔑的事却无动于衷,毫不在意。

就这么由着性子,想怎样就怎样,全不把别人、把生活放在眼里,一概予以藐视,把一切都当儿戏看,鲁瓦藏在罗马住了一年,日子渐渐过得比初到的几个月更叫人厌烦。确切地说,同事们对他并不怀有什么忌恨,但他毕竟不是他们中的一员,倘若是一员,那就得拿出十个路易来,让自己成为某个虽小而有趣却使人蒙受侮辱的事件的目标。鲁瓦藏的朋友比他初来时少了。和他一样对未来抱有幻想的年轻人,他坚持和他们谈话不超过两分钟;决不到他心目中的美人堆里去鬼混；极右派的那些怨天尤人的蠢材叹起苦经来他只限于洗耳恭听，决不去讨好他们；因而彼此间的关系不过是泛泛之交而已，这些人找到像他这样一个朋友也非常高兴，因为在客厅里攀谈下来，他们居然觉得十分融洽。

德·沃萨伊夫人曾向鲁瓦藏问起过有关罗马古迹的问题，他为了找点事儿做做，便对古罗马史做了一番仔细的研究。第一天，她和他谈了很久，谈的是当时一个名叫尼布尔①的德国人对古代历史学家提图斯-李维②提出争议的问题（这类问题在一八三二年的罗马是很时髦的题目），谈得十分投机。

鲁瓦藏望着公爵夫人的眼睛暗自想道："一颗如此容易动情的心居然会对这种讨论产生兴趣，简直不可思议。德·沃萨伊夫人分明在跟我开玩笑，在戏弄我，不然的话一定别有用心。"

鲁瓦藏竭尽全力深入探测，毫无所得。他于是转变方向，认真欣赏公爵夫人的那对眼睛。

"她太美了，"他心里想，"不会有三十五岁，也不会是这几位个儿又大，人又笨头笨脑的小姐的母亲。她和这几位少女相比，真有天壤之别，她生来就专门激起某种柔情……"鲁瓦藏又想，不禁哑然失笑："对了，对了！所以红衣主教德拉·盖拉代斯卡怎么也离不开她。"

公爵夫人就这样一连几个晚上和鲁瓦藏谈话。他渐渐产生一个看法：

"这可爱的一对儿也许打定主意要捉弄我，要不就是公爵夫

---

① 尼布尔（Niebuhr，1776—1831），德国历史学家和外交家，所著《罗马史》（3卷，1811—1832）运用原始资料鉴定法开创以批判的科学方法研究历史的先河。
② 提图斯-李维（公元前64或前59—10），古罗马历史学家，著《罗马史》142卷，记述罗马建城至公元前9年的历史，大部分散佚。

人想让红衣主教吃吃醋?"

公爵夫人满头金发,一对深蓝色的大眼睛;在这温柔动人的面容上丝毫也看不到粗鲁生硬的痕迹,真是美得令人入迷。公爵夫人的容貌,是法国式的,不仅仪态万方,而且令人心荡神摇。她有个与众不同的地方,倒不是她出身高贵,而是她的家族赋予她这种风度神态:同人谈话时如感到不快,她从不形之于色。她被尊敬和顺从所包围,她生气的最有力的方式,我想,就是表示她自己是个不幸的女人。

有一天,整个晚上,公爵夫人把鲁瓦藏缠在身边不放他走。她对他说了许许多多话,还带着知己的亲密意味。这晚上他们在……美丽的花园里。当时正是罗马最美好的季节,炎夏已过,溽暑消退,正处于九月末梢。鲁瓦藏谈得兴致勃勃,天时风物使他心醉神迷。自负自傲给他安排的这半年生活太令人厌恶了,今儿晚上过得真愉快。回家的时候,他一定想起某件比尼布尔与提图斯-李维之争更有趣的事情。

红衣主教的两只眼睛一直盯着德·沃萨伊夫人不放。

"这是清清楚楚的,"凌晨三点钟,鲁瓦藏终于丢开雪茄烟,这么对自己说,"我命中注定要扮演这个令人难堪的角色:让别人去吃点醋……真见鬼!哼,我偏不干。情欲,乃至最热烈、最疯狂的情欲,分明都写在脸上。倘使这女人不是生在金钱利益强迫她那个阶级装模作样、假装正经这么一个时代,她或许会由于爱得发狂而大出其名……应当说,这跟巴黎一般女人很有些差异,跟我想象中一位大使夫人受到约束并负有义务的性格比起来也迥然不同……你看,还没到两个月我就产生这样的看法!好啦,好啦,咱们就等着瞧吧……不过,盖拉代斯卡红衣主教先生,你不必吃我的醋,这我可以向你发誓。"

第二天,鲁瓦藏迫不及待地盼着夜晚快快到来。自离开巴黎

813

以后,他还从来没有体味过这种心境。

"对这个女人究竟该怎么看呢?"他整天都在想这个问题,"首先,她过去的情况怎样?有两点值得注意:第一,她的丈夫大概是从修道院里把她请出来的;她崇拜耶稣的心①,这位公爵大概小心翼翼地花了整整一年工夫才使她把耶稣的心忘记片刻。第二,是她使他当上了大使。除此以外,什么都不可靠。社会上谣传她有三四个情人,说也无用,因为她的确是虔诚的教徒。她可以让你抢到手,但不会委身于你。莫里哀笔下的愤世者②之所以对世人心怀怨恨,那是因为他爱得太深。也许由于同样的缘故,人人都虔诚,德·沃萨伊夫人像巴黎人那样,反而不虔诚了。在别处,宗教信仰的基础是恨,在这里,则是爱。她的虔诚中可能有稚气在,但绝没有卑鄙和阴险。这是不可等闲视之的。"

对于像鲁瓦藏这样在思考和推理上一向粗心大意的人来说,一下子找出解决问题的合理办法,也不可等闲视之。他认清事物的真情实理往往只凭灵机一动。在政治方面、军事艺术方面,在严肃的问题方面,他有眼光,有远见,因为这些方面涉及的利害得失不大。他这个人不大动感情,但事情一旦涉及似乎与他相关的一个女人,他的心就会激动得像个十八岁的男子一样。有意思的是他居然自以为年纪不小,已到不惑之年,十分贤明而多智。可是他

---

① 即指圣心崇拜,将耶稣肉身的心脏视为虔诚崇拜的目标;十七世纪末法兰西往见会修女阿拉柯克获得天主秘密启示,建议设置特别节日以崇拜耶稣圣心。1856年教皇庇护九世宣布设立耶稣圣心节,定于圣灵降临节后第三周的礼拜五,此节日纪念活动包括祝福和教拜圣心像;圣心像多为带伤痕的心脏,周围饰以荆冠和光芒。

② 莫里哀喜剧《愤世嫉俗》中的主人公愤世者阿尔塞斯特是一个老实人,面对上流社会种种虚伪,一个朋友劝他入境随俗,把所见一切权当荒谬可笑的社会习俗看待,持一种超然的讥讽态度借以自慰即可;但阿尔塞斯特不会这样做,他向情人赛莉麦娜提出结婚并过隐居生活,遭到拒绝,最后,他宣布要独自离开这个社会。

的心却总在怂恿他贪婪地追求征服一个女人这样一种乐趣。

这天晚上,他一反常态,不顾理智的要求,早早进入公爵夫人的客厅。德·沃萨伊夫人不乐意和那些俗不可耐的人谈话,那种谈话往往有许多无聊的内容,她从一开始就和鲁瓦藏谈起那些足以唤起男人高度重视的有关哲学思辨方面的大题目。她这种揭开谈话序幕的朴素而又有气魄的方式,鲁瓦藏很喜欢,并感到惊异。他也谈得非常好,有些意见又正确又精彩。他向公爵夫人陈述这些看法,情辞并茂,富于表现力,还略微带有忧郁的情味,这充分证明——当然是曲折委婉地证明采取这种表达方式的心灵正是为了寻找深沉的情感而产生的。他没有料到自己的眼睛最终证实了他心中所蕴藏的热烈的深情,如果能从镜子里好好看看自己,他一定会伤心的。

德·沃萨伊夫人的眼睛死死盯住他的眼睛,她听他说话听得如醉如痴,如果德·沃萨伊夫人仅仅是普普通通的一位公爵夫人的话,那么,发现鲁瓦藏对她这样出众而有身份的女人显出的冷漠神气,她一定无法容忍。

鲁瓦藏不禁也有些昏昏然,不过他的天性并未完全隐没,仍时时突破他的沉醉,他故意把话题一转(转得还很机智),转到仿佛两位天神在探讨永恒的真理似的,不过这样一转未免显得冷冰冰,连一点热烈的气氛也没有了,之所以如此,原因就在于太抽象了,缺少一种感性。这就如同两位天使,站在至高无上的存在——上帝之侧,无爱亦无恨,根本不知道这种来自人性弱点的爱憎之情,从超越一切的高度来讨论上帝某件崇高的行为一样。

公爵夫人怀着深沉的恐惧心理谈起有关我们未来的命运、有关厄运、有关可怕的上帝的无限权力的那些事情,上帝在转眼间就可以决定我们的命运,一旦决定了,就永世也不能改变。换了别的时候,要是没有这种使她全神贯注、不敢旁涉的恐惧心理,她该是多么聪明,多么有见识,多么通情达理,在和最多变最机智的人们交谈时又该有多么出色的理解力啊,她曾几次发现鲁瓦藏和她谈得离了题,就好像他们谈的不是彼此间只消片言只语就心照不宣的事。爱情已经形成,只差一步而已。鲁瓦藏多次似乎觉察到这中间存在某种错误;遇到这样的时刻,鲁瓦藏毕竟思想敏捷、多谋善断,总找得到妥当的办法向他美丽的女伴表示他无动于衷、漠然无情。

他们的谈话往往被女主人招呼到她家来的宾客不得不讲的客套话所打断。这天晚上,他们的谈话一再被打断,一次又一次相当频繁,鲁瓦藏乘机做出某种奇特而冷冰冰的姿态,公爵夫人自然不难看到。公爵夫人对此反而感到高兴。倘要发现这种冷淡的神色既不正常又足以怀疑,那么,她就非得有真正的才能不可。她太天真,此时又满怀激情,因而不能准确无误地看清周围发生的一切。在同鲁瓦藏谈话的时候,她心里只有一种感情,那就是:怕。首先,她怕死,其次,她怕死后继之而至的事情。

鲁瓦藏的才能机智是出了名的,这曾使她想请教他,或者至少想和他谈谈让她担惊受怕的那个永恒的真理,这时她又忧心忡忡。正因为如此,他才敢含情脉脉地注视着她。

"看这情形,无论他的思想多么高尚,"她叹息着,心里想,"恐怕都不该和他谈这些问题,这些问题又这么动人心弦,弄不好真会变成所谓体己话。"

十一点钟,红衣主教来,按老习惯,他一来就坐到公爵夫人旁边那个位子上去。这时鲁瓦藏仍然处在兴奋状态中,顿时仿佛看见了上帝,发现了永恒的正义,觉得人凭着德行就可以找到通往永恒的世界并在那里获得一席之地的途径,这些感觉一直使他激动不已;至于那位主教,神色似乎很不高兴,因为鲁瓦藏所讲的那篇道理在主教看来简直就是亵渎宗教。最后,鲁瓦藏终于恍然大悟。

他想:"我真是个大傻瓜。这个女人果然打了个大胜仗,红衣主教捻酸吃醋了!"

此刻,他激动到极点,对待公爵夫人,几乎连礼节和分寸也顾不上了。如果有机会的话,他一定会和她闹翻,因为虚荣心又从他的灵魂深处猛然醒来,而这虚荣心他往日却一直淡忘。

这当儿,公爵夫人恰恰相反,居然暗下决心要再问问他:她在罗马这种异样而强烈的感觉究竟是怎么回事?

公爵夫人的敏感,在一般有理智的女人看来,简直是神经过敏。公爵夫人对痛苦或快乐的最不易捉摸的细微差别都感觉得清清楚楚。

她讲给鲁瓦藏听的悄悄话、她所倾诉的衷曲,虽然闪烁其词,并不明确,却使这个陌生人发现了她内心深处最隐秘的角落;到第二天,回想起讲过的那些知心话,她可又焦急起来,不知如何是好。她担心自己走得太远。

整个上午,她一直忐忑不安,难以自处。可是到了晚上,鲁瓦藏说话口气严厉,脸上的那种神气仿佛根本没和她谈过话似的,她好像一块石头落了地,这才放下了心。鲁瓦藏正因为公爵夫人的身份和社会地位才显出傲慢的样子,这时他若没有这种高傲,那么,他在那个跟他作对并在公爵夫人心目中声望开始升高的律师的打击下势必一蹶不振。虽说他在上流社会的地位如此,虽说此前有过一些失误,然而,最强烈的廉耻心毕竟是这位独特的人物最与众不同的一个特征。

公爵夫人这方面的忧虑解除了之后,贵妇人那种 disinvoltura① 的风度仪态重又出现。她对鲁瓦藏只讲了一句话,请他明天到距罗马二小时路程的罗卡·迪·帕巴林苑去和她共进午餐。随后她掉

---

① 意大利文:"镇静从容、落落大方"。

过身就去找红衣主教,安心和他在一起了。我甚至相信她让他明白她正在谈的政治问题关系到法国大使馆的重要利益,像这类半真半假的事对那些彬彬有礼的人士来说是自然而又必要的。

第二天,鲁瓦藏在大使馆院子里登上四轮轻便马车,他看见公爵夫人的所有女儿、几位朋友、几位逢迎拍马的先生、一位密探和公爵夫人平时周围亲近的人们,坐满了整整两辆马车。到了林苑,按照惯例,大家分散开来,相距一二百步,彼此看得见,随意几人一组地分别坐在古老大栗树的树干旁或树荫下,所谓罗卡·迪·帕巴就是由这许多栗树组成的树林。

公爵夫人向鲁瓦藏先抒发了对这片世界上最幽美的树林的叹赏之情,然后说:

"这里的空气又新鲜,又芳香。我非常需要这种空气,罗马真把我苦死了,在夜里别提有多可怕。昨天夜里,人的心灵可能感受到的痛苦我都感受到了。那种痛苦简直压得人透不过气来,又那么奇怪,我以为我快要死了……死去的那一刻,该是多么可怕!……那一刻到来,整个一生都得交付审判,可怕的审判,只要一秒钟,只要一句话,就能把你定罪,罚你永生永世受苦受难!……那何止是一种权力,而且是必需的,因为它是至高无上的终极的正义。我还活着,那天晚上,在雅各宾修道院①,钟敲过三点,我在心里对自己说,再过一秒钟,我可能就死了,再过一秒钟,我就要被判罪,定罪之后,再改判或者再呼冤,就来不及了,没有希望了,永远就只能是那样了……啊!先生,多么可怕的时刻啊!"

她深蓝色的大眼睛张得大大的,紧紧盯着鲁瓦藏看,他和她相距不超过两步,他们两人完完全全笼罩在恐惧之中,同时,在他们彼此完全的信任之中,却又存在某种微小而又具有决定性的区别。

---

① 雅各宾修道院,巴黎第一所圣多明我会的修道院,在圣雅各路。

鲁瓦藏当然看得出这种信任,而且心里很感激;这种信任把公爵夫人的出身和地位所引起的不信任一举击破了。他觉得她的头脑真了不起。瞬息之间,他只觉一阵热流从胸中涌起。因为她这样的年纪而拒不爱她这样的想法,也在这一瞬间被扫掉了。

公爵夫人继续说下去:

"我一直让我的一个小女儿睡在我身边。我要死了,有多少话要对她说呀!我应该对她讲讲她未来的命运。我问我自己:该不该叫醒她?她睡得多么香!可是我觉得生命正离我而去,我胸口几乎要裂开,有条血管简直要破裂。我一吐血,就再也不能和她说话了。哎呀,先生啊!"

公爵夫人那对眼睛让鲁瓦藏深深感动,连按他的地位来回答也顾不得了,他心里怎么想就信口直说出来:

"公爵夫人,'死'这个字对大多数人来说,并没有什么意义。不过是顷刻间的事,一般地说,你还没感觉到它就过去了。你痛苦,随之而来的奇怪感觉让你感到奇怪,突然之间,你又觉得痛苦了,那一刻过去了,人就死了。靠近阿维尼翁①的罗讷河②的圣灵大桥,你不曾乘船经过吧?过桥之前,人们就已说了很多,叫人听得心里害怕,最后船到桥前,人们亲眼看到了桥;船一下子就被大河里的狂涛卷去,转瞬之间,桥就已落在身后了。"

"先生啊,死的那一刻就是这个意念,我可承受不了。"

"不过,夫人,即使在这种时刻,痛苦有时也并不很厉害。你当然要感觉到它,因为人还活着,并没有死,只是病得很危急。突然之间,你什么也感觉不到了,人就死了。所以说,死也没什么。那就好比是一扇门,不是开着,就是关着,非此即彼,不会有第三种

---

① 阿维尼翁,法国东南部城市,沃克吕兹省省会。
② 罗讷河,法国第二大河,发源于瑞士南部阿尔卑斯山的圣哥大,流经法国东南部,注入地中海。

情况。"

"哎呀,先生,但愿如此。肉体的痛苦折磨着我,可怕极了,然后转眼之间,我就死了,于是我来到可怕的上帝面前,上帝只要那么一看就能把我抛到永恒的酷烈的痛苦之中去。我都明白,根本不容你请他宽恕……啊,先生,"公爵夫人继续说下去,神色恍惚不定,"就在这时,人家觉得沉到地狱里去了……什么希望也说不上了!"

德·沃萨伊夫人的激动情绪达到了高潮。

"可是,公爵夫人,请允许我告诉你,你现在害怕的是一件并不存在的事情:这是一位不公正的上帝。上帝是公正的,许多圣者都认为上帝是善良的。让我们设想他是公正的吧,而且这也是最不容怀疑的事实。你根本没有犯过罪;我就从没听说你曾杀过人或偷过东西……"

"只是,先生,"公爵夫人迫不及待地打断他的话说,"你这么有见识,不会看不出一个人心愈是高贵而敏感,就愈是觉得犯的过失多。我是清醒的,我这一生对善恶比任何一个女人都看得更分明。所以,光凭我的见识,我就竭力避恶趋善。我当然从来也没偷过邻人一个铜板,但是,凭良心说,难道这也算是我的一份功德?难道我缺钱用?同样,我也没有谋害过一个过路人;难道我居然有过这样的企图?

"抵制从来不曾有过的企图,难道还能给我加上这样一份功德?难道没有吃咱们脚下这些栗树叶,对你也算是一份功德?

"但是,据我这颗心的敏感而言,过失是有的,罪是有的。正因为上帝公正,他才不会原宥,也不能原宥我的过失和罪孽。"

她说到这里,神态迷惘,若有所失。

"公爵夫人,如果撇开良心严厉的裁判,只有心里那样去想,你才会那样估量自己的过失,一到夜里,只剩下你一个人,你就以为死的时刻已经来临,这种想象一变得更加炽烈,事情的本来面目你就再也看不清了。"

见公爵夫人的目光疑而不信,几乎不耐烦,那神气看来对他讲的这番道理全不理解,他便又说:

"夫人,一旦单凭热烈想象去评价各种事物,我们看到的就都是心造的幻影,根据你生活的经历,你难道不同意这个看法?留下的唯一真实的东西,那就是由此产生的恐惧或痛苦。"

"啊,先生,那可不是一时的想象,谁要是能评价我的错误,谁就会发疯;错误,是我亲眼能看到的,那可不是一朝一夕,而是多少年月所犯的,只是没有像在罗马这里显示得这么清楚罢了。我的苦难真可怕啊……"

鲁瓦藏听她讲出这许多心事,又吃惊,又困惑。她不停地说着。有时,公爵夫人两眼发直,说话声音很高,显然,她这是自己讲给自己听。

鲁瓦藏忠于他的职守,起先他是这样想的:

"所有这一切,全是装腔作势;这个女人在我面前往自己脸上抹黑,虚荣心得到了满足,该多么开心?

"首先,演这出迷人的哑剧,好叫我完全忘掉她有多少年纪,甚至叫人永远连想也想不起来。这对一个三十五岁的女人简直有不知多少好处,单凭经验她就该明白这一点……"

可是,她心里的悄悄话还在不停地说下去,鲁瓦藏因此得到机会又想到别的方面去。

"总的看来,这个女人并不是一个故弄玄虚的喜剧演员。她总不至于一辈子就这样演戏吧。她父亲是公爵,她可不是暴发户家庭出身的女人。她并不是半途上摇身一变而成为一个贵妇人,她一生下来就如此……人人都知道,早在少女时代,她虔信宗教就到了极端的地步。"

公爵夫人说着种种奇异的话语,鲁瓦藏——他当然不是一位十全十美的外交官——却在想:

"这女人如果不是在装疯卖傻,那么,她就一定很不幸。她一定会被悔恨逼疯的。可是她究竟悔恨什么呢?"

这时,公爵夫人那一对深蓝色的大眼睛美得令人惊叹,她那金光闪闪的头发稍稍有点乱,她那制作得美极了的长袍从她的两肩一直垂下来。她一向那么温柔的眼睛睁得大大的。鲁瓦藏发现她眼中满含着大胆和恐惧。简直可以说:她的眼睛发现前面正展开巨大的危险。

"这就是崇高的美啊,"鲁瓦藏对自己这样说,"我还从来没有这样近、这样仔细地看过她。就是盖尔奇诺或多梅尼奇诺①最美的画也未曾表现出这么热情洋溢而神情激动的眼睛。可是你看这里,激情丝毫也没有被那种卑污的东西所玷污。罕见,罕见!我多么幸福,居然看见这么热情而激动的公爵夫人!"

这一连串的话使他被自己的庸俗所惊醒。

"但是,一位公爵夫人说话难道一点也不带自尊的秘密意图?而且还是和一个敌党的男子谈话,同一个像我这样发表不合时宜的讽刺言论的叫人害怕的男子谈话!啊!我中了圈套了。"鲁瓦藏想到这里,脸上的表情立刻发生明显的变化,深切关注的表情消失了,刚要出现的多情而怜悯的神色也无影无踪了。

"一个住在圣日耳曼区的男子决不会因此入彀的,"他想,"刚才那一刻我真像个平民那样上了大当。"

他又恢复了冷静的态度,处在嘲笑一切的地位上,他的自尊心

---

① 盖尔奇诺(Guercino,1591—1666),意大利画家、雕刻家,曾向卡拉瓦乔和卡拉齐兄弟学画,主要作品有《圣贝努瓦》和《圣弗兰索瓦》等。多梅尼奇诺(Dominiquin,1581—1641),意大利画家,高莱齐的学生,主要作品有《圣热洛姆圣餐》《苏珊沐浴》等。

终于镇住了他刚才那一阵心动。

他又想:"让我看看我究竟有没有办法叫她把不肯说的话说出来。"

于是,他试着采取一些若明若暗的机巧辞令引动公爵夫人的想象。她一直在那里谈着,好像自言自语似的。她在鲁瓦藏的暗示下,竟说出这样的话来:

"一个人为旧日的爱情立下的誓言如今还在,却又把自己的爱情分出一部分给了另一个人!……

"我这并不是对你说我的心事。"她突然对鲁瓦藏这样说。她慌张起来,听到她自己讲话的声音似乎幡然醒悟过来,她注视着鲁瓦藏的表情,发现他脸上竟没有什么动情的样子,有的倒很可能是讥讽。

"她要生气了,"他心里想,"她不肯再对我说下去了。其实,你看她一口气讲了足足有三刻钟。一个这么单薄、这么娇弱的女人,演了这么一场戏,又这么动真情,一定会累倒。"

鲁瓦藏细细推敲了一番。我这并不是对你说我的心事这句话似乎唤醒了公爵夫人。她几乎惶惶不安地盯着鲁瓦藏看。

就公爵夫人的自尊而言,鲁瓦藏实在做得十分得体,无可挑剔。他说了十来句话,说得相当快,相当有影响,空空洞洞,毫无内容,这样竟成功地把公爵夫人的视线给转移过去了。当公爵夫人的理智真正从鲁瓦藏把她引入的走投无路的迷宫中解脱出来,她居然以为她没有犯下什么有失体统的过失。

这正是这位外交官所期待的效果;不过我这并不是对你说我的心事这句话却引起他密切的注意。

鲁瓦藏灵机一动,巧妙地讲了一件什么事,竟引起公爵夫人的几个女儿的注意,她们正挤在一起专心听德国一个年轻的天通眼①讲

---

① 天通眼(visionnaire),能看到幻象的人。

话,鲁瓦藏认为这人是梅特涅①先生派来的一个间谍。这个天通眼发作起来十分奇怪,有时真像有鬼神附身似的。这时公爵夫人的几个女儿走到她们的母亲身边,那个德国人梅尔曼先生也跟她们走了过来,鲁瓦藏于是对他的装神弄鬼发起攻击,这就把他激怒了。那个德国青年滔滔不绝地高谈阔论,异乎寻常地激昂慷慨。鲁瓦藏的反击当然不是针对公爵夫人的,而且他那神色似乎早已把她抛在脑后。但他对德国人的反驳的真正目的却恰恰在于安抚她刚才再度出现的奇怪的回忆所引起的幻象。鲁瓦藏的意图主要是希望这次郊游不至于使她的自尊心受到损伤。事实上她的确做出了一次表白,一次不寻常的忏悔。

鲁瓦藏见公爵夫人全神贯注地听那个德国人说些印度宗教发明者关于"绝对的美"之类的废话,便走开了,躲到树林里去认真地思索起来。他当公爵夫人的面不得不专心扮演自己的角色,因为在一个明察秋毫的人的眼前,绝对不能有任何差错失误。

"这女人究竟可能怀有什么目的?"

他反复考虑,仍然得不出结论。承认犯过的一些严重过失,这当中究竟会包含什么能满足顾虑重重的虚荣心的快乐呢?又能是一些什么过失呢?

他推测大概是任何女人即便酷刑加身也不肯招认的品行上的轻佻行为。单单想到这一点,几乎就是对廉耻的冒犯。

一个人为旧日的爱情立下的誓言如今还在,却又把自己的爱情分出一部分给了另一个人。不管你多么习惯于讲这种德国哲学式的空泛词句,这种过失,这种不幸,毕竟表明有两个情人,而且这两个情人还同时存在,这是势所必然的!

---

① 梅特涅(Metternich,1773—1859),1821—1848年任奥地利首相。1814—1815年曾代表奥皇参加维也纳会议,1815年曾参与组织"神圣同盟",镇压奥地利和德意志的民主运动,被1848年革命推翻后逃亡英国。

说出自己的这么一件事究竟可能出自怎样的虚荣心呢？况且还是讲给敌党的一个专好冷嘲热讽的人听！

鲁瓦藏绞尽脑汁也回答不出这个问题。他急着要想出来，又不希望人家发现他走开了，以免让公爵夫人不安，又伤害她的自尊心。不然的话她就会想："这人跑开去，不知拿我告诉他的事又胡思乱想些什么呢？"

鲁瓦藏因猜不透公爵夫人的心事而大为失望，接着又考虑他必须回答的第二个问题：

"我该采取什么行动呢？明摆着的是这个问题不该再提了。"

鲁瓦藏抓到一只大蛾子，他有幸发现它在林子里睡着了。这只蛾子使公爵夫人的二女儿莱奥诺尔小姐高兴得不得了，莱奥诺尔小姐正在搜集各种飞蛾。

第 三 章

鲁瓦藏心神如此不安，以致第二天谎称有人请他去打猎。他乘上驿车，前往契维塔韦基亚①准备去打几头野猪。

他有两天工夫可用来考虑问题，不过他十分沮丧：百般猜测，竟毫无所获。有个想法使他无法前进一步：这就是红衣主教没有去罗卡·迪·帕巴林苑参加午餐聚会。他那件红袍难道是个障碍？或者，这竟是使他嫉妒的最可靠的办法？

此后，有几天，鲁瓦藏的神态好像把公爵夫人对他说的事忘得一干二净似的，公爵夫人其实曾三次和他谈起同样的想法。

她几乎每天都请他共进晚餐，而且饭后总和他一起散步，离开其他客人又总有三十步之遥，其他的客人出于对她的敬重，从来不

---

① 契维塔韦基亚，意大利中部城市，濒临第勒尼安海，地处罗马西北63公里外。

走近来打扰她。

鲁瓦藏心里想:"不过在这种时候,主教一般都不来公馆……"

公爵夫人本来就自然而毫不做作,不久,她就撇开大使夫人的身份,所以,在鲁瓦藏眼里她很快就变成一位只有二十五岁的女子,这在他似乎已习以为常了。叫人猜不透的那个哑谜依然如故:"莫非她发了疯,要不就是她拿我当傻瓜?"至于红衣主教,在与鲁瓦藏相处的时候,他的举止态度倒和他身上的那件红袍相称,他不可能什么都猜不出,竟一天天地和鲁瓦藏交起朋友来了。

我们的主人公起初对公爵夫人流盼而迷人的美目不免朝思暮想,这时他的思想却也往前跨了一步。

"作为一个处世行事知书达礼的男子,我已经尽力照顾她的自尊心,毫无疑问,她的自尊心极其敏感,不过,我如果再要她说她的心事,那就势必会引起恐惧。要么,我就扮演这个角色,要么,我就什么也不干。"

鲁瓦藏做出这番具有天才闪光的考察后,下决心一定要谨慎行事。

"我的一举一动都在红衣主教的眼皮底下,而我并没有想到他,他却天天都和她见面。我处在一个最可怕的敌人的大炮射程之内,而我对他的作战部署却一无所知。我可不容许我去搞一次如此冒险的军事行动。我可千万得牢记那次使我树敌那么多的谈话,我说:圣日耳曼区的人看见黎塞留街①上的人就说:'老天!这多么粗俗!'黎塞留街上的人见到圣日耳曼区的人说:'多么缺乏

---

① 黎塞留街,巴黎一条以法王路易十三的国务秘书兼枢机主教黎塞留的名字命名的豪华大街,系权贵人士的居住区。

思想!毫无头脑,毫无思想,只有彬彬有礼的外表。'

"如果一个也住在这种住宅区的女人和我说起知心话儿,那的确是个奇迹。我毫不怀疑,我在她的心目中已是一个强有力的人物。如果我让自己采取我以为强有力的行动的话,那将是怎样一种情况呢?何况还面对时时刻刻都在专心侦察我是否做出蠢事的敌军!"

鲁瓦藏拼命讨好圣马塞尔男爵,尽力不露声色地向他探听红衣主教的情况,结果一无所获。

"这是一个绝对没有野心的人,"大使馆一等秘书回答说,"他这人又好又单纯……"

"看来,"鲁瓦藏心中暗自寻思道,"圣马塞尔一定在开我的玩笑。"

"红衣主教嘛,"大使馆一秘继续说道,"买彩票中了彩,一大笔钱到了手,这连他自己也惊奇得很,他才三十七岁,中彩票向来只有六十岁的人才会有这种福气。我看,他的目的是不论哪种类型的难堪事都要避免,同任何一派都不要弄到不可收拾的地步。为了荣任教皇,谁知道三十年内究竟投靠哪个党好……"

这篇议论十分冗长,特别是谈得闪闪烁烁,这里就不去复述了;外交上的那种含糊其词和谨慎措辞,这里就为读者免掉吧。尽管这样,却也无碍于红衣主教继续去追求公爵夫人。他这种追求很有起色,正像人们推测的那样,既有计划,又很慎重。

鲁瓦藏想自行隐退。

"如果我仍然留在原来那种地位上,既不前进,也不后退,面对这样一个富于幻想的女人,我势必要失败,到时候我就陷入无聊的境地,那就太没有味道了,如果这样,她四周的人偏偏讲出来,她听到耳朵里面去,只会把我看成一个雅各宾党人,而不会看成别的什么人。"

鲁瓦藏处在进退维谷之中,一个近于发狂的烧炭党①人忽然引起他的注意。这人就是他在二十年前从莫斯科撤退途中认识的萨维利大公,如今在罗马又见了面。萨维利大公那时是拿破仑的亲信,拿破仑侍卫队最出色的成员;如今成了破产的王公,希望的破灭和时代使他成为法国的一个情绪激烈的敌人。法国没能发动战争,没能把自由带给意大利,对这一条,他是决不能原谅的。

"我亲爱的朋友,"鲁瓦藏笑着回答说,"你那些阔佬伙伴哪一位给过穷朋友一百万呢?当然,有人送过这样的礼金当然再好不过,可是不幸得很,这种风气至今还没有出现。一个人一文不名,心里偏又想有一百万,那就得想办法赚到这个数呀。咱们的大宪章上写的每一个字都要法国付出一千具尸体的代价啊。这代价未免太大,我承认这一点,不过,要有所得,就要有所失才行呀……"

鲁瓦藏总是避着萨维利大公,大公这个人不可等闲视之,不过十分难缠,令人厌烦。萨维利觉得鲁瓦藏人很有趣,也不像别的法国人那样喜欢嘲弄人,他总抱怨法国人,怪法国没有给意大利送那一份厚礼。有一天鲁瓦藏和他一起在平契奥散步,可是人家说话他却不去细听。

萨维利说:"我之所以留在这个可厌的国家里不走,是因为我是罗马烧炭党特务部的头头。"

这话不禁使鲁瓦藏精神为之一振。

"我敢保证你们那个特务部什么也不知道。"他笑着说。

"我们缺少的倒不是明察秋毫的眼睛,"萨维利回答说,气色黯然,"我们缺少的是行动的人手。哎呀!只要有那么二三十人,能一致采取行动就好了!穷人只能出力,像我这样;富人得拿出他

---

① 烧炭党,十九世纪意大利倡导自由爱国思想的秘密团体,旨在统一意大利,建立共和国。

们的钱来;可是他们太胆小太卑劣……"

"你那个特务部了解些什么,拿出证明来给我看看。"萨维利说完上面那段话后过了很久,鲁瓦藏才开口这样说。

"我们对许多人的个人事迹掌握得很多,但对策划中的行动却所知较少。本周某位大使可能对另一位大使发出照会,但我们不知道。连送给一个文书抄写员可怜巴巴的十个西昆①,也往往被查获……"

鲁瓦藏一直听他说下去。

最后,鲁瓦藏问他:"我请你说说你的特长。让我问问你某人的个人情况。我的朋友圣马塞尔男爵在罗马干什么?他属于哪种政治色彩?"

"他是某某公主的情人,这用不着我来说……这位公子年纪已经不小,不过出身非常高贵,最恨法国。圣马塞尔知道了七月王朝的那些诏令之后,立刻到她那里喊了起来:'啊!我们终于把自由派的这些先生搞掉啦……'"

他讲的这一切很不错,都是事实,毫不夸张,所有这些事实都是按时间顺序说的。他讲了很多,而且最后就圣马塞尔男爵的性格得出的结论也恰如其分,丝毫没有夸大。

鲁瓦藏还是不容烧炭党特务部头头有喘息的机会。

"德拉·盖拉代斯卡红衣主教跑到这里来干什么?他打的什么主意,有什么计划?"

"红衣主教年纪不过三十七岁,正像你知道的那样,他这个人的目标从根本上说完全是实现野心;不过话又说回来,正是这块心病几乎已把他磨成一个病人。他三十七岁飞黄腾达,简直使他发了狂。他说过:'教皇选举大会我参加五次是大有希望的。我是

---

① 西昆,当时威尼斯的金币,约合九至十二法郎。

829

罗马人,非常富有。还有什么人能有更好的前程呢?'在他看来,最美妙的事情,就是经过长期考虑抱定宗旨要争取的最可靠最有利的角色,同时又令人愉快。

"这里有三大派势力,我可真不该让你知道。一派是政府行政官员,他们对现政权是满意的,这一派把所有迫不及待要享有一切的人都包罗在内了;第二派是 zelanti①,这是一批波利涅亚克式的蠢货,毫无实力,不过并没有什么大害;第三派是空谈家,我们这里的这批人,和你们国家的情况一样,他们向现政权献出某种 mezzotermine②,这种 mezzotermine,也确实和改良思想有点瓜葛。'但是,'空谈派说,'请同意并委托我们去履行你们的诺言。你们将看到那些许诺对你们并无妨碍。'

"所有的年轻人,所有有才能的人都站在第三派这一边,这一派的首脑人物就是红衣主教马基;这位马基主教,运气真是好得出奇,他自以为就是德拉·盖拉代斯卡红衣主教的生身之父。

"在最近一次教皇选举大会上法国已经宣布革除红衣主教马基,这你是知道的。盖拉代斯卡因为在第一次教皇选举大会期间抓到了法国大使的机密,还因为——如果可能的话——他使革除马基红衣主教一个朋友之事发生了变化——如果这件事对他构成威胁的话——已从法国大使那里给调开了。

"盖拉代斯卡扮演的角色所具有的极大的危险性——你无疑已有所闻——就在于人们可能推想他爱上了公爵夫人。(说到这里,鲁瓦藏加倍注意,心儿不禁怦怦直跳,他力图让自己显得更加冷淡而无动于衷。)这危险的确大得很。盖拉代斯卡打算通过给公爵夫人找一个情人的办法把危险伪装起来。请相信他势在必然

---

① 意大利文:"狂热派"。
② 意大利文:"权宜之计"。

地让这种爱情公开化。所以,他一定要让自己成为那个情人的知心朋友,至于这种友谊他也公开宣告,毫不隐讳。

"马基,他是不会猜疑的。他早就知道盖拉代斯卡暗中搭上了班迪妮小姐,那是非常秘密的。这位班迪妮小姐出身高贵,但家境贫寒,他爱她爱得简直发了狂。他手段可高明啦,通过这位班迪妮小姐的忏悔师,又通过C公主的忏悔师,C公主就是盖拉代斯卡的姐姐,公主居然请这位班迪妮小姐到她家中担任她的首席伴娘。正好在这段时候,红衣主教盖拉代斯卡搬进他姐夫的府邸居住。你看,就这样,事情安排得头头是道、体体面面。但这类辩护并不适用于一个党团,这么办只不过把精明人的眼睛遮起来,不让他怀疑谁对公爵夫人产生了爱情,如此而已。所以红衣主教才迫不及待地要给你的公爵夫人弄一个情人来。他要控制住她的信仰,目的就是这个。"

"怎么!难道他让她把心事都说出来了?"

"怎么!你和他们生活在一起,你还不知道?哎呀!这可不能原谅!"萨维利说道。他哈哈大笑了起来,七月革命的消息传出来以后,也许他还不曾笑过。

"红衣主教很想叫年轻的德尔·瓦斯托王子去干这个差事。德尔·瓦斯托长得很漂亮。不过他的漂亮首先是意大利型的,不会博得法国女人的欢心,那是很可能的;其次,德尔·瓦斯托王子一点本事也没有。在这种事情中,"萨维利把声音压低,轻声补充说,"谈情说爱的本领是不可缺少的。有人从巴黎写信给马基红衣主教,说德·沃萨伊公爵夫人向来总有几个男人争夺她,他们依次充当她的情人,不过她始终没有真心诚意地答应过他们。德拉·盖拉代斯卡红衣主教说:'德尔·瓦斯托没有本领完成这个任务。'他又说:'所以,无论哪个法国人围着公爵夫人转,譬如那位鲁瓦藏先生,打算做她的情人,我都真心实意地帮他的忙。'"萨

831

维利亲王笑着继续说(这是他今天第二次笑),"这个主意肯定会提高这位鲁瓦藏先生的勇气,也会让他在罗马的处境变得十分惬意。大使是绝对处于公爵夫人支配之下的,大使没有一天早上不吓得心惊胆战,唯恐前一天夜晚闲谈中说的几句你们法国人叫作俏皮话的话中有什么犯忌之处。"

萨维利感伤地继续说:"大使这个人倒很可爱;他爬到这个高位仿佛只是为了一拿起笔来签字就吓得浑身发抖。

"他的妻子有本事,是他的妻子给了他这个好机会。所以,有人在马基红衣主教家中说过,这位鲁瓦藏先生如果成为她的情人并把她掌握在手中,我们就毫不犹豫地对他另眼相看;如果他通情达理又有所回报,没有那种 furia francese①,我们还要毫不犹豫地给他提些建议。

"你看,"萨维利继续说,态度极为严肃,瞧那神气简直像阿布鲁齐山区②的土匪,"我把这些事儿都告诉你,是经过再三考虑的,尽管咱们已有二十年的交情,但如果不是你想问我,这些事儿我是不会轻易说出口的。"

鲁瓦藏一句话也不说。他心里想的第一件事,就是小心谨慎,他的秘密决不能吐露。十分明显,目前这场谈话萨维利一定会向烧炭党的首领们报告的。

萨维利见鲁瓦藏默不作声,便又说:"倘若我们真想丢开这种荒诞不经的故事,为了置我们于胡思乱想的境地,红衣主教马基倒是个十分适于当选教皇的角色,那么,他便时来运转,真的腾达起来,他那出了名的懒散的性情,也便成为他登上教皇宝座的一个原

---

① 意大利文:"法国人的疯劲儿"。
② 阿布鲁齐山区位于意大利中部,濒临亚得里亚海,是亚平宁山脉最高、最崎岖不平的地区;常有土匪强盗出没并杀人越货。

因,这就势必迫使他把那位孔萨尔维红衣主教①抓起来。这就是你的朋友德拉·盖拉代斯卡扮演的角色。不过,在七十岁当上教皇这样的专制君主,或者在四十五岁就掌握同样的权柄(如同孔萨尔维),非此即彼,不容踌躇,除非处在艰难时势之下,一般说来,彼此互不排斥,可以兼容并立。"

"你给我讲的这席话,请容我先不盲目信从,"鲁瓦藏最后态度冷淡地开口说道,"你讲的这些事,倘要查证,可有简便的方法。既然你知道德·沃萨伊夫人的爱情故事的详情细节,例如她委身于几个情人的真实经过,那么,你就把这些情人的名字告诉我吧。"

"好啊,可以啊,"萨维利回答说,"请容我想想这几个法国名字。第一个是德·特雷蒙伯爵;第二个,德·布瓦斯瓦兰先生,他的时间很短;第三个就是那个出了名的德·特吕克塞斯伯爵。他们发生爱情的经过、闹别扭后又怎么言归于好、情意绵绵的情况,在巴黎社交界到处都有人说。因为,你那位公爵夫人,她实在很天真。"

"很好啊,我亲爱的亲王,你把爱嚼舌的社交界道听途说的传闻当成了真事。你讲给我听的这些事儿通通是无稽之谈。"

鲁瓦藏对这种公开言论觉得很不舒服。他讲了很久,想方设法让萨维利不要相信那些传言;但是说到底,萨维利讲的又是千真万确的。德·沃萨伊夫人的这些关系可以肯定并没有什么出乖露丑的地方,不过一位地位很高的贵妇人在其足迹所至的社交关系中出现的任何事件往往都会传得沸沸扬扬,弄得无人不知。其实,她除了在言谈礼节上非如此不可的情况之外,既不懂骗人的手段,

---

① 孔萨尔维红衣主教(1757—1824),罗马高级神职人员,威尼斯主教会议秘书,曾代表教皇参加1814年的维也纳会议,故有人称他"不是教皇的教皇"。

也不知道什么叫虚伪。人生大事的经营中所运用的虚伪的艺术的作用实在太大了,这种手段,今天,在巴黎,已经显示出惊人的效果,可是对这种手段德·沃萨伊夫人却并不知道,甚至也许有些憎恶。我们后代人一定会说:十九世纪开始之时,女人凭高妙的虚伪所获得的惊人财富绝不少于男人靠招摇撞骗所获得的。

鲁瓦藏这篇义正词严的辩驳话音一落,他就丢下亲王,拂袖而去。这位亲王,和所有烧炭党人一样,耽于空想而又狂热无比,相当叫人心烦。

"千万不能再犹豫不决了,"鲁瓦藏对自己这样说,"我在公爵夫人面前的处境险象环生;要么一走了之,要么采取行动,必须如此。

"不弄清楚红衣主教想要干什么,我就不可能采取行动……从今晚开始,"他一面大步走着,一面大声叫喊,"我这就做他的知心朋友去。无论他要借多少钱,我都借。"

红衣主教为了找个借口躲一躲,在罗马暂时不露面,假装对古物发生了浓厚的兴趣。在罗马潜踪匿迹,在这个国家有时倒是极为难得的一种借口。红衣主教办了一个古物收藏处。鲁瓦藏找过去要求和他见面。于是约定第二天会晤。见面之后,鲁瓦藏听任古董商对在古伊特鲁里亚①发现的古物的细小碎片滔滔不绝地讲出许许多多奇谈妙语;他听得津津有味,拜访红衣主教由此竟变成正规的学习古文物的课程,红衣主教古物收藏处——老实说,的确十分可观而吸引人——对每一件收藏品都一一加以说明,鲁瓦藏总是洗耳恭听。鲁瓦藏装作对那些古色斑斓的破烂古董一律信而

---

① 古伊特鲁里亚地区,意大利中西部古国。位于亚平宁山以西及以南台伯河与阿尔诺河之间的地带。公元前六世纪时,其都市文明达到顶峰。其文化之许多特点为罗马人所吸收,罗马人曾继伊特鲁里亚人之后统治整个半岛。

不疑。当看到人家对他真的信而不疑,他于是开始设法让那位 cicerone① 明白:即便他有时嘲笑那些德国哲学家,但说到最后他仍然站在信仰天主派一边。

"这确实是阐明人世的唯一方式。"他两眼机敏地望着红衣主教,这样补充说。

那个意大利人泰然自若,眼睛毫无反应。

鲁瓦藏心里想道:"这是些什么人!他们怎么会不是他们自己国家和别的国家的主人呢?"

红衣主教非常高兴了。

"他真那么傻,竟会相信我?"鲁瓦藏暗自问道。

意大利人动起感情来并不像我们这么快。这就是他们所说的 furia francese(法国人的疯劲儿)。结果到了这个星期的末尾,红衣主教和鲁瓦藏果然成了莫逆之交。

时间对鲁瓦藏来说十分紧迫,十天内在与公爵夫人的谈话中还未见颜色,这是他不希望发生的事。公爵夫人找他谈心仍然继续不断。红衣主教同公爵夫人一开始谈话,鲁瓦藏就不紧不慢地自行引退,一点也不露痕迹,毫无做作之态。鲁瓦藏非常吃惊的是,在大庭广众之中他竟有几次像一个良心导师似的同她谈了一些性质严重、毫无生气的话。

这样的场合同这样的谈话之间的不相称,非常可笑,但也恰恰是这些意大利人所不能察觉的可笑的事情之一。在意大利这个国度,狂热的激情司空见惯,这种狂热的激情既自私,又好斗。

另一方面,鲁瓦藏分明看到红衣主教嘴上总是不停地提到年轻的亲王德尔·瓦斯托,德尔·瓦斯托亲王其人的确英俊而风流倜傥。

---

① 意大利文:"导游人,向导"。

公爵夫人常常举行小型音乐晚会,请来的客人都是亲密的朋友,每逢这种时候,她总是叫人去通知德尔·瓦斯托亲王来,有关此事的任何风言风语她都听不到。

鲁瓦藏暗自想:"萨维利这个空想家该不会骗我吧。不过,一个在政治上这样想入非非的人又怎么可能在社会交际活动中具有正确观点呢?"

鲁瓦藏有好几天犹豫不决,闹不清究竟是怎么回事,后来在一次散步中才自信把事情弄清楚了:公爵夫人喜欢和红衣主教谈心,而不愿意和他谈。那次散步,后来红衣主教因事不得不离去;此后,公爵夫人谈话就缩回去了,只限于谈她女儿的事,公爵夫人挽住他的手臂,不再散步,就回去了。

"确实,我不过是个代用品式的角色,"鲁瓦藏想,"女性心灵中的这种好意即便这样轻忽,我非但一刻也没有加以利用,反而痴心地沉湎在对它的梦想中。我非但没有按照新情况采取行动,反而继续沿着前一时期的老路行事,也许我已经不配享受人家对我表示的善意了。"

他又突然开口说:"夫人,这几天你想必看到我的态度竟这样严肃认真。这是因为我真的被我读过的一本书深深打动。我找到一本极好版本的《启示录》①,这本非同一般的书我仔仔细细地读了一遍。"

鲁瓦藏前不久读过《启示录》,从这荒诞无稽的书中摘出一段,读起来确实叫人毛骨悚然,那里面所写的和当今报上连载小说所描写的花样翻新的情节一模一样。他只要把那似是而非、荒谬

---

① 《启示录》,《圣经·新约》中的最后一卷,是唯一的启示文学作品,大量采用异象、象征和寓言,特别讲到未来事件。《启示录》不仅是抽象宗教寓言和关于世界末日动乱的预言,也是针对可能由于罗马当局迫害基督教而发生的信仰危机而作,鼓吹上帝终将战胜敌人。

不合理的地方巧妙地改动一下,就会使最吓人的情节突现出来。

他就像这样,和公爵夫人一起散了四十五分钟的步,把公爵夫人吓得面无人色。尽管罗马傍晚寒气袭人,确实容易使人受寒致病,但他们在庞菲利别墅外散步一直散到夜色四合。她真的被打中,被深深击中了要害。公爵夫人的几个女儿冻得发抖;公爵夫人本来是位良母,可是对这一切她却一点儿也没察觉。

她向鲁瓦藏讨一部大字本的《启示录》。

鲁瓦藏心里想:"啊!她想夜里读。"他知道她视力较差。

和她分手之后,他跑遍罗马的书店;等他再回到客厅,已是三个小时之后,他见公爵夫人正心不在焉地听红衣主教说话,心里感到十分满意。在离他们几步远的地方,他看德尔·瓦斯托的神色,厌烦得要命。为了接近公爵夫人并和她谈话,他远远避开了客厅里的一组组宾客。

在公爵夫人和鲁瓦藏之间,于是展开了一场关于《启示录》的无比严肃的讨论。鲁瓦藏显出深受感动的样子,只是他很谨慎,每次开口说话都再说一遍:《启示录》是一个有点癫狂的人写出来的诗篇。

"我喜欢的并不是它的思想,而是它从我内心唤起的感情。"

他这样说着,两眼一直注视着公爵夫人秀美的红唇,看是不是有一丝笑意表明她心里在嘲笑他。她根本没有嘲笑他。用不着鲁瓦藏怂恿,他们关于《启示录》的谈话自然而然地发展到一起读了这段诗文,还读了《圣经》的其他许多段落。

公爵夫人心目中的英雄人物是费奈隆,她的人生原则遵循的是最富于感情的仁爱之心。她之所以比按照惯例更经常会晤鲁瓦藏,是因为她认为不过出于对仁爱原则的迁就让步而已。

她常常对自己说:"应当安慰安慰这个不幸而可怜的年轻人,他像许多有纤细敏感心灵的人一样,缺少的正是坚定的信仰。"

事实上,她正在迁就她自己的感情,屈服于那秘密的恐惧感,只要一个人独处时间稍长一些,恐惧感就紧紧地压在她心上,怎么也摆脱不了。他们的交谈本来就会使她透过现世看到永恒,想到上帝的审判必将严酷无情;鲁瓦藏可不希望他们的谈话老是讨论这个题目。

鲁瓦藏在像追捕猎物那样的强烈欲望的驱使下,甚至到宣扬冉森派教义的书中收集一些可怕的论据备用。因为鲁瓦藏发现公爵夫人竟是一位相当有教养的神学家(她曾经研读过费奈隆的《圣徒格言录》),这使他十分震惊,正为了避免言论失据,鲁瓦藏才和他新结交的朋友红衣主教盖拉代斯卡注意复习一下他的说教,而盖拉代斯卡红衣主教所信奉的其实是耶稣会派的教义①,耶稣会派的教义两个世纪以来在意大利使社会各阶级的生活变得如此温柔敦厚,甚至成了对神职人员敲诈勒索的一种补偿,它的精髓就是:任你为所欲为,你只消对我说一说就行;对于宗教,尤其不能乱加议论,否则必将陷入新教主义②、堕入地狱而不能得救。

鲁瓦藏很想试试他能不能骗住红衣主教。他有好多次出于自尊心,竟以为红衣主教把他看成一个害怕下地狱的人。鲁瓦藏总是小心翼翼地表示更相信古董这门荒诞不经的学问。意大利人偏偏相信这种荒唐事,红衣主教在这方面像他的国人一样。

公爵夫人是个心慈性善的人,十分怜恤鲁瓦藏,这在最后竟成了习以为常的情况。在一般人看来这些事都是可笑的,她却对他以诚相待,很喜欢和他谈话,按她这位有身份的妇女的无懈可击的

---

① 西班牙教士罗耀拉(Saint Ignatius Loyola,1491—1556)于1534年创立天主教耶稣会,1540年经教皇批准任首任总会长,并制定会规,强调会士绝对服从会长,无条件地听命于教皇。
② 即基督教新教(一译抗罗宗),推崇《圣经》权威,认为信徒皆可直接与上帝相通。

习性和一贯做法来说,她是以双倍的大胆和勇气这样行事的。她见到他,一定要叫住他,甚至他靠着客厅里的桌子站在那儿,她也一定要站到他面前来。这些细枝末节,人们不仅注意到,而且还加以评论。遇到这样的场合,人家往往出于尊敬稍稍避开一点;但是,猜测和议论多得无边无际,或者不如说,千猜万测归结到一起就成了定论。

有趣的是,这种定论也使得鲁瓦藏信服。他竟中了自己设下的计谋的圈套,他居然也相信公爵夫人爱上了他。

一个傻瓜设下圈套,最后自己掉进自己设下的陷阱中去。年轻的亲王德尔·瓦斯托满腹怨气,从此离开公爵夫人的社交圈子不再露面,到处说鲁瓦藏是他的情敌,他迟早要报仇,出这一口气,也就是说:他要戳他一刀。实际上,两个世纪以前,远在一六三二年,德尔·瓦斯托亲王的祖先就是这样报仇雪恨的。不过,在公侯王子这个阶级的人当中现在连戳一刀的勇气也不复存在了,实在可叹!今天死于匕首之下的是资产阶级。如今只有商贩和居住在五层楼上的人①才互相白刀子进红刀子出。只有这些人才懂得什么叫爱,什么叫恨,什么叫意志。

鲁瓦藏觉得公爵夫人爱上了他,这种自傲的感情冲动过后,接着来的是沮丧,很不愉快(也就是说:厌恶)。他怕卷进去要承担责任。

"我倒真想叫公爵夫人开心,"他对自己这样说,"或者说,我想看看我还能不能搬弄一下我的青春这套武器。但是被一个女人爱,而且被一个将要成为虔诚信徒的女人爱,这个女人不论谈起什么都已开口'道德'、闭口'不道德'了,真的,不行,不行!我宁愿爱一个喜欢玩小狗的女人。"这时,沮丧心情使他又想起早已忘掉

---

① 指平民。

的一件事,他于是又对自己说:"况且,德·沃萨伊夫人已经三十五岁了,叫我来欺骗一位三十五岁的女人,她,再过五年就是四十,我的天呀,不行呀,不行呀!我是个正正派派的人,让我扮演这种角色,不行啊。除非有把握一年后部长派我出使伦敦或者维也纳,否则我真无法忍受。"

一旦确认德·沃萨伊夫人爱上了自己,鲁瓦藏立刻就明白面对姿容美丽的罗马女人他算是一败涂地了。

他笑着对自己说道:"不管我的才智如何高超出众,我毕竟老了。那种技巧于我已无济于事了。来到这个爱情的国度,我激动不已,不过又担心难于选择,不知从何着手,怕的是只能和一个罗马女人握一握手。"

想到这些,他心头不免涌出一缕轻愁淡怨;他不禁回想起过去在爱情上获得幸福的所有时刻。

一向都只因缺乏智谋和手段,又总听幸福驱使,顺其自然,他如今才笨拙得让他那些情人身上的爱火自行熄灭。正因为缺少手段和智谋,他才不知有多少回好事未成,半途而废;在这些意外的打击下,也不知有多少年青春虚掷,郁郁寡欢。

从这些悲凉的回忆中苏醒过来,他不禁心灰意冷,兴味索然。

但他又下了决心对自己这样说道:"必须办两件事情。首先,在对公爵夫人的爱情表示不屑一顾之前,还是先得到她的承认,从而确有把握为好。

"其次,必须采取行动。这个女人在本质上是个正派女人,按照习惯只希望怀着一种友情来爱我,不会希望走得更远的。"

下定这种以爱情为标志的决心之后,他感到舒畅一些。尽管口头上说出三十五岁这句话,但他心里依然觉得公爵夫人值得去爱。不错,她在感情方面很天真,然而使一般女人脸上皱纹频增的那种俗气的谨慎小心,在她却丝毫也没有,照一般女人看,三十五岁的人了,该为孩子们考虑了,这可是不能忽视的。她的一对眼睛,那样率真无邪,又那样美,完全把鲁瓦藏征服了。特别在他们亲密相处之际,当她听任她的眼睛流露出她内心情感的种种变化的时候,那一对眼睛可真无法抵抗。

当谨慎之心在他的灵魂深处反复对他说"三十五岁"这句致命的话的时候,希望和幸福却在他心中回答说:

"我自己不也是个有了年纪的人吗?罗马的美妇人不是清清楚楚地让我明白自己的情况了吗?"

就在当天晚上,他和公爵夫人站在一起细看几幅派尔费蒂的新铜版画,他竟让自己的手触到了她的手。她急促地看了他一眼,不过神色略带惊奇,一点装腔作势的样子也没有,他由此终于懂得:是他自己搞错了。

不仅如此;这天晚上,他竟然任自己一再地看她,这种看法很难说纯粹是快乐和善意的表现。

第二天,他的举动又显出殷勤和热切。

第二天,他的眼睛以某种显而易见的方式说着话,尽力传情达意。

仍然在这个第二天,德·沃萨伊夫人对他简直心寒齿冷了,她全然不顾一向极端重视的礼貌,对他显得很不耐烦。她真是不幸极了,从此失去了一个朋友……

附录二

亨利·贝尔[①]

[法]梅里美

贝尔不论在哪方面都与众不同、独具特色,在这个毫无个性、千篇一律的时代,这确是可贵的品质。贝尔自命为自由派,可是在内心深处,他却是个十足的贵族派[②]。蠢人蠢事,他不能容忍;他对他所讨厌的人报以嫌恶,可是终其一生究竟谁是坏人、谁是讨厌的人他并没有能够分辨清楚。他对法国人的性格非常鄙视,人们指责我们伟大的民族有种种缺点:轻浮,莽撞,言而无信、行而不果,这无疑是不正确的,可是经过贝尔能言善辩的嘴巴一说,这些缺点就显得更加突出了。其实他自己在更高的程度上同样也有这些缺点;即以莽撞这一点来说,有一天,他从 X 地寄了一封密码信给 M,居然把密码封在同一封信里寄出去了[③]。

他整个一生都处在自己的想象的支配之下,他的举动行事无

[①] 司汤达(1783—1842)原名亨利·贝尔。梅里美(1803—1870)是司汤达生前好友。司汤达去世后,梅里美撰写了这篇纪念性回忆文章。本文根据克洛德·鲁瓦所编《司汤达自述》附录经过删节的文本译出。
[②] 此处当不是指在政治上。更多的是指文化修养、生活方式这些方面。
[③] 司汤达曾在拿破仑手下做过官,王政复辟后司汤达在政治上受到歧视,因此,凡他手写的文字包括文学作品都搞了一种自行编制的所谓"密码",一方面在政治上防险避忌,反映了司汤达所处的险恶政治环境和他所持的共和主义立场,另一方面有时也可看出司汤达的性格特点:过于敏感,甚至喜欢故弄玄虚。这在司汤达书信、日记、手稿中比比皆是,以致此后专门研究司汤达的"司学家"费去大量心血才把他这一套"密码"理出头绪。

不出于一时的心血来潮,总是受到热情的鼓动。可是他又自鸣得意地说他的行为没有不是遵从理智行事的。他说:"必须全部让逻—辑来指导自己",说到这逻辑两个字他还要在两个字中间加上那么一个停顿。但是,别人的逻辑如果与他自己的逻辑不一致,他又不能容忍。其实他也并不因此就与别人争辩。他对别人的信念似乎是尊重的,不了解他的人,总以为这是出自一种过分的骄傲。为了结束争论,他常常说:"你是猫,我是老鼠。"

……他是一个没有宗教观念的人,如果说他有宗教观念,那就是他对造物主满怀愤懑怨恨之情。他说:"上帝之所以可以原谅,是因为他并不存在。"有一次,在P夫人家中,他给我们讲了这样一种创世说:"上帝是一位非常精明能干的技师。他日夜忙于他的工作,寡言少语,不停地创造,一会儿创造出一个太阳来,一会儿又创造出一颗彗星来。有人对他说:你把你的创造发明都写出来吧!不该让它湮没掉呀。——他回答说:不,不;距我的要求还差得很远。让我的创造逐步完善起来,到那时候……后来有一天,他突然一命呜呼了。人们连忙去寻找他唯一的儿子,这个儿子当时正在耶稣会教士那里念书。这是一个温驯而好学的孩子,但对于机械学却所知无几。人们把他带回到他已故的父亲的工场里来。——'干起来吧,制造吧!问题是必须治理这个世界呀。'他被弄得手足无措,不知如何是好;他问:'我父亲过去是怎么做的?'——'他就是让这个轮子转起来,这个他搞出来了,那个他又做好了。'他也让轮子转起来,机器于是七扭八歪地开动起来了。"

……他对拿破仑怎么看,很难弄得清楚。他对人们提出的看法,几乎总是持相反的意见。他有时在谈话中把拿破仑说成是一个醉心于盛装华服的暴发户,行事始终缺乏逻—辑这个准则。有时他又对他颂扬备至,几乎到了崇拜的地步。他有时像顾里埃那

843

样好批判挑剔,有时又像拉斯·卡兹①那样对他毕恭毕敬、百依百顺。他对帝国②时期许多人物的评价,也像对他们的主子拿破仑的评价一样变化不定。

接近皇帝的一切,每每受到皇帝的鼓舞激励,对皇帝的这种魅力,贝尔倒是赞赏的。他说:"我也是这样,我也怀着满腔热情。我奉派去不伦瑞克征收五百万特别税。我弄回来七百万,可是我差一点让暴民给结果了性命,因为我热心过头,激怒了老百姓。但皇帝问起这件事是哪个助理稽查官承办的,并说:'办得好。'"③

我们喜欢听他讲述他追随皇帝参加过的那些战役。他讲的和官方记载根本不同……

从莫斯科大撤退④时,他并没有怎么过分地饿过肚子,不过,那时候究竟吃些什么,怎么个吃法,他却无论如何也回忆不起来了,他只记得曾经花二十法郎买到小小一块油脂的事,他怀着极大兴趣回想起这一小块油脂。

他从莫斯科带回一本红色摩洛哥山羊皮精装的伏尔泰《故事集》,这是他在一幢被大火烧着的房子里弄到的。他的同伴认为这样做未免有些轻率:这样就把一套精美版本的书给拆散了!他本人也因此而感到懊悔。

---

① 顾里埃(1772—1825),法国政论作家;拉斯·卡兹(1766—1842),拿破仑的侍从官,曾随着拿破仑被流放到圣赫勒拿岛,著有《圣赫勒拿回忆录》闻名于世。
② 指拿破仑帝国。下文所谓"皇帝",指拿破仑。
③ 1806年司汤达随拿破仑大军进入普鲁士,进占柏林,后任陆军作战总署临时帮办,又晋升为助理稽查官,奉派去不伦瑞克筹办军备事务,曾得到拿破仑的表彰。
不伦瑞克,今德国东北部城市,在下萨克森州东南部,濒奥克河。
④ 1812年司汤达随拿破仑大军远征俄国,9至10月间进驻莫斯科,是年隆冬,又随拿破仑大军撤退,1813年1月底返回巴黎。司汤达在从俄国撤退途中担任后勤方面的职务,尽管大军在冰天雪地中狼狈败退,但司汤达却经常仪表整洁,从容自若。

有一天早晨,那是在别列津纳河①附近,他胡子刮得光洁清爽,身上也穿得齐齐整整,去见 D. 先生②,D. 先生对他说:"你刮了胡子嘛!你是个勇敢的人。"

……我不知道有谁听到自己的作品受到批评能像他那样优雅大度、彬彬有礼。他的朋友和他谈话一向无所顾忌。他曾经多次把他送给 V.J.③看过的手稿又拿给我看,送到我手里来的手稿往往在稿端批有这样一些批语:"讨厌,简直是门房的文笔",诸如此类。他的《论爱情》出版了④,V.J. 也对这本书大加嘲笑(其实,那是很不公正的)。但这样的批评从未使他和朋友的关系受到什么不好的影响。

他写得很多,在作品上花去的时间很多。不过写出来的作品他并不去修改,他不停地改动的只是他的构思计划。如果他准备改动初稿上有缺点的地方,那准是为了另外再写出几稿;所以我不知道他是否曾经试图变换他的风格。他的稿子不论怎样涂改,人们仍然可以说,他的稿子始终是一气呵成的一稿。

他的书信富有魅力,就像他的谈话那样迷人。

他在社交活动中,情绪愉快,有时简直有点疯魔,太不拘小节,即使感情冲动起来也在所不计。他经常态度不大好,出言不逊,但永远富于机智,有独创性。不论对谁他都不注意方式方法,可是他又很容易被别人并非出于恶意的话语所刺伤。他曾经对我说:

---

① 在俄国西部白俄罗斯境内,源出于明斯克高地,在列奇察注入第聂伯河,1812年拿破仑从莫斯科撤退时,在别列津纳河上发生过激战。
② 指拿破仑陆军作战专员总署长官达律伯爵,司汤达的表哥,司汤达参加拿破仑军队即由达律引荐。
③ V.J. 即维克多·雅克蒙(1801—1832),法国植物学家、旅行家,司汤达的挚友之一。梅里美夫人曾为雅克蒙画过一幅肖像。梅里美在本文中不写全名,因为当时这些有关人士也许尚在人世,不便直言。
④ 《论爱情》,1822年出版,司汤达的重要著作之一。

"我是一条喜欢闹着玩的小狗,可是人家竟伸出尖牙来咬我。"他忘记他自己有时也咬过人,而且咬得相当狠。这是因为他一点也不理解别人对人对事可能持有与他不同的看法。譬如他从来就不相信可能有真正虔诚的信仰。在他看来,教士和保王党人从来都是伪善的人物。

关于艺术和文学的意见经他一说简直称得上放肆的异端邪说。他有些判断在今天看来就像《德·拉帕利斯先生》①那样已是人所皆知的真理了。过去,当他把莫扎特、契马罗萨②、罗西尼置于我们年轻一代喜歌剧作家之上的时候,曾引起过轩然大波。那时人们群起而攻之,说他缺乏法国人的感情。

在绘画方面他企图按照意大利人的观点做出判断,其实他的见解仍然是非常法国式的。他以法国人的观念来评价绘画大师,也就是说,他是从文学观点来进行评价的。他像研究戏剧那样研究意大利画派的绘画。这依然不出法国的判断方式,在法国,人们既缺乏对形态的感受力,对色彩,那种与生俱来的趣味也不具备。热爱并理解形态与色彩,必须具备特殊的敏感,还需经过长期的训练。贝尔赋予拉斐尔一幅圣母像的是戏剧性的激情。我始终怀疑他真会热爱伦巴第画派③和佛罗伦萨画派④的大画家,因为他们的作品让他想到的无疑是

---

① 《德·拉帕利斯先生》系一首流传已久广为人知的民歌。
② 契马罗萨(1749—1801),意大利歌剧作曲家,代表作为喜歌剧《秘婚记》(1792)。
③ 伦巴第画派包括意大利北部城市曼图亚、摩德纳、巴马、克雷莫纳和米兰地区,十五、十六世纪为最盛期,代表画家有卢伊尼(Luini)、柯勒乔(Correggio)、卡拉瓦乔(Caravaggio)等。
④ 佛罗伦萨画派,意大利文艺复兴时期的主要画派,数百年中名家辈出,被称为欧洲文艺复兴艺术之摇篮,十三世纪是契马布埃(Cimabue)、十四世纪有"现代绘画之父"乔托(Giotto)以及奥卡那(Orcagna)、十五世纪有马萨乔(Masaccio)、波提切利(Botticelli)、基兰达约(Ghirlandaio)、达芬奇(Leonardo da Vinci)、克雷第(Credi)、米开朗琪罗(Michaelangelo)和布龙齐诺(Bronzino)等;十五世纪为该画派全盛阶段,其主要内容以求个性解放为特征,作品大多取材于宗教或古代神话。

这些大师原来未曾想到的。这完全是法国人按照思想去判断一切的固有本色。何况形态的精微奥妙或色彩的千变万化的效果更非语言所能曲尽其妙。正由于缺乏表达感受到的事物的能力，人们才去描绘其他能使所有人都能理解的感受。

我发现贝尔对建筑不甚注意，相当冷淡；关于建筑艺术，谈起来他总是引用别人的观点。我相信我曾经告诉他如何区分罗马式教堂①与哥特式教堂②，不仅如此，我还教过他如何去观察那两种教堂建筑。他非难我们的教堂建筑气氛忧郁。

他对卡诺瓦③的雕刻，比对别的甚至希腊的雕刻④更能感受领会；也许这是因为卡诺瓦曾经为文学家制作过许多雕刻作品的缘故。他非常注意卡诺瓦在有精神修养的人的头脑中所激起的思想，对比之下，关于卡诺瓦对热爱并理解形态的眼睛所产生的印象，他就注意得很不够了。

诗对贝尔来说，无疑是不可理解的。断章取义地引用法国诗

---

① 罗马式教堂，十世纪末至十三世纪流行于欧洲的罗马式建筑式样的教堂，起源于罗马，特点是圆屋顶，弧形拱门和厚墙；十一、十二世纪是罗马式艺术在法国形成、繁荣的时期，法国代表作有：佩里戈的圣佛隆教堂、图卢兹的圣塞南教堂等；德国代表作有美因兹大教堂；意大利的代表作有：威尼斯的圣马可大教堂、米兰的圣安布罗乔教堂、帕维亚的圣米凯列教堂和佛罗伦萨的主教堂等。
② 哥特式教堂，指十二世纪至十六世纪初欧洲出现的以新型建筑式样为主的教堂，广泛运用线条纵向的尖拱券、挺秀的小尖塔、轻盈的飞扶壁、修长的立柱或簇柱，窗子多采用彩色玻璃镶嵌，以造成上升感，使室内产生神秘的幻觉；代表作为：巴黎圣母院、亚眠大教堂、德国科隆大教堂和英国夏特尔教堂等。
③ 卡诺瓦（1757—1822），意大利新古典派雕刻家。当时，对法国艺术界颇有影响。
④ 希腊雕刻，指公元前五至前四世纪古希腊的造型艺术（雕刻、浮雕），尤以雅典城邦为著，许多雄伟壮丽的建筑物以多利安式、爱奥尼亚式和科林斯式柱廊为特色，充分体现了劳动人民的智慧；希腊雕刻的代表人物为菲狄亚斯（Phidias，活动时期为公元前490—前430），主要作品有雅典卫城的三座雅典娜纪念像和奥林匹亚宙斯神庙的宙斯神像等。

句,在他是经常发生的事。英国诗和意大利诗的音调格律,他都不甚了了,可是对莎士比亚和但丁的某种美,他却的确有深刻的感受,尽管莎士比亚和但丁的美与诗的形式不可分割。他在他的《论爱情》一书中,关于诗说过这句走极端的话:"发明诗句就是为了帮助记忆;戏剧艺术中还保留诗,是野蛮的遗迹。"他非常不喜欢拉辛。我们在一八二〇年对拉辛最大的责难,就是他完全缺乏对"风俗"的描写,或者按照我们浪漫派的行话来说,他完全缺乏地方色彩。我们始终用来与拉辛相对立的莎士比亚,在这方面所犯的过失更严重百倍。"但是,"贝尔说,"莎士比亚最了解人类的心灵。没有人像他那样以令人赞叹的真实性来描绘情欲或感情。他所描写的生活和他笔下的人物个性使他超越于所有剧作家之上。"——那么,莫里哀呢?有人这样问。——"莫里哀是一个老滑头,他不愿意写'廷臣',因为路易十四认为那样不妥。"①

在生活实践方面,贝尔自有一整套具有普遍意义的格言,他说,人们一旦发现这些格言适宜可行,就必须正确无误地遵守,这不容讨论。倘若某种特殊情况出现在他这些普遍原理的某一条中,只有在这样的时刻,他才勉强同意进行检查研究。

……像很多人的情况一样,他在青年时期也曾为那种十分糟糕的羞涩感所折磨。对一个青年来说,初次进入某处沙龙,那是一件十分为难的事情。他总是猜疑别人在注视他,总是担心自己有什么"不对头"的地方。他对我说:"我劝你,你在前厅里,偶然让你采取一种什么姿态,你就以这种姿态走进客厅,别去管它得体不

---

① 法国十七世纪大喜剧家莫里哀是在法王路易十四宫廷支持下进行创作和演出的,这是文学史上的事实。司汤达对法国古典悲剧作家拉辛、喜剧作家莫里哀都有深入的研究;此处所记司汤达对他们所采取的态度,表明他在思想上、文学上站在新思潮一边。

得体,别去管它。就像石像将军一样①,一直保持那个姿态不变,直到跨进门去那种感觉消失为止。"

对于如何应付决斗的困境,他另有妙法:"当别人的枪口瞄准着你,你就只消注视一棵树,专心数树叶就行。"

他喜欢品尝佳肴美味;不过,他发现在浪费时间方面,还应包括在吃上面所丧失的时间,因此,他希望早晨能吞服某种药丸一粒,以保证全日不会感到饥饿。在今天,人们贪馋好吃,反而以此相夸耀。可是在贝尔那个时代,一个人所期求的主要是坚强有力和勇敢无畏。如果是一位美食家,那又怎么能去厮杀战斗呢?

帝国警察真是无孔不入,不论什么地方都深入地打进去,并为所欲为;巴黎各处的客厅在谈论些什么,富歇②全都了如指掌。贝尔断定这种庞大的密探活动具有全部魔法一般的威力。因此,即使是最无关紧要的事,他在自己周围也小心戒备、处处防范。

他写出的信件,没有不是签上假名的,什么恺撒·彭贝呀,科托内呀,不一而足。他信上写的发信地点是"阿贝伊",以代替……③信往往用这类词句开头:"你所发来的生丝均已妥收,现已进栈专候船到启运。"他所有的朋友,都各有固定的假名,称呼他们绝不用其他的名字。他见到过什么人,他在写什么书,他到哪里去旅行过,从来没有人知道。

我想二十世纪的批评家一定会从十九世纪纷纭复杂的文学中

---

① 指唐璜传说中石像将军赴宴一事。
② 富歇(1759—1820),拿破仑手下以及复辟时期的警务部长,他掌握暗探特务活动在历史上是出名的。
③ 阿贝伊(本义是蜜蜂),司汤达虚构的一个地名,以代替契维塔韦基亚(意大利教皇管辖下当时仅有七千人口的海港城市);司汤达从1831年开始任法国驻契维塔韦基亚领事(拿破仑帝国倾覆后,司汤达一直失业),直至1841年11月因病请假回到巴黎,1842年3月22日猝然中风倒在马路上,23日凌晨去世。

发现贝尔的作品,把它们在其同时代人那里所未曾得到的公正评价给予它们。这就如同狄德罗的声望到十九世纪才得到发扬光大,莎士比亚在圣艾弗蒙时代被人遗忘而为后来的加立克所发现一样①。贝尔的书信有一天能够公开出版就更好了;他的书信将使人理解并爱重其人,他的精神和他卓越的品质以后就不会仅仅活在少数几个朋友的记忆中了②。

---

① 圣艾弗蒙(1610—1703),法国文学批评家;此处指十七世纪、十八世纪初叶莎士比亚不为人所重视;加立克(1717—1779),英国演员、剧作家,以演莎士比亚剧作闻名于世。
② 司汤达在世时,他的作品没有得到人们的理解和重视,他生前曾说他的作品要到1880年才会有人阅读,1935年他才会被人理解。保存在司汤达的故乡格勒诺布尔市图书馆的手稿到本世纪基本上已全部被整理出版,出有全集两种,司汤达的作品对于欧洲现代小说艺术有重大影响。